피를 마시는 새

5

브릿G britg.kr

종이책의 감성을 온라인으로
황금가지의
온라인 소설 플랫폼

인기 출판소설 무료 연재 중!

이영도 판타지 장편소설

피를 마시는 새

5
발케네의 주인

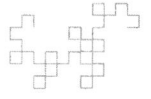

차례

21장 부활의 불씨   7

22장 바람을 가둔 돌   93

23장 죽음을 평가하는 태도   193

24장 보는 것과 베는 것   285

25장 불씨의 은닉   379

제 21 장

지금도 그렇지만 그때는 황궁에 시의가 없었다. 경애하는 치천제 폐하께서는 감사하게도 의사의 도움이 필요 없는 옥체를 가지고 계시지만 선황께서는 시의를 둘 수 없으셨다. 나가에게 질병이란 심장을 적출하지 않은 어린아이나 걸리는 것이다. 따라서 나가들에겐 소드락이나 제초제, 살충제 등을 제조하는 약술사가 있을 뿐 성인 나가를 대상으로 한 의사가 없었다. 참으로 비통하기 짝이 없는 일이지만, 세계의 지배자는 자신을 보살펴 줄 의사 한 명도 둘 수 없으셨다. (중략) 지금도 그때를 생각하면 눈앞이 흐려진다. 그때는 누구 하나 제정신이 아니었던 것으로 기억된다. 이렇게 회고하는 나 또한 당시에는 온전한 정신을 유지할 수 없었기에 제대로 기억나는 것이 별로 없다. 뚜렷이 기억나는 것은 필설로 언급하기도 힘든 두려움과 슬픔뿐이다. 맹세컨대 내 생애에서 그때만큼 무섭고 슬펐던 때는 없다. 성인 나가가, 제국의 지배자가 죽어 가고 있었다. 이성적으로도 감성적으로도 받아들일 수 없는 일이었다. (중략) 뚜렷하지 않은 기억을 더듬어 보자면, 그 순간 기묘한 이해의 공유가 일어난 듯하다. 아무도 감히 말문을 열지 못했지만 모든 이가 그 순간이 찾아왔음을 알았다. 그때 선황께서 갑자기 눈을 뜨셨다. 그분의 입술이 움직이는 것을 본 우리는 황급히 허리를 숙였다. 지금 생각해도 분통이 터질 노릇이다. 그곳에 모여 있던 모든 이가 한꺼번에 소음을 내었기 때문에 아무도 선황 폐하의 말씀을 제대로 듣지 못했다. 그곳에 있던 이들 중 가장 귀가 밝았던 레이헬 라보가 들은 내용조차도 온전하지 못하다. 레이헬 라보가 우리에게 알려 줄 수 있었던 것은 "⋯⋯은 너무 늦나."라는 불완전한 문장뿐이났다.

— 에스커 헬토의 「회고록」 중

부활의 불씨

발리츠 굴도하는 건성으로 말했다.
"따라서 대략 정리하면 이렇게 되겠군. 발케네 공 스카리 빌파에게 고합니다. 규리하 공 비셀스 규리하는 귀측과 시허릭 마지오 상장군이 지휘하는 발케네 정벌군의 일에 관여할 생각이 없으십니다. 이미 보아서 알겠지만 귀측이 추격해 온 제국군은 규리하를 떠났으며, 그런데도 규리하에 계속 머문다면 이것은 규리하에 대한 명백한 침략 행위로 간주할 수밖에 없습니다. 회군하십시오. 한 달 후에도 지러쿼터 산맥 서쪽에 발케네의 병사가 있다면 그는 경고 없이 공격을 받게 될 것입니다. 끝이야."
"끝입니까? 잘 들었습니다. 경고는 잘 접수했고, 그러면 용건이 끝났으니 이야기나 좀 하지요."
"그러지."
대단히 중요하지만 언제나 불필요한 듯한 느낌을 주는 공식 행사가 끝났다. 팔리탐 지소어와 판사이 남작 발리츠 굴도하는 악의적인 세파 속에 부침하다가 평화로운 고도에서 우연히 만난 표류자처럼, 아니면 멍청하기 때문에 잔인한 부하들과 잔인하기 때문에 멍청한 상관 사이에서 격무에 시달리는 중간 관리자처럼 서로를 바라보았다.
장소는 상당히 중립적인 느낌을 주는 주막이고, 양자는 그 느낌을 더욱 강화하려고 애썼다. 발리츠 굴도하는 주막 저편에서 솥을 닦고 있는 남자가 절대로 주막 주인은 아닐 거라 생각했다. 자기 가게에서 문의 위치를 헷갈리는 사람은 없으니까. 아마도 정체는 발케네 병사겠지만 남작은 그 남자를 복병이라고 여기지는 않았다. 바보가 아닌 이상 당연히 의심받을 수 있는 복병을 사용하는 것은 무의미하다. 그저 오래전에 피난기 비린 주막 주인을 대신하여 구색을 맞추려고 세워 놓은 병사일 것이다. 그것은 두 사람이 앉아 있는 탁자를 메우고 있는 술병과 술잔도 마찬가지다. 발리츠 굴도하는 술을 마시는 것이 가능하지만 팔리탐은 가면을 벗지 않고는 그럴 수 없다. 하지만 팔리탐은 자신의 앞에 술잔을 놓아두었고 그 안에는 술까지 담겨 있었다. 발리츠의 앞쪽에도 같은 술잔이 놓여 있었고, 지금 두 술잔에는 가득 내려앉은 먼지 때문에 술잔 안쪽 면에 굵은 선이 생길 지경이었다.

술잔을 내려다보던 팔리탐이 시선을 여전히 그곳에 둔 채 지나가는 말처럼 질문했다.

"그 하늘치를 움직인 것은 규리하 공이십니까? 그분은 다른 하늘치를 조종하는 것도 가능한 겁니까? 그 조종의 범주에는 누군가의 머리 위에 하늘치를 떨어뜨리는 것도 포함됩니까?"

"그 질문들이 모두 가능성에 대한 것이라면 부정할 질문은 없군."

팔리탐은 어깨를 조금 늘어뜨렸다.

"어떻게?"

"나는 모르겠어. 그분은 설명을 하실 수 없는 모양이야. 귀관은 귀관의 팔이 왜 귀관의 생각대로 움직이는지 설명할 수 있나? 귀관은 혹 설명할 수 있는지 모르지만 나는 그럴 수 없어. 하지만 나는 내 팔을 움직여 사랑하는 아내를 포옹할 수 있지. 규리하 공께서도 어떻게 하늘치를 움직이는지 설명하실 수 없어. 하지만 하늘치를 움직이실 수는 있어. 아마도 유수부의 통제국에서 사용하는 방법과는 다른 방법이겠지."

팔리탐은 고개를 들었다. 바깥의 차가운 공기를 막기 위해 창문과 문은 모두 닫혀 있었고 두 사람이 앉아 있는 탁자에는 초 한 자루가 불타고 있었지만 전체적으로 어두웠다. 그 어둠 속에서 팔리탐의 가면은 뚜렷하게 보였다.

"그렇다면 대장군도 모르겠군요."

팔리탐의 추리를 듣고서도 발리츠는 자신에 대해 화를 내지 않았다. 쉽게 추리할 수 있는 사실이니까. 그래서 발리츠는 팔리탐을 조금 자극해 보기로 했다.

"그래. 규리하 공께서는 대장군께 하늘치 조종법을 알려 줄 수 없었어. 발케네 공께서는 대장군이 하늘치를 타고 발케네로 진공할 거라는 걱정은 하지 않으셔도 돼."

반응은 실망스러웠다. 팔리탐은 완벽한 무표정을 지을 수 있는 사람이다. 남다른 자기 통제력이 있기 때문이 아니라 가면을 쓰기 때문이다. 발리츠는 팔리탐이 표정이 필요할 때조차도 표정을 지을 수 없다는 것을 생각해 보았지만 그래도 이런 회담에서 그 무표정은 꽤 부러웠다. 팔리탐은 눈으로 알 수 있는 어떤 반응도 보여 주지 않은 채 말했다.

"대장군의 목표는 제국군의 규합인 것 같은데, 혹 자유무역당이 그를 돕고 있습니까?"

발리츠는 대답 없이 팔리탐의 가면을 보았다. 팔리탐은 한 손을 조금 펼치며 말했다.

"제국이 없어진 지금 자유무역당이 아니면 그런 대사업을 지원할 수 있는 곳이 없습니다. 그리고 지테를 당주는 규리하 공의 외조부이시지요."

얼핏 보기에 그 상황은 팔리탐이 발리츠로부터 정보를 끌어내려 하는 것처럼 보이지만 발리츠의 생각은 달랐다. 정보를 원한다면 대놓고 물어보는 것은 지극히 조악한 방법이다. 발리츠는 팔리탐이 '저는 이렇게 생각하고 싶은데 그러도록 도와주겠습니까?'라고 요청하는 듯한 느낌을 받았다. 남작은 팔리탐이 왜 그것을 원하는지 추측해 보았다. 팔리탐 지소어는 락토 빌파 사망 시 제국군과 발케네군 사이에 휴전 협정을 주도했던 인물이다. 발리츠는 어쩌면 팔리탐이 주군에게 들려줄 회군의 이유를 수집하고 있는지도 모른다고 생각해 보았다. 그렇지 않다면 대장군의 향후 거취에 대단한 관심을 가지고 있는 것일 수도 있고.

"나는 대장군과 자유무역당의 관계에 대해서는 잘 모르겠네. 그리고 내게는 대장군이나 자유무역당을 대신해서 귀관의 질문을 확인해 줄 자격도 없는 것 같군. 그런데 왜 그걸 알고 싶어하나?"

팔리탐은 주저하는 것처럼 보였다. 발리츠가 그의 가면 위에 제멋대로 그려 놓은 표정인지도 모르지만 어쨌든 그가 잠시 침묵했다는 것은 분명한 사실이다. 발리츠는 팔리탐이 침묵의 끝까지 차분히 걸어 올라갈 수 있도록 그의 침묵에 자신의 침묵을 기대어 세워 놓았다. 팔리탐이 침묵의 꼭대기에서 말했다.

"직접 설명을 들은 것은 아니지만 저는 대장군이 원하는 것이 무엇일지 알 수 있습니다."

"무엇이지?"

"대장군은 놔두면 굶주린 폭력 집단으로 변해 우환 거리가 될 수 있는 제국군을 수습하러 간 것이며, 그 힘을 압박 기제로 이용하여 귀족들에게 귀족원 회의를 강요할 작정이며, 그리하여 새 황제가 선출되면 차기 황제에게 온전히 간수해 두었던 그 힘을 넘길 작정일 겁니다."

발리츠는 '오!' 하듯 입술을 오므렸다가 말했다.

"살아 있는 사람에게 할 수 있는 평인지 의심스러운 호평이군. 만약 내가 그런 호평의 대상이 된다면 부담감 때문에 잠도 제대로 못 자겠는걸. 하지만 대장군이 자신의 황조를 열기 위해 필요한 힘을 모으러 간 것이라고 해석할 사람도 있을 텐데."

"멍청한 해석입니다. 대장군이 자신의 황조를 열고 싶었다면 규리하를 가졌을 겁니다. 그는 자신에게 복종하는 오만의 병력과 함께 규리하의 중심에 있었습니다."

발리츠는 한숨 같은 소리를 내며 고개를 끄덕일 수밖에 없었다. 팔리탐이 말했다.

"저는 대장군의 목적은 대강 짐작합니다만 가능성에 대해서는 짐작하기 어렵습니다. 자유무역당이 그를 지원하는지 알고 싶은 것은 그 때문입니다."

"귀관은 나를 위험한 대화로 이끄는군."

"이곳은 주막입니다."

온갖 이야기가 모였다가 흩어지며 거기에 대해 누구도 책임을 지지 않는 곳입니다. 발리츠는 부담 없이 질문했다.

"좋아. 그에게 가능성이 있다면? 그러면 귀관은 제위를 향한 주군의 걸음을 막을 생각인가?"

"각하께서는 어찌하시겠습니까?"

발리츠는 솔직하게 말했다.

"내 처조카님은 막을 필요도 없어. 제위에 아무 관심이 없으시니까. 대장군에게 아무런 약속도 받지 않고 지러쿼터 산맥 너머로 보내 주신 것만 봐도 알 수 있지 않나."

팔리탐은 고개를 살짝 끄덕였다. 일신에 높은 수준의 무예를 쌓았지만 시기심 많은 이웃들 때문에 날개를 펼 수 없었던 무인이 혼란기를 맞아 유서 깊은 무향의 지배자를 찾아왔다면 그 속내는 뻔하다. 나쁘게 말하자면 매무자(賣武者), 좋게 말하자면 새 시대의 주춧돌이 될 작정일 것이다. 하지만 그가 찾아낸 자는 한 시대가 한 사람에게만 허락하는 자리에 관심이 없었다. 주인을 잘못 고른 명검이라고 할까. 발리츠의 대답에 아쉬움 같은 것이 약간 섞여 있는 것은 그 때문일 것이다.

하지만 발리츠는 판사이로 돌아가는 대신 규리하 공의 대변인으로 회담장에 나왔다. 팔리탐은 남작이 사태를 조금 더 관망하려는 것인지도 모르겠다고 생각했다. 대장군의 원대한 꿈이 실패하고 상대방의 혈관에서 짜낸 동의로 자신의 방패에 서명을 받는 시기가 온다면 규리하 공 또한 자신을 지키기 위해서라도 실력 행사가 필요할 것이다. 그리고 대장군의 소망이 이루어져 새 황제를 선출하기 위한 귀족원 회의가 개최된다 해도 규리하의 변경백은 강력한 후보 중 한 사람이 될 것이다. 그 정도면 사태를 관망할 만하다. 발리츠는 감추는 것이 적은 사람이었다.

발리츠의 솔직한 대답에 팔리탐은 솔직함으로 보답하기로 했다.

"제 생각에, 발케네 공은 발케네를 다스려야 합니다."

굴도하 남작은 희미한 웃음을 팔리탐에게 보내었다. 가면의 무장은 제국이라고 말하지 않고 발케네라고 말했다. 그것은 발케네 공의 지배 범위를 발케네로 한정 지은 것도 된다.

"주군을 잘 모시고 돌아가길 바라네."

"감사합니다."

굴도하 남작은 의자에서 일어났다. 팔리탐은 공격 의사가 없다는 것을 보여 주기 위해 그대로 앉아 있었다. 남작은 가지고 온 경고장을 팔리탐 쪽으로 조금 밀어 놓고 그대로 주막 밖으로 나갔다. 바깥에서 기다리던 수행인들이 인사하는 소리가 조금 들려왔다. 그리고 조금 후 여러 개의 말발굽 소리가 일어났다가 빠르게 멀어져 갔다.

팔리탐은 고개를 돌려 주막 주인으로 변장한 병사를 바라보았다. 병사는 그때까지도 충실하게 주막 주인인 것처럼 솥을 닦고 있었다. 팔리탐은 쓴웃음을 지었다.

"솥은 그만 닦아도 된다. 수고했으니 와서 이거나 좀 먹어라."

군것질을 싫어하는 병사가 혹 있을지도 모르지만 그 병사는 그렇지 않았다. 병사는 반색하며 일어났다. 하지만 곧 걸음을 멈추고 낭패한 표정을 지었다. 팔리탐이 의아해할 때 탁자 맞은편에서 목소리가 들려왔다.

"괜찮으니 가져가라."

팔리탐은 재빨리 고개를 돌렸다. 조금 전 발리츠 굴도하가 앉아 있던 자리에는 스카리 빌파가 비스듬한 자세로 앉아 있었다.

병사는 쭈뼛거리며 다가왔다. 스카리는 손을 들어 부엌 쪽을 가리켰다. 그 뜻을 이해한 병사는 쟁반을 가져와 탁자 위에 놓여 있는 것들을 재빨리 담아 들고 부엌으로 걸어갔다. 팔리탐은 그곳에서 즐거운 시간을 보내게 된 병사를 조금 동경했다. 자신은 당분간 즐거움을 느끼지 못할 테니까.

병사가 부엌으로 사라진 것을 확인한 스카리는 두 손을 앞으로 뻗어 탁자 모서리를 붙잡았다.

"발케네 공은 발케네를 다스려야 한다고 믿나?"

팔리탐은 고개를 끄덕였다.

"그렇습니다."

"다른 것은 안 되나?"

"왜 다른 것이 필요합니까?"

"자네가 현자연하는 소인배들의 말투를 구사할 줄은 몰랐군. 그것들은 필요나 의미를 말한다. 하지만 가능성을 말하는 자도 있다."

"할 수 있는 일을 모두 해도 되는 것은 아닙니다."

"그래? 할 수 있느냐 없느냐는 누구나 알 수 있다. 하지만 해도 되는 것과 안 되는 것을 누가 정하지? 자네가 그걸 정하나?"

"사람들이 정합니다."

"할 수 없는 무수히 많은 자들이 정한다는 말이군. 조금도 공평하지 않군."

팔리탐은 공평이라는 말이 그렇게 쓰인다는 말에 어처구니가 없었다. 스카리는 빙글빙글 웃으며 말했다.

"그렇지 않나? 정말 웃기는 일이지. 글을 쓸 줄 모르는 자가 모든 사람에게 글을 쓰지 말라고 명령하면 그보다 더 주제넘은 일이 어디 있겠나? 그것은 글을 쓸 줄 아는 자들에게 공평하지 않아. 따라서 자네가 말하는 그 사람들은 자신이 할 수 없는 일을 내게 해선 안 된다고 요청할 수 없어."

"그렇다면 그럴 능력만 있다면 누구라도 각하의 영토를 짓밟고 각하의 재물을 약탈하고 각하의 눈앞에서 부녀 헨로를 능욕해도 된다는 겁니까?"

팔리탐의 과격한 언사에 스카리는 격분했다. 고함을 지르고 싶은 것을 간신히 억누르고 목에 핏줄을 세워 말했다.

"무슨 말을 하고 싶은지 알겠는데 말은 가려서 해라. 그 질문에 답하자면, 누구라도 시도할 수는 있다. 나는 그것들에게 해도 된다거나 하면 안 된다고 말하지 않겠다! 하지만 그러면 나에게 죽는다는 것은 확실히 말해 줄 수 있다. 사나이라면 혀가 아닌 주먹으로 자기 것을 지키는 법이다."

팔리탐은 물끄러미 스카리를 바라보다가 말했다.

"혀가 아닌 주먹으로?"

"혀가 아닌 주먹으로."

팔리탐은 고개를 들었다. 그의 가면이 주막의 천장을 향해 고정되었다. 팔리탐은 그런 자세로 한참 동안 꼼짝도 하지 않았다. 누구에게나 무례가 될 동작이고 주군을 대하는 태도로는 절대 용납될 수 없는 외면이다. 스카리는 그 불충을 꾸짖으려 했다. 그때 팔리탐이 말했다.

"이젠 더 못 참겠군."

충격적인 말에 스카리는 눈 주위를 험악하게 찡그렸다. 조금 후 그 눈은 크게 열렸다.

팔리탐은 머리 뒤로 손을 가져갔다. 가면을 머리에 고정시키고 있는 끈을 더듬어 찾아 그것을 풀었다. 팔리탐 지소어를 아는 모든 사람에게 익숙한 가면이 아래로 기울었다. 팔리탐은 그것을 붙잡아 탁자 위에 엎어 놓고 스카리를 바라보았다.

스카리는 이것이 기를 죽이기 위한 전술적 행동일 거라 생각했다. 또는 가식 없는 진실한 말을 하겠다는 의지의 표현일 수도 있다. 어쩌면, 확률은 낮지만 그냥 답답해서 그러는 것인지도 모른다…… 스카리의 이성적인 부분은 팔리탐의 행동을 그렇게 다각도로 고찰하고 있었다. 하지만 스카리의 감성은 그 주인을 생경한 공포로 몰아갔다. 스카리는 몸을 돌리거나 감투를 쓰고 싶은 충동을 억누르기 위해 탁자를 꽉 붙잡았다.

시모그라쥬의 베로시 토프탈은 두억시니를 사랑하기 때문에 두억시니 장군으로 불린다. 스카리는 그녀가 이곳에 있다면 평생의 소망을 이루었다고 좋아할지도 모르겠다고 생각했다. 가면을 벗은 팔리탐의 얼굴은 어떤 면에서는 기념비적이었다. 결코 동요되지 않는 냉정함으로 통제된 악의만이 그런 얼굴을 만들어 낼 수 있을 것이다. 그 얼굴을 만들었다는 팔리탐의 옛 상관은 팔리탐을 죽이지 않기 위해 세심한 동작을 지겹도록 반복했을 것이다. 분노만으로는 결코 그런 얼굴을 만들 수 없다. 바늘로 한 땀 한 땀 문신을 새겨 넣는 문신 기술자와도 같은 집중력이 필요했을 것이다. 팔리탐의 얼굴은 악의의 기념비였다.

터져 나오려 애쓰는 비명이 스카리의 목을 간질이다가 아예 숨통을 조르기 시작했다. 자신을 진정시키기 위해 스카리는 '아무래도 잠자리가 염려되니 가면 도로 쓰게.' 등으로 가볍게 말하려 했다. 하지만 팔리탐은 스카리가 그런 방법으로 자신을 회복하게 내버려두지 않았다. 일그러진 입술, 도대체 어떻게 움직일 수 있는지 이해하기 힘든 입술이 움직였다.

"네가 받아들여야 하는 거래가 있다, 스카리."

스카리는 입술을 질끈 깨물었다. 그는 어느새 떨고 있었지만 그 사실을 알지 못했다. 팔리탐이 말했다.

"발케네로 돌아가라. 가서 감히 발케네를 공격했던 제국군을 규리하까지 추격하여 혼쭐을 내줬다고 자랑해라. 그러고 나서 부냐 헨로를 아내로 맞이하고 발케네를 다스려라. 거기까지는 도와주겠다."

스카리는 헐떡였다.

"네가……."

"발케네의 위대한 지배자가 될 것까지는 바라지도 않겠다. 부냐 헨로의 몸을 통해 빌파 가문의 후사를 얻어라. 네게도 여자를 임신시키는 능력은 있겠지. 그리고 그 여자에게도 최소한 아이를 잉태하는 재주는 있겠지. 내 조력의 대가로 네가 내놓아야 하는 것은 그것뿐이다. 이 정도면 괜찮은 거래 아닌가?"

"감히……."

탁자 모서리를 움켜쥐고 있는 스카리의 손이 꿈틀거렸다. 그 손이 허리 쪽으로 갈지 가슴 쪽으로 갈지 관찰하는 것은 나름대로 흥미로운 일이 되겠지만 팔리탐은 그런 흥미를 포기했다. 대신 팔리탐은 탁자 위로 손을 뻗어 엎어 놓은 자신의 가면을 붙잡았다. 그리고 가면을 뒤집어 얼굴에 닿는 안쪽 면이 위로 올라오게 했다. 스카리는 핏발 선 눈을 돌려 가면 안쪽을 보았다.

다음 순간 스카리 빌파는 탁자를 밀어내며 벌떡 일어났다.

가면 안쪽에는 길고 예리한 쇳조각이 붙어 있었다. 스카리는 그것이 무엇인지 어렵지 않게 짐작해 냈다. 스카리는 팔리탐 지소어가 락토 빌파의 사체에서 부러진 비수를 뽑아내는 것을, 그리고 그 칼 토막을 소매 속에 숨기는 것을 보았다. 스카리는 아버지의 시체 앞에 무릎을 꿇은 채 자신의 눈을 찔렀던 것을 기억해 냈다. 스카리의 내부에서 모멸감과 공포감, 분노가 뒤섞여 회오리를 만들었다. 스카리는 비틀거리다가 벽에 등을 기대었다. 그는 두 손을 벽에 붙인 채 팔리탐을 노려보았다.

팔리탐은 가면을 들어 올렸다. 그리고 비수 조각이 붙어 있는 안쪽 면을 스카리에게 보여 주었다.

"내 눈 앞에는 항상 육친을 죽인 이 저주받을 쇳조각이 있다. 나는 결코 잊지 않는다."

팔리탐은 가면을 끌어당겼다. 그는 가면을 얼굴에 대고 서두르지 않는 동작으로 끈을 묶었다. 그 끔찍한 얼굴은 다시 가면 뒤로 사라졌지만 스카리의 기억을 가려 줄 가면은 없었다. 스카리의 눈에는 여전히 가면 뒤에 있는 소름 끼치는 얼굴과 칼 토막이 보이는 듯했다.

팔리탐은 서서히 의자에서 일어났다. 탁자 옆으로 나와 스카리의 정면에 서서 그가 낮은 목소리로 말했다.

"감투를 쓰고 나를 죽이는 것은 너 자신의 목을 조르는 일이 될 것이다. 마지막 순간에도 너를 도와줄 유일한 사람을 스스로 없애는 일이 될 테니. 이 말이 네게 너무 어렵다면 이렇게 설명해 주마. 너는 불을 가지고 있고, 그것으로 무언가를 태울 수 있다는 사실에 기뻐하고 있다. 하지만 그 불이 태울 수 있는 것에는 너 자신도 포함된다. 네 깜냥으로는 사라티본 부대를 다룰 수 없다. 만약 너의 작은 실수로 그들이 너에게 분노하는 날이 오면 백 개의 도깨비감투도 너를 구할 수 없을 것이다."

스카리는 벽에 붙은 채 꼼짝도 하지 않았다. 팔리탐은 간단히 예를 갖추고 몸을 돌렸다. 그리고 그대로 주막 밖으로 나갔다.

스카리는 거친 숨을 몰아쉬며 팔리탐이 빠져나간 문을 노려보았다. 그는 분노했고, 그 분노에서 낯익음을 느꼈다. 그는 분노의 형제를 추적했다. 그리고 두 명의 형제를 찾아내었다. 하나는 엘시 에더리에 대한 분노였고 다른 하나는 락토 빌파에 대한 분노였다. 엘시 에더리와 락토 빌파, 팔리탐 지소어는 비슷한 면이 전혀 없다. 하지만 스카리는 그들의 공통점을 찾아내었다.

그 세 사람은 스카리의 통제 밖에서 그를 마주했다.

스카리는 벽을 밀어냈다. 그는 앞으로 걸어가 허리를 숙여 의자를 붙잡았다.

그리고 괴성을 지르며 의자로 벽을 후려쳤다.

아라짓력 31년 11월 말, 제국의 많은 땅에서 겨울의 성미가 조금씩 누그러드는 시기지만 북방의 규리하에서는 아직도 겨울의 폭압이 계속되고 있었다. 규리하의 모든 건물들은 눈과 얼음 속에 잠겨 있었다. 사람의 손길이나 발길이 드문 곳에 겨울 내내 쌓였던 얼음은 이제 석공의 재능이 아니고서는 어떻게 해 보기도 어려울 만큼 무겁게 자리 잡았고 상인방 위에 주렁주렁 매달린 고드름들은 문에 들어가는 행동을 마치 이름 모를 괴수의 아가리에 들어가는 일처럼 보이게끔 만들었다. 물론 사람들이 문 출입을 자주하지 않는 것은 상상력 과잉 때문이 아니라 문을 자주 여닫으면 집 안의 기온이 떨어지기 때문이다. 하지만 기쁜 소식을 전하는 자들은 계절이 여름인 양 문을 활짝 열고 뛰어들었다. 열린 문을 통해 휘몰아치는 바람에 화가 난 사람들은 그 바람과 함께 들어온 소식에 그만 분노를 잊었다. 발케네군이 떠난다는 소식이었다.

'이 계절에 지러쿼터 산맥을 넘어간다고?' 사실이었다. 발케네군은 오만하게 지러쿼터 산맥을 넘어갔다. 후퇴라고 할 수도 있는 행동이 오만한 것은 겨울에 지러쿼터 산맥을 넘는 것 자체가 쉽지 않은 도전이기 때문이다. 하지만 발케네군은 막대한 목재를 아낌없이 불태워 가며 산맥을 넘었다. 사라티본 부대가 있었기에 그런 무지막지한 목재 공급이 가능했다. 결국 발케네군은 부주의 때문에 동사한 몇 명의 병사만 잃은 채 지러쿼터 산맥을 넘었다.

그러나 과텔, 규리하, 케나린과 그 주변의 중소 도시들에서 피난촌을 형성하고 있던 피난민들은 빌케네군의 그런 행동을 흉내 낼 수 없었다. 일부 수완 좋은 자들이나 고집 센 자들은 겨울 여행을 시도하기도 했지만 대부분의 피난민들은 봄이 올 때까지 귀향을 미룬다는 현명한 판단을 내렸다. 덕분에 규리하 정부는 그들의 귀향과 재정착을 지원하는 부담을 조금 유예시킬 수 있었다. 규리하 공 비셀스 규리하는 익년의 최우선 사업을 전후 복구로 결정하고 예산안을 편성하도록 명령했다. 하지만 규리하 정부에는 재원이 부족했다. 30년과 31년에 그들이 겪은 두 번의 전쟁 동안 많은 재원이 사라졌다. 그중에는 아이저 규리하가 반란자로 지목된 것 때문에 동결되거나 소실된 국외 재산도 상당했다. 당연한 일이지만 세수 증대는 바라기 힘들었다. 오히려 세금을 면제시켜야 할 처지니까.

침통한 표정으로 규리하 공을 찾아온 예산안 담당자는 채권을 발행해서 자유무역당에 판다는 해결책을 내놓았다. 그의 말을 경청하던 정우는 예산안 담당자의 말투 속에서 자유무역당주가 외손녀의 채권을 사 줄 거라는 믿음을 발견했다. 정우는 조심스럽게 그것을 지적했고 예산안 담당자 또한 순순히 인정했다. 정우는 잠깐 생각하고 나서 말했다.

"하지만 저라면 사지 않을 것 같은데요. 지금 같은 불안한 정세에서 급전이 필요한 곳은 많을 테고 자유무역당이 그 모든 손에 돈을 내주기 어려울 거예요. 규리하의 채권에 어느 정도의 신인도가 있을지 저는 잘 모르겠군요."

2년 전이라면 규리하 정부의 신인도가 높다고 말할 수 있었겠지만 반란자로 지목당하고 제국군에게 패배하고 발케네군에게 유린당한 지금은 어렵다. 예산안 담당자가 침묵하자 정우는 생각에 잠겼다. 잠시 후 그녀는 자리에서 일어나 창가로 걸어갔다. 예산안 담당자는 창가에 놓여 있는 새장을 보고 꽤 유명한 장면을 보게 되었구나 하고 생각했다.

하지만 정우는 새장 속에 있는 인조새에게 말을 걸지 않았다. 의아해하던 예산안 담당자는 인조새가 잠들어 있다는 것을 알았다. 햇빛에 의해 움직이는 인조새는 겨울의 희박한 햇빛에서 충분한 활력을 얻지 못하는 듯했다. 창가에 서서 창밖을 보던 정우가 고개를 돌렸다.

"자유무역당은 연초 취급권을 얻었다고 알고 있는데, 맞나요?"

"그렇습니다."

"연초 제조인들에게 거래선을 확보해야겠군요. 많이 확보했나요?"

"모르겠습니다. 필요하면 상당히 공격적인 자유무역당이니 아마 많이 확보하지 않았을까요?"

"음. 그래도 싼값에 연초를 공급하겠다면 사겠지요?"

예산안 담당자는 의아해했다.

"그렇긴 합니다만, 각하. 혹 연초를 재배하려는 생각이십니까? 규리하에서는 연초를 재배할 수 없습니다. 너무 북쪽이지요."

"판사이에서는 재배가 가능하지요?"

"판사이요? 예, 가능합니다. 그 남부에서 실제로 재배하고 있는 것으로 압니다."

"그럼 됐네요. 고모부님을 통해 연초밭을 구입하도록 해요. 그리고 판매하도록 하지요."

"하지만 규리하에는 연초 재배 전문가가 없습니다. 어떻게 자유무역당이 만족할 만한 생산 단가를 맞출 수 있습니까?"

"생신은 현지 소작인들이 할 테고, 건조 비용을 아끼기도 하지요. 듣자하니 하늘누리는 발케네로 진공하기 전에 몽화각의 도깨비들을 철수시켰다고 하더군요. 그분들은 지금 즈믄누리에 계실 테고 꽤 심심해하실 거예요."

어리둥절해하던 예산안 담당자는 잠시 후 머리를 탁 치고 싶은 것을 느꼈다. 연초는 수확한 다음 연초 건조막에서 건조시키는데, 이때 대략 7, 8일 정도 계속 불을 때서 연초를 건조시킨다. 그러므로 연료 비용을 감안한다면 대규모 건조막을 만드는 것은 어렵다. 그런데 만일 도깨비들이 도깨비불을 이용하여 연초를 건조시킨다면 연료가 전혀 들지 않으므로 대규모 건조막을 만드는 것도 가능하다. 예산안 담당자는 흥분하여 말했다.

"그분들이 와 주실까요?"

"부탁해 봐야지요. 그러려면 좋은 계획이 있어야 할 테고요. 물론 자유무역당에 제출하고 선금을 받으려 해도 좋은 계획이 필요하겠지요. 그러니 파라말, 좋은 계획을 만들어 주세요. 하실 수 있죠?"

전 산공부사이자 전 유수부차사이기도 하지만, 지금은 규리하공을 위해 잠시 일하고 있는 파라말 아이솔이 고개를 끄덕였다.

"해 보겠습니다. 저, 그런데 질문이 있습니다."

"무슨 질문이시죠?"

파라말은 장난스러운 목소리를 내지 않으려 애쓰며 말했다.

"새님은 주무시고 계신데, 어디서 조언을 얻으셨습니까?"

정우는 웃고 나서 파라말에게 다가오라고 손짓했다. 파라말이 옆에 와 서자 정우는 창밖을 가리켰다. 창밖을 본 파라말은 탈해 머리돌이 조금 떨어진 성벽 위에서 뻐끔이를 입에 문 채 연기를 뭉게뭉게 피워 올리고 있는 모습을 발견했다. 그곳에는 정우가 말한 계획의 가장 중요한 요소 두 가지, 즉 연초와 도깨비가 모두 있었다. 파라말은 실소하듯 웃었다.

그때 성벽 위에 있던 탈해가 정우를 향해 손을 흔들었다. 정우는 열렬한 동작으로 손을 마주 흔들었다. 정우가 손을 흔드는 것을 본 탈해는 큼직한 미소를 지으며 손을 더욱 크게 흔들며 외쳤다.

"추우니까 들어가!"

정우는 환한 웃음을 남겨 놓고 창문 안으로 사라졌다. 정우가 안으로 사라지고 나서 파라말도 탈해에게 목례한 다음 사라졌다. 탈해는 기쁜 표정으로 연기를 가득 내뿜었다.

그가 성벽 위에 서 있었던 것은 바람을 쐬기 위해서가 아니다. 그렇다면 정우의 창문에서 잘 보이는 위치를 고집할 이유는 없으니까. 탈해는 정우의 얼굴이 보고 싶었다. 전쟁 피해 복구를 위해 정우는 규리하의 관리들과 매일 많은 시간을 보내고 있었으므로 탈해는 그녀를 보기 힘들었다. 혹시나 하는 마음에 성벽에서 정우의 방을 바라보던 탈해는 고맙게도 정우의 얼굴을 보게 되었고 그 사실에 기쁨을 느꼈다. 하지만 정우의 모습이 다시 사라진 지금 탈해는 아쉬움을 느꼈다. 자신을 달래고 싶었던 탈해는 한자리에 오래 서 있느라 약간 뻣뻣해진 몸을 짐짓 좌우로 비틀었다.

탈해는 아래쪽에 있는 두 사람을 발견했다. 한 명은 거대한 레콘 아트밀이었고 그 곁에 서 있는 것은 사라말 아이솔이었다. 두 사람은 탈해의 고함에 고개를 든 듯했다. 탈해는 그들에게도 손을 흔들었다. 아트밀은 별 반응을 보이지 않았지만 사라말은 손을 들어 가볍게 흔들었다. 탈해는 싱긋 웃었다.

사라말이 탈해를 향해 흔들었던 손을 내리고 말했다.

"어쩌면 아이저 규리하는 저기 있는 도깨비 무사장의 존재 때문에 정공이 어렵다고 판단하고 정우가 전쟁 피해의 수습에 실패하길 기다리고 있을지도 모릅니다. 정우가 규리하 사람들의 신망을 잃기를 기다리는 거지요. 파라말은 그럴 가능성에 대비해서 정우를 돕고 있습니다."

아트밀은 뚱한 표정을 지었다. 그는 사라말의 이야기에 별 관심이 없었다. 하지만 사라말은 아트밀이 그의 이야기에 관심이 아주 많다는 표정을 짓고 있는 것처럼 행동했다. 아트밀은 사라말이 눈치가 없는 것이 아닌가 생각했지만 그런 것 같지는 않았다. 아트밀은 거의 직접적인 표현으로 자신의 무관심을 밝혔지만 사라말은 개의치 않았다.

"대장군은 규리하를 떠났고 이제 우리는 그를 추적하기 어렵습니다. 지금 황제의 유지를 발표한다 해도 소용은 없을 겁니다. 그것을 발표하려면 대장군이 성공하여 귀족원 회의가 개최될 때까지 기다린 다음 그 회의장에서 하는 것이 좋겠지요. 하지만 그때쯤이면 발케네 공은 하늘치에서 탈출한 자들을 잔뜩 모아 놓았을 겁니다. 우리처럼 발케네를 탈출할 수 있었던 자들은 거의 없을 테니까요."

아트밀은 지겹다는 표정으로 머리를 이리저리 흔들었다. 그러던 그는 다시 한번 사라말의 말에 관심이 없음을 밝힐 좋은 방법을 찾아냈다.

"저기 있는 건 야리키인가? 뭘 하는 거지?"

아트밀이 가리킨 곳은 규리하 성 꼭대기였다. 그곳을 올려다본 사라말은 꼭대기 가장자리에 걸터앉아 있는 야리키를 발견했다. 하지만 그저 그곳에 앉아 있다면 아트밀이 '뭘 하는 거냐.'고 말했을 리 없다. 그는 확실히 눈여겨볼 만한 희한한 짓을 하고 있었다. 야리키는 그의 긴 조간을 앞으로 뻗은 다음 쇠사슬 낚싯줄을 아래로 늘어뜨리고 있었다. 아트밀이 말했다.

"새를 낚으려는 건가?"

사라말은 고개를 한 번 끄덕이고 입을 열었다.

"정우 규리하는 6억 명의 사람들 중 한 명밖에 없는 사람입니다. 물론 세상에 그렇지 않은 사람이 어디 있겠습니까마는 우리가 잘 알고 있는 사고, 즉 하늘누리가 유수부 통제국과 함께 사라진 지금 그녀는 세상에 딱 한 사람뿐인, 어쨌든 우리가 알고 있는 유일한 하늘치 조종자입니다. 따라서 그녀는 새로운 제국에 새로운 하늘누리를 제공해 줄 수 있는데……."

아트밀은 질렸다는 몸짓을 해 보였다. 그가 사라말의 말에 관심이 있었다면 사라말의 계속된 말이 별 관련 없이 이것저것 늘어놓는 것에 가깝다는 것을 깨달았을 테지만 아트밀은 그것을 알아차릴 수도 없을 만큼 사라말의 말에 관심이 없었다.

눈이 좋은 레콘인 야리키는 저 아래쪽에 있는 아트밀의 표정을 생생하게 볼 수 있었다. 그는 아트밀이 지겨워한다는 것을 알 수 있었다. 야리키는 아이솔 형제와 함께 온 젊은 레콘이 무엇 때문에 지겨운 대화를 그만두고 어딘가로 훨씬 재미있는 일을 하러 떠나지 않는지 알 수 없었다. 물론 그가 참견할 일은 아니다.
"그러니까 당신이 원하는 건 하늘 낚시터라는 거죠?"
야리키는 움찔하여 몸을 부풀렸다. 그는 일단 낚싯대를 꽉 붙잡았다. 자칫하여 놓쳤다간 아래에 있는 사물을 부수거나 사람을 상하게 할지도 모르니까. 낚싯대를 단단히 세워 잡은 야리키는 목소리가 들려온 곳을 돌아보았다. 낯익은 여자의 모습이 보였다. 야리키는 고개를 갸웃했다.
"너 이름이……."
"세레지 파림. 고아라짓 왕국의 개조 영웅왕이 남겼다는 영웅왕의 낚싯대를 찾아다니는 보물 사냥꾼."
낚싯대라는 말에 흠칫했던 야리키는 곧 자신을 진정시켰다.
"네 이름은 기억 못했지만 네가 하는 말의 9할은 믿지 말라던 경고는 기억나는군."
"세상을 재미없는 곳으로 만들고 싶어하는 악의 세력을 만나셨군요. 더 노력해야겠어요."
"조금 전의 그 소리는 뭐냐?"
세레지는 활짝 웃었다. 두꺼운 방한복으로 몸을 둘러싼 그녀는 바닥에 털썩 앉으며 말했다.
"맞았나 보네?"
"뭐가 맞았다는 거냐?"
"우아, 당황스럽다. 그냥 이야기 하나 만들어 본 건데. 정말 무…… 그거 없는 낚시터를 원하세요?"
세레지는 물이라는 말을 황급히 대명사로 바꿨다. 야리키는 부리를 탁 부딪치고 다시 고개를 돌렸다. 세레지는 그 뒷모습을 향해 고개를 끄덕였다.

"쑥스러워하지 마세요. 멋진 해결책이네요. 그러니까 이런 거죠? 하늘치를 움직일 수 있는 사람은 하늘치가 왜 떠 있는지도 알 수 있다. 그 사람은 그 방법을 이용하여 다른 생선도 공중에 띄울 수 있을지도 모른다. 그렇다면 당신은 그거 없는 낚시터를 가지게 된다. 숙원 달성, 인생 성공. 그런데 규리하 공은 자신의 하늘치 조종술을 설명할 수 없는 모양이던데요."

야리키는 무뚝뚝하게 말했다.

"할 수 있게 될 거야."

"그렇게 되길 바라지요. 그런데 바쁘지 않다면 저 좀 도와줄래요? 그 말 하려고 올라왔는데."

"뭘 도와달라는 거야?"

"꿈에 그리던 이상형을 만났어요. 그는 완벽한 남자예요. 하지만 저는 너무 부끄러워서……."

야리키는 벌떡 일어났다.

"알았어."

세레지는 킥 웃었다.

세레지의 요구 조건은 간단했다. 그녀는 야리키에게 자신의 이상형을 '낚아 달라고' 요청했다. 그 다음은 자신이 알아서 하겠다는 것이었다. 세레지는 그것을 처녀의 수줍음이 반영된 혁신적 구혼법이라고 불렀고 야리키는 거기에 아무 논평도 하지 않았다. 세레지와 함께 걸어간 야리키는 세레지가 어떤 병사를 지목하자 그에게 불쑥 손을 내밀었다. 병사는 마주 손을 내밀지 않았다. 물론 레콘과 태연히 악수하는 것은 어려운 일이지만 병사의 반응은 조금 더 극적이었다. 병사는 뒤로 돌아 죽을 힘을 다해 도망쳤던 것이다. 야리키는 부리를 딱 부딪치고 낚싯대를 쓱 내쩔렀다.

도망치는 병사의 다리 사이로 낚싯대가 파고들었다. 병사는 그의 남은 평생에 두 번 다시 할 일이 없을 극적인 공중 회전을 보여 주며 나가떨어졌다. 모든 면에서 극적인 남자였고 세레지가 이상형으로 지목할 만했다. 야리키는 쓰러진 남자에게 성큼 다가가서 그 허리띠에 낚시를 끼웠다. 그리고 남자를 낚시에 매단 채 옆으로 두 걸음 걸었다. 그러자 병사는 성벽에서 바깥으로 7미터 거리에 매달리게 되었다. 지상까지 확실히 추락사를 보장하는 거리였다.

야리키는 조간을 좌우로 흔들었고 매달린 병사는 비명을 꽥꽥 질렀다. 당연히 구경꾼들이 우르르 모여들었다. 어리둥절해하는 구경꾼들을 위해 세레지가 친절하게 상황을 설명했다.

"정말 재미있어 보이죠? 동편 다섯 닢씩 받아요!"

야리키는 하늘을 물끄러미 바라보았고 구경꾼들은 좀 위험한 오락이 아닌가 하는 의견을 주고받았다. 그리고 병사가 내지르는 사람 살리라는 외침은 사람들로 하여금 동정심을 느끼게 하기보다 호기심을 느끼게 했다. 매달린 병사는 언제나 동일한 호소력을 가지고 있는 언어는 없으며 사람은 언어 못지않게 상황에서도 많은 정보를 얻는다는 것을 고통스럽게 깨달았다. 그는 아마 영원히 웅변술 강좌에는 관심을 가질 수 없을 것이다.

병사가 더 이상 비명도 내지르기 어려운 상태가 된 것을 확인한 세레지는 야리키에게 그를 내리라고 손짓했다. 야리키는 이것이 손맛이라는 건가 하는 생각을 하며 병사를 성벽 위의 통행로에 내려놓았다. 약간 얼빠진 것처럼 보이는 구경꾼 하나가 "다섯

낲이라고 했습니까?"라고 질문했지만 세레지는 그를 무시하며 바닥에 앉아 헛구역질하는 남자에게 말했다.

"자, 내가 질문하고 자기는 대답하는 거야. 대답이 시원찮으면 우리 자기는 한 번 더 하늘을 날아다니게 될 거야. 그런데 두 번째는 내가 낚싯대를 들 생각이거든? 그러니 잘 생각해서 대답해. 켄토릭이 누구지?"

야리키는 벼슬을 꿈틀했다. 무기라고 할 수 있을지는 불확실하지만 어쨌든 그의 조간은 최후의 대장간에서 받은 것이고 야리키는 다른 사람이 그것을 만지도록 할 생각이 없었다. 하지만 병사는 침착했다면 알아차릴 수 있는 그 사실을 깨닫지 못했다. 대신 병사는 야리키가 아닌 세레지라면 자신을 반드시 떨어뜨릴 거라는 생각만 떠올렸다. 곧 병사는 켄토릭에 대해 자신이 아는 모든 사실을 털어놓았다. 켄토릭이 사람 이름이 아니라 특정한 암호라는 사실, 그리고 그 암호를 말해야 하는 장소까지 알게 된 세레지는 빙긋 웃고 상황을 깨달은 듯한 표정을 짓는 구경꾼에게 병사를 넘겼다.

"가요, 야리키."

야리키는 의아한 표정으로 말했다.

"지금?"

"바쁜 용건 있어요?"

없었다. 야리키는 조간을 어깨에 멨고 세레지는 앞장서서 척척 걸어갔다.

얼마 후 두 사람은 규리하 시의 주점 중 한 곳에 나타났다. 세레지가 켄토릭을 주문하자 주인은 문을 향해 미친 듯이 도망쳤다. 그러나 채 몇 걸음도 달리기 전에 주인은 꽤 묵직한 것이 머리를 내리누르는 것을 느꼈다. 큼직한 손으로 주인의 머리를 붙잡은 야리키는 차분하게 말했다.

"반항하면 목 부러진다."

그리고 야리키는 팔을 끌어당겼다. 훌륭한 뒷걸음질로 되돌아온 주인은 조금 후 어떤 이름을 알려 주었다. 세레지는 빙긋 웃었다.

"가요, 야리키."

"지금?"

"바쁜 용건 있어요?"

방랑자는 발바닥에 세상의 흙먼지를 모아들이는 자다. 하지만 하늘치의 등을 이용하기 좋아하는 야리키는 방랑자이면서도 지상과 유리되어 있었다. 또한 신부 탐색자가 아니라 숙원 추구자이기에 야리키는 다른 레콘들과도 관계를 맺을 일이 별로 없었다. 그날 오후 세레지 파림을 따라 이리저리 돌아다니며 야리키는 몇 년 동안 겪을까 말까 하는 교제를 한꺼번에 치렀다. 그 대부분이 폭력적인 것이긴 하지만 숫자 자체는 많았다. 야리키는 그 익숙하지 않은 경험들이 싫었다.

해가 질 무렵, 누군지 이름도 기억해 두지 않은 작자의 입속에 손을 집어넣어 혀를 뽑아내려는 시늉을 하던 야리키는 문득 고개를 돌려 세레지를 바라보았다. 세레지는 그가 무슨 말을 할지 안다는 듯한 표정으로 부드럽게 미소 지었다. 야리키는 특별히 강요하는 어조도 아닌 건조한 말투로 말했다.

"그만하자."

"한 명만 더 만나고."

"알았다."

야리키는 낚싯대를 어깨에 걸쳤다. 세레지는 오후 내내 그러했던 것처럼 그의 앞쪽에서 걸어갔다. 혀를 뜯길 뻔한 남자는 황혼에 버려졌다.

세레지와 야리키는 규리하 성으로 돌아가는 길을 걸었다. 다가오는 밤 속에서 기온은 급감했다. 혹독한 바람에 세레지는 몸을 움츠렸다. 그녀는 북부의 이 어처구니없는 추위에 대해 입속으로 투덜거렸다. 그녀의 뒤를 따라 걷는 야리키는 깃털들이 바람에 부대끼는 소리를 들었다. 빛은 여위어 가다가 창백하게 바뀌었다. 눈과 얼음이 파르스름하게 반짝거렸다. 빙판 길에는 재와 흙이 아무렇게나 뿌려져 있다. 얼어붙은 도시를 걷던 야리키는 멀리 보이는 규리하 성을 잠시 바라보다가 말했다.

"하늘 낚시터는 비밀이다."

세레지는 잠시 뒤를 돌아보고 다시 걸었다.

"왜죠? 다른 사람들이 떠드는 말에는 신경 쓰지 않는 것이 레콘이잖아요."

"비밀이다."

"알았어요. 저는 입이 무거우니까 걱정 마요."

야리키는 세레지가 입이 무겁다는 말에 대해 생각해 보았다. 그녀는 이야기를 좋아하지만 그녀가 즐겨 취급하는 이야기는 절대로 사실일 리 없는 것들이 대부분이니 입이 무겁다고 해도 될 것이다. 야리키는 안심했다.

장갑 낀 손을 겨드랑이에 묻은 채 걸어가던 세레지가 갑자기 발을 쾅쾅 굴렀다.

"야리키, 저는 한계선 남쪽에서 왔어요. 이 추위는 정말 싫어요. 세상이 쓸쓸하게 죽어 가는 것 같아. 세상이 죽을 땐 쓸쓸하겠지요?"

"뭐?"

"그렇잖아요. 세상은 혼자고 친구 세상이나 가족 세상 같은 것은 없으니까요. 세상은 혼자 죽을 거예요."

야리키는 부리를 살짝 부딪쳤다. 생각해 본 적도 없는 주제고 지금 그럴 충동이 드는 것도 아니다. 따라서 구태여 반론을 제기하고 싶은 생각도 들지 않았다. 세레지는 스스로에게 고개를 끄덕이고 다시 침묵했다.

바람이 줄어들었다. 바람마저 사라진 곳에 움직이는 것은 아무것도 없었다. 얼어붙지 않는 것은 아무것도 없다고 주장하는 듯한 밤 풍경이다. 시린 공기 자체도 자신 속에서 얼어붙고 있는 듯했다. 어쩌면 바람도 얼어붙은 것인지 모른다. 세레지는 눈이 왔으면 좋겠다고 생각했다. 야리키는 몰라도 세레지 자신에겐 굉장한 고생이 될 테지만 그래도 세레지는 눈을 기대하며 하늘을 보았다. 하지만 별이 얼어붙어 있는 하늘에는 구름 한 점 없었다. 아침은 다가올 것이다. 의심할 이유가 없다. 하지만 밤도 다시 다가올 것이다. 다시 아침이 왔다가 밤이 올 것이다. 반복되고 반복되고 반복되다가, 어느 순간 세레지는 더 이상 존재하지 않을 것이다. 큰 차이는 없다. 세레지가 태어나기 전에도 있었던 세상은 세레지가 없어진 후에도 있을 것이다. 혼자 외롭게 있을 것이다.

'아아, 춥다.' 세레지는 생각이 얼어붙는 것 같았다. 이 추위는 정말 싫었다. 세레지는 빨리 봄이라는 것이 왔으면 좋겠다고 생각했다. 그 다음엔 기필코 여름이 올 테고 가을과 빌어먹을 겨울도 다시 오겠지만, 그래도 세레지는 봄을 기다렸다.

목적지가 나타났다. 세레지는 걸음을 늦추다가 천천히 멈춰 섰다. 등 뒤에서 레콘의 굵은 목소리가 들려왔다.

"어쩌면 되지?"

세레지는 뒤를 돌아보지 않았다. 그녀의 앞쪽에 있는 것은 큼직한 3층짜리 목조 건물이었다. 그다지 풍족하지 않은 이들이 모여 사는 공동 주택이었다. 사람들이 많아서 그런지 건물에서 많은 소음이 들려왔다. 아마도 피난민들 때문에 거주민의 숫자가 상당히 늘어난 듯했다. 안마당 쪽에는 얼핏 보아서는 무엇인지 알 수 없는 짐들이 두서없이 쌓여 있었고 건물 주위에도 만만찮게 많은 쓰레기들이 보였다. 세레지는 고개를 한 번 끄덕이고 안마당 쪽으로 들어섰다.

야리키와 세레지는 2층으로 올라갔다. 안마당에 면한 기다란 복도에도 미처 집 안으로 들이지 못한 많은 짐들이 놓여 있었기 때문에 야리키는 꽤 조심스럽게 걸어야 했다. 물론 그의 조간 또한 주의 깊게 다루어야 했다. 용케 아무것도 무너뜨리지 않고 목표한 문 앞에 도달한 세레지는 그것을 가볍게 두드렸다.

문 안쪽에서는 아무 대답이 없었다. 세레지는 다시 문을 두드리며 말했다.

"추우니까 빨리 열어요!"

친구 집이라도 찾아온 듯했다. 야리키는 안마당 쪽으로 조간을 드리운 채 가만히 문을 바라보았다. 조금 후 그 문 안쪽에서 인간 소년의 것인 듯한 목소리가 들려왔다.

"누굽니까?"

"세레지 파림과 야리키."

"그게 누군데요?"

"좋은 사람들."

"당신 어디서 진하게 마시고 오기라도 한 겁니까? 이 밤중에 남의 집 문을 두드리면서 도대체 무슨 소리를……."

"빨리 문 여세요. 부수고 들어가고 싶지 않으니까요, 시카트 공자님."

야리키는 공자님이리는 호칭에 고개를 갸웃했다. 조금 후 문이 열렸다. 그곳에 나타난 것은 말쑥한 얼굴의 젊은이였다. 손에 촛대를 든 젊은이는 낭패한 얼굴로 세레지와 야리키를 바라보았다. 하지만 세레지는 문이 열리자마자 안쪽으로 뛰어들듯 걸어 들어갔다. 젊은이는 엉겁결에 옆으로 밀려났고 야리키 또한 복도에 낚싯대를 내려놓고 머리를 숙이며 집 안으로 들어섰다. 물론 젊은이는 야리키를 막지 못했다. 야리키가 그를 대신하여 문을 닫았다.

세레지는 장갑을 하나씩 벗으며 젊은이에게 말했다.

"열어 주셔서 고맙습니다, 시카트 공자님. 각하께서는 어디 계시죠?"

시카트 규리하는 차분한 표정으로 세레지와 야리키를 관찰하다가 세레지에게 시선을 고정시켰다.

"체포하러 온 것치곤 좀 이상한 구성이군."

"체포하러 온 것은 아니에요."

시카트는 몸을 돌렸다.

"일단 좀 앉는 것이 좋겠군. 뜨거운 거라도 좀 마시면서 이야기하지."

"감사합니다."

시카트는 응접실로 쓰이는 듯한 방으로 두 사람을 안내했다.

부활의 불씨 37

세레지는 그것이 응접실이라고 생각했지만, 그 모습 때문이 아니라 그저 두 사람을 안내했기에 그렇게 생각했을 뿐이다. 방 안에는 아무것도 없었다. 바닥에 놓는 것도 벽에 거는 것도 없이 그저 텅 빈 공간이었다. 세레지는 웃으며 바닥에 앉았고 야리키도 그렇게 했다. 응접실이 아니라 야영터에 앉아 있는 것 같았다.

시카트는 두 사람에게 잠깐 기다리라고 말하고는 손에 든 초를 바닥에 내려놓고 방을 나갔다. 짧지 않은 시간이 지났고, 야리키는 어쩌면 시카트가 그대로 도망쳤을지도 모르겠다고 생각했다. 하지만 다시 발소리가 들렸다. 시카트는 손에 큼직한 술 함지를 든 채 돌아왔다. 그런데 그는 혼자가 아니었다. 그의 뒤에는 쟁반을 손에 든 소녀 한 명이 따르고 있었다. 시카트는 바닥에 함지를 내려놓고 소녀에게서 쟁반을 받아 들었다. 소녀는 다시 밖으로 나갔고 시카트는 쟁반을 함지 옆에 내려놓았다. 쟁반에는 술잔과 바가지, 그리고 간단한 안주 거리가 놓여 있었다. 시카트가 말했다.

"레콘이 있으니 양이 많아야겠는데, 조리할 필요 없이 많은 양을 빨리 구할 수 있는 것은 이것뿐이군. 양해해 줬으면 좋겠어."

야리키는 충분히 양해했다. 그는 어느 것이 자기 것이냐고 물을 필요도 없이 가장 큰 바가지를 집어 들어 함지에서 큼직하게 술을 퍼올렸다. 세레지는 킥 웃고는 술잔 하나를 채워서 시카트에게 내밀었다. 잠시 곡차를 마시느라 세 사람이 침묵했다. 한 잔을 깔끔하게 비우고 입을 닦은 세레지는 술잔을 내려놓고 말했다.

"아이저 규리하 각하께서는 이곳에 안 계신가 보군요?"

"그래. 아버님께서는 다른 곳에 계시지."

"왜 함께 계시지 않고? 흩어져 있는 것이 안전하긴 하지만."

"그쪽은 누님의 전권 대리인인가?"

"아니에요. 아이저 규리하 각하와 공자님을 추적할 의무만 있지요. 소재를 알았으니 돌아가서 보고하면 끝이긴 하지만, 그러면 유혈 사태가 일어나겠지요. 그래서 저는 투항하시라고 설득할까 해요."

"재미있는 아가씨군."

"감사합니다, 시카트 공자님."

시카트는 미소 지으며 고개를 가로저었다.

"일단 바로잡아야 할 것이 있군. 나는 시카트 규리하가 아니야."

야리키는 술잔을 부리 쪽으로 가져가려다가 잠깐 멈췄다. 그리고 세레지는 어리둥절한 표정으로 시카트가 아니라는 젊은이를 바라보았다. 그가 말했다.

"아마 규리하의 공자를 추적해 온 모양이군. 그것은 맞았어. 하지만 나는 시카트 규리하가 아니라 이이타 규리하야. 시카트의 형이지."

세레지의 머리가 재빨리 움직였다.

"아버님과 함께 돌아오셨던 건가요?"

"따로따로 돌아왔지. 아버님이 먼저 규리하로 돌아오셨고 내가 그 뒤를 따라왔지. 그리고 나도 아직 아버님이 어디 계신지 알지 못해."

세레지는 볼을 부풀렸다.

"이런 말씀 실례가 되겠지만, 어쩐지 추적이 쉬웠어요."

"아아, 추적 대상이 아버님이라기엔 쉬웠다는 말이지? 자식이

부활의 불씨 39

아버지에 비해 못하다는 말은 실례가 아니지."

"음. 공자님이 이이타 규리하 공자님이시고 춘부장이 어디 계신지 모른다면…… 이렇게 친절하게 맞아 주셨는데도 공자님을 그냥 붙잡아 갈 수밖에 없겠는데요."

"그런가? 급한 일이 아니라면 그 문제에 대해서는 좀 천천히 이야기하지, 세레지 파림. 이렇게 술도 많이 남아 있는데 벌써 술자리를 끝내기엔 아쉽잖아."

세레지는 고개를 갸웃한 채 이이타를 바라보다가 야리키를 돌아보았다. 야리키는 그 말에 벌써 동의한 듯 묵묵히 술잔을 채우고 있었다. 세레지는 어깨를 으쓱였다.

"그러죠, 뭐. 아버님을 어떻게 생각하시죠? 역시 춘부장께서는 투항하셔야겠지요?"

이이타는 이 무지막지한 서두에 미소를 지었다.

"왜 '역시'가 되는 거지?"

"딸에 대한 범죄를 저지르는 것이 되니까요."

이이타는 고개를 숙인 채 눈을 조금 치떠서 세레지를 바라보았다. 세레지는 입매를 약간 비튼 채 말했다.

"아버지가 딸을 공격하는 일은 수치스럽다고 생각하지 않으시나요?"

"세레지 파림, 그 문제에 대해서 나는 슬프다고 생각해. 물론 슬프다고 말하는 것만으로는 아무것도 해결되지 않지만 그래도 어쩔 수가 없어. 아버님은 충성 서약을 거부한 황제가 지명한 규리하 변경백을 인정하실 수 없어. 그것은 당신이 지켜 온 것을 송두리째 부정하는 일이 될 테니까."

"그 황제는 사라졌어요, 이이타 공자님."

이이타는 입을 다물었다. 세레지는 약간씩 오르는 취기에 추위가 사라지는 것을 느끼며 말했다.

"춘부장께서는 황제에게 반대하셨고 황제와 싸우신 거예요. 그 황제가 사라졌으니까 이제 황제를 대신하여 따님과 싸우겠다는 식인 것 같은데 동의하기 어렵네요. 황제가 사라졌다면 황제에 대한 적개심과 분노도 사라져야 한다고 생각해요. 아버지와 딸이에요. 왜 싸워야 하지요? 아이저 규리하 각하께서는 그냥 따님께 사과하고 지난 일은 잊자고 말하시면 된다고 생각해요. 그리고 가족끼리 행복하게 살자고 하면 되잖아요?"

"일이 그렇게 쉬우면 얼마나 좋겠나."

"어려울 것은 뭐죠?"

"누님의 정부가 아버님을 용납할까? 그러긴 어렵지. 그리고 지금 아버님을 따르고 있는 옛 가신들은 누님을 용납할까? 역시 어렵지. 이것은 한 사람의 기득권 문제가 아니거든."

"그러면 온건한 해결책이라는 것은 없다는 건가요?"

"규리하 변경백의 자리는 하나뿐이야. 전부가 아니면 전무지. 그것을 나눠 가질 수는 없어."

"그러면 역시 딸을 공격하시겠다는 건가요? 하지만 그곳에는 도깨비 무사장이 있어요."

"그건 큰 문제가 아니야."

"예?"

이이타는 자신의 말을 강조하듯 고개를 가로저었다.

"그건 큰 문제가 아니라고 했어. 유혈 없는 수단을 강구하는 것이 어려운 것은 아니니까. 더 큰 문제는 따로 있지."

"그게 뭐죠?"

이이타는 허리를 똑바로 폈다.

"세레지 파림, 나는 누님에 대한 엄청난 이야기를 들었어. 우리 누님은 정말 하늘을 날고 하늘치를 부리나? 발케네군이 물러간 것은 그 능력을 두려워하기 때문인가?"

"아, 예. 사실이에요."

이이타는 한숨을 내쉬었다.

"들어도 들어도 도무지 믿을 수 없는 이야기군. 어떻게?"

"저도 잘 몰라요. 환상 계단을 굉장히 능숙하게 이용하시다 보니 그런 일이 가능한 것 같아요. 하지만 각하께서도 자신이 어떻게 그런 일을 할 수 있는지 설명하지는 못하세요."

"하지만 하실 수는 있다?"

"예. 확실히."

"바로 그게 문제야."

"그게 왜 문제지요?"

"제국이 사라진 지금 규리하를 지킬 수 있는 사람은 오직 누님 뿐이라는 것. 혼자서 군대인 즈믄누리의 무사장처럼 누님은 지금 규리하의 일인 군대라고 할 수 있어. 그분은 사라티본 부대를 앞세우고 규리하로 진공한 십만 발케네군을 편지 한 통으로 물러나게 하신 분이지."

"아……."

"조금 전 딸에 대한 범죄라고 했던가? 그것만이 아니지. 지금 아버님께서 누님을 공격한다면 그것은 규리하에 대한 범죄가 되는 거야. 제국 실종의 혼란기에서 규리하를 지킬 수 있는 유일한 힘을 제거하는 일이 될 테니까."

"그게 그렇게 되는군요."

세레지는 이것이 자신이 꾸민 어떤 이야기보다도 재미있다고 생각했다. 아이저 규리하는 빼앗긴 자리를 되찾아야 하지만, 만약 그런다면 그 자리는 유지될 수 없다. '키탈저 사냥꾼의 저주군.' 세레지는 마음속으로 혀를 내둘렀다.

"그렇다면 춘부장께서는 이러지도 저러지도 못하신다는 건가요?"

"바로 그래."

"그렇다면 춘부장께서는 더욱 투항하셔야 해요. 방법이 없잖아요? 되찾지도 못할 자리에 연연하며 불가능한 지하 투쟁을 벌이는 것보다 깨끗하게 정리하는 것이 훨씬 보기 좋잖아요. 비셸스 각하께서도 투항한 아버님을 혹독하게 대하지는 않으실 거예요. 오랜 기간은 아니지만 곁에서 지켜본 제 느낌으로 그분은 오히려 아버님을 반기실 거라고 생각해요."

"엄청나게 설득력 있는 이야기라는 것은 확실히 인정하겠어, 세레지 파림."

"하지만 역시 안 된다?"

"미안하군. 많이 노력했는데."

세레지는 후 하고 한숨을 내쉬었다.

"일어설게요. 그래도 뭐 하나 건졌네요. 춘부장께서 지금 당장은 규리하 공을 도저히 공격할 수 없다는 것을 알았으니까. 야리키?"

"잠깐."

야리키는 손을 뻗어 함지를 붙잡고 이이타를 바라보았다. 이이타는 졌다는 표정으로 두 손을 내밀어 마음대로 하라는 손짓을 해 보였고 그러자 야리키는 함지를 들어 통째로 벌컥벌컥 마셨다. 순식간에 남은 술을 비운 야리키는 구부정하게 일어났다. 세레지와 이이타도 일어났다. 세레지가 말했다.

"좋은 소식 가져갈 수 있게 해 주셔서 감사드립니다, 공자님. 이제 가실까요?"

이이타는 웃었다.

"그냥 모르는 척해 주면 안될까? 내가 누님을 어떻게 하지는 못한다는 것을 이제 알잖아."

"글쎄요. 저는 이것이 공자님을 돕는 일이라고 생각해요."

"그렇게 생각할 수도 있겠군. 하지만 사양하겠어."

"어떻게?"

"응. 지금 도깨비감투를 쓴 사람이 너를 겨냥하고 있어."

느긋한 자세로 서 있던 야리키는 순간적으로 몸을 부풀리며 주위를 둘러보았다. 그러느라 야리키는 세레지의 말에 조금 늦게 반응했다.

"야리키! 공자를 잡아요!"

야리키가 이이타에게 몸을 돌렸을 때 이이타는 이미 뒤로 물러나 있었다. 그리고 그의 손에는 어디서 나타났는지 알 수 없는 물통이 쥐어져 있었다. 야리키는 움찔할 수밖에 없었다. 한편 이이타가 허공에 손을 뻗어 보이지 않는 곳에서 물통을 꺼내는 모습을 본 세레지는 감투를 쓴 자가 있다는 말을 확신했다. 이이타가 말했다.

"야리키라고 했지요? 불상사는 피하도록 합시다. 저는 정말 그런 짓을 하고 싶지 않습니다. 그리고 물통은 이것 하나만 있는 것이 아닙니다. 보이지 않는 것도 있지요."

야리키는 꼼짝할 수 없게 되었다. 세레지는 취기가 사라지는 것을 느끼며 말했다.

"감투는…… 발케네 공의……."

"세 개가 있었지. 발케네 공이 사망한 후에 그중 하나를 손에 넣은 사람이 나를 돕고 있어. 물론 소개시켜 줄 수는 없군. 자, 세레지?"

"유혈 없는 수단을 강구하는 것이 어렵지 않다는 것은 이런 뜻이었군요."

"그래."

세레지는 어깨를 늘어뜨리는 동작을 해 보이고는 주저 없이 문 쪽으로 걸어갔다. 세레지는 문 앞에 서서 야리키에게 손짓했고 그러자 야리키는 이이타를 똑바로 노려보며 서서히 몸을 움직였다. 야리키가 빠져나간 후 이이타는 세레지에게 말했다.

"밤길은 위험하니까 보이지 않는 내 동료가 두 사람을 규리하 성까지 바래다 줄 거야. 그리고 두 사람이 떠난 후에 우리도 곧 사라질 거야. 그러니 괜히 돌아올 필요는 없어."

감시자가 있으니 규리하 성까지 달리지 말고 천천히 돌아가라는 경고였다. 세레지는 어쩔 수 없다는 듯 몸을 돌렸다. 곧 그녀의 모습이 사라졌다. 문 닫히는 소리를 들은 이이타는 창문으로 다가갔다. 창문을 통해 두 사람이 공동 주택의 정문을 빠져나가는 것을 내려다보다가 창문을 다시 닫았다. 몸을 돌린 이이타는 방 가운데 앉아 있는 헤어릿 에렉스를 보았다.

헤어릿이 세레지와 야리키를 따라가며 감시할 필요는 없다. 두 사람이 그렇게 믿기만 하면 되니까. 헤어릿은 한 손으로 뺨을 만지작거리며 말했다.

"공자님, 그 여자의 말에 찬성하시죠?"

"헤어릿."

"춘부장께 투항하는 것 말고는 선택의 여지가 없다고 믿으시죠?"

이이타는 묵묵히 술 함지 쪽으로 걸어갔다. 하지만 그것은 야리키가 비워 놓았다. 괘씸하다는 듯 빈 함지를 내려다보던 이이타는 헤어릿의 앞쪽에 앉아 그녀를 마주 보았다.

"헤어릿, 당신은 우리를 이곳까지 데려다 줬고 아버님을 만나게 해 줬어. 정말 많은 것을 해 줬지. 내가 할 수 있는 것은 보답이지 요구가 아닐 거야. 하지만 지금 당장은 보답할 것이 없어. 그러니 나를 더 돕고 싶지 않다면 언제든 떠나도 좋아."

"공자님, 떠나고 싶어서 투항하라는 의도로 말한 것이 아니에요. 투항하는 것 외에 선택할 수 있는 길이 뭐가 있지요? 공자님이나 춘부장께서는 비셀스 규리하를 공격할 수 없어요. 그러면 규리하가 무방비 상태가 되니까."

"따라서 규리하를 지킬 방법을 찾아야지."

"예?"

"하늘치를 한 사람이 조종할 수 있다는 것이 확실해졌어. 누님이 보여 주었고, 어쩌면 하늘누리의 실종은 아실이 저지른 일일지도 몰라. 그렇다면 아실도 그런 일을 했다는 거지."

헤어릿은 놀랐다.

"아실이……."

"아, 이건 가정일 뿐이야. 어쨌든 아실을 제외하더라도 누님이 하늘치를 움직였다는 것은 확실하지. 누님이 그러셨다면 다른 사람도 할 수 있을 거야. 아버님께서 그런 사람을 찾아내거나 그런 사람이 되시면 규리하의 방어 문제는 해결되지."

"춘부장께서는 그런 사람을 찾으러 가신 건가요?"

이이타는 세레지에게 아버지를 만나지 못했다고 말했지만 그것은 거짓말이다. 헤어릿은 소발굽 바위에서 아이저와 시카트를 찾았고 그들에게 이이타가 규리하로 돌아왔음을 알렸다. 세 부자는 이미 오래전에 재회했다. 하지만 아이저와 시카트는 이이타를 남겨 두고 다시 떠났다. 이이타가 말했다.

"그런 사람이 어디에 있을지는 알기 어렵지."

"그러면 그런 사람이 되려고 떠나신 건가요?"

"라수 종증조부께서는 하늘치의 비밀에 관한 내용을 책으로 써서 남기셨지. 그 책의 이름은 『천경비록』이야. 아버님이 규리하를 탈출할 때도 간직하셨던 책이지. 아버님은 그 책을 이해해 보려 하셨지만 끝내 그러지 못하셨어. 하지만 암살성에서 아실은 우연히 그 책을 엿보게 되었고, 그 내용을 이해했던 것 같아. 아실이 하늘치를 움직이는 법을 터득했다면 바로 그 책에서 얻었겠지."

"그렇다면 그 책에 하늘치 조종법이 있다는 건가요? 하지만 춘부장께서는……."

"그래. 이해하지 못하셨어."

"그러면?"

"그 책을 이해하는 것에 도움이 될 것이 있을지도 모르는 곳으로 가셨지."

"어디죠?"

"당신도 알겠지만 하늘치에 최초로 오른 사람은 하늘치 발굴대였던 막타드 신뷰레와 킬소 펜, 주키 네미, 그리고 우연히 참가하게 되었던 오레놀 선사였지. 그런데 하늘치는 그들을 태운 채 대호왕이 싸우던 하텐그라쥬로 갔어. 그리고 대호왕의 탈출을 도왔지. 사람들은 제신들이 대호왕을 돕기 위해 하늘치를 그곳으로 보냈다고 알고 있지만, 사실은 그 네 명이 하늘치를 그곳으로 데려갔을 거야. 아마도 오레놀 선사였을 테지.”

“그렇다면······.”

“파름 산의 승려들은 자신들이 고아라짓 왕국 시절의 기록까지 가지고 있다고 자랑하지. 그렇다면 그곳에는 오레놀 대덕의 기록이 남아 있을지도 몰라. 그럴 가능성이 높아. 만약 그런 기록을 찾아낸다면 『천경비록』의 내용을 이해할 수 있을 거야. 아버님은 하인샤 대사원으로 가셨어.”

헤어릿은 진지한 표정으로 이이타의 말을 생각했다. 이이타는 그녀의 아름다운 얼굴을 감상하다가 나직하게 말했다.

“그러니 헤어릿, 당신은 이곳에 있고 싶지 않다면 언제든 떠나도 좋아. 나는 규리하를 되찾는 것을 도와주겠다는 약속을 지키라고 말할 만큼 염치없는 사람이 아니야. 그리고 이것은 이제 도깨비감투로 해결할 수 있는 일도 아니야. 당신은 당신에게 소중한 일을 하면 훨씬 즐겁게 살 수 있어. 소리는 내가 반드시 지킬 거야. 걱정하지 않아도 돼. 저들에게 감투를 쓴 조력자가 있다는 것도 알려 줬으니 나를 함부로 공격할 수 없을 거야.”

“그래서 그 두 사람을 받아들였군요. 감투를 쓴 조력자가 있다는 것을 과시하려고.”

“그런 이유도 있었지. 그리고 그 두 사람을 통해 누님이 어떤 인물인지 짐작해 보려는 의도도 있었고.”

헤어릿은 이이타를 똑바로 바라보다가 말했다.

“공자님은 어떻게 생각하시죠? 아버님과 누님의 싸움을.”

"어려운 질문을 하는 사람은 은인이지. 어려운 질문에 대답하려면 자신도 정리할 수 있게 되니까. 나는 정리했어. 나는 아버님에게 찬성해."

"이유를 들을 수 있을까요? 누님보다는 아버님을 사랑하기 때문인가요?"

공격적인 질문이지만 이이타는 화를 내지 않았다.

"내가 누님보다 아버님을 사랑한다는 것은 분명해. 하지만 누가 규리하의 지배자가 되느냐는 다른 문제 아닐까? 나는 소리를 정말 사랑하지만 소리가 규리하의 지배자가 되어야 한다고 주장하지는 않을 거야."

약간 취해 있던 이이타는 문밖에서 들려오는 작은 탄성을 듣지 못했지만 헤어릿은 들었다. 그녀는 속으로 웃으며 말했다.

"무례한 질문이었습니다. 죄송합니다. 그러면 왜 아버님께 찬성하시죠?"

"나는 사람에겐 자신이 복종할 대상을 선택할 권리가 있다고 믿거든."

"충성 서약."

"맞아. 충성 서약. 아버님은 서약 지지파야. 하지만 누님은 서약에 대해 아무 언급도 하지 않았어. 어쩌면 누님이 내가 상상할 수도 없을 만큼 훌륭한 인물일 수도 있지만, 나는 서약을 지지하지 않는 규리하의 지배자는 받아들일 수 없어. 충성 서약을 거부했던 황제가 고맙게도 사라졌으니. 새 제국은 충성 서약 속에서 태어나야 해. 그러려면 아버지는 규리하 공으로서 서약 지지파를 집결시켜야 하지. 그게 내 선택의 이유야."

헤어릿은 고개를 끄덕였다. "알겠습니다." 그리고 조금 후에 다시 고개를 끄덕였다.

"잘 알았습니다. 진지하고 성의 있게 대답해 주셔서 감사합니다. 제 거취에 대해서는 조금 생각할 시간을 주셨으면 합니다."

"얼마든지."

헤어릿은 일어났다. 그녀는 이이타에게 목례하고 문밖으로 나갔다.

그리고 그곳에서 벽 옆에 서 있는 소리를 발견했다. 소리는 절대로 훔쳐 듣지 않았다는 표정을 지어 보임으로써 훔쳐 들었음을 알려 주었다. 헤어릿은 빙그레 웃으며 말했다.

"소리."

"예? 예?"

"소리의 공자님이 자꾸 나를 흔들리게 하는데."

순간 소리는 경악과 공포에 빠진 얼굴로 헤어릿을 바라보았다. 그다지 밝다고 보기 힘든 복도였지만 헤어릿은 소리의 표정에서 그녀의 속마음을 충분히 읽을 수 있었다. '오, 안 돼. 당신 같은 미녀가 경쟁자라는 것은 불공평해…….' 헤어릿은 손을 뻗어 소리의 손을 꼭 붙잡았다.

"무슨 걱정을 하는 거야, 이 아가씨야."

"헤어릿, 뭐가 흔들린다는 거죠?"

"나는 발케네를 떠나고 싶었어. 그리고 소리 로베자를 걱정하는 한 청년과 그 청년만 의지하는 한 처녀를 그들이 있어야 할 장소에 보내 주고 싶었어. 그리고 나서 내 삶을 생각해 볼 작정이었지. 내 증오의 대상도 사라졌고 공작의 사생아라는 지위도 없어진 상태에서 말이야. 나는 그 일이 어렵지 않을 거라고 생각했어. 도깨비감투가 있으니까. 그런데 그렇지가 않군. 나는 비셀스 규리하가 황제의 괴뢰에 지나지 않을 거라고 생각했는데 내가 직접 본 그녀는 충격적인 인물이었지. 그리고 규리하에 있어 그녀의 의미는 황제의 괴뢰 이상이야. 그녀는 지금 규리하의 수호자이지……."

문득 헤어릿은 말을 멈추고 소리를 바라보았다. 소리는 진지한 표정으로 헤어릿을 바라보았지만 완전히 이해하고 있는 것처럼 보이지는 않았다. 헤어릿은 웃으며 말했다.

"아니, 그만두자, 소리. 너를 규리하의 지배자로 추천하지는 않겠지만 그래도 너를 정말 사랑하는 공자님께 빨리 가 보렴."

자신이 엿들었다는 사실이 밝혀지자 소리는 얼굴을 빨갛게 물들였다. 헤어릿은 그녀의 손을 놓고 가볍게 밀었다. 소리는 헤어릿에게 고개를 꾸벅하고 이이타가 있는 방 안으로 들어갔다.

자신의 방으로 돌아가려던 헤어릿은 걸음을 멈췄다. 사람을 만나고 싶다는 생각이 갑자기 들었지만 그녀는 이곳에서 만날 사람이 없었다. 이 공동 주택의 다른 집에는 규리하 가문의 다른 가신들도 있었지만 헤어릿은 그들과 별다른 교류가 없었다. 그냥 바람을 쐴까? 바깥은 겨울밤이다. 발케네 출신인 헤어릿은 추위가 얼마나 무서운지 잘 알고 있다. 하지만 답답했다. 헤어릿은 조금 고민하다가 결국 외투를 집어 들었다.

헤어릿은 공동 주택 바깥으로 나왔다.

그녀는 규리하 성 쪽을 바라보았다. 그곳에서 수상한 움직임이 보이지 않나 살폈지만 확실하게 눈에 보이는 것은 없었다. 그들이 뛰쳐나올 가능성은 적어 보였다. 세레지 파림은 분명히 이이타 공자가 가까운 곳에 있다는 사실보다 그의 주변에 보이지 않는 동료가 있다는 사실을 강조했을 테고 그 보고를 들은 경비 책임자는 틀림없이 성의 경비부터 강화할 것이다. 도깨비감투는 근처에 그런 것이 존재한다는 사실만으로도 사람들의 행동을 상당히 제약해 버린다. 헤어릿은 성을 관찰하는 일을 그만두고 그냥 밤거리를 거닐기로 했다.

춥고 어두운 길을 거닐던 헤어릿은 불빛이 새어 나오는 주점을 발견했다. 그녀는 특별한 의도 없이 불빛을 향해 걸었다. 그리고 여전히 의도 없이 불빛이 새어 나오는 덧창의 틈 사이로 주점 안쪽을 훔쳐보았다. 해가 진 것이 조금 전이니 영업을 할 시간이지만 가느다란 덧창 사이로 보이는 주점 안쪽은 한산했다. 고향에서 쫓겨나 타향의 밤하늘을 바라봐야 하는 처지라면 한잔 술로 자신의 비참한 소회를 달래고 싶어하는 자들도 있음 직하지만 그러기엔 날씨가 지나치게 추웠다. 주점 안에 있는 사람은 두 사람뿐이었고 그들도 술을 마시고 있는 것은 아니다. 그들은 바둑을 두고 있었다. 두 대국자 중 한 남자를 본 헤어릿은 갑자기 눈을 크게 떴다.

감발한 발이나 팔뚝에 낀 토시, 옷차림으로 보건대 남자는 여행자처럼 보였다. 그리고 헤어릿은 그 옷차림이 어울리지 않는다고 생각했다. 자신이 잘못 봤나 의심하며 덧창 사이의 좁은 틈으로 다시 남자의 얼굴을 확인했다. 고개를 약간 돌리고 있었지만 헤어릿은 그 얼굴을 알아볼 수 있었다. 잘못 본 것이 아니었다. 그녀는 고개를 갸웃하고 주점의 문을 밀었다.

주점 문이 삐걱거리며 열리자 종소리가 났다. 바둑판이 놓여 있는 탁자에 앉아 있던 남자 중 하나가 문 쪽을 돌아보지도 않은 채 말했다.

"영업 안 합니다."

헤어릿은 뒤돌아 나가는 대신 문을 닫아 찬바람이 들어오는 것을 막았다. 그녀가 나가지 않았다는 것을 느낀 주인은 짜증 난 얼굴로 그녀 쪽을 바라보았다. 그러나 곧 주인의 얼굴은 감탄과 환영의 표정으로 바뀌었다. 짜증을 낼 기분까지는 들지 않았지만 미소 하나 되돌려줄 마음도 없었던 헤어릿은 무표정하게 탁자 쪽을 향해 걸어갔다.

여행자 차림의 남자는 헤어릿이 다가오는 것에도 신경 쓰지 않은 채 바둑판을 노려보고 있었다. 바로 옆에서 도깨비와 나가의 혼례식이 벌어져도 꿈쩍하지 않을 것 같은 집중력이었다. 헤어릿은 이 또한 어울리지 않는 일이라고 생각했다. 토끼를 잡을 때도 최선을 다하는 범은 찬사를 받는다. 하지만 토끼를 향해 털을 곤두세우고 미친듯이 울부짖는 범은 어떨까. 헤어릿이 보기에 드넓은 기계에서 그 명성이 가볍지 않은 자가 주점 주인과의 바둑에 이토록 고도의 집중력을 보인다는 것은 유치한 집착으로밖에 보이지 않았다. 혹시나 주점 주인이 범상치 않은 기력을 가지고 있나 싶어 바둑판을 살펴본 헤어릿은 그렇지 않다는 것을 알았다. 바둑 두는 법을 간신히 아는 정도인 헤어릿이 보기에도 그 바둑은 백의 일방적인 우세였다. 그리고 백돌의 기사는 여행자 차림의 사내였다.

이 정도의 바둑이라면 방해해도 실례가 되지 않는다는 판단을 내린 헤어릿은 주저 없이 말했다.

"살인 기사가 여기서 뭐 하고 있죠?"

주점 주인은 흠칫했고, 조금 후 얼굴이 하얗게 질려 버렸다. 대국 상대자를 반드시 죽음으로 이끄는 기사에 대한 이야기를 알고 있는 모양이다. 하지만 제이어는 고개를 들지 않았다. 헤어릿은 목소리를 높여 말했다.

"제이어 솔한."

제이어는 길게 한숨을 내쉬었다. 그리고 고개를 들어 헤어릿을 올려다보았다.

"헤어릿 에렉스."

주점 주인은 두 사람을 번갈아 바라보다가 바둑판을 쳐다보았다. 모든 면에서 섬뜩한 바둑판이다. 흑의 입장에서 봐도 그렇고 상대 기사의 이름에서도 그러하다. 만약 상대가 살인 기사 제이어 솔한이라는 것을 알았다면 주인은 절대로 바둑을 두지 않았을 것이다.

조금 후 주인은 바둑을 두지 않았을 거라는 말의 의미를 조금 다르게 해석했다. 그리고 공포 대신 분노를 느꼈다. 그는 욱하는 얼굴로 제이어를 바라보았다. 그때 제이어가 말했다.

"그만 두기로 합시다."

"젠장, 이 아가씨 아니었으면 끝까지 속였으려고……."

"미안합니다."

"어디서 수작을……."

"그만해요. 살려 줄 테니까."

주인은 섬뜩한 표정으로 물러났다. 다시 공포가 되살아났다. 어쨌든 상대방은 살인 기사였다. 의아한 표정으로 주인과 제이어의 대화를 듣고 있던 헤어릿은 갑자기 상황을 이해했다.

"솔한, 혹시 방내기(바둑에서 대국이 끝난 후 양자의 집 차이에 따라 돈을 따는 내기 바둑)를 하고 있었던 거예요?"

제이어는 피곤하기 짝이 없다는 얼굴로 주인에게 말했다.

"주인장, 가서 술상이나 좀 봐 오시오. 술값 낼 테니까."

"그쪽이 정말 제이어 솔한이오?"

"그래요. 그러니까 고맙다고 해요. 당신이 나하고 두려면 지도료 내야 한다고."

주인은 벌떡 일어나서 격노한 얼굴로 그를 쏘아보았다. 하지만 제이어는 두둑한 배짱을 과시하듯 앉은 자리에서 꿈쩍도 하지 않은 채 차분히 돌을 들어내었다. 주인은 그의 정수리를 노러보다가 몸을 홱 돌려 쿵쿵 걸어갔다. 헤어릿은 주방으로 사라지는 주인의 뒷모습을 보다가 약간 걱정하는 투로 말했다.

"솔한, 술상 대신 장작이나 부엌칼 들고 올지도 몰라요. 방내기에서 기력 속이다가는 잘못하면 칼 맞는다고 들었는데."

"헛소리. 기력 조금씩 안 낮추는 방내기가 어디 있어."

"당신은 조금 낮춰서는 대국이 성립 안 될 텐데요."

"보다시피 성립되었고, 네가 나타나서 이상한 소리만 하지 않았다면 만방(100집 차이 이상)으로 깔끔하게 끝났을 거야. 앉지그래?"

"위험하다고 했어요."

"그럴 일 없어. 부엌에 들어갈 때는 그런 생각을 했을지 모르지만 지금쯤은 겁 잔뜩 집어먹었을 테니까. 틀림없이 거하게 차려 나와서는 제발 죽지는 않게 해 달라고 빌 거야. 걱정 마."

헤어릿은 혐오감으로 얼굴을 찌푸린 채 제이어를 바라보다가 천천히 자리에 앉았다. 그리고 그의 옷차림을 위아래로 훑어보는 시늉을 했다. 헤어릿의 시선을 알아차린 제이어는 피식 웃으며 말했다.

"하얗게 입고 있으면 정체 다 밝혀지는데 내기 바둑을 어떻게 두나."

"타계하신 기사들에게 조의를 표하기 위해 백의를 입는다더니, 그것참 편리한 조의 표시법이군요. 내기 바둑 둘 때는 바꿔 입나요?"

"그럼. 그리고 잘 때나 목욕할 때도 백의는 입지 않아. 당연하지 않은가."

"혐오스럽군요."

제이어는 빙그레 웃었다. 헤어릿은 주방 쪽에서 달그락거리는 소리가 들려오는 것을 느꼈다. 장작이나 부엌칼 하나 집어 들고 오기엔 시간이 많이 지났다. 아마도 제이어의 말처럼 술상을 차리고 있는 듯했다. 헤어릿은 다시 혐오감을 느꼈다.

"솔한, 여기에 왜 나타났죠?"

"이이타 공자님을 찾아왔어. 이 근처까진 추적했는데 위치를 못 찾았지. 그런데 네가 여기 있는 걸 보니 공자님도 확실히 이 근처에 계시나 보군. 주인이 차려 온 술이나 마시고 나서 안내해 줘."

"제가 왜 당신을 안내해야 하죠?"

"네가 왜 이이타 규리하의 손님을 막아야 하지?"

"그야 당신은 살인 기사니까. 당신하고 겨루다가 다섯이나 죽었어요. 그 정도면 위험하지요."

"다섯? 넷인데?"

"가장 최근에 죽은 상대는 계산 안 하나 보군요."

"누구 말이야?"

"제국."

"제국?"

"예, 아라짓 제국. 당신은 제국을 상대로 한 판을 두려 했지요. 당신이 이긴 것 같지는 않지만 제국은 죽었어요. 그야말로 살인 기사의 바둑이군요."

제이어는 파안대소했다. 숨이 넘어갈 듯한 웃음이었다. 헤어릿은 팔짱을 낀 채 말했다.

"그만 웃어요, 제이어."

"하시만, 하, 하지만 정말 새미, 재미있는 말인걸!"

제이어는 고개를 절레절레 흔들다가 기어코 눈물을 흘렸다. 헤어릿은 자리에서 일어나 떠나고 싶은 충동을 느꼈다. 그러면 안 되는 이유도 떠오르지 않았기에 그녀는 의자에서 일어났다. 그러자 제이어가 힘겹게 손을 올려 말했다.

"아, 앉아. 알았어. 그만 웃을게. 앉으라고."

"왜?"

"제발 앉아 줘."

잠시 지체한 다음 헤어릿은 자리에 앉았다. 제이어는 자신의 말을 지키려는 듯 웃음을 멈추기 위해 애썼다. 그는 볼을 주무르다가 길게 숨을 내쉬고 말했다.

"나는 이이타 공자와 '한 판 둘' 생각은 없어."

"왜 발케네를 떠났죠?"

"거기엔 더 이상 볼일이 없어."

"여기엔 있다는 건가요?"

"그럼, 있지. 나는 이이타 공자를 지키기로 약속했어."

"누구에게?"

"변경백 아이저 규리하에게. 그는 나에게 규리하의 계승권자를 맡기고 이곳으로 떠났거든."

헤어릿은 그 말을 듣자 온갖 질문을 떠올렸다. 하지만 그녀가 가장 먼저 질문한 것은 그 말 속에 담겨 있는 어떤 단어에 대한 것이었다.

"규리하의 계승권자?"

"변경백 자신이 말했어. 이이타 규리하가 자신의 후계자라고."

"변경백이 그랬어요?"

"맞아. 따라서 내가 한 판 둔다면 그 상대는 비셸스 규리하가 되겠군. 흐음. 네 논리대로라면 내가 이길지 질지는 알 수 없지만 비셸스 규리하는 죽겠군?"

헤어릿은 입술을 깨물었다가 말했다.

"그건 안 되겠군요. 비셸스 규리하는 지금 규리하의 수호자니까. 발케네군이 그녀가 무서워 도망쳤다는 이야기 못 들었어요?"

"들었어. 하늘치를 움직였다지?"

"저는 직접 봤어요."

"그것참 재미있군."

"뭐가 재미있다는 거죠?"

"아아, 나는 하늘치를 움직였을지도 모르는 또 한 명의 소녀를 알고 있거든."

헤어릿은 아실이 하늘누리를 움직였을지도 모른다는 이이타의 말을 떠올렸다. 이어지는 제이어의 말은 그 소녀가 누군지 확실하게 알려 주었다.

"그 소녀는 라수 규리하의 책을 통해 그 방법을 알아낸 것 같아. 그런데 다른 소녀는 라수 규리하의 종증손이군."

"그게 뭐가 재미있다는 거죠?"

"아라짓 제국은 원시제 폐하께서 만들었다고 알려져 있지. 선황 폐하는 그런 평가에 부족함이 없는 대단한 분이셨지. 그건 확실해. 하지만 그 때문에 동시대를 살았던 라수 규리하는 상대적으로 관심을 적게 받지. 사람들은 대호왕 폐하와 원시제 폐하를 모두 섬겼던 그 사도가 대단한 인물이라고 말하지만 선황 폐하 때문에 그 걸물은 태양 때문에 희미해지는 낮달처럼 취급된단 말이야. 그런데…….”

"그런데?"

"하늘누리를 만든 것은 선황 폐하가 아니라 라수 규리하였지. 그리고 하늘누리가 사라졌을 때 제국도 사라졌어."

헤어릿은 미심쩍은 어조로 말했다.

"제국을 만든 것이 라수 규리하라는 건가요?"

제이어 솔한은 천진한 얼굴로 탁자를 바라보았다. 나이에 걸맞지 않게 그리고 그 별호에 걸맞지 않게 순진한 얼굴이다. 그는 조용히 말했다.

"어쨌든 지금 사라진 것은 라수 규리하가 만든 것이야."

틀린 표현은 아니다. 물질적으로 사라진 것은 하늘누리고 제국의 땅이나 제국 신민들이 사라진 것은 아니다. 그리고 하늘누리는 라수 규리하가 만든 것이다. 하지만 헤어릿은 그런 식의 사고에 무슨 의미가 있는지 알 수 없었다. 그녀는 약간 퉁명스럽게 말했다.

"라수 규리하가 제국을 만들었다면 선황 폐하께서는 뭘 만드셨는데요?"

제이어는 어깨를 으쓱였다. 그때 주방 쪽에서 주인이 나타났다. 주인은 술병과 잔이 담긴 쟁반을 들고 와서 탁자에 내려놓았다. 그러고는 안주를 가져오겠다고 중얼거리며 다시 떠났다. 헤어릿은 주인이 제이어를 똑바로 바라보지도 못한다는 사실을 깨

달았다. 제이어는 심술궂은 얼굴로 떠나는 주인의 뒷모습을 쏘아
보고 술잔에 술을 채워 헤어릿에게 내밀었다. 그리고 자신의 잔
에도 술을 채워 들어 올리며 말했다.
"우리 곁을 떠난 암살의 주인을 위해 건배할까?"
헤어릿은 차갑게 고개를 가로저었다.
"전 싫어요. 하고 싶으면 혼자 하세요."
"아, 그러지."
제이어는 빙긋 웃고 주위를 조금 둘러보았다. 어느 쪽이 북쪽
인지 찾는 듯했다. 조금 후 그는 북쪽을 향해 잔을 살짝 들어 보
였다. 그리고 술잔을 입 쪽으로 가져갔다. 헤어릿은 탁자에 놓여
있는 술잔을 바라보며 이 정신 나간 것처럼 보이는 남자를 어떻
게 해야 할지 고민했다.

지키멜 퍼스는 낭랑하게 말했다.
"무적 군단의 청년 군주와 하늘치의 처녀 지배자는 자신의 존
재를 과시하면서도 서로를 용납하기로 결정했다는 거지. 험준한
지러쿼터 산맥을 두 자부심의 보증인으로 세운 채. 이런 것이 거
물들의 싸움이라는 거지."
"근사하다는 거야?"
"아니. 결판이 잘 안 난다는 거야. 시원시원하게 결판 내는 것
이 멋지다고 생각들 하는 모양이지만, 결판을 쉽게 낸다는 것은
잔챙이라는 증거지."
"이상한 기분이 드는데. 혹시 오늘 실패하더라도 실망하지 말
라고 미리 위로하는 거야?"

"어? 시오크, 왜 나를 상냥한 여자로 만들려 하지?"

"긴장했나 봐. 여기는 어디지? 나는 누구고?"

지키멜은 빙긋 웃고 손을 들어 시오크의 멱살을 붙잡았다. 그리고 다른 손은 활짝 펴서 어깨 뒤로 한참 끌어당겼다. 시오크는 저 멀리서 날아올 준비를 하고 있는 손바닥을 보곤 고개를 끄덕였다.

"긴장 풀렸어."

"필요해지면 부담 갖지 말고 또 말해."

"그러지."

지키멜은 시오크의 구겨진 앞섶을 보고 조심스럽게 그것을 펼치며 말했다.

"당당하게 보여야 해, 시오크. 잘할 거야. 어깨 펴고 배에 힘 주고 항문은 꽉 조여."

"부디 검사하겠다는 말은 하지 마."

시오크는 두 손으로 짐짓 뒤쪽을 가리는 시늉을 했다. 지키멜은 낄낄 웃고 물러나 시오크의 위아래를 살폈다.

"음. 내 눈에는 괜찮아 보여. 유료도로당 기준으로는 어떤지 모르겠지만."

"유료도로당 기준? 이쪽에서 사람 평가하는 기준은 도로 사용료를 내느냐 내지 않느냐 뿐이야."

"오늘 이후부터 바뀔 거야."

시오크는 지키멜을 바라보다가 고개를 끄덕였다.

"지키멜, 혹시 내 입술에서 무슨 맛 나는지 궁금하지 않아?"

지키멜은 웃으며 앞으로 시오크의 목을 휘감았다. 입맞춤은 길지도 짧지도 않았고, 그것이 끝났을 때 시오크는 옷차림을 다시

가다듬어야 했다. 준비를 끝낸 시오크는 문 쪽으로 걸어가며 말했다.

"그럼 갔다 올게."

지키멜은 대답 없이 손을 흔들었다. 시오크는 문을 열고 밖으로 나갔다. 조금 후 지키멜도 거기서 나갔다.

대회가 열리는 대극장으로 들어가는 시오크의 모습이 보였다. 대극장 정문을 지키며 당원패를 검사하던 당원들은 시오크의 뒤에서 문을 닫으려다가 지키멜의 모습을 보았다. 그들은 들어올 생각이냐는 표정으로 그녀를 바라보았다. 지키멜은 신분을 알릴 만한 것은 아무것도 걸치지 않았기에 그들은 그녀가 비나간의 새로운 후작이라는 것을 알아보지 못했다. 더군다나 이 당원 대회가 열릴 수 있도록 음지에서 무수한 공작을 펼친 사람이라는 것은 더욱 알 수 없을 것이다. 지키멜은 들어갈 생각이 없다는 뜻으로 고개를 흔들었다. 당원들은 어깨를 으쓱이고 대회장 안으로 들어가 문을 닫았다.

비당원들에게는 공개되지 않는 대회장 안쪽에서 요란한 박수 소리 같은 것이 들려왔다. 지키멜은 아마도 시오크의 입장이 소개되었나 보다고 생각했다. 지키멜은 갑자기 당원패를 위조하여 참석했으면 어떨까 하는 생각을 떠올렸다. 하지만 다시 생각해 본 결과 역시 그러지 않기를 잘했다고 생각했다. 모든 사람이 비나간의 새 후작의 얼굴을 모르는 것은 아니다. 만약 대회장 안에서 지키멜의 정체가 탄로난다면 시오크에게 도움될 것이 하나도 없을 것이다.

더 이상 서 있을 필요가 없는 지키멜은 주저 없이 몸을 돌렸다. 비나간 문예 회관의 복도는 넓었지만 지금 그곳을 걷는 사람은 아무도 없었다. 유료도로당의 당원 대회가 왜 비나간 문예 회관에서 열리는지 궁금해하는 사람을 막기 위해 그리고 그 당원 대회를 무산시키고자 하는 자들을 막기 위해 회관 정문에서부터 입장 통제가 이루어지고 있기 때문이다. 지키멜은 복도 양쪽에 있는 예술 작품들에 별다른 눈길을 주지 않은 채 재빨리 정문 쪽으로 걸어갔다.

정문에는 그녀와 마찬가지로 신분을 알릴 수 있는 것은 아무것도 착용하지 않은 병사들이 서 있었다. 이 대회가 비나간 후작의 후원으로 열리고 있다는 것은 공공연한 비밀이지만 그래도 정체를 공공연히 할 수는 없었다. 그래서 병사들은 지키멜을 못 알아보는 척했다. 하지만 계단 아래쪽에 있던 팩스벗 졸다비는 그녀를 모르는 체하지 않았다. 지키멜이 계단을 내려가자마자 팩스벗은 그녀에게 다가왔다.

"대회가 시작되었습니까?"

"그래, 시작되었어. 그런데도 아직까지 조용하군. 저쪽의 움직임은?"

"포착되는 것이 없습니다. 게라임은 이 대회를 방해하지 않을 생각인가 봅니다. 그러고는 그 결과도 무시할 테지요."

"하긴 서툴게 폭력을 행사하기는 어렵겠지. 우리도 그건 바랄 수 없어. 파당 이야기가 공론화될지 모르니까. 유료도로당을 얻으려다가 그것을 분해시키게 된다면 바보짓도 그런 바보짓이 없지. 자유무역당 쪽은?"

"조용합니다. 그런데 왜 그쪽에 신경을 쓰십니까?"

"유료도로당의 노선이 변경될지도 모른다면 누가 가장 큰 관심을 가지겠어?"

"하지만 유료도로당의 노선이 아무리 경천동지하게 바뀐다 한들 자유무역당에게 호의적으로 바뀌지는 않을 겁니다. 자유무역당이 내놓는 도로 사용료가 얼마나 많은데요. 그리고 결국 자유무역당도 유료도로당이 제공하는 안전한 상업로를 필요로 합니다. 제 생각으로는 간섭하지 않고 그저 관찰만 할 것 같습니다."
"그들은 필요하면 엄청나게 공격적이야. 발케네 공에게 세퀴라 도를 사 버린 것을 기억 못하나?"
"그건 자신의 안전을 위해서…… 어라?"
팩스벗은 어리둥절한 표정으로 비나간 문예 회관 앞쪽에 있는 커다란 광장 저편을 바라보았다. 그의 시선을 따라간 지키멜은 그곳에서 기괴한 것을 발견했다.
어떤 인간 남자가 커다란 깃발을 들고 씩씩하게 걸어오고 있었다. 그 깃발만 해도 충분히 충격적이었지만 지키멜은 남자의 복장에서, 아니, 정확하게 말하면 남자의 무복장에서 놀라움을 느꼈다. 비나간이 남쪽이긴 하지만 그래도 열대는 아니며 이곳의 겨울이 아랫도리만 대충 차려입은 차림으로 걸어다닐 정도로 따스하진 않다. 아니, 설령 따스하다 해도 그런 옷차림은 예의에 맞지 않는다. 광장을 걸어가던 사람들은 기막힌 표정으로 그를 바라보았고 그중에는 비명을 지르며 도망치는 소녀 부인네들도 보였다. 하지만 남자는 풍성한 수염을 흩날리며 거침없이 걸어갔다. 몸은 상당히 심하게 노출했는데 얼굴은 제멋대로 풀어헤친 장발과 덥수룩한 수염으로 상당히 꼼꼼하게 감춰져 있었다. 지키멜은 어처구니없는 기분으로 '얼굴은 정중하군.' 따위의 생각을 해 보았다. 팩스벗이 곤혹스러운 얼굴로 말했다.
"시인 자이 가텔입니다. 약간 기인이긴 한데, 저건 뭐 하는 짓인지 모르겠군요."

"깃발에 뭐라고 씌어져 있는 거야?"

고맙게도 바람이 깃발을 조금 움직여 내용을 보여 주었다. 그곳에는 대필로 단숨에 휘갈겨 쓴 듯한 글이 얼핏얼핏 보였다. 팩스벗이 조금씩 보이는 글자들을 소리 내어 읽었다.

"근……조 비나간…… 예술?"

지키멜은 그 문구에 얼떨떨해하다가 고개를 돌려 비나간 문예회관을 바라보았다. 연극이나 낭독회, 음악회, 전시회 등이 열리지만 오늘은 유료도로당 당원 대회가 열리고 있다. 지키멜은 다시 자이 가텔의 깃발을 바라보았고 곧 눈을 감았다.

"아, 이런 젠장."

그때 자이 가텔이 입을 열었다. 이 추운 날씨에 반나체 차림으로 광장을 걷고 있는 남자치곤 대단히 우렁찬 외침이 들려왔다.

"물러가라, 도둑놈들아! 예술의 성지에서 물러가라!"

지키멜이 가장 먼저 떠올린 것은 미학과 윤리학의 갈등 문제가 아니었다. 지키멜이 궁금해한 것은 자이 가텔이 요즘 창작 활동의 침체기에 빠져 있나 하는 것이었다. 정체를 감춘 병사들과 팩스벗, 그리고 지키멜과 조금씩 모여드는 구경꾼들이 바라보는 가운데 자이 가텔은 비나간의 새 후작이 된 지키멜 퍼스의 악덕을 준엄하게 꾸짖기 시작했다. 그의 성토가 간부와 간부가 손을 잡고 비나간의 예술혼을 증명하는 성지를 더러운 정치적 개싸움판에 제공했다는 대목에 이르렀을 때도 지키멜은 별로 화를 내지 않았다. 그녀는 담담하게 자신과 시오크 모두 미혼이니 간부와 간부라는 표현은 잘못되지 않았나 하는 생각만 했다. 하지만 팩스벗은 얼굴을 벌겋게 물들인 채 주먹을 움켜쥐었다.

"가서 쫓아내겠습니다, 각하."

"놔둬. 재미있잖아."

"저자는 각하를 모욕하고 있습니다!"

"예술가의 모욕은 모욕이 아니야."

"하지만, 각하!"

"알았어, 알았어. 저자도 계속 저러다간 감기 걸리겠군. 가서 쫓아내. 면식이 있나?"

"아니요."

"그래도 이름을 아는 것을 보니 작품은 읽어 봤겠군?"

"제목만 몇 개 기억합니다."

"그러면 됐어. 가서 예술가의 허영심을 만족시키라고. 무슨 말인지 알지?"

팩스벗은 고개를 끄덕이고 고래고래 고함지르는 시인을 향해 총총걸음으로 달려갔다. 지키멜은 계단 장식물에 기댄 채 팩스벗이 어느 정도의 수완가인지 알아보겠다는 듯이 그 모습을 바라보았다. 곧 팩스벗은 자이 가텔의 근처에 도달했다. 거리가 제법 떨어져 있기에 지키멜은 팩스벗의 말을 듣지는 못했지만 그가 '우리 시대의 시성 자이 가텔 선생님이 아니십니까?'라는 듯한 표정을 짓는 것은 똑똑히 보았다. 지키멜은 피식 웃었다. 팩스벗 졸다비는 그녀의 의도를 잘 이해한 모양이다.

하지만 상황은 나아지지 않았다. 지키멜은 자이 가텔이 '시성은 무슨 개뼈다귀 같은 소리냐, 안 굶어죽으려고 희작질하는 말종에게 뭐 얻어먹을 것 있다고 아부냐?' 등으로 대답한 것이 아닐까 추측했다. 팩스벗은 공손하게 허리를 연신 굽히고 있었지만 자이 가텔의 얼굴은 여전히 노기등등했다. '선생님의 분노에는 저도 십분 공감합니다만 이러다가 자칫 몸이라도 상하시면 선생님의 시를 사랑하는 많은 이들에겐 커다란 슬픔이 될 것입니다.' '귀한 밥 먹고 할 짓 없어서 내 글 쪼가리나 읽는 것들한텐 신경 안 쓴다.' '무슨 그런 겸양의 말씀을. 저는 선생님의 이러이러한 시에서 말로 표현할 수 없는 감동을 받았습니다. 조용한 곳에서 제가 받은 감동을 말씀드리고 싶습니다만.' '망한 놈아. 가서 좋은 글 좀 읽어라! 좋은 글 안 읽으니까 말로 표현할 수 없는 것을 말하겠다는 식의 모순이나 지껄이지!' 지키멜의 추측은 대략 이런 식으로 계속되었고 실제 상황은 그녀의 추측과 크게 다르지 않은 듯했다. 팩스벗은 말로 설득하기 어렵다고 생각한 듯 슬쩍 자이의 팔을 붙잡았지만 자이는 그 손을 매정하게 뿌리치며 고함을 질렀다. 지키멜은 그 고함에 대해서는 추측할 필요 없었다. 잘 들렸으니까.

"네 이놈! 알았다. 그 어린 독녀가 보낸 놈이렷다!"

'어머, 고마워라. 어리게 봐주다니.' 지키멜은 대화를 할 수 있는 처지라면 자이에게 그렇게 말할 수 있다고 생각했다. 하지만 팩스벗은 점점 분노를 통제하기 힘들어지는 듯했다. 그의 어깨는 굳었고 팔동작은 조금씩 거칠어졌다. 그러다가 갑자기 자이가 깃대를 휘둘렀다.

팩스벗은 어깨에 정통으로 깃대를 맞았다. 자이 가텔은 아무리 봐도 근육질은 아닌 데다 바람이 깃발을 잡아챘기 때문에 깃대의 속도는 느렸다. 팩스벗에게 육체적 손상을 입히기는 힘든 공격이었다. 하지만 팩스벗을 화나게 하기엔 충분했다.

"날 쳤어?"

팩스벗은 자이의 깃대를 확 움켜쥐었다. 자이는 깃발을 뺏기지 않기 위해 매달렸고 두 사람은 깃대를 붙잡은 채 빙글빙글 돌게 되었다. 그러다가 자이는 물어뜯을 듯한 기세로 팩스벗의 가슴에 뛰어들었다. "어이쿠!" 팩스벗은 뒤로 나동그라졌고 자이 또한 깃대에 이마를 부딪혔다. 그리고 두 사람은 광장을 데굴데굴 굴렀다.

지키멜은 혀를 차며 계단 위쪽을 향해 손짓을 보냈다. 곧 변복한 채 대회장을 지키고 있던 병사들 중 몇 명이 싸움을 말리려는 좋은 이웃들처럼 달려 내려왔다. 그들은 세상의 평화를 자신의 두 손으로 지킬 수 있다는 표정을 하고 있었지만, 상황은 지키멜이 '재미있다'고 표현할 모습으로 비화될 뿐이었다.

"으아, 이놈이 문다! 이 개 같은 놈이!"

"커, 컥! 놔라, 이놈아! 어디를 붙잡아! 네가 내 애인이냐!"

지키멜은 소리 없이 웃었고 웃느라 어깨가 들썩거렸다. 병사들은 가까스로 자이와 팩스벗을 떼놓았지만 자이는 자신을 붙잡은 병사들을 할퀴고 꼬집어 댔으며 팩스벗도 협조적이지는 않았다. 팩스벗은 내 분노의 목표가 저곳에 있으니 인정으로 구속을 풀어 달라는 내용을 정중하지도 길지도 않은 단어로 고래고래 외치고 있었다. 두 손으로 배를 붙잡던 지키멜은 갑자기 웃음을 뚝 멈췄다.

지키멜은 의심스러운 눈으로 자이 가텔을 바라보다가 갑자기 몸을 돌렸다. 그녀는 문예 회관 안으로 들어가서 잠시 주위를 둘러보았다. 여전히 아무도 보이지 않았다. 지키멜은 신발을 벗어 팽개치고 복도를 달렸다. 발소리를 지운 채 그녀는 문예 회관 곳곳을 수색했다. 병사들을 불러들이는 것이 낫지 않을까 생각했지만 자신의 의심을 확신할 수 없었다. '설마, 공연한 의심일 거야.'

공연한 의심이 아니었다. 대극장 2층 방청석으로 올라가는 계단에 도달했을 때 지키멜은 무엇인가가 계단 아래로 황급히 숨는다는 느낌을 받았다. 그녀는 잠시 숨을 고르고 계단에 발을 올렸다. 그리고 두어 계단 올라가다가 갑자기 옆으로 몸을 던졌다.

지키멜은 계단 난간을 붙잡고 뛰어넘어 계단 바로 옆에 내려섰다. 그녀의 앞쪽에 세 남자가 서 있었다. 지키멜은 그들의 손을 보았다. 그곳에는 커다란 통이 들려 있었다. 지키멜은 그곳에서 확 풍겨 오는 기름 냄새를 맡았다. 지키멜은 똑바로 서며 생각했다. 역시 병사들을 데려왔어야 하는 건데. 그리고 지키멜은 손을 내저으며 말했다.

"당주님이 명령을 취소하셨습니다!"

고맙게도 유료도로당주도 자유무역당주도 모두 당주님으로 언급될 수 있다. 따라서 그녀의 말이 통할 확률은 낮지 않지만 지키멜은 혹 이들이 의뢰주의 정체를 모르는 청부업자들이 아닐까 의심하며 남자들을 바라보았다. 그날은 지키멜의 예상이 잘 들어맞는 날이었다. 예상에 걸맞은 대비를 할 수 있다면 행운의 날이겠지만 그렇게 하지 못했던 지키멜에겐 불운한 날이었다. 남자들은 기름통을 내려놓고 재빨리 움직였다. 영리하게도 그들 세 명은 지키멜의 퇴로를 막는 방향으로 흩어졌다. 지키멜은 한숨을 내쉬었다.

"좋아. 받기로 한 돈의 세 배를 주지."

남자들은 아무 대답도 하지 않은 채 지키멜을 포위해 왔다. 지키멜은 서른 배를 주겠다고 외치려다가 그냥 몸을 돌렸다. 그리고 가장 가까이 있는 남자의 다리 사이를 똑바로 바라보았다. 남자는 황급히 다리를 오므렸고, 그것을 기다렸던 지키멜은 남자의 눈을 꽉 찔렀다.
비명은 듣기 좋았다. 지키멜에게 타인의 비명을 즐기는 취미는 없었지만 누군가에게 들리긴 할 테니까. 뒤쪽에서 다가온 팔뚝이 목을 휘감을 때 지키멜은 당신도 비명 좀 질러 달라고 속으로 바라며 그 팔뚝을 물어뜯었다. 하지만 팔뚝의 소유자는 비명을 지르는 대신 지키멜의 목을 졸랐다. 그녀는 발버둥쳤지만 목을 조르고 있는 팔뚝은 완강했다. 지키멜은 의식이 흐려지는 것을 느꼈다. 눈앞에 보이는 풍경이 비 내리는 날의 수면처럼 보였다. 지키멜은 그 혼란스러운 풍경을 향해 소리 없이 외쳤다. 그러나 자신이 무슨 말을 하는지도 몰랐다.
지키멜은 의식을 잃었다.

의식을 잃을 것 같은 더위라고 생각하며, 아쉬존 토프탈은 위쪽을 올려다보았다. 나무들 사이로 보이는 새하얀 하늘이 그를 답답하게 만들었다.
아쉬존은 앞쪽을 막고 있는 나뭇잎 무더기를 향해 신경질적인 동작으로 팔을 휘둘렀다. 공교롭게도 팔이 나뭇잎 사이에 숨어 있던 단단한 나뭇가지에 부딪혔다. 아쉬존은 저린 팔뚝을 움켜쥔 채 몸을 웅크려야 했다. 그리고 한 시간 만에 처음으로 그를 보는 사람이 아무도 없다는 것을 고맙게 생각했다.
팔뚝의 저림이 사라졌다. 나뭇잎을 헤쳐 숨어 있던 나뭇가지를 찾아낸 아쉬존은 그것을 원망스럽게 바라보다가 허리에 찬 칼을 붙잡았다. 그는 사이커를 가지고 있었고 나가들이 만드는 이 예리한 칼은 어렵잖게 아쉬존의 팔뚝을 막은 나뭇가지를 잘라 낼 수 있다. 하지만 아쉬존은 그만두기로 했다. 나가는 아니지만 그는 시모그라쥬 인이었다. 홧김에 나뭇가지를 자르는 것은 아쉬존에게 끔찍한 비행으로 여겨졌다. 그는 조심스럽게 나뭇가지를 피해 앞으로 걸어갔다.

덤불과 넝쿨, 나뭇잎이 끊임없이 아쉬존의 팔다리를 붙잡았다. 길이 아닌 곳을 걷고 있기 때문이다. 아쉬존은 밀림에서 그런 식으로 움직이면 금방 지쳐 빠지고 만다는 것을 알고 있었지만 도리가 없었다. 그는 한쪽 방향으로 움직여야 했다. 아쉬존은 자신이 올바른 방향으로 걷고 있는지 다시 확인해 보았다.

"어이! 거기 있나?"

대답이 없었다. 틀림없이 소리에 집중하는 것을 잠시 잊은 모양이다. 아쉬존은 고함을 버럭 질렀다.

"어어이!"

"아, 예! 여깁니다!"

나가의 아름다운 목소리가 앞쪽에서 들려왔다. 다행히 아쉬존은 다가오는 나가 병사들을 향해 똑바로 걷고 있었다. 하지만 그곳은 도무지 길이나 길 비슷한 것으로도 쓰일 수 없는 곳이었다. 얼마 후 아쉬존은 또다시 나뭇가지에 이마를 부딪혔다. 아쉬존은 자신이 왜 투구를 벗고 있었나 생각하며 주저앉았다. 이마를 만져 보니 다행히 찢어지지는 않았다. 아쉬존은 한숨을 내쉬며 허리춤에 매달아 둔 투구를 풀어 다시 머리에 썼다.

아쉬존은 자신의 처지가 참으로 우울했다. 지금쯤 그곳에서는 시모그라쥬 공의 소환으로 모인 각 군단들이 엄청난 장관을 연출하고 있을 텐데 아쉬존은 빽빽한 밀림 속에서 몸으로 길을 만드는 한심한 처지에 빠져 있었다. 그것은 종고모가 그에게 하텐그라쥬를 수색하라는 명령을 내렸기 때문이다. 다른 곳도 아닌 하텐그라쥬. 신비로운 대선풍과 나무가 된 뇌룡공이 있긴 하지만 그 밖에는 폐허밖에 없는 곳이다. 이전에 몇 번 구경했기에 대선풍과 뇌룡공의 모습에 익숙한 아쉬존에게 그곳은 도무지 재미있는 곳이라고 할 수 없었다.

만약 이곳에 정말 대호왕이 있다면, 그리고 아쉬존이 그녀를 찾아낼 수 있다면 이 수색은 상당히 매력적인 것이 되겠지만 아쉬존은 대호왕이나 두억시니들의 자취는커녕 누군가 여기에 살고 있다는 흔적도 찾아내지 못했다. 열성적인 수색열은 곧 시들해졌다. 그리고 긴장감도 사라졌을 때 아쉬존은 세수를 하러 샘터를 찾았다가 그만 길을 잃어버린 것이다.

아쉬존을 수행하고 있는 수색대의 병사들은 모두 나가였다. 종고모 베로시 토프탈은 시모그라쥬 공의 호칭을 쓸 수 있는 소년을 보호하려면 소드락을 복용할 수 있는 나가가 더 유리하다고 생각하고 수색대를 그렇게 편성했지만 그 배려는 공교로운 문제를 낳았다. 몸을 물로 씻는 것은 인간뿐이다. 아쉬존은 수색대에서 유일하게 아침에 세수를 하는 사람이었다. 한편 나가 병사들은 아침에 햇볕을 쬔다. 차가워진 몸을 빨리 따스하게 만들기 위해서다. 그래서 아쉬존은 그들이 햇빛을 받도록 내버려둔 채 혼자 야영지를 떠났다. 길을 잃은 아쉬존의 주위에 아무도 없는 것은 그 때문이다.

키보렌의 한가운데서 태어났다고 하지만 아쉬존은 도시 출신의 귀족이었다. 키보렌 바깥에서 태어난 이보다야 낫겠지만 그도 키보렌에서 길을 잃을 가능성은 있다. 하지만 아쉬존은 그 가능성이 현실화되었다는 것을 용납하기 힘들었다.

"어어이!"
"여깁니다!"

거리는 조금 전보다 가까웠지만 방향이 정면에서 조금 오른쪽이었다. 아쉬존은 오른쪽으로 몸을 돌렸고 절망감을 느꼈다. 그곳은 나무뿌리와 암석들이 복잡하게 뒤엉켜 있는 지형이었다. 아쉬존은 그곳을 걸으면 수평으로 암벽 등반을 하는 기분을 느낄 거라고 예측했다. 그리고 실제로 그러했다. 가까스로 그곳을 지났을 때 아쉬존은 숨이 끊어질 정도로 다급하게 호흡을 몰아쉬게 되었다.

아쉬존은 바닥에 주저앉았다. 고함을 질러 정확한 방향으로 움직였는지 확인해야겠지만 목소리를 제대로 낼 수도 없었다. 눈앞이 빙빙 돈다고 생각하며 아쉬존은 앞쪽을 멍하니 바라보았다. 빨리 병사들을 만나기 위해 여기까지 걸어왔지만 이제는 더 걸을 수 없다. 아쉬존은 이곳에 앉아서 병사들이 도착할 때까지 기다리기로 했다.

조금 후, 마침내 아쉬존의 앞쪽 수풀이 좌우로 갈라졌다. 그리고 나가의 다리가 나타났다. 아쉬존은 기쁨에 신음하며 고개를 들었다. 나가가 그를 내려다보고 있었다. 아쉬존은 힘겹게 손을 들어 올렸다. 일어설 힘이 없으니 부축해 달라는 뜻이었다. 하지만 나가는 그의 손을 붙잡지 않았다. 아쉬존은 의아해하며 다시 나가를 바라보았다. 그리고 그 나가가 병사의 복장을 하고 있지 않다는 것을 깨달았다. 아쉬존은 어리둥절해하며 나가의 모습을 위아래로 살폈다. 나가가 입고 있는 것은 구식 복장이었다. 아쉬존은 나이가 아주 많은 나가들이 그런 옷을 입는 것을 보았다. 아쉬존은 나가들의 그런 옛날 복장이 아름답다고 생각했지만 지금 그의 앞에 서 있는 나가가 입고 있는 것은 그 복식들보다 월등히 아름다웠다. 장식이 많거나 거추장스럽다는 의미는 아니다. 그것은 나가의 복식을 이해할 수 있는 아쉬존 같은 이가 음미할 수 있는 아름다움이었다. 아쉬존은 하텐그라쥬에서 그런 예스러운 옷을 입고 있는 서 있는 나가가 누굴지 생각해 보았다. 대답은 어렵지 않았다. 아쉬존은 깜짝 놀랐다.

아쉬존은 왜 나가가 그의 손을 잡지 않았는지 깨달았다. 소년은 지친 몸을 황급히 움직여 일어났다. 왕 앞에서 주저앉아 있을 수는 없다. 물론 왕에게 부축을 요구하는 것도 어울리지 않는다. 아쉬존은 경의를 표하며 말했다.

"대호왕 폐하?"

나가는 고개를 가로저었다.

"왕위는 버렸으니 사모 페이라고 불러라."

아쉬존은 자신의 처지가 정말 멋지다고 생각했다.

부냐 헨로는 의자에 앉은 채 울고 있었다.

부냐는 자신이 운다는 것은 알고 있었지만 왜 울고 있는지는 몰랐다. 기온은 차갑고 젖은 볼은 얼어붙는 것 같았다. 부냐는 손등으로 눈 주위를 문질렀다. 세게 문질렀다. 눈 주위가 쓰라렸다. 부냐는 팔걸이 옆으로 팔을 내던졌다.

"다 죽어."

바깥에서 소음이 들려왔다. 함성과 박수, 저벅거리는 발소리들이 떠들썩한 축제 분위기 같은 것을 만들어 내고 있었다. 봄이 아직 방문 예고장도 보내지 않은 이 차가운 계절에, 그것은 아껴

둔 지난 여름의 작은 조각을 꺼내어 맛보는 듯한 활기였다. 하지만 부냐는 꿈쩍도 하지 않았다. 의자 앞으로 길게 뻗은 다리는 오랫동안 앉아 있어 부어 있었고 등은 몹시 배겼지만 부냐는 움직이는 것은 상상도 하지 않았다. 웃음소리가 다시 요란하게 들려왔다. 부냐는 트림하듯 말했다.

"다 죽으라고."

박수와 웃음, 함성들이 조금씩 장기화할 채비를 갖추었다. 연회가 시작될 모양이다. 부냐는 손을 들어 목을 긁었다. 시원해지기는커녕 신경을 바늘로 쑤시는 듯한 아픔만 느껴졌다. 부냐는 상처 입은 사람처럼 손으로 목을 감쌌다. 손바닥은 시원했다. 부냐는 다른 손도 들어 목을 붙잡았다. 그리고 두 손으로 자신의 목을 눌렀다. 억지로 침을 삼키자 손바닥에 꿈틀거리는 느낌이 전해져 왔다. 부냐는 소름이 끼쳤다. 징그러운 동물을 쥐고 있는 것 같았다. 그녀의 손에 힘이 들어갔다. 뒤통수와 관자놀이가 뜨거워졌고 목구멍에서는 뜨거운 입김이 쉿쉿 흘러나왔다. 그 모든 느낌이 다 싫었다. 그녀는 자신의 목을 힘껏 졸랐다.

"뭐 하고 있는 거야?"

부냐는 대답하지 않았다. 질문을 무시하면 질문한 사람도 사라질 거라 믿는 것처럼. 하지만 질문자는 사라지지 않았다.

"뭐 하는 거냐고!"

부냐는 손을 풀었다. 눈앞에 조그마한 광점들이 떠다녔다. 그녀는 다시 눈을 비볐다. 목을 졸랐을 때 배어 나온 땀이 눈물에 뒤섞여 진득거렸다. 부냐는 소맷자락으로 눈을 비비고는 천천히 의자에서 일어났다.

"스카리."

스카리는 무장한 차림으로 문 앞에 서 있었다. 그 모습을 보던 부냐 헨로는 메마른 웃음을 터뜨렸다.
"왜 웃지?"
"미안해요…… 제 언니는 군인이죠."
자신의 모처에 현상금을 건 부냐의 언니를 잘 알고 있는 스카리는 혹 누군가가 부냐에게 그 이야기를 이미 전해서 부냐가 자신을 보고 웃는 것인가 생각했다. 하지만 부냐가 웃은 이유는 다른 것이었다.
"당신 모습은 전쟁터에서 돌아온 군인 같지 않네요."
스카리의 갑옷은 깨끗했다. 개선식을 위해 준비된 무구들이기에 먼지나 피 얼룩, 흠집 따위는 보이지 않았다. 개선식을 하는 장수라면 당연히 무구를 받쳐 입어야겠지만 부냐에겐 그 깨끗한 갑옷이 전쟁터에서 돌아온 사람에게 어울리지 않는 것이라 오히려 이상해 보였다. 부냐는 그런 의미로 웃었다고 설명하려 했다. 하지만 스카리의 굳은 얼굴을 보고 입을 다물었다. 스카리는 가슴에 노궁 화살이라도 맞은 사람 같은 표정을 짓고 있었다. 스카리가 말했다.
"나는 싸웠어, 부냐."
"알아요, 스카리."
"싸웠다고. 젠장. 언제까지 옛날 이야기를 꺼낼 생각이야? 누가 들으면 내가 항상 진중에서 취해 있는 줄 알겠군."
"아니에요, 스카리. 그런 의미로 한 말이 아니라……."
스카리는 손바닥을 들어 부냐 쪽으로 내밀었다.
"마음에도 없는 위로는 그만둬."
부냐는 입술을 깨물었다. 스카리는 성큼성큼 걸어가 의자에 앉앉았다. 부냐는 그 모습을 내려다보다가 조심스럽게 맞은편 의자에 앉았다.

두 사람은 아무 말도 하지 않았다. 스카리는 바닥 어디쯤을 쏘아보았고 부냐는 그런 스카리의 모습을 보다가 벽걸이를 둘러보았다. 방 안에 고인 침묵이 발목을 적실 무렵이 되었을 때 스카리가 으르렁거리듯 말했다.

"젠장, 부냐, 왜 내 기분을 다 망쳐 놓는 거지?"

"스카리, 저는……."

"나나본과 우기츠, 잔하일을 병합했다. 발케네 영토의 7분의 1은 되는 거대한 영토가 새로 생겼어. 게다가 얼음과 눈으로 뒤덮인 땅이 대부분인 우리 발케네에 비하면 그 땅들은 훨씬 비옥하지. 발케네는 내 손에 의해 두 배로 늘어난 거나 마찬가지야. 이제 쟁룡해 쪽에서 무기를 받기 위해 최후의 대장간으로 향하는 레콘은 그 여정의 절반은 발케네 땅을 걸어야 해."

부냐는 멍한 기분으로 황금해 쪽에서 오는 레콘에겐 아무 변화가 없을 것이며, 어차피 레콘은 자기가 누구 땅을 걷는지 크게 신경 쓰지 않을 거라고 생각했다. 스카리가 계속 말했다.

"그걸 부하들에게 시켜서 얻은 것인 줄로 아나? 내 손으로 해냈어."

"부하들 없이 혼자 가셨어도 그러실 수 있었을까요."

"부냐!"

부냐는 완강하게 입을 다물었다. 스카리는 의자 팔걸이를 움켜쥐고 일어날 듯한 몸짓을 했다. 하지만 일어나면 상황을 걷잡을 수 없게 되리라는 것을 짐작한 스카리는 팔걸이를 놓았다.

"왜 말을 비꼬는 거야? 빌어먹을. 내가 그들을 지휘했어. 나는 취해 있지 않았단 말이야. 인정해 줄 수 있잖아."

"인정해요. 위대한 업적이세요."

스카리의 목이 벌게졌다. 반대로 부냐의 얼굴은 창백해졌다. 그녀의 목에 남아 있는 멍자국을 본 스카리는 조금 전 문을 열었다가 본 광경을 다시 떠올렸다.

"그만두지. 도대체 뭘 하고 있었던 거야? 목에 뭐라도 걸렸나?"

"무슨 말씀을 그렇게 하세요!"

부냐는 확 불타오르는 눈으로 스카리를 쏘아보았다. 스카리는 눈 주위를 꿈틀거렸다.

"왜 그러는 거야?"

"무슨 가축 이야기 하듯이…… 제가 당신이 키우는 짐승이에요? 몸이 왜 그러냐, 뭘 잘못 먹은 거냐는 식으로 말하는 것은 뭐예요?"

"내가 언제 당신이 가축이라고 했어? 무슨 그런 어처구니없는 소리를 하는 거야?"

"그렇게 생각하잖아요!"

"제기랄, 그렇게 생각한 적 없어!"

"그러면 전리품인가요?"

"그건 또 무슨 소리야?"

"당신은 제가 엘시 에더리의 여자이기 때문에 뺏은 거죠?"

부냐가 하고 싶었던 말은 그것이 아니다.

"뭐? 도대체 무슨 소리를 하는 거야. 넌 그 전부터 내 여자였어. 나는 되찾아온 것이지 뺏어 온 것이 아냐."

"알고 지내던 여자가 뺏고 싶은 여자로 바뀐 것이 언제죠? 저는 훔치고 싶은 물건이었던 거죠? 그리고 이제 당신이 훔친 이성에 전시해 두는 또 하나의 절도품이지요?"

"자학은 그만둬. 자기를 비참하게 만들어 놓고 즐기지 말라고. 꼭 그래야겠다면 혼자 그래. 내 감정까지 모욕하지는 마! 참을 수 없으니까!"

스카리가 하고 싶었던 말은 그것이 아니다.

"당신 감정?"

"그래!"

"당신은 제 것 아니었어요?"

스카리는 오싹한 기분을 느끼며 부냐를 바라보았다. 지나치게 오랜 시간 동안 말을 탄 다음 땅에 내려섰을 때, 잠에서 깨어 바라본 천장이 기묘한 각도일 때 느끼는 것 같은 기분이 들었다.

혼란 속에서 스카리는 암살성의 어느 부분인지 알 수 없는 부분이 과거에 들었던 어떤 말을, 간직하고 있던 어떤 말을 새주인에게 돌려주는 것을 들었다.

'제 남은 시간은 모두 부냐의 것이니까요.'

비나간 후작 지키멜 퍼스는 눈을 꼭 감은 채 코를 벌름거렸다. 의식은 조금 전부터 명료했다. 하지만 그녀는 벌떡 일어나 주위를 둘러보며 우주 속의 자신의 위치를 규정짓지는 않았다. 대신 냄새를 맡았다. 하지만 그녀의 후각은 별다른 자극을 느끼지 못했고 두통이 심하다는 것만 깨달았다. 그리고 지키멜은 자신이 왜 눈을 뜨지 않은 것인지 깨달았다. 두통 때문에 빛을 보기 어려웠다.

"눈 아프니까, 누구 있으면 초를 꺼 줘."

"태양이야."

"태양? 아아, 그 새. 알아."

"새?"

"둥지로 돌아와 잠들지 않는 새 말한 거 아냐?"

"대화 나눌 기회가 생기면 동쪽으로 돌아가서 잘 생각이 없냐고 물어봐 주지."

"부탁해."

지키멜은 눈을 떴다. 그곳에는 그녀가 기대하던 남자가 없었다. 지키멜은 고개를 조금 돌렸고 잠자리 옆에 앉아 있는 시오크를 발견했다. 시오크는 대회장에 들어갔던 옷차림 그대로였지만 그 옷은 여기저기 구겨져 있고 어떤 곳은 찢겨 있었다. 지키멜의 시선을 깨달은 시오크는 자신을 한 번 내려다보고 말했다.

"내 걱정 할 때가 아닌데."

"배후가 누구야?"

"아버지."

지키멜은 다시 눈을 감았다.

"자이 가텔은?"

"이용당한 거야. 어젯밤에 우연히 술자리에서 동석한 작자에게 충동질당한 거지."

"대회 장소가 사고의 원인이 될 거라곤 생각하지 못했는데, 네 아버님은 참 대단하셔. 대회는 어떻게 됐지?"

"지키멜 퍼스."

"왜 불러?"

"여기 앉아 정신을 잃은 네 모습을 바라보다가…… 이봐, 꼭 그렇게 속 뒤집힌다는 표정 지을 것은 없잖아?"

"어, 내가 그랬어? 사과할게. '내가 널 사랑한다는 것을 알게 되었어.' 따위의 말을 네가 할 리 없는데 말이야. 그래. 나 보면서 무슨 생각을 했는데?"

지키멜은 시오크의 옅은 한숨 소리를 들었다. 그녀는 아무 말도 하지 않은 채 눈을 감고 기다렸다. 문득 지키멜은 어떤 것이 얼굴 가까이 다가온다는 느낌을 받았다. 눈을 감아도 그런 것을 느낄 때가 있다. 공기의 미세한 움직임, 소리, 살 냄새. 지키멜은 이불 속에서 두 팔을 허리에 꼭 붙인 채 숨을 멈추었다.

조금 후 그것이 물러났다. 그리고 시오크의 목소리가 들렸다.

"너 참 얼간이라고 생각했어."

"어쩜 그런 실례의 말을."

"지키멜, 네가 왜 살아난 것 같아? 그거야 방화자들이 네 숨통을 조르는 대신 기절만 시켰기 때문이야. 왜 그랬을 거 같아? 약속된 순간까지 기다렸다가 불을 질러야 하기 때문이야. 누구하고 그런 약속을 했을 것 같아? 물론 나야."

지키멜은 눈을 떠서 감탄했다는 표정으로 시오크를 바라보았다. 시오크는 팔짱을 끼고 있었다.

"그러면 네 작품이야? 네 아버지와 상관없어?"

"아버지가 준비한 것은 그런 것이 아냐. 이 대회가 부당한 것은 아니지만 이 대회가 설령 지도부 불신임을 결의한다 해도 그 결의에는 아무 의미가 없어. 내가 모아들인 것은 중앙 위원과 청년 위원 약간 명 정도…… 아니, 간단히 말하지. 이 대회를 통해서는 당을 내 손에 집어넣을 수 없어. 우리 아버지가 그렇게 만들어 버렸으니까."

"대회 자체를 김빠지게 한 거구나."

"그래. 그래서 그 불장난을 준비한 거야."

"내가 뛰어들어 훼방 놓은 거네. 실패했어?"

"성공했어. 아직까지는 비나간의 예술가들이 홧김에 저지른 일쯤으로 생각하고 있을 거야. 그러다가 그건 좀 어울리지 않으며 혹시 예술가들이 누명을 쓴 것이 아닐까 하는 의심이 피어오를 때쯤 되면 내가 사실은 아버지의 소행이었다고 폭로하는 거지."

지키멜은 미소를 지으며 그녀가 아는 가장 특이한 이상주의자를 바라보았다. 그 어떤 현실주의자보다 더 쉽게 현실과 타협해 버리고 심지어 현실을 농단하려는 시도도 서슴지 않지만 그의 정신은 치열하게 이상에 천착한다. 보통 그러한 행태는 이상주의의 타락이나 위선으로 치부되고 지키멜도 대부분의 경우엔 그런 판단에 동의하지만 시오크를 안 이후로 그녀는 예외가 있을 가능성을 인정하기로 했다. 물론 예외는 없고 시오크는 엉터리 이상주의자일지도 모른다. 지키멜은 상관없다고 생각했다.

"당원 대회장에 불을 지르는 당주라면 추문으로는 최상급에 속하겠지만, 그것만 가지고 충분할까? 횡령 사건 몇 개 덧붙이지 그래? 독직이면 결정타일 텐데."

"우리 아버지에겐 안 어울려. 역효과가 날 거야. 네가 좀 강하게 비판해 주면 도움이 되겠어. 불탈 뻔한 것은 비나간 문예 회관이잖아."

"아아, 그런 작전이군. 알았어. 다행히 자이 가텔에게 쓸 만한 말도 많이 수집해 뒀어. 비나간의 예술 정신을 수호하는 투사가 되지. 유료도로당주 게라임 지울비를 방화범이자 예술에 대한 범죄자로 규정하고 비나간에 인도하라고 요구하면 되겠지? 당시 당원 대회가 열리고 있었으니 현주건조물 방화죄가 되겠군. 미수범이라는 것을 참작하더라도 상당한 구형이 가능하겠어."

"지키멜, 나는……."

"물론 서류상으로만 투옥될 거야. 실제로는 화려한 무위도식자가 되게 해 드리지. 그렇게 부탁할 생각이었지?"

시오크는 싱긋 웃었다.

"지키멜, 혹시 너 어릴 때 이상한 풀뿌리 하나 캐어 먹은 기억 없어?"

"용인이 아니라도 네가 뭘 원하는가 정도는 짐작할 수 있어. 하지만 그게 의미가 있을까? 너희 아버지를 사회적으로 매장시킨 다음에 육신의 안락함을 제공하는 것이?"

"내가 할 수 있는 것은 그것뿐이야. 더 중요한 것은 내가 할 수 있는 것이 그런 것뿐이라는 것을 아버지도 아시리라는 거지. 그러니 무의미하진 않아. 처지가 바뀌었다 해도 나는 화를 안 낼걸. 아버지도 마찬가지일 테고."

"너희 부자는 정말 특이해."

서로를 매장시킨 후에도 사이 좋은 부자로 남을 거라 확신하는 두 사람. 지키멜은 바로 그 부분에 실용적 이상주의자 시오크를 이해할 단서가 있을지도 모른다는 느낌을 받았다. 하지만 그 단서를 찾아내려고 애쓰진 않았다.

"그럼 더 정리해 둘 것은 없지? 그런데, 시오크. 어떻게 이렇게 오랫동안 비나간 후를 혼자 있게 할 수 있었던 거야? 비나간 후가 졸도해 있다면 주위가 난리법석이어야 할 텐데."

"지키멜, 여긴 궁전이 아냐."

"어, 아냐?"

부활의 불씨 83

지키멜은 침대 주위를 둘러보았다. 그녀는 사람들이 기절한 자신을 궁전으로 옮겼을 거라 생각했지만 그곳은 궁전이 아니었다. 정확히 어떤 곳인지는 알 수 없지만 지키멜은 검소한 방에 야전용인 듯한 이부자리를 깔고 누워 있었다.

"여긴 비나간 문예 회관이야. 이 방은 대극장 옆의 부속실이고."

"그래? 그럼 궁전에선 아직 몰라?"

"그래. 궁전에서 너는 아직 외출 중으로 되어 있어. 설마 우리 아버지에게 비나간 후 살인 미수죄까지 덧붙이고 싶은 거야?"

"아니. 그런 의미로 물은 건 아니야. 궁전에서 아직 모른다면 잘됐네. 천천히 돌아가도 될 테니까."

시오크는 그것이 좀 쉬며 몸을 추스른 다음 돌아가겠다는 의미일 거라 생각했다. 하지만 지키멜은 손을 뻗어 시오크의 목을 붙잡았다. 그녀는 시오크를 끌어당기며 빙그레 웃었고 그는 눈 주위를 찡그렸다.

"지키멜, 너는 목이 졸려서 기절했던 사람이야."

"살아났으니 축하해야지."

"좋은 생각 같지 않은데."

"나는 네 생각이 필요한 것이 아니니라, 시오크 지울비. 다른 것이 필요하지. 어서 비나간 후를 기쁘게 하여라. 명령 받들지 못하겠느냐?"

시오크는 혀를 차고는 지키멜의 앞섶에 손을 가져갔다.

"받들어 모시겠습니다, 각하."

시오크는 지키멜의 옷을 천천히 풀어헤쳤다. 그녀는 큼직한 미소를 지은 채 시오크의 얼굴을 바라보았다. 조금 후 그녀의 얼굴이 일그러졌다. 시오크는 그 반응을 무심히 지나치려다가, 문득 지키멜의 몸을 더듬던 손을 멈추고 그녀의 얼굴을 바라보았다. 시오크가 말했다.

"지키멜?"

지키멜이 약간 쉰 목소리로 말했다.

"왜?"

"왜 울지?"

지키멜은 어리둥절해하다가 손을 들어 자신의 뺨을 만졌다. 그녀의 눈과 볼이 축축했다.

"정말? 내가 울고 있네? 왜지?"

시오크는 가만히 지키멜을 보다가 그녀의 어깨 아래에 손을 집어넣었다. 그는 지키멜을 앉히고 두 팔로 그녀를 보듬었다. 지키멜은 시오크를 밀어내려다가 갑자기 머리를 떨어뜨렸다. 그녀는 시오크의 어깨에 얼굴을 묻었다. 그녀의 숨소리가 거칠어졌다. 시오크는 지키멜의 등을 쓸어 만졌다.

"시오크, 나는……."

"그래."

"죽는 줄 알았어."

"응."

"목이 졸려서…… 눈앞이 캄캄하게……."

"미안해. 미리 말하지 않은 것이 잘못이야."

지키멜은 한참 헐떡이다가 간신히 말했다.

"그 늙은이도 그런 기분이었겠지?"

"네가 자야스텐의 열쇠를 가지고 있는 것을 보았으니 증조부님도 어쩔 수 없다는 것을 알았을 테지. 그래서 주저 없이 독약을 선택했고. 너는 친절을 베푼 거야. 공개적으로 끔찍한 모욕을 받은 다음 목이 매달리거나 잘리는 것보다는 그것이 훨씬 낫지."
 "제기랄. 나는 그 늙은이를 조금도 동정하지 않아. 하지만 나는 그것을 봤어. 그 늙은이는 떠나라고 했지만 나는 책임을 피하고 싶지 않았어. 독약이 그런 짓을 했다, 홀빈 퍼스가 스스로 그렇게 했다. 그런 식으로 자신을 속일 방법이 무궁무진하잖아? 그런 자기 기만을 하고 싶지 않아서 내 눈으로 봤어. 하지만 난 내가 보는 것이 뭔지 몰랐어. 그 늙은이도…… 시오크!"
 "응."
 지키멜은 그녀가 원하는 것이 무엇인지 행동으로 보여 주었다. 그녀는 시오크와 하나가 되고 싶다는 듯이 그의 목을 꼭 끌어안았다. 그리고 시오크도 그렇게 했다. 시오크는 한참 동안 소리 없이 울던 지키멜이 마침내 잠들 때까지 그렇게 있었다.

 상장군 베로시 토프탈은 매서운 눈으로 병사들의 모습을 살펴보았다. 그녀는 병사들이 위엄 있고 당당하게 보이기를 바랐다. 그 바람은 달성되지 않았는데, 병사들의 나태함이나 자질 부족 때문이 아니라 그녀의 지나치게 높은 기대치 때문이다. 베로시는 자신이 현실적인 사람이라고 생각했지만 그녀의 무의식은 도열한 병사들이 흥분한 수코뿔소가 그들을 암코뿔소로 판단하는 치명적인 오해를 일으킨다 해도 꿈쩍하지 않을 모습으로 서 있어야 한다고 믿고 있었다. 그리고 그런 소망은 이해할 수도 있는 것이다. 그들이 기다리고 있는 것은 전설의 부활이기 때문이다. 베로시는 결국 절망감에 빠졌다.

불행인지 다행인지 절망감은 그녀의 전유물이 아니었다. 정식으로 통고된 것은 아니지만 병사들도 귓속말과 암시로 가득한 잡담을 통해 자신들이 기다리고 있는 사람이 누군지 알고 있었다. 따라서 병사들은 베로시의 태도에 실망하고 있었다. 그들은 베로시에게 영웅왕이 부활하여 저녁 식사를 제안해도 태연하게 식탁으로 걸어갈 정도의 대범함을 기대했지민 그들의 눈에 베로시는 빚쟁이를 피해 다니는 파산자처럼 보였다. 따라서 그곳은 전설의 재래를 기다리는 장소이면서 동시에 총체적 상호 좌절의 장이었다.

호의를 가지고 본다면 그렇게 초라한 모습은 아니었다. 입지는 사실 좋지 않았다. 방문자는 시모그라쥬 시내를 거절했고 망고 군단 사령부 또한 거절했다. 통고된 장소는 시모그라쥬 외곽의 바위 계곡이었다. 사람이 거닐기 어려울 정도로 험준한 지형은 아니지만 오와 열을 맞춘 일개 군단을 당당히 도열시키기엔 분명히 협소한 장소였다. 베로시 토프탈의 참모들은 결국 계곡의 경사면을 따라 병사들을 세운다는 타개책을 내놓았다. 무장한 병사들이 절벽의 경사면과 바위턱에 거대한 산양 무리처럼 서 있는 모습은 평지에 도열한 것과 다른 입체적인 멋이 있었다. 또 그것은 만남의 장이 될 계곡 바닥을 극장의 무대처럼 보이게도 만들었다. 베로시가 약간의 연극적 감각이 있었다면 그들을 관객석의 관객처럼 만들 수도 있었을 것이다. 하지만 침착을 잃은 베로시는 그러지 못했다. 오히려 방문자가 베로시의 일을 대신했다.

계곡 입구 쪽의 상당히 위험해 보이는 바위턱에 서 있던 병사가 짧은 손짓을 보냈다. 그리고 곧 그녀의 모습이 계곡 입구 쪽에 나타났다. 베로시는 모든 병사들이 무대에 오르는 주연배우를 보는 관객처럼 그녀에게 고개를 돌리는 모습을 보고 감탄했다.

방문자는 단 두 명의 수행인만 동반하고 있었다. 그중 한 명은 긴장감 때문에 당장 쓰러질 듯한 얼굴의 아쉬존 토프탈이었다. 그리고 반대편에 서 있는 수행자는 참으로 위압감에 넘치는 모습을 한 두억시니 갈바마리였다. 반년 전쯤 베로시는 그 모습을 이미 목격했지만 낮에 보는 갈바마리의 모습은 그때보다 더욱 무서웠다. 아무리 무서운 것이라도 많은 사람들과 함께 백주에 보는 것은 무서워 보이기 힘들지만 갈바마리는 그렇지 않았다. 그 일탈적인 모습, 일탈적인 움직임, 일탈적인 걸음걸이는 관찰 시간이나 관찰자의 숫자에 관계 없는 섬뜩함을 내뿜었다. 베로시는 그만 갈바마리에게서 시선을 돌렸다.

그리고 베로시는 사모 페이의 모습을 보았다.

사모 페이는 나가의 예스러운 옷차림을 한 채 침착하게 걷고 있었다. 그녀의 모습에는 갈바마리와 같은 위압감이 없었다. 돌아온 왕, 북부의 구원자, 영원히 남을 전설은 한계선 이남이라면 어디서나 볼 수 있는 나가의 모습으로 걸어오고 있었다. 베로시는 당혹감을 느꼈고 심지어 약간의 배신감도 느꼈다. 이 긴장된 자리에서도 침착을 잃지 않는 그녀의 거동도 특별한 것이라고 하긴 어려운데 침착한 모습은 나가에게 흔한 모습이기 때문이다. 베로시는 갑자기 자신이 거대한 사기극에 말려든 것 같다는 느낌을 받았다. 그녀는 사모 페이의 도착을 지연시키고 싶었다. 이왕이면 영원히.

그러나 차일 아래에 있던 시모그라쥬 공 팔디곤 토프탈은 그럴 생각이 없었다.

그곳에 있던 대부분의 사람들과 달리 팔디곤 토프탈은 옛 왕의 모습을 기억하고 있었다. 자신이 장차 북부를 떠나 한계선 이남으로 가게 될 것이라고는 상상도 못하던 어린 시절, 팔디곤 토프탈은 아버지 세미쿼와 함께 에시올 산맥을 방문했던 대호왕을 보았다. 팔디곤은 정확히 무슨 일로 아버지와 대호왕이 부락을 방문했는지 알지 못했다. 그는 당시 갑자기 나타난 아버지를 낯설어 하며 피하고 있었다. 하지만 왕이 온다는 소식은 그로 하여금 아버지를 찾게 만들었나. 그리고 팔디곤은 그곳에서 흑사자 모피를 몸에 두른 채 대호 마루나래와 갈바마리 등과 함께 있는 대호왕을 보았다. 머릿속으로 팔디곤은 그녀와 인사를 나누는 광경을 엄청나게 많이 상상했지만 끝내 그러지 못했다. 먼 곳에서 숨어보는 것이 고작이었다. 그리고 사람들이 자신을 찾는다는 것을 알자 팔디곤은 도망쳐 버렸다. 왜 그러는지 알지도 못한 채 산속으로 숨어 버린 팔디곤은 왕과 아버지가 돌아간 후에야 부락으로 돌아왔다. 그리고 노느라 정신이 팔려 왕의 모습도 못 보았다고 놀려 대는 친구들에게 정말 억울하고 분하다는 반응을 돌려주었다.

이제 소년은 시모그라쥬의 공작이 되어 있었다. 팔디곤 토프탈은 나가들의 잘 변하지 않는 얼굴에 감사했다. 그를 향해 단아한 걸음으로 걸어오는 나가의 모습은 까마득하게까지 느껴지는 옛날의 어느 서툰 풋내기가 정체 모를 두려움과 설렘 속에서 훔쳐본 모습 그대로였다. 팔디곤 토프탈은 그녀를 향해 걸어갔다. 시모그라쥬 공의 많은 가신들도 그 뒤를 따랐고 베로시 토프탈은 약간 늦게 걸음을 뗐다.

계곡 바닥을 따라 걸어간 팔디곤은 사모 페이의 모습이 십 미터쯤 전방에 있을 때 걸음을 멈췄다. 그는 머리를 숙이고 천천히 한쪽 무릎을 꿇었다. 놀란 가신들은 황급히 허리를 숙였다. 그들은 서로의 눈치를 살폈다. 황제에 대한 예법이라면 모르는 것이 없었지만 왕에 대한 예법은 알지 못했다. 그리고 신아라짓 왕국은 왕에 대한 예법을 체계화할 시간도 없었다. 그들은 그저 송구스럽다는 표정을 지으며 허리를 깊이 숙이는 것이 고작이었다.

사모는 가신들의 그런 당황이나 주변의 절벽에서 내려다보고 있는 병사들의 긴장에는 관심을 보이지 않았다. 그녀는 무릎을 꿇은 시모그라쥬 공 앞에서 걸음을 멈추고 그를 내려다보았다. 팔디곤 토프탈이 말했다.

"대호왕 폐하, 세미퀴의 아들 팔디곤 토프탈입니다."

사모 페이는 묵묵히 팔디곤을 바라보았다. 팔디곤이 말했다.

"폐하께서 북부로 오기 전 북부는 다스리는 이가 없어 혼돈스러웠습니다. 폐하의 은덕 속에 자란 저희들은 기억하지 못하지만 폐하께서는 기억하실 겁니다. 제왕병자는 많았지만 참된 다스림은 없었고 고통과 절망은 많았지만 보살핌과 자부심은 없었던 시절을 기억하실 겁니다. 지금 북부는 그 암울했던 시기로 되돌아갔습니다. 사라졌던 제왕병자들이 다시 북부의 땅에 나타났습니다. 그리고 그들은 선량하나 힘없는 이들의 피로 자신의 야만적인 깃발에 참월한 왕명을 쓰려 하고 있습니다."

팔디곤의 목소리는 우렁찼고 계곡은 그 목소리를 증폭시켰다. 베로시는 처음으로 이 계곡에 장점이 있다고 생각하게 되었다. 팔디곤은 분노에 차서 말했다.

"그러나 그들은 그들의 선조와 다릅니다. 그 옛날의 제왕병자들은 교활한 언변이나 천박한 돈으로 몇 명의 불한당을 사는 것이 고작이었습니다. 그들은 시랑이었습니다. 하지만 작금의 제왕병자들은 그렇지 않습니다. 그들은 위대한 제국의 보살핌 속에서 자신을 살찌웠고 그들의 이빨과 발톱은 만인의 가슴에 흉터를 남길 만합니다. 그들은 가을이 낙엽을 거두듯 타인의 재산과 생명을 거둘 수 있습니다. 그들은 미친 용입니다!"

팔디곤은 귀머거리라도 고개를 끄덕이게 할 만한 격정적인 태도로 말했다.

"폐하께서 북부로 오셨던 시절 북부의 적은 남쪽에 있었습니다. 하지만 지금 북부의 적은 북부에 있습니다, 폐하. 다시 한번 북부를 구해 주시옵소서. 고통 받는 이들의 눈물을 거두시고 사악한 이들에게 징벌을 내리소서. 왕의 이름으로!"

팔디곤은 고개를 떨어뜨렸다. 사모 페이가 드디어 입을 열었다.

"나는 그대가 말한 자이며 그대가 말한 일을 했다."

베로시 토프탈은 몸이 오싹해지는 것을 느꼈다.

나가의 미성에는 익숙했다. 하지만 나가가 그렇게 말하는 것을 듣지 못했다. 베로시는 다른 나가들과 사모 페이의 화법이 어떻게 다른지 정확하게 알 수 없었지만 거기엔 단 한 문장으로도 알 수 있는 명백한 차이가 있었다. 베로시는 그것이 무엇인지 더듬어 보았고, 마침내 알았다. 어떤 나가도, 심지어 미라그라쥬의 아르키스 수호자라 하더라도 내가 바로 너희 모두가 당연히 아는 바로 그 사람이라는 식으로 말하지는 않는다. 그것은 오만함과 다르다. 절대적인 지배력 그 자체였던 자의 화법이었다. 비로소 베로시 토프탈은 지금껏 발을 담그고 있던 의심에서 뛰쳐나왔다. 그리고 베로시는 왕을 바라보았다.

사모 페이가 말했다.

"어떤 이의 밤을 밝힐 기름이 다른 이들의 피 속에서 흘러나와서는 안 된다. 어둠을 쫓고 싶다면 그 스스로 불꽃이 되어야 한다."

팔디곤 토프탈은 고개를 들었다.

"그대들이 원한다면 나는 다시 북부를 덮은 어둠을 쫓아낼 불꽃이 되겠다. 그것이 나의 선언이니, 이제 대답해라. 그대들은 대호왕을 원하는가."

팔디곤 토프탈이 벌떡 일어났다. 그는 계곡이 울리도록 쩌렁쩌렁한 목소리로 외쳤다.

"저는 대호왕을 원합니다!"

숨 쉴 새도 없이 베로시 토프탈이 외쳤다.

"저는 대호왕을 원합니다!"

뒤이어 가신들이, 가까이 있던 병사들이, 그리고 마침내 계곡 내에 있던 모든 자들이 외쳤다. 함성은 울부짖는 폭풍이 되었다.

"대호왕을 원합니다!"

"대호왕을 원합니다!"

그 폭풍은 그칠 줄 몰랐다. 그리고 그 속에 서 있는 나가는 그 옛날 북부에 서 있던 어떤 나가가 그러했듯 이미 대호왕 사모 페이였다.

제 22 장

"두억시니는 신을 잃었지만, 갈바마리에겐 그것이 문제가 되지 않는 것 같아. 갈바마리는 자신의 신을 찾았거든."
"신? 누구 말이야?"
"물론 대호왕이지."
— 세미쿼와 무핀토의 대화 중

바람을 가둔 돌

 조프 엔킬더는 행복에 젖어 있었고 공포에 젖어 있었다. 그는 몹시 슬펐고 동시에 기뻐 날뛰고 싶었다. 만나는 사람을 모두 껴안아 주고 싶었지만 정작 사람들이 나타날 때는 어디로 숨으려는 듯이 행동했다. 그렇기에 그의 걸음걸이나 몸짓, 눈짓은 꽤 이상해지고 말았다. 그러나 성미 급한 관찰자가 조프를 천성적 멍청이로 판정한다면 그것은 야멸친 행동일 뿐만 아니라 심지어 위험한 행동이 될 것이다. 지난밤 조프 엔킬더는 그녀와 잤고, 어색한 표정으로 서로의 눈을 피하며 그녀와 아침을 먹었으며, 우물거리는 말로 작별 인사를 나눈 다음 그녀와 헤어졌다. 그것이 그날 아침의 조프 엔킬더였고 그런 청년이 멍청이처럼 굴지 않는다면 세상은 참 재미없는 곳이 되어 버렸다는 증거일 것이다. 따라서 조프의 멍청이 같은 행동은 세상을 구원하는 행동으로 받아들여져야 한다. 그는 영웅이다.
 그러나 영웅들이 흔히 그렇듯이 조프 엔킬더는 세상은 구했는지 몰라도 자기 자신을 구원하는 데는 실패하고 있었다. 조프의 무의식은 어젯밤에 머물러 있었지만 조프의 의식이 집중적으로 검토하고 있는 것은 그 소름 끼치는 아침 식사와 잊어버리고 싶은 작별 인사였다. 조프 엔킬더는 노련한 연인처럼 행동하려 했고 결과적으로 그의 언행은 퇴물 바람둥이 비슷한 것이 되어 버렸다. 잡화점의 젊은 과부는 그런 조프 엔킬더를 비웃지 않을 정도로 사려 깊은 여인이었지만 조프 또한 자신이 얼간이 짓을 하고 있다는 것을 깨달을 정도의 감수성은 있었다. 조프는 비참한 심정으로 자신이 앞으로 한 달은 잡화점 근처에도 가지 못할 거라 예견했다. 조프의 허리 아래쪽에서는 좀 다른 계획이 자라고 있었지만.

페로그리미의 아침은 조프의 기묘하고 모순된 태도를 적나라하게 비추며 즐거워하는 듯했다. 조프는 최근 몇 년 동안 이렇게 밝은 아침을 처음 보는 것 같았다.

페로그리미는 페로그라쥬의 근교 도시다. 그 이름에서 알 수 있듯 페로그라쥬는 한계선 이남의 전통적인 나가 도시였다. 전통적으로 나가들의 도시는 거대하다. 중소 도시를 이곳저곳 난립시켜 숲을 파괴하는 것보다는 한곳에 모여사는 것이 낫다고 여기기 때문이다. 그리고 농업을 하지 않기 때문에 나가들은 식량을 공급하는 근교 도시가 필요하지 않았다. 하지만 아라짓 제국에 편입된 이후 페로그라쥬는 인간과, 드물지만 도깨비와 레콘 거주자들도 받아들이게 되었고 결과적으로 페로그라쥬에는 근교 도시가 필요해졌다. 페로그리미는 그런 과정에서 탄생한 중소 도시였다.

어디서부터 시작된 전통인지는 알기 어렵지만 이런 근교 도시들의 이름에는 원시제 그리미 마케로우의 이름이 포함되어 있다. 실제로 원시제 그리미 마케로우는 어떤 근교 도시의 건설에도 적극적으로 개입하지 않았다. 게링그리미, 악타그리미, 무니그리미 등은 모두 페로그리미와 마찬가지로 인근의 대도시에서 분리되어 자생적으로 발생한 도시들이다. 아마도 이 신도시들의 이름에 원시제의 이름이 포함된 것은 나가들의 전통적인 도시관에 부합하지 않는 새로운 형태의 주거 지역에는 새로운 이름을 붙여야 한다는 충동 외에 특별한 이유는 없을 것이다.

어쨌든 지금은 페로그리미에 원시제 그리미 마케로우의 이름이 붙어 있는 특별한 이유가 있는지 확인할 길이 없다. 그것을 증언해 줄 사람들 대부분은 조프가 걸어가는 대로 옆에 매달려 있기 때문이다.

조프 엔킬더는 못마땅하다는 눈으로 시체들을 바라보았다. 대로 바로 곁, 피와 기름으로 번들거리는 기둥에는 여러 구의 시체들이 거리 조경의 일환인 양 매달려 있었다. 조프는 그것이 마음에 들지 않았다. 윤리가 아닌 생리적 측면에서의 거부감 때문이다. 한계선 이남의 더운 날씨에서 그 시체들은 무서운 속도로 썩고 있었다. 엄청난 악취에 조프는 무의식적으로 숨을 죽였다. 조프가 생각하기에 시체를 그렇게 매달아 놓는 것은 좀 더 추운 지역에 어울리는 처형법이었다. 조프는 썩어서 너덜너덜해진 살갗 사이로 노출되어 누렇게 변해 가는 뼈를 보며 혀를 찼다. 숲에 던져서 나무들의 비료나 되게 하는 것이 나을 텐데. 아니면 쥐 사육자들에게 주거나. 어쨌든 저렇게 매달아 두는 것보다는 나은 방법이 있을 텐데.

문득 조프는 어떤 사실을 떠올리고 조심스럽게 고개를 돌렸다. 그는 보지 않는 척하면서 포목점 옆골목을 조심스럽게 엿보았다. 그리고 그곳에 검은 너울로 얼굴을 감춘 처녀가 서 있는 것을 확인했다.

페로그리미 사람들은 레바일 쿠기언이 매달린 후로 매일 인적 드문 시간에 찾아와 멍하니 서 있곤 하는 파르다 쿠기언을 못 본 척하기로 결정한 듯했다. 그리고 조프는 유별나다는 평은 들어

본 적이 없는 사람이다. 가끔 파르다 쿠기언에게 다가가는 자신의 모습을 그려 보거나, 놀랐지만 위로해 줄 사람을 기다렸기에 도망치지 않은 그녀의 어깨를 붙잡은 채 상냥한 말을 건네는 자신의 모습을 상상하기는 했지만 그 이상의 행동은 결코 하지 않았다.

갑작스럽게 조프는 구역질을 느꼈다. 아버지를 잃은 딸을 위로하는 상냥한 청년의 역할을 해 보고 싶다는 충동을 느꼈던 조프는 조금 전 시체들을 무의미하게 방치하는 것에 개탄한 사람이기도 했다. 조프는 머리가 멍해지는 것을 느끼며 벽에 몸을 기댔다. 그의 눈앞에 다시 잡화점의 젊은 과부가 떠올랐다. 미끈거리는 땀, 진득한 침, 젖은 이부자리, 창문을 비집고 들어오는 뜨거운 공기. 조프는 시원한 바람을 갈구했다. 조프가 다시 고개를 들었을 때 파르다 쿠기언의 모습은 보이지 않았다. 조프는 당황 속에서 황급히 주위를 둘러보았다. 하지만 어디에도 검은 너울을 쓴 처녀의 모습은 보이지 않았다. 보이는 것은 길고 짙은 그림자들이 사물을 기이하게 가로지르는 아침뿐이다. 낭패스러운 기분 속에 주춤거리던 조프는 그때까지 깨닫지 못하던 사실을 깨달았다.

시체가 매달려 있는 대로 주변은 지나치게 조용했다. 아침인데도, 사람들이 깨어나 하루를 시작하는 각자의 의식을 하고 있는데도. 보이는 것은 밤의 발자취 같은 짙은 그림자와 관자놀이를 찔러 대는 따가운 햇볕뿐이다. 조프는 얼굴을 문질렀다. 턱은 까슬까슬했고 볼은 끈적거렸다. 조프는 고개를 살짝 가로젓고 발걸음을 뗐다.

그의 걸음걸이에서는 발소리가 나지 않았다.

조금 후 조프는 페로그리미 남작의 성으로 들어섰다. 성안으로 들어서자마자 기다렸다는 듯이 나타나 이죽거리는 코에디를 보며 조프는 눈살을 찌푸렸다. 코에디는 조프를 위아래로 훑어보고 음탕한 목소리로 말했다.

"벗이여, 지난밤 자네 업적을 들려주게. 그대도 잘 알겠지만 나에게는 타인의 찬란한 실수담으로 아침을 시작하는 것을 좋아하는 구제 못할 악습이 있다네."

"벗이여, 부디 그 입 닥치게."

늘 주고받는 말투라고 생각한 코에디는 계속 싱글거리며 말하려 했다. 그러나 조프의 얼굴을 관찰하고는 꺼내려던 말을 바꿨다.

"왜 그래?"

조프는 목공소를 향해 걸어가며 말했다.

"오는 길에 파르다를 봤어."

"딜로의 딸?"

"딜로가 아니야. 레바일 쿠기언의 딸 파르다 쿠기언 말이야."

"그랬나? 아, 맞아. 그랬지. 뭐야, 그럼. 아침부터 우중충한 얼굴을 봐서 기분이 나쁘다는 거야?"

"코에디, 그 여자의 아버지가 대로에 매달려 썩고 있어. 그 여자 기분이 어떻겠어?"

"모르겠는데."

"모르겠다고?"

"그래, 모르겠어. 이제 확실해졌군. 나는 용인이 아니었던 거야. 젠장. 그러니 내기에서 항상 지지."

"코에디, 이게 그렇게 농담 삼아 말할 일이야?"

"그러면 어떻게 말할 일인데?"

조프는 코에디를 노려보았다. 코에디는 깊은 눈매로 친구의 눈빛을 받아 주며 침묵했다. 조프는 고개를 떨어뜨렸다.

"지난밤 일은 어떻게 알았어?"

"네 속이야 내 손금보다 더 훤하지. 분위기 이렇게 뒤숭숭할 땐 외로운 사람들끼리 어울리는 것도 괜찮지. 젠장. 나도 우리 빔 안고 자고 싶더라. 그놈이 침만 좀 적게 흘렸으면 그랬을지도 몰라."

조프가 알기로 빔은 페로그리미에서 가장 막대한 침을 쏟아 내는 개다. 그는 피식 웃고 나서 목공소의 문을 열고 들어섰다. 작업복으로 갈아입으려던 조프는 바닥에 쌓여 있는 막대한 판재를 보고 고개를 갸웃했다. 귀한 가구를 만들 때나 쓰이는 고급스러운 판재였다. 조프는 코에디를 바라보았고 코에디가 설명했다.

"어가를 만들라더군. 새벽에 병사들이 가져다 놓았어."

조프는 깜짝 놀랐다.

"어가? 나라님 타는 수레? 그걸 우리가 어떻게 만들어. 죽은 푸아 편수라면 몰라도."

코에디는 작업대 한쪽에 잘 놓아둔 양피지를 들어 올렸다.

"설계도도 가져왔어. 대강 살펴보니 만들 수 있겠더라. 임시로 쓰는 거니까 상관없어."

"왜 우리가 그걸 만들어야 해?"

"페로그라쥬 나무가 한계선 이남에서 최고잖아."

"그거야 당연한데, 왜 페로그라쥬에서 안 만들고 우리가 만드냐는 거야."

"임시로 쓰는 거라는 말 못 들었어? 폐하께서 페로그라쥬에 입성하려면 어가를 타고 들어가셔야 할 거 아냐. 그 다음에 페로그라쥬에서 좋은 차장 찾아서 제대로 된 어가를 만들겠지. 어려울 거 없어. 바퀴도 원래 있던 바퀴 떼서 쓰면 되고…… 그런데 좀 서둘러야겠어. 말미가 사흘뿐이거든."

"이런, 젠장!"

조프는 황급히 옷을 벗어던지고 작업복을 집어 들었다. 코에디는 싱긋 웃으며 먹통을 집어 들었다.

페로그리미 남작의 편수 로기 푸아는 어질고 현명한 목수였다. 어질다는 것은 도제들의 코피가 터진 후에는 더 이상 그들을 두드려 패지 않았다는 뜻이고 현명하다는 것은 남작의 신임을 독차지하기 위해 도제들에게 기술을 가르쳐 주지 않았다는 뜻이다. 그런 철저한 자기 관리 끝에 로기 푸아는 몇 십 년 동안 공방을 틀어쥔 채 편수 자리를 지킬 수 있었다.

조프 엔킬더와 코에디 미도는 로기 푸아의 마지막 도제였다. 그들은 이를테면 생존자였다고 할 수 있다. 코에디는 처음 몇 년 동안 로기의 주먹질을 잠자코 견딘 다음 어떤 조처를 취했다. 코에디는 조프에게도 그 조처가 어떤 것인지 알려 주지 않았지만 조프는 그들의 스승이 코에디를 볼 때마다 흠칫흠칫하는 것을 몇 번 목격했다. 그 조처가 있은 후부터 로기 푸아는 더 이상 코에디에게 주먹질을 하지 않았고 또한 조프까지도 주먹질에서 해방되었다. 조프는 코에디가 자기 자신뿐만 아니라 친구까지 구했음을 짐작했다. 그러나 둘의 관계가 일방적인 수혜 관계는 아니었다. 코에디보다 눈썰미가 좋은 조프는 푸아 편수의 기술을 어깨 너머로 훔친 다음 재주가 조금 처지는 코에디에게 가르쳤다. 도망친 다른 도제들과 달리 둘은 서로에게 의지하여 살아남았고, 마침내 로기 푸아가 대로에 매달린 후에도 살아남았다. 좋은 목수를 매다는 것은 명백한 손실이지만 푸아 편수의 경우엔 개전의 여지가 없었다. 그 난폭하고 야비한 스승이 주군에 대한 뜻밖의 충성을 드러내었을 때는 조프와 코에디도 깜짝 놀랐다. 결국 점령군 사령관 베로시 토프탈 상장군은 로기 푸아를 매달 수밖에 없었다.

조프와 코에디에게는 남작에 대한 특별한 의리가 없었고, 약간 남아 있던 거부감마저도 로기 푸아의 충정을 목격한 후에는 싹 사라졌다. 그 지긋지긋한 스승이 남작에게 충성했다면 자신들은 결코 남작을 사랑할 수 없으며 그럴 필요도 없다는 것이 조프와 코에디의 결정이었다. 그들은 아무런 거리낌 없이 전향했다. 하지만 전향은 단순히 선언만으로 이루어지지 않는 일이다. 조프와 코에디는 그 사실에 대해 이야기를 나누지는 않았지만 두 사람 모두 사흘 내에 어가를 만들어 내지 못하면 그들의 전향이 의심받을지도 모른다는 걱정을 느꼈다. 그들의 작업 속도는 스스로도 놀랄 만큼 빨랐다. 그리고 점령군은 그들이 요구하는 것을 잘 지원해 주었다. 사흘째 되던 날, 조프와 코에디는 완성된 어가 옆에 서서 자랑스러운 표정으로 심사를 받을 수 있게 되었다. 하지만 심사관의 정체를 알자 조프와 코에디의 자부심은 공포로 바뀌었다.

어쩌면 미리 짐작했어야 하는 일인지도 모른다. 어가를 심사하기 위해 두 사람의 공방을 찾아온 사람은 베로시 토프탈 상장군이었다.

페로그리미의 대로에 기둥을 세우고 무수히 많은 유지들을 매달라는 명령을 내렸던 사람 앞에서 조프는 숨도 제대로 쉴 수 없었다. 하지만 코에디가 결코 나서려 하지 않았기 때문에 어쩔 수 없이 완성된 어가의 다양한 장점을 설명하는 것은 조프의 일이 되었다. 조프는 어가의 튼튼함과 화려함, 가벼움을 열거한 다음 그것이 그가 만든 최고의 작품이라고 선언했다. 그것은 명백한 사실이다. 처음 만든 수레니까. 다행인지 불행인지 베로시는 그의 말에 크게 신경 쓰지 않았다.

"탄 느낌이 어떤지 알고 싶은데. 그렇다고 해서 내가 타 볼 수도 없고."

조프는 재빨리 머리를 굴렸다. 상장군의 말은 아무래도 타 볼 이유를 하나 제공해 달라고 요청하는 말인 듯했다.

"저희들도 감히 불충을 저지를 수 없어 이것을 시험해 보지는 못했습니다. 하지만 폐하를 불편한 어가에 모시는 것은 더 큰 불충이 아닐까 하는 생각도 듭니다. 다행히 각하께서 오셨으니, 꺼리지 않으신다면 저희들을 대신하여 이것을 시험해 주시면 어떻겠습니까? 제가 알기로 나라님의 수라상 곁에는 혹여나 있을지도 모르는 위험을 피하기 위해 음식을 먼저 맛보는 이도 있다고 들었습니다. 그것을 무례라고 하지는 않을 거라 생각합니다."

어가를 바라보던 베로시는 고개를 돌려 조프를 쳐다보았다.

"목수치곤 혀가 매끄럽구나."

"감사합니다, 각하."

베로시는 동행한 병사들에게 말했다.

"가서 말을 가져와 매어라. 시승해 보겠다."

몇몇 병사들이 말을 가지러 갔고 나머지 병사들은 코에디와 조프의 지시에 따라 수레를 목공소 밖으로 밀고 나갔다. 조프가 자신한 것처럼 그 수레는 가벼웠기에 밖으로 꺼내는 것은 어렵지 않았다. 하지만 그것은 조프나 코에디의 탁월한 솜씨 덕분이 아니라 사용한 목재가 좋았기 때문이다.

수레를 밖에 내놓고 얼마 후 병사들이 말을 가지고 돌아왔다. 직접 말을 맨 조프와 코에디는 약간 물러나서 초조한 기분으로 베로시가 어가에 오르는 모습을 바라보았다. 베로시는 우쭐한 표정을 짓지 않으려 애쓰는 것처럼 보였지만 성공적이라 하기는 어려웠다. 조프는 그녀가 페로그리미의 지배층을 일거에 소멸시켰다는 사실도 잠시 잊은 채 어쩌면 그녀가 순진한 사람인지도 모르겠다고 생각했다.

수레는 병사 한 명의 인도에 따라 공방 앞의 마당을 가볍게 몇 바퀴 돌았다. 베로시는 그 이상 욕심을 내지 않고 수레를 멈추게 했다. 수레에서 내린 베로시는 고개를 끄덕였다.

"괜찮은 것 같군. 수고했다."

조프는 안도했다. 고개를 숙여 감사를 표한 조프는 코에디를 살짝 훔쳐보았다. 베로시가 공방에 나타났을 때부터 하얗게 질려 있던 코에디의 얼굴에도 살짝 핏기가 돌았다. 하지만 코에디는 조프처럼 고개를 끄덕이지는 않았다. 대신 화통하게 웃으며 조프를 가리켰다.

"하하하! 이 녀석 솜씨가 좋거든!"

병사들의 얼굴이 굳었다. 조프는 눈앞이 하얗게 변하는 것을 느끼며 베로시를 보았다. 베로시는 날카로운 시선으로 코에디의 위아래를 훑어보고 있었다. 주변의 긴장된 분위기에도 불구하고 코에디는 여전히 싱글거렸다. 베로시가 나직하게 말했다.

"이 녀석의 솜씨가 좋다고?"

"그럼! 그 못된 편수 놈은 아무것도 안 가르쳐 줬는데 이 녀석이 혼자서 다 배운 거야. 눈썰미가 정말 좋거든."

"레콘?"

"응? 아, 그래. 레콘이다. 솔티그."

"레콘 솔디그."

"맞아."

병사들의 얼굴에서 경악이 조금씩 사라졌다. 분명히 인간처럼 보이는 자가 자신이 레콘이라고 주장한다면 그것은 둘 중 하나다. 제정신이 아니거나 군령자이거나. 그리고 조프는 코에디가 미치지 않았다는 것을 잘 알고 있다.

코에디는 푸아 편수에게 행한 조처가 무엇인지 끝내 밝히지 않았지만 조프는 대강 짐작하는 것이 있었다. 그의 친구 코에디는 많은 타인의 영들을 한 몸에 지니고 있는 군령자였다. 아마도 그의 몸에 깃들여 있는 죽은 자들의 영 중 누군가가 푸아 편수를 협박하는 일을 맡았을 것이다. 그리고 그것은 레콘 솔티그일 것이다. 솔티그가 코에디의 몸에 깃들여 있는 영들 중 가장 난폭한 영은 아니다. 하지만 레콘은 다른 종족에겐 충분히 난폭하게 보일 수 있다.

조프는 솔티그가 해 준 일에 대해 항상 감사하게 생각했지만 지금 앞으로 나서는 것은 적절치 못하다고 생각했다. 그는 재빨리 말했다.

"미리 말씀드리지 못해 죄송합니다, 각하. 여기 있는 자는 제 동료인 코에디 미도입니다만 지금 각하께서 말씀 나누고 계신 사람은 레콘 솔티그입니다. 제 동료는 죽은 자들의 영을 데리고 있거든요."

"알아, 군령자로군."

"그렇습니다, 각하."

베로시 토프탈은 침착한 얼굴로 코에디를 바라보았다.

"그래, 레콘 솔티그. 언제 적 사람입니까?"

"언제 적이라니? 지금 사람이지."

"질문이 잘못됐군요. 당신이 자신의 육체에 살고 있었던 때가 언제입니까?"

"아아, 한 200년쯤 되었을 거야. 정확하진 않지만. 왜? 옛날 이야기 알고 싶어? 우리 중엔 아주 오래된 영도 있어."

"옛날 이야기를 알고 싶은 것은 아닙니다."

코에디이자 솔티그인 자는 싱글벙글 웃었다.

"언제 살았냐고 묻는 녀석들은 항상 그걸 궁금해하던데."

"제가 알고 싶은 것은 따로 있습니다. 혹시 당신들 중에 나가도 있습니까?"

"나가? 있지. 아주 최근 사람이 있어. 천일 전쟁 때 죽은 친구지. 안녕하십니까, 각하. 저는 낙스그라쥬 출신의 헤네리라고 합니다. 야, 내가 이야기 중이잖아. 죄송합니다, 솔티그. 두 사람 모두 그만하세요. 장군님이 어지럽지 않겠습니까."

병사들은 호기심을 드러내며 정신없이 코에디를 바라보았다. 흘러나오는 목소리는 전부 코에디의 것이었다. 영들이 사용하는 것은 코에디의 목이었으니까. 하지만 그 말투들에는 분명한 개별성이 있었다.

베로시 토프탈 또한 흥미롭다는 표정을 짓고 있었다.

"군령자가 맞군요. 만나서 반갑습니다, 여러분. 그런데 지금

제가 보는 몸의 주인에게 할 말이 있군요. 그러니 그 사람이 앞으로 나오길 바랍니다."

코에디는 고개를 조아렸다.

"여기 대령했습니다, 각하. 하실 말씀이 무엇인지요?"

"자넨 체포됐어."

코에디는 눈을 껌뻑거렸다. 베로시의 말을 이해하지 못한 것이다. 조프 또한 어리둥절하여 베로시와 코에디를 번갈아 바라보았다. 하지만 베로시의 병사들은 상관의 말을 이해했고 베로시가 손짓을 보내자마자 재빨리 코에디에게 달려들었다. 코에디는 목수답게 완력이 좋은 편이었지만 당황한 탓에 병사가 자신의 팔을 꺾어 올릴 때까지 제대로 반항도 못했다. 세차게 꺾인 팔 때문에 비명을 지른 후에야 코에디는 격렬한 항의를 시작했다.

"각하! 각하, 왜 이러십니까? 야, 너 왜 이래? 어머? 이게 도대체 무슨 일이죠? 각하! 이봐요, 누가 지금 상황 설명 좀 해 줄래요? 지금 왜 갑자기 난리죠? 음. 저건 군인처럼 보이는데. 혹시 사라진 왕께서 돌아오셨나? 젠장, 각하!"

베로시는 너털웃음을 터뜨렸다.

"재미있긴 하지만 시끄럽군. 입 다물게 해."

다른 병사 하나가 코에디의 앞으로 다가갔다. 그리고 주먹으로 코에디의 명치 부위를 후려쳤다. 코에디는 입술 사이로 거품을 내뿜으며 주저앉았다. 힘센 병사들이 그의 두 팔을 꺾어 올리자 코에디는 두 다리를 비틀거리며 가까스로 일어섰다. 넋이 빠진 채 그 모습을 보고 있던 조프가 간신히 입을 열었다.

"각하! 장군님! 무슨…… 제 동료가 무슨 잘못을 저질렀습니까?"

"너는 알 것 없다."

"장군님!"

"물러가거라. 방해하면 너 또한 용서하지 않겠다."

조프는 어금니를 깨문 채 공방의 벽 쪽을 바라보았다. 커다란 창문 너머로 작업대가 보였고 그곳에 놓여 있는 여러 공구들 가운데 날카로운 까뀌에 조프의 눈이 머물렀다. 그때 베로시 상장군이 말했다.

"들고 덤벼 보겠느냐?"

조프는 움찔했다. 그리고 자신이 이미 움직일 수 없게 되었음을 깨달았다. 말을 듣기 전에 움직이거나 들은 직후에 움직여야 한다. 움찔한 순간 모든 것이 끝난 것이다. 조프는 창문 쪽으로 조금도 움직이지 못했다. 베로시는 빙긋 웃었다.

"어가를 가져가겠다. 오후에 사람을 보낼 테니 제작비를 청구하도록 해라."

베로시 토프탈 상장군은 주저 없이 몸을 돌렸다. 그녀는 그대로 떠나갔고 코에디를 붙잡고 있던 병사들 또한 그의 팔을 마구 꺾으며 걸음을 재촉했다. 코에디는 나직하게 비명을 지르고는 걸음을 옮겼다. 하지만 그의 눈은 조프에게 향하고 있었다. 코에디는 분노와 애원을 가득 담은 눈으로 조프를 바라보았다. 조프는 자신이 무슨 표정을 하고 있는지 정말 궁금했다. 그는 코에디를 외면하고 싶었지만 고개를 돌리지 못했다. 먼저 고개를 돌린 것은 코에디였다. 분노와 애원이 허탈감으로 바뀌었을 때 코에디는 갑자기 고개를 돌렸다. 그는 고개를 늘어뜨린 채 아래만 보며 걸었다. 그리고 조프의 입이 열렸다.

"코에디……."

그 목소리는 자신의 귀에도 잘 들리지 않을 정도로 낮았다. 조프는 쓰러지듯 한 발을 내디뎠고, 다른 발은 그 뒤를 따르지 않았다. 걷다가 그대로 멈춘 모습으로 조프는 끌려가는 코에디의 뒷모습을 바라보았다.

조프 엔킬더는 잡화점의 문을 걷어찼다. 취한 사람치곤 괜찮은 발길질이었다.
 잡화점의 젊은 과부는 겁을 잔뜩 집어먹은 채 문에 서 있는 시커먼 그림자를 바라보았다. 그녀는 군인들이 행패를 부리러 온 것이라 생각했다. 그때 과부는 가게 안에 있던 유일한 손님 또한 그녀와 비슷한 생각을 했음을 알았다. 그 손님은 팔짱을 꼈다. 문이 열리는 바람에 그가 갑자기 추위를 느꼈다고 생각하는 것은 페로그리미에선 어울리지 않는 일이다. 과부는 손님이 소매 속에 감춘 단검을 붙잡은 거라고 생각했다. 과부는 자칫하면 유혈 사태가 일어날지도 모른다고 생각하고 긴장했다. 문 안으로 들어서는 사람이 조프 엔킬더임을 깨달았을 때 과부가 목소리를 유별나게 높인 것은 그 때문일 것이다.
 "어머나, 조프! 무슨 일이야?"
 과부는 이 요란한 방문자가 자신이 아는 사람임을 알리기 위해 애썼다. 그녀의 뜻이 전달되었는지 손님은 천천히 팔을 풀었다. 옆으로 내려온 두 손은 비어 있었다. 과부는 안도하며 조프에게 다가갔다. 그리고 확 풍겨 오는 술냄새에 코를 찡그렸다.
 "조프? 취한 거야?"
 조프는 그 말을 듣자마자 바닥에 털썩 주저앉았다.

"옙! 취했슴다, 루마. 아주 제대로 꼭지가 돌았지요. 푸하!"
"세상에, 이게 무슨 망나니짓이야! 일어나!"

조프는 그 말을 따르려는 듯 바닥을 짚고 몸을 일으켰다. 하지만 반쯤 일어났을 때 다시 균형을 잃었고 몹시 불안한 각도로 바닥에 쓰러졌다. 잡화점 주인 루마는 조프의 머리가 제대로 바닥에 부딪히는 것을 보고 비명을 질렀다. 조프는 미간을 찡그렸다.

"어이, 씨. 아프네. 뭐야?"

조프는 머리를 더듬어 보았다. 그의 손바닥에는 벌건 피가 묻어 있었다. 하지만 조프는 자신의 손바닥을 제대로 보지 못했다. 얼굴 앞에서 손을 이리저리 흔들던 조프는 곧 팔을 옆으로 내팽개쳤다.

"조프! 조프!"
"아이, 시끄럿! 음, 쩝. 난 잔다고. 눈 뜨고 있어야 뭐해? 잔다고. 잤다고. 자는 거지 뭐."

조프는 팔다리를 펼친 채 눈을 감았다. 곧 코를 골 태세였다. 루마는 얼굴을 있는 대로 찡그린 채 조프의 곁에 무릎을 꿇었다. 문득 손님의 존재를 깨달은 루마는 그가 서 있던 곳을 바라보았다. 손님은 도와주겠다는 듯이 손을 내밀며 다가왔다. 거절하고 싶었지만 루마는 자신의 힘만으로 만취한 조프를 다룰 수 없다는 것을 무시할 수 없었다. 그녀가 우물쭈물하고 있을 때 남자가 말했다.

"어디로 옮기면 되겠습니까?"
"아, 고맙습니다. 정말 고맙습니다. 안쪽에 방이 있는데……."
"알았습니다. 일단 일으키지요."

남자와 루마는 악전고투 끝에 쓰러진 조프를 일으켜 세웠다.

남자는 조프를 업었고 루마는 뒤에서 그를 받쳤다. 그리고 남자는 루마가 가르쳐 주는 대로 가게 뒤쪽에 있는 주거 공간으로 걸어갔다. 취한 사람을 옮기는 힘든 노역이 끝나자 남자는 바닥에 누운 조프 곁에 주저앉아 숨을 헐떡였다. 그러나 자신이 다른 사람의 침소에 들어와 있다는 것을 깨닫고 넌더리를 내며 일어났다. 남자는 그대로 가게 쪽으로 돌아 나왔다. 루마는 황급히 그의 뒤를 따라왔다. 남자는 손을 내밀며 말했다.

"들어가서 돌봐 주십시오. 머리를 다친 것 같던데. 물건은 다음에 사러 오겠습니다."

"정말 고맙습니다. 저렇게 취하는 사람이 아닌데 어쩌다……."

친절한 남자는 고개를 갸웃했다.

"가족 아닙니까?"

"예?"

"취해서 집에 돌아온 남동생이구나 하고 생각했습니다."

"예, 예, 맞아요. 남동생이에요."

친절한 남자는 루마를 잠깐 바라보았다. 남동생이라면 저렇게 취하는 '사람'보다는 저렇게 취하는 '애'가 어울리겠지만 남자는 굳이 그것을 지적하지 않았다.

"알겠습니다. 그러면 동생 잘 돌봐 주십시오."

친절한 남자는 가게를 빠져나왔다. 루마는 남자의 등을 향해 머리를 꾸벅하고 문을 닫았다. 그녀는 가게 문을 걸어 잠그고 어처구니없어하며 조프를 향해 달려갔다. 남자가 소매 속에 숨기고 있던 칼은 이미 그녀의 뇌리에 남아 있지 않았다.

소매에 칼을 숨긴 친절한 남자는 가게에서 몇 걸음 걸어 나와서 기대기 좋은 벽을 발견했다. 그는 그곳에 기대어 숨을 골랐다. 하늘을 본 남자는 조만간 해가 질 것임을 알았다. 남자는 조프가 낮술을 심하게 하고 왔다고 생각했다. 그리고 그 사실에서 무엇을 추리할 수 있는지 곰곰이 생각했다. 곧 남자는 외부인에게 점령당한 도시에서 좌절한 주정뱅이가 돌아다니는 것은 특별한 일이 아니라는 결론을 내렸다. 하지만 한 가지 그의 관심을 끄는 것이 있었다. 남자는 잡화점 주인이 남동생이 아닌 남자를 왜 남동생이라고 주장했는지 의아했다.

이 도시에 들어온 이래 남자는 눈에 들어오는 것은 닥치는 대로 관찰했고 또한 그것을 분석하려고 애썼다. 그런데 루마의 언행을 분석할 수 없었다. 그는 잠시 잡화점 건물을 살펴보았다. 자신이 조프를 눕혀 놓은 장소를 생각해 본 남자는 조금 후 발을 옮겼다.

남자는 조프가 누워 있는 방의 바깥 벽에 도달했다. 페로그리미는 더운 지방이기 때문에 벽이 얇았고 어디에나 커다란 창문이 있었다. 남자는 창문 바깥, 황혼 녘의 그림자가 떨어지는 곳에 몸을 밀어넣었다. 자신에게 주의를 기울이는 사람이 있는지 살피며 남자는 방 안쪽의 소리에 귀를 기울였다.

조프의 불분명한 웅얼거림과 그를 야단치는 루마의 목소리가 뒤섞여 들려왔다. 그것은 주정뱅이와 그를 야단치는 가족의 평범한 대화처럼 들렸다. 그리고 실제로 대화는 그렇게 진행되었다. 마침내 남자는 루마가 그냥 말실수를 한 것이라고 생각했다. 남자가 쯧 소리를 내며 창문 곁을 떠나려 했을 때였다.

"도대체, 루마, 군령자가 뭐 어쨌다는 거죠?"

남자는 눈꺼풀을 꿈틀하며 다시 벽에 몸을 붙였다. 조프가 계속 말했다.

"너 군령자냐? 알았다. 너를 체포한다. 그게 다였다고요. 그리고 그 녀석을…… 안 돼. 코에디를 매달 거야. 대로에…… 안 돼! 그럴 수 없어! 나 가야 해요, 루마. 가야 해요!"

창밖의 남자도, 조프의 곁에서 그의 머리를 살피던 루마도 조프의 말을 이해하지 못했다. 다행히 루마는 조프의 주의를 다른 곳으로 돌리기 위해 계속 말을 시켰다. 창밖의 남자는 조프의 횡설수설을 꽤 많이 수집했다. 얼마 후 남자는 조프와 코에디에게 일어난 일을 거의 정확하게 재구성할 수 있었다. 조프가 잠든 다음 남자는 소리 없이 창문 곁을 떠났다.

남자는 배가 고팠다. 하지만 어딘가에 들러서 식사를 할 생각은 없었다. 남자에겐 약속이 있었고, 루마의 잡화점에 들어간 것은 그저 시간을 보내기 위해서였다. 이제 그 시간이 되었다. 약속 시간은 해가 진 직후였다. 남자는 이미 확인해 두었던 약속 장소로 걸어가며 조프와 코에디에게 일어난 일을 생각했다.

남자가 걸음을 멈춘 것은 시체들이 매달려 있는 대로 근처였다. 이미 확인해 두었기에 남자는 황혼 녘의 불그스름한 대기 속에 매달려 있는 시체들에 기겁하지는 않았다. 하지만 바라볼 생각도 들지 않았으므로 언짢은 기분 속에 눈길을 낮추었다. 그때 누군가가 그의 곁으로 다가왔다. 남자는 그 접근을 느꼈지만 모른 체하며 기다렸다. 곧 그를 부르는 목소리가 있었다.

"연초 사실래요?"

"안 좋아합니다."

"싼 값에 드릴게요. 요즘 연초 피울 일 많잖아요?"

"글쎄요. 사실 세상은 나아지고 있는지도 모르지요."

"유치한 암호라고 생각해요, 시오크 지울비."

시오크는 고개를 돌렸다. 그곳에는 검은 너울로 얼굴을 감추고 있는 여인이 있었다. 그리고 대부분의 페로그리미 사람들과 달리 시오크는 그녀를 파르다 쿠기언이라고 생각하지 않았다.

"더 나은 것 있으면 제안해 봐, 미누쉬."

유료도로당원 미누쉬는 창의적인 암호문 후보를 쏟아 내기 시작했다. 그것을 경청한 시오크는 자신의 감상을 말했다.

"어쩐지 배가 고파지는 암호들이 많군."

미누쉬는 너울 아래서 웃고 시오크를 안내했다.

얼마 후 검푸른 하늘이 검게 변했다. 미누쉬가 머물고 있는 집에서 배부르게 식사한 시오크는 촛대를 들고 식당으로 들어오는 파르다의 모습에 조금 놀랐다. 파르다는 아무 말 없이 미누쉬에게 촛대를 건네고 소리 없이 식당을 빠져나갔다. 그녀가 떠나고 나서 시오크는 묻는 눈으로 미누쉬를 바라보았다.

"파르다는 저를 돕고 있어요. 그래서 그녀로 변장할 수 있었죠."

"우리 정체를 아나?"

"정확하게는 몰라요. 시모그라쥬 공에게 저항하는 세력이라고 생각하고 있을 거예요. 그리고 그녀는 아무래도 좋다는 쪽이에요. 제가 곁에서 말벗이라도 해 주는 것만으로 만족하는 것 같아요. 불쌍하게도 갑자기 고아가 되어 버렸으니. 그녀의 아버지는 페로그리미 남작의 가신이었고 뛰어난 무사였지요."

"잠깐. 그렇다면 이 집은 감시되고 있는 거 아냐?"

"예. 제가 감시하고 있지요."

"뭐? 당신이?"

"루시닌 수교위는 돈만 주면 무슨 일이든 다하는 여자 한 명을 저항 세력으로 위장시켜 파르다를 감시하게 했지요. 그건 물론 저예요."

시오크는 감탄했다.

"대단하군. 당신에 대한 놀라운 이야기는 많이 들었지만, 그 이상인데."

"익명이 늘어나겠군요. 그러면 보고를 할까요?"

"여기는 페로그라쥬 공략의 전진기지였던 것 같더군."

"예. 당신이 도착하기 얼마 전에 페로그라쥬 공략은 끝났어요. 완전 항복이지요."

"페로그라쥬 백의 정확한 저항 이유가 뭐지? 내가 들은 것은 모두 불분명하고 모순적인 이야기들이었어. 왜 협상이 이루어지지 않았지?"

"협상은 시도되었어요. 하지만 페로그라쥬 백이 좀 지나친 요구를 했던 것 같아요. 협상을 파탄 낼 정도로. 백작은 대호왕을 옹위하는 것에는 동의하지만 시모그라쥬 공과 자신이 대호왕 아래에서 동격이 되어야 한다고 생각했지요. 아마도 백작은 자신의 영지에서도 지배자로 존중받지 못하는 시모그라쥬 공의 힘이 별 것 아닐 거라고 생각했던 것 같아요. 하지만 오판이었어요. 대호왕의 지지 때문에 시모그라쥬는 공작을 완전히 지지하고 있어요. 물론 베로시 토프탈이 모아들인 제국군 또한 마찬가지고. 그리고 시모그라쥬 공도 처음부터 협상을 파탄 낼 작정이었던 것 같아요. 자신의 힘을 보여 주기 위해서."

시오크는 긴장했다. 미누쉬의 이야기 속에 담겨 있는 어떤 이름은 그로 하여금 북부의 다른 긴급한 일들을 제쳐 두고 직접 이곳까지 오게 만들었다.

"그래. 진짜 대호왕인가?"

미누쉬는 의자를 탁자 쪽으로 바짝 당기며 말했다.

"9할 이상 확실한 것 같아요."

"근거는?"

"일단 나가 여자 한 명이 있어요. 제가 직접 봤지요. 물론 그것은 한 명의 나가 여자일 뿐이에요. 나가들은 늙어도 용모가 별로 바뀌지 않는다는 것 아시죠? 저는 그녀가 대호왕의 연배인지도 잘 모르겠어요. 하지만 그녀의 곁에는 두억시니가 있어요. 머리가 둘 달리고 손이 이상한 곳에 달린."

시오크는 신음했다.

"갈바마리."

"물론 그 두억시니가 갈바마리라는 증거는 없어요. 그건 어디까지나 갈바마리를 연상시키는 모습의 두억시니일 뿐이니까요. 두억시니에겐 규칙이 없죠. 똑같이 생긴 두억시니가 또 있어서는 안 된다는 규칙도 없지 않겠어요?"

"대단히 조심스럽군, 미누쉬. 나라면 오래전에 그녀가 대호왕이라고 결정했을 텐데. 당신의 조심성을 받아들여 나도 9할 정도만 믿기로 하지. 그녀에게 접촉할 수 있을까?"

"어려워요. 그녀는 엄중하게 보호되고 있고 저도 먼발치에서 겨우 본 것뿐이에요. 도깨비감투라도 있지 않고서는 접근할 수 없을 거예요."

"서신은?"

"그녀에게만 은밀하게 서신을 보낼 방법은 없어요. 활에 묶어서 쏘아 보내는 식이라면 가능하겠지요. 하지만 그래서는 모든 사람들에게 노출될 텐데요."

시오크는 꼭 그렇지는 않을 거라고 생각했다. 그러나 그때 더 급한 의문이 떠올랐다.

"잠깐. 그렇다면 대호왕은 시모그라쥬 공을 장악하고 있는 것 아닌가?"

"상황은 오히려 반대에 가까워요. 대호왕이라는 그 사람은 시모그라쥬 공에게 지지만 보낼 뿐 진히 진면으로 나서지 않고 있어요. 시모그라쥬 공으로서는 신나는 일이지요. 대호왕의 위엄과 정통성은 마음대로 이용할 수 있으면서 간섭은 전혀 받지 않으니까. 제가 1할의 의심을 남겨 두는 것도 그 때문이에요. 꼭 시모그라쥬 공이 괜찮은 꼭두각시를 하나 구한 것처럼 보여요. 꼭두각시라면 최고급이지요. 그런 두억시니를 찾아내기는 쉽지 않을 테니까."

"두억시니를 찾아낸다?"

"예. 왜요?"

"아니…… 이곳으로 오던 도중에 겪은 일이 하나 떠올랐어. 혹 그들이 군령자를 찾으려 애쓰는 일이 없나?"

미누쉬의 눈이 날카롭게 빛났다. 그녀는 잠시 기다리라는 듯이 손을 들어 보이고는 생각에 잠겼다. 시오크는 초를 바라보며 이곳의 경제 사정은 괜찮은가 보다 생각했다. 전쟁이 일어났던 도시에서 초를 마음대로 태울 수 있다면, 그것도 전범으로 처형당한 자의 힘없는 딸이 그럴 수 있다면 이 도시에서 물가 폭등 같은 것은 일어나지 않은 것이다. 아마도 상업 활동은 완벽하게 보장받고 있는 듯하다.

이윽고 미누쉬가 고개를 들었다.

"그러고 보니 기묘한 점이 있군요. 물론 전쟁통이니 갑자기 아무슨 통고나 설명 없이 사람들이 붙잡혀 가는 일은 일어나고 있어요. 그들이 사실은 저항 세력이거나 구세력의 중요 인물이라는 식으로 설명할 수 있겠지요. 그렇게 붙잡혀 간 사람들 중에는 몇몇 군령자들도 있어요. 그런데 그건 좀 기묘한 일이지요. 제가 아는 군령자들은 대부분 비정치적이에요. 그들 속에는 온갖 종족들이 있고, 그들 대부분은 현재와 상관없는 과거의 인물들이지요. 그래서 그들은 어떤 종족에게도 특별한 적의나 호의가 없고 현재의 정치 상황에도 무관심한 편이에요."

"갈로텍의 몸에 깃들여 우리 당을 공격했던 주퀘도 사르마크를 생각해 봐."

"그는 과거의 원한을 해소하려 했던 거죠. 현재가 아니에요."

"하지만 그 때문에 현재에 굉장한 영향을 끼치게 되었지. 잠깐. 갈로텍?"

시오크는 의심에 빠져 입을 다물었다. 조금 후 미누쉬가 믿기 어렵다는 표정으로 말했다.

"시오크, 혹시 그들이 갈로텍을 찾고 있다고 생각하세요?"

"아니. 내가 생각하고 있는 것은 죽음의 거장이야. 시모그라쥬 공이 거창한 전쟁을 계획하고 있다면 누구를 찾겠나? 역사상 최고의 전략가라면 귀한 대접을 받을 수 있겠지."

미누쉬는 혀를 내둘렀다.

"과거에서 명장을 모셔 오는 것이군요. 군령자라는 것이 있으니 그런 일도 가능하겠지만, 쉽게 받아들일 수 있는 이야기는 아니군요."

"군령자 실종에 대해 좀 더 조사해 봐. 아무래도 마음에 걸리는군. 다시 대호왕으로 돌아가도록 하지. 그녀가 대호왕이 맞는지, 그렇다면 무엇을 원하는지 알아내는 것이 중요해. 아무래도 그녀와 접촉해야겠군."

"시오크, 저에 대한 무슨 이야기를 들었는지 모르지만, 제게도 불가능은 있어요. 먼 곳에서 고도로 집중된 니름을 보내는 것까지 생각해 봤어요. 나가들은 그런 식으로 집중된 니름을 보내면 다른 나가들에게 들키지 않고 대화를 나눌 수도 있으니까. 하지만 그 경우에는 우리가 대화에 직접 참여할 수 없기 때문에 신뢰성이 떨어져요."

"많은 고민을 한 것 같군, 미누쉬. 내가 그 고민을 덜어 줄 수 있어서 기쁘군."

미누쉬는 의심스러운 표정으로 시오크를 바라보았다. 시오크가 말했다.

"대호왕으로 알려진 그녀는 급조한 어가를 타고 페로그라쥬에 입성할 거야. 거기에는 물론 그녀만 타겠지. 어가니까. 그 어가를 이용하면 그녀에게 서신을 보낼 수 있을 것 같아."

미누쉬는 눈을 동그랗게 떴다.

"그걸 어떻게 알았어요?"

시오크 지울비는 빙그레 웃었다.

"돕고 사는 정신을 발휘한 덕분에."

조프 엔킬더는 숙취에 고통스러워 하며 깨어난 경험이 적다. 지긋지긋한 도제 생활 동안 스승은 그에게 만취할 만한 용돈을 준 적이 없다. 몇 달이 걸리는 큰 대목 일이 끝난 후에도 곡차 한 동이 내준 적이 없는 쩨쩨한 인물이다.

어제, 난생처음으로 조프는 스스로 청구서를 작성했다. 그는 자신이 작성한 문건의 조악함이 창피했지만 청구서를 받아 든 군인은 군인 특유의 무관심한 태도로 제작비를 지불했다. 조프는 그 돈으로 술을 마셔야 한다고 결정했다. 자신은 친구가 억울하게 붙잡혀 가는 것을 막지 못한 자니까. 그리고 술이 어느 정도 오르자 조프는 자신이 정말 개자식이라고 느꼈다. 그는 자신의 비겁함이 슬펐고 난생처음 스스로 번 돈으로 그런 우울한 술을 마셔야 한다는 것이 슬펐고 앞으로 죽을 때까지 비겁자로 남게 될 한 고비를 넘었다는 것이 슬펐다. 생에 대해 투박한 관념 이상은 가지고 있지 않지만 조프는 생에 여러 가지 갈림길이 있으며 그것을 지나칠 경우 다시는 다른 방향으로 돌아가지 못한다는 것을 알고 있었다. 귀찮기 때문에, 무섭기 때문에, 아깝기 때문에. 사는 것이 다 그렇다는 한마디 말을 지팡이 삼아 송장의 휴식터까지 터벅터벅 걸어가는 보잘것없는 늙은이. 눈을 뜬 곳이 잡화점의 젊은 과부 루마의 집이라는 것을 깨달았을 때 조프는 이대로 이 집이 무너져 버렸으면 좋겠다고 생각했다. 그리고 한편으로는 루마의 어떤 질문에도 대답하지 않겠다고 결심했다.

조프는 어처구니가 없었지만 루마는 어떤 질문도 하지 않았다. 일어난 조프를 본 루마는 씻고 식사하자는 말만 했다. 그리고 톱밥을 우물거리는 듯한 식사 시간 내내 루마는 조프에게 아무것도 질문하지 않았다. 루마는 날씨와 이웃들의 일상사에 대해 이야기했다. 식사를 끝내자 루마는 일어나서 떠날 것을 바라는 눈으로 조프를 바라보았다. 조프는 심술이 나는 것을 느꼈다.

"여기서 한숨 자고 갈게요."

"뭐?"

"술도 좀 깨야겠고. 자고 간다고요. 사람들에게 안 보이도록 방 안에만 있을 거예요."

"조프, 쓸데없는 소리 하지 말고 어서 일어나서 가. 자려거든 네 작업장에 가서 자."

"왜 그래요? 방 안에만 있겠다고 했잖아요. 한낮에 나가는 것이 오히려 낫잖아요. 다른 사람들은 세가 물건 사러 왔다가 가는 손님인 줄 알 테니까."

"그런 문제가 아니야, 조프."

"그럼 뭐가 문제인데요?"

루마는 설명하려는 듯 두 손을 펼쳐 보였다. 그러나 마음을 바꿔 먹은 듯 단호한 표정으로 말했다.

"설명할 필요 없어. 여긴 내 집이야. 험한 소리 듣기 전에 어서 나가."

"정말 이러기예요? 우리가……."

"우리가, 뭐?"

조프는 입을 다물고 루마를 바라보았다. 루마는 당당하게 보이려는 듯 두 손을 허리에 얹은 채 조프를 내려다보고 있었다. 하지만 그 얼굴은 창백했고 두 눈은 자꾸 움직였다. 조프는 "쳇." 하며 일어났다. 루마는 빈틈을 보이지 않겠다는 듯 일어난 조프를 노려보았다. 조프가 한 번 더 묻는 눈을 보냈을 때 루마는 고개를 작게, 하지만 분명하게 가로저었다. 그때 밖에서 주인을 찾는 소리가 들려왔다.

"계십니까?"

루마는 당황하며 몸을 돌렸다. 조금 후 루마는 "나갑니다!"라고 외쳤다. 하지만 바로 나가는 대신 그녀는 조프를 한 번 돌아보았다. 조프는 그 눈에 진지한 무엇인가가 담겨 있는 것 같다고 생각했지만 무엇인지는 알 수 없었다. 그리고 루마는 밖으로 뛰쳐나갔다. 그 뒤를 따라 나가려던 조프는 자신의 모습을 드러내는 것이 루마에게 도움이 안 될 거라는 생각을 떠올렸다. 조프는 옷을 챙겨 입고 문 옆에 기대섰다. 손님이 떠나면 슬쩍 나가는 것이…… 아니, 창문으로 나갈까? 조프는 커다란 창문을 쳐다보다가 그쪽으로 걸어갔다.

"조프, 이리 나와 봐."

루마의 목소리가 가게 쪽에서 들렸다. 조프는 어리둥절해하다가 밖으로 나갔다. 잡화들이 쌓여 있는 복잡한 선반을 지난 조프는 루마와 어떤 남자가 서 있는 것을 발견했다. 조프는 그 남자를 쳐다보았지만 면식이 없었다. 그러자 남자가 웃으며 말했다.

"못 알아보는군요. 어제 과음하셨나 봅니다."

조프는 겁을 집어먹었다. 과음한 주당이 다음 날 친구들로부터 자신이 기억 못하는 어젯밤의 행동을 보고받는 것은 고역이지만 그 보고자가 모르는 사람이라면 그런 경험은 공포에 가까운 것이 된다. 남자가 웃기는 것을 기억하고 있는지 불쾌한 것을 기억하고 있는지 알 수 없었기에 조프는 뭐라 답해야 할지 알 수 없었다. 다행히 남자가 먼저 말했다.

"그러면 정식으로 소개하지요. 나는 시오크라고 합니다. 그쪽은 조프 엔킬더, 페로그리미 남작의 편수지요?"

"어, 편수 아닙니다. 편수님은 돌아가셨습니다."

"그러니 이제 그쪽이 책임자지요. 그렇잖습니까?"

"책임자요? 글쎄요. 저는 아무것도 모르고…… 그런데 무슨 일이신지요?"

"아, 보여 드릴 것이 있어서 말입니다."

남자는 소매 속으로 손을 집어넣었다. 조프는 루마가 질겁하는 것을 보고 의아해했다. 조프가 혹 남자의 소매 속에 위험한 것이 있을지도 모른다는 생각을 떠올렸을 때 남자는 무엇인가를 꺼냈다. 조프는 긴장했지만, 곧 의아해졌다. 그것은 위험해 보이지 않았다. 남자가 꺼낸 것은 동그란 금속판이었다. 집어던지면 아프기야 하겠지만 아무래도 그런 용도 같지는 않았다. 그런 용도라면 잘 다듬은 금속판에 흑사자의 모습을 새겨 둘 리가…… 조프는 굳어 버렸다.

남자는 고개를 끄덕였다.

"알아보는군. 이것은 사자패다."

"사, 사, 사자패주…… 하, 하지만 폐하는……?"

"목소리를 낮춰라! 나는 대호왕의 사자패주다."

시오크 지울비는 보라는 듯 사자패를 들어 보이며 자신의 말을 강조했다. 그는 조프나 루마가 그것이 가짜임을 알아볼 거라고 걱정하지 않았다. 그것은 잘 만들어진 가짜였고, 관인과 증패에 익숙한 관료라도 한참 관찰하지 않고서는 알아보기 힘들었다. 물론 제국이 건재하고 황제가 제국을 통치하고 있는 시기라면 시오크도 이런 물건을 함부로 쓸 배짱이 없었을 것이다. 사자패주를 사칭했다는 것이 탄로나면 목숨을 내놓아야 할 테니까. 하지만 지금 그를 처형할 황제는 없었다. 시오크는 필요하다면 만지게 해 줄 수도 있다는 듯이 가짜 사자패를 내밀어 보였다. 그리고 루마나 조프는 그것을 만졌다간 벼락이라도 맞을 거라 믿는 사람처럼 손을 감췄다. 그리고 아직 제위에 오르지도 않은 대호왕이 사자패주를 파견할 수 있다는 말도 안 되는 이야기를 의심하지도 않았다. 시오크는 천천히 사자패를 소매 속으로 숨기며 말했다.

"조용히 이야기할 수 있는 곳이 필요하다. 여기는 영업하는 곳이니…… 따라와라."

시오크는 그대로 가게 밖으로 나갔다. 조프는 루마의 얼굴을 한 번 보고는 도망치고 싶은 사람처럼 그 뒤를 따랐다.

시오크는 대로를 뚜벅뚜벅 걸었다. 조프는 그 뒤에 처져 걸었지만 시오크가 짜증을 냈다.

"곁에 붙어라, 멍청한 놈. 동행처럼 행동해."

조프는 화들짝 놀라며 시오크의 곁으로 다가섰다. 시오크는 태연하게 주위를 둘러보며 말했다.

"너도 알겠지만, 시모그라쥬 공은 군령자들을 붙잡아 들이고 있다."

조프는 눈을 크게 떴다. 그것은 그의 입장에서 매우 관심이 가는 이야기였다. 그리고 그것이 시오크가 의도했던 것이다.

"대호왕께서는 그 일을 괴이하게 여기고 계신다. 그래서 나를 파견하여 상황을 조사하게 하셨다. 그리고 나는 몇 가지 사실을 알아내었다."

"그것이 무엇입니까?"

"놀라지 말아라. 괴악한 시모그라쥬 공은 폐하를 시해한 다음 그분의 영을 군령자에게 집어넣을 작정이다."

조프는 주저앉을 뻔했다. 시오크는 재빨리 그를 부축하고 큰 소리로 말했다.

"이런, 아직도 어지러운가? 다친 머리가 아직 낫지 않았나 보군. 저기 벽에라도 좀 기댔다 가지."

시오크는 루마가 감아 놓은 붕대를 가리키며 걱정스럽게 말하고 조프를 벽 쪽으로 밀고 갔다. 조프는 비틀거리며 걸어가서 시오크가 이끄는 대로 벽에 기대섰다. 시오크는 그의 건강을 염려하듯 머리를 더듬으며 속삭였다.

"이런 멍청한 놈."

"죄, 죄송합니다."

"쯧. 이니다. 놀랄 일이긴 하지."

"하지만…… 공작께서 왜……."

"아둔한 놈. 가르쳐 주마. 나가가 한계선을 넘을 수 있느냐, 없느냐?"

"예? 그럴 수는 없지요."

"그런데 폐하께서는 나가이시다. 옛날 흑사자 모피가 있을 때는 그분도 한계선을 넘어가실 수 있었지만 지금 그 보물은 치천제와 함께 사라졌다. 따라서 대호왕 폐하께서는 한계선을 넘어가실 수 없다. 하지만 폐하의 영을 인간이나 레콘 군령자의 몸에 집어넣으면 어찌 되겠느냐?"

"예?"

"인간이나 레콘 군령자 말이다! 인간이나 레콘은 한계선을 넘을 수 있지?"

시오크는 퉁명스럽게 말하면서도 속으로는 긴장했다. 그것은 조프의 친구인 군령자가 체포된 일과 대호왕을 억지로 연결시키기 위해 만들어 낸 이야기지만 도무지 말이 안 되는 이야기였다. 대호왕의 지지를 필요로 하는 시모그라쥬 공에게는 나가 모습을 하고 있는 대호왕이 필요하지 자신이 대호왕이라고 주장하는 인간이나 레콘이 필요한 것은 아니다. 나가의 모습을 하고 있어도 가짜라고 의심받을 수 있는 판국에 인간이나 레콘의 모습이라면 신뢰성은 대폭 추락할 것이다. 따라서 그가 말하는 계획은 시모그라쥬 공이 꿈에도 생각하지 않을 계획이었다. 시오크는 조프가 그 사실을 깨닫지 못하게 방해했다.

"생각해 봐라. 무섭도록 악독한 계획이지만 또한 영리한 계획이다. 시모그라쥬 공은 폐하께 한계선을 넘을 수 있는 몸을 강제로 씌워 한계선 너머로 폐하를 끌고 갈 작정인 것이다. 생각해 봐. 나가는 한계선을 넘지 못하지만, 인간이나 레콘이라면 어떠냐? 응? 한계선을?"

시오크는 긴장 속에서 동어반복적인 질문으로 조프의 대답을 강요했다. 조프가 황급하게 대답했다.

"너, 넘을 수 있습니다. 그렇군요!"

"그래. 영리하구나, 조프 엔킬더."

조금 전까지 조프의 지능을 폄하하는 발언을 일삼았던 시오크가 그의 영리함을 칭찬했지만 조프는 그 모순도 깨닫지 못했다. 조프는 한계선이라는 절대적 장벽이 깨진 것에 충격을 받았고 다른 것에 대해서는 생각할 수도 없었다. 그리고 시오크는 조프가 차분히 생각할 여유를 주지 않았다.

"조속히 이 무서운 계획을 폐하께 알려야 한다. 하지만 안타깝게도 내 신분이 저들에게 노출되었다. 나는 현재 폐하께 가까이 갈 수 없다. 그러니 네가 내 대신 그 일을 맡아야겠다."

"예?"

시오크는 품속에서 서신을 꺼내어 조프의 품속에 집어넣었다. 조프는 옷 속에 뱀이 들어온 사람처럼 질겁했지만 시오크는 그의 어깨를 꽉 붙잡았다.

"이것을 어가에 숨겨라. 네가 만든 어가 말이다."

"어가에요?"

"그래. 앉으시면 알아차릴 수 있는 곳에 숨겨라."

"하, 하지만 어가는 이미 완성해서…… 가져갔는데요."

"가서 손볼 것이 남았다고 하면 되잖느냐. 생각해 보니 미진한 곳이 있었다고 해라. 그러면 손보도록 해 줄 거다. 가서 어가를 손보는 척하며 서신을 숨겨라. 이것은 폐하의 목숨이 달린 일이다!"

그리고 시오크는 준비해 두었던 말을 덧붙였다.

"그뿐만 아니라 억울하게 끌려간 군령자들을 구하는 일이기도 하다."

조프는 고개를 뒤로 끌어당겼다. 말할 필요도 없이 그것은 코에디 미도를 가리키는 말이다. 그는 코에디를 구할 기회를 붙잡았다고 생각했다. 더군다나 이것은 군대와 싸우고 파옥을 감행하는 무시무시한 일도 아니다. 서신 한 통을 수레에 숨기는 간단한 일이다. 게다가 대호왕 폐하까지 구할 수 있다고 하지 않는가.

조프는 가슴 쪽을 움켜잡았다.

"알겠습니다."

"할 수 있겠느냐?"

"물론입니다. 할 수 있습니다."

시오크는 엄숙하게 목례했다.

"그대의 용기에 폐하를 대신하여 감사드리리다. 만약 그 일을 성공시킨다면 그대는 폐하의 은인이 되는 것이오."

시오크는 조프를 힘있게 끌어안았다. 그제야 조프는 아까부터 가슴이 쿵쾅거리고 있었다는 것을 깨달았다.

아쉬존 토프탈은 분노한 눈으로 사모 페이를 바라보았다. 어울리는 표정이라고 하기 어려웠지만 아쉬존이 지을 수 있는 것은 그것뿐이었다. 관객 절반에 해당하는 아쉬존의 그런 반응에 사모는 개의치 않았다.

페로그라쥬의 타오민 성. 넓은 대전 가운데 있는 사람은 사모와 아쉬존, 그리고 사람에 포함되지 않지만 무시하기 어려운 갈바마리뿐이다. 그 밖에 몇 개의 소도구가 있다. 아쉬존은 그중 하나인 화로를 바라보았다. 그녀가 그것을 요구했을 때 아쉬존은 그녀가 무엇인가를 지지거나 태우려는 것이라고 짐작했다. 그리고 사모의 요청에 따라 춤채들을 준비하면서도 아쉬존은 그녀가 춤을 출 거라고 생각하진 않았다. 하지만 달구어진 화로에 춤채를 꽂아 놓고 기다리던 사모는 춤채가 알맞게 뜨거워지자 조용히 일어나 그것을 뽑아 들었다. 그리고 온도를 볼 능력이 없는 아쉬존과 온도를 볼 수 있는지 없는지는 모르지만 춤을 좋아하는 것 같지는 않은 갈바마리를 앞에 둔 채 춤을 추기 시작했다.

아쉬존은 이전에도 그런 춤을 본 적이 있었다. 나가들과 함께 있던 자리였기에 나가 무용수는 춤채를 사용했고, 동석한 나가들은 아쉬존에게 재미없을 거라고 경고했다. 실제로 아쉬존은 지루함만 느꼈다. 아쉬존은 뜨거운 춤채를 볼 수 없었으며 그것이 만들어 내는 열류 또한 볼 수 없었다. 따라서 그가 본 것은 춤의 절반뿐이다. 게다가 거기엔 음악이 없었기에 빈 절반을 채울 방법도 없었다. 소리에 무관심한 나가들은 음악 없이 춤을 춘다. 아쉬존은 좀 이상한 체조를 보는 정도의 기분밖에 느끼지 못했다. 그리고 지금 대호왕의 춤 또한 아쉬존이 예전에 본 것과 다르지 않았다.

하지만 아쉬존은 거기에서 약간의 노련미는 느낄 수 있었다. 응축과 신장, 회전과 왕복, 전개와 포용. 사모는 공간을 자르고 맺어 주었으며 그것들에 새 의미를 부여했다. 사모는 공간을 다스렸고 또한 공간을 경애했다. 어쩌면 그녀의 몸짓에서 음악을 볼 수 있었을지도 모른다, 아쉬존이 조금 더 집중했다면. 하지만 아쉬존은 손의 언어를 대신하는 춤체의 언어를 듣거나 읽을 수 없었고 그의 마음은 답답함과 분노로 가득했다. 아쉬존은 사모를 원망하고 감히 대호왕을 따돌리고 있는 조부를 원망했다. 조부는 대호왕의 이름으로 온갖 전횡을 일삼고 있지만 아쉬존은 조부가 대호왕에게 논의를 요청하거나 허락을 구하는 것을, 심지어 사후 보고를 하는 것조차 보지 못했다. 그리고 사모는 그에 개의치 않았다. 사모는 마치 비굴한 종이라도 되는 양 조부가 가라는 곳에 가고 조부가 하라는 말을 했다. 그런 사모를 대하는 조부의 태도에는 최소한의 예의조차 사라질 때가 많았다. 아쉬존이 모멸감을 느낄 지경이었다. 아쉬존은 조부와 종고모의 바람에도 불구하고 그들을 멀리했으며 좀 더 많은 시간을 사모의 곁에서 보내려 애썼다. 그리고 그녀의 요구나 명령, 가능하다면 바람을 들어주려 애썼다. 그러면서 자신이 조부를 대신하여 사모에게 사죄하는 것이라고 생각했다. 하지만 어린 마음에도 아쉬존은 그것이 일종의 과대망상임을 어렴풋이 인지하고 있었다. 아쉬존은 자신에 대해서도 분노했다.

   사모의 발이 바닥을 미끄러진다. 사모는 춤의 한 동작처럼 화로로 접근해서 그것의 주위를 춤채로 쓰다듬었다. 아쉬존은 사모가 화로에서 피어오르는 열기를 가지고 무엇인가를 하고 있을 거라 짐작했지만 그의 부릅뜬 눈에 보이는 것은 희미한 아지랑이뿐이었다. 그러는 동안 사모는 우아한 동작으로 식은 춤채를 화로에 꽂아 넣고 다른 춤채를 뽑아 들었다. 그리고 긴 한삼 자락을 떨치듯 춤채 두 개를 위로 쳐올렸다.

아쉬존은 상상하려 해 보았다. 그는 사모의 쳐올린 손을 따라 크게 치솟아오르는 기다란 천 같은 열기를 상상했다. 아쉬존은 열기가 그렇게 움직이는지 확신할 수 없었지만 어차피 그가 원하는 것은 아름다운 환상일 뿐이다. 아쉬존은 사모의 주위에서 춤추는 수미터 길이의 한삼을 그려 보았다. 다만 그것은 진짜 한삼과 달리 춤꾼의 팔이 멈췄을 때 땅에 축 늘어지지 않고 위로 물결치며 솟아오른다. 뜨겁기 때문에…… 상상하기 어려웠다. 아쉬존은 좌절감을 느꼈다.

사모의 동작이 멎었다.

사모는 식은 춤채를 옆으로 늘어뜨린 채 똑바로 섰다. 아쉬존은 멍한 기분 속에서 화로에 물방울을 던져야 하나 생각했다. 하지만 춤의 절반도 보지 못한 그가 물방울을 던진다면 찬사보다는 야유가 될 것 같았다. 고민하던 아쉬존은 문득 애초에 물그릇을 가져오지 않았다는 것을 떠올렸다. 사모는 물그릇을 가져오라는 말은 하지 않았고 나가가 아닌 아쉬존은 그것이 필요할 거라는 생각을 못했다. 아쉬존은 박수라도 칠까 생각했다. 하지만 그때 사모가 그에게 다가왔다.

사모는 춤채들을 화로에 꽂아 넣었다. 대전 한쪽에 보좌가 있었지만 그녀는 보좌 쪽에는 눈길도 주지 않은 채 그대로 바닥에 앉아 흐트러진 옷자락을 추슬렀다. 아쉬존은 그녀의 호흡이 평온하다는 사실을 깨달았다.

"숨차지 않으십니까, 폐하."

사모는 아쉬존의 말을 듣지 못했다. 청각에 주의를 기울이지 않는 모양이다. 아쉬존은 한 번 더 말할까 하다가 무슨 소용이냐 싶은 기분을 느꼈다. 그는 입을 다물었다. 아쉬존은 갑자기 거대한 단절을 느꼈다. 나가와 다른 종족들은 애초에 분리되게 만들어진 것이 아닐까. 아니다. 도깨비도 마찬가지다. 그들은 두 번 죽는다. 즈믄누리를 다스리고 있는 도깨비는 죽은 도깨비다. 레콘은 또 어떨까? 그들은 태생적 개인주의자다. 분리주의 운동이 레콘에 의해 시작된 것은 당연하다.

"아라짓 제국은 두억시니다."

아쉬존은 고개를 들었다.

사모는 갈바마리를 보고 있었다. 그녀는 과거의 향수를 담은 그윽한 표정으로 말했다.

"유해의 폭포를 기억해?"

갈바마리의 두 머리가 위아래로 움직였다.

"유해의 폭포."

"기억한다."

아쉬존은 그 끔찍한 이름이 무엇인지 알지 못했다. 그는 약간 불편한 표정으로 두 사람을 바라보았다. 두억시니의 표정은 읽기 어려웠다. 하지만 사모의 표정은 격분이나 슬픔을 느끼는 나가의 표정이 아니었다. 사모가 말했다.

"유해들이 흘러내리고, 거기에서 두억시니가 탄생하지. 그것들은 두억시니 같은 일을 하다가 폭포의 발원지에서 다시 분해되었지. 그리고 유해의 폭포가 되었어."

사모는 두 손을 모아 붙여 입 앞에 세웠다.

"제국의 유해가 쏟아질 때가 되었을까? 거대한 유해의 흐름이 시작될까?"

"폐하!"

사모는 입 앞에 손을 붙인 채 고개를 돌렸다. 그녀는 공포와 분노에 차 있는 청년을 발견했다. 아쉬존은 턱을 떨며 말했다.

"폐하…… 왜 그런 끔찍한 말씀을 하십니까? 폐하께서는 세상을 구하기 위해 우리에게 돌아오셨습니다. 폐하께서 우리 곁에 계신 이상 그런 일은 일어나지 않을 것입니다!"

아쉬존은 자리에서 벌떡 일어났다.

"제국은 부활할 겁니다. 저희들이 한계선 북부로 뱀단지를 가져갈 겁니다. 하늘누리를 다시 만들 수 있는지는 알기 어렵지만, 그것이 꼭 필요하지는 않을 겁니다. 하늘누리에 있던 세 번째 벽난로 방은 시모그라쥬에 만들 수도 있습니다. 그리고 그것이 더 좋습니다. 뱀부리미들은 거대한 벽난로 없이도 훨씬 편하게 일할 수 있을 겁니다. 하늘누리가 없다 해도 뱀단지만 있으면 제국의 끊어진 신경은 다시 이어질 겁니다."

아쉬존은 자신이 연설을 하고 있다는 것을 깨달았지만 멈추지 않았다. 피가 부글부글 끓는 기분 속에서 그는 마지막 말을 외쳤다.

"폐하의 이름 아래 그 일이 이루어질 겁니다. 그리고 폐하께서는 이 남부에서 다시 제국을 다스리실 겁니다!"

"그것을 거부하는 자는?"

"누가 북부의 구원자 대호왕을 거부하겠습니까!"

"아쉬존을 거부하는 자는?"

"예?"

사모는 아쉬존에게 앉으라는 손짓을 했다. 아쉬존이 주저하며 앉자 사모는 담담하게 말했다.

"짐은 늙었지. 네 조부는 짐의 이름 하에 제국을 세운 다음 너에게 물려줄 작정이다. 짐이 죽을 무렵이면 너는 충분한 나이가 되겠지. 그렇지 않으면 네가 충분한 나이가 되었을 때 짐이 죽을 수도 있고."

한번도 생각해 본 적이 없는 말에 아쉬존은 큰 충격을 받았다. 사모는 질문했다.

"자, 대답해 보아라. 아쉬존 토프탈을 거부하는 자는 어떻게 하겠느냐?"

"그런 일은…… 그런 일은 생각해 본 적이 없습니다. 맙소사. 어떻게 그런 일을…… 생각하고 싶지도 않습니다, 폐하."

"명령이다. 대답해라, 아쉬존 토프탈. 황제가 되면 너를 거부하는 자들을 어떻게 하겠느냐?"

"폐하……."

"대답해라."

아쉬존은 아랫입술을 깨물었다. 가슴이 어찌나 쿵쾅거리는지 몸이 흔들리고 이가 덜그럭거리는 것 같았다. 그는 입술을 한참 축이고 말했다.

"그들을 설득하겠습니다. 그들이 납득하지 못한다면 그럴 수 있도록 제 자신을 바꾸겠습니다."

"그런가. 그렇다면 너에게 찬성하던 이들이 네 모습이 바뀔 경우 찬성을 철회하겠다고 하면 어쩌겠느냐? 그들은 바뀌기 전 너의 모습에 찬성한 것이니 철회할 수도 있겠지. 어떤가?"

"그들도 설득시켜야겠지요. 양자 모두가 받아들일 수 있도록 제 모습을 바꾸겠습니다."

"그렇다면 너 자신이 너의 그런 변화를 찬성할 수 없다고 하면 어쩌겠느냐?"

"저 자신도 설득시키겠습니다. 저에게 반대하는 이와 저에게 찬성하는 이와 자신이 모두 납득할 수 있는 길을 찾겠습니다."

"너만이 그 길을 찾아낼 수 있다고 믿느냐."

"예?"

"네가 찾아낼 수 있는 길이었다면 다른 이들도 오래전에 찾아낼 수 있었을 거라 가정하는 것이 더 안전하지 않을까?"

아쉬존은 한참 후에야 대답했다.

"그들은 황제가 아닙니다. 그렇기에 그들은 그 길을 찾는다 해도 사람들을 그 길로 인도하지 못합니다."

"네가 말하는 길은 모두가 납득할 수 있는 길인데 왜 그들을 인도해야 하지? 인도하지 않아도 자발적으로 그 길로 가지 않겠느냐?"

"모르겠습니다, 폐하. 저의 무지함을 꾸짖어 주십시오."

"그러고 싶지 않구나. 너를 꾸짖는다면 짐 또한 꾸짖어야 할 테니까."

"폐하……."

사모 페이는 품속으로 손을 집어넣어 서찰을 꺼내었다.

"이곳으로 오던 중 짐은 이것을 손에 넣었다. 누군가가 짐에게 보낸 서찰이야."

아쉬존은 자신이 모르는 서찰이 대호왕에게 전달되었다는 사실에 놀랐다. 그가 서찰의 전달에 대해 질문하려 했을 때 사모가 말했다.

"발신인의 이름이 없는 것으로 보아 자신의 정체를 감추고 싶은 사람인 듯하군. 하지만 짐이 짐작하기로 이자는 한계선 너머에서 온 것 같아."

"폐하, 무슨 내용입니까?"

"이자는 먼저 짐이 사모 페이가 아니라면 기만으로 제국을 일확하려는 꿈 따위는 포기하라고 준엄한 어조로 경고하는군. 짐은 시모 페이니까 이 부분은 넘기기도 되겠지. 그 다음 이자는 짐이 사모 페이일 경우에 대한 자신의 견해를 늘어놓고 있군. '폐하, 가슴속 깊은 곳에서 진심으로 말하는데, 북부는 언제나 사모 페이를 사랑하고 그녀를 환영할 것입니다…….'"

사모의 목소리가 작아졌다. 그녀는 입을 꾹 다문 채 서신을 들여다보았다. 춤을 춘 직후에도 평온하던 사모의 호흡이 조금 급해졌다. 사모는 심호흡으로 자신을 안정시키고 말했다.

"바로 그렇기에 폐하께서 시모그라쥬 공의 가마를 타고 오시는 것은 거부합니다. 폐하는 우리 모두의 왕입니다. 그 옛날 폐하께서는 군대 없이 북부에 오셨습니다. 폐하께서 가져오신 유일한 무기는 북부를 겨냥한 것이 아니었습니다. 하지만 북부는 폐하를 돌아오신 왕으로 받아들이고 폐하께 부복했습니다. 그때처럼 오소서. 이곳에서 귀족원 회의를 선포하옵소서. 제국의 공후장상들이 달려와 폐하께 부복할 것입니다. 부디 알아주옵소서. 북부가 원하는 것은 우리의 눈물을 거두어 갈 분이지 우리의 피를 짜낼 분이 아닙니다."

사모는 서신을 바라보다가 천천히 접었다. 그리고 그것을 화로에 집어넣었다. 무관심한 태도로 앉아 있던 갈바마리는 확 불타오르는 서신을 보고 놀란 소리를 냈다. 아쉬존은 그것을 도로 꺼내야 하는 것 아닌가 하는 충동을 느꼈지만 움직이지는 못했다.

사모는 재로 변하는 서신을 보며 말했다.

"이자는 자신의 방식으로 짐을 떠받들 수는 있지만 다른 자가 다른 방식으로 짐을 떠받드는 것은 받아들일 수 없다는 식으로 말하고 있군. 짐에겐 찬성하지만 시모그라쥬 공에겐 반대한다는 거지."

아쉬존은 뭔지 모를 불안감을 느끼며 사모를 바라보았다. 사모는 팔짱을 끼고 대전의 천장을 바라보았다.

"통치는, 통치자와 피통치자의 문제라기보다 피통치자들 사이의 문제다. 그런데 그렇게 내버려두면 통치자가 눈물 속에 죽고 말지. 황제가 되고 싶으냐, 아쉬존 토프탈?"

아쉬존은 움찔했다. 사모는 여전히 천장을 본 채 반복했다.

"되고 싶으냐?"

"그런 생각은 없습니다."

"나를 용서해라, 아쉬존."

아쉬존은 그 대명사 사용에 당황했다. 다시 대호왕이 되겠다고 선언한 이후로 사모 페이는 그런 대명사를 쓴 적이 없었다. 아쉬존은 희미한 목마름 같은 것을 느끼며 사모의 모습을 불안하게 바라보았다. 사모가 말했다.

"나는 너를 믿는다. 지금은 그것이 네 진심일 것이다. 하지만 계속 그러하지는 않을 것이다. 언젠가 네가 나를 증오하고 저주할 날이 올 것이다. 나는 그것을 알고 있다. 그런데도 이렇게 질문할 수밖에 없다. 그리고 이렇게 말할 수밖에 없다."

아쉬존은 눈 주위가 뜨거워지는 것을 느끼며 사모를 바라보았다. 사모가 속삭이듯 말했다.

"아쉬존 토프탈, 너는 황제가 될 수 없다."

아쉬존은 서글픔을 느꼈다. 이상한 일이다. 황제가 되고 싶다고는 생각해 본 적도 없으니 그 길이 막혔다는 것에 안타까워할 필요는 없다. 제국을 구하고 토프탈 가문의 영광을 빛낼 수 있다면 충분하다. 하지만 아쉬존은 알 수 없는 상실감을 느꼈다. 그것은 어쩌면 사모의 목소리 때문인 듯하다. 그 애틋하고 고운 목소리에 가득 묻어 있는 슬픔의 꽃가루들이 소리 없이 그의 어깨에 떨어지는 듯했다. 아쉬존은 침을 삼켰다. 그리고 어깨를 폈다.

"폐하, 저는 폐하를 섬길 수 있었다는 것만으로도 행복할 겁니다."

사모는 천장에 눈길을 못 박은 채 말했다.

"아쉬존."

"예, 폐하."

"병사들을 준비시켜라. 서신을 보낸 자를 잡아야겠다."

아쉬존은 고개를 꾸벅 숙였다. 다시 고개를 들었을 때 아쉬존은 사모가 일어나 걸어가고 있는 모습을 보았다. 갈바마리의 거대한 몸이 뒤뚱거리며 그 뒤를 따르고 있었다. 아쉬존은 고함을 지르고 싶은 충동을 느꼈다. 당신만이 유일한 왕이며 내 생명과 내 정신은 모두 당신의 것이라고. 하지만 아쉬존은 자신의 생명과 정신이 가치 있는 선물이 될지, 대호왕에게 내놓아도 부끄럽지 않은 것인지 알 수 없었다. 그 때문에 그는 슬픔을 느꼈다. 아쉬존은 울고 싶다는 느낌을 받으며 대전 밖으로 나갔다.

조프 엔킬더는 손을 만지작거렸다. 조금 심하게 주물럭거린 것이 분명하다. 손에 감아 둔 천조각이 축축해졌다. 아물던 상처가 벌어지며 다시 피가 배어 나오는 모양이다. 조프는 한심함과 우울함에 욕설을 중얼거렸다.

하루가 어떻게 지나갔는지 기억도 나지 않았다. 조프는 멍한 상태와 극도로 긴장된 상태를 번갈아 경험했고 그것은 꽤나 피곤한 일이었다. 그런 날은 위험한 작업을 피해야 한다고 생각했지만 대패질이 위험할 거라고 생각하지는 못했다. 하지만 그는 대팻날에 손을 베이고 말았다. 목수가 된 후로 처음 겪는 일이었고 화도 나지 않았다. 상처는 얕지 않았다. 한동안 두 손 쓰는 일은 좀 어려울 것 같다.

천을 풀었다가 다시 단단하게 묶을지 아니면 내버려둘지 고민하던 조프는 저쪽 골목에 서 있는 파르다 쿠기언을 보았다. 조프는 걸음을 멈추었다.

검은 너울을 쓴 파르다 쿠기언은 매달린 시체를 바라보고 있었다. 그것은 더 이상 시체라고 할 수도 없었다. 기둥에 매달려 있는 것은 도대체 뭔지도 모를 덩어리였다. 조프는 육탈이 끝나면 해골이 걸려 있게 될 거라 생각했지만 썩은 관절 부위들이 툭툭 떨어져 내렸기 때문에 사체는 사람의 기본적인 형태조차 찾기 어려운 모습으로 변해 있었다. 떨어져 내린 것들은 쥐나 개 따위가 물어간 모양이다. 기둥 아래쪽엔 별로 보이는 것이 없었다. 조프는 가슴이 메었다. 저런 것을 끝까지 바라보는 것은 고인에 대한 예의도 아닐뿐더러 자신에게는 자학이다. 조프는 그녀에게 말을 걸 합당한 이유가 있다는 사실에 감사하며 천천히 다가갔다.

사자패주는 혹 답장이 오면 파르다 쿠기언에게 전하라고 말했다. 조프가 제정신이 아닌 상태에서 하루를 보내야 했던 것은 그 지시 때문이다. 조프는 험상궂은 누군가가 문을 열고 들어와 아무 말 없이 서신을 건네거나 아니면 자신도 모르는 새 주머니나 연장통 속에 들어와 있는 서신을 발견하게 될 것을 기대하며 하루를 보냈다. 그런 일은 일어나지 않았다. 목공소 문을 닫기 전 조프는 두어 번 정도 공방 내부를 샅샅이 뒤졌지만 많은 먼지와 잃어버린 줄 알았던 공구 하나를 찾아낸 것이 전부였다. 받은 것이 없으니 건넬 것도 없었지만 조프는 그렇게 생각하지 않았다. 혹 파르다가 괴로운 기분 속에서도 답장을 받기 위해 어쩔 수 없이 기다리고 있었는지도 모를 일이니까. 그렇다면 그녀에게 다가가서 오늘은 그만 돌아가라고 말해야 할 것이다. 그리고 그런 말을 하면서 그렇게 괴로운 일을 계속할 필요는 없다고 말할 수도 있을 것이다.

새빨간 황혼이 대로에 범람하여 포석들을 적금색으로 물들이고 있었다. 조프가 얼마 전 깨달은 것처럼 매달린 시체 주변은 고요했다. 사람들이 하루 일을 마치는 시간인데도.

골목에 서 있던 파르다 쿠기언은 다가오는 조프를 아는 척하지 않았다. 그녀의 너울은 시체들 사이에 고정되어 있었다. 조프는 그녀의 곁에서 말했다.

"저, 아가씨."

파르다의 너울이 조금 움직였다. 검은 너울의 이랑마다 검붉은 물결이 넘실거렸다.

"기다리시는 편지는 오지 않았습니다. 저, 내일 올지도 모르겠습니다."

파르다의 너울이 다시 움직였다. 조프는 그것이 고개를 끄덕이는 것이라고 생각했다. 그런데 파르다는 아래로 숙인 머리를 들지 않았다. 조프는 자신의 손을 내려다보고 말했다.

"아, 작업 중에 다친 겁니다. 정신이 좀 뒤숭숭해서. 멍청하게 대팻날에 베였지요. 좀처럼 이런 일이 없는데. 정말 처음입니다."

조프는 슬그머니 손을 뒤로 감췄다. 그 손이 사라지자 파르다 쿠기언은 다시 고개를 들었다. 그리고 그녀는 다시 시체 쪽으로 몸을 돌렸다.

"아가씨, 이제 해도 지는데 댁에 돌아가셔야지요. 고인께서도 그것을 바라실 겁니다. 시내 분위기가 어수선합니다. 병사들도 많이 돌아다니고…… 댁까지 바래다 드리겠습니다."

조프는 자신의 제안에 깜짝 놀랐다. 그리고 당황해서 코를 긁적거렸다. 파르다는 다시 조프를 돌아보고는 고개를 가로저었다. 그리고 몸을 돌려 골목 안쪽으로 걸어 들어갔다. 조프는 창피함을 느꼈다. 그는 파르다를 몰래 뒤따라가고 싶다는 충동을 느꼈다. 하지만 다른 한편으로는 이대로 잡화점에 찾아가서 루마에게 사과하고 가게문 닫는 것을 도와야겠다고 생각했다. 루마는 사과를 받아 줄지 모른다. 아니, 받아 줄 것이다. 그리고 어쩌면 조프를 재워 줄지도 모르고. 조프는 자신이 정말 지저분한 놈이라고 생각했다. 하지만 그는 루마가 그리웠다. 그리고 파르다를 따라가고 싶었다. 시체인지 뭔지도 알 수 없는 덩어리가 주렁주렁 매달려 있는 대로에서 조프는 혼란스러웠다.

'빔.'

조프는 코에디의 개를 떠올렸다. 코에디가 잡혀갔으니 그 개는 어찌되었을까. 조프는 자신을 저주하며 코에디의 셋방으로 향했다. 아마도 집주인이 보살펴 주고 있겠지만 그렇지 않다면…… 조프는 걸음을 재촉했다. 조금 후 그는 정신없이 달렸다.

숨이 끊어질 지경이 되어 코에디의 셋방에 도달한 조프는 빔에게 먹이를 주고 있는 집주인을 발견했다. 조프의 얼굴을 알고 있는 주인은 뚱한 표정으로 왜 코에디가 돌아오지 않느냐고 질문했다. 조프는 며칠 전에 코에디가 알 수 없는 이유로 병사들에게 붙잡혀 갔다고 이야기하고 그동안 자신은 그를 구하려고 동분서주하느라 찾아오지 못했다는 변명까지 늘어놓았다. 조프는 자신에 대한 환멸감에 얼굴이 붉어졌지만 주인은 별다른 것을 느끼지 못한 듯 코에디의 신상만 걱정했다. 그리고 개를 가져가겠다고 말하자 그러라고 했다. 그는 광에서 줄을 가져와 빔의 목에 묶었다.

하지만 빔이 조프를 따라가는 것을 거부했다. 조프가 줄을 잡아당기자 빔은 엉덩이를 뺀 채 저항했다. 그러다가 컹컹 소리를 내며 달려들려는 시늉을 했다. 빔은 막대한 침을 쏟아 내기에 알맞은 거대한 턱을 가지고 있었고 조프는 뒤로 주저앉고 말았다. 주인이 그를 대신하여 줄을 잡아챘다.

"놔두고 가게."

"예?"

"여기가 이놈 집이잖나. 제 주인 돌아올 곳에서 기다리겠다는 거지. 개 한 마리 먹이는 거야 어렵잖으니 내가 돌보지. 자넨 가끔 들러서 어떻게 돌아가고 있는지나 좀 알려 주게."

헐떡거리던 조프는 하릴없이 그 제안을 받아들였다. 그는 주인을 도와 빔을 다시 제자리에 묶어 놓았다. 그곳을 떠나려던 조프는 빔을 다시 돌아보았다. 빔은 또다시 끌고 가려는 것이냐는 듯 의심에 찬 표정으로 그를 바라보았다. 조프는 다시 창피함을 느꼈다. 그는 몸을 돌렸고 지친 걸음으로 집으로 돌아왔다. 어쩐지 술을 마시고 싶었다. 하지만 다시 취한 채 루마를 찾아가게 될까

봐 걱정되었다. 그러다가 조프는 내일 답장이 올지도 모른다고
생각했다. 그렇다면 일찍 공방으로 나가야 할 것이다. 조프는 그
것이 코에디를 구하는 길이라고 말했던 사자패주를 떠올렸다. 그
는 긍지를 되찾았다. 그래서 코에디를 위해 술을 마시지 않기로
했다. 약간의 기운을 되찾은 조프는 집까지 단숨에 돌아갔다. 배
부르게 저녁을 먹고 빨리 잔 다음 공방에 나가는 것이다. 그리고
답장을 기다려야 한다.
　그러나 집에 돌아온 조프는 병사들과 맞닥뜨렸다.
　병사들의 지휘자는 상황을 간명한 것으로 만들었다. 조프가 그
들에게 들을 수 있었던 말은 한 문장뿐이었다. 우선 눈앞에 불이
나도록 따귀를 한 대 때린 다음 지휘자는 담담하게 말했다.
　"모든 질문에 대한 대답은 이거다."
　"예?"
　대답이 반대편 뺨으로 돌아왔다. 조프는 휘청거리다가 왜 때리
느냐고 묻는 실수를 범했다. 지휘자는 '그거 머저리일세.'라든가
'정말 느리구먼.' 따위의 말도 하지 않았다. 그는 다 이해한다는
표정을 지었다. 조프는 그보다 더 이해심에 넘치는 표정을 본 적
이 없었다. 그리고 세 번째로 손바닥을 휘두른 후에도 지휘자는
참을성 있는 얼굴로 조프에게 확인할 것이 남았으면 확인하라는
턱짓을 했다. 공감대를 기반으로 한 협조 정신을 끌어낼 수만 있
다면 지루한 반복 작업도 마다하지 않는, 국록을 먹는 이다운 봉
사 정신이었다. 조프는 얼굴 전체에 불이 난 듯한 고통 속에서
그에게 더 이상 수고를 끼치지 않기로 결정했다. 조프가 이해했
다는 것을 알게 된 지휘자는 주먹을 쥐었다 폈다 하며 잠시 하전
한 표정으로 하늘을 올려다보았다. 황혼으로 세수한 별들이 말끔

한 얼굴을 드러내고 있었다. 지휘자는 시들한 동작으로 품속에서 자루 같은 것을 꺼냈다. 그리고 그것을 조프의 얼굴에 뒤집어씌웠다. 엄청난 밀폐감에 조프는 신음을 흘렸다. 그때 누군가가 양쪽에서 그의 팔을 꺾어 들었다. 그리고 그를 앞으로 밀어붙였다. 조프는 엉겁결에 걸음을 뗐다. 그러자 많은 발소리가 따라왔다.

병사들에게 두 팔을 붙잡힌 채 끌려가면서 조프는 입속을 더듬었다. 혀가 닿는 곳마다 피 맛이 났고 이 몇 개가 흔들리는 듯했다. 조프는 피를 뱉어 내려 했지만 자신이 자루를 뒤집어쓰고 있다는 것을 깨닫고 그만두었다.

왜 이런 일이 일어났는지는 알 것 같다. 사자패주의 서신을 어가에 숨긴 것 때문이다. 조프는 그 사실에서 희망을 느꼈다. 설령 수감된다 해도 만약 사자패주가 출두한다면 그는 풀려날 것이다. 사자패주가 출두할 때를 대비해서라도 함구해야 한다. 조프는 어떤 고문에도 의연히 맞서는 자신의 모습을 그려 보았다. 사자패주는 비틀거리며 감옥에서 걸어 나오는 그를 끌어안고 그의 용기를 칭송할 것이다. 어쩌면 대호왕이 서신을 전달한 용감한 목수를 불러들일지도 모른다. 그때가 되면 저 앞 어딘가에서 걸어가고 있는 이름 모를 장교가 내 발목을 붙잡고 매달리겠지. 조프는 누가 이 사태를 지배하고 있는지 모르는 멍청한 군인을 비웃었다. 아마 시킨 대로 했을 뿐이라고 말하겠지! 그게 군인의 변명이잖아. 내가 그런 소리에 눈 한번 깜빡이나 봐라. 지저분한 손버릇 때문에 인생 망칠 거라는 경고를 듣지 못했어. 군인 아저씨? 대호왕 폐하께서 보상을 말해 보라고 하면 뭐라고 대답할까? 우선 붙잡혀 간 코에디를 풀어 달라고 하고 그 다음엔······.

파르다 쿠기언.

그래, 파르다 쿠기언에게 아버지의 시체를 돌려주라고 말하자. 조프는 그 생각을 떠올린 자신에게 감탄했다. 파르다 쿠기언은 아버지의 유해를 돌려준 젊은 목수에게 감사할 것이다. 잠깐, 그러면 루마가 어떻게 생각할까? 조프는 혼란스러웠다. 조프는 루마가 그 사실에 화를 낼 것이라고 느꼈다. 하지만 왜 루마가 화를 내어야 하는지 조프는 알 수 없었다.

신경 거슬리는 소음이 들려왔다. 자루 밖으로 빠져나가지 못하는 조프의 거친 숨소리였다. 그 밖에 소리는 들리지 않았다. 병사들은 잡담 한마디 나누지 않았다. 그리고 주위에서 다른 소리도 들리지 않았다. 분명히 도시 한가운데를 걷고 있을 텐데 나와서 구경하는 이가 없는 모양이다. 죽은 도시를 걷고 있는 것 같았다. 자루의 올 사이로 이곳저곳에서 불빛이 보였다. 먼 곳에서 개 짖는 소리가 들려왔다. 조프는 그 소리가 어쩐지 빔의 소리 같다고 생각했다. 눈이 가려지고 두 팔이 붙잡힌 채 걷는 것은 신경 곤두서도록 불편했다. 생각해 보면 그렇게 어려운 자세는 아닌데도. 입속에 다시 피가 고였다. 조프는 자신도 모르게 침을 뱉었다. 하지만 침은 자루에 붙었고 그러자 자루가 그의 얼굴에 달라붙었다. 따뜻하고 끈적거리는 것이 입과 코 주변에 달라붙자 숨이 막히는 것 같았다. 양손이 붙잡혀 있기에 얼굴에 붙은 천을 뗄 수 없었다. 조프는 '푸, 푸' 하며 자루를 불었다. 천은 진득하게 얼굴에 붙어 떨어지지 않았다. 조프가 다시 천을 불었을 때 누군가가 뒤통수를 후려쳤다.

"시끄럽다."

조프는 울음을 터뜨릴 것만 같았다. 목에서 '욱, 욱' 하는 소리가 흘러나왔다. 조프는 자신의 소리에 겁을 집어먹었다. 그때 갑자기 양쪽에서 그의 팔을 잡아당겼다. 병사들이 걸음을 멈춘 것이다. 앞으로 휘청했다가 다시 뒤로 휘청한 조프는 두 발을 넓게 벌려 가까스로 쓰러지지 않았다. 누군가가 다가와 자루를 벗겼다. 조프는 눈을 껌뻑였다.

스산해 보이는 목조 건물 앞에 난폭해 보이는 병사들이 모여서 있었다. 인간과 나가 병사들이 뒤섞여 있었고 목조 건물의 문 앞에는 누군가가 의자를 놓고 앉아 있었다. 조프는 그 사람과 눈을 마주치지 않으려 애썼다. 그를 붙잡아 온 손버릇 나쁜 장교가 말했다.

"붙잡아 왔습니다, 수교위님."

"꿇려."

조프는 엉거주춤 무릎을 꿇으려 했다. 하지만 병사들은 그가 뭘 하려는 건지 관심도 없다는 태도로 그의 정강이를 걷어찼다. 조프는 비명을 삼키며 바닥에 무릎을 꿇었다. 그때 조프는 이곳이 자신의 공방임을 깨달았다. 조프는 바닥에 손을 짚은 채 머리를 떨어뜨렸다. 의자 쪽에서 목소리가 들려왔다.

"네게 서신을 준 것이 누구냐?"

명쾌하다. 조프는 엉겁결에 대답했다.

"무슨 말씀이신지……."

조프는 배가 터지는 통증을 느끼며 나가떨어졌다. 가까이 있던 장교 하나가 엎드린 그의 복부를 걷어찬 것임을 알게 된 것은 조금 후였다. 조프는 배를 움켜쥔 채 몸을 옆으로 말았다. 병사들이 그를 붙잡아 다시 무릎을 꿇렸다. 의자에 앉아 있던 수교위가 다시 말했다.

"눕히고 팔다리 붙잡아."

그대로 실행되었다. 조프는 껍질 벗겨진 게처럼 무력하게 누워 밤하늘을 보게 되었다. 의자에 앉아 있던 수교위가 일어나더니 천천히 조프의 다리 사이로 움직였다. 그는 메스껍다는 표정으로 사이커를 뽑아 들었다. 그리고 조프가 믿을 수 없다는 표정으로 바라보는 가운데 그 칼날을 조프의 국부에 세웠다.

조프는 그곳이 화끈해지는 것을 느꼈다. 그것은 착각이 아니었다. 수교위가 혀를 차며 말했다.

"망할 새끼, 빨리도 지리네. 이거 완전 조루 아냐?"

병사들의 키들거림이 웅웅거리며 들려왔다. 조프는 턱을 부들부들 떨면서 눈을 감았다. 수교위는 칼끝으로 그의 국부를 톡톡 건드리며 말했다.

"휘유, 지린내. 내 칼에 오줌칠할 수야 있나. 어이, 누가 가서 도끼 찾아와. 여기 공방이잖아."

"사자패주!"

"뭐?"

"사자패주요! 사자패주가 편지 줬어요! 사자패주가, 사자패주가 어가에 편지 숨기라고 했어요!"

"이거 무슨 레콘 자맥질하는 소리야. 사자패주라니?"

조프는 사자패주가 뭔지도 모르냐고 되묻고 싶었다. 위아랫니가 마구 부딪치지 않았다면 그렇게 물었을지도 모른다. 그때 누군가가 말했다.

"수교위님, 이 덜떨어진 놈이 속았나 봅니다. 편지 준 놈이 사자패주라고 공갈을 쳤나 봅니다."

"설마. 황제가 사라졌다는 거 모르는 사람이 없는데 사자패주라는 말에 속는 쪼다가 있겠어?"

조프는 자신이 그런 멍청이가 아니라고 말하려 했다. 그때 고맙게도 수교위가 질문했다.

"야, 병신 자식아. 너한테 편지 준 것이 사자패주냐?"

"그그그래요! 대대대호왕의 사자패주입니다!"

조프는 자신이 말을 할 수 있다는 것이 기뻤다. 이제 이들은 놀라서 자신을 일으켜세워 주리라. 그리고 사과할 것이다. 조프는 결코 이들을 용서하지 않을 작정이었다.

그런데 아무 반응이 없었다. 조프는 눈을 이리저리 굴리며 주위의 병사들을 보았다. 바닥에 누운 채 보는 그들의 얼굴은 까마득하게 높은 곳에 있었고 어둠 때문에 표정을 살피기도 어려웠다. 조프는 다리 사이에 서 있는 수교위를 보았다. 그나마 그쪽의 얼굴은 보기 좋은 각도였다. 그는 입을 쩍 벌리고 있었다. 옳거니, 너무 놀라서 움직이지도 못하고 있구나. 어서 세우라고 꾸짖어야겠다…….

수교위가 폭소를 터뜨렸다.

그는 어깨를 부들부들 떨며 웃었다. 다른 병사들 또한 정신없이 웃었다. 조프는 혼란에 빠졌다. 혹 이것이 시험인지도 모르겠다는 생각을 떠올렸다. 사자패주나 대호왕이 자신을 시험하기 위해서 이런 연극을 꾸몄을지도 몰랐다. 그리고 조프는 대호왕이 그를 시험할 이유가 없다는 생각은 하지 못했다. 그는 조프 엔킬더다. 어가에 서신을 숨길 정도로 용감하고 친구를 위해 목숨을 거는 의리 있는 사내다. 그러니 시험을 받을 수도 있다. 조프는 그것이 당연하다고 생각했다. 수교위가 가까스로 웃음을 멈추고 말했다.

"머릿속에 톱밥만 들어찬 얼간이 목수장이 놈아. 대호왕의 사자패주라고? 불손한 편지를 보낸 놈 잡아 오라고 우리를 보내신 분이 바로 대호왕 폐하이시다."

"예?"

"쯧쯧. 이거 오줌싸개일 뿐만 아니라 완전 바보구먼. 족칠 기분도 안 나네. 야, 새끼야, 네가 속은 거다. 알아먹도록 쉽게 설명해 주지. 너한테 편지 준 녀석은 사자패주가 아니거든? 그냥 바보 목수 하나를 속여 먹은 것이거든? 그리고 그 바보 목수는 바로 너거든? 너무 어렵니? 미안하다. 나는 바보가 아니라서 바보 말을 잘 못해."

병사들이 요란하게 웃었다. 조프는 숨이 턱 막히는 것을 느꼈다. 코와 목에서 씩씩거리는 소리가 났지만 가슴속으로 들어오는 공기는 없었다. 질식할 것 같았다. 콧속이 짜릿했다. 그러다가 조프는 울기 시작했다. 그는 목을 놓아 울고 싶었다. 하지만 수교위는 그렇게 내버려두지 않았다. 조프는 누군가의 발이 자신의 국부를 지그시 밟는 것을 느꼈다. 그는 황급히 울음을 삼켰다. 그 때문에 딸꾹질이 일어났다. 조프는 '꺽, 꺽' 하는 소리를 내며 수교위를 바라보았다. 수교위는 웃음기 없는 싸늘한 어조로 말했다.

"그놈 어디 있어?"

"파, 꺽! 파, 꺽!"

"지랄하네. 뭐?"

"파르다 쿠기언. 꺽! 파르다 쿠기언을 찾아가면 돼. 그 여자가 알고 있을 거야. 꺽! 몰라? 매일 골목에 숨어서 자기 아버지 시체, 꺽! 바라보는 여자 말이야. 그러니 나는 제발 내버려둬. 난 속았어. 불쌍하잖아? 꺽! 머리가 나빠서 속았단 말이야. 생각해 봐. 나는 친구를 구하려고 속은 거야. 꺽! 존경할 수 있잖아? 아냐, 존경은 필요 없어. 그냥 내 집에 돌아가서, 꺽! 내 잠자리에서 잘 수 있게 해 줘. 그러면 돼. 나를 좀 내버려두라고. 파르다 쿠기언에게나 가. 그 불길한 너울로 얼굴 감추고, 꺽! 썩어 문드러지는 시체나 바라보는 기분 나쁜 여자에게 가라고. 꺽! 그 여자 아버지를 추모하느라 그러는 거, 꺽! 아냐. 틀림없이 변태라서 그러는 거야. 가서 변태나 잡아. 꺽! 힘없고 착한 나는 내버려두라고. 머리가 터질 것 같아. 잠깐만, 꺽! 내가 똥을 쌌나? 설마 그럴 리가!

"파르다 쿠기언? 파르다 쿠기언이라고 했어?"

수교위가 질문했다. 조프는 자신이 그 이름을 말했는지 하지 않았는지 기억하지 못했지만 황급히 고개를 끄덕였다. 누워서 그러느라 조프는 뒤통수를 바닥에 쿵쿵 찧었다. 아팠다. 다시 눈물이 배어 나왔다. 이제 나는 집에 가도 되지?

"빨리 가서 잡아 와. 이놈은 일단 감옥에 처넣어."

병사들이 난폭한 동작으로 조프를 일으켰다. 병사들에게 의지하듯 선 조프는 자신의 가랑이를 바라보았다. 검게 젖어 있는 그곳에서 시큼한 냄새를 풍기는 액체가 뚝뚝 떨어지고 있었다.

갑자기 조프는 구역질을 느꼈다. 그가 토하는 시늉을 하자 병사들은 벌컥 화를 내며 조프를 내팽개쳤다. 그는 바닥을 짚고 왁 토했다. 속이 뒤집히는 듯한 구토였다. 병사들이 욕설을 중얼거렸다. 그러다가 누군가가 그의 머리를 짓밟았다. 조프는 토사물에 얼굴을 부딪혔다. 입속으로 흙과 토사물이 뒤섞여 들어왔.

병사들은 그를 내버려둔 채 끌고 가야 할 놈을 이렇게 더럽혀 놓으면 어떡하냐고 서로 다투기 시작했다. 조프는 그 무관심이

고마웠다. 주의를 끌지 않기 위해 조프는 토사물에 얼굴을 문지르며 꼼짝도 하지 않았다.

시오크 지울비는 목을 타고 흐르는 땀을 훔쳤다. 그가 앉아 있는 지붕 위는 바람이 불지 않았다. 일부러 주위의 건물로 막힌 장소를 택했기 때문이다. 그 때문에 시오크는 몸을 잘 숨기고 있었지만 더위에 시달리고 있기도 했다.

시오크는 손바닥에 미끈거리는 땀을 바짓자락에 닦으며 건너편의 건물을 바라보았다. 그곳은 파르다 쿠기언이 살고 있는 집이다. 대호왕의 답장이 병사일 경우 파르다의 집에 머무는 것은 위험했다. 그러나 좀 더 긍정적인 답장이 올 경우를 대비해서 떠날 수도 없었다. 그래서 시오크는 건물주에게 양해를 구하지 않고 이 지붕을 빌리기로 했다. 이곳에선 파르다의 집을 감시할 수 있고 또 쉽게 눈에 띄지 않는다. 미누쉬는 그 계획이 멍청하다고 말했다.

"지붕에 갇히면 날아갈 건가요?"

그것은 고려해 볼 만한 지적이었다. 하지만 그런 지적을 한 미누쉬조차 지금은 시오크의 곁에서 파르다를 쓰다듬어 주고 있었다. 그녀는 파르다를 진정시키고 싶은 듯했지만 그것이 필요한 행동인지는 의심스러웠다. 파르다는 지붕에 올라온 이후로 몸을 웅크린 채 꼼짝도 하지 않았고, 미누쉬가 달래지 않아도 계속 그렇게 무정물처럼 앉아 있을 것처럼 보였다.

파르다의 집에서 무엇인가가 부서지는 소리가 들려왔다. 시오크와 미누쉬는 움찔하며 파르다의 동정을 살폈다. 하지만 파르다는 공허한 얼굴로 밤하늘 어딘가를 바라보고 있었다. 집에 불이 나도 그 무관심은 변치 않을 것 같았다. 미누쉬는 그런 파르다를 꼭 껴안으며 말했다.

"시오크, 계획은?"

"생각 좀 정리하게 해 줘."

미누쉬는 입을 앙다물었다. 시오크는 한 손으로 꺼칠꺼칠한 턱을 만지작거리며 생각에 잠겼다.

이 반응은 기묘하다. 시오크는 자신이 보낸 편지에 그 발신인을 수중에 넣을 경우 얻게 될 이득을 암시하는 부분이 있다고 생각할 수 없었다. 시오크가 보낸 편지에는 페로그리미나 페로그라쥬, 기타 남부의 입장을 대변하는 언급은 없었다. 누가 봐도 북부에서 온 사람이 쓴 편지라는 것을 알 수 있을 것이며, 그 편지를 역추적해서 페로그리미의 저항 세력을 소탕할 수 있다는 식의 망상을 품을 사람은 없을 것이다. 시오크는 혹 그런 일이 일어날까 봐 일부러 북부에서 온 사람이라는 것이 드러나도록 편지를 썼다. 시오크는 일어날 수 있는 최악의 상황은 몇 명의 병사들이 방문하는 것 정도일 거라 생각했다. 그리고 그것을 확인하면 시오크는 편지가 대호왕에게 도달하지 못했거나 대호왕의 마음에 도달하지 못했다고 판단하고 주저 없이 북쪽으로 도망칠 작정이었다.

그런데 파르다의 집을 찾아온 것은 몇 명의 병사가 아니었다. 고작 불온한 편지를 보낸 자를 찾기 위해서 동원된 것치곤 지나치게 많은 병사들이 움직이고 있었다. 정치적 이득보다는 정치적 올바름에 대해 주로 이야기했던 그 편지의 어느 부분이 대호왕 또는 그 편지를 발견한 다른 사람으로 하여금 발신인을 반드시 붙잡겠다는 생각을 하게 만들었을까? 시오크는 그것이 궁금했고, 그래서 아직 도주를 보류하고 있었다.

아래쪽에서 고함 같은 것이 들려왔다.

"아무도 없는 것 같습니다."

"할 수 없군. 흩어져서 주위를 탐문해 봐."

병사들이 나와서 흩어졌다. 그들 중에는 시오크와 미누쉬, 파르다가 숨어 있는 집의 문을 두드리는 자들도 있었다. 미누쉬는 걱정스러웠다. 집주인은 귀가 반쯤 먼 노인이므로 지붕에서 이상한 소리가 나는 것을 들었다고 말하지는 않을 것이다. 하지만 미누쉬는 병사들이 귀 어두운 주인이 살고 있는 집의 지붕 위를 의심할까 걱정했다. 그녀는 확실히 조심성 많은 성격이다.

그런 일은 일어나지 않았다. 집으로 들어왔던 병사들은 귀 어두운 노인에게 고함을 몇 번 지른 다음 투덜거리며 나갔다. 미누쉬는 이곳저곳에서 문 두드리는 소리가 나는 것을 듣다가 시오크를 돌아보았다. 시오크가 말했다.

"파르다, 당신은 어떻게 할 작정이지?"

파르다는 시오크의 질문에 대답하지 않았다. 미누쉬는 약간 초조한 기분을 느끼며 말했다.

"시오크, 저는 저 때문에 누가 손해 보게 하지 않아요. 경험상 항상 그게 이득이었기 때문이에요. 저 때문에 이렇게 됐으니 파르다는 제가 책임지겠어요. 파르다, 나와 함께 갈 거지?"

파르다는 아무 말 없이 고개를 떨어뜨렸다. 미누쉬는 그것이 동의라고 생각했다. 시오크는 고개를 끄덕였다.

"좋아. 도시 북쪽 끝으로 가면 조일인가 조엘인가 하는 이름의 친구가 하는 여숙이 있지."

"조일이에요. 그런데?"

"그 친구가 좋은 말 한 마리를 맡아 두고 있어. 내가 타고 온 말이야."

"조일이 왜 당신 말을 맡아 준 거죠?"

"내가 여숙비가 없다고 말하고는 이 도시에 있는 친구들에게서 빌려올 테니 며칠 맡아 달라고 했기 때문이야. 여기 돈주머니가 있으니 받아. 그 안엔 그 친구가 써 준 보관증도 있으니 말을 내줄 거야. 나와의 관계는 알아서 대고, 그걸 받은 다음 타고 도망쳐. 엔거 지부로 가면 될 거야."

"잠깐. 당신은 안 간다는 건가요?"

"난 좀 더 알아볼 것이 있어."

"위험한 짓 하지 마요, 시오크. 함께 도망쳐요."

"조심할 테고, 그리고 붙잡힌다 해서 큰 문제는 없을 것 같아. 그 편지는 대호왕의 전설을 경애하는 북부의 한 청년이 우연히 남부에 들렀다가 그 위대한 전설이 몰락하는 것을 보고 참을 수 없어서 쓴 편지일 뿐이야. 그렇게 해석되도록 썼지. 그러니 그 편지를 가지고 나를 어떻게 하지는 못해."

"당신은 유료도로당주의 아들이에요. 시모그라쥬 공이 당신을 손에 넣으면 유료도로도 손에 넣을 수 있다는 착각을 할지도 모른다는 생각은 못하나요?"

"그가 그렇게 멍청하지는 않을 거야. 그리고 내 자격 문제인데, 나는 당주의 아들이 아니라 당주야."

"뭐라고요?"

"당주라고. 내가 이곳으로 오기 직전 아버지는 불신임되었고 당 특위가 아버지를 조사하고 있었지. 어쩌면 지금쯤 아버지는 비나간에서 한잔하시며 내 욕을 하고 계실 거야. 어쩌면 나를 옭아맬 함정을 꾸미며 즐거운 시간을 보내고 계실지도 모르지. 당주가 되면 재미있을 거라 생각했는데, 지금 기분으로는 아버지 처지가 부럽군."

미누쉬는 비나간의 지키멜 퍼스와 시오크 지울비의 관계를 알고 있었다. 따라서 시오크가 무슨 말을 하는지 대강 짐작할 수 있었다. 시오크는 게라임 지울비를 당주 자리에서 쫓아낸 다음 자기 연인에게 맡긴 것이다.

"멋지군요, 당주님."

"고마워. 자, 그럼 난 이만 내려가 볼게."

"예?"

"내려간다고. 그래야 수색이 중단되고 당신들이 편히 떠날 것 아닌가."

"그럼 일부러 체포되러 가신다는 건가요?"

"맞아."

"당주님, 도저히 찬성할 수 없는 계획이네요. 도대체 뭘 알아보셔야 하는 거죠?"

시오크는 대답 대신 빙그레 웃었다. 그리고 앞으로 몸을 내밀어 바닥까지의 거리를 가늠했다. 그가 다시 고개를 들었을 때 미누쉬는 못마땅한 얼굴로 고개를 가로젓고 있었다. 시오크는 싱긋 웃은 다음 지붕 끄트머리에 매달렸다. 그리고 손을 놓았다.

다행히 다리가 부러지지는 않았다. 시오크는 일어나 몸을 툭툭 털고 대로를 걷기 시작했다. 이곳저곳에서 병사들이 문을 쾅쾅 두드리는 모습, 문가에 서서 주인과 이야기를 나누는 모습이 보였다. 시오크는 가장 가까이 있는 병사를 찾다가 부위 한 명이

서 있는 것을 발견했다. 그는 그 부위를 향해 걸어가며 말했다.

"이보시오."

부위는 무슨 용건이냐는 표정으로 시오크를 바라보았다. 바쁘니 방해하지 말라는 표정도 조금 섞여 있었다. 시오크는 그를 비난할 수 없다고 생각했다. 아무리 전쟁의 주인인 부위라도 자신을 향해 똑바로 걸어오는 사람이 추적 대상일지도 모른다는 생각은 하기 어려울 테니까. 시오크는 상냥하게 말했다.

"수고하십니다."

"무슨 일입니까?"

"예, 체포되고 싶어서요."

"뭐라고요?"

"저를 찾고 있지 않았습니까? 편지를 쓴 것은 저였습니다. 그리고 대호왕 폐하의 어가에 그 편지를 숨기도록 했지요. 이렇게 마중나와 주셔서 감사합니다."

부위는 얼빠진 표정으로 시오크를 바라보았다. 시오크는 다가가 그의 어깨를 툭 치고 싶다고 생각했지만 꾹 참기로 했다. 부위가 멍청이처럼 굴었다는 자괴감에 빠지도록 하고 싶지 않았기 때문이다. 그래서 시오크는 그저 주위를 둘러보며 말했다.

"사람들 편히 쉴 수 있도록 병사들을 불러요."

부위는 시오크의 위아래를 훑어보았다. 관계 없는 미친 놈이라고 생각하고 싶었지만 그러기엔 시오크가 말한 내용이 정확했다. 부위는 '허' 하는 소리를 낼 수밖에 없었다.

"배짱 대단하시오?"

"과찬의 말씀입니다."

"무기 같은 거 있소?"

"소매 속에 비수 하나 있고 장화 속에도 하나 있지요. 내가 꺼낼까요, 그쪽이 꺼내겠습니까?"

부위는 조금 고민하다가 자신의 칼을 뽑아 들었다. 그리고 병사들을 불러들였다. 민가의 문을 두드리던 병사들이 달려오자 부위가 말했다.

"흐음. 그쪽이 꺼내쇼. 허튼짓하면 내가 공격해야 하니까."

"그러시죠."

시오크는 느린 동작으로 두 개의 칼을 꺼내어 바닥에 떨어뜨렸다. 부위는 가까이 온 병사에게 그것을 집어 들게 했다. 그리고 부위는 다시 고민에 빠졌다. 몸수색을 하는 것이 안전하겠지만 그랬다간 스스로 몸을 드러내고 무장을 해제한 대범한 사내에게 비웃음을 살 것 같았다. 시오크는 그의 고민을 안다는 듯이 말했다.

"뭣하시면 수색해 보시죠. 괜찮습니다."

부위는 그 말에 고민을 그만두기로 했다.

"관둡시다. 가지요."

"그럽시다."

부위는 앞장서서 걸었다. 그리고 시오크는 병사들에게 둘러싸인 채 그 뒤를 따라갔다. 시오크는 지붕 위에 숨어 있는 두 여인을 돌아보고 싶었지만 쓸데없는 의심을 살 것 같았다. 그래서 기지개를 켜듯 두 손을 들어 올렸다. 상황을 보고 있던 병사들은 그 대담한 동작에 깊은 인상을 받았지만 지붕 위의 미누쉬는 그것을 작별 인사로 해석했다. 시오크가 볼 수 없는데도 미누쉬가 그를 향해 손을 흔든 것은 그 때문이다.

게라임 지울비는 못마땅한 표정으로 책을 덮었다. 그리고 문 쪽을 향해 활기차게 말했다.

"난 죄수다. 죄수한테 들어가도 되냐고 묻는 법도 있나?"

들어가도 되냐고 물었던 병사는 대답이 없었다. 게라임은 히죽 웃으며 문을 바라보았다. 곧 문이 열리며 한 여자가 안으로 들어섰다. 비나간 후 지키멜 퍼스였다. 그리고 그녀의 뒤편에는 두 명의 병사들이 따라 들어왔다. 그들은 손에 든 다기들을 탁자에 늘어놓았다. 지키멜이 그 병사들을 가리키며 말했다.

"이들은 모두 귀머거리고 높은 수준의 무예가다. 이럴 필요가 있나 싶지만 시오크는 이러라더군."

게라임은 자랑스러운 표정을 지었다.

"그 녀석은 저를 잘 알지요, 후작님. 병사들이 없었다면 저는 후작님을 인질로 붙잡고 탈출극을 벌였을 겁니다."

지키멜은 그것이 자랑스럽게 말해야 하는 것인지, 그리고 자랑스럽다면 뭐가 자랑스러운지 궁금했다. 아들의 혜안을 자랑스러워하는 걸까.

"기묘하군. 그런 낭만적이지만 쓸데없는 짓을 왜? 그때야말로 당신은 확실히 비나간 후 모독죄를 저지르게 되는 거다. 바보짓 같지 않나?"

"아, 탈출에 성공하면 저는 당으로 돌아간 다음 당을 망칠 아들을 견제할 온갖 수단을 강구해 놓고 다시 이곳으로 돌아와 죄를 받을 겁니다. 당에 폐를 끼칠 수는 없으니까요."

지키멜은 말이 된다고 생각했다. 병사들은 다기를 다 차려 놓고 물러났다. 그녀는 의자에 앉았다.

"앉아라. 그게 당신의 사고방식이고, 시오크는 그런 당신의 사고방식을 안다는 것이군. 아들을 왜 그렇게 믿지 못하지?"

게라임은 귀머거리 무사들을 긴장시키지 않을 느린 동작으로 지키멜의 맞은편에 앉았다. 그리고 찻잔에 조심스레 차를 따라 그녀에게 내밀었다. 무사들은 매서운 눈으로 게라임의 손동작을 살폈다. 게라임은 자신의 잔을 채우며 말했다.

"저는 아들이 절대로 마음을 바꿔 먹지 않을 거라고 믿습니다. 그걸 믿기 때문에 아들에게 반대하는 거죠. 아마 제 아들도……."

"아버지가 절대로 설득될 리 없다는 것을 믿기 때문에 아버지를 몰락시켰다는 것이겠지."

"그렇습니다. 아버지를 그렇게 믿어 주는 아들을 얻기는 어렵지요."

"당신들은 모두 정상에서 조금 어긋나 있는 듯하군."

"증조부를 독살한 증손녀는 정상입니까?"

지키멜은 조금도 당황하지 않았다. 그녀는 누군가에게서 그 질문을 듣게 될 날이 올 줄 알고 있었다.

"그분이 그것을 원했다."

게라임은 따스한 찻잔을 들어 두 손으로 감싸 쥔 채 말했다.

"진실을 말하고 계시군요. 알 것 같습니다. 하긴 늘그막에 험한 꼴 당하느니 패배를 인정하고 편한 죽음을 구하는 것도 이해할 만합니다."

"당신이라면 그럴 리 없다는 투 같군."

"예. 저는 독약을 요청하지는 않을 겁니다. 제가 더 용감해서 그런 것은 아닙니다. 각하의 증조부님께서는 비나간을 그리 걱정하지 않으셨겠지만 저는 아들의 손에 파괴될 유료도로당이 걱정됩니다. 그러니 경고해 두겠습니다. 이곳은 마음에 듭니다. 베풀어 주신 여러 친절은 즐겁게 이용하고 있습니다. 하지만 저는 어떻게든 탈출할 겁니다. 너무 상심하지 않았으면 좋겠습니다. 그런데 시오크에게는 뭘 받기로 하셨습니까?"

지키멜은 빙그레 웃었다.

"짐작해 보지 그러나?"

"유료도로당을 비나간의 울타리로 삼을 작정이십니까?"

지키멜은 찻잔을 들어 입속을 적셨다. 게라임은 그 모습을 바라보는 척하며 귀머거리 무사들의 위치를 가늠했다. 고무적이지 않았다. 무사들은 완벽한 각도에서 그들을 감시하고 있었다. 지키멜이 말했다.

"그대들은 징수가 편리한 곳에 징수소를 가지고 있지. 바꿔 말하자면 사람이 반드시 지나칠 수밖에 없는 곳에 관문과 무장 병력을 가지고 있다는 거지."

"우리는 통행료를 내지 않는 자에게만 무기를 준비합니다."

"시오크의 생각은 달라. 그는 통과시켜선 안 될 자에게 무기를 준비해야 한다고 믿지."

게라임은 한숨을 내쉬었다.

"그게 녀석의 문제지요."

"설명해 주겠나? 왜 시오크의 생각이 잘못됐지?"

"공감대 형성을 시도하실 필요는 없습니다, 각하. 저는 각하 주변의 어린애가 아닙니다. 원하는 것이 뭡니까?"

지키멜은 약간 머쓱함을 느꼈다.

"그래, 내 주변에는 젊은이들이 많지. 비나간의 지배층 대부분은 증조부만큼이나 늙은 자들이고 그들에게서 뭔가를 얻어 내는 것보다 그 무거운 엉덩이를 움직이게 하는 데 소모되는 것이 더 많을 지경이야. 반면 나를 따르는 사람들은 활기가 넘치지만 어쩔 수 없는 미숙함 때문에 여러 곳에서 한계에 부딪히더군."
"저를 어디에 쓰실 작정입니까? 한번 들어 보지요. 유료도로당의 당주였던 자에게 시킬 일이 뭔지."
"다시 유료도로당주가 되어 비나간의 울타리가 되어 줘."
게라임도 그 말에는 당황할 수밖에 없었다.
"제 아들을 배신할 생각입니까? 도덕적 비난은 잠시 제외하더라도, 그래야 할 이유가 뭡니까?"
"아직 조건을 듣지 않았어. 당신 아들이 돌아오지 않을 경우에."
게라임은 움찔했다. 그의 주먹이 탁자에 올라왔다. 귀머거리 무사들이 삼엄한 표정으로 다가왔다. 게라임은 그들에게 두 손을 내밀어 보이고는 의자 등받이에 몸을 기댔다.
"시오크가 어디로 갔습니까?"
"남쪽으로. 당신은 아직 그 소식을 듣지 못했지. 대호왕께서 다시 나타나셨다."
"대호…… 왕 폐하께서?"
"그래. 시모그라쥬 공과 함께 나타나 다시 북부의 왕이 될 것을 선언했다. 우리가 가진 정보력으로는 아직 진짜인지 아닌지 알 수 없지만 그 파괴력은 상당해. 남부의 제국군은 완전히 규합되었고 움직인 지 얼마 되지도 않았는데 악타그라쥬와 페로그라쥬, 그리고 그 인근의 중소 도시 전부가 시모그라쥬 공의 지배 하에 들어갔어. 시오크는 그 대호왕이 진짜인지, 그리고 진짜라면 무엇을 원하는지 확인해야겠다면서 떠났어."
"페로그라쥬까지 진격했습니까? 시련은 가만히 있습니까?"

"도시 연합은 아무런 반응도 보이지 않고 있어. 거래가 있었던 모양이야."

"푼텐 사막을 넘고 싶지 않다면 엔거로 오겠군요. 그 다음은 키탈저이고, 림츠나 하이스, 살본까지 진격하는 것에 큰 저항은 없을 테니……"

"그 다음은 칼리도로 서진하느냐, 아니면 비나간으로 북진하느냐겠지."

"안됐지만, 각하, 비나간일 겁니다."

"왜지?"

"칼리도를 건드리는 것은 쉽지 않은 결정이니까요. 칼리도 백의 모친은 백작 아드님이 돌아올 때까지 칼리도를 지킬 작정일 테고, 그것을 거부하는 자는 엄청나게 귀찮게 만들어 줄 능력이 있습니다. 칼리도 백의 레콘 친우들 중에는 칼리도 백의 모친 또한 좋아하는 자들이 많습니다. 칼리도 백의 모친이 소환하면 적지 않은 수의 레콘들이 모여들 겁니다. 아시겠지만 레콘은 혼자서도 부대입니다. 거기까지 나가 병사들을 끌고 갈 수도 없고 발케네 공처럼 레콘 부대를 가지고 있지도 않은 바에야 시모그라쥬 공의 입장에서 칼리도를 치는 것은 늪에 발을 집어넣는 꼴이 될 겁니다. 패배하지는 않겠지만 점령하기도 힘들 테고, 출혈은 엄청날 겁니다. 비나간을 노리는 것이 훨씬 안전합니다. 그리고 전략적으로 봐도 비나간을 얻는 것이 북부 점령의 교두보라는 취지에서 유리합니다."

"참 고마운 전망이군."

"유감입니다. 하지만 그 정도는 각하께서도 예측했을 텐데요."

"그러니 당신을 찾아왔지. 내 제안을 어떻게 생각하나?"

"제안의 정확한 내용은, 시오크가 돌아오지 않을 경우 당주로 복귀하여 비나간으로 오는 시모그라쥬 공의 부대를 당의 징수소에서 저지해 달라는 겁니까? 그들이 통행료를 내든 내지 않든?"

"그래."

게라임은 두 손을 깍지 껴 탁자 위에 얹었다. 전 유료도로당주는 고개를 가로저었다.

"그것은 아들에 대한 배신이 될 겁니다."

"아들의 뜻을 따르는 일이라고 생각하는데?"

"그렇기 때문에 배신입니다. 시오크는 제가 자기 뜻을 절대로 따르지 않을 거라 믿으니까요. 아버지가 되어서 아들의 믿음을 어찌 배신하겠습니까."

"말장난을 하는 것 같군, 게라임."

게라임은 웃으며 매서운 표정으로 서 있는 두 병사를 가리켰다.

"이들이 귀머거리라고요?"

"그렇다."

"그러면 증언할 수 없겠군요."

"뭐?"

"이런 상황 말입니다."

그리고 게라임은 부드러운 얼굴로 욕설을 쏟기 시작했다.

게라임은 환한 얼굴로 조야하고 잔인한 욕설들을, 후작에게 할 수 없을 뿐만 아니라 여염집의 여인에게도 할 수 없는 끔찍한 욕설들을 쏟아 내었다. 그 표정만 보면 게라임이 지키멜을 칭송하고 있다고 해도 믿을 법했기에 무사들은 움직이지 않았다. 지키멜은 무표정한 얼굴로 욕설을 경청했다. 그녀는 별로 화를 내지 않았다. 게라임은 그녀를 욕하기보다는 장난을 치고 있는 듯했다. 지키멜은 전 유료도로당주가 누군가의 등 뒤에서 혀를 내미는 것처럼 듣지 못하는 자들 옆에서 폭언을 쏟는 재미를 즐기는 것이라고 생각했다. 욕설을 끝낸 게라임은 사랑스러운 딸을 보듯 그윽한 눈으로 지키멜을 바라보며 말했다.

"그러니 돌아가라. 아, 그리고 다음에는 더 괜찮은 것을 준비해 오도록. 아르히까지 비리지는 않겠지만 차는 사양하겠다."

지키멜은 고개를 끄덕이고 일어났다. 게라임은 싱글벙글 웃으며 그녀를 배웅하러 일어났다. 지키멜은 그의 배웅을 받고 싶지 않다는 듯이 몸을 돌렸다. 그러나 곧장 떠나는 대신 무사 한 명에게 다가가 손을 내밀었다. 무사는 지키멜에게 손바닥을 내밀었고 그러자 지키멜은 그 손바닥 위에 손가락을 얹어 글씨를 쓰듯 움직였다. 잠시 후 무사는 무시무시한 표정을 짓더니 게라임에게 다가왔다. 그리고 멀뚱히 바라보는 게라임의 복부를 걷어찼다.

게라임은 점잖지 못한 소리를 내며 쓰러졌다. 그는 배를 끌어안은 채 고개를 들어 지키멜을 바라보았다. 그녀는 상냥하게 웃었다.

"이들은 귀머거리니 당신의 증언도 듣지 못하겠군."

"뭐라고 썼지?"

"응. 당신이 이들을 귀머거리라고 놀렸다고 썼어."

게라임은 고통 속에서도 히죽 웃었다. 지키멜은 잘 있으라고 말하고 무사들과 함께 떠났다.

캄캄한 어둠 속에 쭈그리고 앉아 조프 엔킬더는 울었다. 턱을 타고 흐르던 눈물이 가슴의 맨살에 떨어져 섬뜩한 느낌을 주었다. 조프는 오래전에 윗옷을 벗고 있었다.
 그럴 수밖에 없었다. 감옥 안은 무더웠다. 낮 동안 달아올랐던 돌건물이 후끈후끈한 열기를 토했다. 어둠과 더위 때문에 숨이 콱콱 막혔다. 언제까지 갇혀 있어야 하는지, 다음 심문은 언제인지, 왜 이곳에 있어야 하는지 조프는 알 수 없었다. 조프는 할 일이 많았다. 편수에 이어 두 도제까지 사라진 공방도 문젯거리였고 소식을 기다리고 있는 코에디의 집주인에게 이야기도 전해야 하고 잡화점의 루마에게 자기 소식도 알려야 했다. 하지만 그의 세계는 몇 평방미터로 축소되었고 그것을 넘는 것은 별에 도달하는 일보다 어려운 것이 되어 있었다. 그래서 조프는 울었다.
 맞은 곳이 아팠다. 그는 뺨을 세 대나 맞았고 발길질에 걷어차이기까지 했다. 철든 후로 당해 본 적이 없는 끔찍한 폭력이다. 사람이 사람에게 그렇게 맞을 수 있다는 것을 조프는 이해하고 싶지 않았다. 그보다는 제국군 입대 조건에 정신병질 소지자일 것이라는 항목이 있다는 가설이 훨씬 타당했다. 틀림없다. 제국군은 미친놈들만 모아들이는 곳이다. 만에 하나 정상인이 입대하면 최대한 빠른 기간 내에 미치게 만들 것이다. 그래서 조프는 울었다.
 목이 말랐다. 목이 마르다는 것을 처음으로 느꼈다. 물은 언제나 손 닿는 곳에 있었다. 공방에도, 집에도. 물독이나 물주전자에 물을 채워 두는 일이 귀찮아서, 혹은 손 놓기 어려운 작업을 계속 진행시키기 위해서 조프는 가끔 목마름을 참기도 했다. 그럴 때면 자신이 극기력이 강하다고 생각했다. 그러나 필요하면 언제든 물을 구할 수 있는 상태에서의 목마름과 자기 손으로 물을 구할 수 없는 상태에서의 목마름은 전혀 달랐다. 구토 때문에 입속은 시큼했고 대패질 덜 된 소나무처럼 까슬까슬했다. 혀에서는 식은 인두 같은 맛이 났다. 인두에 혀를 대 본 적은 없지만 조프의 인상은 그러했다. 그는 여기서 나가면 인두에 혀를 대어 봐야겠다고 생각했다.

'여기서 나가면?'

조프는 다른 종류의 목마름을 느꼈다. 그는 울음을 멈추고 고개를 들었다. 하지만 보이는 것은 아무것도 없었다. 빛이 들어오는 곳이 없는 지하였고 불을 피우지 않았기 때문이다. 뜨뜻한 공기만이 가득할 뿐이었다. 조프는 목이 타는 느낌을 받았다. 시원하든 미지근하든 물을 마셔야 했다. 하지만 밤중에 간수를 부르면 그가 귀찮아하고 화를 내지 않을지 걱정스러웠다. 그는 얌전한 죄수로 취급받고 싶었다. 품위 있으며 신뢰할 수 있는, 그래서 인간적인 대화의 상대로 받아들여질 수 있는 사람이고 싶었다. 그는 그럴 만한 자격을 가지고 있었다. 간수는 그를 존중해야 한다.

조프는 고개를 떨어뜨렸다. 그는 간수를 부르지 않기로 했다. 잠을 자면 된다. 아침이면 어차피 간수가 음식과 물을 가져올 것이다. 그때 태연히 일어나 품위 있게 그것을 받아 들면 된다. 아무 말도 없이 한심하다는 투로 바라봄으로써 간수로 하여금 그를 이곳에 가둬 두는 것은 엄청난 착오일지도 모른다는 의심을 품게 해야 한다. 그래서 자신의 의혹을 감당할 수 없게 된 간수가 상관들에게 저 사나이를 가둬야 하는지 묻도록 만들어야 한다. 조프는 그렇게 하기로 했다. 그는 위엄 있게 누워 자기로 했다. 주위를 더듬어 벗어 둔 윗옷을 찾아 뭉쳤다. 그리고 조프는 돌방에 누웠다. 다시 몸이 아팠다. 조프는 얼굴을 찡그렸다. 그는 조심스럽게 팔을 놀려 뭉쳐 둔 옷을 베개처럼 머리에 받쳤다. 그리고 눈을 감았다.

5분 후 조프는 벌떡 일어났다.

그는 미치도록 물을 마시고 싶었다. 목마름 때문이 아니었다. 누군가가 와서 그에게 물을 준다는 행위 자체가 필요했다. 아무 것도 보이지 않는 캄캄한 어둠이 그를 향해 무너져 내릴 것 같았다. 조프는 이곳이 어디인지 확인해야 했다. 밖으로 나가고 싶다는 것이 아니다. 조프는 생각했다. 병사들이 실수를 저질렀는지도 모른다. 조프는 이곳까지 오던 도중의 일을 생각해 봤지만 공포와 고통으로 얼룩진 기억들 대부분은 명료하지 않았다. 만약 병사들이 감옥이 아닌 엉뚱한 곳을 감옥으로 착각하고 조프를 가둬 두었다면, 열흘이나 한 달이 지나도 아무도 찾아오지 않을 곳에 조프를 가둬 두었다면 그는 굶어죽고 말 것이다. 간수를 불러야 했다. 목마름이 문제가 아니다. 불렀을 때 누군가가 온다는 것을 확인해야 했다.

조프는 문이 어디에 있는지 알지 못했다. 그는 통증을 참으며 일어났다. 두 손을 앞으로 내밀어 벽을 찾았다. 조금 후 손이 무엇인가에 닿았다. 조프는 그것이 돌벽임을 깨달았다. 조프는 벽에 손을 짚은 채 천천히 움직였다.

조금 후 벽이 꺾였다. 조프는 벽을 따라 몸을 돌렸다. 벽은 계속되다가 다시 꺾였다. 조프도 돌았다. 진행 방향을 네 번 꺾은 다음 그는 자신이 숫자를 잘못 셌을지도 모른다고 생각했다. 그래서 벽이 두 번 더 꺾일 때까지 움직였다. 그러자 조프는 자신이 감옥 안을 완전히 한 바퀴 돌았음을 의심할 수 없게 되었다. 하지만 문은 만져지지 않았다.

조프는 섬뜩했다. '문도 없는 곳에 갇혀 있어? 어떻게?' 조프는 이 모든 것이 악몽이 아닐까 의심했다. 그는 두려움 속에 주저앉았다. 혹 병사들이 그를 가두고 문을 막아 버린 것일지도 몰랐다. 그리고 병사들이 왜 그런 노역을 해야 하는지는 고민하지 않았다. 문이 없었다. 그가 들어온……

조프는 숨을 멈췄다. 그리고 조금 후 자신의 멍청함에 웃음을 터뜨렸다. 그는 서서 감옥을 한 바퀴 돌았다. 하지만 문은 더 낮은 위치에 있을 것이다. 이제야 떠올랐지만, 그 문은 그가 허리를 숙여야만 통과할 수 있는 낮은 높이였다. 조프는 허리를 숙인 채 좀 더 낮은 위치의 벽을 더듬었다.

조금 후 돌과 확실히 다른 느낌을 주는 곳이 만져졌다. 목수인 그에게 너무나도 반가운 나무 재질이었다. 조프는 황급히 그 앞에 무릎을 꿇었다. 그는 문의 목재와 철제 보강재를 더듬었다. 높이 1.2미터, 폭 0.7미터쯤 되는 크기였고 꽤나 두꺼운 듯했다. 그리고 문 아래쪽에 음식을 넣어 주는 배식구 같은 것이 있었다. 그 모든 발견은 그를 고무시켰다. 문의 생김새를 알게 되자 이 감옥에 대해 알 것을 다 알았다는 느낌이 들었다. 그 지식은 또한 그가 모든 것을 통제한다는 느낌도 주었다.

조프는 쿵쿵거리는 심장을 진정시키기 위해 심호흡을 했다. 무릎이 아팠다. 조프는 바닥에 주저앉았다. 그리고 헛기침을 했다. 겁먹은 소리를 내고 싶지는 않았다. 그는 문을 두드리며 말했다.

"이봐요! 여기요!"

그는 문 두드리는 것을 멈추고 문에 귀를 댔다. 그리고 대답 또는 다가오는 발소리를 기다렸다. 하지만 들리는 것은 자신의 거친 숨소리뿐이었다. 조프는 문에 귀를 댄 채 손바닥으로 문을 탕탕 두드렸다.

"이봐요!"

반응이 있었다. 대단히 멀게 느껴지는 소리가 들려왔다.

"어? 이거 아는 목소리 같은데. 혹시 조프야?"

두꺼운 문과 돌벽을 사이에 두고 들려온 목소리는 낯설었다. 조프가 되물었다.

"누구십니까? 저를 아세요?"

"조프 엔킬더 아냐? 나 코에디 미도인데."

"코에디! 나야, 조프!"

조프는 문에 코를 비비듯이 얼굴을 바짝 가져갔다. 저 먼 곳에서 코에디가 말했다.

"너 어디 있는 거야? 이 시간에 여기 왜…… 혹시 잡혀 왔어?"

"맞아! 나 잡혀 왔어! 사자패주 때문에, 그러니까 너를 구하려고……."

조프는 자신이 왜 이곳에 있는지 알게 되었다. 그는 코에디를 구하려다가 이곳에 억울하게 붙잡혀 온 것이다. 갑자기 분노가 왈칵 치솟았다.

"정말이야? 조프 네가?"

"제기랄, 그래! 너 구하려다가 잡혀 온 거야!"

자신의 노한 목소리를 듣자 조프는 그 말을 확신하게 되었다. 그 말이 사실이었다. 코에디가 놀란 목소리로 말했다.

"내가 널 잘못 봤군. 세상에. 네가 그럴 줄은 몰랐어. 허, 이거 눈물 나네."

"뭐야, 그 소리는?"

"솔직히 엄청나게 의외라서."

조프는 무도한 친구에 대해 분노가 들끓었다. 조프는 누구 때문에 내가 이렇게 되었냐고 따져 묻고 싶었다. 하지만 자신이 그를 구하려 했다는 것을 더 강조하는 것은 잘난 체하는 것처럼 받아들여질까 걱정되었다. 그것이 사실인데 괜히 강조해서 의심을 받을 필요는 없다. 코에디가 말했다.

"어쨌든, 조프, 그렇게 고함치지 마. 여기는 온통 돌벽이라서 아주 잘 울려. 그리고 간수 중에 피제트라는 친구가 있는데 그 녀석 잠귀가 밝고 성격이 더러워. 조용히하고 있어야 해."

"하지만 난 목이 말라."

"그러면 물통에서 물 마시면 되잖아."

"물통? 그런 것 없어."

"무슨 소리야. 그 안에 있을 텐데."

조프는 뒤를 돌아보았다. 보이는 것은 캄캄한 암흑뿐이었다.

"여긴 그런 것 없어! 뭐가 잘못된 거야. 내가 조금 전에 들어와서 아직 그 물통이라는 것을 안 갖다 놨나 봐."

"그런가. 그러면 어쩔 수 없군. 아침에 음식 가져올 때 물통도 가져올 거야. 그때까지 좀 참아."

"목이 말라서 잘 수가 없어. 제기랄, 사람을 넣었으면 물통도 넣어 줘야 할 거 아냐? 말라죽으라는 거야, 뭐야? 이봐, 간수!"

"조프, 그러지 마."

조프는 화가 치밀어 올랐다. 친구를 구하려다가 이렇게 됐는데 그 친구라는 놈은 참고 기다리라는 소리만 하고 있다. 도와주려는 기색은 하나도 없이. 조프는 그에 대한 분노를 담아 외쳤다.

"됐어. 이름이 뭐라고? 아, 피제트. 간수 피제트! 피제트! 이리 좀 와요!"

코에디가 다시 뭐라고 했지만 조프는 그 말을 듣지 않았다. 그는 카랑카랑한 목소리로 피제트를 불렀다. 그러다가 입을 다물었다. 쿵쿵거리는 소리가 들려왔다. 계단을 내려오는 소리 같았다. 그 소리는 꽤 다급했다. 갑자기 조프는 겁을 집어먹었다. 먼 곳에서 거친 목소리가 들렸다.

"소리 지른 놈 누구야!"

조프는 문 쪽에서 후다닥 물러났다. 그는 반대쪽 벽에 머리를 부딪혔다. 비명을 지를 뻔한 조프는 입을 틀어막았다. 갑자기 서러움과 함께 움츠러들었던 분노가 다시 치밀었다.

"접니다! 여깁니다! 젠장, 목이 말라요. 사람을 집어넣었으면 살 수는 있게 해 줘야 할 거 아닙니까! 그게 당신 하는 일……."

요란한 발소리가 들려왔다. 조금 후 그 발소리가 문 앞에서 멈췄다. 절거렁거리는 소리가 들리더니 곧 문이 벌컥 열렸다. 바깥에서 빛이 새어 들어왔다. 조프는 그 문이 그렇게 작다는 사실에 놀랐다. 어둠 속이라 그의 추측이 잘못된 모양이다. 보이는 것은 두 다리뿐이었다. 조프는 그 다리를 향해 기어가며 말했다.

"왔습니까? 이 안에는 물통이 없어요. 그런데 저는 목이 마르단 말입니다. 저도 이런 일로 당신을 귀찮게 하고 싶지는 않지만……."

갑자기 눈앞이 확 불타올랐다. 조프는 비명을 지르며 물러났다. 바깥에 있던 누군가가 횃불을 안쪽으로 밀어넣은 것이다. 조프는 앞머리가 바자작거리는 소리를 들었다. 정신없이 뒤로 물러나던 조프는 다시 벽에 몸을 부딪혔다. 갑자기 굉장히 가까운 곳에서 목소리가 들려왔다.

"이놈이 겁도 없이 문 앞으로 다가와? 문 열었을 땐 반대쪽 벽에 붙어 있어야 한다는 말 못 들었어?"

조프는 맹세코 그런 이야기 들은 적이 없었다. 눈 주위가 화끈거렸다. 화상을 입었는지도 모르겠다. 조프는 눈을 깜빡였다. 눈을 찌르는 빛이 보였다. 그는 눈을 가늘게 뜨려 했다. 그러나 그 순간 무엇인가가 턱을 강타했다. 조프는 머리를 감싸며 나동그라졌다. 그는 몸을 모로 누인 채 반사적으로 팔다리를 웅크렸다.

"눈떠, 이 새끼야!"

조프는 눈을 꼭 감았다. 그러자 피제트가 그의 허리를 걷어찼다. 조프는 '컥' 하는 소리를 냈다. 피제트가 다시 외쳤다.

"눈 안 뜨면 확 지져 버린다!"

조프는 황급히 눈을 떴다. 모든 것이 불분명하게 보였다. 빛과 어둠이 혼재되어 춤을 췄다. 조프는 아무것도 제대로 구분할 수 없었다. 그런데 갑자기 차가운 물이 쏟아졌다.

조프는 숨이 막힐 것 같았다. 누워 있었기에 물이 코와 입으로 흘러 들어왔다. 조프는 캑캑거리며 고개를 돌렸다. 피제트가 화가 나서 외쳤다.

"봤지? 이 자식, 물통이 없다고? 어디서 수작질이야? 물통이 없다고? 그래, 물통 필요 없지?"

다시 무엇인가가 조프의 머리를 강타했다. 조프는 정신을 잃을 것 같았다. 하지만 그가 까무러치기도 전에 두 번째, 세 번째 타격이 날아왔다.

엄밀하게 말해서 피제트는 조프를 때릴 생각이 없었다. 다만 물통을 부술 생각이었다. 그리고 그가 물통을 부수기 위해 선택한 방법이 조프의 몸에 그것을 부딪혀 박살 내는 것이었다. 그 물통은 꽤 튼튼했다. 조프는 뼈가 부서지는 소리를 듣다가 혼절했다. 그는 이 상황을 이해할 수 없었다.

아쉬존 토프탈은 이해할 수 없었다. 그는 이해할 수 없다는 표정을 지었고, 그러자 정말 납득할 수 없다는 기분이 들었다.
"폐하, 폐하께서 친히 그자를 심문할 필요는 없습니다. 도무지 위엄 있는 일이라고 할 수 없습니다."
"짐이 하려는 것은 심문이 아니다. 짐에게 보낸 그의 편지에 대한 답을 하는 것이지."
"그렇다면 그 답을 써서 제게 주십시오. 제가 그에게 전하겠습니다. 그자의 정체는 아직 파악하지 못했지만 그가 발케네의 공작이건 자이아치의 파락호이든 폐하의 편지를 받는 것만으로 그에겐 크나큰 영광일 것입니다."
"그가 누구이건 상관없다. 그 방식이 좀 조야하고 깊은 맛이 없지만 그는 짐의 선언에 처음으로 반응을 보인 북부인이다. 그의 정체 때문이 아니라 그가 한 일 때문에 짐은 그를 만나야 한다. 들어오게 해라."
아쉬존은 무례를 무릅쓰고 고개를 내젓고 싶었다. 하지만 더 이상 대호왕의 요청을 거부할 수 없었다. 그는 문을 향해 걸어갔다. 아쉬존의 반대는 마지막으로 재고를 요청한 것이었고 편지의 발신인은 이미 대전 앞에서 병사들과 기다리고 있었다. 그래서 아쉬존은 곧 남자와 함께 대전으로 들어섰다.
남자는 차분한 동작으로 걸어 들어와 보좌에 앉아 있는 대호왕을 바라보았다. 그의 표정엔 호기심이 가득했지만 예를 갖출 생각은 없는 듯했다. 아쉬존은 벌컥 화를 내며 병사들에게 남자를 무릎 꿇리라고 손짓했다. 하지만 그 전에 대호왕이 말했다.

"병사들은 물러가거라."

아쉬존은 다시 고개를 내젓고 싶었다. 하지만 위험할 거라고 생각되진 않았다. 보좌 곁에 앉아 있는 갈바마리는 두 얼굴 모두 믿음직하지 않은 느긋한 표정을 짓고 있었지만 그의 모습은 그 자체로 믿음직했다. 아쉬존은 하릴없이 병사들에게 고개를 끄덕였다. 병사들은 예를 표시한 다음 대전 밖으로 나갔다.

남자는 보좌에서 10미터는 떨어진 위치에 서 있었고 앞으로 움직이지는 않았다. 아쉬존은 대호왕의 곁으로 갈까 하다가 만약을 대비하여 남자를 감시하기로 했다. 종고모 베로시가 자신의 오른손은 상대에게 가깝고 상대의 오른손은 자신에게 먼 곳에 서라고 가르쳤던 것을 떠올린 아쉬존은 남자의 왼쪽 뒤편에 서기로 했다. 하지만 그곳에 서고 보니 남자의 시종이나 된 듯이 보였다. 위치를 바꿀까 했지만 남자가 말을 시작하는 바람에 그럴 수 없게 되었다.

"무릎을 꿇고 예를 표하지 않는 것을 양해해 주십시오. 나는 아직 당신이 북부의 구원자 대호왕 폐하라는 것을 믿을 수 없습니다. 내가 본 것은 갈바마리를 연상케 하는 두억시니 한 명과 나가 여인일 뿐입니다."

"너는 누구냐."

대답하려던 남자는 멈칫하고 대호왕을 바라보았다. 보좌 위에서 대호왕은 꼿꼿한 자세로 앉아 그를 내려다보고 있었다. 남자는 망설이다가 말했다.

"시오크 지울비입니다."

아쉬존은 그 이름이 낯익다는 것을 깨달았다. 그리고 곧 그 이름과 비슷한 유명한 이름을 떠올렸다. 아쉬존은 놀란 표정으로 시오크의 뒤통수를 바라보았다. 대호왕이 말했다.

"그것을 어떻게 증명하겠느냐. 너는 자신이 시오크 지울비라고 주장하는 한 인간 남자일 뿐이다."

시오크는 쓴웃음을 지었다. 그리고 지나가는 말처럼 말했다.

"그곳에 있는 두억시니가 유료도로를 걷는다면 통행료로 얼마를 지불하겠습니까?"

아쉬존은 당황했다. 시오크 지울비는 유료도로당주 게라임 지울비의 아들이니 유료도로의 사용료에 대한 이야기를 꺼내는 것은 이해할 수 있다. 하지만 두억시니의 도로 사용료가 얼마일지 누가 안단 말인가? 아쉬존은 갈바마리를 재빨리 살펴보았다. 레콘만큼이나 덩치가 크니 레콘만큼은 내야 하지 않을까? 아니, 도로 사용자들을 불안하게 할 테니 더 주어야 할지도 모르겠다. 그때 무표정하게 시오크를 바라보던 사모 페이가 말했다.

"동편 한 닢을 주겠다."

아쉬존은 그 대답에 깜짝 놀랐다. 그는 갈바마리가 이 저평가에 화를 낼지도 모르겠다고 생각했다. 그래서 아쉬존은 갈바마리의 태연함에, 그리고 무릎을 꿇는 시오크의 모습에 놀랐다. 시오크는 한쪽 무릎을 꿇고 말했다.

"모든 두억시니의 도로 사용료는 동편 한 닢입니다. 폐하께서 최초로 지불하셨을 때 그렇게 결정되었습니다, 폐하."

"유료도로당과 관련 있는 자인가?"

"그렇습니다."

시오크는 더 이상 말하지 않았다. 그래서 아쉬존은 설명을 덧붙이기로 했다.

"폐하, 이자는 유료도로당의 감찰관이며 당주 게라임 지울비의 아들입니다."

시오크는 그 오류를 정정하지 않았다. 사모가 말했다.

"이해하기 어렵군. 짐이 아는 유료도로당은 길을 준비하는 자들이다. 그런데 왜 여행자의 목적에 관심을 둔 거지? 네가 짐에게 보낸 편지는 유료도로당원답지 않은 것이었다. 설명해라."

"그것은 당의 공식 입장이 아니라 제 견해입니다, 폐하. 그리고 저는 유료도로당이 여행자의 목적을 평가해야 한다고 믿습니다."

"여행자가 흘린 눈물을 조용히 기억하는 대신 그를 따라가 그 눈물을 닦아 주어야 한다는 거냐?"

시오크는 동요를 느꼈다. 사모와의 대화는 유료도로당원과 이야기하는 것 같았다. 그녀가 당원의 화법을 쓰기 때문이 아니라 당을 잘 이해하는 것처럼 보이기 때문에.

"그렇습니다."

"너처럼 생각하는 자가 많느냐?"

"많다고 믿습니다."

시오크를 따르는 자들이 이미 당을 장악하고 있으니 많다고 대답해도 될 것이다. 사모는 고개를 조금 숙였다.

"바람이 부는구나."

아쉬존은 자신도 모르게 대전 어딘가에서 바람이 불어 들어오는지 살폈다. 시오크 또한 약간 어리둥절한 표정을 지었다. 사모는 두 사람의 당황에 아랑곳하지 않고 말했다.

"옛날, 그 마음이 돌처럼 굳어 버린 남자가 있었다. 그의 가슴 속에는 터무니없이 오랜 기간 동안 정체된 바람이 갇혀 있었지.

짐은 그 바람이 깨어나는 것을 보았다."

시오크와 아쉬존은 동시에 사모가 말하는 남자가 누굴지 추측해 보았다. 북부의 위기가 도래할 때까지 하인샤 대사원에 은거하고 있었던 라수 규리하나 지러쿼터 산맥 서쪽에서 묵묵히 왕을 기다리고 있던 괄하이드 규리하일 수도 있다. 어쩌면 왕이 없는 상태에서 수백 년의 세월을 보내야 했던 북부 자체를 말하는 것일지도 모른다. 두 사람은 사모가 말하는 자가 누굴지 짐작하기 어렵다는 결론도 동시에 내렸다. 그리고 두 사람은 비로소 그들의 앞에 있는 여인이 역사에 속하는 자들과 같은 반열에, 아니 그 이상의 위치에 있는 현재임을 느끼며 오싹해지는 기분을 맛보았다. 사모가 말했다.

"그 바람을 타고 가장 무거운 것이 가장 높이 오를 것이다. 따라서 추락은 더 잔혹하겠지."

무슨 말인지 알 수 없었기에 시오크는 잠자코 기다렸다. 사모는 그를 향해 고개를 들어 말했다.

"시오크 지울비."

"예, 폐하."

"너는 짐을 반대하느냐?"

"이미 말씀드렸듯이 시모그라쥬 공의 가마를 타고 오시는 것은 반대합니다."

시오크는 얼굴을 붉게 물들이는 아쉬존을 슬쩍 곁눈질하고 말했다.

"여우가 호랑이의 위세를 빌려 다른 짐승들을 억누른다는 말이 있습니다. 시모그라쥬 공 팔디곤 토프탈은 모든 이들의 벗인 척하는 여우이며 위대한 호랑이의 위세를 빌고 있습니다. 북부는 여우가 아닌 호랑이를 원합니다."

아쉬존은 닥치라고 외치고 싶었다. 대호왕의 면전인지라 차마 그러지 못했지만 그는 노여움을 가득 담은 눈으로 시오크를 노려보았다. 시오크는 뒤통수에 신경이 쓰이는 것을 느끼며 말했다.

"시모그라쥬 공을 물리치십시오, 폐하. 귀족원 회의를 선포하십시오. 유료도로당은 황제를 잃은 자들을 다시 돌아온 왕께 인도할 것입니다."

"짐에게 내민 손이 아닌 다른 손에는 무엇을 들고 있느냐?"

"모든 도로를 막고 관문을 닫아 팔디곤 토프탈을 막겠습니다."

분노에 앞서 아쉬존은 이것이 유료도로당의 조건부 제안임을 깨달았다. 제국 대부분의 중요 교통망을 장악하고 있는 유료도로당이 대호왕에게 시모그라쥬 공과의 공조를 파기하지 않는 한 협조를 제공할 수 없다고 선언하고 있었다. 이것이 치기 어린 투서를 보낸 청년과 변덕을 부린 왕의 대면이 아니라 그 이상으로 심각한 의미를 가지고 있다는 것을 알게 된 아쉬존은 초조함을 느꼈다. 이런 대화는 이런 식으로 벌어지면 안 된다. 조부와 종고모, 많은 실무자들이 참여한 가운데 협상이 이루어져야 한다. 하지만 지금 누군가를 부르러 가기는 어려웠다. 아쉬존은 낭패감 속에서 대호왕을 바라보았다. 대호왕은 아무런 인상도 받지 않았다는 얼굴로 말했다.

"짐이 네가 말한 것처럼 한다면 너는 네가 말한 그 여우가 되겠구나."

"예? 폐하. 그 무슨……."

"너는 이미 누가 짐의 곁에 있어야 하는지를 결정하려고 하고 있지 않느냐. 너는 시모그라쥬 공이 짐의 곁에 있는 것을 거부했지. 그렇다면 다른 사람이 짐을 찾으려 할 때도 너는 그자가 짐의 곁에 있어도 되는지, 그렇지 않은지 결정하려고 하겠지."

시오크는 입을 다물었다. 그 논리를 깨트리고 자신의 정당성을 주장하고 싶었지만 사모는 쉴 새 없이 말했다.

"너의 언어는 성긴 그물이다, 시오크 지울비. 커다란 것을 잡아 낼 수는 있겠지. 하지만 네가 그것이 커다랗기 때문에 그럴듯하다고 생각하는 동안 작은 보석들은 그물눈 사이로 빠져나갈 것이다."

시오크는 턱을 쳐든 채 사모를 바라보았다. 사모는 보좌에서 일어났다.

"너를 돌려보내겠다, 시오크 지울비. 너의 안전을 보장할 테니 언제든 떠나고 싶을 때 떠나라. 하지만 빨리 돌아가는 것이 좋을 것이다. 너희 무리에게 왕의 말을 전해야 하니까. 왕은 도로 사용료를 지불하고 유료도로당의 길을 이용할 것이다. 유료도로당은 그것을 받고 길을 제공해야 한다. 그것이 너희의 의무이자 권리다. 너희에게 왕의 목적을 판단할 권리는 없다."

사모는 갈바마리와 함께 걸어 나갔다. 시오크는 분한 표정으로 그 뒤를 따라 시선을 옮겼다. 그것은 대호왕의 모습을 바라보고 싶어서이기도 하고, 의기양양한 표정을 짓고 있을 아쉬존의 모습을 보기 싫어서이기도 했다.

조프는 고개를 돌리지 않았다. 시체를 바라보지 않기 위해서이기도 하고, 파르다 쿠기언의 모습을 보기 위해서이기도 했다.

파르다는 언제나처럼 골목에 서 있지 않았다. 그리고 너울을 쓰고 있지도 않았다. 그녀는 흐린 하늘을 머리에 이고 대로 가운데 서 있었다. 주위를 지나치는 사람은 아무도 없었다.

조프는 파르다의 얼굴을 알지 못했다. 그와 아무 관련도 없는 사람이었던 파르다를 조프가 주목하게 된 것은 그녀가 너울을 쓰고 골목에 나타나기 시작한 이후의 일이었다. 따라서 조프는 파르다의 얼굴을 알지 못했다. 하지만 조프는 너울을 벗고 꼿꼿하게 서 있는 그녀가 파르다임을 알 수 있었다. 그녀의 얼굴은 달빛 속에 둥실 떠올라 있었다.

파르다가 그를 보지 않았기에 조프는 자신이 있는지 알 수 없었다. 그녀는 저 먼 곳을 뚫어지게 보고 있을 뿐이었다. 아마도 아버지의 시신일 것이다. 조프는 그녀가 울고 있다고 생각했다. 그녀는 위로해 줄 사람이 없어서 울고 있었다. 부당한 일이다. 누군가는 저 너울을 걷고 그녀를 위로해야 한다. 조프는 파르다의 얼굴을 감추고 있는 너울을 들어 올리려 했다. 그러자 파르다가 그를 보았다. 조프는 그 왼쪽 눈동자에 자신이 비치는 것을 발견했다. 이제 조프는 자신이 어디에 있는지 알 수 있었다. 그는 파르다의 앞쪽에 있었다.

그런데 파르다의 오른쪽 눈에는 엉뚱한 사람이 비치고 있었다. 조프는 어리둥절해하며 너울을 내버려둔 채 그 오른쪽 눈을 보았다.

거기에는 목에 줄을 맨 레바일 쿠기언의 뒷모습이 떠 있었다. 조프는 정신없이 그 눈동자 안을 들여다보았다. 파르다의 오른쪽 눈은 거대한 거울이었다. 그의 전신이 비춰질 것 같았다. 하지만 비춰지는 것은 매달려 있는 레바일 쿠기언의 뒷모습이었다.

거울 속의 레바일 쿠기언이 빙글 돌았다. 그가 입을 열었다.

"조프! 조프!"

조프는 대답하지 못했다. 그는 레바일이 무엇을 원하는지 알고 있었다. 파르다 쿠기언을 부탁하려는 것이다. 하지만 조프는 루마의 아들이었다. 어머니의 허락을 받아야…….

"조프! 조프! 젠장, 조프!"

혼란 속에서 조프는 고개를 돌렸다.

기묘한 것이 보였다. 마름질당한 빛이 바닥에 떨어지고 있었다. 그 빛의 한쪽 부분에 어떤 그릇의 귀퉁이가 보였다. 그리고 그 주위를 파리들이 윙윙거리며 날았다. 조프는 머리를 들려고 했다. 하지만 머리가 어디에 있는지 알 수 없었다. 조프는 신음을 토하며 자신의 머리를 만졌다. 그 느낌은 소름 끼쳤다. 얼굴이 아니라 생선 살을 만지는 것 같았다. 그러다가 조프의 손가락이 파리에 닿았다. 파리는 그의 얼굴에서 피를 빨다가 조프의 손가락 사이에서 거칠게 날아올랐다. 조프는 비명을 질렀다. 하지만 '킥, 킥' 하는 이상한 소리가 목에서 흘러나올 뿐이었다.

"조프…… 제발 대답 좀 해."

코에디의 목소리였다. 누군가가 멀리서 외쳤다.

"닥쳐! 이놈아. 제발 조용히 좀 해!"

"네놈이나 닥쳐! 조프!"

코에디가 그를 부르고 있었다. 하지만 조프는 대답할 수 없었다. 입이 부서진 것 같았고 배에 힘이 들어가지 않았다. 조프는 신음하며 마름질된 빛을 보았다. 빛 속에 먼지들이 둥둥 떠다녔다. 파리들이 윙윙거리며 날 때마다 먼지가 소용돌이쳤다. 공기는 뜨거웠다. 숨이 턱턱 막히는 것 같았다. 조프는 빛이 들어오는 곳을 보았다.

천장 한 귀퉁이에 창이 있었다. 거기로 파란 하늘이 보였다. 감옥 안을 위쪽에서 감시할 수 있게 만들어 놓은 창인 듯했다. 마름질된 빛은 거기서 미끄러져 내려오고 있었다.

"코에……디!"

"조프!"

"ㅋ에……디!"

"그래, 조프. 괜찮아? 너 죽은 줄 알았어. 몸은 좀 어때?"

조프는 일어나려고 애썼다. 바닥을 짚으려던 그는 자지러지는 소리를 냈다. 손가락뼈 어딘가가 잘못된 모양이다. 무슨 힘이 남아 있었는지 조프는 데굴데굴 굴렀다. 손에 불이 붙은 것 같았다. 코에디가 다급하게 불렀다.

"조프!"

조프는 소리 없이 울었다. 그는 손을 가슴에 끌어안은 채 서럽게 울었다. 숨이 차고 눈물이 얼굴을 다 적실 때까지 울었다. 코에디는 계속 그를 불렀다. 조프는 그 목소리가 듣기 싫었다. 코에디는 그가 당장 죽을 것처럼 부르고 있었다. 어서 죽으라고 재촉하는 것 같았다. 조프는 아무 대답도 하지 않았다. 그저 자신의 신세에 슬퍼하며 울었다.

한참을 운 다음 조프는 벽을 따라 상체를 밀어올리듯 하며 일어나 앉았다. 코에디는 그때까지도 띄엄띄엄 간격을 둔 채 조프를 부르고 있었다. 여기저기서 성난 죄수들의 항의가 들렸다. 지난밤에는 코에디의 목소리 말고 아무 소리도 들리지 않았는데, 이곳엔 의외로 많은 죄수들이 있는 모양이다. 그리고 간수들은 죄수들이 낮에 피우는 소란에 대해서는 관심이 없는 모양이다. 험한 어조로 코에디를 협박하는 소리들이 들려왔다. 코에디는 그

협박을 무시하다가 가끔 더 난폭한 말로 대꾸했다. 그는 전혀 기가 죽지 않는 듯했다.

'그럴 수밖에. 저놈은 독방에 있어도 많은 친구들하고 같이 있는 셈이니까.'

조프는 자기가 멍청했다고 생각했다. 코에디는 군령자다. 무수히 많은 친구들하고 언제든 함께 있는 셈이다. 그런데 조프는 자신만이 그를 구할 친구라고 생각하고는 코에디를 구하기 위해 위험을 감수했다. 그 때문에 이곳에 들어와 이렇게 비참한 꼴로 앉아 있는 것이다. 그런데 저놈은 기가 펄펄 살아서 저렇게 건강하게 있다. 조프는 넌더리를 냈다.

그러다가 조프는 그릇을 보았다. 그동안 햇빛이 이동하여 귀퉁이만 보이던 그릇이 이제 좀 더 많이 보였다. 조프는 그 안에 뭔지 모를 것이 담겨 있는 것을 보았다. 조금 후 그것이 음식일 거라는 데에 생각이 미쳤다. 조프는 다시 보았다. 눈이 흐려서 잘 보이지 않았지만 그것은 음식이 분명했다. 갑자기 조프는 자신이 엄청나게 배가 고프다는 것을 깨달았다.

조프는 허겁지겁 문 쪽으로 다가가려 했다. 그러나 몸 이곳저곳에서 찌르는 듯한 통증이 일었다. 다시 졸도할 뻔한 조프는 한참 숨을 고른 다음 바닥에 엉덩이를 댄 채 좀 더 천천히 움직였다. 그러면서 그는 파리들이 계속 그릇을 들락날락하는 것을 보았다. 조프는 분노했다. 그는 약간 속도를 높여 그릇 앞에 도달했다. 그리고 아프지 않은 손을 휘저어 파리를 쫓았다.

그릇 안에 있는 것은 무엇인지 모를 국물이었다. 조프는 아프지 않은 손으로 그것을 들어 올리려 했다. 그때 국물 안을 둥둥 떠다니는 파리 시체를 발견했다. 조프는 화가 났다. 그는 다시 그릇을 내려놓고 그 속에 손가락을 집어넣어 파리를 건지려 했다. 그러나 자신의 손이 마른 피와 얼룩으로 엉망이라는 것을 알았다. 자신의 몸을 내려다보았다. 그릇 근처에 떨어지던 빛이 그의 몸을 비춰 주었다. 피에 젖은 사지가 보였다. 배와 가슴에는 찢어진 상처와 피멍이 가득했고 바짓자락 아래로 보이는 발은 자신의 발이 맞는지 의심스러울 정도로 부어 있었다. 조프는 현기증을 느꼈다. 쓰러지지 않기 위해 손을 뻗었을 때 조프는 그릇을 쳤다.

그릇이 요란한 소리를 내며 엎어졌다. 조프는 뒤집힌 그릇과 바닥을 흐르는 국물을 보았다. 더 이상 아무것도 하고 싶지 않았다. 조프는 털썩 드러누웠다. 부연 빛이 시야를 가려 감옥의 천장은 잘 보이지 않았다. 조프는 눈을 감았다. 먼 곳에서 코에디가 부르는 소리가 들려왔다. 조프는 그것을 무시했다. 그는 파르다를 생각했다. 그리고 루마를 생각했다. 그리고 코에디는 일부러 생각하지 않았다. 그는 다시 잠들었다. 파리가 귓가에서 잉잉거렸다. 너무 더웠다.

사모 페이는 언덕 아래에 모여서 있는 무수한 열을 보았다.
인간의 눈으로도 그곳에 있는 많은 횃불은 볼 수 있었다. 하지만 사모처럼 병사들의 몸에서 흘러나오는 열까지 볼 수는 없었다. 가장 뜨거운 한낮이 오기 전에 많은 거리를 이동하기 위해 시모그라쥬군은 새벽이 오기도 전, 아직 캄캄한 밤이라 할 수 있는 시간을 선택해 출발을 준비하고 있었다. 사모 페이가 보고 있는 열은 상대적으로 뜨거운 인간 병사들의 열이었고 그것은 북진하는 시모그라쥬 공의 모든 병력이라고 할 수 있다. 나가 병사들은 어차피 이 이상 북진할 수 없기 때문이다. 그런데도 그 숫자는 막대했다. 그들은 푼텐 사막의 서쪽을 통해 북진하여 엔거로 치달을 것이다. 한편 뒤에 남는 나가 병사들은 배후를 수비함과 동시에 카라보라―비스그라쥬 방면, 즉 푼텐 사막 동쪽을 경유하는 길을 막기로 되어 있었다.

수십만의 병사들 때문에 주변의 공기마저 조금 뜨거워졌다. 사모는 위로 피어오르는 희미한 구름 같은 열기를 보았다. 그 광경을 인간이 볼 수 있는 것에 비유한다면 거대한 바다를 뒤덮은 안개와 비슷했다. 사모가 있는 언덕은 안개 위로 솟아 있는 섬의 꼭대기였다. 하지만 안개와 달리 사모가 보고 있는 것은 뜨거움이었고 그 속에서 불길들이 일렁였다. 사모는 갑자기 두려움을 느꼈다. 옷 속에서 살짝 비늘을 세우며 사모는 생각했다.

'그래, 그리미. 30만 년은 너무 길지. 하지만 저들에게 남아 있을지도 모르는 30년은?'

"폐하!"

사모는 퍼뜩 정신을 차렸다. 으리으리한 갑옷을 입은 베로시 토프탈 상장군이 언덕 위로 뛰어와 서 있었다. 사모의 눈에 그녀는 몹시 뜨겁게 보였다. 조금 전까지 그녀는 말을 탄 채 직접 장병들 사이를 달리며 부위나 되는 것처럼 그들을 독려하고 있었다. 그 때문에 체온이 오른 모양이다. 그녀 자신의 흥분 또한 그 몸이 뜨거워진 이유일 것이다. 베로시 토프탈이 무릎을 꿇으며 외쳤다.

"부디 보소서, 폐하! 폐하께 제국을 가져올 이들입니다!"

순간 사모는 결정을 내렸다. 그러자 시원하다기보다는 오싹해지는 느낌이 들었다. 사모는 들썩거리는 비늘을 억누르며 천천히 일어났다. 그녀는 앞으로 걸어갔다.

그녀의 주위에는 인간 병사들이 그녀의 모습을 볼 수 있도록 많은 횃불이 불타오르고 있었다. 횃불을 들고 있는 이들은 한계선 이남의 고위 귀족들이었고 그중에는 두 명의 시모그라쥬 공도 있었다. 아쉬존 토프탈은 긴장 때문에 약간 어지러운 듯한 표정이었고 팔디곤 토프탈은 차분하지만 빛나는 눈으로 사모를 바라보고 있었다. 사모가 그들 사이를 지나쳤을 때 두 시모그라쥬 공이 천천히 그녀의 뒤를 따라 움직였다. 아쉬존은 자신이 왜 이 자리에 선택되었는지 알고 있었다. 조부는 병사들 앞에서 손자를 부각시키려 하고 있었다. 아쉬존은 할아버지를 동정했다. 대호왕은 그가 황제가 될 수 없다고 선언했다. 아쉬존은 노인의 소망을 깨트리고 싶지 않아서, 그리고 그 일 자체가 마음에 들었기에 횃불을 들고 대호왕을 따르는 것에 동의했다. 이윽고 그들 세 명은 언덕 끝에 있는 구조물에 도착했다. 그것은 허공을 향해 완만한 각도로 뻗어 있는 계단처럼 보였고 복잡한 격자 구조의 기둥이 그것을 떠받치고 있었다. 대호왕은 계단을 올랐다.

잠시 후 대호왕이 계단 끝에 섰다. 그리고 횃불을 든 두 시모그라쥬 공은 그녀의 뒤편, 한 단 낮은 곳에 섰다. 아쉬존은 발 딛고 있는 계단 좌우로 보이는 불빛의 바다 같은 광경에 숨이 막히는 것을 느꼈다. 끝없이 펼쳐져 있는 횃불들을 보며 아쉬존은 이 어둠 속에서도 지평선이 어디에 있는지 알 것 같다고 생각했다. 횃불이 끝나는 지점이 아마도 지평선일 것이며 그 뒤쪽의 어둠은 밤하늘일 것이다. 그들 모두가 침묵한 채 왕의 말을 기다리고 있었다.

"짐의 말을 들어라."

"내 말 들려? 제기랄, 대답하라고! 조프!"

갑작스럽게 코에디의 외침이 희미한 여명처럼 들려왔다. 조프는 대답하지 못했다.

그는 오래전부터 깨어 있었지만 자고 있는 거나 다름없었다. 그는 자신의 상태를 굳이 구분하지 않았다. 하지만 갑작스러운 코에디의 외침 때문에 자신이 깨어 있었다는 것을 알게 되었다. 주위는 어두웠다. 밤인 모양이다. 밤에 고함을 지르면 안 되는데, 저 멍청한 자식. 여기엔 피제트라는 성질 나쁜 간수가 있다고.

쿵쿵거리는 발소리가 들려왔다. 조프는 그것 보라는 생각을 하기에 앞서 더럭 겁을 집어먹었다. 그는 움직이려 했다. 하지만 몸이 말을 듣지 않았다. 그래서 조프는 자는 척하기로 했다. 자는 사람이 고함을 질렀다고 생각하지는 않을 테니까. 조프는 눈을 꼭 감은 채 꼼짝도 하지 않았다. 그러자 팔다리가 긴장되어 더욱 아팠다. 조프의 눈에서 눈물이 흘러나왔다.

"이 새끼가 아직 매운맛을 덜 봐서!"

"나다! 피제트!"

"뭐야?"

"나라고! 코에디 미도! 이 나쁜 자식아. 내가 고함을 질렀다!"

멍청이, 얼간이, 병신 같은 새끼. 진작 그랬어야지. 왜 저번에는 그렇게 말하지 않았어? 조프는 어둠을 향해 코에디를 비난했다. 그리고 코에디의 비명을 기다렸다. 하지만 들려온 것은 엉뚱한 소리였다.

"이 자식아, 입 닥치고 잠이나 자!"

"그렇게 못하겠는데? 왜? 나도 한번 때려 보시지?"

"너 그 아가리 안 닥칠래?"

"하, 군령자는 다치지 않게 하라고 했지? 이 멍청한 놈아, 다 알아차렸다!"

조프는 깜짝 놀랐다. 군령자는 보호한다고? 왜? 똑같이 때리라고! 왜 군령자만 봐주는 거야? 저 자식, 저 나쁜 놈을 때려 죽여! 그의 소리 없는 항의에 대답한 것은 '퉤' 침 뱉는 소리였다. 이윽고 쿵쿵거리는 발소리가 들렸다. 그것은 점점 멀어졌다. 코에디의 외침이 다시 들렸다.

"피세에트! 어딜 가나? 나랑 놀자고!"

발소리는 계단을 올라갔다. 코에디의 웃음이 들려왔다. 조프는 억울함에 미칠 것 같았다. 세상은 너무 불공평하다. 좋은 사람은 무참한 꼴만 당한다. 의리를 지키려 했던 사람이 누구냐? 조프는 통곡했다. 그러자 코에디의 목소리가 들려왔다.

"조프! 조프, 너냐? 네가 낸 소리야?"

조프는 대답 없이 울었다. 입에서 침이 부글부글 끓는 소리가 났다. 코에디는 계속 그를 불렀다. 조프는 그 소리가 듣기 싫었다.

사모는 연설을 했다.

그녀는 영광과 명예와 헌신과 용기에 대해 말했다. 또 겁쟁이의 죽음과 용감한 쟈의 죽음의 차이에 대해 말했다. 그리고 용감한 이들이 죽을 때 그는 죽는 것이 아니라 오히려 영원히 살게 되는 것임을 역설했다. 사모의 연설을 짧게 요약하자면 대호왕의 영광 아래에서 싸우다 죽으라는 말이었다. 하지만 그 연설은 아름다웠다. 병사들은 전율했다. 그들은 흥분했다. 그들은 세계의 유일한 구원자인 자신들의 위치를 자각했다. 그곳에 모인 모든 장병들은 마침내 자신들의 존재 이유를 찾았다고 생각했다. 사모의 연설이 마침내 절정에 이르렀다.

"이름을 말해라!"

병사들은 극도의 긴장감과 흥분 속에서 재빨리 반응하지 못했다. 사모가 다시 외쳤다.

"누가 짐에게 제국을 가져올 텐가! 이름을 말해라!"

"베로시 토프탈!"

베로시가 찢어지는 목소리로 외쳤다. 그리고 사모의 뒤편에서 헐떡거리던 아쉬존이 외쳤다.

"아쉬존 토프탈!"

그리고 병사들이 자신의 이름을 외쳤다. 에브린 마카이! 네츠고하! 몇 번이고 외쳤다. 이데 그리몰스! 사리앙 에스베르타! 이름과 이름이 뒤섞였다. 그들은 자신의 이름이 소음에 뒤덮여 사라지지 않도록 목에 핏대를 세운 채 외쳤다.

사모는 군대가 뿜어내는 거대한 열기를 보았다. 그것은 차가운 밤하늘을 향해 꿈틀꿈틀 피어올랐다. 하나의 생명체가, 한 발로 산꼭대기를 짚고 다른 발로는 평야를 밟은 채 팔을 휘둘러 달을 쳐 떨어뜨릴 수 있는 거대한 생명체가 고고성을 터뜨리며 일어나는 듯했다. 사모는 고개를 꼿꼿이 세운 채 그 열기의 생명체를 바라보았다. 그것은 별을 향해 으르렁거리는 사람을 닮은 맹수였다.

조프 엔킬더는 비틀거리며 걷다가 벽을 짚었다.

아침인 듯했다. 어쩌면 저녁인지도 모른다. 그를 갑자기 감옥에서 끌어낸 간수들(피제트는 없었다.)은 아무 설명도 해 주지 않았다. 재수 좋다거나 다시는 오지 말라는 등의 잡담도 없었다. 그들은 귀찮은 표정으로 조프를 끌고 나와 어딘가에 내팽개쳤다. 조프는 몸을 만 채 다가올 발길질을 기다렸다. 그러나 그런 것은 없었다. 주저하다가 고개를 들어 보니 자신이 길에 엎드려 있음을 알았다. 조프는 뒤를 돌아보았다. 그러자 감옥의 커다란 문이 보였다. 페로그리미 남작의 성 지하감옥으로 통하는 입구였다.

조프는 진저리치며 일어났다. 그리고 허겁지겁 달렸다. 더 이상 달릴 수 없게 되었을 때 조프는 벽을 짚었다. 그것이 어디의 무슨 벽인지는 몰랐다. 그에겐 상관없었다. 조프는 바닥에 주저앉아 벽에 등을 기대었다.

아침인 듯했다. 어쩌면 저녁인지도 모른다. 사람들의 모습은 보이지 않았고 하늘은 검푸른빛이었다. 조프는 간신히 새벽이라는 결론을 내렸다. 저녁의 이 즈음이라면 어딘가에 불빛이 있어야 한다. 하지만 주위에 보이는 건물들에는 빛이 보이지 않았다. 새벽, 사람들이 지난밤의 꿈을 잊어버릴 채비를 하고 있는 시간이었다.

조프는 일어났다.

그는 비틀거리며 걸었다. 가끔 벽을 짚고, 가끔은 무릎을 짚은 채 숨을 몰아쉬었다. 걷는 것이 너무 어려웠다. 그리고 이곳이 어디인지 알 수 없었다. 감옥 앞에서 도망칠 때 그는 무작정 달렸고, 그래서 방향을 가늠하지 않았다. 조프는 아는 곳이 나올 때까지 걷는 수밖에 없다고 생각했다. 다행히 페로그리미 시내는 알 만큼 안다. 곧 자신이 어디에 있는지 알게 될 것이다.

하지만 꽤 오랫동안 걸은 후에도 자신이 어디에 있는지 알 수 없었다. 이상한 일이었다. 혹 그가 페로그리미가 아닌 다른 도시에 갇혀 있었던 것이 아닌가 하는 생각도 들었다. 다 포기하고 길가에 쓰러져 자고 싶다고 생각했을 때, 조프는 겨우 매달린 시체들을 발견했다.

조프는 길에 앉았다. 검푸른 새벽 하늘 아래에 떠 있는 것은 밧줄과 한 점의 고깃덩이들이었다. 조만간 이것을 철거해야 할 것이다. 시체들이 너무 빨리 썩었다. 조프는 잠이 오는 것을 느꼈다. 그러다가 문득 이 근처에 파르다 쿠기언이 있을지도 모른다고 생각했다.

조프는 비틀거리며 일어났다. 그는 파르다가 서 있곤 하던 골목을 찾았다. 하지만 그 골목이 어디에 있는지 알 수 없었다. 가까스로 조프는 시력에 이상이 생겼음을 깨달았다. 길을 제대로 찾지 못한 것도 그 때문이다. 조프는 시력보다는 기억에 의지하여 그 골목을 찾아내었다. 하지만 그곳에는 파르다가 없었다.

조프는 텅 빈 골목을 물끄러미 바라보다가 걸음을 돌렸다. 다리가 질질 끌리는 것 같았다. 그의 몸이 너무 빨리 썩고 있는 것 같았다. 하나 둘 사지가 썩어 떨어져 나가면 그는 마침내 고깃덩이가 될 것이다. 페로그리미의 새벽을 걷고 있는 정체 모를 고깃덩이.

코에디는 어떻게 되었을까? 조프는 멍한 기분으로 생각했다. 아무런 감정도 떠오르지 않았다. 코에디 미도가 누구인지도 제대로 생각나지 않았다. 푸아 편수 아래에서 나와 함께 일한 도제. 건조한 설명만이 떠올랐다. 조프는 그것에 관심이 없었다. 그의 문제는 코에디 미도가 아니었다. 팔다리가 너무 빨리 썩는다는 것이었다.

어느 새 조프는 걸음을 멈췄다.
그는 문을 붙잡았다.
그때 문이 열렸다.
밖으로 나온 것은 루마였다.
루마는 그를 바라보고 비명을 지르려 했다. 그러나 곧 "조프!" 라고 외치고는 그를 끌어안았다. 그 순간 조프는 허물어지듯 주저앉았다. 루마가 다시 외쳤다. 조프는 그녀의 무릎 쪽에 쓰러졌다. 뭔가 물건들이 와르르 떨어진 듯했다. 그 소리가 너무도 멀게 들렸다. 호흡이 어려웠다. 조프는 고개를 돌렸다. 그가 쓰러지며 열린 문 밖으로 검푸른 하늘이 보였다.
무엇인가가 그곳에 있었다. 하늘을 이고 똑바로 서 있는 것.
너울을 쓴 파르다 쿠기언이 있었다.
조프는 그곳을 향해 손을 뻗었다.

제 23 장

"안녕하세요. 언젠가 죽을 여러분."
― 가이너 카쉬넙

죽음을 평가하는 태도

이마에서 땀이 흘러내렸지만 수전사는 이마를 훔치지 않았다. 아까부터 마른 나뭇잎이나 나무껍질이 아닐까 생각되는 꺼끌꺼끌한 물건이 옷 속에서 이곳저곳 돌아다니고 있지만 수전사는 감히 옷 속에 손을 넣어 그것을 꺼낼 생각을 못했다. 가늘고 길게 숨을 내쉰 수전사는 공기를 들이마시지 않았다. 호흡을 멈춘 채 수전사는 눈을 가늘게 떴다.

먼 곳에서 무엇인지 모를 소음이 들렸다. 수전사는 그 소리를 듣지 못했지만 그가 노려보고 있는 여자가 소음을 향해 고개를 돌리는 것은 보았다. 그 순간 수전사는 몸의 다른 부분은 움직이지 않은 채 왼발 엄지발가락과 오른손의 중지와 약지, 그리고 왼쪽 팔꿈치에 들어가는 힘의 정도를 바꿨다. 그의 모습을 보는 사람이 있다면 수전사가 조금도 움직이지 않았다고 주장하겠지만 수전사는 몸의 무게 분포를 상당히 변화시키고 있었다.

여자는 그 소리에 불안한 표정을 지었다. 그녀의 눈썹은 화가 나 있는 것 같았고 입은 체념하는 것처럼 보였다. 그러나 그 눈은 꿈을 꾸고 있었다. 전쟁에서 살아남으면 해야 할 일을 생각하고 있었던 것인지도 모른다. 고향에 있는 가족들의 못된 버릇을 생각하고 있는 것인지도 모른다. 무슨 생각을 하고 있는지는 알 수 없지만 그녀는 코를 벌름거리다가 그 소리를 향해 왼발을 옮겼다. 그리고 그녀가 오른발을 움직이려 할 때, 덤불 사이에 엎드려 있던 수전사는 땅을 밀어붙이며 자신의 오른발을 가슴 쪽으로 끌어당겼다.

수전사는 날아오르듯 펄쩍 뛰어올랐다. 여자는 당혹하여 몸을 돌렸지만 그때 수전사는 여자의 가슴 쪽으로 뛰어들고 있었다. 여자는 수전사의 투구와 번들거리는 눈까지는 보았다. 하지만 그 아래에 있는 단검은 보지 못했다. 수전사는 여자의 몸에 부딪히며 단검을 그녀의 배에 꽂아 넣었다. 그리고 그녀와 함께 쓰러졌다. 여자가 낮게 비명을 질렀다.

수전사는 당황하여 왼손으로 여자의 코와 입을 틀어막았다. 그리고 오른손에 쥔 단검을 비틀었다. 그 단검은 바닥에 쓰러지는 충격 속에서도 여전히 여자의 배에 꽂혀 있었다. 수전사가 손목을 비틀자 여자의 목이 뒤로 홱 젖혀졌다. 그녀의 눈에서 눈물이 주르륵 흘러나왔다.

수전사는 여자의 입을 뭉개 버릴 듯 왼손에 힘을 주었다. 땀과 침, 콧물로 손바닥이 미끈거렸다. 여자는 허옇게 변한 얼굴로 그를 바라보았다. 수전사에겐 그녀의 눈을 가릴 손이 남아 있지 않았다. 수전사는 당황한 듯한 표정을 지은 채 오른손을 다시 비틀며 더 세게 찔러 넣었다. 여자는 틀어막힌 입 대신 목으로 비명을 질렀다. '우욱, 윽' 하는 소리가 흘러나왔다. 수전사는 오른손이 뜨거운 액체로 젖는 것을 느꼈다. 여자의 피가 그의 단검과 그것을 쥔 손을 흠뻑 적시고 있었다. 여자가 고개를 가로저었다. 그런 힘이 남아 있다는 것이 믿어지지 않을 정도로 격하게 여자가 고개를 가로저었다. 수전사는 그만 여자의 입을 놓쳤다. 입을 막은 손이 사라지자 여자는 헐떡이듯 말했다.

"죽이지 마."

수전사는 다시 그녀의 입을 막으려 했다. 하지만 여자는 고개를 심하게 도리질치며 계속 말했다.

"살 수 있어. 놔줘. 아파. 아파. 칼을 뽑아. 흑. 죽이지⋯⋯ 마. 제발."

수전사는 얼굴을 일그러뜨리며 칼을 다시 비틀었다. 그의 단검은 여자의 뱃속을 휘젓듯 움직이고 있었다. 여자는 작살 맞은 물고기인 양 몸을 크게 비틀었다. 갑자기 여자의 눈이 스르르 감겼다. 눈물이 왈칵 밀려 나왔다. 여자는 입을 뻐끔거리며 몹시 졸린 사람처럼 머리를 이리 기웃, 저리 기웃했다. 그러다가 여자는 잠꼬대처럼 말했다.

"내일을 보⋯⋯."

수전사는 몸이 서늘해지는 것을 느꼈다.

수전사는 몸을 일으켰다. 여자는 복부가 파헤쳐진 채로 피 웅덩이 속에 누워 있었다. 수전사의 갑옷과 오른팔은 새빨간 피로 미끈거렸다. 수전사는 피와 기름으로 번들거리는 자신의 단검을 바라보다가 그것을 땅에 꽂아 넣었다. 수전사는 다시 여자를 보았다. 그리고 그녀가 한나절 후에 찾아올 2월 7일을 볼 수 없게 되었다는 것을 확인했다.

수전사는 잽싼 손놀림으로 여자의 소지품을 뒤졌다. 몇 닢의 은편과 무엇인지 모를 고약, 호부 삼아 가지고 있었던 듯 염주, 올이 굵은 천으로 만든 손수건 등을 발견했다. 무엇인가를 감싸고 있는 손수건은 묵직했다. 수전사는 손수건을 펼쳤다.

손수건 안에는 잘 닦아 둔 수저가 들어 있었다.

가끔 모래로 닦았던 듯 잔금이 많지만 반들반들했다. 어쩐지 집에서 쓰던 물건 같다. 손으로 음식을 집어먹지 않게 된 이후부터 쓴 물건이었는지도 모르겠다.

수전사는 수저를 팽개쳤다. 그는 단검을 뽑아 들고 손수건으로 닦았다. 그리고 오른팔과 갑옷도 대충 닦아 내었다. 큰 성과는 없었다. 물에 넣어 박박 씻지 않는 이상 그 피는 해결하기 어려울 것 같다. 수전사는 피범벅이 된 손수건을 버리고 일어났다. 다리가 조금 저렸다. 여자는 눈을 뜬 채 하늘을 보고 있었다. 선홍빛이었던 유혈은 떠다니는 먼지와 땅의 흙을 빨아들여 혼탁하게 변하고 있었다. 수전사는 어깨를 늘어뜨렸다. 그는 여자의 무기를 챙겨 들었다. 힘이 모조리 빠져나간 것 같았고 새로 추가된 무게는 부담스러웠다. 수전사는 어기적거리는 걸음으로 여자의 곁을 떠났다. 조금 전 그의 몸을 싸늘하게 만들었던 감정은 사라졌다. 수전사는 그것이 무슨 감정이었는지도 생각하지 않았다. 그에게 일어난 일은 별것 아니다. 시모그라쥬군 한 명이 죽었다. 그것뿐이다. 수전사는 햇빛이 따스하다고 생각했다.

전역은 확대되고 있었다.

독수리와 까마귀의 오랜 적대 관계는 풍부한 영양 공급원 앞에서 마침내 해소될지도 모른다. 32년 최초로 일어난 전쟁은 시모그라쥬의 엔거 침입이 아니다. 엔거 외곽에 주둔하고 있는 뽕나무 군단과 두 개의 독립 중대는 하늘누리의 실종 이후 엔거 태수 잔디머 파르벳의 호의에 의지하여 지낼 수 있었고, 따라서 시모그라쥬군의 북진이 시작되어 파르벳 태수가 그들을 소환하자 큰 고민 없이 그의 지휘를 따르기로 했다. 하지만 파르벳 태수는 전쟁을 빌미로 엔거 인들을 수탈하는 일에 그들을 주로 이용하였다. 전쟁 상황에서만 가능한 긴급 조치를 남발하여 막대한 재물을 끌어모은 파르벳 태수는 시모그라쥬 공에게 밀서를 보냈다. 그 내용은 뽕나무 군단과 두 독립 중대를 넘기는 대가로 엔거가 시모그라쥬 공이 아닌 대호왕의 정복을 받아들이는 것으로 해 달라는 것이었다. 파르벳은 정복자가 시모그라쥬 공이 아닌 대호왕이라면 엔거 인들도 받아들일 거라 판단했던 것이다.

하지만 협상이 시작되자마자 잔디머 피르벳은 시모그리쥬 공이 왜 그 졸렬한 활약을 내버려두었는지 알게 되었다. 베로시 토프탈 상장군은 태수를 붙잡아 매단 다음 부당하게 획득한 재물을 엔거 인들에게 돌려주며 대호왕의 정의가 실현되었다고 주장했다. 엔거 인들은 정의의 실현과 수탈당한 재물의 반환에 환호했다. 점잖은 이들은 자신이 전자에 환호한다고 말했고 좀 더 솔직한 이들은 후자에 기뻐했다. 그리고 통찰력 있는 이들은 엔거 전쟁이 전쟁이 아니라 멋진 사기극이라고 생각했다. 베로시 토프탈 상장군은 엔거를 무혈 정복했을 뿐만 아니라 뽕나무 군단과 두 독립 중대도 아무런 출혈 없이 손에 넣었다. 엔거 태수에게 환멸을 느끼고 있던 그들은 엔거 태수가 매달리자마자 같은 제국군인 시모그라쥬군에 합류하는 것이 낫다고 결정했다.

솥이 병영 밖으로 나갔다. 그리고 그 결정은 그들을 만족시켰다. 키탈저에 도착할 때까지.

본격적인 전쟁의 불꽃은 키탈저에서 피어올랐다. 키탈저 사냥꾼의 무서운 전설이 태어난 고향답게 키탈저 사람들의 성정은 거칠다. 대호왕의 대행자인 시모그라쥬 공의 대행인 자격으로 베로시 토프탈 상장군이 보낸 항복 권고를 받은 키탈저 태수 아지엣 사카라는 "항복? 먹는 거냐?"라는 짤막한 답장을 써 보냈다. 베로시 토프탈은 행간에서 낄낄거림이 묻어나는 문체로 항복은 먹는 것이 아니라 자신의 미력함을 인정하고 상대에게 굴복하는 것이라는 상냥한 답을 보냈다. 그러자 아지엣 사카라는 "못 먹는 것이면 관심 없다."는 답장을 보냈다. 답장을 보낸 직후 사카라 태수는 키탈저의 유지들과 그 부근에 주둔하고 있던 제국군을 모조리 소환했다. 키탈저 주변에 주둔하고 있던 것은 여섯 개 독립 중대였다. 여섯 명의 중대장과 키탈저의 유지들을 불러들인 사카라 태수는 건배를 제안한 다음 차분하게 말했다.

"대호왕의 권리니 정통성이니 하는 말은 하지 않겠습니다. 간단히 말하지요. 나는 시모그라쥬 공이 마음에 안 듭니다. 새 황제를 선출한다면 귀족원 회의를 열든지 고대의 만민 회의를 부활시키든지 여러 방법이 있습니다. 그런 행동이라면 나는 호응했을 겁니다. 하지만 군대를 이끌고 오는 자와는 대화하지 않습니다. 그것이 내 방식입니다. 그러니 싸울 사람은 남고, 살고 싶은 사람은 남으십시오."

모여든 사람들은 뭔가 앞뒤가 안 맞는 말이라고 지적했다. 사카라 태수는 자신의 실수를 인정했다.

"아, 죄송합니다. 한마디 빠졌군요. 죽고 싶은 사람은 떠나십시오."

사람들은 그저 호기심 해소 차원에서 묻는 것임을 전제한 다음 어떻게 떠나는 사람을 따라가서 죽이겠다는 것이냐고 물었다. 아지엣 사카라는 친절하게 대답했다.

"그야 떠나는 사람들은 방금 비운 잔에 들어 있는 독의 해독제를 나한테서 받지 못할 테니까."

사람들은 그런 불쾌한 방식으로 자신들의 진정성을 의심하는 것은 무례라고 말한 다음 자신들은 그 독에 대해 알기도 전에 이미 사카라 태수와 함께 싸울 작정이었다고 이구동성으로 말했다. 사카라 태수는 크게 감동하여 그들의 저항 의지를 표현한 연판장을 쓰자고 말했다. 모인 사람들은 그 연판장에 서명했다. 그 다음 태수는 그들에게 좋은 음식을 먹고 푹 자라고 말했다. 수명을 단축시키는 독인 술을 해독하는 것에는 그만 한 방법이 없다면서. 좋은 해독 방법을 알게 되어서 그랬는지도 모르지만 그 직후 유지들과 중대장들은 독을 벌컥벌컥 들이켰다.

사카라 태수가 알려 준 해독 방법으로 몸을 다스린 키탈저의 유지들과 중대장들은, 원래 태수와 함께 싸울 작정이었는데도 묘하게 우울한 얼굴을 한 채 태수와 함께 전쟁을 준비했다. 그러나 얼마 후 북쪽으로부터 뜻밖의 소식이 도달하자 그들의 얼굴이 조금 밝아졌다. 비나간이 자신들의 고토와 형제자매들을 지키기 위해 군대를 보낸다는 소식이었다.

키탈저 인들은 기뻐했지만 쉽게 표현하기 어려운 난감한 기분도 약간 느꼈다. 키탈저 인들은 비나간 인과 달리 자신들이 키탈저 사냥꾼의 후예라고 주장하지 않는다. 다른 대부분의 사람들처럼 키탈저 인들도 키탈저 사냥꾼은 제1차 대확장 전쟁 당시, 그러니까 팔백여 년 전에 멸망했다고 생각한다. 따라서 스스로를 키탈저 사냥꾼의 후예라고 믿는 비나간 인들의 모습은 키탈저 인에게 이해할 수 없는 촌극 이상도 이하도 아니었다. 과거 비나간을 방문한 키탈저 인들은 '형제자매'니 '먼 친척'이니 하는 은근히 친근한 척하는 대접에 당황하거나 웃으며 얼버무렸고, 속으로는 그런 태도를 비웃었다. 그런데 그 비나간 인들이 키탈저 인들을 돕기 위해 군대를 보낸 것이다. 반신반의하는 그들 앞에 비나간 군대가 진짜 나타났을 때 키탈저 인들은 은근히 따돌렸던 친구가 어려울 때 도움의 손길을 내밀며 '친구니까!'라고 말하는 것을 목격하는 것 같은 기분을 느꼈다.

하지만 베로시 토프탈 상장군은 그런 낭만극에 경도되지 않았다. 그녀가 보기에 비나간 후는 단지 자신의 담장 밖에서 전쟁을 벌이기로 결정한 것뿐이다. 물론 전술상의 고찰 외에 전략적인 고찰도 있었을 것이다. 비나간의 완만한 평야보다는 키탈저의 험한 지형이 유격전에 더 적절한 장소이기도 했다. 하물며 그 지형에 익숙한 키탈저 인들의 감성적 호의를 얻을 수 있다면 유리함은 몇 배로 늘어난다. 베로시 토프탈 상장군은 비나간 후 지키멜 퍼스에 대한 평가를 '제국 실종의 혼란기를 틈타 증조부의 자리를 훔친 진부한 야심가'에서 '관찰이 필요한 대상'으로 격상시켰다. 그리고 진지한 대접을 해 주기로 결정했다.

비나간과 키탈저 연합군은 남부의 제국군이 왜 최강인지 뼈저리게 느끼게 되었다. 베로시 토프탈 상장군은 유격전을 실시하는 그들을 주의 깊게 끌어내었다. 독립 중대의 여섯 중대장은 끝까지 유격전을 고집해야 한다고 주장했지만 승부를 보기 위해 조바심을 내고 있었던 키탈저의 유지들과 비나간군은 베로시 토프탈 상장군의 유인에 말려들어 갔다. 그리고 그들이 회전에 응하자 베로시 토프탈 상장군은 아젤키버 계곡과 허비트리 강변에서 나홀에 걸쳐 연속적으로 벌어진 세 번의 전투를 통해 그들을 가뭄든 땅의 지렁이꼴로 만들어 놓았다. 키탈저군과 비나간군은 머리를 감싸 쥔 채 도망쳐야 했다. "대호왕의 권위에 복종하여 새 제국의 건설에 동참해라!" 바보가 아니라면 받아들일 요구였다.

그러나 비나간 인과 키탈저 인은 바보가 되기로 했다. 험악한 전투에서 간신히 살아남은 자들에게서 묘한 일이 일어났다. 그들은 서로를 진짜 육친으로 여기기 시작했다. 키탈저 인들은 그들에게 삶의 터전이라 오히려 현실적이기 짝이 없는 땅이 비나간 인에겐 키탈저 사냥꾼의 성지라는 사실에 감동하며 자신의 땅을 새로운 눈으로 돌아보게 되었다. 그리고 비나간 인은 키탈저 인의 거친 모습에서 자신들이 잊어버렸던 본류의 모습을 재발견했다고 생각하며 기원을 지켜야 한다고 결심했다. 고대의 전설이, 그리고 공통의 적이 관계 없는 두 부류의 인간들을 묶어 주었다.

그리고 그들은 여섯 명의 수교위를 좀 더 존중하게 되었다. 그들은 진작 그러는 편이 좋았다. 키탈저군은 키탈저의 유지들이 인맥과 사재로 마련한 의용군이었기에 군사적 숙련도는 기대할 수 없었다. 비나간 후의 봉신들이 주축이 된 비나간군은 형편이 약간 나았지만 그 봉신들은 군사 전문가라기보다는 통치 전문가들이었다. 전문적인 훈련이 왜 중요한가 알게 된 그들은 여섯 명의 수교위를 주축으로 재결집했다. 그리고 악착 같은 유격전으로 시모그라쥬군을 괴롭히기 시작했다. 베로시 토프탈은 다시 그들을 회전으로 끌어내려고 애썼지만 연합군은 두 번 속아 넘어가지는 않았다. "대호왕은 이전에 왔던 것처럼 군대 없이, 정복욕 없이 북부에 와야 한다!" 주고받는 문구는 장엄했지만 주고받는 죽음은 모두 장엄하지 않았다.

그리고 그 배후에 유료도로당이 있었다.

"결국 대장군이나 규리하 공, 발케네 공이 아니라 시모그라쥬 공이 주역이었군."

"하지만 유료도로당의 배역은 짐작 못했어."

"유료도로당은 비나간 후에게 쏟아 붓는 듯한 지원을 하고 있습니다."

"구체적으로?"

"최우선 도로 사용권 보장, 도로 사용료 면제, 도로 부대시설 완전 개방. 게다가 유료도로당원들이 비나간 후를 위한 전령 노릇까지 하고 있으며, 확인되지는 않았지만 당비가 비나간 후에게로 흘러 들어가고 있는 것 같습니다. 전쟁이라는 끔찍한 사업을 진행하면서도 비나간 후의 재정과 출납 담당자들 중 그 누구도 화병으로 쓰러지지 않았다는 것이 증거가 될 수 있을지도 모르겠군요."

평범한 관찰력을 가진 사람도 세상 곳곳에 찾아드는 봄을 알아차릴 수는 있을 것이다. 그리고 상당히 관찰력이 좋은 사람이라면 추운 지방에 속하는 세퀴라도에서도 봄의 재래를 확인할 수 있을 것이다. 하지만 세퀴라도에 갑자기 용인이 나타난다 해도 세퀴라도의 자유무역당사 회의장에서는 봄의 흔적을 찾을 수 없을 것이다. 회의장에 앉아 있는 고위당원들 중에 화사한 봄옷을 입고 있는 이는 한 명도 없고 그들 중 누구도 날씨나 계절 이야기를 꺼내지 않기 때문이다. 말도 아껴야 할 재화라고 믿는 그들은 잡담에 조금의 시간도 할애하지 않았다. 하지만 그들의 태도가 진지하게 보였느냐 하면, 그렇지는 않았다. 회의를 진행하기 위해 사용하는 그들의 말투 자체가 잡담을 나누는 것처럼 보였기 때문이다. 그들은 별다른 감정의 변화 없는 담담한 어투를 이용하여 어떤 이들이라면 상당한 긴장감과 흥분을 표현했을 주제들을 말하고 있었다.

"비나간 후의 재정관들은 화병을 일으키지 않았다 해도 게라임 지울비는 아들 때문에 화병이 나 있겠군. 시오크 지울비의 주장은?"

"귀족원 회의를 통하지 않고서는 그 누구도, 설령 대호왕이라 해도 황제가 될 수 없다."

"그게 당원들에게 먹혀듭니까?"

"지금까지는 잘 먹혀들어 가오."

"거참. 재정이 굉장히 악화되고 있을 텐데."

"은편 열 닢 받으려고 죽음의 거장과 전쟁을 벌였고 도로 사용료 안 준다고 대장군 갈로텍도 막았으며 키보렌에 도로도 뚫었던 자들이오. 재정 악화에 대해서는 눈도 꿈쩍하지 않을 자들이지. 이상한 점은 따로 있소."

"그게 뭐지?"

"도로의 평등을 포기했다는 것이죠. 유료도로당이 발칵 뒤집힌다면 재정 악화보다 그것 때문에 뒤집혀야 정상입니다."

"그런데 안 뒤집히고 있소."

"저 말이야, 제국군은 어떻지?"

"제국군?"

"저번 회의에서 제국군의 동향은 두 가지라고 들었어. 발케네 공을 때려잡아 황제의 원한을 갚든가 제국군이 주축이 되어 새 황제를 선출하는 것. 그런데 최근에 합류한 뽕나무 군단까지 포함해서 지금 적지 않은 제국군이 시모그라쥬 공의 휘하에 들어갔지. 그런 상황에서 다른 제국군은 어떤 반응을 보이고 있지? 그들이 다른 제국군처럼 우리도 대호왕과 시모그라쥬 공을 지지한다고 떠들기 시작하면 이야기가 끝나는 거 아냐?"

"사실은 오늘 회의를 소집한 이유 중에 하나는 그겁니다."

"제국군이 무슨 반응을 보이고 있는데?"

"아무 반응도 안 보이고 있습니다."

"뭐?"

"아무 반응도 없습니다. 그럴 수밖에 없지요. 사라졌으니까요."

자유무역당의 고위 당원들은 미심쩍은 표정으로 발언자를 돌아보았다. 상석에 앉아 있던 자유무역당주 지테를 시야니는 입매를 약간 씰룩거렸다.

"설명해 봐."

"제국군이 사라지고 있습니다. 부대 주둔지 주변의 주민들은 그들이 어느 날 홀연히 떠나서 돌아오지 않는다고 말하고 있습니다. 그리고 그들이 어디로 이동했는지는 알 수 없습니다. 마치 증발한 것처럼 그냥 사라졌습니다. 그런 일이 곳곳에서 일어나고 있습니다."

"얼마나 사라졌지?"

"확인된 것만 20만 정도입니다."

천이 북 찢어지는 기세로 작은 비명과 한숨들이 터져 나왔다. 자유무역당의 회의에서는 찾아보기 어려운 반응이었다. 발언자는 진지한 얼굴로 말했다.

"누군가가 비밀리에 그들을 규합하고 있다고 봐야 할 것 같습니다."

"사라진 태위? 아니면 대장군?"

"이상하잖아. 20만이나 되는 병력을 호주머니에 넣어 다니는 마법을 부릴 수 있다면 모를까, 그렇지 않다면 그 숫자를 뒷받침하기 위해서 거대한 행정 조직과 막대한 자금이 필요할 텐데. 태위나 대장군이 그런 것을 가지고 있을 것 같지는 않은걸."

"아니요. 가지고 있습니다."

"가지고 있다고?"

"하늘누리의 비밀 보급소입니다. 그걸로 병사들을 먹이고 있는 거지요. 태위 아니면 대장군이 분명합니다. 두 사람은 그 위치를 잘 알 테고, 또 그들의 명령이 아니고선 제국군이 그렇게 주저 없이 따라나서지 않을 테니까요. 그리고 저는 대장군일 거라고 생각합니다."

"왜지?"

"제국군을 규합한 다음 규리하로 돌아가 하늘치를 다룰 수 있는 처녀와 결혼하고 귀족원 회의를 열어 규리하 공을 새 황제로 선포하려면 태위보다는 대장군이 어울리니까요."

무지막지하다고까지 할 수 있는 이야기에 당원들은 입을 닫았다. 오늘의 회의는 여러 모로 다른 때의 회의와 달랐다. 조금 후 한 사람이 조심스럽게 말했다.

"그럴듯하긴 한데, 증거가 있나?"

"먼저 두 번째 안건을 들어 주십시오."

"그러고 보니 회의 소집의 이유가 두 개라고 했지. 두 번째는 뭔데?"

"규리하 공 비셀스 규리하에게서 재미있는 제안이 왔습니다. 도깨비들을 건조막 대신 사용하는 대규모 연초 제조 시설을 만들어 연초를 싸게 납품하겠다는군요."

뭔가 맥락에 맞지 않는 이야기처럼 들렸기에 당원들은 당황했다. 가장 먼저 나온 질문이 연초의 북방 한계선에 관한 이야기인 것은 그 때문일 것이다.

"규리하에서 연초를 어떻게? 거기서는 추워서 재배 못해."

"규리하가 아닌 판사이입니다."

"판사이? 아, 굴도하 남작?"

"그렇습니다. 발리츠 굴도하 남작이 연초밭과 연초 재배자들을 담당하는 계획인가 봅니다. 그러니 싼 연초에 관심이 있으면 투자 비용 겸 선금조로 돈을 내랍니다. 자신들이 발케네 공의 침략 때문에 재정적으로 좀 피곤하다는 것까지 밝혔습니다."

"그것참 흥미로운 사업 제안이군."

"이상한 제안 아닐까요?"

"뭐가 이상하다는 말씀입니까?"

"생각해 보십시오. 규리하 공이 돈이 필요하다면 그냥 외조부인 지테를 시야니 당주에게 좀 빌려 달라고 요청하는 것이 간단할 겁니다. 그 생각이 가장 먼저 들지 않을까요?"

지테를 시야니 당주는 그 말에 별 반응을 보이지 않았다. 대신 그는 계속 말해 보라는 듯 가볍게 턱을 움직였다. 발언자가 말했다.

"이렇게 생각해 볼 수도 있지 않을까 합니다. 규리하 공이 그런 사업 계획을 내놓은 것은 자신과 즈믄누리의 관계를 대외적으로 과시하기 위해서라고."

자유무역당원들은 동시에 입을 닫았다. 약간 어려워하는 투의 목소리가 조금 늦게 들려왔다.

"그렇다면 보통내기가 아니라는 말이군."

발언자는 느리지만 힘있는 동작으로 고개를 끄덕였다.

"그렇습니다. 규리하, 하늘치, 즈믄누리와의 관계, 대장군이 데려올 제국군. 보통내기가 아닌 그 처녀가 가지고 있거나 가지게 될 힘입니다. 그중 몇 가지는 다른 사람이 흉내도 낼 수 없는 것들이지요."

그들이 앉아 있는 의자에는 등받이가 없었기에 당원들은 허리를 젖히는 대신 거친 탁자 위에 팔을 얹었다. 그 자세로 그들은 탁자를 보며 당주의 말을 기다렸다.

지테를 시야니 당주가 천천히 입을 열었다.

"여러분, 우리의 지지를 받을 황제 후보를 찾은 것 같습니다."

베로시 토프탈 상장군은 몇몇 부하 장교들의 얼굴을 떠올렸다. 그녀가 떠올린 얼굴들에는 공통점이 있었다. 모두 비늘에 덮여 있었다. 그녀는 한계선 때문에 어쩔 수 없이 놔두고 온 나가 장교들을 생각하고 있었다.

한계선 남쪽에 있을 때 베로시는 자신이 실력 제일주의자라고 생각했다. 나가든 인간이든 관계없이 더 뛰어난 자를 귀하게 쓴다는 것이 그녀의 인사 철학이었다. 철학이라고 할 것도 없이 당연한 말이다. 하지만 지금 베로시는 자신이 가장 신뢰하는 부하 장교들은 나가 장교들이 아니었나 의심하고 있었다. 그것은 아마도 옆에 없는 것에 대해 느끼는 아쉬움일 것이다. 그리고 곁에 있는 인간 장교들에 대한 실망도 그런 느낌을 부채질하고 있을 것이다. 베로시는 실망을 넘어 분노를 느끼고 있었다.

그래서 베로시는 말의 배를 확 걷어찼다.

그녀의 주위에 있던 병사들이 깜짝 놀라는 것을 무시한 채 베로시는 앞으로 달려 나갔다. 그녀는 괴물처럼 보이는 거대한 공성기 사이를 달렸다. 공성기는 '탕! 탕!' 하는 신음을 토하며 돌을 날려 보내고 있었고 병사들의 구불구불한 진형은 파도처럼 언덕을 오르고 있었다. 하늘에는 돌과 화살이 어지럽게 날아다녔다.

나스팔 성은 산이 되려다가 만 듯한 언덕 위에 자리 잡고 있는 산성이었다. 멀리서 보면 경사가 그렇게 다급하게 보이지 않지만 가까이서 보면 사정이 다르다. 흘러내리는 자갈과 흙모래, 복잡하게 쪼개진 바위들 때문에 비교적 완만한 경사도인데도 한 발 한 발을 내딛는 일이 미로를 헤매는 것처럼 까다로웠다. 게다가 경사가 완만하기 때문에 걸어야 하는 거리는 더 길다. 소나기처럼 퍼붓는 화살과 투창을 용케 피해 그 미로를 통과한다 해도 장애물은 끝나지 않는다. 자연암과 어우러지게 만든 이중 성벽은 방어자에겐 광활한 시각을 제공하지만 공격자에겐 눈앞이 캄캄해지는 느낌을 제공한다. 지형을 교묘하게 이용하고 탁월한 축성술로 지어진 그 성벽 앞에 선 사람은 성벽의 견고함이 아니라 성벽의 부실함을 느끼게 된다. 하지만 그것은 공격자의 사기를 북돋는 부실함이 아니다. 공격자는 벽이 자신의 머리 위로 무너져 내릴 것 같은 느낌을 받게 되는 것이다. 그 압박감 속에 공격자는 이미 주눅이 들고 거기에 투석과 화살이 더해지면 성벽을 기어오를 엄두조차 낼 수 없게 된다.

도망친 사카라 태수와 비나간—키탈저 연합군의 주력 부대가 자리 잡고 농성하는 곳은 바로 그런 성이었다. 나스팔 성을 보자마자 베로시는 그 성의 함락이 쉽지 않으리라는 것을 깨달았다. 그래서 그녀는 공성기를 제작하도록 명령했다. 그 명령에 따라 제작된 공성기들은 마치 용의 무리처럼 장대한 모습으로 서 있었지만 파괴력은 도저히 용에게 비교할 것이 아니었다. 공성기의 조작을 맡은 장교와 병사들은 도무지 탄착군을 좁히지 못하고 있었다. 그중 특별히 질이 떨어지는 몇 기의 공성기는 사격을 포기한 상태였는데, 그것은 언덕을 오르는 아군의 머리 위로 돌이 떨어지는 낭패스러운 꼴을 몇 번 연출한 후에 내린 결정이었다.

베로시 상장군이 그리워하는 나가 장교들이 기온의 한계를 뛰어넘어 이곳에 도달한다 해도 상황을 개선시키지는 못했을 것이다. 정예 제국군으로 일컬어지는 그들도 공성기에는 친숙하지 않았다. 밀림에서 공성기는 거추장스러운 물건이다. 또한 그들의 가상 적국인 시련의 나가들은 성을 만들지 않는다. 그들은 공성기를 제작하거나 다룰 이유가 없었다. 공성기의 제조 방법은 알고 있었으므로 제작할 수 있었지만, 그 공성기들은 자신들이 낭비한 노동력과 자원의 기념비인 것 같았다. 그것들은 아무 쓸모가 없었다. 아직 사격을 포기하지 않은 공성기들은 자신의 무용함을 감추기 위해 열심히 돌을 날려 보내고 있었지만 성에 제대로 탄환을 날려 보내는 것은 한 기도 없었다.

그래서 베로시 토프탈 상장군은 머리끝까지 화가 났다.

그녀는 말을 달려 병사들 사이로 뛰어들었다. 교위들과 부위들의 지휘를 받으며 힘겹게 언덕을 오르던 병사들은 갑자기 나타난 최고 지휘관의 모습에 경악했다. 기겁한 그들을 향해 베로시는 노호했다.

"일어나라! 일어나!"

베로시는 사이커를 뽑아 들었다. 바위틈에서 화살을 피하며 숨을 돌리던 병사들이 일어났다. 쓰러진 시체 뒤편에 몸을 웅크리고 있던 병사들이, 말라죽은 고목 뒤편에 숨어 있던 병사들이 일어났다. 그녀는 병사들의 후열을 따라 달리며 독전했다.

"물러서는 자는 내 손에 죽는다! 달려라! 숨이 터지도록 달려라! 서 있으면 죽는다! 몇 걸음만 더 오르면 거기가 정상이다! 너희는 최고다! 저까짓 잡병들이 너희를 막지 못한다! 누가 도시 연합과 마주한 채 매일 전쟁을 준비했나! 너희들이다! 누가 앞이 보이지도 않는 키보렌을 걸었나! 너희들이다! 누가 제국을 되찾을 것인가! 너희들이다!"

그녀를 알아본 수비자들이 화살을 집중적으로 날려 보내기 시작했다. 삽시간에 날아온 화살 무더기가 주위에 꽂히는 것을 보며 베로시는 격분했다. 분노로 달아오른 볼을 부풀리며 베로시는 외쳤다.

"대호왕의 병사들아! 가라!"

병사들은 충성스럽게 베로시의 외침을 따랐다. 그들은 바위를 기어오르고 비탈을 달려 올라갔다. 자꾸 미끄러지는 몸을 악착같이 끌어올렸다. 그리고 가족과 친구와 꿈과 미래와 헤어졌다. 시체들이 자갈을 타고 굴렀다. 시체들이 길을 막고 쓰러져 후열의 전진을 막았다. 시체들이 바위에 부딪히며 튀어올랐다가 아직 살아 있는 전우들의 머리 위로 떨어졌다. 급류 같은 죽음이 시모그라쥬군에게 몰아닥쳤다.

공격자들의 공세도 대단했지만 방어자들의 의지는 더 놀라웠다. 해가 떠 있는 동안 계속된 공격에도 불구하고 첫 번째 성벽을 넘은 시모그라쥬군은 얼마 되지 않았고 두 번째 성벽을 넘은 병사는 극소수였다. 해가 지는 것을 본 베로시 토프탈은 어쩔 수 없이 퇴각을 명령했다. 물러나는 시모그라쥬군을 보며 나스팔 성에서 요란한 함성이 들려왔다.

밤은 슬픔과 고통의 수행을 받으며 찾아왔다. 상처 입은 병사들의 신음과 비명, 울음소리가 시모그라쥬군의 진지 위로 범람했다. 그런 소음 속에서 시작된 작전 회의의 분위기는 당연히 침울했다. 베로시는 먼지를 잔뜩 마신 목을 달래기 위해 차를 마시고 있었지만 그녀가 원하는 것은 좀 더 진한 것이었다. 베로시는 술에 대한 유혹을 떨치고 참모들에게 타개책을 내놓을 것을 요구했다.

타개책이 없는 것은 아니다. 나스팔 성 공략에 참가한 시모그라쥬군은 전체 시모그라쥬군의 일부였다. 넓어진 전선을 감당하기 위해 시모그라쥬군은 키탈저 이곳저곳에 분산되어 있었다. 만약 그 병력이 모두 결집한다면 나스팔 성은 결코 난공불락을 자랑할 수 없다. 참모들 대다수는 그 타개책에 유혹을 느꼈고 베로시 또한 그러했다. 그러나 그 병력들이 현재 주둔하고 있는 곳에서 물러나면 그곳에서 새로운 저항 세력이 나타날 것이다. 그 병력들이 현지민들 사이에 협력 조직을 만들어 놓기 전에는 그들을 불러들일 수 없다.

급진적인 참모들은 베로시의 교전 원리가 지나치게 구식이라고 주장했다. 베로시는 가만히 그들의 말을 경청한 다음 느리지만 분명한 방법으로 그들을 얼간이로 만들어 놓았다.

"대호왕 폐하의 폭풍 같은 남진이 멋있다고 생각하겠지. 기동전을 하고 싶다는 것이겠지. 잘 들어라. 대호왕 폐하께서는 북부로 돌아올 생각이 없었고 그분의 전략 목표는 하텐그라쥬라는 단 하나의 도시뿐이었다. 그 도시만 섬멸하면 전쟁에 승리하는 것이었다. 그랬기에 폐하께서는, 그리고 라수 규리하는 전사상 유래가 없고 앞으로도 있기 힘든 기동전을 감행할 수 있었다. 우리는 정반대다! 우리에게 하나의 목표가 어디 있나? 그곳을 점거하면 제국을 재건할 수 있는 한 장소가 있다면 본관에게 좀 말해 주기 바란다. 본관은 그런 곳이 어딘지 모르겠거니와 있는지조차 의심스러우니까. 대답하지 않을 텐가? 제기랄, 당연하지! 그런 곳은 없다. 우리가 노리는 것은 하나의 도시가 아니라 제국 전체다. 그런 상황에서 손실률이 가장 높은 기동전을 실시하자는 것은 멋있게 죽자는 말밖에 되지 않는다. 그런 어리석은 말을 하는 것만으로도 귀관들은 장교의 자격이 없다. 게다가 오늘의 패배로 수치를 알아야 할 귀관들이 자신을 돌아볼 줄 모르고 상관의 교리를 폄하하는 모습에서는 책임 회피의 의도도 엿보인다. 장교가 절대적 명령권을 가지는 것은 무거운 책임을 거부하지 않기 때문이다. 따라서 장교가 책임을 회피하려 한다면 그것은 죽음으로도 갚을 수 없는 죄다!"

베로시는 이글이글 타는 눈으로 장교들을 쏘아보며 생각했다. '아쉬존, 나는 이 말 한마디도 안 믿는다. 이걸 보여 줘야 하는데.' 하지만 아쉬존 토프탈은 대호왕의 곁에 있었다. 장차의 제국은 아쉬존의 것이 된다는 것이 일족의 결정이었다. 따라서 아쉬존은 보호되어야 한다.

장교들은 도도한 표정을 지으려 애썼지만 자존심 때문에 위장한 표정이라는 것을 당장 알아차릴 수 있었다. 베로시는 그 표정을 보며 그들을 좀 더 몰아붙일 것인지, 아니면 조금 풀어 줄 것인지 고민했다. 그때 한 수교위가 말했다.

"귀족원 회의를 개최하면 되겠군요."

수교위는 말을 끝낸 후에야 자신이 무슨 말을 했는지 깨달은 사람의 표정을 지었다. 그는 당혹했지만 이미 다른 장교들과 베로시는 그를 노려보고 있었다. 수교위는 우물쭈물하다가 갑자기 터지듯 입을 열었다.

"제국을 재건할 수 있는 하나의 장소를 알려 달라고 하지 않으셨습니까? 그런 장소는 만들 수 있습니다. 귀족원 회의지요. 그리고 대호왕 폐하를 선출하면 됩니다. 그렇잖습니까?"

베로시는 수교위를 매섭게 노려보다가 말했다.

"저 의견에 동의하는 사람 있나?"

장교들은 대답하지 않았다. 그들은 근신스러운 표정으로 베로시와 수교위를 바라보았다. 그중에는 드물지만 호기심을 드러내는 표정도 있었다. 베로시는 말하고 싶었다. 공정한 귀족원 회의가 가능할 거라 믿냐고. 고아라짓 왕국 시절까지 거슬러 올라가는 규리하 공이나 귀족원에서 막강한 영향력을 발휘해 온 발케네 공과 같은 자들에 비하면, 비록 공작이라 해도 시모그라쥬 공은 신흥 귀족이나 다름없다. 지금의 시모그라쥬 공은 외숙부의 이름을 따 스스로 토프탈이라는 성을 붙이기 전까지는 성도 없던 자였다. 그런 시모그라쥬 공은 오직 실력으로 자신을 증거할 수밖에 없다. 대호왕이 나타나기 전, 일족은 토프탈의 후예를 황제로 만드는 방법은 오직 실력 행사뿐이라는 결론을 내렸다.

대호왕이 나타난 이후에도 그 생각은 바뀌지 않았다. 수교위의 말처럼 지금 당장 귀족원 회의를 개최한다면 대호왕 자신이 새 황제로 선출될 가능성은 결코 적지 않다. 하지만 귀족원 회의를 통해 대호왕을 새 황제로 선출한다면 그녀를 황제로 만든 이는 전체 귀족이 된다. 그 경우 시모그라쥬 공이 끝까지 대호왕을 통제할 방법은 없어지며, 아쉬존으로 하여금 대호왕의 뒤를 잇게 하는 계획도 성공 가능성이 불분명해진다. 다른 모든 방법은 고려할 수 있지만 귀족원 회의만은 절대로 고려할 수 없다. 그것은 대호왕에게 이용당하는 꼴이다. 이용하는 쪽은 일족이어야 한다.

발케네 공을 이용하여 치천제를 사라지게 한 것처럼, 대호왕을 이용하여 토프탈의 제위 획득을 노려야 한다.

그런 이야기를 공개적으로 거론할 수는 없었다. 베로시는 수교위를 노려보다가 차갑게 말했다.

"다행이군. 귀족원의 첩자로 의심할 사람이 한 사람뿐이니."

"상장군님!"

"우리가 그분을 찾았다. 그리고 그분이 찾으신 것이 바로 우리다. 그런데 귀족원 회의 따위를 열어 저들에게 그분을 선출하는 영광을 나눠 주자는 건가? 심지어 저들은 폐하께서 한계선을 넘을 수 없다는 사실을 트집 잡아 다른 황제의 선출을 시도할지도 모른다. 그런 짓을 용납해야 하나? 명심해라. 우리는 한계선을 넘을 수 없기에 저 남쪽에 계신 분의 대행자다. 이곳에서 우리는 그분을 대행하고 있는 것이다. 우리는 스스로 황제라 생각해야 한다. 우리 한 명 한 명이 황제답게 행동해야 한다."

자랑스러움을 고취시키는 말이긴 하지만 뭔가 맥락이 불분명했다. 하지만 장교들은 그 사실을 알아차리지 못하거나 알아차렸다 해도 지적하지 않았다. 분노와 공포로 하얗게 변한 수교위의 얼굴에서 알 수 있듯 다른 곳도 아닌 병영에서 첩자라는 섬뜩한 지명을 받는 일을 즐길 수는 없는 노릇이다. 그래서 그들은 열성적으로 베로시의 말에 찬성했다.

오늘의 실패 원인을 검토하고 내일의 타개책을 모색하기 위해 시작된 회의는 단합대회 비슷한 것으로 끝났다. 화려한 단어들을 무차별적으로 동원하여 베로시는 그들에게 자부심을 잔뜩 불어넣었다. 자부심은 눈에 보이지 않지만 군인의 밥상에 항상 오른다. 베로시가 한 일은 무의미한 일이 아니다. 하지만 그렇게 유익한 일도 아니었다. 그녀의 병사들은 원래 군기가 투철한 편이다. 부위급에서 얼마든지 할 수 있는 일을 최고 지휘관이 했다는 것은 결국 그녀가 그 회의를 통제할 수 없었다는 뜻이다. 베로시는 이 전쟁이 대호왕의 황위 등극이 아니라 토프탈 일족의 심모원려에서 비롯된 것이라는 사실이 부각되는 것을 원치 않았다.

그래서 회의를 끝내고 숙소로 돌아온 베로시는 정신적인 피로감을 느꼈다. 그녀는 간이 의자에 앉아 지도를 들여다보았다.

이것은 첫 번째 난관일 뿐이다. 늦든 이르든 키탈저는 가질 수 있다. 키탈저를 정복하면 칼리도, 림츠, 살본, 하이스로 가는 길이 열린다. 그 다음은 시구리아트 산맥 서쪽 어디로든 갈 수 있다. 시구리아트 동쪽은 좀 더 정치적인 접근이 필요할 것이다. 은근히 영향력을 끼치고 있는 즈믄누리와 직접 격돌하는 일이 벌어질지도 모르니까. 베로시는 시구리아트 동쪽의 누군가가 즈믄누리에 도움을 요청하고 즈믄누리가 그 요청에 호응하는 모습은 결코 상상하고 싶지 않았다. 하지만 시구리아트 서쪽에서는 그런 일이 일어날 리 없다. 단 한 군데, 시구리아트 서쪽에서도 가장 서쪽에…….

베로시는 지도의 북서쪽에 있는 규리하를 바라보았다. 그곳에는 즈믄누리에서 자란 신비한 여자가 있다. 그녀가 제국의 극동에 있는 즈믄누리를 불러일으킬 수 있을까? 규리하라는 지명을 진지하게 바라보던 베로시는 문득 쓴웃음을 지었다.

너무 멀리 보고 있다. 지금 목전의 문제가 되고 있는 것은 훨씬 가까운 곳에 있는 여자다. 베로시는 지도를 바라보던 시선을 남쪽으로 옮겨 비나간을 보았다. 유료도로당이 비나간 후에게 협력하고 있다면 비나간군은 안전한 퇴로를 가지고 있는 셈이다.

지금 적극적으로 저항하고 있는 것은 그런 안정감 때문일지도 모른다. 키탈저, 비나간, 유료도로당의 연결고리를 끊어야 한다.

"게라임 지울비를 구출해야겠군."

베로시는 고개를 끄덕이고 다시 시선을 옮겼다. 그녀의 시선이 떨어진 곳은 지도 위에서 정치적 영향력의 등고선을 그려 내곤 하는 사람들의 시각에 별로 포착되지 않는 평야였다. 그곳에는 켄테롭이라는 이름이 있었다.

태양이 산봉우리에 걸터 누워 세상을 바라보고 있었다. 사물의 측면에 그림자가 지고 다른 부분은 금적색으로 변했다. 정우는 서쪽으로 고개를 돌렸다가 눈이 부신 듯 눈꺼풀을 깜빡거렸다.

"하늘 낚시터?"

정우의 질문에 세레지가 말했다.

"예, 각하. 야리키가 원하는 것은 물고기가 허공에 동동 떠다녀서 물이 필요 없는 낚시터예요. 야리키는 당신이 그걸 만들어 줄 수 있다고 생각해요."

"어쩌죠. 저는 그런 것 못하는데."

"야리키도 알아요. 그래서 각하께서 그런 능력을 개발할 때까지 기다릴 생각이에요."

쿵쿵 하는 발소리에 세레지는 고개를 돌렸다. 야리키가 부서진 삽을 들고 노천 대장간을 향해 걷고 있었다.

노천 대장간에 이른 야리키는 분노와 공포로 질린 지노피를 무시한 채 부서진 삽을 내려놓았다. 그리고 수리가 끝난 삽을 집어 들고 뚜벅뚜벅 걸어갔다. 그 뒷모습을 보던 지노피 말티는 갑자기 비명을 지르며 도망치기 시작했다. 지노피를 돕고 있던 히다 켄은 당황하여 친구의 허리를 붙잡았다. 지노피는 팔다리를 내두르며 외쳤다.

"놔! 더는 못 고쳐! 나 죽는다고! 제발, 네가 내 친구라면 이것 놔!"

"야, 이 멍청한 대장장이야, 네가 삽 안 고치면 누가 고치냐?"

"저거 도대체 뭐야? 뭐냐고? 왜 쉬지도 않는 거야? 삽질하는 사람은 끄떡없는데 삽 고치는 사람이 죽을 지경이라는 것이 말이 되냐!"

세레지는 고개를 끄덕였다.

"확실히 말이 안 되지."

지노피가 처음부터 야리키의 노역에 적대적이었던 것은 아니다. 사흘 전까지만 해도 지노피는 야리키의 최대 협력자였다.

사흘 전은 정우가 골케 남작과 지노피 말티, 히다 켄과 함께 아스캄에 도착한 날이었다. 아스캄에 도달한 정우는 곧 근방의 노인들을 모아들여 위문 잔치를 벌이고 청원자들을 만나 의견을 듣고 재판을 주재했지만, 성을 도로 파내는 것에 대해서는 아무런 언급도 하지 않았다. 정우가 성을 도로 파내 주기 위해 함께 온 것이라 짐작한 골케 남작은 그만 의기소침해졌다. 그는 혹시 성을 도로 파내 줄 생각은 없냐고 묻지도 못했는데, 정우가 데려온 인원은 변경백의 수행인으로는 부족함이 없었지만 큰 공사를 할 인력은 아니었다. 골케 남작은 결국 엉겅퀴 여단이 없으니 정우도 성을 도로 파낼 능력이 없으며 아스캄에 온 것은 그 사실을 고백하고 양해를 구하기 위해서라고 판단했다. 정우에게 불가능한 소망을 말해서 그녀를 미안하게 만들 필요는 없다고 생각한 골케 남작은 달관한 심정으로 파묻힌 성을 잊기로 했다.

그런데 정우를 따라왔던 야리키가 지나치게 눈에 잘 들어오는 성 무덤을 보고는 그것이 뭐냐고 묻는 일이 일어났다. 그래서 야리키는 정우가 엉겅퀴 여단을 동원하여 그것을 파묻었고 때가 되면 도로 파내 줄 거라 약속했으며, 세 명의 아스캄 사람들이 아이솔 형제와 함께 규리하 성에 찾아온 것은 그 약속의 이행을 요구하기 위해서라는 것도 알게 되었다. 대답을 들은 야리키는 조금 생각하다가 그러면 내가 파내 주겠다고 말했다. 사람들이 어처구니없는 표정을 지었을 때 유일하게 야리키를 거들고 나선 것은 지노피였다. 지노피는 야리키를 적극적으로 지지하며 연장에 대해서는 자신이 모두 책임을 지겠다고 나섰다. 그리고 지노피 자신은 물론이거니와 다른 사람들도 지노피의 제안이 무모하다고 생각하지 않았다. 그들이 생각하기에 무모한 것은 야리키 쪽이었다.

하지만 야리키는 사람들의 상식을 거부했다. 지노피가 단단한 나무 판자를 쇠테와 쇠막대 등으로 보강한 대형삽을 만들자 야리키는 그것을 들어 올리며 다른 삽을 계속 만들라고 했다. 그리고 그 삽을 어깨에 메고 성무덤을 향해 뚜벅뚜벅 걸어갔다. 지노피는 의아해하며 두 번째와 세 번째 삽을 만들었다. 그가 네 번째 삽을 만들었을 때 야리키는 부서진 삽을 내려놓고 새 삽을 들고 돌아갔다. 그때까지만 해도 지노피는 야리키의 지구력에 순수하게 감탄할 수 있었다. 하지만 시간이 지나면서 지노피의 얼굴에서 웃음기가 점점 사라졌다. 야리키는 레콘의 특징적인 폭발력을 보여 주지는 않았다. 그는 결코 서두르지 않았다. 이틀째 되던 날 찾아와 그 모습을 관찰하던 세레지는 그런 태도가 조사를 목표로 하기에 체득한 것이라는 흥미로운 해석을 내놓았다. 어쨌든 야리키는 서두르지 않았지만 쉬지도 않았다. 그는 계속 땅을 팠다. 그리고 계속 삽을 망가뜨렸다. 지노피는 긴장하며 부서진 삽을 고쳤다. 하지만 한번 망가졌다가 고친 삽은 더 빨리 파손되었고 삽의 사용 시간이 점점 짧아지자 지노피는 여유를 잃었다. 그는 눈코 뜰 새 없이 삽을 고쳤고, 그의 얼굴에는 점점 공포가 피어올랐다. 정신없이 망치와 집게를 휘두르며 지노피는 야리키가 쉬려는 기색이 없는지 살폈다. 하지만 야리키는 처음 성 무덤을 향해 걸어갔을 때처럼 완만하고 평온한 모습으로 땅을 팠다. 그리고 잠자는 시간과 먹는 시간을 제외하고는 잠시도 멈추지 않는 그의 손 아래에서 지형이 변경되었다.

땅 파기가 시작된 지 사흘째, 주변에는 많은 사람들이 몰려와 그 장관을 구경하고 있었고 그중에는 바쁜 일정을 쪼개어 찾아온 경우도 있었다.

아스캄 사람들은 오래전 지형이 변경되는 것을 보았다. 하지만 단 한 사람의 손 아래에서 지형이 변경되는 것을 보자 그들도 침착할 수 없었다. 물론 엉겅퀴 여단의 300명이 동원되었던 이전에 비해 속도는 현저하게 느렸다. 땅 파기가 시작된 지 사흘째였지만 겨우 성의 최상부가 약간 드러났을 뿐이다. 하지만 야리키는 그 삼백 명과 똑같은 태도, 즉 자신이 성채를 파묻거나 파내는 일을 할 수 있다고 믿으며 그것을 의심할 필요도 없다는 듯한 태도를 보이고 있었다. 특별한 결의 없이, 그저 식탁으로 걸어갈 때 필요한 정도의 의지만 있으면 된다는 듯이…….

요란한 소리와 함께 삽이 다시 부서졌.

도망쳐야겠다느니 그래선 안 된다느니 하며 다투던 지노피 말티와 히다 켄은 동시에 멈춰 섰다. 그들은 성 무덤의 정상 쪽을 바라보았다. 어느 정도 드러난 성의 최상층부 사이에서 작업하던 야리키가 부서진 삽을 집어 들고 있었다. 잔해를 주워 모은 야리키는 오늘 하루 동안 몇 번이나 그랬던 것처럼 뚜벅뚜벅 걸어 내려왔다. 하지만 노천 대장간에 도달해서 삽의 잔해를 떨어뜨린 야리키는 새 삽을 주워 들지 않았다. 지노피가 새 삽을 준비해 두지 못한 탓이다.

부서진 삽들 사이를 둘러보며 새 삽이 있는지 찾던 야리키는 얼어붙어 있는 대장장이와 그의 친구를 바라보았다. 야리키는 두 팔을 천천히 들어 양쪽으로 뻗었다. 그의 어깨와 관절 쪽에서 건물 무너지는 듯한 소리가 들렸다. 세레지는 자신도 모르게 물러났지만 정우는 감탄하며 앞으로 한 발 내디뎠다. 야리키는 두 팔을 다시 늘어뜨리며 말했다.

"좀 튼튼하게 만들어라. 오래 쓰도록."

지노피는 고개를 끄덕였다. 자신이 무슨 행동을 하는지도 모르는 것 같았다. 야리키는 어둑어둑해지는 하늘을 보다가 말했다.

"해도 졌으니 오늘은 그만하자. 배가 고프군."

"음식 여기 있어요!"

정우가 외쳤다. 고개를 돌린 야리키는 정우와 세레지, 몇 명의 병사들을 발견했다. 야리키는 그들을 향해 터벅터벅 걸어왔다. 그 뒤편에서 지노피와 히다가 땅에 주저앉았다. 정우 앞에 도달한 야리키는 질문했다.

"언제 왔어?"

"삽 다섯 개 전에요."

정우의 독특하지만 적절한 시간 단위에 세레지는 '킥' 하는 소리를 냈다. 야리키는 고개를 끄덕였다.

"왜 왔어?"

"세레지가 병사들과 함께 엄청난 음식을 준비해서 이곳으로 오려는 것을 보았어요. 그래서 그게 다 누구 먹을 거냐고 물었더니 당신이 여기서 일하고 있다고 하더군요. 사흘 전부터 그랬다고요?"

"맞아. 그런데 음식은?"

"저기 있어요."

정우가 가리킨 곳에 수레가 있었다. 거기엔 큼직한 시루와 함지들이 놓여 있었다. 야리키는 다시 고개를 끄덕이곤 그쪽으로 걸어갔다. 술 함지를 발견한 야리키는 세레지 쪽을 쳐다보았다. 세레지는 '제가 규리하 공에게 말했거든요?' 하는 표정을 지었다. 야리키는 눈으로 살짝 웃고 술 함지를 집어 들었다. 그리고 함지째 마시기 시작했다. 이미 한 번 본 모습이지만 세레지는 다시 감탄했고 정우는 놀라서 입을 다물지 못했다.

야리키는 그날 종일 그랬듯이 느리지만 끊임없는 동작으로 통돼지 한 마리, 삶은 감자 한 바구니, 구운 생선 일곱 마리, 국 두 솥, 술 세 함지를 비운 다음 성 무덤이 잘 보이는 나무 아래로 걸어갔다. 그 나무 아래에는 야리키의 낚싯대가 놓여 있었다. 하늘을 잠시 살펴본 야리키는 밤 동안 비가 올 것 같지 않다는 것을 확인하고 그대로 낚싯대 옆에 누웠다. 털썩도 아니고 조심스럽지도 않았다. 눕는다기보다는 느리고 확실하게 몸을 땅에 붙이는 것 같았다. 그렇게 자리를 잡은 야리키는 그대로 눈을 감았다. 그가 식사를 시작할 때부터 정신없이 바라보던 세레지는 혀를 차고 싶은 기분을 느꼈다. 주위에 상당수의 사람이 있었지만 야리키는 아무도 없는 것처럼 행동했다. 야리키는 먹거나 자는 일을 하지 않고도 계속 땅을 팔 수 있다면 그랬을 것 같았고, 따라서 잡담을 나누거나 하는 일에 시간을 할애하지 않는 것은 당연하다. 사흘 동안 한번도 잘 먹었다느니 먼저 자겠다느니 하는 말을 듣지 못한 세레지는 투덜거리듯 말했다.
"아, 예. 피곤하고 배 부르니 먼저 자겠다고요? 그러세요!"
야리키는 들은 체도 하지 않았다. 오히려 정우가 당혹하여 입 앞에 손가락을 세워 보였다. 그녀는 목소리를 몹시 낮춰 속삭였다.
"잘 모양이니 떠들지 마요, 세레지."
"아, 예. 그러죠. 각하께서도 돌아가서 저녁 드셔야지요?"
정우와 세레지, 그들의 수행병들은 아스캄 시내에 마련된 처소로 돌아갔다. 넋 빠진 표정의 지노피도 히다의 부축을 받으며 일어났고 몰려와 구경하던 사람들도 하나 둘 자기 집으로 돌아갔다. 그중에는 드러누워 있는 야리키에게 뭔가 말이라도 걸어 보고 싶은 듯한 표정을 짓는 이들도 있었지만 결국 아무도 야리키에게 다가가지 않았다. 누군가가 다가갔다 해도 무관심보다 나은 반응은 얻을 수 없었을 것이다. 땅에 드러누워 눈을 감자마자 야리키는 곯아떨어졌기 때문이다.
정신없이 자던 야리키가 눈을 떴을 때 밤하늘엔 별이 총총했다. 심야인지 새벽인지 알 수 없었다. 야리키는 별들을 바라보며 자신이 왜 깼는지 생각해 보았다. 조금 후 그 답이 그의 머리가 아닌 귀를 통해 떠올랐다. 고개를 조금 돌리니 노천 대장간 쪽에 불이 밝혀져 있었다. 그곳에서 지노피가 등을 보인 채 부서진 삽을 고치고 있었다. 야리키는 일어날까 하다가 그냥 누워 있기로 했다. 지노피에게 시간을 좀 주는 의미도 있었지만 야리키는 공복에 일을 시작한다는 것이 마음에 들지 않았다. 그래서 야리키는 세레지가 아침 식사를 가지고 도달할 때까지 좀 더 자기로 했다.

하지만 또 다른 방해가 있었다. 야리키가 다시 머리를 똑바로 했을 때 저편에서 작은 목소리가 들려왔다.

"좋은 꿈 꾸셨어요?"

야리키는 눈만 흘끔 움직였다. 어둠 속에 조그마한 그림자가 보였다. 야리키는 그 그림자가 가까이 다가와 옆에 서는 것을 기다려 말했다.

"지금 새벽이냐, 밤이냐?"

"새벽에 가깝다고 생각해요."

"왜 혼자냐?"

"다른 사람들은 자고 있어서 그냥 몰래 나왔어요. 당신이 일 시작하기 전에 이야기도 좀 하고 싶었고."

"무슨 이야기?"

"앞으로는 어떨지 모르지만, 지금 저는 하늘 낚시터를 만들 수 없어요, 야리키."

"세레지가 말했군."

정우는 고개를 끄덕이고 야리키의 머리 옆에 앉았다. 하늘의 빛이 조금씩 바래고 풀잎 사이에서는 바람이 결로의 노래를 부르고 있었다.

"어제 당신 일하는 거 보면서 세레지가 말해 줬어요. 저한테 바라는 것이 있어서 저렇게 일하는 것이라고. 그래서 뭘 바라는 거냐고 물었더니 당신이 하늘 낚시터를 원한다고……."

"잘못 알려 줬다."

"그런가요?"

"그래. 내가 땅을 판 건 다른 바쁜 용건이 없기 때문이야."

정우는 그저 시간을 보내기 위해 선택한 소일거리치고는 규모가 지나치게 막대하지 않은가 생각했다.

"하지만 제가 하늘 낚시터를 만들어 주길 기대하는 것은 사실이죠?"

야리키는 별들을 두서없이 바라보며 말했다.

"말하지 말라고 했는데."

"그러잖아도 그거 여쭙고 싶어요. 왜 세레지에게 말하지 말라고 하셨죠? 당신 숙원을 이룰 방법인데."

"그렇게 생각하는 것이 싫어서."

"예?"

야리키는 손을 약간 들어 기다리라는 손짓을 해 보였다. 그리고 어떻게 말해야 할지 고민했다. 정우는 일하고 있는 지노피의 모습을 보며 잠자코 기다렸다.

조금 시간이 지난 다음 야리키가 부리를 열었다.

"내 숙원은 하늘 낚시터를 가지는 것이 아니야. 조사가 되는 거지."

"아, 예."

"하늘 낚시터는 조사가 될 수 있는 한 가지 방법이지. 하지만 네게 하늘 낚시터를 만들라고 말하면 나는 곧 하늘 낚시터가 내 숙원인 것처럼 착각하게 될 거야. 그래서 조사가 될 수 있는 다른 방법은 찾아보려고 하지도 않을 테고."

"음. 그런 성격이세요?"

"내가 아냐. 인간이 그런 성격이지."

"예?"

"인간하고 이야기하다 보면 항상 뭐가 목적이고 뭐가 수단인지 헷갈리게 되더라고. 그래서 아예 말을 하지 않아."

"어, 킴이 그런가요?"

"킴? 너 도깨비냐?"

"태어나자마자 즈믄누리로 가서 열여덟 살이 될 때까지 거기서 살았어요. 그래서 반은 도깨비나 마찬가지죠."

야리키는 부스스 일어났다. 그는 정우의 얼굴을 보았다. 일출을 예고하는 투명한 공기 속에서 야리키는 정우의 얼굴을 알아볼 수 있었다. 야리키는 그 얼굴을 향해 진지하게 말했다.

"정우 규리하, 나의 숙원은 조사가 되는 것이다. 만약 네가 하늘치를 자유롭게 다룬다면 하늘치가 공중에 떠 있는 이유도 알 수 있을 테고, 그렇다면 하늘치가 아닌 다른 생선들도 공중에 띄울 수 있을지도 모른다. 네가 그런 일을 할 수 있게 되면 나는 내가 레콘이기에 가지는 애로점에 구애되지 않고 숙원을 이룰 수 있을 것이다. 그러니 하늘치가 허공에 뜨는 방법을, 그리고 그 방법을 다른 생선들에 적용할 수 있는 방법을 알아내어 주면 좋겠다."

정우는 멍한 표정으로 야리키의 진지한 말을 들었다. 그 말이 끝난 후에도 그녀는 한참 동안 정신없이 야리키를 바라보다가 겨우 입을 열었다.

"잠깐만요. 지금 제가 반은 도깨비라는 말을 들어서 그렇게 말씀하시는 거예요?"

"그래. 노력해 줘."

"지금 당장은 어떻게 노력해야 하는지도 잘 모르겠지만, 그러죠. 그런데 제가 완전한 인간이었다면 그 말씀 안 하셨을 거란 말이죠?"

"안 해."

"목적과 수단을 헷갈릴 테니까?"

"가능성이 높아."

"왜 킴하고 이야기하면 그렇게 되는데요?"

"몰라."

"음. 하지만 경험상 그렇더라는 거죠?"

"경험상 그래."

"묘하네요."

"뭐가?"

정우는 두 손을 모아 깍지를 꼈다.

"제가 킴들에게 느꼈던 것과 비슷한 것을 말씀하시는 것 같아요. 저는 시시한 것에 열중하는 킴들을 봤거든요. 저는 그 사람들에게 주어진 시간이 짧아서 그러는 거라고 생각했어요. 그런데 지금 말씀 듣고 생각해 보니까 그 사람들이 목적과 수단을 혼동해서 그러는 건지도 모르겠다는 생각이 드네요. 아니, 주어진 시간이 짧아서 목적과 수단을 혼동하는 건가? 아, 어렵다. 새님이 있으시면 좋을 텐데."

"그 쇳덩어리 장난감 말이야?"

"나이가 오백 살이에요. 규리하 성에 돌아가면 여쭤 봐야겠어요."

정우는 자리에서 일어났다.

"말씀해 주셔서 고맙고요. 어떻게 하면 하늘 낚시터를 만들 수 있는지 고민해 볼게요. 사람들이 제가 없어진 것을 알면 놀랄 테니까 이만 돌아가 볼게요."

"여기엔 며칠 동안 있을 거지?"

"뚜렷한 계획은 없어요. 이 순례행은 민심을 관찰하고 청원을 듣고 전쟁 때문에 놀란 백성들을 위로하는 것이므로, 필요하다면 한곳에 오래 머무를 수도 있고 빨리 떠날 수도 있어요. 아스캄에서의 일은 며칠 있으면 대충 끝날 것 같아요. 그런데 왜 물어보시죠?"

"그동안 성을 파내고 함께 떠나려고."

"예? 300명의 레콘이 16시간 걸려서 파묻었어요. 당신은 혼자니까 대충 계산해도 300일은 걸릴 텐데요."

야리키는 눈을 끔뻑거렸다. 문득 정우는 의심을 느꼈다.

"설마 짐작 안 해 보신 거예요?"

"전에 해 본 일도 아닌데 어떻게 짐작했겠어. 시간이 좀 걸릴 것 같다고 생각은 했지만."

정우는 빙그레 웃었다. 사람들에게 깊은 인상을 남긴 야리키의 태연함은 그가 자기가 하는 일에 대해 별로 생각하지 않았기 때문에 가능한 것이었다. 정우는 야리키가 이리저리 가늠해 보기에 앞서 일단 시작하는 성격이 아닌가 생각했다. 하늘치를 다루는 정우를 보자마자 그녀 곁에 남은 거나 성 무덤을 보자마자 별 생각 없이 삽을 집어 든 것을 보면 그런 추측이 맞는 것 같다.

"며칠 안에 저걸 다 파내지는 못하겠지요. 그냥 하는 데까지만 하시고 저와 함께 떠나요."

"성을 파내 줄 생각이 없었군."

"예? 설마요. 다시 파내 주겠다고 약속했는걸요."

야리키는 미심쩍은 눈으로 정우를 바라보았다. 그녀가 말했다.

"곧 성을 파낼 사람들이 올 거예요."

"파낼 사람들?"

"전쟁 유민들. 파라말 아이솔 산공부사께서 상당히 애써 주셔서 모집은 이미 끝났고 곧 도착할 거예요. 레콘들은 아니고 전부 킴이지만 그래도 숫자는 많아요. 몇 달 작업하면 파낼 수 있을 거예요."

"아아."

"그럼 이만 가 볼게요."

정우는 몸을 돌렸다. 야리키는 그녀의 뒷모습을 쫓는 대신 다시 드러눕기로 했다. 땅을 팔 힘을 비축해 두려면 아침 식사가 올 때까지 푹 자 두는 것이 좋을 것이다.

그러나 땅에 뒤통수를 대기 직전 야리키는 뭔가 꺼림칙한 것을 느꼈다. 다시 일어나 그는 정우가 사라진 방향을 노려보았다. 검푸른 풍경 사이로 걸어가는 정우의 뒷모습이 보였다. 그 외로워 보이는 모습이 야리키의 마음에 들지 않았다. 야리키는 갑자기 몸을 일으켰다.

야리키는 낚싯대를 집어 들고 정우의 뒤를 따라 걸었다. 그의 발소리를 들은 정우는 뒤를 돌아보았다. 야리키가 그녀의 곁에 서며 말했다.

"바래다 주지."

"예? 왜죠?"

"규리하의 변경백이 혼자 다닌다는 것이 마음에 들지 않아. 아침 먹을 때까지 별로 바쁜 용건도 없으니 데려다 주지."

정우는 그러냐는 표정을 짓고 보폭을 조금 넓혔다. 그리고 보폭을 좁히는 야리키를 보고 고맙다는 눈인사를 했다. 야리키는 그 눈짓에 고개를 조금 끄덕였다. 하지만 정우가 다시 앞을 바라보자 야리키는 그녀의 머리보다 훨씬 높은 곳에 있는 자신의 머리를 좌우로 돌렸다. 그리고 매서운 표정으로 주위를 둘러보았다. 특별한 것은 발견되지 않았다. 하지만 야리키는 정우가 거처에 도달할 때까지 경계를 늦추지 않았다.

누군가가 꺼낸 진부한 농담에 크게 웃던 비나간 후작 지키멜퍼스는 취기가 오르는 것을 느끼고 당황했다.
모든 술주정뱅이는 얼마 안 마셨다고 주장하지만 지키멜은 정말 소량의 술밖에 마시지 않았다. 그리고 지키멜은 술 한잔에 쓰러지는 체질이 아니었다. 주위 사람들을 떨칠 창의적인 방법이 없었기에 지키멜은 그다지 창의적이지 않은 방법을 쓰기로 했다. 그녀는 화장실에 가야겠다는 은유로 간신히 사람들 사이에서 빠져나왔다. 하지만 그녀는 화장실로 가는 대신 바람이 부는 노대로 빠져나왔다. 연회장 안쪽의 소음을 등진 지키멜은 밤바람에 가슴을 폈다. 노대 아래쪽의 정원은 봄밤에 어울리는 신선한 방향을 잔뜩 뿜어내고 있었다.
노대 난간을 짚은 채 지키멜은 자신이 쇠약해졌나 생각했다. 그녀는 극단적으로 주의 깊게 주량을 조절했다. 연회를 즐길 생각은 없었다. 그녀 마음대로 쓸 수 있는 시간이 있었다면 아마도 푹신한 잠자리에 누워 가벼운 책을 읽다가 잠드는 것을 선택했을 것이다. 이 연회는 즐기기 위한 것이 아니라 자신에 대한 비나간인들의 호의를 북돋우기 위해, 비나간 군대의 국외 파병이 성공적인 결실을 거두고 있다는 것을 강조하기 위해, 누군지 모를 나가 여자 한 명을 데려와 대호왕이니 어쩌니 하는 사기극을 펼치고 있는 시모그라쥬 공을 비웃기 위해 마련한 연회였다. 그런 자리였기에 그녀가 사용할 수 있는 언어들은 중의적이고 모호하지만, 호의적으로 해석하고 싶어지는 언어뿐이었다. 취한 채 그런 언어를 계속 구사하는 것은 불가능하다. 그래서 지키멜은 반드시 필요한 경우를 제외하고는 술을 마시지 않았다. 대부분의 시간 동안 그녀는 농담하고 떠들고 크게 웃는 일에만…….

지키멜은 자신의 이마를 딱 치고 싶은 것을 느꼈다. 취기를 가져온 것은 술이 아니다. 흥겹게 취한 척하기 위해 꾸며 댄 행동들이 그녀를 진짜로 취하게 만든 것이다. 자신의 상태를 진단하는데 성공한 지키멜은 씁쓸하게 웃으며 난간에 팔꿈치를 기댔다.

푹신한 잠자리 대신 봄밤의 고요한 정원도 괜찮을 것 같다.

지키멜은 자신을 동정하는 문장 몇 개를 떠올려 보았다. 그 문장들의 진부함이 그녀를 어처구니없게 만들었다. 그녀는 기분 전환 삼아서라도 자기 연민을 즐길 수 없었다. 그래서 자신을 비웃어 보기로 했다.

'쳇, 쓸데없이 머릿속 복잡한 계집애야. 편안하게 잘 살 수도 있는데 왜 구렁텅이에 발을 집어넣었니. 후작위나 왕위 따위엔 관심도 없잖아.'

그러자 당장 그녀의 마음속에서 대답이 흘러나왔다.

'꺼져, 그릇 옆에 말라붙은 음식 찌꺼기. 나는 내 한계를 알아볼 거야. 그러지 못한 채 죽는 바보짓은 바보들에게나 하라고 해.'

'아무도 네가 만든 왕국을 고마워하지 않을걸. 살아난 자들은 언제나 자기가 잘나서 그렇다고 생각해. 사람들을 구하기보다는 이용하라고. 그게 훨씬 즐겁다는 것을 너도 알잖아?'

'내 말 못 들었어? 한계를 알아본다고 했잖아. 즐거운 일엔 관심 없어. 어려운 일을 줘. 더 어려운 일, 힘든 일을 달라고!'

"후작님? 여기 계셨군요! 지금 재미있는 놀이가 시작됩니다!"

지키멜은 재빨리 심호흡을 했다. 그리고 가장 환한 얼굴을 만든 다음 기운찬 동작으로 뱅그르르 돌았다. 그녀는 흥분한 소녀처럼 새된 비명을 지르며 연회장 안으로 달려 들어갔다.

지키멜은 열성적으로 노력했다. 그래서 참석자들로 하여금 비나간 후작이 쩨쩨한 늙은이에서 활기찬 젊은 여자로 바뀌자 분위기부터 확 달라졌다고 말하게 만들었다. 그리고 불안감을 가진 유력자들에게서는 그것을 몰아내었다. 연회가 끝날 무렵이 되자 대부분의 사람들은 모든 것이 잘 돌아가고 있으며 그것이 비나간 후 지키멜 퍼스 덕분이라고 믿게 되었다. 아니, 믿게 될 것이다. 연회가 끝날 무렵에는 대부분의 사람들이 판단 능력을 잃어버렸기 때문이다.

가장 화려하게 취한 척하던 지키멜은 겨우 붙잡는 이들 없이 연회장을 빠져나올 수 있었다. 바깥으로 나오자마자 몸이 오싹해지는 것을 느꼈다. 몸에 기운이 하나도 없었다. 호위자들에게 둘러싸여 집무실로 돌아올 때까지는 몸을 꼿꼿하게 유지할 수 있었지만 방 안에 홀로 남자 곧장 바닥에 주저앉았다. 몇 분 동안 지키멜은 약간 몽롱한 기분 속에서 이마를 두 손으로 받친 채 꿈쩍도 하지 않았다.

쇠약해진 것도 사실인 듯하다. 자신이 참석해야 하는 회의의 개수와 내일까지 결정해야 할 사안의 숫자를 떠올리니 기가 막히는 기분을 느꼈다. 일이 너무 많다. 지키멜은 입술을 모았다. 그리고 '풋' 하는 소리를 냈다.

"에라!"

지키멜은 벌떡 일어났다. 당당하게 일어나려 했지만 사실은 조금 비틀거렸다. 지키멜은 피식 웃고 책상으로 걸어갔다. 그곳에 놓여 있는 서류들을 대충 훑어본 지키멜은 재빠른 손놀림으로 그것을 정돈했다.

"순서대로 덤비란 말이야, 순서대로."

즉흥적으로 결정했지만 꽤 합리적인 순서로 서류를 정돈해 놓은 지키멜은 난폭한 기세로 그것에 달려들었다. 그녀는 의견을 격파하고 제안과 춤을 추고 보고와 뒹굴었다. 그리고 명령의 말을 타고 도깨비지 위를 질주했다.

꽤 시간이 지난 후 지키멜은 녹초가 되어 책상에서 물러났다. 그녀는 책상 위에 놓여 있는 서류들을 향해 집게손가락을 내밀어 흔들었다.

"나한텐 안 돼."

지키멜은 킬킬거렸다. 그녀는 시녀를 불러 안내를 받아 침소로 향했다.

지키멜은 그날 해야 할 일을 모두 처리했다고 생각하고 있었고, 그래서 후련한 마음으로 잠자리에 들 작정이었다. 어쨌든 지키멜은 그녀의 잠을 완전히 날려 버릴 존재가 궁궐 정문을 향해 걸어오고 있다는 것을 알 도리가 없었다.

그리고 궁궐 정문을 지키고 있던 수문장도 다가오는 사람이 그런 존재일 거라고 생각하지 못했다. 약간 긴장하기는 했다. 레콘이 똑바로 걸어오고 있다면 누구라도 약간 긴장할 수밖에 없다.

레콘은 옆을 한 번 돌아보거나 하지도 않은 채 똑바로 궁궐을 향해 다가왔다. 그 걸음걸이가 마음에 들지 않았던 수문장은 부하에게 만약의 사태를 대비하여 소화차를 준비하라고 속삭였다. 조금 후 부하가 돌아와서 준비가 끝났다고 보고했을 때 레콘은 평상적인 목소리로 말해도 들릴 거리에 도달했다.

레콘은 걸음을 멈추지 않았다. 이제 방향을 바꿀 골목이나 길은 없었고 그가 궁궐에 볼일이 있다는 것은 분명해 보였다. 하지만 밤시간엔 후작의 특별한 허가를 받지 않고서는 아무도 궁궐 출입을 할 수 없다. 수문장은 우렁차게 외쳤다.

"멈추시오!"

레콘은 멈춰 섰다. 그의 머리는 화톳불의 빛이 닿는 곳 바깥에 있었기에 수문장은 레콘의 표정을 볼 수 없었다. 그는 칼자루에 손을 얹으며 말했다.

"이곳은 후작궁이오."

"알고 왔어."

"그 말씀을 후작궁의 야경을 보러 왔다는 뜻으로 이해하고 싶습니다만."

"아닌데."

"그렇다면 후작궁에 들어가시겠다는 겁니까?"

"맞아."

"그럴 만한 자격이 있으십니까?"

레콘은 잠깐 고민하다가 아래를 내려다보았다.

"두 다리가 있지."

수문장은 웃고 싶은 기분과 울고 싶은 기분을 함께 느끼며 부하에게 손짓을 보냈다.

"부족합니다."

"내 생각엔 충분해."

"당신 생각은 중요하지 않습니다. 후작님의 생각이 중요하지요. 그리고 후작님은 그럴 자격을 지닌 자들을 제외한 그 누구도 밤에 후작궁에 드나들어서는 안 된다고 생각하십니다."

"그런가. 그렇다면 말하겠는데, 후작의 생각은 중요하지 않아. 내 생각이 중요하지. 그리고 나는 너희들이 거기서 당장 비키지 않으면 오랫동안 후회하게 될 거라고 생각해."

수문장은 고개를 가로저으며 문을 향해 돌아섰다. 반대쪽 문에는 이미 부하 한 명이 붙어 있었다. 수문장과 부하는 문을 좌우로 활짝 열어젖혔다.

거기엔 여러 대의 소화차가 있었다. 그리고 가장 앞에 있는 두 대의 소화차에서는 병사들이 살수관을 들고 레콘을 겨냥한 채였다. 그 모습을 본 레콘은 다른 레콘들이 대개 그러하듯 뒤로 물러났다. 하지만 그 동작은 다급하지 않았다. 아마 그런 일을 예상했던 모양이다. 수문장은 그 태도가 마음에 들지 않았다.

"담장 안쪽엔 도랑과 연못 등이 있습니다."

'그러니 문이 아니면 담을 뛰어넘으면 된다는 생각은 하지 마라 이거야.' 수문장은 레콘의 대답을 기다리며 침을 삼켰다. 레콘은 아무 말도 없이 묵묵히 밤하늘을 바라보고 있었다.

그 자세 그대로 레콘은 뒤로 물러났다. 저벅저벅 뒷걸음쳐 물러나는 레콘을 보며 수문장은 잠깐 동안 그를 체포해야 하는지 말아야 하는지 고민했다. 하지만 그만두기로 했다. 소화차를 끌고 레콘을 추격할 수는 없다. 그리고 그의 임무는 궁궐 수비가 우선이다. 비록 이상한 난동을 부린 레콘을 붙잡지는 못하더라도 궁궐만 지킬 수 있다면 그의 임무는…….

레콘이 멈춰 섰다. 동시에 맹렬한 계명성이 터져 나왔다.

아무 내용도 없는 고함이었다. 하지만 천둥에 필적할 소리였다. 수문장과 그의 부하들은 귀를 틀어막았지만 살수관을 쥔 병사들은 그러지 못했다. 그것을 놓쳤다간 레콘이 당장 뛰어들지도 모르니까. 하지만 레콘의 계명성은 살수관을 쥔 병사들을 공격하기 위한 것이 아니었다.

그것은 호출이었다. 계명성의 여운이 사라지자 거대한 발소리들이 들려왔다. 수문장의 얼굴이 해쓱해졌다. 그는 재빨리 정문 옆에 있는 북으로 달려가 두드렸다. 군대가 오고 있었다. 아마도 반역이나 그 비슷한 상황이 분명하다! 정신없이 북을 두드리던 수문장은 북소리가 제대로 들리지 않는다는 사실에 당황했다. 발소리가 너무 크다. 수문장은 엄청나게 많은 병력이 다가온다고 생각했다. 아니다. 설사 그렇다 해도 이렇게 거대한 소리가 날 수는 없다. 엄청나게 많은, 엄청나게 많은…… 그 순간 수문장은 비틀거리며 정문 앞으로 걸어갔다. 그리고 눈앞의 광경을 본 순간 미쳐 버렸다.

거대한 코끼리 떼가 후작궁을 향해 쇄도하고 있었다.

레콘은 꿈쩍도 하지 않았지만 달려오던 코끼리 떼는 그를 알아모시듯 좌우로 갈라졌다. 바위가 급류를 갈라 내는 것 같았다. 좌우로 갈라진 코끼리 떼는 비나간의 모든 나팔이 한꺼번에 연주되는 듯한 굉음을 내뿜었다. 그리고 코끼리 떼는 열렬히 애모하듯 후작궁에 부딪혔다.

담과 문의 약한 부분은 공중에서 분해되었고 좀 튼튼한 부분들도 결합이 깨지며 쓰러졌다. 코끼리 떼는 파편 속을 치달려 소화차 위로 뛰어들었다. 소화차들은 순식간에 어떤 재활용도 불가능할 정도로 파괴되었다. 다행히 코끼리를 향해 물을 쏜다는 황당한 시도를 포기한 소화차의 병사들이 오래전에 도망친 후였다. 코끼리들은 소화차를 짓밟고 코로 그 파편을 집어 들어 사방으로 내던졌다. 바퀴가 허공을 구르고 살수관이 빙글빙글 돌며 날았다. 자욱하게 피어오른 먼지가 구름처럼 사방을 뒤덮었다.

레콘이 다시 계명성을 내질렀다. 얼핏 듣기에 "테하―!" 어쩌고 하는 아무 의미 없는 말이었다. 그 계명성은 회오리처럼 먼지를 휘감아 날려 보냈고 코끼리의 속도가 느려지게 만들었다. 조금 후 코끼리들이 멈춰 섰다. 레콘은 앞으로 뚜벅뚜벅 걸어갔다. 그는 옆으로 손을 뻗어 코끼리의 목을 긁어 주거나 콧등을 두드렸다. 그 모습이 말무리를 다스리는 살본 목동 같았다.

코끼리들이 만들어 놓은 대로를 따라 잔해를 밟으며 걸어간 레콘은 후작궁 안쪽에 섰다. 그리고 잠깐 동안 난감하다는 표정으로 주위를 둘러보았다. 후작궁에는 무수히 많은 건물이 있었다. 레콘은 손을 들어 부리를 매만지다가 중얼거렸다.

"아무나 한 놈 잡아서 물어봐야겠군. 이라리―!"

역시 무의미하게 들리는 소리였지만 코끼리들은 반응했다. 쿵, 쿵 하며 코끼리들이 걷기 시작했다. 레콘은 코끼리 떼를 뒤에 거느린 채 후작궁 안을 산책하듯 걷기 시작했다.

달려나오던 야간 경비조들은 이 어처구니없는 습격자에 당혹했다. 반도의 습격이나 질병의 내습, 지진이나 폭우 같은 자연재해에 대한 대처 방안까지 숙지하고 있던 그들이지만 '만인이 곤히 잠든 한밤중에 백여 마리의 코끼리가 내습할 경우'의 대처 방안에 대해서는 알지 못했거니와 생각해 본 적도 없었다. 그들이 할 수 있는 것은 창검을 움켜쥔 채 엄폐물 뒤에 숨어 도대체 그 코끼리들이 무엇을 할 작정인지 살피는 것밖에 없었다. 다행히 코끼리는 인솔자의 지휘에 따라 질서 있게 움직였다. 병사들은 안도했지만, 또한 그 인솔자가 도대체 어떤 사람인지 궁금했다. 그들의 궁금증을 풀어 주겠다는 듯이 인솔자가 병사들에게 말했다.

"어이, 한 명만 와 봐."

석물 뒤에 숨어 있던 한 병사가 고함을 빽 질렀다.

"당신 누굽니까! 물러가십시오! 안 물러가면 쏘겠습니다!"

"그래. 알았으니 게라임 지울비가 어디 있는지나 말해."

"뭐요?"

"게라임 지울비. 유료도로당주 말이야. 어디 있지?"

"내가 당신한테 그걸 왜 가르쳐 줍니까!"

"수수께끼로 내 봐. 맞혀 볼게."

"싫습니다!"

"이런 재미없는 녀석."

그리고 레콘은 튕기듯 앞으로 뛰쳐나갔다.

석물 위에 있던 병사들은 당황하여 활을 들어 올렸다. 하지만 그들이 시위를 당기기도 전에 레콘은 석물 앞에 도달해서 그것을 옆으로 후려쳤다. 데굴데굴 굴러간 석물이 담장을 부수는 소리를 들으며 병사들은 기겁하여 도망쳤다. 레콘은 석물을 후려친 주먹을 다른 손으로 어루만지며 허리를 숙여 부리로 병사의 뒷덜미를 낚아챘다. 그는 허리를 뒤로 홱 젖혔고 그러자 팔다리를 버둥거리던 병사는 레콘의 머리 위로 유려한 선을 그리며 날아올랐다.

정점에서 부리를 놓았다면 병사는 호된 꼴을 당했겠지만 레콘은 친절하게도 뒤로 돌아서 병사가 땅에 가까워질 때까지 기다렸다가 슬쩍 당기듯 하며 부리를 놓았다. 그래도 땅에 떨어진 병사는 숨이 턱 막히는 충격을 느꼈다. 레콘은 발을 병사의 가슴에 없었다. 병사는 오줌을 지릴 것 같은 공포 속에서도 자신의 가슴을 덮은 발이 오래된 화상 자국으로 가득하다는 것을 알아보았다. 레콘이 말했다.

"엄마가 길 물어보는 사람들에게 친절하게 알려 주라고 가르쳐 줬겠지? 엄마 말 들어야지. 게라임 지울비 어디 있지?"

병사는 모친의 말씀을 잘 따르는 아들이 되기로 했다.

후작궁 안의 모든 사람들이 기겁했고 그중에는 연금 생활을 즐기고 있는 게라임 지울비 또한 포함되어 있었다. 잠자리에서 황급히 뛰쳐나온 그는 잠깐 동안 어리둥절해하다가 재빨리 의복을 차려입었다. 그리고 전 유료도로당주는 철창이 붙어 있는 창문 쪽으로 다가갔다. 지진이 난 듯한 괴성은 사라졌지만 대신 끔찍하게 크고 파괴적인 무엇인가가 후작궁 안을 어슬렁거리는 듯한 소리가 들렸다. 쇠로 된 안개가 후작궁 안을 떠도는 것 같았다. 쿵, 쾅, 딱, 퍽 하는 소리가 심심찮게 들렸다. 그리고 비명과 다급한 명령의 외침들이 이곳저곳에서 부산하게 들려왔다. 게라임은 개탄스럽다는 듯이 말했다.

"이런 난리가 다 있나! 나도 좀 끼워 주면 좋겠군."

그런데 그의 소망이 전달된 것처럼 궁궐 건축물들을 상대로 파괴 검사를 실시하고 있던 강철의 안개가 가까이 다가왔다. 쿵, 쾅, 딱, 퍽. 게라임은 흥미진진하다는 표정으로 그 소음의 접근을 기다렸다. 하지만 그도 소음의 정체가 백여 마리의 코끼리와 레콘이라는 것을 알았을 때는 대범함을 잃고 놀랄 수밖에 없었다. 그가 눈을 비비는 진부한 반응을 보였을 때 주위를 이리저리 둘러보던 레콘이 창문에 있는 그의 얼굴을 발견했다.

레콘은 창문 쪽을 향해 성큼성큼 걸어와 말했다.

"네가 게라임 지울비냐?"

"게라임 지울비에게 무슨 볼일이 있습니까?"

"나는 그을린발이다. 그렇게 부르면 돼. 나는 이곳에 전 유료 도로당주 게라임 지울비를 구하기 위해 왔다."

게라임 지울비는 흥미를 느꼈다.

"왜 그을린발이 게라임 지울비를 구해야 하죠?"

"그건 후원자가 원했기 때문이야."

"후원자?"

"어. 정식 명칭은 코끼리 가축화 사업 연대 투자단이지만, 사실은 내가 돈 많은 한량들 돈 쓰라고 만든 단체야. 나는 그 돈으로 코끼리를 보살피지."

어쩐지 사업가들의 담소 같았다. 게라임은 자신도 모르게 예비 동업자인 것처럼 말했다.

"그러면 그 투자가들은 뭘 얻습니까?"

"응. 코끼리의 가축화에 성공하면 그 기술을 독점적으로 사용할 수 있지. 하지만 사실은 어디 가서 모험 사업가인 척할 수 있다는 것이 더 중요하지. 내가 가끔 그 친구들 불러들여서 화끈하게 사업 설명회 해 주거든. 그러면 그자들은 관계를 발전시키고 싶은 이성 친구나 콧대를 눌러 주고 싶은 동성 친구 따위를 대동하여 참석해. 그러고는 내가 존경하는 투자가 여러분 어쩌고 하면서 그 친구들을 치켜세우고 재주 가르친 코끼리들 데리고 볼거리 보여 주는 거지."

게라임은 감탄했다. 인간 사업가들 사이에서라면 어렵지 않게 포착할 수 있는 감각이기에 놀랄 것이 없지만 그 감각의 소유자가 레콘이라면 감탄할 만하다.

"영리하군요. 저 코끼리들이 가축화된 코끼리인 겁니까?"

"아냐. 길든 코끼리지."

"그게 다릅니까?"

"다르지. 사자나 호랑이 중에도 조련사에게 길드는 것이 있지. 하지만 사자나 호랑이를 가축이라고 하지는 않잖아. 번식을 통제할 수 있어야 가축이지."

"무슨 말인지 알겠군요. 그러면 저 코끼리들은 당신에게 길든 코끼리군요."

"응. 가축화하려면 일단 내 말을 따르도록 해야 하니까. 전부다 말 잘 듣는 건 아냐. 내가 데리고 있는 애들 중에서 특히 얌전하고 말 잘 듣는 애들로 골라 와서 이렇게 점잖은 거지."

게라임은 그 점잖다는 평가에 그을린발과 코끼리들 자신, 그리고 어쩌면 꽤 많은 사람들이 동의할 수 있을지도 모르지만 후작궁의 사람들은 결코 동의할 수 없을 거라고 생각했다. 그을린발이 계속 설명했다.

"그러니까 그 투자가들 중 한 명이 게라임 지울비를 구해 오라고 했어. 그래서 온 거야. 일종의 과외 업무지만, 투자가들 비위 맞추기가 어디 쉬워야지. 이 정도는 감수할 수밖에."

"투자가와 소비자를 소중히 여길 줄 아는 사업가의 앞날은 밝을 겁니다. 그런데 나를 구해 오라고 한 사람이 누굽니까?"

"네가 게라임 지울비인가?"

"맞습니다."

"그럼 직접 확인해."

"하긴 그렇겠군요. 어떻게 하면 됩니까?"

"잠깐만."

그을린발은 창문을 막고 있는 철창을 붙잡았다. 바야흐로 철창이 우지직 뜯겨 나올 판국에 갑자기 날카로운 고함이 들려왔다.

"내가 당신 사업에 전액 투자하겠어요!"

그을린발은 철창을 붙잡은 채 어리둥절한 얼굴로 고함이 들려온 쪽을 돌아보았다. 그 목소리를 알고 있는 게라임은 약간 초조해졌다.

조금 떨어진 곳에 자신이 겪게 될지도 모르는 숭고한 희생에 감동한 얼굴의 병사들이 비나간 후 지키멜 퍼스를 둘러싼 채 서 있었다. 목소리를 아는 게라임은 그들 사이에 지키멜이 있다는 것을 알았지만 그을린발이 본 것은 병사들뿐이었다. 게다가 공교롭게도 모두 남자 병사들이었다. 자신이 들은 것과 본 것을 일치시키지 못한 그을린발은 의아한 목소리로 말했다.

"여자 목소리였는데."

그러자 병사들의 허리와 팔을 옆으로 밀어붙이며 그들 사이에서 젊은 여자가 걸어 나왔다. 병사들은 당황하여 그녀를 제지하려 했지만 그녀는 병사들의 제지를 뿌리치며 말했다.

"내가 말했어요."

"너 누구냐? 코끼리 가축화 사업에 관심 있어?"

"나는 비나간 후 지키멜 퍼스이고, 필요하다면 비행 코끼리 개발 사업이라도 관심을 두겠어요."

그을린발은 수염볏을 붙잡아 주물럭거리기 시작했다. 잠시 후 그는 코끼리 떼를 돌아보며 의미심장하게 말했다.

"딱정벌레와 교배시키면……."

게라임은 코끼리들이 질겁하는 것 같다고 생각했다. 등에 딱정벌레 날개를 달고 코를 휘두르며 날아다니는 코끼리를 상상하느라 약간 멍한 표정을 짓던 지키멜은 황급히 고개를 가로저었다.

"창의적이시군요. 어쨌든 내 투자 제안을 어떻게 생각하죠?"

그을린발은 담담하게 말했다.

"지키멜 퍼스, 일단 게라임 지울비를 데려다 주고 돌아와서 이야기해 보자고 하면 어떻게 대답할 거지?"

"게라임 지울비를 그대로 놔두는 것이 투자 조건이라고 대답하겠지요."

"그럴 것 같았어."

그을린발은 유감이라는 표정을 지으며 다시 철창 쪽으로 손을 뻗었다. 지키멜이 황급하게 말했다.

"두 배로 주겠어요!"

그을린발은 철창을 확 뜯어내는 것으로 대답을 대신했다. 철창을 팽개친 그을린발은 게라임 지울비에게 손을 내밀었다. 게라임은 부축을 받아 밖으로 나왔다. 그을린발은 코끼리들을 돌아보며 뭐라 외쳤다. 게라임에게는 그 소리가 '하쿨, 리, 리'로 들렸기에 코끼리 한 마리가 성큼 걸어왔을 때 조금 놀랐다. 그을린발은 한 손으로 게라임을 번쩍 들어 다가온 코끼리의 등 위에 얹었다. 게라임은 떨어지지 않기 위해, 저격의 각도를 줄이기 위해 코끼리의 등 위에 찰싹 달라붙었다. 그을린발은 지키멜을 향해 돌아서서 말했다.

"내 길을 막고 있군, 비나간 후."

지키멜은 입매를 비틀며 그을린발의 벼슬을 올려다보았다.

"그건 당신이 먼저인데."

그을린발은 미소 지었다. 그는 앞으로 성큼 걸어갔다. 병사들은 찔끔하며 물러났지만 지키멜은 제자리에서 움직이지 않았다. 그을린발은 그녀 바로 앞에 서서 팔짱을 끼며 우뚝 섰다. 그 모습을 본 게라임은 입맛을 다셨고 병사들의 얼굴은 험악해졌다.

지키멜의 신장은 그을린발의 반을 넘을까 말까 할 정도였다. 단지 그을린발이 앞에 서는 것만으로도 지키멜은 폐소공포증을 느낄 것 같았다. 그녀는 그을린발의 얼굴을 보려 했지만 그러려면 뒤통수가 등에 닿을 정도로 목을 젖혀야 했다. 게다가 그렇게까지 해도 그을린발의 가슴 때문에 그 얼굴은 잘 보이지 않았다. 그 의도가 뚜렷한 신장 비교를 해 보인 그을린발이 나직하게 말했다.

"그래서 어쩔 건데?"

지키멜은 입술을 깨물었다. 이젠 정말 싫다는 생각밖에 들지 않았다. 피곤하고 화가 났다. 머릿속에 떠오르는 것은 하나의 문장밖에 없었다. '내 한계를 알아볼 거야.' 지키멜은 자신이 무슨 말을 하는지도 모르는 상태에서 말했다.

"소금쟁이 연병장 아래에 묻어 줄 거야."

그을린발이 손을 들어 올렸다. 그 손이 비나간 후작의 위로 쳐든 얼굴 위로 떨어지는 것을 보며 병사들이 비명을 질렀다.

그을린발의 손이 후작의 얼굴을 덮었다.

지키멜은 갑자기 겨울이 되돌아온 것 같았다. 정확하게 말하면 겨울의 잠자리였다. 그을린발의 손바닥이 얼굴을 덮자 두꺼운 겨울 이불을 머리 위까지 끌어올린 것 같았다. 어둡고 답답하고 호흡이 약간 힘들었다. 하지만 그을린발은 지키멜의 얼굴을 누르지는 않았다. 그을린발은 그저 지키멜의 얼굴을 가리듯 손을 얹어 두었다가 다시 들었다. 그을린발의 손이 사라지자 지키멜은 눈을 깜빡거리다가 길게 숨을 내쉬었다. 그을린발은 손을 어깨 근처에 들어 올린 채 싱긋 웃었다.

"그런 말은 어디서 배웠냐?"

지키멜은 대답하지 않았다. 대답을 하고 싶지 않아서가 아니라 입을 열면 비명을 지르거나 울음을 터뜨릴 것 같았기 때문이다. 그래서 이를 꽉 깨문 채 그을린발을 올려다보았다. 그을린발은 들어 올렸던 손을 구부렸다가 손가락을 세게 튕겼다. 딱! 서까래가 무너지는 듯한 소리에 얼어붙어 있던 병사들이 정신을 차렸다. 그을린발은 병사들에게 말했다.

"와서 후작을 데려가라."

병사들은 주저하면서 앞으로 나왔다. 지키멜은 여러 명의 손들이 그녀의 어깨와 허리, 팔 등을 붙잡은 채 뒤로 끌어당기는 것을 느꼈지만 고개를 돌리지 않았다. 지키멜은 뒤로 끌려가면서 계속 그을린발을 노려보았다. 지키멜이 꽤 먼 곳까지 끌려가자 그을린발이 말했다.

"비나간 후 지키멜 퍼스, 나는 히베리다."

병사들은 움찔했다. 지키멜은 계속 그을린발을 노려보며 중얼거렸다.

"히베리."

"나를 찾고 싶다면 그을린발을 찾는 편이 나아. 모두들 그 별명으로 나를 부르니까."

지키멜은 눈으로 말했다. 좋아. 찾아가지. 찾아가서 너를 붙잡아 물에 빠트려 죽이겠어. 하지만 그 말을 입 밖으로 내기 직전 지키멜은 어느 병사가 조금 들어 올린 횃불에 환히 드러나는 그을린발의 얼굴을 보았다. 그 얼굴에 떠오른 것은 동정심이었다.

지키멜은 그을린발이 동정심을 느껴야 하는 이유를 생각해 보았다. 그리고 그 이유에 공포를 느꼈다. 비로소 지키멜은 다리에 힘이 빠지며 주저앉고 싶어졌다. 다행히도 그때는 많은 병사들이 그녀를 붙잡고 있었다. 지키멜은 고개를 떨어뜨렸다. 그녀는 어금니를 질끈 깨물었다가 간신히 말했다.

"다시 만나지 않길 바라."

그을린발은 어깨를 한번 으쓱이고 고개를 어깨 쪽으로 조금 젖혔다.

"이라리—!"

코끼리들이 동시에 발을 들었다가 앞으로 내딛었다. 그 절도 있는 동작에 어떤 병사들은 감동마저 느꼈다. 동물들의 무리에서는 보기 힘든 동작의 일치였다. 코끼리들이 움직이기 시작하자 그을린발 또한 앞으로 걸었다. 병사들은 비나간 후를 호위하며 황급히 옆으로 물러났다. 병사들이 비워 준 길을 통해 그을린발은 털레털레 걸었다. 그가 비나간 후의 앞쪽을 지나칠 때 갑자기 지키멜이 말했다.

"고마워요, 그을린발. 부탁인데 또 이러진 마요."

그을린발은 고개도 돌리지 않은 채 말했다.

"봐서."

그을린발이 앞으로 걸어갔다. 백여 마리의 코끼리들이 쿵쾅거리며 그 뒤를 따라 걸었다. 소리는 요란했지만 묘하게 자취는 별로 남지 않았다. 마지막 코끼리가 사라지자 지키멜과 병사들은 자신들이 눈을 뜬 채 꿈을 꾼 게 아닌가 하는 의심마저 느꼈다. 하지만 창문을 본 지키멜은 그것이 현실임을 확인했다. 창문은

이 빠진 잇몸처럼 보였고 그을린발이 뜯어낸 철창은 창문 아래에 떨어져 있었다. 지키멜은 이제 정말 자야겠다고 생각했다. 하지만 그녀의 입은 누구에게 하는 말인지도 불분명한 말을 꺼내고 있었다.

"추적해라. 어떻게든 게라임 지울비가 유료도로당으로 가지 못하도록 해야 한다. 비나간 영토 안에서 그를 되찾아라."

누군가가 대답하는 소리가 들렸다. 무슨 말인지 알아들을 수도 없었다. 자신을 제대로 통제할 수 없었던 지키멜은 자신의 모습이 확신에 차 있고 당당하기를 바랐다. 그리고 그녀는 잠들었다.

똑바로 누운 제이어 솔한은 눈을 감은 채 자신이 두었던 바둑들을 복기해 보았다.

정체를 드러내지 않은 채 둔 방내기까지 포함한다면 제이어 솔한은 수없이 많은 바둑을 두었다. 전문 방내기꾼이 아닌 바에야 입신의 기사들이 방내기를 두는 경우는 없고 자신의 이름을 널리 알리는 멍청한 방내기꾼은 없으므로 제이어는 이름이 널리 알려진 고수들 가운데서는 아마도 대국 횟수가 가장 많을 것이다. 그런 그도 첫수부터 계가까지 완전히 머릿속에서 복기할 수 있는 바둑은 다른 기사들보다 특별히 많지 않았다. 그리고 그가 뚜렷하게 기억하는 대국들 대부분은 엘시 에더리와 둔 것이다. 지금 살인 기사가 마음속으로 복기하고 있는 바둑의 상대 또한 엘시 에더리였다.

언제 둔 것인지 명확하게 기억할 수 없지만 그것은 중요하지 않았다. 복기하면서 제이어는 실전 대국에서의 어지러움, 즉 고도의 집중 상태에서 느끼는 아련한 혼미함을 다시 느꼈다. 그런 상태에서 제이어는 돌의 노래를 듣곤 했다. 주변의 소음이 완전히 사라진 곳에서 돌들은 자신의 역사를, 자신의 삶을 노래한다.

한곳에 놓인 돌은 죽기 전까지 움직일 수 없다. 그러나 그렇기에 그 자리는 오직 그 돌의 것이다. 돌을 겹쳐 놓을 수야 없는 법이다. 상대편의 돌은 물론이거니와 아군의 돌조차도 그 돌의 자리를 범접할 수 없다. 그리고 그 돌은 떠밀리지도, 흔들리지도 않은 채 목숨으로 그 자리를 지킨다. 죽음만이 그 돌을 그 자리에서 물러나게 할 수 있으며, 죽은 돌은 바둑판 위로 돌아오지 않는다. 승부를 낼 때 바둑판 위로 다시 올라오는 돌은 자신의 자리를 얻기 위해서가 아니라 승부를 계산하기 위해서 올라올 뿐이다.

기사는 요석과 폐석을 말하지만 모든 돌은 그것을 놓은 기사조차 건드릴 수 없는 자신의 권리를 가지고 있으며, 그 권리의 측면에서 보면 모든 돌은 똑같다. 361개의 개별적이고 완전히 평등한 역사가 있는 것이다. 하지만 평등은 평등일 뿐 동일은 아니다. 어떤 돌의 역사는 찬란하고 어떤 돌의 역사는 비참하다. 그것들이 평등한 목소리로 노래하는 것이다.

제이어는 머릿속에서 방금 착점한 자신의 돌을 보았다. 그 돌의 노래는 음울하다. 살 수 없는 돌이기에 그러하다. 제이어는 교묘한 사석 작전을 구사하고 있었다.

사석은 버린 돌이다. 사석(捨石)은 버림받았기에 죽임을 당하고, 죽임을 당했기에 사석(死石)이 된다. 그런데 건축가이기도 한 제이어는 그 말의 다른 쓰임이 있다는 것을 알고 있다. 토목 공사를 할 때 물 아래에 던져 넣어 기초를 다질 때 쓰이는 돌 또한 사석이라고 부른다. 의미는 서로 통한다. 바둑의 사석은 그저 죽이고 싶은 괴벽 때문에 버리는 돌이 아니라 최종적인 승리를 위해서 버리는 돌이다. 물 아래에 던져 넣는 사석 또한 튼튼한 기반을 얻기 위해 버리는 돌이다. 사석 두는 곳에 수 있다는 바둑 격언에서 알 수 있듯 바둑이라는 놀이는 특이해서 상대를 잘 죽여야 할 뿐만 아니라 스스로도 잘 죽어야 한다. 상대편뿐만 아니라 자신의 돌까지 무참하게 죽인 자가 승리한다. 죽은 돌이 산 돌과 함께 승리의 기초가 되는 것이다. 고수급의 기사들이 방내기를 혐오하는 것은 그런 바둑의 기본 철학에 배치되기 때문이다.

돌의 노래가 바뀌었다.

제이어는 마음의 귀로 그 노래에 집중했다. 그 돌은 더 이상 음울하게 노래하지 않았다. 제이어는 어떻게 된 영문인지 살펴보았다. 백의 착점을 살펴본 제이어는 자신이 내려놓은 흑돌이 살아났음을 깨달았다. 백은 흑의 사석 작전을 무시했다. 왜? 백은 이미 자신이 이겼음을 알고 있었다. 그리고 제이어도 그것을 알고 있었다. 제이어가 거대한 사석 작전을 시도한 것은 기울어 가는 승부를 뒤집기 위해서였으니까. 그 시도는 무위로 돌아갔다. 백은 나를 죽여서 나를 이기게 해 달라는 제이어의 요청을 거부했다.

제이어는 복기를 그만두었다. 그 이후의 흐름은 잘 알고 있다. 끝까지 백에게 끌려가게 된다. 백이 어떤 손찌검도 하지 않았기 때문에 돌을 던질 적절한 기회가 없었다. 당연히 집 차이는 크지 않았다. 그렇게 끌려가는 바둑을 복기하고 싶은 생각은 없었기에 제이어는 복기를 중단한 채 돌의 노래를 들었다. 돌은 살아났음을 즐거워하고 있었다. 자신이 소속된 진영이 패했다는 것은 돌에게 관심 없는 모양이다. 돌은 자신의 삶을 즐거워하고 자신의 역사를 찬양하고 있었다. 제이어는 그 돌에게 말을 걸어 보았다.

'너는 졌어.'

'나는 살았어. 살아남은 자가 승자라고 하지 않던가?'

'개개의 돌이 살고 죽는 것 이상의 문제가 있지.'

돌은 옆을 돌아보았다.

'여기선 안 보이는데.'

'위에서 보면 보여.'

'위? 위가 뭐지?'

반면에는 고저가 없다. 제이어는 돌에게 고저를 어떻게 설명해야 할지 알 수 없었다. 돌은 겹쳐 쌓을 수 없는 법이다. 그는 상대방이라면 설명할 수 있을지도 모르겠다고 생각하며 바둑판 건너편을 보았다.

그 자리는 비어 있었다. 엘시 에더리가 보이지 않았다. 이것은 그가 혼자 복기한 바둑이다. 엘시는 없었다.

제이어는 눈을 떴다.

어디선가 소음이 들려왔다. 제이어는 그곳이 어느 쪽인가 생각하다가 겨우 자신은 돌과 달리 고저를 안다는 사실을 떠올렸다. 그 소음은 제이어의 등 아래쪽에서 들려오고 있었다. 그것은 제이어가 새벽녘부터 열 시간 이상 기다리던 소음이었다.

제이어는 아래쪽을 살피기에 앞서 천천히 몸을 움직였다. 오랫동안 꼼짝도 하지 않은 팔다리를 풀어 주기 위해서였다. 하지만 소리를 낼 수 없었기 때문에 그 동작은 느렸다. 제이어는 조바심 내지 않고 느리게 팔다리를 비틀었다.

제이어가 있는 곳은 일종의 다락방이었다. 지붕을 떠받치는 들보들이 주위에 있었고 그 사이사이에 오래된 잡동사니들이 놓여 있었다. 하지만 창문이 없어서 사람이 지낼 수 있는 곳은 아니었다. 주위는 캄캄했고 그 어둠 속에서 제이어는 느리게 꿈틀거렸다. 마침내 무리 없이 팔다리를 놀릴 수 있다는 확신을 내린 제이어는 조심스럽게 몸을 뒤집었다. 배를 바닥에 깐 제이어는 머리를 이리저리 움직였다. 곧 새벽에 그가 뚫어 둔 구멍이 보였다. 제이어는 그 구멍을 통해 아래를 살폈다.

아래에는 막 연회가 시작되고 있었다. 제이어는 자신의 각도가 조금 잘못되었다는 것을 깨닫고 상체를 조심스럽게 밀어 움직였다. 조금 후 연회장의 상석이 보였다. 상석에 앉는 이들이 흔히 그러하듯 그곳에는 나이 지긋한 사람들이 많았지만 젊은 사람도 있었다. 제이어는 그중 한 젊은이를 보았다. 긴 머리를 비녀로 틀어 올리고 인간의 옷과 약간 다른 옷으로 몸을 감싸고 있는 젊은 여자가 상석 가운데 앉아 있었다.

'바둑판 아래로 내려갈 때가 되었습니다.'

살인 기사는 옆으로 손을 뻗었다. 눈을 돌려 봐야 보이는 것이 없으므로 손으로 더듬는 것이 나았다. 마침내 살인 기사는 거기 있어야 하는 물건을 찾아내었다. 살인 기사는 천천히 그것을 끌어당겼다. 어둠 속에 엎드려 누운 채 작업하는 것이 쉽지 않을 거라 생각했기에 살인 기사는 새벽녘에 몇 번 연습을 해 보았다. 그 연습 덕분에 큰 소음을 내지 않고 노궁에 화살을 장전할 수 있었다.

아스캄의 공회당 천장 속에서 살인 기사는 화살이 걸린 노궁을 쥔 채 규리하 공 비셀스 규리하를 바라보았다.

세레지 파림은 지금껏 자신을 무시해 왔던 야리키도 이번에는 반응을 보일 거라 믿으며 말했다.

"우아, 저것 봐! 야리키다!"

삽을 고치느라 정신이 없었던 지노피와 그를 돕던 히다도 당황한 표정으로 세레지를 돌아보았지만 야리키는 아무 반응도 보이지 않았다. 야리키는 무심히 부서진 삽을 내려놓고 지노피가 가까스로 고쳐 놓은 삽을 집어 들었다. 세레지는 설마 그대로 돌아서시지는 않겠지 하는 눈으로 야리키를 애써 노려보았지만 야리키는 그대로 돌아섰다. 성 무덤을 향해 뚜벅뚜벅 걸어가는 야리키를 보던 세레지는 앓는 소리 같은 것을 내고 앉아 있던 자리에서 훌쩍 일어났다. 야리키를 향해 달려간 세레지는 그의 옆에 서자마자 말했다.

"규리하공이성을파내줄사람을준비했는데왜계속땅을파고있는거죠?"

숨도 쉬지 않고 말해 버린 세레지는 야리키를 애타게 바라보았다. 야리키는 부리를 슬쩍 부딪치고 말했다.

"다른 할 일이 없으니까."

"어, 규리하 공에게 잘 보이려고 이 일 하겠다고 나선 것 아니었어요?"

야리키는 멈춰 섰다. 그는 삽으로 바닥을 짚고 놀란 얼굴의 세레지를 향해 말했다.

"너 그래서 규리하 공에게 하늘 낚시터에 대해 이야기했지?"

"예. 그래요. 뭐가 수줍어서 직접 말도 못하죠?"

"수줍어서가 아니다. 혼란스러울까 봐지."

"혼란?"

야리키는 정우에게 했던 이야기를 반복했다. 세레지는 한 손으로 뺨을 누른 채 그 말에 대해 생각했다.

"그러니까, 인간하고 이야기하다 보면 필요한 것을 사기 위해 돈을 모으는 것이 아니라 돈을 모으기 위해 돈을 모으는 일 같은 것이 벌어진다는 건가요? 또는 즐겁기 위해 술을 마시는 것이 아니라 술을 마시기 위해 술을 마시는 일 같은 것?"

"그런 거지."

"멍청한 인간만 그래요."

"똑똑한 인간도 그래."

"선입견?"

"아냐."

"설명해 봐요."

야리키는 아랫부리를 긁적이다가 손을 들어 윗부리도 긁적거렸다. 문득 세레지는 그러면 시원한지, 아니 거기에 감각이나 있는지 궁금했다. 세레지가 보기에 그 부리는 엄청나게 단단해 보였고 피부처럼 민감할 것 같지는 않았다. 하지만 긁고 있는 것을 보니 무슨 느낌이 있긴 한 모양이다. 세레지가 자신의 추리가 맞냐고 물어보려 했을 때 야리키가 부리를 열었다.

"관둘래."

"야리키, 나 기대하고 있었다고요!"

"너 인간이잖아."

"인간…… 아아, 괜찮아요. 저는 나가 부모 아래에서 자라났어요. 저는 사실 시모그라쥬 공의 손녀였거든요. 야심가였던 시모그라쥬 공은 손녀를 나가 사이에서 자라게 해서 니름을 터득하게 하면 나가를 통치하는 것이 더 쉬워질 거라 생각했어요. 그래서 특별히 선택된 나 남녀가 저를 키우게 된 거죠. 하지만 막상 저를 받아들였을 때 그들은 자신과 완전히 다른 어린 생명체에 그만 특별한 감정을 가지게 되었죠. 그래서 그들은 니를 도구로 키워질 저를 야심가 할아버지에게서 구하기로 하고…… 당신 아직도 악의 세력의 영향 하에 있군요!"

"어떻게 알았어?"

"두 눈에서 불신감이 반짝반짝 빛나니까."

"정우의 이야기를 적당히 도용한 흔적이 지나치게 나."

"좀 더 노력해야 당신을 구원할 수 있겠군요."

"구원하지 마."

그 말을 끝으로 야리키는 삽을 다시 집어 들었다. 겨우 몇 걸음 저편에 야리키가 땅을 파던 흔적이 있는 것을 본 세레지는 야리키를 따라가는 것을 포기했다. 불안한 지반에서 넘어지거나 흙더미를 뒤집어쓸지도 모르는 일이다. 세레지는 아쉬움을 얼굴 가득히 떠올리며 몸을 돌렸다. 그때 야리키가 말했다.

"세레지."

"어서 오세요, 즐거움의 세계로!"

"무슨 소리야."

"구원을 받아들이겠다고 말하려는 거 아니었어요?"

"아냐. 정우의 주위를 잘 살펴봐."

"규리하 공이오? 왜요?"

"몰라. 그냥 기분이 이상해."

"어떻게 이상한데요?"

"글쎄. 뭐라고 하면 좋을까. 꼭 누가 정우를 노리는 것 같다는 느낌이 들어."

무심히 말하던 야리키는 세레지의 엄청난 얼굴에 놀랐다. 세레지는 경악에 빠진 표정으로 외쳤다.

"왜 진작 말 안했어요!"

"느낌일 뿐이라니까."

"레콘의 감이잖아요!"

"이봐, 세레지. 너 이야기 지나치게 좋아하는 거 같다."

뒤이어 야리키는 세레지에게 허구와 현실을 구분할 줄 아는 것이 중요하다는 취지의 이야기를 하려 했다. 하지만 그는 그 이야기를 하지 못했다. 그의 과묵함이나 자신도 왠지 불안해서 정우를 배웅했다는 사실 때문에 그런 것은 아니다. 그가 이야기를 하지 못한 것은 이야기를 들어야 할 세레지가 전속력으로 멀어졌기 때문이다. 시내 쪽을 향해 쓰러질 듯 달려가는 세레지를 보던 야리키는 부리를 딱 부딪치고 다시 삽을 움켜쥐었다.

야리키가 예견한 것처럼 세레지는 몇 번 넘어졌다. 그냥 달렸더라면 넘어지지 않았겠지만 세레지는 수레를 뛰어넘고 도랑을 뛰어넘었으며 심지어 돌담을 박차고 올라 어느 집의 지붕 위까지 뛰어올랐다. 최단 시간 내에 정우에게 도달하기 위해 세레지는 어떤 장애물도 피하지 않았고 몇 번인가 땅에 넘어졌다. 다리를 부러뜨리지 않은 것은 과감하게 몸을 굴린 덕분이다. 세레지는 몇 분 만에 정우가 있는 연회장에 도달했다. 연회장 외곽을 지키던 병사들은 세레지의 모습에 놀랐다. 세레지는 자신을 바라보는 상급자를 발견하고 힘겹게 말했다.

"혹시 이상한 일 없었어요, 벤토 수전사님?"

수전사 타이디 벤토는 세레지의 위아래를 살폈다.

"옷이 흙투성이가 된 채 숨넘어갈 정도로 헐떡거리는 어떤 여자 제외하고?"
"그런데도 여전히 아름다운 그 여자 제외하고."
"없었어. 괜찮아?"
"주위를 경계해요. 감이 안 좋아요."

타이디 벤토 수전사는 얼굴을 굳혔다. 그는 질문을 할까 하다가 대신 부하들에게 다가가서 경계를 강화하라는 명령을 내렸다. 그동안 세레지는 옷을 털었다. 그럭저럭 깨끗한 모습이 된 세레지는 공회당 안으로 들어섰다.

안쪽의 주 통로에도 약간 명의 경비병들이 있었다. 규리하의 지배자가 있는 곳이니 당연하다. 세레지는 그들에게 공회당 안쪽의 출입로를 조사하라는 부탁을 하고 곧장 연회장으로 향했다. 일단 정우의 곁에 이르는 것이 중요했다. 낌새가 안 좋다면 그대로 정우를 끌어내야겠다고 생각하며 세레지는 연회장 안쪽에 도달했다.

연회장은 흥겨운 분위기였다. 누군가가 연설을 하고 있었다. 아마 규리하 공이 오신 것에 대한 감사를 표하는 것 같았다. 하지만 연설이 재미있는 편이라서 사람들은 즐거워하고 있었다. 세레지는 정우의 모습을 확인했다. 정우는 상석에 앉아 진지한 표정으로 연설에 집중하고 있었다. 그녀의 안위를 확인한 세레지는 벽을 따라 움직이며 사람들을 세심하게 살펴보았다. 그런 눈으로 보아서 그런지 모르지만 모든 사람이 수상하게 보였다. 세레지는 머리를 조금 내젓고 다른 방향으로 생각했다. 그녀는 규리하 공에게 당장 위해를 가할 수 있는 위치에 있는 사람들을 중점적으로 살펴보았다. 그러자 혐의자를 대폭 축소할 수 있었다. 이곳에 들어오기 전에 검사를 받았을 테니 대형 투사 병기는 없을 테고,

근거리에서 사용할 수 있는 작은 병기들뿐일 것이다. 세레지는 정우의 근처에 있는 사람들에게 주의하며 천천히 그녀에게 다가갔다.

그러나 정우와의 거리를 십 미터쯤으로 줄였을 때 세레지는 자신이 지나치게 낙관하고 있는 것이 아닐까 생각했다. 혹시 창문이나 천장을 통해 투사 병기를 쏠 수 있지 않을까? 세레지는 먼저 창문을 살펴보았다. 연회장에는 밝은 조명을 위해 꽤 많은 창문들이 있었다. 하지만 정우는 창문을 통해 공격하기 어려운 위치에 있었다. 세레지는 안도하며 천장 쪽을 살폈다. 그리고 세레지는 절망감과 공포를 느꼈다.

고개를 들자마자 세레지는 천장에 나 있는 조그마한 틈을 발견했다. 그 틈이 벌어졌다. 누군가가 미리 잘라 놓은 천장의 판자를 떼어 내는 것 같았다.

"엎드려!"

세레지는 괴성을 지르며 가장 가까운 탁자로 뛰어올랐다. 그대로 정우에게 뛰어들기 위해서였다. 하지만 탁자보가 옆으로 미끄러지면서 세레지는 조금 균형을 잃었다. 쓰러지지 않기 위해 자세를 낮추던 세레지는 놀란 표정으로 자신을 보며 일어나는 정우와 눈이 마주쳤다. 세레지의 급한 외침은 알아듣기 어려웠고 그래서 영문을 알 수 없던 정우가 그녀를 도우려고 일어서고 있었다. 세레지는 공포 속에서 다시 뛰어오르려 했지만 그러기 위해선 자세를 더 낮추어야 했다. 지극히 짧은 순간이 더 필요했던 것이다. 그리고 암살자는 세레지에게, 그리고 정우에게 그 순간을 허락하지 않았다.

세레지가 몸을 낮춘 순간 정우의 복부에 화살이 꽂혔다.

충격으로 정우는 뒤로 두 걸음 춤추듯 물러났다. 그녀의 머리를 틀어올렸던 비녀가 풀리며 검은 머릿결이 크게 출렁였다.

고개를 숙인 정우는 자신의 배를 내려다보았다. 그녀 자신의 몸에서 흘러나온 염료로 붉게 물드는 옷에서 피를 머금고 자라난 곧은 식물처럼 화살이 돋아 있었다. 꽃술 같은 활깃에 점점이 튄 핏방울이 놀랍도록 선명하다. 정우의 눈이 커다랗게 변했다. 그리고 그녀는 두 손으로 입을 가렸다.

정우는 무너지듯 주저앉았다.

사람들은 비명을 지르며 탁자와 의자 뒤로 몸을 숨겼다. 하지만 그들 중엔 자신의 안전보다 저격당한 규리하 공의 안위를 살피는 것이 더 중요하다고 생각한 이들도 있었다. 그들은 정우를 돌보기 위해 황급하게 몰려들었다. 하지만 가장 먼저 도착한 청년은 위쪽에서 날아온 발에 관자놀이를 맞고 옆으로 쓰러졌다. 공중에서 청년을 걷어찬 세레지는 그대로 몸을 낮추고 날카롭게 외쳤다.

"아무도 가까이 오지 마! 오지 마!"

세레지는 자신의 몸으로 정우를 감추듯 하며 주위로 손을 내저었다. 아스캄 인들은 당황하다가 겨우 세레지가 무엇을 걱정하는지 깨달았다. 암살자가 한 명이라는 보장은 없다. 혼란을 틈타 일을 마무리지으려는 자가 섞여 있을지도 모른다. 당황하여 멈춰선 그들에게 세레지는 할 일을 주기로 했다.

"천장이다! 천장에 암살자가 있어!"

사람들의 시선이 천장으로 쏠렸다. 그 위에 있던 제이어는 벌떡 일어났다. 실패일까? 노린 것은 정우의 심장 쪽이었지만 정우가 세레지를 돕기 위해 일어나는 바람에 살인 기사가 쏜 화살은 그녀의 배에 꽂혔다. 제이어는 그 화살이 확실한 죽음을 가져올지 자신할 수 없었다. 그러나 두 번째 화살을 날리는 바보짓은 하지 않기로 했다. 암살자의 공격은 성공이든 실패든 오직 한 번이다.

제이어는 주저 없이 노궁을 집어던지고 옷을 벗었다. 그 아래에 있는 것은 병사의 복장이었다. 제이어는 준비해 두었던 투구를 머리에 쓰고 속으로 다섯까지 침착하게 세었다. 그리고 조금 전 화살을 쏘기 위해 열었던 판자를 벌컥 잡아당겼다. 그는 아래로 상체를 내밀며 외쳤다.

"여긴 없습니다! 노궁뿐입니다!"

연회장 안쪽으로 달려 들어오던 벤토 수전사는 천장 쪽에서 들려오는 소리에 발걸음을 잠시 멈췄다. 병사의 복장을 본 그는 이를 갈았다.

"노궁? 여자가 다룰 수 있는 크기냐!"

"안 될 것 같습니다!"

"제기랄, 출입 통제해! 손에 노궁이 없을 테니 남자는 전부 조사해! 힘세 보이는 여자도! 반드시 찾아내!"

그리고 타이디는 부하들과 함께 정우가 있는 쪽을 향해 거침없이 달려갔다. 제이어는 구멍 가장자리를 붙잡고 아래로 몸을 미끄러뜨렸다. 잠시 매달렸다가 손을 놓은 그는 탁자 위에 떨어졌다. 제이어는 주변 사람들의 부축을 받으며 정신없이 말했다.

"고맙습니다!"

제이어는 투구를 고쳐 쓰며 정우가 있는 쪽을 살폈다. 정우가 죽었는지 궁금했지만 주변에 몰려선 사람들 때문에 그녀의 모습을 확인할 수 없었다. 가까이 다가가 주군의 안위를 살피는 척하다가 아직 살아 있으면 단검으로 찌른다는 계획이 갑자기 떠올랐지만 포기하기로 했다. 도저히 몸을 빼낼 수 없을 것이다. 그래서 제이어는 도망친 암살자를 붙잡겠다는 결의를 얼굴 가득히 떠올렸고, 그에 덧붙여 고함까지 질렀다.

"출입을 통제한다! 통제한다!"

연회장 안쪽에 있던 사람들은 제이어가 주어진 임무를 성실히 수행할 수 있도록 황급히 좌우로 비켜섰다. 그래서 그는 아무런 방해 없이 연회장 밖으로 달려 나갈 수 있었다.

한편 세레지는 여전히 정우의 몸을 가린 채 다가오는 자는 전부 죽이겠다는 표정을 하고 있었다. 누군가가 그녀의 어깨를 붙잡았을 때 세레지는 그 손을 물어뜯을 뻔했다. 그러나 그 손의 주인은 타이디 벤토였다. 세레지는 그를 보다가 앙칼지게 외쳤다.

"사람들을 물려요!"

"벌써 그러고 있어!"

세레지는 그제야 병사들이 창으로 사람들을 밀어붙이고 있는 모습을 보았다. 타이디는 세레지의 곁에 무릎을 꿇고 정우를 살폈다. 세레지는 더듬거리며 말했다.

"안전한 곳으로…… 치료할 수 있는…… 여기 의사 없어!"

타이디는 세레지의 말에 신경 쓰지 않았다. 그를 의사라고 할 수는 없지만 활이나 칼, 창 등에 의한 상처는 그에게 익숙했다. 수전사는 정우가 상당히 위험한 상태라고 판단했다. 당장 조처가 필요했다.

그래서 수전사는 정우에게 말을 걸었다.

"죄송합니다, 각하. 따끔하시죠?"

비록 그녀 자신이 세상을 농담으로 가득 채우겠다는 사명을 가진 사람처럼 행동하고 있지만, 타이디의 말을 들은 세레지는 어처구니없는 표정을 지을 수밖에 없었다. 그때 바닥에 누워 있던 정우가 힘없이 웃으며 말했다.

"글쎄요. 지금은 멍한 느낌이네요. 상처에 이런 말을 쓰는 것이 어울리지 않겠지만 좀 우울하게 아파요."

타이디는 고개를 끄덕였다. 화살은 그 파괴력 외에 정신적 충격으로도 사람을 죽인다. 하지만 그는 정우가 충격으로 죽지는 않을 거라고 확신했다. 죽음에 대한 두려움이 없는 곳에서 자라나서 그런 것인지도 모르겠다는 설명까지 순식간에 떠올랐지만 수전사는 그 이상의 고찰을 하느라 여유를 부리지는 않았다.

"의사를 수배해! 깨끗한 물하고 물 끓일 도구도 가져와! 이 근처에 방 없나!"

"저쪽입니다!"

누군가의 외침에 타이디는 다시 정우에게 말했다.

"각하, 여기는 노출되어 있습니다. 옮기겠습니다."

정우는 뭐라 대답하려 했지만 수전사는 그 대답을 기다리지 않았다. 충격으로 죽지 않는다는 확신을 자신에게 계속 들려주며 타이디 벤토는 정우를 안아 올렸다. 그리고 누군가가 알려 준 방을 향해 달려갔다. 수전사보다 먼저 도착한 세레지가 문을 열었다. 회의실로 쓰이는 듯한 작은 방이었고 창문 하나에 다른 문은 없었다. 세레지는 덧창을 닫고 두 팔을 휘둘러 탁자 위의 잡동사니들을 싹 쓸어 내었다. 타이디는 그 위에 정우를 내려놓았다. 세레지는 덧창에 몸을 기댔고 병사들은 밖에서 문을 막았다. 방 안에는 세 사람만 남았다.

타이디는 단검을 꺼내어 들었다. 순간 세레지는 실성할 듯한 눈을 해 보였지만 수전사가 정우의 옷을 자르는 것을 보고 겨우 자신을 억눌렀다. 타이디는 그 와중에도 정우에게 말을 걸고 있었다. 정우가 고통에 집중하는 것을 방해하는 말들이기에 대수롭지 않으며 많이 생각할 필요도 없는 질문들이었다. 하지만 정우는 질문에 대답하지 않았다. 그녀는 눈을 꼭 감고 있었다.

덜커 겁이 난 세레지는 탁자 가까이 다가갔다. 그녀는 정우의 얼굴 가까이로 얼굴을 가져갔다. 불규칙적이긴 했지만 정우는 숨을 쉬고 있었다. 그녀의 눈에서는 눈물이 흘러나오고 있었다. 세레지는 갑자기 서러웠다. 무엇인지 모를 서러움이 공기를 가득 물들이고 세레지의 코를 통해 그녀의 폐로 흘러 들어오는 것 같았다. 세레지는 정우가 누워 있는 탁자에 두 손을 짚고 고개를 떨어뜨렸다. 그때 세레지는 수전사도 더 이상 말을 하지 않는다는 것을 깨달았다. 당신도 이 이상한 공기를 느끼는 거냐고 물어보기 위해 고개를 돌린 세레지는 기묘한 모습을 보았다.

타이디는 입을 꽉 다물고 있었다. 하지만 그 눈은 커다랗게 벌어져 있었다. 지금껏 놀랄 정도로 침착하게 행동하던 수전사는 그런 모습을 잃은 채 거친 숨을 내쉬며 아래를 내려다보고 있었다. 단검을 쥐지 않은 그의 손은 위로 조금 떠올라 있었는데 그 손의 모습은 마치 자신이 만진 것에 놀란 것 같았다. 세레지는 의아했다. 설마 상처의 끔찍함에 놀란 것은 아닐 텐데.

그녀는 수전사가 바라보는 것을 보았다. 잘린 옷이 탁자 좌우로 늘어져 있었고 그 가운데 정우의 조그마한 몸이 드러나 있었다. 피 냄새가 짜릿할 정도로 풍겨 왔지만 덧창이 빛을 막고 있어서 그 몸은 어슴푸레한 어둠 속에 잠겨 있었다. 하지만 세레지는 뭔지 모를 위화감을 느꼈다. 인간 여자의 몸을 본다는 느낌이 들지 않았다. 단지 피 때문에 그런 것 같지는 않았다. 세레지는 옆으로 걸어 정우의 몸을 좀 더 자세히 바라보았다. 그리고 수전사도 자신이 만졌던 것을 눈으로 확인하기 위해 머리를 낮추었다.

어둠에 익숙해진 두 사람의 눈은 마침내 정우의 몸을 똑똑히 보게 되었다. 두 사람이 동시에 숨을 멈추었다.

"이게…… 어떻게 된……."

중얼거리던 타이디는 흠칫하며 입을 닫았다. 그는 고개를 들었고 세레지 또한 그렇게 했다. 두 사람은 서로의 눈을 바라보았다. 충격과 당혹감이 담긴 네 개의 눈길이 얽혔다. 그때 밖에서 요란한 발소리가 들려왔다. 순간 수전사와 세레지는 간통이라도 하고 있었던 사람들인 양 당황했다. 수전사는 어찌해야 좋을지 모르겠다는 듯 허둥댔다. 그때 세레지가 좌우로 벌어진 정우의 옷자락을 낚아채었다. 그녀가 재빨리 정우의 몸을 가렸을 때 문이 벌컥 열렸다.

허리를 숙인 채 방 안으로 들어선 것은 야리키였다. 그는 정우의 모습을 보고 충격을 받은 듯 벼슬을 꼿꼿하게 세웠다. 그리고 당황한 눈으로 올려다보는 세레지와 타이디의 모습은 별다른 위안이 되지 않았다. 야리키는 단도직입적으로 물었다.

"죽었나?"

"아뇨."

대답한 것은 정우였다. 세레지와 수전사는 기겁했다. 야리키는 안심했지만 또한 꽤나 이상한 행동을 보이는 두 사람의 모습에 의아해했다.

"화살은 왜 놔두는 거야? 뽑아야지."

야리키는 허리를 숙였다. 세레지가 기겁하여 외쳤다.

"하지 마요! 그러면 죽을지도 몰라요!"

그 말은 사실이다. 화살촉이 상처를 찢어서 벌려 놓으면 충격이나 과다 출혈로 죽을 수 있다. 하지만 세레지의 마음속에는 야리키가 화살을 뽑다가 정우의 몸을 볼지도 모른다는 두려움도 있었다. 야리키는 내뻗던 손을 다시 끌어당겼다.

"아, 인간이지. 그러면 어떻게 하지?"

세레지는 자신도 그것이 궁금했다. 어떻게 해야 하지? 그때 수전사가 말했다.

"부탁인데 가서 의사 한 명만 찾아오십시오. 제 부하들에게 말했는데 아직 안 오는군요."

야리키는 알았다는 말조차 생략한 채 몸을 돌렸다. 그가 밖으로 나가자 수전사와 세레지는 의미가 불분명한 안도의 한숨을 내쉬고 굳은 얼굴로 정우를 돌아보았다. 정우는 여전히 눈을 꼭 감고 있었다. 그녀가 듣기는 하지만 보지는 않는다는 것을 확인한 세레지는 입만 움직여서 이 일을 어찌하면 좋겠냐고 타이디에게 물었다. 수전사는 세레지의 뻐끔거리는 입을 완전히 읽지는 못했지만 그 표정만으로도 세레지의 질문을 이해할 수 있었다. 수전사는 피 묻은 주먹으로 이마를 짚었다가 말했다.

"노궁 화살이니까 촉은 그렇게 크지 않을 테고⋯⋯ 뽑는 것이 낫겠군. 세레지, 이걸 각하에게 물려 드리고 각하의 어깨를 붙잡아."

타이디는 단검을 세레지에게 건넸다. 세레지는 그 자루를 정우의 입에 가져갔다.

"각하, 입을 벌리세요."

정우는 입을 벌려 단검 자루를 깨물었다. 세레지는 정우의 어깨를 누르고 수전사에게 눈짓을 보냈다. 수전사는 허리춤을 뒤지고 있었다. 그는 손수건을 꺼내어 입에 물고 화살을 붙잡았다. 수전사는 잠시 입속으로 중얼거렸다. 제발 피가 팍 튀어오르지는 마라. 그리고 타이디는 단숨에 화살을 뽑아내었다.

정우의 몸이 급하게 튕겨올라 세레지는 하마터면 손목이 꺾일 뻔했다. 화살이 빠진 자리에서 피가 흘러나왔지만 타이디가 두려워하던 것처럼 용솟음치지는 않았다. 수전사는 동맥이 상하지 않았다는 사실에 안도하며 입에 문 손수건을 재빨리 정우의 상처 위에 대고 눌렀다. 정우는 몸을 비틀며 괴로워했다. 팔만으로 정우를 고정시킬 수 없었던 세레지는 자신의 몸으로 정우를 눌렀다. 타이디가 찢어 낸 자신의 옷자락으로 손수건을 고정시키는 동안 단검 자루를 물고 있는 정우의 입에서 꽉 눌린 흐느낌이 흘러나왔다. 그녀의 눈에서 계속 흘러나오는 눈물을 보던 세레지는 마침내 울음을 터뜨렸다.

얼마 후 야리키가 허리에 의사를 끼고 돌아왔다. 늙은 의사는 머리가 벗겨진 정수리까지 시뻘게진 채 헐떡거리면서도 환자의 상태를 살피기 위해 황급히 탁자로 다가갔다. 그러나 의사가 방 안으로 들어오자마자 타이디는 의사의 어깨를 붙잡았고 세레지는 그들의 등 뒤에서 문을 쾅 닫고 나갔다. 의사의 어깨 너머로 문이 닫힌 것을 확인한 수전사는 당황한 의사에게 살벌하기까지 한 목소리로 말했다.

"이분은 규리하 변경백이십니다."

"예. 알고 있습니다."

"말 끊지 마십시오! 당신이 알아야 하는 방식으로 알고 있지는 않을 테니까! 그리고 내가 이런 표정 하는 것에 대해서도 쓸데없는 추측은 하지 마십시오. 당신은 규리하 공을 살리지 않으면 당신도 죽이겠다는 말을 들을까 봐 걱정하고 있겠지요."

늙은 의사는 주눅이 들어 수전사를 바라보았다. 타이디는 의사의 어깨를 붙잡은 손에 힘을 주어 끌어당겼다. 의사는 비명을 지를 뻔했다.

"나는 그런 말 안 합니다. 당신이 알아야 할 것은 이것입니다. 당신이 치료 과정에서 알게 된 것이 무엇이든 그것은 규리하 변경백의 개인사입니다. 당신은 규리하 변경백의 허락 없이는 아무 말도 하면 안 됩니다. 그렇지 않으면 무서운 벌을 받을 겁니다. 침묵을 맹세하십시오."

"나는 의사로서 당연히 환자의 개인적인 비밀을 지키······."

"맹세하십시오!"

수전사의 낮은 울부짖음 같은 소리에 의사는 황급히 고개를 끄덕였다.

"맹세합니다. 어디에도 없는 신의 이름으로 맹세하겠습니다."

"좋습니다. 각하를 치료하십시오. 아, 그리고 방금 마음이 바뀌었는데, 각하를 살리지 못하면 당신은 죽습니다."

의사는 넋이 빠진 얼굴로 수전사를 바라보았다. 수전사는 의사의 어깨를 와락 끌어안고 탁자 옆으로 끌고 갔다. 유혈로 벌겋게 물든 탁자 위에서 정우는 통증으로 괴로워하고 있었다. 피는 오래전에 말랐지만 풀어헤쳐진 긴 머리가 탁자 주위로 흘러 떨어져 마치 아직도 피가 흘러내리고 있는 듯한 착각을 일으켰다. 수전사가 정우의 몸을 덮고 있는 옷을 옆으로 치웠을 때 의사는 눈을 껌뻑거렸다. 조금 전 수전사와 세레지가 보였던 반응과 비슷했다. 의사는 정우의 몸 가까이 얼굴을 가져갔다.

그리고 의사는 왜 침묵의 맹세를 강요당했는지 알았다.

밖으로 나온 세레지는 잠깐 동안 문에 등을 기댄 채 급히 호흡을 내쉬었다. 그리고 고개를 들어 말했다.

"기다려 줘서 고마워요, 야리키. 각하의 안위를 묻고 싶었죠?"

야리키는 부리를 닫은 채 그녀 앞에 서 있었다. 야리키 외에 많은 병사들, 그리고 접근을 허락받지 못했기에 좀 떨어진 곳에 서 있는 아스캄 사람들도 궁금함 때문에 이마에 세 번째 귀를 만들어 낼 것 같은 얼굴로 세레지를 바라보고 있었다. 세레지는 긴 한숨을 내쉬고 야리키에게 허리를 숙이라는 손짓을 했다. 야리키가 허리를 숙이자 세레지는 낮게 속삭였다.

"피는 멎었지만 어떻게 될지는 저도 잘 모르겠어요. 의사가 알아서 하겠지요. 부탁할 일이 있어요. 지금 당장 규리하 성으로 달려가 주세요."

"사고를 알리라고?"

"그런 의미도 있지만, 더 중요한 건 반란을 막는 거죠. 지금 규리하 공은 규리하 성 밖에 있어요. 죽지 않더라도 그것은 굉장한 약점이지요."

"흐음."

"규리하 성에 도달하면…….."

거기서 세레지는 잠깐 동안 입을 닫았다. 정우의 아스캄행은 특별히 비밀도 아니었으니 이곳에서 저격이 일어났다는 것이 정보가 새고 있다는 반증이 되지는 않겠지만, 세레지는 규리하의 관료들 중 옛 주인의 영향권에 있는 사람이 한 명도 없다는 식으로 생각하기도 어려웠다. 야리키의 전언을 받은 사람이 그런 사람이라면 곤란하다. 세레지는 규리하 성에 있는 사람들 중 아이저 규리하의 영향을 받을 리 없으며 동시에 일 처리를 제대로 할 수 있는 믿을 만한 사람을 생각해 보았다. 곧 적당한 인물이 떠올랐다.

"파라말 아이솔에게 이 사실을 전해요. 그 사람이라면 믿을 수 있고 규리하 공 없는 규리하 성을 지킬 좋은 방법도 생각해 낼 수 있을 거예요. 해 주실 수 있겠어요?"

야리키는 허리를 폈다.

"달리 바쁜 용건도 없어."

야리키는 몸을 돌렸다. 그는 규리하 공을 잘 부탁한다거나 이제 떠나겠다는 말조차 하지 않고 필요한 물건이라도 하나 챙겨 오려는 사람처럼 연회장 밖으로 척척 걸어 나갔다. 그 뒷모습을 멍하니 보던 세레지는 잠깐이지만 싱긋 웃었다. 하지만 그녀의 미소는 곧 스러졌다. 세레지는 두 손으로 얼굴을 가리며 고개를 떨어뜨렸다. 그래서 그녀에게 상황을 묻고 싶었던 병사들과 아스캄 사람들은 답답함 속에서 기다릴 수밖에 없었다.

그을린발은 발끝을 땅에 댔다. 그는 한쪽 다리로 움직이며 땅에 금을 주욱 그었다. 고갯길의 이쪽에서 저쪽까지 금을 그은 그을린발은 다시 길 가운데로 돌아와서 자신이 그어 놓은 금을 가리키며 고갯길 아래쪽을 향해 외쳤다.

"금 넘어오지 마!"

고개 아래쪽에서 돌아온 것은 얼어붙은 듯한 침묵뿐이었다. 그을린발은 그 침묵이 마음에 들었다는 듯 고개를 한 번 끄덕이고 몸을 돌렸다. 거기에는 코끼리들이 참을성 있게 서 있었다. 그을린발은 코끼리의 몸을 토닥이거나 머리를 두드리며 코끼리 사이를 걸어갔다. 코끼리들의 선두에는 전 유료도로당주 게라임 지울비가 한 손으로 턱을 괸 채 그을린발이 걸어오는 모습을 보고 있었다. 그을린발이 기괴한 계명성으로 다시 코끼리를 출발시키자 게라임은 속이 울렁거리는 것을 느끼며 입을 열었다.

"넘어오면 어쩔 겁니까?"

"글쎄. 어떻게 하지? 별로 생각은 안 했는데."

게라임은 피식 웃었다. 하지만 울렁거림 때문에 웃음은 곧 사라졌다. 코끼리 멀미라는 병명이 있는지 없는지 알 수 없었지만 게라임은 그 질병에 고통 받는 환자는 한 명 존재한다고 생각했다. 게라임은 힘들게 호흡을 안정시키고 질문했다.

"정말 다른 요구 조건은 없었습니까?"

"없었어. 후원자는 네가 가고 싶어하는 곳으로 보내 주면 끝이라고 하더군."

게라임이 선택한 방향은 시구리아트 유료도로로 향하는 비나간 남동쪽 방향이었다. 아직 완전히 비나간을 벗어났다고 하긴 어렵지만 지형은 조금씩 바뀌고 있다. 비나간의 평탄한 지형 대신 고개나 구릉이 약간씩 나타나고 있었다. 물론 시구리아트에 약간이라도 가까워졌다고 말하려면 그런 길을 한참 더 걸어야 할 것이다.

게라임은 그 후원자가 누굴지 생각해 보았다. 유료도로당의 옛 당주를 탈출시키면서 아무것도 바라지 않을 사람이 누구일까? 이 곳까지 오면서 게라임은 더 쉬운 의문 해결법을 시도해 보았다. 하지만 그을린발은 그의 질문에 대답하지 않았다. "후원자는 자기 정체를 알려 줘도 된다고 하지 않았거든." 그래서 게라임은 코끼리 멀미에 시달리는, 그다지 좋다고 하기 힘든 상태에서 그 후원자의 정체에 대해 추리했다.

그 후원자는 게라임의 탈출 자체가 보상이 된다고 생각하는 듯하다. 그렇다면 게라임의 탈출이 어떤 일을 가져올까? 게라임은 철없는 아들을 물리치고 유료도로당주의 지위를 되찾게 된다는 식의 즐거운 상상을 배격했다. 희망과 전망을 혼동하는 짓이다. 게라임은 최후의 승자가 시오크가 될 가능성을 아무런 거리낌 없이 인정했다. 따라서 좀 더 객관적인 전망은 유료도로당주의 자리를 놓고 아버지와 아들이 싸움을 벌여 당 전체가 일시적 또는 장기적 혼란에 빠진다는 것이다. 마치 지금 그의 뱃속처럼.

'제기랄, 울렁거려서 죽겠군.'

게라임은 호흡을 멈춘 채 생각을 계속했다. 분명히 그을린발의 후원자가 바라는 것은 유료도로당의 혼란이다. 후원자가 그 이상의 것, 그러니까 게라임이 당주로 복위하는 것을 바랐다면 그을린발이 받은 명령은 게라임을 유료도로당에 데려다 주고 그의 복권을 도우라는 내용이었을 것이다. 하지만 그을린발이 받은 명령은 그를 탈출시키고 가고 싶어하는 곳으로 보내 주라는 것이었다. 게라임은 혼란에 대해서만 한정지어 놓고 생각하기로 했다. 유료도로당의 혼란은 누구에게 이득이 되는가?

자유무역당의 이름이 가장 먼저 떠올랐지만 게라임은 그 이름을 즉시 잊어버렸다. 너무도 자유무역당답지 않은 구출 작전이다. 게다가 자유무역당의 누군가가 그을린발이 말하는 '돈 쓰는 재미를 위해 돈을 쓰는 한량 짓'을 한다고 생각하기는 어려웠다. 장래의 쓰임에 대비하여 위장했을 수도 있지만 그렇다고 해서 그들이 비나간 후와 정면으로 대립하게 될 일을 자행했을 것 같지는 않다. 케라임은 입을 황급히 틀어막으며 생각했다.
'시모그라쥬로군.'
새 비나간 후의 가장 큰 협력자는 새 유료도로당주이고, 따라서 유료도로당의 내분을 통해 둘의 협력 관계를 무력화시키면 비나간 후는 약화된다. 그리고 비나간은 북진하는 시모그라쥬와 전쟁 중이다. 연금되어 있었던 케라임도 그 정도는 알 수 있었다.
"금 넘어왔네."
케라임은 힘없는 머리를 움직여 그을린발을 보았다. 그을린발은 벼슬을 꿈틀거리며 지나온 길을 돌아보고 있었다. 뒤를 돌아본 케라임은 먼 곳에서 고갯길을 올라오는 비나간의 병사들을 발견했다. 케라임이 말했다.
"저렇게 계속 따라오는 걸 보니 이 앞쪽에 당신이 싫어하는 것이 있나 봅니다. 그곳에 우리를 몰아넣을 생각이겠지요."
"그렇겠지. 그렇지 않다면 오래전에 공격했을 테니까."
"어쩔 생각입니까?"
그을린발은 좌우를 둘러보다가 의미를 알 수 없는 소리를 몇 번 냈다. 그러자 대열 속에 있던 몇 마리의 코끼리가 걸어 나와 그을린발의 옆에 섰다. 지금껏 여러 번 본 것이지만 케라임은 감탄을 금할 수 없었다. 대열 가운데서 몇 마리의 코끼리만이 움직였다는 것은 그을린발이 코끼리들과 개별적인 대화를 할 수 있다는 의미다.
코끼리를 골라낸 그을린발은 그놈들과 함께 뒤편으로 걸어갔다. 케라임은 그들을 관찰했다. 그리고 그을린발이 코끼리들과 힘을 합쳐 커다란 거목을 쓰러뜨리는 것을 보았다. 뿌리째 뽑혀 나온 거목은 옆으로 쓰러져 길을 막았다. 그을린발은 같은 방식으로 나무를 몇 그루 더 쓰러뜨린 다음 코끼리들과 함께 돌아왔다. 뒤편에는 길을 틀어막은 나무 무더기가 남았다.

게라임이 탄 코끼리 옆으로 돌아온 그을린발은 손을 털며 말했다.

"말이나 소화차는 못 넘을 테니 시간은 좀 벌었고. 이제 네 차례야."

"저요?"

"응. 코끼리 타느라 죽을 것 같은 모양이니 이만 내려. 계속 이런 식으로 움직이면 네 움직임이 다 노출되잖아? 네가 시구리아트 산맥 근처에 가기도 전에 네 아들은 아버지가 돌아오고 있다는 것을 알게 될 테고 그러면 네 아들은 만반의 준비를 할 테지."

게라임은 힘을 보여 주기보다 농담을 즐기고, 힘을 보여 줄 때도 동정심을 생각하며, 모든 상황을 간파하지만 말은 별로 하지 않는 레콘을 지그시 바라보다가 말했다.

"당신 사업에 투자하고 싶어지는군요."

그을린발은 싱긋 웃었다.

"코끼리 가축화 사업이 아니라 나한테 투자하고 싶은 거지?"

게라임은 웃었다. 그을린발은 고개를 가로저었다.

"그건 안 돼. 사업에 방해되니까."

"이미 발을 들여놓지 않았습니까? 당신은 비나간에게 적대적 인사로 분류될 겁니다. 그리고 당신의 후원자는 한 번 활용한 것을 두 번 활용하면 안 되는 법이 있는지 확인하려 하겠지요."

"알아. 하지만 어쩔 수 없지. 이미 투자가로 받아들였으니까. 백날 가 봐야 큰일 못할 한량이라고 잘못 판단한 내가 잘못이지."

뭐 부탁 한 번 들어줬으니까 다음엔 거절하기가 쉽겠지."

코끼리 멀미라는, 세상에 있는지도 몰랐던 질환에 시달리고 있지만 게라임은 몇 가지 사실을 짐작할 수 있었다. 그을린발이 유한계급자들만 투자가로 받아들인 것은 그들의 돈 씀씀이가 헤프다는 이유 외에도 그의 코끼리로 장난칠 생각은 하지 못할 거라 여겼기 때문이다. 그리고 그을린발이 불필요하게 많은 코끼리를 끌고 온 것은 부탁을 확실히 들어줬다는 핑계를 만들기 위해서일 것이다. 그것은 다음번의 거절을 가능하게 할 것이다.

그을린발의 도움을 받아 게라임은 코끼리에서 내려왔다. 코끼리 멀미가 남긴 후유증으로 다리가 조금 후들거렸다. 게라임은 한숨을 내쉬며 그을린발을 올려다보았다.

"비나간 병사들은 서쪽으로 끌고 가 주십시오."

"그러지. 가는 거 안 어렵겠지?"

"예. 당신이 싫어하는 그것이 앞에 있으니, 근처에 사람 사는 곳도 있겠지요."

그을린발은 고개를 한 번 끄덕이고 외쳤다.

"이라리 —!"

코끼리들이 움직이기 시작했다. 게라임은 길 옆으로 물러나 코끼리들이 걸어가는 모습을 보다가 풀숲 사이로 몸을 숨겼다. 봄이 찾아온 고갯길에는 몸을 숨길 곳이 많았다. 뒤를 추적하는 병사들이 장애물을 치우고 도달하기 전에 게라임은 거리를 충분히 벌려 두기로 했다. 울창한 숲을 헤치고 걸어가던 게라임은 얼마 후 고갯길 옆의 고지대에 도달했다. 그는 그곳에서 문득 발을 멈추고 그을린발과 그의 코끼리들이 있는 곳으로 시선을 옮겼다. 그들은 고갯길을 넘어 평지로 접어들고 있었다. 야트막한 야산들 사이의 구불구불한 평지를 따라 걸어가는 코끼리들과 그 앞쪽에서 여유롭게 걸어가는 그을린발을 보던 게라임은 마음속으로 한 가지 소망을 빌어 보았다.

게라임은 레콘이라면 누구나 가지고 있는 무기를 그을린발에게서 발견하지 못했다. 가지고 있지 않았으니까. 게라임은 그을린발에게 코끼리 떼가 아닌 자신의 무기를 들고 세상에 돌아와야 할 일이 일어나지 않기를 기원했다.

헤어릿 에렉스는 이이타 규리하의 얼굴이 허예지는 것을 보았다. 이이타는 아래턱을 경직시킨 채 어색한 목소리로 말했다.
"지금 뭐라고 했나?"
그들이 있는 곳은 폐광의 갱내 사무실이었다. 뒤처리가 깔끔하지 않은 폐광은 거대한 허방다리나 다름없다. 하지만 이곳의 광산주는 양심적인 사람이었던 듯 충분한 보강 공사를 해둔 채 떠났다. 따라서 이이타가 목소리를 낮춘 것은 혹시나 고함 때문에 낙반 사고가 일어날까 봐 걱정하기 때문은 아니다. 이이타는 기가 막혀서 말도 안 나온다는 표정이었다.
하지만 이이타의 질문을 받은 이는 그런 이이타의 태도에 아무런 구애도 받지 않고 말했다.
"비셀스 규리하를 쏘고 오는 길이라고 했습니다. 죽었는지는 확실하지 않지만 어쨌든 상당한 상처를 입었을 겁니다. 그러니 지금 행동을 시작해야 합니다. 규리하 성을 되찾아야……."
"네가 누님을 쏘았다고!"
이이타는 제이어 솔한에게 달려들어 멱살을 움켜쥐었다.

그에게서 보기 힘든 과격한 모습에 소리 로베자가 놀란 신음을 흘렸다. 움직인 사람은 이이타 하나뿐이지만 소리는 그곳에 있던 모든 사람들이 움직이는 듯한 느낌을 받았다. 이이타가 일으킨 바람이 촛불을 흔들어 벽에 있는 그림자들을 날뛰게 만들었기 때문이다. 주위를 둘러본 소리는 이이타 외에 아무도 움직이지 않는다는 것을 확인했다. 제이어 또한 누가 자신을 구하기 위해 움직일 거라 생각하지는 않는 듯 이이타의 손목을 움켜쥐고 힘겹게 말했다.

"공자님, 이건 규리하 가문의 사고방식입니까? 육친이 육친을 죽이는 것은 괜찮지만 가문 외부의 사람이 육친을 죽이는 것은 안 된다는 겁니까?"

"이런 멍청한 놈! 지금 누님은 규리하의 방패야! 그분이 없으면 규리하도 없어!"

"그런 나라라면 있을 필요도 없지요."

"뭐라고?"

제이어는 이이타의 손목을 확 끌어내렸다. 제이어의 말에 놀랐던 이이타는 그의 멱살을 놓쳤다. 이이타는 무의식중에 다시 제이어를 붙잡으려 했지만 제이어는 재빨리 뒤로 물러나 이이타를 피했다. 그리고 목을 쓸어 만지며 말했다.

"제 말이 틀렸습니까? 공자님의 말씀대로라면 비셀스 규리하가 어느 날 변덕을 부려 즈믄누리로 돌아가기라도 한다면 규리하는 당장 망하겠군요. 오직 한 사람의 능력에 의지하는 것이 무슨 나라입니까? 게다가 그 능력이라는 것이 사람이 배워 익힐 수 있는 것도 아닌 어처구니없는 것인데요. 그런 나라라면 사라져도 상관없습니다."

이이타는 주먹을 떨며 살인 기사를 보다가 호소하듯 말했다.

"도대체 왜 누님을 쏜 거야? 한 사람에게 의지하는 나라는 가치가 없다는 네 사상을 증명하기 위해서?"

"아니요. 춘부장께서 공자님을 당신의 후계자로 결정하셨고, 또 제가 춘부장께 공자를 지키겠다고 약속했기 때문입니다."

"그게 어째서……."

제이어는 화려한 동작으로 이이타를 가리켰다.

"자신을 보십시오."

이이타는 입을 다물었다. 제이어는 두 손을 펼쳐 보이며 말했다.

"공자님은 도망자입니다. 그렇지 않다면 폐광의 갱내 사무실에 앉아 그을음 섞인 해묵은 공기나 마시며 신분 낮은 여자에게 위로를 받고 있지는 않겠지요. 나는 멍청이가 아닙니다. 공자님이 잘 도망쳐 다닐 수 있도록 도와주는 것이 공자님을 지키는 것은 아니지요. 공자님이 도망쳐 다닐 이유가 없어지도록 하는 것이 진정 지키는 겁니다. 규리하의 지배자가 되십시오."

벽 쪽의 의자에 앉아 상황을 관찰하던 두르사 돌 하장군의 눈이 번득였다. 그는 제이어를 똑바로 바라보며 입술을 핥았다. 제이어는 자신만만하게 말했다.

"그녀가 죽었는지 그렇지 않은지 불확실하다는 것은 아무 문제가 안 됩니다. 지금 그녀가 규리하 성에 없고 당장은 돌아오기 힘들다는 것이 중요합니다. 기회는 이때뿐입니다. 규리하 성을 되찾고 정부를 장악하십시오."

이이타는 이를 악물었다.

"정신 나갔나? 우리에게 무슨 병력이 있다고?"

그 질문에 제이어는 고개를 돌렸다. 소리는 살인 기사의 눈길을 따라갔고 그 끝에서 팔짱을 낀 채 사무실 벽에 기대어 서 있는 헤어릿 에렉스의 모습을 발견했다. 이이타와 두르사 돌, 다른 사람들의 눈도 헤어릿에게 향했고 그 가운데는 고개를 끄덕이는 사람, 옅은 신음을 흘리는 사람 등이 있었다. 헤어릿은 날카로운 눈으로 제이어를 마주 보았다. 제이어가 말했다.

"헤어릿, 너는 공자님께 규리하를 되찾도록 도와주겠다고 약속했다지? 약속을 대하는 내 태도가 너에게 좋은 본보기가 되었으면 좋겠군."

헤어릿은 천천히 시선을 옮겨 이이타를 바라보았다. 이이타는 사무실 가운데 서서 고개를 떨어뜨리고 있었다. 헤어릿은 그를 동정했다. 아버지도 동생도 없는 상황에서 그는 엄청나게 큰 결정을 강요당하고 있었다.

"제이어 솔한."

"예, 공자님."

"한 번의 실수는 용서받아야 하는 것이라고 알고 있기에, 그러고 싶지 않지만 나는 너를 용서한다. 하지만 한 번만 더 소리에 대한 허튼소리를 하면 너는 네가 한번도 해 보지 못한 대국을 갖게 될 것이다. 바둑판이 아닌 결투장에서, 돌이 아닌 칼로 무향의 공자를 상대하는 경험을 하고 싶지 않다면 네 방자한 혀를 단속해라."

제이어 솔한이 신분 낮은 여자의 위로 운운하는 말을 했을 때부터 울고 싶은 기분을 억누르기 위해 애쓰던 소리 로베자가 고개를 번쩍 들었다. 그리고 이이타가 몸을 홱 돌려 그녀를 향해 걸어오자 그만 기절해 버릴까 싶었다. 하지만 그녀는 기절하지 않았고 이이타는 그녀를 붙잡아 그 어깨에 손을 둘렀다. 그리고 이이타는 소리와 나란히 서서 제이어를 노려보았다. 헤어릿은 규리하 가문의 가신들의 반응을 재빨리 관찰했다. 그들은 희미한 미소를 짓거나 무표정했으며 완강한 거부 반응을 보이는 사람은 없었다.

제이어는 천천히, 하지만 별로 기주지도 않은 태도로 고개를 숙여 보였다. 이이타는 날카로운 눈으로 살인 기사를 노려보다가 헤어릿에게 말했다.

"헤어릿 에렉스, 나를 도와주겠나?"

헤어릿은 짧은 침묵을 서두로 삼아 말했다.

"진심인지 알고 싶습니다."

"어쩔 도리가 없어. 이것은 분명히 기회야. 누님이 규리하 성 밖에서, 규리하 시 밖에서 장시간 고립될 테니까. 그리고 실행하지 않는 경우…… 누님이 공격당한 이상 대규모 단속과 보복이 있을 테지. 어쩌면 벌써 시작되었는지도 몰라. 우리가 숨어 있던 곳에 태연하게 찾아와 술 마시고 돌아갔던 세레지 파림 같은 이가 있는 이상 몸을 피하기는 쉽지 않겠지. 그렇다면 먼저 공격할 수밖에 없지. 내가 고려할 수 있는 모든 국면에서 이대로 밀고 나갈 수밖에 없다는 결론이 나오는군. 만약 내가 다르게 생각해야 한다면 알려 줘. 들을 테니까."

"밀고 나가는 것이 옳습니다."

대답한 것은 헤어릿이 아니라 두르사 돌 하장군이었다. 두르사 돌은 의자에서 일어났다. 허리에 찬 장검의 칼자루를 붙잡고 두르사는 당당하게 말했다.

"변경백께서는 규리하의 안전을 위해 황제께 무릎을 꿇는 대신 일어나 충성 서약 수호의 깃발 아래 싸우셨습니다. 규리하의 안전을 지킨다는 핑계로 비셸스 규리하에게 규리하를 맡겨 둘 수는 없습니다. 되찾아야 합니다."

규리하 가문의 다른 가신들도 일어나 이이타에게 말했다.

"밀고 나가야 합니다."

"되찾아야 합니다."

"저도 동의합니다."

이이타는 손을 들어 점점 높아지는 그들의 말을 제지했다. 그는 그 목소리가 헤어릿에게 부담감으로 작용하는 것을 원하지 않는다는 눈빛으로 그녀를 돌아보았다. 헤어릿은 그 공정함이 마음에 들었다. 그녀는 고개를 살짝 끄덕였다.

"해야 할 일을 알려 주세요."

이이타는 그녀에게 목례했다.

"고마워, 헤어릿. 두르사 돌 하장군, 최소한의 공격으로 결정적인 타격을 줄 수 있는 목표들은? 내 생각에는 먼저 규리하 성 경비대부터 장악하는 것이 최우선 목표일 것 같은데. 지금 거기 명령 체계가 어떻게 되어 있지? 우리가 알고 있던 그대로인가?"

두르사 돌 하장군은 신난다는 표정으로 바뀐 것과 변하지 않은 것들에 대해 이야기했다. 이이타는 헤어릿에게 말했다.

"당신이 무엇을 할 수 있고 무엇을 할 수 없는지는 당신 자신이 잘 알겠지. 하장군과 의논해 봐."

헤어릿은 고개를 끄덕이고 두르사 돌 하장군에게 다가갔다. 두 사람과 규리하 가문의 가신들이 의논을 시작하는 것을 본 이이타는 고개를 조금 떨어뜨렸다. 소리가 어깨를 감싸고 있는 그의 손을 조심스럽게 붙잡았다.

"공자님?"

이이타는 소리에게 고개를 돌려 웃어 주고는 다시 제이어 솔한 이 서 있던 곳을 노려보았다. 하지만 제이어는 공격 작전을 검토하는 무리에 끼여 있었다. 제이어의 뒷모습을 바라보던 이이타는 속삭이듯 말했다.

"잠시 나가서 바람 좀 쐬자."

이이타는 소리의 어깨에 얹었던 손을 내려 그녀의 손을 붙잡았다. 그리고 다른 손으로는 가까운 곳에 있던 촛대를 집어 들었다. 이이타는 소리를 데리고 갱내 사무실 밖으로 나왔다.

바깥은 커다란 공동이었다. 막장으로 통하는 갱도들은 꼼꼼한 광산업자가 막아 두었고 지상으로 통하는 사갱만 열려 있었다. 이이타는 그 길로 소리를 이끌었다. 몇 번 가볍게 꼬부라진 길을 따라 걷던 두 사람은 얼마 후 광산 입구에서 흘러 들어오는 빛을 보게 되었다. 입구를 감추기 위해 덤불과 나뭇가지 등으로 위장해 두었지만 빛은 그 사이를 뚫고 갱도 안으로 흘러들었다. 이이타는 입구 가까운 곳에 멈춰 서서 촛대를 내려놓았다. 바닥에 소리를 앉히고 이이타는 그녀의 옆에 주저앉았다. 소리는 이이타의 옆얼굴을 보다가 말했다.

"저, 공자님?"

"응?"

"아니…… 아니에요."

"응."

이이타는 소리의 등 뒤로 팔을 둘러 그녀의 허리를 가볍게 안았다. 소리는 공자의 어깨에 머리를 얹었다. 공자에게 무슨 말을 해야 할 것 같았지만 해야 할 말을 도무지 정리할 수 없었다. 그래서 소리는 가슴이 아팠다. 가슴이 저릿한 느낌에 소리는 답답한 숨을 몰아쉬었다. 그때 이이타도 긴 한숨을 내쉬었다.
"차라리 고마워해야 하는지도 모르겠군."
"예?"
"제이어 솔한이 해 준 일. 아버지와 시카트가 성공하여 하인샤 대사원에서 돌아오면 우리는 누님에게 그동안 수고했으니 잘 죽으라는 말밖에 할 것이 없겠지. 역겨운 일이야. 이기적인 생각이지만 제이어가 그 일을 대신 해 준 것이 고마워. 제이어는 누님이 죽었는지 죽지 않았는지 알 수 없다고 했지만, 이왕이면 죽었으면 좋겠군."
"공자님. 제 말에 화내지 마세요."
"무슨 말이지?"
"저는 언니가 더 이상 곁에 없다는 것이 미치도록 끔찍해요."
이이타는 고개를 돌렸다. 그의 어깨에 머리를 기대고 있는 소리의 이마가 보였다. 소리가 약간씩 떨리는 목소리로 말했다.
"공자님이 계셔서 정말 좋지만, 그래도 언니가 없다는 것을 잊을 수는 없어요. 사람 마음은 참 이상해요. 빈 물통에 물을 채워 넣으면 더 이상 빈 곳이 없죠. 그런데 사람 마음은 흘러넘칠 만큼 채워 넣어도 빈 곳은 여전히 비어 있어요."
"네 말이 맞아, 소리."
"죽었으면 좋겠다고 말씀하셨지만, 그래도 그렇게 되면 공자님 마음도 아프겠지요?"
"응."
"불쌍한 공자님."
"소리."

"예?"

"빈 곳은 영원히 비어 있겠지만, 그래도 네가 있어서 좋구나."

소리는 머리를 뒤로 젖혀 이이타의 얼굴을 보았다. 잠시 후 소리는 이이타의 목을 끌어안았다. 그렇게 해야 할 이유는 이이타의 얼굴에 가득했다.

제 24 장

"사람 사는 것이 다 거기서 거기다."
— 태어나자마자 헤어진 쌍둥이가 서로 완전히 분리된 상태에서 똑같은 취미와 똑같은 직업, 심지어 비슷하게 생긴 반려를 얻은 어른으로 성장한다면 그 사실에서 무엇을 알 수 있느냐는 질문에 우슬라 사르마크 부인이 한 대답

보는 것과 베는 것

가장자리 거친 바람이 틸러 달비 부위의 머리를 쓸어 넘겼다. 부위의 머리카락이 바람 탄 모닥불처럼 흩날리다가 내려앉았다. 다가오던 사람이 틸러 달비의 손에 있는 물건과 그 머리카락을 연결 지은 것은 그 광경 때문일 것이다.

"머리카락을 자르는 편이 낫잖아?"

틸러 달비는 그를 향해 걸어오는 니어엘 헨로 수교위를 보았다. 그리고 그녀의 말이 무슨 뜻인지 이해하려고 애썼다. 자신의 손을 내려다본 틸러는 수교위의 말을 이해했다.

"제가 쓸 게 아닙니다, 수교위님."

틸러의 손에 있는 것은 비녀였다. 니어엘은 고개를 갸웃했다.

"그 머리 꼴 때문에 귀관이 쓸 것인 줄 알았지. 그럼 비녀는 왜 가지고 있지? 아, 연인이 준 건가?"

틸러는 그냥 빙그레 웃기로 했다. 그것은 언젠가 정우가 떨어뜨린 것이었다. 그리고 틸러는 자신이 그것을 주운 다음 왜 지금까지 돌려주지 않았는지 설명하기 어려웠다. 물론 지금은 돌려줄 수도 없다. 그러려면 그의 팔 길이가 사천 킬로미터쯤 되어야 할 테니까.

틸러에게 받은 침묵을 잠깐 가지고 놀던 니어엘은 곧 거기에 싫증을 느끼고 뚜벅뚜벅 걸어 부위 옆에 섰다. 틸러는 산꼭대기의 바위 무더기 중 허공으로 돌출한 암반 위에 앉아 있었고 그 곁에 서자 치맛자락처럼 물결치며 떨어지는 가파른 산자락들을 볼 수 있었다. 그 아래쪽에는 넓은 분지가 펼쳐져 있었다. 틸러가 있는 위치에서는 직경이 대략 20킬로미터쯤인 분지의 모든 부분이 국그릇 안쪽을 들여다보는 것처럼 한눈에 들어왔다.

그리고 틸러가 상급자의 접근에 별로 신경 쓰지 않는 이유는 그 전망 때문이다.

분지 전체를 물끄러미 살펴보던 틸러는 갑자기 옆으로 손을 뻗었다. 그곳에는 바둑판과 묵직한 나무판에 붙여 둔 도깨비지, 몇 개의 깃발이 가지런히 놓여 있었다. 판자를 집어 종이 위의 내용을 빠르게 확인한 틸러는 바둑판을 잠시 들여다보고 나서 깃발 중 두 개를 집어 들고는 자리에서 일어났다. 니어엘은 그를 존중하듯 옆으로 약간 물러났다.

암반 위에 똑바로 선 틸러는 몇 번 깃발을 상하좌우로 펄럭거린 다음 다시 허리를 숙여 깃발을 바꿔 들었다. 다시 깃발이 몇 번 바쁘게 춤을 추었다. 필요한 동작을 완료한 틸러는 깃발을 깃대에 감으며 바닥에 앉았다. 니어엘은 넓은 분지 전체를 바라보다가 말했다.

"방금 전에 보낸 신호는 뭐였어?"

"적 이천 명 정도가 '五9'에서 '五10'으로 이동했다는 뜻이었습니다."

니어엘 헨로는 틸러가 들여다보았던 바둑판을 보았다. 그곳에는 분지의 형태를 나타낸 그림이 그려져 있었다. 그와 똑같은 그림이 그려진 바둑판이 분지 내에 하나 더 있다. 니어엘은 그 바둑판을 바라보고 있을 사람을 잠시 생각했다.

틸러가 있는 곳에서는 분지 전체가 보이지만 그것은 바꿔 말하면 분지 어느 곳에 있든 틸러의 모습을 볼 수 있다는 말도 된다. 그리고 틸러는 세상의 그 누구도 도달하지 못한 경지, 즉 만인으로 하여금 자신의 행동에 찬성하게 하는 경지에 이르지 못했다. 분지 내부에는 깃발을 이용하는 틸러의 작은 공연에 찬성하기 어려운 자들이 꽤 많았다. 헨로 중대는 그런 자들이 틸러에게 접근하는 것을 막기 위해 7부 능선과 8부 능선에 걸쳐 산을 에워싸듯 지키고 있었다. 그들은 그곳에 사흘 치 물자와 함께 올라왔고 사흘째 정오가 될 때까지 전령이 오지 않으면 작전 실패로 간주하고 조속히 산에서 물러날 예정이다. 하지만 이틀째 오후인 그 시각에도 니어엘이나 틸러는 초조함을 드러내지 않았다. 니어엘은 암벽에 등을 기대었다.

"솔직히 이 일은 똑똑한 상전사 한 명에게 시켜도 되는 일이지. 소대로 돌아가고 싶지 않나?"

틸러는 의아한 표정으로 니어엘을 흘깃 돌아보고는 다시 분지로 시선을 옮겼다.

"그건 왜 질문하십니까?"

"쟈마가 물어보라더군."

"데시마스 수교위의 부탁을 받고 오신 겁니까?"

"올라오기 전에 그러더군. 조용한 곳에서 한마디해 보라고. 조용하기는. 이곳은 분지 내의 모든 적이 이를 갈면서 노려보는 최전선이야. 어쨌거나 쟈마는 틸러 달비의 소대가 소대장 없이도 잘 굴러가는 것은 그 정도로 소대장의 능력이 좋다는 의미로 해석해야 된다더군. 그런 소대장이라면 빨리 돌아와야 하는 거 아니냐고 묻기에 내 생각에도 그렇다고 대답했어."

"데시마스 수교위는 제가 비뚤어질까 봐 걱정하고 계신 겁니다."

니어엘은 틸러의 귓바퀴 부근을 물끄러미 바라보았다. 틸러는 빙글빙글 웃고 있었다.

"규리하의 지배자와 친분을 맺고 있는 젊은 소대장이 자신의 소대엔 관심을 적게 두는 것처럼 보인다면 다른 누구라도 신경이 쓰일 겁니다. 특히나 데시마스 수교위 같은 분이라면 자기 부하가 잘못된 길로 간다고 걱정하겠지요. 그래서 수교위는 저를 단단히 붙잡아 두어야겠다고 결정하신 겁니다."

"그렇게 생각하나?"

"아. 조금 더 있습니다. 아마 데시마스 수교위는 수교위님에게도 암시를 주고 싶으셨을 겁니다."

"뭐? 나?"

틸러는 더 설명하지 않았다. 니어엘은 펄럭거리는 머리카락을 뒤로 쓸어 넘겼다.

틸러의 머리 꼴에 대한 우려는 그녀 자신에게도 해당하는 것이었다. 일 년 전이라면 그들은 장교의 품위를 심각하게 손상시켰다는 이유로 견책 대상이 되어도 할 말이 없었을 것이다. 가끔 주정뱅이로 변신하곤 하는 니어엘 헨로 수교위조차 과거에는 지금처럼 털가죽으로 어깨와 등을 덮거나 손가락을 잘라 낸 장갑을 끼고 다니거나 끈을 친친 감아 수선한 칼집을 허리에 차고 다니지 않았다. 그리고 틸러는 니어엘과 다른 성별이라는 이유 때문에 그 꼴이 더 심각했다. 니어엘은 수염이 나지 않는 자신의 턱과 뺨에 감사하듯 그것을 만지작거리며 틸러의 말을 생각했다.

"나는 중대로 돌아왔다."

"제가 알기로는 떠난 적도 없으십니다."

"귀관은 떠났나?"

니어엘은 자신의 질문에 대한 대답을 조금 늦게 받았다. 틸러가 주저했기 때문이 아니라 다시 일어나서 깃발을 흔들 일이 생겼기 때문이다. 틸러는 깃발을 감으며 말했다.

"곧 돌아갈 겁니다."

"왜 아직 안 돌아갔지?"

"제 혼란을 부하들에게 전파시키지 않을 자신이 없기 때문입니다."

"뭐가 혼란스럽지?"

"저는 나라 잃은 군인입니다, 수교위님. 국가가 위험하다면 군인은 당연히 그 앞에서 목숨을 바쳐야 합니다. 하지만 국가 자체가 아예 없어졌다면?"

"그래서 혼란스럽다는 건가?"

"조언을 얻고 싶습니다, 수교위님."

"아무래도 내 신상에 대한 이야기가 나올 것 같은데."

"안 되겠습니까?"

니어엘은 한숨을 내쉬었다. 그녀가 다시 입을 열었을 때 그 말은 틸러의 요청에 대한 대답이 아니었다.

"쟈마가 걱정한 것은 귀관이 아니라 나였군."

틸러는 움찔했다. 니어엘은 이 관심을 어떻게 대해야 할지 잠시 고민해 보았다.

쟈마 데시마스가 아니라 어쩌면 더 높은 곳, 시허릭 마지오 상장군의 관심인지도 모른다. 그렇게 보는 것이 옳을 것 같다. 시허릭 마지오 상장군이 니어엘 헨로의 진정성을 의심했고 쟈마 데시마스 수교위가 그것을 확인할 수 있는 소극의 대본을 썼으며 틸러 달비가 충성의 대상을 잃은 군인의 배역을 맡은 것이다. 니어엘 헨로는 어떤 대사가 어울릴지 잠시 생각해 보았다. 이 소극의 진행 방식으로 보건대 아마도 쟈마 데시마스는 이런 대사를 기대했을 것 같다. '달비 부위. 나 또한 선택이 힘든 갈림길에서 혼란을 겪은 적이 있지. 사랑하는 가족과 영광이 기다리는 곳으로 갈 것인지, 그렇지 않으면 존재하지도 않는 국가를 위해 목숨을 바치는 멍청한 군인이 되어야 할지 선택해야 했어. 결국 약삭빠르지 못한 나는 멍청이가 되기로 했어…….' 니어엘은 빙긋 웃었다.

"돌아가거든 귀관의 상관에게 전해, 달비 부위. 헨로 수교위는 이런 연극에 넋이 빠져서 본색 다 드러낼 정도로 멍청하지 않다고. 그리고 시허릭 마지오 상장군이 도대체 나를 어디에 써먹을 작정을 했기에 갑자기 내 충성도를 확인하고 싶어졌는지 알아내서 나한테 보고해."

틸러는 두 손 들었다는 몸짓을 해 보였다. 그리고 호기심을 드러내며 말했다.

"뒤에 하신 이야기는 저도 처음 듣는 이야기군요. 중요한 작전이 있어서 수교위님의 충성도를 확인한 거란 말씀입니까?"

"이미 영웅으로 인정된 사람을 다시 확인해야 한다면 그런 이유밖에 없지. 충성도를 믿기 어려우면 사소한 작전에만 투입시키면 되지. 나를 자극하지도 않거니와 헨로 중대의 무적 신화는 신화대로 써먹을 수 있으니까."

틸러는 그 말에 대해 생각했다. 헨로 중대를 간단한 작전에만 계속 투입하여 연승을 거두게 한다면 그것은 분명히 아군 전체의 사기를 끌어올리는 이야깃거리가 될 수 있을 것이다. 니어엘은 싸늘하게 말했다.

"그런데 나를 자극할 위험을 무릅쓰고 내 충성도를 확인하고 나섰단 말이야. 그렇다면 나와 내 중대를 사지로 보낼 작정을 한 거지. 내가 '에라, 못하겠다! 부모님이랑 동생 찾아갈래!' 하고 외칠지도 모르는 작전 말이야. 딱정벌레다."

틸러는 하늘을 재빨리 둘러보았다. 곧 틸러는 산꼭대기에 올라올 때부터 일어날 거라 예상했던 일이 벌어졌음을 알았다. 그들을 향해 몇 개의 점이 날아오고 있었다. 틸러는 그것이 여섯이 되기를 바라며 숫자를 세었다. 여섯이었다. 니어엘이 말했다.

"귀관이 이겼군."

그들이 낮에 올 거라고 장담했던 틸러는 빙긋 웃었다. 틸러는 밤에도 딱정벌레의 소리는 나니까 기습이 안 되는 데다가 틸러의 위치도 포착할 수 없으니 낮에 올 거라고 예견했다. 니어엘은 그 판단에 동의했는데도 그들이 밤에 올 거라고 예견했다. 그들이 낮에 열린 하늘을 통해 날아오는 것은 헨로 중대의 궁술을 무시하는 처사이기 때문이다. 니어엘은 활을 꺼내 들며 말했다.

"이렇게 대놓고 무시해서야. 섭섭하게."

그녀의 손에 끌려 나온 덧살이 활시위에 걸렸다. 덧살이 빈틈 없이 걸리자 니어엘은 시위를 붙잡고 있던 오른손을 놓았다. 그리고 오른팔을 들었다. 그녀의 집게손가락이 허공에 있는 딱정벌레 기수들 중 가장 앞쪽에 있는 자를 겨냥했다.

그리고 니어엘은 몸을 옆으로 돌렸.

니어엘은 날아오는 딱정벌레들에 옆을 보인 자세로 섰다. 그녀는 다시 시위를 잡아 힘껏 당겼다. 옆에 앉은 채 그 모습을 보던 틸러는 니어엘이 어깨를 긴장시킨 채 으르렁거리는 맹수를 안고 있는 것 같다고 생각했다.

날카로운 소리와 함께 니어엘이 그 맹수를 해방시켰다.

아기살은 보이지 않았다. 하지만 틸러는 니어엘이 활을 쏜 직후 먼 하늘에서 종류를 알 수 없는 새 한 마리가 비틀거리며 떨어지는 것을 보았다. 정상 아래쪽에서 헨로 중대의 장병들이 함성을 질렀다. 니어엘은 다시 딱정벌레들에게 몸을 돌렸다. 눈을 딱정벌레들에게 고정시킨 채 그녀는 조금 전의 동작을 반복했다.

여섯 마리의 딱정벌레는 차례차례 크게 선회했다. 니어엘은 그 딱정벌레가 완전히 멀어질 때까지 기다린 다음 활을 내리고 입 옆에 손바닥을 세워 말했다.

"다음엔 좀 더 작은 거 타고 와! 여자들이 큰 거 좋아한다는 선입견은 버려!"

"듣기 힘든 조언인데, 안됐군요. 딱정벌레 날개 소리 때문에 못 들을 겁니다."

"쯧쯧. 운이 그 정도밖에 안 되면 어쩔 수 없지. 그럼 난 이만 내려가겠어."

"저, 사과드리겠습니다, 수교위님."

"그럴 필요 없어. 상관의 명령을 수행한 것이 잘못이라고 할 수는 없으니까."

"이런 질문을 드리는 것을 미리 사과드린다는 겁니다. 왜 부모님과 동생에게 가시지 않으셨습니까?"

몸을 반쯤 돌렸던 니어엘은 얼굴을 돌려 어깨 너머로 틸러를 노려보았다. 틸러의 얼굴에 비난이나 의심이 없음을 확인한 니어엘은 손을 들어 미간을 붙잡아 눌렀다.

"귀관은 왜 여기에 있나?"

"저요? 저는 서약 무용론자가 되기로 했습니다."

"서약 무용론? 서약 지지파와 반대되는 건가 보군. 왜 반대하는데?"

"충성 서약에는 잘못된 가정이 들어 있거든요. 규리하 공 아가씨를 보면서 알게 되었습니다."

니어엘은 흥미를 느꼈다. 그녀는 틸러를 향해 돌아서서 암벽에 옆으로 몸을 붙인 채 질문했다.

"규리하 공께서 뭐라고 하셨는데?"

"규리하가 자신에게 목숨을 요구하는 것을 듣지 못했다고 하셨습니다."

"그게 무슨 말이야?"

"음. 저희들이 규리하를 빠져나오기 직전에 규리하 가문의 두 부녀가 회담을 가졌다는 것은 아시지요? 저는 그곳에 있었습니다. 아버지는 딸에게 규리하가 원한다면 네 목숨을 내놓아야 한다고 말했습니다. 그러자 딸은 규리하가 자신에게 그것을 요구하는 것을 듣지 못했다고 대답했지요."

"그런데?"

틸러는 갑자기 서늘한 눈빛을 지어 보였다.

"규리하 공 아가씨의 말이 맞습니다. 저 또한 규리하 공 아가씨의 목숨을 원한다는 규리하의 통고를 들어 본 적이 없습니다. 규리하 공 아가씨의 목숨을 원한 것은 아이저 규리하입니다. 하지만 아이저 규리하는 규리하의 이름으로 규리하 공 아가씨의 목숨을 원했습니다. 왜냐하면 그가 서약 지지파이기 때문입니다."

"어째서 그렇게 되지?"

"저는 어떤 경우에 한해 제 소대원을 즉결 처단할 권한이 있습니다."

"그래."

"제 소대원들도 그 권한을 인정합니다. 하지만 제 소대원 중 그 누구도 제가 누가 죽고 누가 살아야 하는지 결정할 수 있는 놀라운 판단력을 가졌다고 믿지는 않을 겁니다. 제가 소대장이기 때문에 그런 권한이 있는 것이지, 그런 능력이 있어서 소대장이 된 것은 아니라는 겁니다. 다른 사람도 제 자리에 앉으면 그것을 결정할 수 있습니다. 만약 제가 312소대의 소대장이 아니라면? 아닌데도 제가 다른 사람이 살거나 죽는 문제를 결정할 수 있다고 말하면서 소대원 중 누구에게 죽으라고 말하면 그 소대원이 뭐라고 대답하겠습니까?"

"귀관의 정신적 문제를 난폭한 어휘로 지적하겠군."

"충성 서약에는 바로 그런 문제가 있습니다."

"그런가?"

"예. 시카트 규리하는 우리가 개돼지가 아니기 때문에 지배자를 선택할 권한이 있어야 한다고 주장했습니다. 그 말은 우리가 지배자가 될 자격을 갖춘 사람을 찾아낼 수 있다는 의미가 됩니다. 우리의 생사여탈을 결정할 수 있는 놀라운 능력을 가진 사람 말입니다. 그런데 그런 사람은 없습니다. 거꾸로죠. 우리가 선택했기 때문에 그 사람이 생사여탈을 결정할 수 있는 겁니다. 하지만 서약 지지파인 아이저 규리하는 지배자는 지배할 능력을 가지고 있기 때문에 지배자로 선택된다는 논리를 믿습니다. 따라서 그에게 더 이상 지배권이 없어도 자신이 모든 규리하를 대표해서 누군가의 생사여탈을 결정할 능력이 있다고 믿습니다. 그래서 그는 부상당한 부하에게 노궁을 쏘고 딸의 목숨을 요구하면서 규리하가 그것을 원한다는 식의 말을 할 수 있는 겁니다. 그것이 충성 서약의 문제입니다. 선택되었기 때문에 타인을 지배할 수 있는 지배자가 남을 지배할 능력이 있기 때문에 선택된다는 식의 착각을 만들어 냅니다."

틸러는 갑자기 자신이 연설을 하고 있다는 것을 깨달았다. 그는 얼굴을 붉혔다. 하지만 해야 할 말은 아직 완료되지 않았다. 분지를 관찰하는 임무에 감사하며 틸러는 니어엘을 외면한 채 빠르게 말했다.

"우리는 저녁으로 감자를 먹을 수도 있고 옥수수죽을 먹을 수도 있습니다. 선택권이 있지요. 하지만 그 선택권 때문에 우리가 개돼지보다 나은 존재가 되는 것도 아니고 사람다워지는 것도 아닙니다. 사람다워지는 것은 훨씬 복잡한 문제입니다. 저녁거리나 지배자를 선택하는 것 따위가 사람다움의 기준이 될 수는 없습니다. 그래서 저는 사람의 가치를 확인하기 위해 충성 서약이 필요하다는 식의 논리를 거부합니다. 충성 서약 따위는 없어도 아무 상관 없고, 그것이 없다고 해서 우리의 사람다움이 훼손되지도 않습니다."

니어엘은 짓궂어지고 싶은 유혹을 이기지 못했다.

"명연설이야, 틸러 달비 부위. 귀관은 방금 인류에게 고상함을 부여했어."

틸러는 귀까지 빨개진 채 말했다.

"좋은 여가 활동이지요, 인류 구원은."

"그런데 서약 무용론과 귀관이 이곳에 있는 것은 무슨 관련이 있지?"

"예? 아아, 그거요. 흥분해서 그 이야기를 못했군요. 제가 아는 자들 중 유일하게 대장군님만이 어떤 특정인을 찾아내자고 주장하지 않기 때문입니다."

"우리를 지배할 능력이 있는 사람?"

"예. 지금 거병하는 자들 대부분은 그런 특별한 사람을 찾아내자는 식으로 주장하고 있습니다. 그리고 그들 대부분은 그 사람이 바로 자신이라고 주장하지요. 뭐 뒤의 이야기는 참아 줄 수 있는 허영심으로 취급한다 해도 앞의 이야기는 제가 최근 들어 싫어하게 된 주장입니다. 누군가를 지배할 능력이 있기 때문에 지배자로 선택된다는 논리 말입니다. 하지만 대장군님은 누군가를 선택하자고 말하고 있습니다. 귀족원 회의를 열어서."

"귀관은 타인을 지배할 능력이 있기 때문에 선택되는 것이 아니라 선택되었기 때문에 타인을 지배할 수 있다고 했지. 그래서 선택의 장을 만들기 위해 애쓰시는 대장군님을 따른다는 건가?"

"그렇습니다."

"귀관은 상당히 철학적으로 자신의 길을 결정하는군."

"자기 합리화는 중요하거든요."

"꼬리를 슬슬 빼는군. 쑥스러워졌나? 좋아. 그런데 내게 부모와 동생에게 가지 않느냐고 물은 이유는 뭐야? 내가 그래야 한다고 생각하나?"

"수교위님의 거취는 수교위님이 결정할 문제입니다. 저는 수교위님이 어떻게 해야 한다거나 하는 생각은 하지 않습니다."

틸러는 잠깐 멈추었다가 말했다.

"그럴 능력도 없고요. 물론 수교위님께서 저를 거취 결정자로 선택하신다면야······."

니어엘은 빙긋 웃었다. 틸러는 따라 웃으며 말했다.
"안 그러시겠지요?"
"귀관에게 내 인생을 맡기고 싶지는 않군."
"예. 그저 호기심일 뿐입니다. 저에겐 걸리는 것이 별로 없기 때문에 결정을 내리는 것이 어렵지 않았습니다. 하지만…… 수교 위님께는 여러 가지 부담이 되는 것이 있으실 텐데요."
"축머리."
"예?"
니어엘은 쓸쓸하게 하늘을 바라보았다.
"축머리라고. 대장군과 발케네 공은 대립할 가능성이 높지. 만약 대장군께서 이긴다면 축에 몰린 내 부모님이나 동생을 구할 사람이 이쪽에 있어야 하지."
"아……."
"내게는 귀관과 같은 철학이 없어. 우리 아버지가 황제 폐하의 뜻을 거스르며 부냐의 구명을 도모할 때 나는 황제 폐하를 위해 지멘을 잡으려 했지. 황제 폐하께서 기분이 좋아지실지도 모르잖아? 부냐가 발케네로 도망쳤을 땐 중대를 이끌고 나가서 발케네를 온통 휘저어 놓았고. 제국군이 이길지도 모르잖아? 그래서 지금은 혹 새 황제를 선출하시는 일에 성공할지도 모르는 대장군 곁에 있기로 한 거지. 나는 가족들과 함께 싸우기보다 먼 곳에서 만약을 도모하는 편이 어울려. 우리 가족은 나를 받아들이지 않아. 그러고 싶어도 우리 어머니 때문에 못 그러지."
"어머님과 사이가 나쁘십니까?"
"응. 어머니는 당신의 모든 불행이 나 때문이라고 믿고 계셔. 그리고 그 믿음은 소급 적용되는 것 같아. 나는 가끔 당신이 아버지와 결혼한 것조차 나 때문에 일어난 일로 생각하시는 것은 아닌가 하는 의혹을 느끼곤 하지."

틸러는 뭐라 말해야 할지 알 수 없었다. 그리고 니어엘은 틸러의 위로를 바라지 않았다.

"이 이야기는 보고하지 않았으면 좋겠군. 귀관의 솔직한 대답 때문에 나도 솔직하게 말했을 뿐이야. 하지만 만약의 경우 가족을 보호하기 위해 이곳에 있다는 보고가 올라가면 시허릭 마지오 상장군은 나를 의심할 거야. 달비 부위. 나는 가족을 지키기 위해서라도 대장군의 가장 신뢰받는 부하가 되어야 해."

"하지만…… 만약 대장군께서 실패하신다면……"

"젠장, 그때가 되면 줄행랑칠 거 아니냐고? 그러면 안 돼? 대장군께서 자살 동반자를 찾고 있는 것은 아니잖아."

"그렇긴 하지만……."

"걱정 마. 줄행랑치지 않을 거니까."

"예?"

"나는 가족들에게 돌아가서 사실은 가족들을 위해서 그랬다는 말 따위 할 생각 없어. 그게 내 자존심이야. 아마도 마지막 자존심이겠지. 대장군께서 끝내 귀족원 회의를 열지 못하고 대륙에 휘몰아칠 군웅할거의 바람을 막지 못할 수도 있겠지. 하지만 그 일은 내가 죽은 다음에 일어날 거야. 가족을 지키지 못한다 해도 대장군 각하에 대한 의리는 지킬 생각이니까."

틸러는 그것이 진심이라고 생각했다. 그래서 더 이상 말하지 않기로 했다. 니어엘은 짤막한 작별 인사를 남겨 놓고 떠났다.

그날 일몰 무렵 이레 달비가 산으로 올라왔다. 이레 달비는 작전이 성공적으로 완료되었으니 산에서 내려와도 좋다는 대장군의 전갈을 가져왔다. 호두나무 군단의 군단장 하스마 빌 상장군은 이복동생인 잠바이 태수 돈테이 빌을 지켜 주는 것보다 대장군에게 합류하여 빨리 제국의 질서를 회복하는 것이 낫다는 결정을 내린 것이다.

하스마 빌 상장군이 남달리 거시적인 통찰력을 가지고 있기 때문에 그런 결정을 내린 것은 아니다. 처음 엘시 에더리의 합류 요구가 전달되었을 때 하스마 빌 상장군은 그것을 거부했다. 빌 상장군은 제국이 사라진 상황에서 전략적인 중요성이 말할 수 없이 높은 도시를 지배하고 있는 이복동생을 지켜 줄 존재는 자신뿐이라고 생각했다. 그래서 그는 대장군에게 저항하지는 않겠지만 그렇다고 해서 합류할 수도 없노라고 대답했다. 중립 선언을 한 셈이다. 하지만 엘시는 저항을 용납할 수 없는 것만큼이나 중립 또한 허용할 수 없었다. 이미 합류한 제국군이 자신들 또한 친지나 가족에게 가겠다고 동요할 수도 있기 때문이다. 그래서 엘시는 호두나무 군단에게 중립 의지를 실력으로 증명할 것을 요구했다. 이름 높은 대장군과 싸워야 한다는 부담감으로 가슴을 두근거리며 하스마 빌 상장군은 조심스럽게 싸움에 응했다.

그러나 동생을 위해 죽을 각오를 한 상장군은 전혀 예상치 못한 싸움을 겪게 되었다. 산을 내려온 니어엘 헨로와 틸러 달비는 호두나무 군단의 교위 한 명에게 어떤 싸움이 벌어졌는지 들었다. 사실 그들은 산 위에서 모두 내려다보고 있었지만 직접 그 싸움에 참가했던 현장 증인에게 이야기를 듣는 것을 사양하지는 않았다. 콧수염이 멋진 교위는 완전히 흥분해 있었다.

"말이 됩니까? 우리 중대 피해는 딱 두 명 죽은 것뿐입니다. 그 두 명도 놀란 말에 가슴을 채어 죽은 놈 하나하고 도망치다가 아군 발에 깔려 죽은 놈 하나입니다. 전투로 죽은 인원은 한 명도 없단 말입니다. 그런데 우리는 졌습니다. 저도 그걸 알 수 있었습니다. 우리는 분명히 졌습니다. 하지만 도대체 어떻게 졌는지 모르겠다는 말입니다! 우리는 이틀 동안 여기저기 이동하고 적을 추격하거나 회피 행동을 한 것 외에 아무 짓도 안 했습니다. 전투는 한번도 없었습니다. 그런데, 그런데 분명히 졌단 말입니다! 정신을 차려 보니 명령 계통은 다 작살나 있고 아군 사령부는 어디 있는지도 모르겠고…… 우리가 뭘 하고 있는지도 모르겠더란 말입니다! 대장군은 마법사입니까?"

그 교위는 무장 해제당한 채 중대원들과 함께 땅바닥에 앉아서 감시를 받고 있었지만 수치스러워하거나 분노하기보다는 황당해하고 있었다. 틸러는 대장군이 어떻게 호두나무 군단을 수십 개로 쪼개어 놓은 다음 그것을 흩어 놓았는지, 그리고 그 과정에서 주테카와 론솔피, 쵸지가 어떤 활약을 했는지 설명해 주고 싶었지만 자신도 잘 이해가 가지 않았기에 그럴 수가 없었다. 그가 보기에 세 레콘은 여기서 저기로 열심히 달리거나 그냥 멍하니 한자리에 서 있거나 가끔 계명성을 뿜어내는 일밖에 하지 않았다. 그들이 한 일 중 몇 가지는 틸러도 이해할 수 있는 것이었다. 예를 들어 쵸지가 명백히 호두나무 군단의 분견대임이 분명한 병력에게 달려가면서 "왜 이제 오냐. 대대는 저쪽에 있다. 빨리 합류해!"라는 고함을 지르고 그들을 스쳐 지나간 일이 있다. 쵸지가 떠난 다음 분견대는 부리나케 반대 방향으로 도망쳤고, 그곳은 바로 아군의 대대가 주테카와 함께 있는 곳이었다. 주테카는 공포에 빠진 그들 사이를 쓱 달려감으로써 분견대를 사방팔방으로 흩어지게 했다. 그런 일들은 틸러도 이해할 수 있었다.

하지만 틸러가 도무지 이해할 수 없는 일들도 많았다. 그래서 틸러는 대장군은 마법사가 아니라는 말만 해 주었다. 콧수염이 멋진 교위는 믿으려 하지 않았다.

틸러가 바둑판과 깃발 등을 챙겨 들고 사령부로 떠난 다음 니어엘은 자신의 중대에게 할당된 야영지로 이동해서 야영 준비를 명령했다. 저녁 식사가 끝날 무렵 전령이 달려와 사령부로 오라는 명령을 전했다. 니어엘은 어떤 말을 들을지 궁금해하며 사령부로 향했다. 그것은 꽤 먼 길이었다. 호두나무 군단이 합류함으로써 엘시 에더리 휘하의 장병은 52만이 되었기 때문이다.

52만이 주둔하고 있는 야영지는 거대한 도시 이상이었다. 그것은 발케네 정벌군의 여섯 배나 되는 숫자였다. 하지만 니어엘은 지금이 그때만 못하다고 생각했다. 단지 머리 위에 하늘누리가 없기 때문은 아니다. 니어엘이 중대 본부를 빠져나와 발케네 남부를 관통한 후에 목격한 발케네 정벌군의 본영은 제국의 막대한 군자금이 아낌없이 투입되고 있다는 것을 피부로 느낄 수 있었다. 잠바이 동쪽의 이 야영지에는 여섯 배나 되는 병력이 있었지만 돈의 냄새는 맡을 수 없었다. 보급창의 숫자도 적었고 물자 운반은 주로 인력으로 행해졌으며 편의 시설은 꼭 필요한 것만 보였다. 그들이 하루에 먹어치울 음식을 생각해 본 니어엘은 현기증이 날 듯한 숫자에 질렸다. 그리고 그들이 하루에 내놓을 배설물을 생각해 본 니어엘은 자신도 모르게 발아래를 살폈다.

사령부는 눈코 뜰 새 없이 바쁘다는 얼굴을 한 병사들이 서로의 발을 밟을 듯한 기세로 오가고 있는 거대한 천막촌이었다. 간단한 검문을 받은 니어엘은 몇 십 개나 되는 천막 사이를 지나친 후에야 겨우 엘시 에더리가 있는 천막에 도달했다.

천막 안에서 엘시는 몇 명이나 되는 장교들에게 명령을 내리고 있었다. 그 명령들은 중복되는 것이 없었고 엘시는 생각을 하고 말하는지 의심스러운 속도로 명령을 계속 내렸다. 하지만 그 빠른 속도에도 불구하고 명령을 받기 위해 계속 다른 장교들이 들어왔기 때문에 니어엘은 그에게 쉽사리 다가가지 못했다. 엘시는 니어엘에게 미안하다는 눈짓을 보냈고 니어엘은 고개를 꾸벅이고 천막 구석으로 옮겨 가 섰다. 엘시의 곁에는 몇 명의 상장군들이 비슷한 일을 하고 있었다. 하지만 그들 또한 엘시에게 가끔 의향을 묻곤 했기 때문에 엘시의 업무량이 그들 덕분에 많이 줄어드는 것 같지는 않았다.

니어엘이 천막에 들어온 지 반 시간 정도 지난 후에야 겨우 장교들이 모두 사라졌다. 엘시는 상장군들도 모두 내보낸 다음 시허릭 마지오 상장군만 남게 했다. 시허릭은 지친 표정으로 의자에 걸터앉았다. 엘시는 니어엘에게 손짓하며 말했다.

"많이 기다렸지?"

니어엘은 괜찮다는 표정을 하고 엘시에게 다가갔다. 엘시는 의자에 앉아서 니어엘에게 탁자 맞은편 의자에 앉으라는 손짓을 했다. 그러자마자 이레가 들어와 엘시에게 식사를 할 것인지 질문했다. 엘시는 조금 후에 먹겠다고 대답했고 그러자 시허릭이 매우 불행한 표정을 지었다.

니어엘은 엘시가 이레와 이야기를 나누는 동안 대장군의 모습을 살폈다. 이곳의 남자 병사들은 거의 대부분 텁수룩한 수염을 기르고 있었지만 엘시는 깔끔하게 면도한 상태였다. 이레 달비가 결사적으로 엘시의 뒤치다꺼리를 하기 때문이다. 그 충성스러운 몸종의 노고는 엘시의 옷차림에서도 드러났다. 하지만 이레도 엘시의 표정까지 관리할 수는 없었다. 니어엘은 엄격히 단속되고 있는 엘시의 얼굴에서 피로함을 읽었다. 당연한 일이다. 하늘누리 실종 전 태위청이 하고 있던 일을 혼자 하고 있는 것이나 마찬가지니까. 더군다나 엘시에겐 태위청이 산하에 거느리고 있던 거대한 행정 기구가 없다.

엘시는 이래기 나가자마자 니어엘에게 몸을 돌리며 말을 꺼내려 했다. 니어엘은 재빨리 몸가짐을 바로했다.

"산 위에서 수고해 줬다, 수교위. 덕분에 상호 피해 없이 호두나무 군단을 규합할 수 있었다."

"한 일이 적습니다. 대장군님께서 하신 일이지요. 적대적인 군단 하나를 아무런 피해 없이 굴복시킨다는 것은 저로서는 꿈에서도 생각할 수 없는 일입니다."

"기만과 혼란…… 왕벼슬과 론솔피, 주테카가 많은 일을 해주었지. 빌 상장군의 성격을 알고 있었기 때문이기도 하고. 하지만 또 하고 싶은 일은 아니다."

"합류에 반대하는 제국군은 이제 없을 겁니다. 빌 상장군은 특수한 경우라고 생각합니다."

"꼭 그렇지는 않을 거야. 다음번의 합류 대상은 만만찮거든."

시허릭은 엘시의 말에 무겁게 고개를 끄덕였다. 니어엘은 고개를 약간 갸웃한 채 설명을 기다렸다. 엘시는 무언가 다른 생각에 빠진 사람처럼 잠시 침묵하다가 갑자기 말했다.

"나는 이곳을 잠시 떠날 거야."

니어엘은 놀랐다.

"떠나신다고요?"

"그래. 민들레 여단을 찾아가 합류 요구를 할 생각이다."

"민들레 여단이오?"

"발케네 정벌 당시 마지오 상장군은 고추냉이 여단과 왜솜다리 여단, 민들레 여단을 움직이길 원했지만 폐하께서는 두 개 여단만 부르셨다. 그러니 민들레 여단은 여전히 은누리에 남아 있다. 그들과 합류할 생각이다. 최대한 빨리 그들과 접촉해야 하기 때문에 그곳에는 나와 이레, 왕벼슬만 갈 것이다."

"세 명? 민들레 여단은 대단히 난폭하다고 들었습니다. 세 명이면 위험하지 않겠습니까?"

"난폭하다는 말은 모든 레콘에게 쓸 수 있는 말이야."

니어엘은 센시엣 특수 수용소에 긴급 상황이 발생하면 가장 먼저 투입되어야 한다는 사실 때문에 부대 구성원 전부가 절망감으로 반쯤 돌아 있는 레콘 부대라면 난폭하다는 말도 그 의미가 조금 각별하지 않나 생각했다. 하지만 니어엘은 엘시의 뒤이은 설명 때문에 그 말을 삼켰다.

"그리고 어차피 병력으로 그들을 억압할 수는 없어. 수십만 명을 데리고 가든 두 명을 데리고 가든 마찬가지야."

"유감스럽게도 그 말씀이 맞군요. 차라리 그들을 규합하는 것을 포기하면 어떻겠습니까, 대장군님? 지금 대장군님께 무슨 일이 생긴다면 아군은 걷어차인 잿더미 같은 꼴이 될 겁니다."

엘시는 무거운 눈으로 니어엘을 보며 말했다.

"니어엘, 나는 가야 한다. 우리가 병력을 규합하는 것은 다른 세력이 제국군을 이용하지 못하게 하려는 의도도 크지. 민들레 여단 같은 경우는 아주 취약해. 앞으로 절대 센시엣에 투입될 일이 없다는 약속이 그들에게 어떻게 받아들여질지 생각해 봐. 나는 지금도 이미 늦지 않았나 걱정되는군."

니어엘은 고개를 끄덕일 수밖에 없었다. 민들레 여단이 다른 세력의 이익을 위해 자신들과 맞선다는 상황은 절대로 피하고 싶었다. 민들레 여단에 대해 생각하던 니어엘은 그들이 비상시에 맡기로 되어 있는 다른 레콘 무리도 떠올렸다.

"그렇다면 센시엣 특수 수용소의 재소자들도 데려오실 작정이십니까? 누군가가 그들에게 그곳을 나오게 해 주겠다고 약속하면……."

"그 생각을 안 해 본 것은 아니지만 관두기로 했다. 그들이 자기 통제력은커녕 제정신일지조차 의심스럽다. 어떤 미치광이라 해도 센시엣 특수 수용소의 재소자들을 끌어낼 생각은 하지 못할 거다. 나는 민들레 여단만 데려올 것이다."

니어엘은 그나마 다행이라고 생각했다. 적어도 군대인 민들레 여단은 대장군의 지위를 마냥 무시하지 않을 것이다. 만약 엘시가 절망도의 죄수들도 데려올 작정을 하고 있었다면 니어엘은 그를 결박해서라도 보내지 않았을 것이다. 시허릭의 눈치를 살펴본 니어엘은 그 또한 자신과 비슷한 생각을 했음을 알았다. 니어엘은 다른 문제를 거론해 보았다.

"은누리까지 가신다면 꽤 먼 길이군요. 오랫동안 못 뵙게 되는 겁니까? 대장군님의 장기간 부재도 상당한 악영향을 끼칠 겁니다."

"그래. 그래서 오늘 합류한 호두나무 군단의 딱정벌레를 잠시 빌릴 생각이다."

그날 낮에 그녀와 틸러를 향해 날아왔던 여섯 마리의 딱정벌레는 호두나무 군단이 자랑하는 갑충 정찰병들이다. 그녀 자신이 증명한 것처럼 딱정벌레는 집중적인 활 공격에 취약하고 사육이 어렵기 때문에 제국군에게 별로 호평받지 않지만, 가끔은 특수 병과에 대한 독특한 기호를 보이는 지휘관도 있는 법이고 하스마빌 상장군은 갑충 정찰병을 가지는 일을 좋아했다.

니어엘은 왜 호두나무 군단의 합류가 이 시점으로 정해졌는지 알았다. 엘시는 충분한 숫자의 병력을 규합시켜 놓은 다음 민들레 여단과 담판을 지을 작정이었던 것이다.

"내 자리는 마지오 상장군이 맡을 것이다. 그런데 약간의 문제가 있어. 현재 아군의 병력은 제국군 창설 이래 한자리에 집결한 적이 없을 만큼 방대한 규모로 늘어났고 그것을 원활하게 통제하기 위해 시허릭은 사령부 규모를 크게 확대해야 한다고 결정했다. 나도 거기에 동감했어. 하지만 인력 충당이 만만찮다. 연락장교만 수십 명이 필요할 지경이니까. 따라서 몇몇 장교들의 진급이 불가피하고 그중에는 귀관도 포함된다."

"예? 진급이라고 하셨습니까?"

"간단히 말하지. 상장군으로 진급해서 가시나무 군단을 맡아라."

니어엘은 멍한 표정으로 엘시를 바라보았다. 그녀는 아무리 독립 중대의 중대장이라 해도 대대장을 뛰어넘어 곧바로 군단장이 되는 것이 말이 되는지, 복무 연한에 대한 제국군의 불문율이 그런 식으로 깨져도 되는지, 그리고 그런 인사에 가시나무 군단의 선임 대대장이 동의할지 의심스러웠다. 하지만 무엇보다도 니어엘을 침묵하게 한 것은 쟈마 데시마스와 틸러 달비를 통해 이루어진 것이 즉석 진급 심사였다는 사실이었다. 니어엘은 그것에 대해 섭섭하게 생각했지만 이제는 전혀 다른 관점에서 그것을 보게 되었다. 그녀는 시허릭 마지오 상장군이 자신의 군단을 맡길 사람에게 고작 그 정도의 시험밖에 행하지 않았다는 사실에 놀랐다. 니어엘은 충격 속에서 말했다.

"가시나무 군단에는 저보다 군단 사정에 훨씬 해박하며 자질도 충분한 대대장들이 있을 텐데요."

엘시는 시허릭을 돌아보았다. 시허릭이 설명했다.

"그래. 하지만 그들 중 상당수는 흑사자군 사령부로 이동할 거야."

"흑사자군?"

니어엘의 반문에 시허릭이 약간 난처한 표정으로 엘시를 쳐다보다가 말했다.

"아, 그건 사령부 구성을 준비 중인 자들 사이에서 쓰이는 가칭이야. 제국군이라는 이름이 약간의 혼란을 일으키거든. 우리도 제국군이지만 아직 우리에게 합류하지 않은 제국군도 있지. 짐작하겠지만 둘을 구분 지어야 할 일은 많지. 그래서 시인성의 문제 때문에 그 이름이 쓰이고 있는 모양이야. 흑사자군이라고. 하지만 대장군께서는 그 이름을 허락하지 않으셨어. 제국군의 정통성을 스스로 포기하는 짓이 될 수 있기 때문에. 그래서 우리는 여전히 제국군이야."

니어엘의 뇌리에 단순히 시인성의 문제 때문만은 아닐 거라는 생각이 떠올랐다. 아마도 남쪽에서 눈을 뜬 대호 때문이다. 아라짓 제국의 어머니라고 할 수 있는 대호왕 사모 페이의 권위에 대항하기 위해 더 오래된 권위, 고아라짓 시대까지 거슬러 올라가는 북부의 상징이 발굴된 것이다…… 그런데 용은?

대호 마루나래를 거느린 사모 페이가 북부로 돌아와 흑사자의 나라를 부활시켰을 때 그곳에는 뇌룡 아스화리탈을 거느린 륜 페이가 있었다. 그리고 지금 다시 흑사자가 부활했다. 대호는 저 남쪽에 있는데 용은 어디에 있는 것일까? 망상에 잠겼던 니어엘은 잠시 침묵했고 그러자 엘시가 말했다.

"귀관의 생각은 어떤가."

니어엘은 당황했다. 그녀가 대답하지 않은 것은 망상 때문이기도 하지만 자신의 의향을 말하는 일이 불필요하다고 생각했기 때문이다. 보직 변경은 통고될 뿐이다. 어쨌든 대장군이 일개 수교위에게 의향이 어떠냐고 묻는 일은 니어엘이 아는 군대에서는 일어날 수가 없다. 니어엘은 얼굴 가득히 당혹감을 드러내어 엘시를 바라보았다. 그러자 엘시는 설명할 필요를 느꼈다.

"귀관의 9014 독립 중대 때문이다. 헨로 중대라고 하더군. 귀관을 가시나무 군단장으로 영전시킨다면 귀관의 선임 소대장을 진급시켜 헨로 중대를 맡게 하거나 헨로 중대를 해체시켜 가시나무 군단에 편입시켜야겠지. 하지만 헨로 중대는 탁월한 명성을 가지고 있고 군은 명성 있는 부대를 함부로 해체하지 않아."

명성은 적의 사기를 꺾고 아군의 사기를 북돋는 무기이기 때문이다. 엘시는 계속 말했다.

"그리고 전술적으로 봐도 귀관의 부대는 단독 활동이 어울린다. 전원 사격 후 전원의 일격이탈이 부대의 장기인 것 같더군. 그런 장점을 잘 살리려면 역시 독립된 편이 좋겠지. 따라서 중대 해체는 그다지 매력이 없다. 그런데 귀관이 낯선 가시나무 군단을 맡아서 보여 줄 수 있는 기여와 귀관이 이미 익숙한 헨로 중대와 함께 있으면서 보여 줄 수 있는 기여 중 어느 것이 클지 판단하기 어렵다. 귀관이 군단장의 자질을 가지고 있지 못하다는 뜻이 아니야. 그보다는 헨로 중대가 군단급 능력을 가지고 있다고 해야겠지."

"과찬이십니다."

"과찬이 아니야. 물론 적의 군단에 대응하기 위해 귀관의 중대를 내보낼 수 있다는 뜻은 아니다. 그건 어렵겠지. 하지만 귀관의 중대를 전략 단위로 이용할 수 없는가 하면, 그렇지는 않아. 따라서 사령부는 귀관이 가시나무 군단을 맡든 헨로 중대장 자리를 유지하든 만족할 수 있다는 결론에 도달했다. 그러니 귀관이 결정하도록. 한 시간 주겠다."

니어엘은 자리에서 일어나 경례했다. 그대로 물러나려던 니어엘은 잠깐 머뭇거렸다. 탁자 위의 서류들로 손을 뻗던 엘시는 그녀를 돌아보았다.

"대장군님, 식사는 제때 하시길 바랍니다."

엘시는 물끄러미 니어엘을 바라보다가 고개를 끄덕였다.

"고마워."

니어엘은 다시 경례하려다가 이미 경례했음을 깨달았다. 그녀는 당황해서 그냥 고개를 꾸벅였다. 그리고 그런 자신의 행동에 더욱 당혹했다. 니어엘은 황급히 천막을 떠나는 것이 낫다고 판단하고는 그렇게 했다.

당연하지만 니어엘 헨로가 그날 대장군을 독대한 유일한 지휘관은 아니었다. 많은 지휘관과 사무관, 행정병들이 불려 왔고 많은 보직 변경과 편제 변경, 세부 조종이 있었다. 그 모든 과정을 곁에서 본 사람은 시허릭 마지오 상장군뿐이었다. 이레 달비도 곁에 붙여 둘 수 없을 만큼 사람이 부족했지만 엘시는 자리를 넘겨줄 시허릭에게 제반 사항을 확실히 이해시키기 위해 그를 앉혀 두었다. 결과적으로 시허릭은 신경이 잔뜩 곤두서고 말았다.

마치 사람의 달리기를 해석하려는 것 같았다. 누구라도 다른 사람에게 달리라고(이왕이면 정중한 어조로) 요청할 수 있다. 하지만 다른 사람에게 발가락들의 각도, 관절의 회전, 근육의 수축과 이완, 체중 이동, 호흡량의 변화를 일으키라고 말하기는 어렵다. 엘시는 그런 식으로 명령을 내렸다. 왼발 엄지발가락, 힘을 준다. 오른쪽 허벅지, 수축해라. 오른쪽 어깨 관절, 뒤로 회전해라. 아, 옆구리를 때리지 않도록 주의해라. 그리고 콧구멍, 확장해라. 걱정 마. 허파에겐 아까 명령을 내렸다.

시허릭은 그 명령들이 명령 대상으로 하여금 달리게 할 것인지 공중제비를 넘게 할 것인지 확신할 수 없었다. 마지막 장교가 물러난 다음 시허릭은 조심스럽게 그것을 질문했고 엘시가 잘 모르겠다고 대답하자 충격을 받았다.

"잘 모르시겠다고요?"

엘시는 피로한 눈 주위를 비비며, 그리고 어느새 천막 한쪽에 나타나 비난하는 눈길을 보내는 이레의 시선을 피하며 말했다.

"내가 머릿속에 흠결 없는 계획서를 가지고 있는 사람처럼 행동했다는 것은 알아. 일부러 그런 태도를 취했으니까. 하지만 그건 명령을 받아야 하는 쪽을 안심시키기 위해 취한 태도일 뿐 나는 전능자도 아니고 부활한 라수 규리도 아니야, 시허릭. 많은 시간을 들여 섬세하게 구성된 조직도 가끔 말도 안 되는 행태를 보이는데 이렇게 임기응변으로 두드려 맞춘 조직이 제대로 움직인다면 그야말로 놀랄 일이겠지. 아마 어처구니없는 사고들이 축차적으로 드러날 거야. 나는 그 명령들이 내려지는 것을 모두 관찰한 그대가 사고의 원인을 짐작할 수 있게만 되면 좋겠어. 그러면 좀 더 빨리 해결할 수 있을 테니까. 그리고 이레, 우리는 곧 야간 비행을 할 거잖아. 그러니 식사는 그냥 생략하지. 너는 어떤지 모르지만 나는 식사 직후에 비행하면 속이 안 좋던데."

이레는 한숨을 내쉬었다.

"아까 드셨어야 했습니다, 가주님."

"네 말이 맞아, 이레. 다음엔 네 말을 따르지."

"그 다음이라는 때에는 아마도 티나한의 귀환도 볼 수 있을 거라는 예감이 드는데요."

엘시는 힘겹게 미소를 지었다. 이레는 피곤한 주인을 비난하는 것은 그쯤 해 두기로 했다. 주인에게 음식을 먹이길 포기한 이레는 비행 준비를 하려고 밖으로 나갔다. 탁자 위에 그대로 엎드리고 싶은 충동 속에서 고개를 돌린 엘시는 시허릭의 근심스러운 표정을 보았다.

"곧장 떠날 생각이십니까."

"헨로 수교위가 돌아와 보고하면."

"그래서 한 시간이었군요. 잠시 쉬셨다가 가셔도 되지 않겠습니까? 제 생각에는 아예 푹 주무신 다음 내일 아침 모든 장병들의 환송을 받으며 떠나시는 것도 좋을 것 같습니다. 그것도 결속력 강화를 위한 좋은 요식 행사가 될 수 있을 겁니다."

"하긴 밤에 떠나면 혼자 도망치는 것처럼 보이기도 하겠군. 장병들이 그렇게 받아들이지 않도록 해 줘."

"대장군님."

엘시는 주먹으로 이마를 받치며 중얼거렸다.

"시허릭, 나를 생각해 주는 건 고맙지만 잠자리에 든다 한들 제대로 잘 수 있을 것 같지 않군. 몇 분 만에 뛰쳐나와 딱정벌레로 달려갈 거야."

시허릭은 엘시가 느끼고 있을 압박감을 생각하며 한숨을 내쉬었다. 그 압박감을 덜어 줄 수 있는 사람은 시허릭이 생각하기에 한 사람밖에 없었다.

"태위께서 빨리 오셨으면 좋겠군요."

"뭐?"

"레이헬 라보 태위님 말입니다. 합류가 늦으시군요."

엘시는 주먹 위에 얹었던 머리를 들었다. 그는 어리둥절한 표정으로 시허릭을 바라보았다.

"그분에게서 또 동물이 왔나? 좀 정신없긴 했지만 그런 보고를 내가 잊었을 것 같지는 않은데. 아직 보고하지 않았나?"

"예? 아, 그렇지 않습니다. 합류하겠다는 서신이 온 것은 아닙니다. 하지만 합류하지 않으시겠습니까? 참모들은 그것을 기정사실로 여기고 있습니다."

엘시는 다시 고개를 떨어뜨렸다. 그는 엷게 하품을 하고는 두 손으로 이마를 짚었다.

"글쎄. 합류하실 작정이라면 하늘치를 타고 직접 오셨을 것 같은데. 그러면 발케네군의 방해도 받지 않고 곧장 오실 수 있으셨을 테니까. 하지만 그 하늘치에는 우연히 타고 있던 야리키 외에 아무도 없었어."

시허릭은 약간 당황했다. 다른 사람들과 마찬가지로 그는 태위가 곧 장죽을 흔들며 돌아올 거라 기대하고 있었다.

"그렇다면 그분에겐 다른 계획이 있는 것⋯⋯."

시허릭은 말꼬리를 흐렸다. 그는 주의 깊게 엘시를 살펴보았고 그가 졸고 있다는 것을 깨달았다. 시허릭은 피곤한 대장군에게 계속 말을 시키는 바보짓을 한 자신을 꾸짖으며 조심스럽게 자리에서 일어났다. 그리고 천막 밖으로 나갔다.

엘시는 시허릭이 일어나 밖으로 나가는 것을 알고 있었다. 하지만 그 의미를 느끼지는 못했다. 엘시는 자신이 졸고 있다는 것도 알았지만 정신을 차려야 한다거나 엎드려 하슈 자야 한다는 식의 결정은 내리지 못했다.

그래서 엘시는 시야 한구석에 있는 발을 보았을 때도 그 발이 거기 있다는 사실에 아무 느낌도 없었다.

고개를 숙이고 있었기에 엘시는 그 발의 주인을 보지 못했지만 확인을 위해 고개를 들지도 않았다. 엘시는 그 발이 다가오는 것을 보면서도 아무런 감정을 느끼지 못했다. 하지만 관찰은 완벽하게 이루어졌다. 그 발은 인간 여자의 발이었다. 신발을 신지 않은 맨발이었고 작은 편이었다. 발의 주인은 나이가 많지는 않을 것이다. 그 밖에는 별다른 특징이 없었다. 그때 그 발이 시야 바깥으로 사라졌다. 아마도 엘시의 뒤편으로 움직인 모양이다.

사라진 발 대신 목소리가 들려왔다.

"이 사람도 저처럼 자고 있는 거죠?"

"그렇다고 할 수도 있고, 그렇지 않다고도 할 수 있죠."

"예?"

"졸면서 주위에 일어나는 일을 다 보고 들은 경험이 없어요?"

"아, 있어요."

엘시는 그 목소리를 들으면서도 그 내용은 전혀 이해하지 못했다. 목소리가 계속 들려왔다.

"그러면 깨어난 다음에 제가 왔다는 것을 기억할까요?"

"그럴 수도 있고 그러지 못할 수도 있죠."

"모르세요? 사람들은 당신이 미래를 안다고 믿던데."

"당신은 미래를 알아요?"

"저요? 모르죠."

"그러면 저도 몰라요."

"예? 어떻게 해서 그런 논리가…… 잠깐. 저 지금 제 자신과 이야기를 하고 있는 거예요?"

"그렇다고 할 수도 있고, 그렇지 않다고도 할 수 있지요."

"혼란스럽네요. 그러면 이 사람과 이야기를 해 보면 어떨까요?"

"안 돼요."

"안 된다고요?"

"예."

"왜죠?"

"이 사람은 자고 있다고 할 수도 있고 그렇지 않다고 할 수도 있기 때문이지요."

"음. 시험해 봐야겠군요. 대장군님?"

엘시는 자신을 부르는 목소리를 들었지만 그 의미를 알지 못했다. 목소리가 다시 말했다.

"대장군님?"

엘시는 고개를 들었다.

머리가 무거웠고 목 주위는 식은땀으로 끈적거렸다. 엘시는 눈을 몇 번 껌뻑거렸다. 초점이 잘 맞지 않는 시야에 어떤 여자가 보였다. 엘시는 그 여자의 얼굴에 집중했다. 그러자 그 얼굴이 아는 얼굴로 바뀌었다.

"헨로 수교위."

니어엘 헨로가 자신을 책망하는 얼굴을 한 채 서 있었다. 엘시는 손바닥으로 목을 살짝 어루만졌다. 손끝이 차가웠다. 그 모습을 보던 니어엘이 속상한 어투로 말했다.

"죄송합니다. 주무셨군요. 저는 생각을 하고 계시는 줄 알았습니다."

"괜찮아. 그냥 잠깐 졸았던 거야. 잘 생각은 없었어."

"그러면 생각을 바꾸셔서 주무시는 것이 좋겠습니다. 내일 아침에 오겠습니다."

"그건 안 되겠는데. 내일 아침에 나는 이곳에 없을 테니까."

니어엘은 놀랐다.

"설마 오늘 밤에 은누리로 떠나시는 겁니까?"

"그래서 한 시간 준 거였어."

대답하면서 엘시는 두 팔을 들어 기지개를 쭉 켰다. 몸 이곳저곳이 축적된 피로를 호소해 왔지만 불쾌감은 없었다. 엘시는 기묘한 기분이라고 생각했다. 황야에서 모진 비바람을 맞으며 걷다가 갑자기 나타난 맑은 하늘을 마주 보는 것 같았다. 어깨를 주무르던 엘시는 시허릭이 보이지 않는다는 사실을 깨달았다. 대장군의 조는 모습을 보고 자리를 비켜 준 것이라고 생각한 엘시는 고개를 들어 니어엘을 바라보았다.

"결정했나?"

니어엘은 측은하다는 얼굴로 엘시를 보다가 마지못한 듯 말했다.

"예. 계속 제 중대를 맡고 싶습니다."

"알았어. 짧게 설명하게."

니어엘은 미소 지었다. 짧은 미소였다.

"간단한 이유입니다. 제 편의를 위해 그렇게 했습니다만, 제 소대장들은 제게 익숙해져 있습니다, 교위님. 따라서 제가 제 중대를 계속 맡으면 제 중대는 각하께서 말씀하신 것처럼 군단급 중대로 있을 겁니다. 그리고 다른 사람이 가시나무 군단을 맡아도 가시나무 군단은 여전히 군단일 겁니다. 그런데 제가 가시나무 군단을 맡으면 가시나무 군단은 여전히 군단이겠지만 다른 사람이 맡은 제 중대는 중대급 중대로 돌아갈 겁니다."

"뒤쪽이 손해군."

"그렇습니다."

"알겠어. 귀관이 시허릭 마지오 상장군에게 그렇게 전하도록."

엘시는 자리에서 일어났다. 니어엘은 엘시가 혹 휘청거리지 않을까 걱정했지만 엘시는 그러지 않았다. 그는 탁자 옆을 돌아 니어엘 곁으로 다가오며 말했다.

"나는 이레를 찾아 이대로 떠나야 하니까."

"지금이오?"

"그래, 지금. 이만 작별해야겠군."

니어엘은 안타까운 얼굴로 대장군을 바라보다가 마지못해 경례했다. 경례를 받은 대장군은 그대로 몸을 돌리려다가 잠시 멈춰 섰다. 그는 니어엘을 향해 빙그레 웃었다. 니어엘은 갑자기 몸이 움츠러드는 것 같았다. 그녀는 엘시가 작별 인사로 경례 외에 다른 것을 할지도 모르겠다고 생각했다. 그리고 엘시가 그럴 경우 어떻게 대응해야 할지 몰랐다. 엘시가 말했다.

"이레와 사귀어 볼 생각 없나?"

니어엘은 얼이 빠졌다.

"예? 왜 그렇게 말씀하십니까?"

"두 사람이 잘 어울릴 것 같아서."

"어울린다고요?"

"그래. 이레는 나를 가주라고 부르는 버릇을 도저히 버리지 못하거든."

니어엘은 그게 무슨 뜻인지 알 수 없었다. 그래서 엘시가 웃으며 천막을 나가는 것을 멍하니 바라볼 수밖에 없었다. 자신이 엘시를 교위라고 불렀다는 것을 니어엘이 깨달은 것은 그보다 조금 후의 일이었다. 니어엘은 탁자에 머리를 부딪히고 싶다는 강렬한 충동을 느꼈다.

베로시 토프탈 상장군은 사이커의 검신으로 말의 볼기를 후려쳤다. 뛰쳐나가는 말 위에서 베로시는 계명성을 내지르듯 거칠게 고함질렀다. 그 고함에는 아무 내용이 없었지만 무서운 살기가 어려 있었다. 적병들은 당혹하여 베로시를 돌아보았다.

저항의 의지가 칼날과 창으로 표현되었다. 베로시는 자신의 들끓는 노여움에 아찔한 기분을 느끼며 사이커를 끌어당겼다. 남부의 칼날이 휘둘러지자 그녀를 향해 엉거주춤 뻗어 오던 창대와 그 창을 쥐고 있던 팔이 한꺼번에 날아올랐다. 적병은 허옇게 질린 얼굴로 자신의 잘린 팔을 보다가 비명을 질렀다. 듣는 이의 고막을 찢을 듯한 날카로운 비명이었다. 갑자기 달려 나간 베로시를 호위하기 위해 뛰쳐나온 장교들이 창과 검을 내찌를 때까지 그 비명은 끊임없이 계속되었다.

베로시는 말을 돌려 다시 돌격했다. 하지만 그녀의 일격이 남긴 결과와 달려오는 장교들의 모습을 본 적병들은 사방으로 흩어지고 있었다. 베로시는 끈질기게 그들 중 한 명을 뒤쫓아가서 사이커로 등을 후려쳤다. 적병은 몸이 갈라질 지경이 되어 쓰러졌다. 칼날에 묻은 피를 흩뿌린 베로시는 그제야 처음의 위치로 돌아왔다. 그곳에는 몇 명의 장교들이 서 있었다. 베로시는 외쳤다.

"기수는!"

대답을 듣기도 전에 베로시는 그 대답을 알 수 있었다. 적병들에게 둘러싸여 분전하던 기수는 가슴에 창을 꽂은 채 땅에 엎드려 있었다. 기수의 입장에서 보면 베로시는 약간 늦은 것이다. 하지만 베로시는 자신이 늦지 않았다고 생각했다. 베로시는 탈취당하지 않은 군기를 가리키며 말했다.

"좋아, 이리 내놔!"

장교들의 얼굴에 동시에 거부 의사가 떠올랐다. 베로시는 그들이 자신의 의사를 말로 표현하도록 내버려두지 않았다. 그녀는 사이커를 칼집에 꽂아 넣고 장교들을 향해 말을 돌격시켰다. 깜짝 놀란 장교들은 상장군이 미치지 않았나 의심하며 황급히 좌우로 비켜섰다. 그 빈틈으로 뛰어든 베로시는 말 옆에 몸을 숙여 군기를 낚아챘다. 베로시의 의도를 알아차린 장교들이 경악하여 외쳤다.

"상장군님!"

베로시는 군기를 높이 들어 올렸다. 바람이 군기를 잡아당겨 그 그림을 드러내었다. 그곳에는 대호가 그려져 있었다. 최근에 제작된 깃발이기에 그림은 선명했다. 베로시는 대호왕의 깃발을 펄럭이며 돌진했다.

"대호왕의 병사들아, 나를 따라라!"

뒤쪽에서 들려오는 만류의 외침들을 무시하며 베로시는 격전이 벌어지고 있는 전장 한가운데 뛰어들었다.

그녀를 겨냥하여 화살과 투창들이 날아왔다. 심지어 손도끼와 돌멩이까지도 날아왔다. 베로시는 그것에 감사했다. 그리고 자신이 조금도 믿지 않는 말을 외쳤다.

"대호왕의 깃발이 가호한다!"

난전을 벌이던 병사들이 찬물을 뒤집어쓴 듯한 얼굴로 베로시를 돌아보았다. 베로시의 주변에는 흉기들이 눈보라처럼 날아다니고 있었다. 하지만 베로시의 얼굴 어디에도 공포는 없었다. 베로시는 던지는 것이든 쏘는 것이든 그 어떤 무기도 자신을 해치지 못할 거라 믿는 사람처럼 보였다.

"대호왕의 깃발이 가호한다! 모여라! 나를 따라라! 대호왕의 가호를 받아라!"

거대한 전장이 크게 출렁였다. 많은 병사들이 갑자기 움직임을 바꿨기 때문에 일어난 파문이었다. 그 움직임을 본 나스팔 성의 여섯 수교위는 아찔한 기분을 느꼈다.

대략 한 시간 전 그들은 결사적인 노력으로 시모그라쥬군의 광정면을 우회 기동하는 데 성공했고 그 영웅적인 노고는 시모그라쥬군의 종심을 타격하는 결과로 나타났다. 전열이 전장 바깥으로 밀려나고 후열이 순식간에 최전선 병력이 되는 그런 상황은 어떤 정예 병력에게도 반드시 혼란을 야기시킨다. 정예와 오합지졸의 구분은 피할 수 없는 그 혼란에서 얼마나 빨리 회복하느냐에 있다. 그리고 시모그라쥬군은 분명히 정예 병력이었다. 여섯 수교위는 시모그라쥬군이 혼란 속에서 무한정 도륙당할 것이라는 환상은 품지 않았다. 그들은 시모그라쥬군에게 상당히 우울한 손익 계산서만 안겨 준 다음 최대한 빨리 전장을 이탈할 생각이었다. 그리고 나스팔 성으로 오고 있는 보급 부대를 호위하며 성으로 돌아간다는 것이 그 작전의 결말로 예정되어 있었다. 그런데 그들이 빠져나가기 직전 베로시가 갑자기 군대를 재편하기 시작했다.

"대호왕의 가호를 받아라!"

병사들이 베로시 주위로 모여들었다. 그중 어떤 이는 다른 이들을 따라가기 위해, 그리고 어떤 이는 전열을 정비하려는 베로시의 뜻을 따르기 위해 모였다. 하지만 대호왕의 가호를 바라며 다급하게 달려가는 병사들도 많았다. 베로시는 말의 속도와 방향을 교묘하게 변화시키며 달려온 병사들이 합류할 수 있도록 했다. 곧 시모그라쥬군은 거대한 덩어리가 되었다.

여기저기 흩어져 난전을 벌이던 시모그라쥬군을 그런 식으로 급속히 규합한 베로시는 여섯 수교위의 병력을 무시한 채 곧장 나스팔 성으로 향했다. 그리고 성에는 수비 병력이 그다지 많이 남아 있지 않았다. 물론 인간의 손으로는 성벽을 부수거나 성문을 파괴할 수 없다. 그리고 난전 중이었기에 충차나 공성기 등은 전장 바깥으로 밀려나 있었으며 시모그라쥬군에게는 사다리도 없었다. 하지만 그 사실을 잘 알고 있는 베로시가 성으로 곧장 돌격하는 모습은 여섯 수교위를 불안하게 만들었다. 여섯 수교위는 재빨리 의견을 교환했다.

"두억시니 장군이 무슨 생각을 한 거지?"

"성은 못 열어. 창칼로 성을 부술 건가?"

"제기랄. 마음대로 하라지. 집합시켜! 성 앞에 도달하면 갑자기 멈추느라 보나마나 혼란이 일어날 거야. 그때 배후로 돌격하자!"

그 의견이 채택되었다. 맞서 싸우던 시모그라쥬군이 물러나 버리는 바람에 자유로워진 연합군의 병력은 시모그라쥬군의 배후로 돌격하기 위해 한자리로 재빨리 모였다.

그것이 그들의 패착이었다. 연합군이 한자리로 집결하는 시간 동안 베로시는 성문 앞으로 병사들을 휘몰아 갔다. 성문이 가까워지자 베로시는 깃발을 내뻗으며 외쳤다.

"대호왕의 이름으로 명하다! 열려라!"

최고 지휘관을 존경하고 있었지만 시모그라쥬군의 병사들은 그 순간 베로시의 정신 상태에 의혹을 느낄 수밖에 없었다. 그렇기 때문에 베로시의 명령이 떨어지자마자 성문이 좌우로 열리는 것을 본 병사들은 집결을 끝내고 돌격 준비를 하던 연합군의 병사들만큼이나 놀랐다. 베로시는 희열에 들뜬 목소리로 자신이 전혀 믿지 않는 말을 외쳤다.

"폐하께서 문을 열어 주셨다!"

대호왕의 깃발이 파르르 소리를 내며 펼쳐졌다. 충격 속에서 어떤 병사들은 웃음을 터뜨렸고 어떤 병사들은 울음을 터뜨렸다. 그리고 대부분의 병사들은 함성을 질렀다. 그들은 펄럭이는 대호왕의 깃발과 그것을 휘두르는 베로시를 보며 고함을 질렀다. 웃으며 또는 눈물을 줄줄 흘리며 그들은 목이 터져라 외쳤다.

"대호왕 만세, 대호왕 만세, 대호왕 만세!"

마치 함성에 떠밀리듯 베로시는 성문 안으로 뛰어들었다. 그리고 연합군의 여섯 수교위가 절망 속에서 돌격을 명령했을 때 시모그라쥬군의 병사들은 뒤도 돌아보지 않고 노도 같은 기세로 나스팔 성 안으로 뛰어들었다.

성을 지키고 있던 키탈저 인들은 용감했다. 그들은 칼을 세워든 채 주랑에서 뛰어내리고 통로를 막기 위해 수레를 밀며 달려왔다. 위에서 뛰어내린 연합군 병사는 시모그라쥬군의 병사들 중 한두 명의 목을 부러뜨리기도 했다. 하지만 적군과 함께 뒹굴었던 연합군 병사들 중 다시 일어서는 자는 별로 없었다. 사방에서 날아온 창칼이 그들의 몸을 파헤쳐 놓았기 때문이다. 용케 일어나서 칼을 휘두르며 맹전하는 병사들도 있었지만 성문을 통해 들어오는 시모그라쥬군은 그냥 그 무게만으로도 수비 병력을 짓눌러 터뜨릴 것 같았다.

베로시 토프탈은 수레를 밀며 자신에게 달려오는 키탈저 소녀를 보았다. 묶은 머리는 절반쯤 풀어져 헝클어져 있었고 얼굴은 노여움으로 벌겠다. 그 소녀는 수레로 통로를 막는 대신 베로시의 말에 부딪힐 작정을 한 것 같았다. 베로시는 말의 진로를 수레의 정면에서 비켜서게 했다. 그리고 깃발을 왼손으로 바꿔 드는 대신 앞으로 내뻗었다. 놀라서 크게 벌어진 소녀의 입으로 깃발이 그대로 날아들었다. 깃발 끝의 뾰족한 부분은 소녀의 앞니를 박살내고 혀를 찢은 다음 소녀의 뺨을 뚫고 나갔다. 베로시는 깃대를 통해 그 느낌을 만지듯이 느낄 수 있었다. 깃대에 입이 꿰인 소녀는 달리는 말의 속도 때문에 쓰러지지 못한 채 뒤로 죽 밀려갔다.

베로시는 입매를 일그러뜨리며 잔뜩 뒤틀린 미소를 지었다. 그녀가 말을 멈춰 세우자 비로소 소녀는 깃대 끝에서 떨어져 나갔다. 격심한 충격이었지만 소녀는 기절하지 않았고 무시무시한 비명을 토해 내었다. 피와 침이 비명과 뒤섞여 입과 찢어진 볼의 구멍으로 뿜어져 나왔다. 소녀는 찢어진 볼을 감싼 채 몸을 웅크렸다. 그리고 미친 듯이 비명을 질렀다. 베로시는 뒤에서 따라오는 병사들에게 그녀의 처리를 맡기기로 하고는 그대로 소녀의 곁을 스쳐 지나갔다.

말에 탄 채 계단을 오르고 협로를 달리던 베로시는 성탑 앞에서 멈춰 섰다. 커다란 성탑 앞에는 넓은 계단이 있었고 그 위쪽에는 중년 남자 한 명이 커다란 양손검을 쥔 채 서 있었다. 남자는 베로시를 보고 코를 씰룩였다.

"손에 든 건 뭐냐?"
"대호왕 폐하의 깃발이다."
"먹는 거냐?"
베로시는 씩 웃었다.
"아니. 이것은 대호왕 폐하의 영광과 위엄을 나타내는 상징물이야, 아지엣 사카라 태수."
"넌 뭐냐?"
"상장군 베로시 토프탈."
"뭐 하러 왔냐?"
"그대의 항복을 받기 위해."

키탈저 태수 아지엣 사카라 태수는 칼을 쥐고 있던 손 중 하나를 들어 품속에 집어넣었다.

"그런 건 안 가지고 있는데. 빈손으로 보내긴 그렇고, 이거라도 가지고 가."

사카라 태수는 품에서 은편 하나를 꺼내 베로시에게 던졌다. 은편이 돌바닥에 부딪혀 댕그랑 소리를 냈다. 베로시는 바닥에 떨어진 은편을 보다가 천천히 고개를 들었다. 노여움으로 확 불타오르는 그녀의 눈을 보며 사카라 태수는 점잖게 말했다.

"먹지도 못할 거 들고 설치지 말고 가서 밥이나 사먹어라."
"이 개새끼가 보자보자하니까!"

베로시는 말에서 뛰어내렸다. 아지엣 사카라는 고개를 숙이고 입속으로 몇 년 전에 죽은 아내의 이름을 불렀다. 그리고 태수는 칼을 두 손으로 쥐고 천천히 들었다. 그러나 칼끝으로 베로시를 겨냥하려던 사카라는 곧 낯빛을 확 바꾸었다.

베로시는 말 옆에 서서 노궁으로 그를 겨냥하고 있었다. 사카라가 무슨 말을 해야 할지도 모른 채 입을 열었을 때 베로시는 노궁을 쏘았다. 화살은 태수의 가슴에 정통으로 꽂혔다. 사카라 태수는 뒤로 휘청하다가 쓰러졌다. 그가 놓친 양손검이 챙그랑 소리를 내며 계단을 굴러 내려갔다.

베로시는 콧방귀를 뀌고 허리를 숙여 은편을 집어 들었다. 그녀는 노궁을 다시 말안장에 걸고 사이커를 뽑아 들고 계단을 올라갔다. 사카라 태수는 피범벅이 된 채 누워 어깨를 부들부들 떨고 있었다. 베로시는 입매를 비틀어 이를 드러낸 채 왼 주먹을 앞으로 뻗었다. 주먹을 사카라 태수의 머리 위로 오게 한 베로시는 손을 폈다. 그 손에서 은편이 떨어졌다. 놀란 태수는 눈을 꽉 감았다. 은편은 태수의 뺨을 때리고 옆으로 굴러떨어졌다.

사카라 태수가 다시 눈을 떴다. 베로시는 오른발을 들어 태수의 가슴을 지그시 밟았다. 그녀의 발이 떨어진 곳은 화살이 꽂힌 곳 바로 옆이었다. 태수의 입에서 흐느낌 같은 소리가 흘러나왔다. 베로시는 만면에 웃음을 지은 채 사카라 태수를 보다가 발에 힘을 주었다. 그녀는 무릎에 손을 얹고 발에 체중을 잔뜩 실었다. 태수는 팔을 들어 베로시의 발을 밀어내려 했다. 하지만 그 팔에는 전혀 힘이 들어 있지 않았다. 베로시의 발은 태수의 가슴에서 꿈쩍도 하지 않았다. 몇 번 허우적거리던 사카라 태수의 손이 힘없이 허리 쪽으로 떨어졌다.

아지엣 사카라 태수는 절명했다.

베로시는 죽은 사카라 태수의 얼굴을 보다가 침을 퉤 뱉었다. 그녀는 피투성이 발을 들어 태수를 내버려둔 채 성탑 안으로 걸어 들어갔다. 그녀의 뒤편에는 붉은 발자국이 한 줄로 나 있었다. 오른발뿐인 발자국이었다.

성 바깥에 있던 여섯 수교위는 결국 도망치는 것을 선택했다. 시모그라쥬군은 아무 방해도 받지 않고 나스팔 성을 느긋하게 점령할 수 있었다. 키탈저 인들 개개인의 저항은 매서웠지만 그들 전체의 숫자는 적었다. 성탑 위에 있던 베로시 토프탈 상장군에게 나스팔 성을 완전히 점령했다는 보고가 도달한 것은 그녀가 성에 들어온 지 반 시간도 되기 전의 일이었다. 상장군은 보고를 가져온 전령에게 곧 내려갈 거라고 전하도록 명령했다. 전령이 내려가자 상장군은 홀로 성탑 위에 남았다.

베로시는 흉벽에 두 손을 얹은 채 성 아래쪽과 주위의 언덕을 둘러보았다. 그리고 이 성을 얻기 위해 소모한 시간을 생각해 보았다. 결코 짧지 않은 시간이었다. 사흘 전 편지 한 통이 도착할 때까지 베로시는 그 시간이 유의미한 것이라고 생각했다. 하지만 편지는 베로시의 생각이 착오였음을 알려 주었다.

자신의 착각을 깨달은 베로시는 몇 가지 지시를 내렸다. 그리하여 대호왕의 깃발이 제작되었고 동시에 나스팔 성 안쪽의 모 인사에겐 재산상의 변동이 일어났다. 금편 일만 닢가량의 재산이 증식된 것이다. 그리고 반 시간 전, 성 밖에서 대호왕의 깃발이 성문을 겨냥했을 때 성안에서는 일만 닢의 금편이 비밀스러운 작용을 했다. 베로시는 바깥의 깃발과 안쪽의 금편 일만 닢 중 어느 것이 성문의 개방에 더 큰 작용을 했는지 분명히 알고 있었고, 다른 사람들은 자신과 반대로 알게 될 거라 확신했다. 그러기 위해서는 그 일만 뉲을 다시 회수하여 군자금에 채워 넣어야 할 것이다. 물론 조금 전 베로시의 비밀스러운 명령을 받은 몇 명의 병사들이 그 일에 착수했다. 베로시는 그 모 인사가 이미 죽었을지 그렇지 않을지 궁금했다.

싱긋 웃으며 그런 잡념에 빠져 있던 베로시에게 갑작스러운 분노가 찾아왔다.

베로시는 흉벽 위에 얹힌 두 손을 구부려 주먹을 쥐었다. 어금니를 꽉 깨문 채 성 바깥을 바라보던 베로시는 잠시 후 품속에 손을 집어넣었다. 그녀의 손에 끌려 나온 것은 구깃구깃해진 편지봉투였다. 베로시는 봉투 속에서 편지를 꺼내어 펼쳤다.

베로시 토프탈은 격분에 찬 눈으로 편지를 들여다보았다. 세 번째 읽는 것이었는데, 그 때문에 이전에는 보지 못했던 행간의 의미들이 좀 더 잘 보였다. 하지만 행간에는 유의할 만한 내용이 숨어 있지 않았다. 게라임 지울비는 에두르지 않고 편지를 쓰는 사람이었다.

편지의 서두에서 게라임 지울비는 자신을 탈출시켜 준 것에 대해 호사스러운 말로 감사를 표했다. 그리고 자신은 유료도로당에 어떤 풍파도 일으키지 않을 것이며 아들의 솜씨를 두고 보겠노라고 썼다. 당의 노선이 변경되는 것은 큰 위험이지만 그것을 시정하기 위해 당 자체의 존속이 위태로워지게 할 수는 없다는 것이 그의 설명이었다. 예의를 차리기 위해 쓰어진 문장들과 어휘들을 제외하면 편지의 내용은 그것이 전부였다. 그곳에는 편지를 보낸 사람이 게라임 지울비라는 증거도 없었다. 서명도 없거니와 발신인이나 발신인의 정체를 알 수 있는 어휘들은 모두 대명사로 처리되어 있었다. 하지만 그것은 게라임 지울비가 보낸 편지였다.

그리고 베로시가 이제야 발견한 행간에는 게라임이 편지를 쓴 이유가 씌어 있었다. 게라임이 걱정하는 것은 그을린발이 오해를 받는 것이었다. 행간을 통해 게라임은 이렇게 말하고 있었다. '유료도로당에 아무런 혼란이 일어나지 않는 것을 보고 그을린발이 나를 탈출시키지도 않았으면서 그랬다고 거짓말을 한 거라고 판단하지는 마십시오. 그는 당신에 대한 의리를 지켜 나를 분명히 탈출시켰습니다. 유료도로당에 아무런 풍파가 일어나지 않는 것은 내가 그러기로 결정했기 때문입니다. 그걸 알려 주기 위해 편지를 쓰는 겁니다.' 하지만 베로시는 그을린발이 그런 거짓말을 할 사람이 아니라는 것을 알고 있었으므로 그것은 쓸데없는 배려였다.

베로시는 뼈아픈 기분으로 자신의 판단 착오를 인정했다. 그녀는 게라임 지울비가 어떤 희생을 치르더라도 유료도로당의 정통성을 지킬 거라고 예측했다. 하지만 게라임은 유료도로당의 정통성은 다른 많은 조건들과 함께 유료도로당 자체가 존재할 때만 유지될 수 있다고 생각했다. 그리고 아버지와 아들이 일으키는 갈등은 이 수상한 시절에 당의 파멸까지도 불러일으킬 수 있는 재앙이 될 거라 생각한 것이다. 분노와 좌절 속에서 베로시는 비 나간 후의 곁에서 유료도로당을 떼어 낼 다른 방법이 있을지 생각해 보았다.

만약 그러지 못한다면 시모그라쥬군의 북진은 상당한 난관에 봉착할 것이다.

시오크 지울비는 웃으려 했다. 하지만 목에 칼날이 밀착해 있기에 마음놓고 웃기가 어려웠다. 시오크는 입술만으로 웃었다.

"정말 그렇게 쓰셨습니까, 아버지?"

게라임 지울비는 고개를 끄덕이려 했지만 시오크와 똑같은 문제 때문에 그 행동이 여의치 않았다. 그래서 게라임은 입을 열어 말했다.

"응."

"이해할 수가 없군요. 왜 그런 거짓말을 하셨지요?"

시오크의 목에 칼을 겨누고 있는 게라임의 수하와 게라임의 목에 칼을 겨누고 있는 시오크의 수하는 오래전에 비슷한 결론에 도달했다. 아버지에서 면전에서 아들의 목을, 또는 아들의 면전에서 아버지의 목을 벨 일은 절대로 일어나지 않을 거라는 결론이었다. 그들이 보기에 이 부자는 굉장히 사이가 좋았다. 서로를 파멸시키려 한다는 점만 제외한다면 그렇다는 의미다. 그래서 두 사람은 적잖게 안심하고 있었다. 하지만 긴장을 완전히 풀지는 않았다.

기묘한 회담이 벌어지고 있는 곳은 시구리아트 유료도로당사의 회의장이었다. 그리고 유료도로당사 내에서도 그런 회담이 열리고 있다는 것을 아는 당원은 극소수에 불과했다. 회담의 진행 방식은 모두 게라임이 제안한 것이고 시오크는 그것을 모두 받아들였다. 갑작스러운 행동을 할 수 없도록 두 사람은 의자에 앉아 있었고 그 등 뒤에는 상대편의 수하가 칼을 든 채 서 있었다. 그리고 회담장 안에 있는 사람은 그들 네 명뿐이었다. 양자에게 모두 공정하고 안전 보장이 확실한 회담이었다. 칼날이 목을 누르고 있는 상황이 과연 '안전'한 것인지는 조금 불명확하지만. 게라임이 말했다.

"왜 거짓말이라고 생각하냐?"

시오크는 어깨를 으쓱였다. 칼을 쥔 자가 긴장하지 않을 만큼.

"제가 아는 아버지는 파멸한 당은 재건하면 그만이라고 생각하실 분이니까요. 파멸의 위험은 아버지에게 아무런 문제도 안 됩니다."

"그건 내 성격이 아니라 유료도로당의 정신이다. 당은 파멸이 무서워 죽음의 거장과 타협하지도 않았고 갈로텍 대장군에게 문을 열어 주지도 않았다. 그것이 유료도로당이다. 잘못된 길을 걸을지언정 차라리 파멸하는 것이……."

"저는 그런 교조적 태도에 찬성하기 어렵습니다만, 어쨌든 아버지께서 거짓말을 하신 것은 분명하지요. 왜 그러셨습니까?"

말꼬리를 빼앗긴 게라임은 약간 언짢은 기색을 드러내고 말했다.

"그건 내 나름의 보답이다."

"보답이오?"

"그래. 비나간 후는 날 잘 보살펴 주었지. 물론 너나 나에게 바라는 것이 있어서 그랬던 것이겠지만 어쨌든 후의를 받았다. 그건 갚아야지. 후작이 정말 바라는 것은 네가 지금 그녀에게 해주고 있는 것과 같은 일이겠지만 나는 그런 일은 해 줄 수 없다. 그래서 두억시니 장군에게 비나간을 치는 것이 매우 어려운 일이라는 암시를 준 거다. 내가 해 줄 수 있는 것은 거기까지야."

"그런가요. 그러면 두억시니 장군에게 받은 후의는 어떻게 갚으시겠습니까? 그녀는 아버지가 탈출할 수 있도록 해 줬는데요."

"그건 갚을 필요 없어."

"왜죠?"

"탈출하도록 도와준 것이 자신이라는 것을 내게 알리지 않았으니까."

"담백해서 좋군요."

"나도 그렇게 생각한다."

"하지만 아버지는 그녀에게 편지를 보내셨습니다. 그렇다면 그 조력자가 베로시 토프탈이라는 것을 아버지가 아신다는 것을 인정한 셈이 되잖습니까?"

"그 편지에는 내 이름이 없다."

"존경합니다."

"당연하다."

시오크는 웃으며 팔짱을 끼었다. 아버지의 침착한 눈을 물끄러미 바라보던 시오크는 웃음기를 지우고 말했다.

"그러면 아버지의 향후 계획은 뭡니까?"

"물론 너를 그 자리에서 끌어내리고 다시 당을 맡아 당의 노선을 올바른 방향으로 돌려놓는 거지."

"오늘 오신 이유는 뭡니까?"

"비나간 후를 도와주다가 슬슬 환멸을 느끼게 되지 않았나 확인하기 위해서."

"환멸? 후작에게요?"

"아니. 너 자신의 착각에 대해서."

시오크의 두 뺨이 약간 굳었다. 게라임은 빈틈없는 표정으로 아들을 응시했다.

"시오크, 당비와 공짜 도로, 당의 연락망, 심지어 당원까지 제공해서 비나간 후작을 도와줘 보니 어떻더냐? 정의를 지켰다는 만족감이 들더냐? 너는 이웃을 침략하려는 자들만 막으면 된다고 했다. 그러면 키탈저를 침략한 비나간 후작은 어떻게 생각해야 하는 거냐?"

"침략이라니오? 키탈저를 침략한 것은 후작이 아니라 시모그라쥬 공입니다. 후작은 키탈저를 돕기 위해 병력을 보낸 겁니다."

"후작이 비나가에 전화가 피어오르는 것이 싫어서 키탈저에 전장을 차렸다는 것은 너도 아는 사실일 텐데."

"키탈저를 도우면서 동시에 비나간도 지키기 위해 그랬다고 말할 수도 있습니다. 어감은 달라도 내용은 같습니다."

"그렇다면 나는 이렇게 말하겠다. 시모그라쥬 공은 제국을 잃어버린 제국민들을 도우면서 동시에 시모그라쥬도 지키기 위해 군사를 한계선 너머로 보낸 거라고. 어감은 달라도 내용은 같지."

시오크는 어처구니없다는 듯이 가슴을 내밀었다. 그러자 칼날이 그의 목을 눌렀다. 게라임은 아들의 목에 칼날이 닿는 것을 보고 인상을 찌푸렸다. 시오크는 다시 허리를 젖히고 말했다.

"어떻게 그 둘이 비슷하다는 식으로 말씀하십니까? 키탈저는 비나간을 환영했지만 시모그라쥬 공은 북부에서 환영받지 못하고 있습니다. 사람들은 대호왕이 군대 없이, 정복욕 없이 와야 한다고 말하고 있습니다."

"일단 한마디해 두겠다. 좀 조심해라."

"예, 그러겠습니다. 어쨌든 비나간 후의 파병과 시모그라쥬 공의 파병은 다릅니다. 전자는 환영받고 후자는 환영받지 못합니다."

"같다."

"어째서 같습니까?"

"시모그라쥬 공은 비나간 후의 파병을 환영하지 않으니까."

"그게 무슨······."

시오크는 입을 다물었다. 그는 의심스럽다는 듯이 아버지를 보다가 시선을 낮추어 목 앞에 떠 있는 칼날을 보았다. 그는 팔짱을 더 단단하게 끼었다. 어깨가 근질거리는 것 같았다. 시오크는 아버지의 가슴 쪽을 보며 말했다.

"시모그라쥬 공은 침략자입니다."

"아니. 용서할 수 없는 적과 싸우기 위해 북진했지. 대호왕이 군대 없이, 정복욕 없이 와야 한다고 주장하는 대호왕의 적들 말이다."

"그가 먼저 공격했습니다!"

"비나간 후는 비나간이 침략당하기도 전에 시모그라쥬 공을 공격했지. 잠깐. 시모그라쥬 공이 보나마나 비나간을 공격했을 테니까 그건 정당방어라고 말하지는 마라. 시모그라쥬 공도 보나마나 대호왕을 반대할 자들을 상대로 정당방어에 들어간 거라고 대답할 테니까."

시오크는 이를 악물었다.

상처 입은 인마가 대로를 걷고 있었다.

말에 탄 장교들은 상체를 당당하게 세우려고 애썼다. 하지만 그들의 피로한 어깨는 땅을 향해 계속 기울었다. 자신의 몸이 지나치게 기울었다는 것을 깨달을 때마다 장교들은 허리를 폈고 그 간격은 비참하리만큼 짧았다. 결과적으로 그들은 상체를 앞뒤로 흔드는 것처럼 보였고, 그래서 더욱 볼썽사나웠다. 몇몇 장교들은 허리 펴기를 포기하고 있었다. 자신의 발로 걷는 병사들은 아예 처음부터 품위를 고민하지 않았다. 그들은 발을 질질 끌거나 절뚝거리며 걸었고 대부분 쓰러지지 않는 것만도 다행이라고 여기는 것처럼 보였다.

흙과 먼지, 피와 땀, 지저분한 붕대 조각 등을 떨어뜨리며 인마가 대로를 걸었다. 말라서 갈라진 입술을 한 병사들이 악몽에 시달리는 표정으로 걸었다. 다리를 다친 이들을 부축하며 걷는 자들도 있었다. 하지만 그들의 얼굴에 책임감이나 전우애는 별로 보이지 않았다. 그들은 상대를 떨쳐 버릴 힘이나 의지도 없어서 그냥 타성적으로 부축하고 있는 것처럼 보였다. 팔에 감긴 붕대가 풀리는 것을 막으려 애쓰는 병사도 있었다. 그는 성한 팔과 입을 이용해 붕대를 묶으려 애썼고 그 때문에 자꾸 주위의 병사들에게 부딪혔다. 병사들은 성난 소리를 내었지만 그 소리에는 힘이 없었다. 슬그머니 대오에서 빠져나와 그늘에 주저앉는 병사도 있었다. 병사는 마치 깊은 상념에 빠진 듯한 표정으로 바닥을 바라보다가 담담하게 토하기 시작했다. 그리고 병사는 옆으로 쓰러졌다. 조금 후 지친 표정의 병사 몇 명이 발을 끌며 다가와 열의 없는 동작으로 그를 일으켰다. 병사는 토하고 나니까 기분이 좋다는 둥의 말을 중얼거리며 전우들의 부축을 받아 걸어갔다.

대로의 양쪽에는 인파가 몰려와 그들을 구경하고 있었다. 혀를 차는 소리, 조용히 눈물을 닦아 내는 소리, 누군가를 찾는 소리 등이 어지럽게 뒤섞여 들려왔다. 안 좋은 소식이라도 들었는지 바닥에 주저앉아 통곡하는 사람도 있었다. 그중에는 갑자기 달려 나와 누군가를 끌어안는 사람들도 있었다. 그런 자들은, 그리고 그런 자들에게 안긴 자들은 잠깐이지만 행복한 표정과 웃음을 나누었다. 하지만 그 작은 행복은 주위에 만연한 무기력감과 피로감, 분노를 닮은 듯한 멍한 시선 속에서 사그라졌다. 패배감이 심한 악취처럼 공기 속에 떠돌았다. 하늘은 기묘하리만큼 맑았고 바람은 없었다. 육중하게 떨어지는 햇살이 병사들의 머리를 지글지글 태웠다.

녹아내리는 듯한 발을 질질 끌며 걸어가는 그들은 비나간—키탈저 연합군이었다. 개선식은 대로를 통해 이루어질 수 있지만 패배한 병사들이 도시를 가로지르는 것은 부득이한 일이 아니면 일어나지 않는다. 그런 모습을 보여 주는 것이 사람들에게 우울함과 불안함을 준다는 것은 명백한 사실이다. 하지만 비나간 후 지키멜 퍼스는 그들에게 밤도 아닌 백주에 비나간을 가로지르라고 명령했다. 지키멜은 비나간 사람들에게 비나간이 어떤 꼴을 당했는지 똑똑히 알려 줄 작정이었다. 물론 그녀가 아무런 대비도 없이 그런 모험을 시작한 것은 아니다. 그리고 그녀의 대비는 인파 한가운데서 느닷없이 고함이라는 형태로 나타났다.

"제기랄! 고개 들어!"

뜻밖의 외침에 사람들은 조금 당혹했다. 장교들과 병사들도 얼떨떨한 표정으로 고개를 들었다. 그들은 그 외침이 어디서 들려오는지 알아보려 했다. 하지만 그 외침에 호응하는 외침이 다른 곳에서 터져 나왔다.

"고개 들어요!"

그 외침은 약간 높은 곳에서 들려왔다. 그래서 사람들은 외침의 주인을 볼 수 있었다. 얼굴을 새빨갛게 물들인 소녀가 이층 창문으로 상체를 내밀고 있었다. 그녀는 자신을 올려다보는 병사들에게 두 손을 내밀어 호소했다.

"비나간의 병사들은 고개를 들어요! 제발 졌다는 표정 짓지 마요!"

그리고 소녀는 울음을 터뜨렸다. 그녀는 창틀에 매달려 펑펑 울면서 외쳤다.

"비나가아안! 비나간은 안 졌어! 고개 들어요!"

소녀의 울음이 다른 여인들에게 전염되었다. 대로 좌우에 있던 여인들이 왈칵 울음을 터뜨렸다. 군인들의 얼굴이 푸르르 떨렸다. 그들은 힘겹게 침을 삼켰다. 여인들의 울음을 보던 남자들이 주먹을 내뻗으며 외쳤다.

"고개 들어! 지지 않았다!"

"아직은 지지 않았다! 고개 들어!"

"고개 들어! 고개 들어!"

병사들의 걸음걸이가 달라졌다. 그들의 허리가 펴졌고 어깨는 활짝 열렸다. 병사들은 고개를 들었다. 그들의 눈에서 눈물이 흘러내렸다. 여인들은 눈물로 젖은 볼을 크게 부풀리며 외쳤다. "고개 들어! 고개 들어!" 남자들은 주먹을 휘두르고 발로 땅을 쾅쾅 짓밟으며 외쳤다. "지지 않았다! 비나간은 지지 않았다!" 그들의 눈에서도 눈물이 흘러내렸다. 병사들도 울고 장교들도 울었다. 피와 땀 대신 눈물이 바닥을 적셨다. 그리고 누군가가 외쳤다.

"시모그라쥬 놈들을 죽여라!"

낙수처럼 눈물을 흘리던 병사들의 얼굴에 갑작스럽게 노기가 피어올랐다. 몸의 털이 한꺼번에 치솟는 느낌이 병사들을 전율시켰다. 그들은 이를 갈았다. 그들의 패배, 그들의 도주, 그들의 치욕과 고통과 슬픔과 공포. 병사들은 분노했다. 그리고 그 모습을 보던 사람들도 분노했다.
"시모그라쥬 공을 죽여라!"
"고개 들어! 지지 않았다! 남부 놈들을 죽여라!"
창검이 바로 섰다. 질질 끌고 있었기에 있는지도 몰랐던 군기가 똑바로 섰다. 말들의 눈빛마저도 바뀌었다. 말들은 두려움 때문에 거친 숨을 내쉬었다. 씨근거리는 말들의 모습은 대로에 가득한 흥분을 고조시켰다. 행군하는 병사와 구경꾼은 사라지고 분노한 사람들만 남았다. 그들은 핏값을 원했다. 그들은 빼앗긴 명예와 잃어버린 긍지를 되찾길 원했다. 그들은 그것을 가져간 적을 죽이길 원했다. 화살처럼 떨어지는 햇살은 사람들을 용해시켜 들끓게 하는 용광로가 되었다. 어느새 사람들은 병사들과 함께 걸었다. 그들은 뒤섞였다. 힘빠진 전우의 부축을 받던 부상병들은 새로 나타난 많은 사람들의 힘센 팔에 똑바로 섰다. 그들은 서로의 어깨를 걸고 눈물을 흘리고 고함을 지르며 행진했다. 그렇게 행진하는 그들 앞에 마진 계단이 나타났다.

마진 계단 위에는 한 여인이 있었다. 고고하지만 화려하지 않은 옷차림의 여인이 몇 사람의 호위를 받으며 서 있었다. 하지만 호위자들은 조금 떨어진 위치에 있었기에 계단 아래쪽에서는 여인이 홀로 서 있는 것처럼 보였다. 그리고 그 여인의 얼굴은 널리 알려져 있었다. 사람들은 놀라며 멈춰 섰다. 고함이 서서히 사라졌다. 하지만 눈물은 남았다. 사람들은 타는 듯한 갈증을 느끼며 여인을 바라보았다.

숨소리마저 지워진 듯한 고요 속에서 한 장교가 말에서 내렸다. 털썩 하는 소리가 둔한 여음을 남기며 퍼져 나갔다. 장교는 멈취 선 사람들을 헤치며 앞으로 걸어 나왔다. 사람들은 침묵 속에서 그 장교와 여인을 번갈아 쳐다보았다. 계단 앞에 도달한 장교는 여인을 한 번 우러러 보고는 천천히 한쪽 무릎을 꿇었다.

"후작님."

비나간 후 지키멜 퍼스는 아무 말 없이 계단 아래의 장교를 바라보았다. 장교는 소리 없이 흐느꼈다. 그의 어깨가 위아래로 움직이는 모습이 모든 사람들에게 똑똑히 보였다. 사람들의 갈증이 더욱 심해졌다. 그때 장교가 주먹으로 바닥을 내리쳤다. 주먹이 으스러질 것 같은 동작이었다. 장교는 주먹으로 바닥을 짚은 채 비나간 후를 올려다보며 외쳤다.

"복수를 허락하소서!"

비나간 후는 딱딱하게 굳어 약간 창백한 얼굴로 장교를 내려다보았다. 그때 다른 장교가 말에서 내려 앞으로 걸어 나왔다. 두 번째 장교는 원래 제국군이었던 여성 수교위였다. 그녀는 무릎을 꿇은 장교의 곁으로 다가와 역시 한쪽 무릎을 꿇었다.

"비나간 후여, 복수를 허락하소서!"

다른 장교가 제자리에서 무릎을 꿇었다. 그리고 인파 중에 있던 병사들이 장교들을 따라 무릎을 꿇었다. 병사들과 함께 걸어왔던 사람들도 무릎을 꿇었다. 대로를 메운 채 행진해 왔던 모든 사람들이 무릎을 꿇고 계단 위를 올려다보았다. 그들이 거대한 함성을 내질렀다.

"복수를 허락하소서!"

"후작님! 복수를!"

지키멜은 입술을 꽉 다문 채 그들을 내려다보다가 천천히 손을 들었다. 그녀가 손을 든 후에도 한참 동안 복수를 갈구하는 외침이 계속되었다. 그러나 한두 사람이 입을 닫았고 곧 주변의 다른 이들도 입을 다물었다. 사람들은 다시 침묵에 빠져 비나간 후를 바라보았다. 그것은 떠들썩한 침묵이었다. 애타고 원통하고 갈망하는 침묵이었다.

지키멜이 손을 떨어뜨렸다. 그녀는 낮지만 단호한 목소리로 말했다.

"우리의 복수는 이루어질 것이다."

분노한 레콘의 깃털처럼 사람들이 일제히 일어났다.

"후작님 만세! 복수를!"

사람들은 복수를 외치고 비나간 후를 외치고 남부의 군세에 보낼 죽음을 외쳤다. 비나간 후는 꼿꼿하게 서서 그 파도 같은 분노를 직시했다. 그녀의 얼굴은 말할 수 없이 창백했지만 그 눈은 넘실대는 불꽃으로 빛났다.

쵸지는 다리를 구부렸다 폈다 하면서 하늘을 바라보았다. 딱정벌레 두 마리가 아래쪽을 확인하듯 빙글빙글 돌고 있었다. 딱정벌레들이 내려서기엔 문제없는 장소였기에 쵸지는 그들의 착륙이 지연되고 있다는 사실이 조금 의아했다. 쵸지는 그들이 내려오면 물어봐야겠다고 생각하며 주위를 둘러보았다.

쵸지가 있는 곳은 야트막한 구릉이었다. 구릉 아래쪽으로는 밀밭이 펼쳐져 있었지만 일하는 사람의 모습은 보이지 않았다. 꽤 잘 닦인 농로가 모여드는 곳에는 작은 강을 옆에 낀 마을이 있었다. 쵸지는 그 마을이 백여 호 정도 될 거라 추측했다. 그쪽에서 개 짖는 소리가 가볍게 들려왔다. 하늘의 딱정벌레에 놀란 개가

짖어 대고 있는 모양이다.
 마을에 특별한 관심이 없었기에 쵸지는 곧 시선을 옮겼다. 그리고 이 주변의 토착민들에게는 여단의 산이라 불리는 거대한 암석을 바라보았다.
 볼수록 특이하게 생긴 바위였다. 그것은 시구리아트나 지러쿼터 같은 산맥의 가장 깊은 곳에서 어느 고산의 왕관이 되어 눈에 덮여 있었어야 할 바위였다. 마치 산꼭대기를 떼어다가 평야에 가져다 놓은 것 같아서 쵸지는 땅을 파 내려가면 그 아래에 묻혀 있는 산을 볼 수 있을지도 모르겠다는 느낌을 받았다. 물론 그렇지는 않을 것이다. 그것은 평야에 있는 거대한 바위일 뿐이다. 하지만 산이라고 불러도 될 정도로 큰 바위였다. 그리고 그 꼭대기에 민들레 요새가 있었다. 사령부는 바위 윗부분 전부를 차지했고 바위와 뒤섞여 있었다. 벽의 동쪽 면은 바위고 남쪽 면은 벽돌인 식의 건물들이 얼기설기 배치되어 있었다. 그리고 그 건물들을 잇는 것은 자연암을 깎아 낸 계단과 다리, 통로 등이었다.
 민들레 여단장 다이렌은 같은 레콘에게도 유난스럽다는 말을 들을 정도로 심각한 공수증을 가지고 있었다. 하늘에 구름 한 조각만 있어도 절대로 야외로 나오지 않는다거나 만성적인 탈수증 때문에 누워 있는 시간이 더 많다는 말은 과장일 테지만 어쨌든 다이렌의 공수증은 꽤 심각했다. 그런 그가 지휘하는 민들레 여단이 절망도의 폭동 사태에 대비하기로 되어 있다는 것은 꽤나 역설적인 말처럼 들린다. 하지만 다이렌은 심한 공수증은 가지고 있을지언정 머리는 나쁘지 않은 인물이었다. 다이렌은 그 임무를 받아들이는 조건으로 지금 쵸지가 보고 있는 요새의 건설을 허락 받았다. 민들레 요새가 어떤 끔찍한 홍수에도 영향을 받지 않으리라는 것은 누구의 눈에도 분명한 사실이다.

민들레 요새를 완성한 이후로 다이렌은 자신의 공포 대상 중 홍수에 대해서는 걱정하지 않게 되었다. 그리고 폭우에 대해서도 상당히 안심하게 되었다. 요새는 세심하게 설계되어 있었고 식수로 쓰일 빗물 외에는 빗물이 건물 안으로 한 방울도 흘러 들어오지 못하도록 되어 있었다. 사람들은 어려운 결단으로 마음의 평화를 얻은 다이렌이 영리하다고 생각했다. 하지만 쵸지는 은누리로 오던 중 엘시에게 다이렌 장군에 대한 이야기를 몇 가지 들었다.

엘시의 증언에 의하면 다이렌은 세상의 많은 사람들과 마찬가지로 결국 고민 총량 불변의 법칙을 빠져나가지 못한 모양이다. 다이렌 장군은 홍수와 폭우에 안심하게 된 순간부터 센시엣 특수 수용소로부터 구조 요청이 오는 악몽에 시달리게 되었다. 결과적으로 다이렌 장군은 방문객을 극도로 혐오하게 되었다. 먼 곳에서 정부 관리처럼 보이는 여행자들이 나타나면 여단병을 은밀히 내보내 요새에 도착하기 전에 살해한다는 살벌한 소문이 퍼져 있을 지경이다.

쵸지는 다시 하늘을 올려다보았다. 혹 근처에 매복하고 있을지도 모르는 민들레 여단병들을 찾아내기 위해 저렇게 선회하고 있는 것일까? 쵸지는 주인의 안전을 위해서라면 무슨 짓이든 할 것 같은 이레라면 혹 몰라도 엘시가 그런 풍설을 믿을 것 같지는 않았다. 하지만 얼마 후 땅에 내려온 엘시는 쵸지에게 혹 매복하고 있을지도 모르는 민들레 여단병을 찾아내기 위해 하늘을 선회했다고 설명했다. 쵸지는 자신의 커다란 벼슬을 쓰다듬으며 말했다.

"엘시, 그런 어처구니없는 소문을 믿나?"

"소문?"

"혹시 절망도에서 오는 관리일까 봐 관리가 다가오면 암살한다는 소문 말이야."

"아아, 그 소문이오. 믿지 않습니다. 내가 걱정한 것은 민들레 여단이 이미 누군가의 손에 넘어간 경우입니다. 만약 그런 일이 일어났다면 적대적인 반응을 경험할지도 모르니까요."

"그렇군. 내려온 것을 보니 수상한 것은 없나 보지?"

"없었습니다. 요새로 가지요."

걸음을 떼려는 엘시를 이레가 막아섰다. 이레는 근심스러운 표정으로 말했다.

"가주, 아니, 주인님. 주인님께서 직접 가실 필요는 없지 않습니까? 주인님과 왕벼슬은 걱정하지 않으실지 몰라도 저는 그 소문이 걱정스럽습니다. 도깨비 지나가자 불났다는 식일지도 모르지만 조심해서 나쁠 것은 없지 않습니까? 그리고 주인님께서 걱정하시는 바로 그 가능성도 무시할 수 없습니다. 민들레 여단이 더 이상 제국과 제국군을 존중하지 않을 가능성 말입니다. 허락하신다면 저 혼자 요새로 가겠습니다. 그리고 다이렌 장군을 이곳으로 데리고 오겠습니다. 안전을 위해서라면 이렇게 열려 있는 곳에서 만나시는 편이 좋습니다."

"그건 바르지 못하다. 비록 내가 상급자이긴 하지만 이곳의 책임자는 다이렌이지. 이곳으로 그를 불러내는 것은 이곳의 책임자인 그를 존중하는 일이 아니다. 네가 먼저 가서 그가 영접할 수 있도록 하겠다는 의도라면 이해할 수 있지만 지금은 그것도 필요 없다. 요새 안의 누군가가 우리들이 날아다니는 것을 보았을 터이니 가다 보면 그쪽에서 사람이 올 거다."

"이미 오는데."

엘시와 이레가 고개를 돌렸다. 쵸지는 먼 곳을 물끄러미 바라보며 말했다.

"레콘 네 명이 오고 있다. 마을 쪽을 봐."

쵸지가 가리킨 방향을 본 이레는 마을에서 벗어나 농로를 따라 달려오고 있는 네 명의 레콘을 보았다. 이레는 주인에게 딱정벌레를 타고 하늘에 올라가 있으면 어떻겠냐고 제안했지만 엘시는 거절했다. 대신 엘시는 누가 책임자인지 분명히 보여 주기 위해 두 사람 앞으로 걸어가 섰다. 이레는 씁쓸한 얼굴로 허리춤을 만지작거렸다. 그곳을 내려다본 쵸지는 물통을 발견했다.

네 명의 레콘은 놀랄 만한 속도로 구릉에 다가섰다. 그곳에서부터 네 사람은 속도를 낮춰 천천히 걸어 올라왔다. 이레는 그들을 관찰했다. 세 명은 남자였고 한 명은 여자였다. 그중에서 이레는 손에 든 철창으로 야트막한 관목을 툭툭 쳐내며 걸어오는 선두의 레콘에 주의했다. 다른 레콘들보다 월등히 크지는 않았지만 생김새는 굉장했다. 더 이상 깃털도 나지 않는 오래된 흉터가 얼굴과 목, 어깨에 그득했다. 레콘들은 상처가 잘 아무는 편이고 좀 심한 상처도 보통은 주위의 깃털에 덮여서 보이지 않게 되지만 그 레콘의 흉터들은 워낙 끔찍했다. 이레는 마음속으로 그가 넘어오면 안 되는 선을 땅 위에 그려 보았다. 이레의 마음이 통했는지 레콘은 그 근처에서 멈춰 섰다. 그리고 레콘은 이레나 쵸지가 생각하기엔 대단히 잘 어울리는 질문을 했다.

"절망도에서 왔냐?"

질문하는 레콘은 약간 지친 표정을 짓고 있었다. 뒤의 레콘들 또한 만사가 귀찮다는 표정을 하고 있었다. 하지만 그들의 몸은 긴장해 있었다. 깃털들이 조금 뻣뻣해져 있었기에 그들의 긴장은 잘 드러났다. 엘시는 고개를 가로저었다.

"그렇지 않습니다."

네 명의 레콘들이 긴장을 푸는 것이 확연하게 보였다. 그중 한 명은 눈에 웃음기 같은 것도 담아 보였다. 엘시는 선두의 레콘을 올려다보며 자신을 소개했다.

"나는 대장군 엘시 에더리입니다."

"대장군?"

레콘들의 깃털이 다시 뻣뻣해졌다. 이번에는 긴장이 아닌 놀라움 때문인 것 같았지만 이레는 물통 가까이 있는 손을 조금 꿈틀거렸다. 선두에 있던 레콘이 엘시의 위아래를 살펴보며 말했다.

"네가 대장군이야? 제국군에서 제일 높은 사람?"

"그렇습니다. 당신은 누굽니까?"

"나는 내치다."

"소속과 계급은?"

"응? 아, 민들레 여단 2대대…… 아마 2중대일걸. 계급은, 글쎄, 부위일 거야. 우리 노망쟁이가 가끔 나를 부위라고 부르니까. 그런데 대장군이면 우리 노망쟁이보다 더 높은 거지?"

엘시는 눈살을 찌푸렸다.

"그 노망쟁이가 누굽니까?"

"몰라? 무슨 대장군이 그런 것도 몰라? 다이렌 말이야, 늙은 노망쟁이."

"다이렌 장군?"

"그래. 당신 다이렌보다 높지?"

"그렇습니다."

"잘됐군. 그러면 그 짓 좀 그만두라고 해."

"그 짓이라니?"

내치 부위는 '대장군이 그런 것도 몰라?' 하는 눈으로 엘시를 보다가 혼란에 빠진 표정을 지었다. 이레는 내치 부위가 민들레 여단의 표준상이라면 여단의 실상이 굉장히 수상하다고 생각했다. 예비역인 쵸지 또한 무슨 이런 군대가 있느냐는 표정으로 내치 부위를 살펴보았다. 혼란 속에서 버둥거리던 내치 부위가 갑작스럽게 말했다.

"아, 납병. 납병례 말이야. 우리 노망쟁이 요새 납병하겠다고 고집을 부려서 아주 귀찮아 죽겠어. 사람을 못살게 굴어. 밤중에 갑자기 종을 쾅쾅 쳐서 자던 사람 다 깨워 놓고는 납병하겠다고 횡설수설하는 일이 한두 번이 아니야. 자려고 누워서 생각해 보니 지금 해치워야겠다는 생각이 들었다는 거지. 그런다고 해서 납병을 하는 것도 아니야. 히도큰이 화가 잔뜩 나서 그러면 내가 해 주겠다고 한 적이 있거든? 그러니까 노망쟁이 잔뜩 골이 나서는 히도큰에게 죽일 놈 살릴 놈 하며 욕을 퍼붓는 거야. 벼슬 찢어질 노릇이지. 그렇잖아? 그래도 히도큰이니까 노망쟁이 때려죽이는 대신 가서 마시고 잠이나 자라고 술통 하나 안겨 줬지. 나 같으면 요새 밖으로 집어던졌을 거야. 파사락도 그렇게 생각하던데. 이봐, 파사락? 너 그렇게 말했지?"

내치 뒤쪽에 있던 레콘 한 명이 고개를 끄덕였다. 그러자 내치는 세상 만인에게 공인받은 사람 같은 얼굴로 엘시를 돌아보았다. 엘시는 이 난감함을 희석시킬 방법이 무엇인지 궁금해하며 말했다.

"일단 가서 장군을 만나야겠습니다. 안내하십시오. 당신들 중

한 명은 먼저 가서 대장군 엘시 에더리가 간다는 것을 알리시오."

내치는 선선히 고개를 끄덕이고 파사락이라 불렸던 병사에게 요새로 먼저 달려가라고 명령했다. 엘시는 자신이 맞닥뜨릴 광경이 무엇일지 의심하며 내치의 안내를 받아 민들레 요새로 걸어갔다.

밀밭을 가로질러 마을로 접어들자 몇몇 마을 주민들이 밖으로 나와 그들을 구경했다. 정신 상태가 약간 뒤숭숭한 것 같은 내치 부위는 마을 사람들 사이에서 인기가 나쁘지 않은 것 같았다. 대부분 인간인 마을 주민들은 허물 없는 태도로 내치에게 누굴 안내하는 거냐고 물었고 내치는 거리낌 없는 목소리로 "아, 대장군이야!"라고 외쳤다. 마치 이건 장에서 사 오는 수탉이라고 말하는 것 같은 태도였고 자신이 안내하는 사람에 대한 존경심은 조금도 보이지 않았다. 게다가 이레는 내치 부위가 엘시의 이름을 이미 잊어버렸다는 의혹까지 느꼈다.

내치 부위보다는 마을 사람들이 엘시에 좀 더 진지한 반응을 보였다. 그 이전까지는 주로 딱정벌레에게 쏠리던 관심이 내치 부위의 대답 후에는 엘시 에더리에게 집중되었다. 그들은 놀란 표정으로 엘시를 살펴보았고 그중에는 땅바닥에 무릎을 꿇는 인간도 있었다. 내치는 그 반응에 꽤 놀랐다. 마을을 빠져나온 내치는 "너 정말 높은 사람인가 보지?" 하는, 주객이 한참 전도된 말을 했다. 엘시는 대답하지 않았고 이레와 쵸지 또한 말하고 싶은 열의를 느끼지 못했다.

그들은 강 크기에 비해 지나치게 거대한 돌다리를 지났다. 이레는 레콘 여단이 주둔한 요새로 이어지는 다리이기 때문에 그렇게 크고 튼튼한 것이라고 짐작했다. 요새가 있는 바위는 그들이 다가감에 따라 점점 커져서 그들의 머리를 덮어 왔다. 가까이서 본 바위는 정말 거대했다.

암벽 사이로 계단이 보였다. 계단은 세 부분으로 되어 있었다. 계단의 가운데 부분은 레콘에게 적당한 큼직큼직한 크기의 계단이었고 그 좌우에는 인간에게 적합한 크기의 작은 계단이 있었다. 그리고 계단 제일 아래쪽에는 레콘 한 명이 허리에 큰 칼을 찬 채 서 있었다. 레콘의 벼슬은 꽤나 너덜너덜했고 깃털도 기운 없이 늘어져 있었다. 나이가 적지 않은 그 레콘을 보고서 쵸지는 그가 다이렌 장군인가 보다 짐작했다. 하지만 그 짐작은 틀렸다. 레콘은 엘시가 가까이 다가오자 말했다.

"민들레 요새에 온 것을 환영한다, 대장군 엘시 에더리. 나는 민들레 여단 1대대장 히도큰 하장군이다."

엘시는 대답하지 못했다. 내치 부위가 먼저 말했기 때문이다.

"히도큰! 이 인간 녀석 꽤 높은가 봐요. 대장군이니까 제국군에서 제일 높은 건 아는데, 군인도 아닌 마을 사람들도 이 녀석한테 쩔쩔매던데요?"

히도큰 하장군은 찌푸린 눈으로 내치를 보다가 엘시에게 말했다.

"요새의 상황에 실망할 것을 대비하라고 말하려 했는데, 그럴 필요는 없겠군, 대장군. 이미 충분히 실망하고 있을 테니까."

'어디에도 없는 신이여, 감사하나이다. 이곳이 제국군 산하의 정신 요양원이 아니라 요새가 맞았나 보군요.' 이레는 속으로 그렇게 투덜거리며 이곳에 정상인이 있다는 것이 신기하다는 표정으로 히도큰을 바라보았다. 히도큰은 우울한 얼굴로 말했다.

"그러니 내가 할 경고는 조심하라는 것뿐이겠군."

"조심하라고?"

"내치 부위는 보기에 거칠어 보이지만 성격은 상냥한 편이지. 그래서 내보냈어. 하지만 요새 안쪽에는 네 눈빛이 마음에 안 들면 눈알을 뽑아내서 밥에 비벼 먹을 놈들도 있다."

이레는 등골이 오싹해졌다. '역시 정신 요양원입니까?' 히도큰은 이레와 쵸지를 바라보았다.

"수행인을 소개시켜 주겠나?"

"이쪽은 내 몸종인 이레 달비. 그리고 이쪽은 쵸지, 예비역 수교위입니다."

히도큰은 이레에게 고개를 끄덕이고 쵸지에게 말했다.

"반갑군, 쵸지 수교위."

"그냥 쵸지나 왕벼슬이라고 부르면 됩니다. 그런데 그 눈알에 관한 주의는 나한테도 해당됩니까?"

"종족 차별을 하는 놈은 없다."

"대단한 군기군요."

히도큰은 피로한 듯이 눈을 껌뻑거렸다.

"이 안쪽에 있는 친구들은 낯선 사람들을 안 좋아해. 내 곁에 항상 가까이 붙어 있고 위험하다 싶으면 주저하지 말고 그…… 그걸 뭐라고 부르나? 어쨌든 자네 무기를 쓰게. 내게 신경 쓰지 말고."

쵸지는 흥미롭다는 표정으로 허리에 차고 있던 삼각 철봉을 꺼내어 손에 쥐었다. 히도큰은 엘시와 이레의 딱정벌레를 보고 잠시 생각에 잠겼다.

"그 딱정벌레는 계단을 오르기 어렵겠군. 저 위에 딱정벌레가 내릴 만한 곳이 있어. 요새 안을 가로지르는 것보다는 날아서 오는 것이 딱정벌레들한테도, 자네들한테도 낫겠군. 내가 먼저 올라가서 신호를 보낼 테니 그때 날아 올라와. 괜찮겠지?"

엘시는 그렇게 하겠다고 했다. 엘시와 이레가 뒤에 남고 민들레 여단의 레콘들과 쵸지는 계단을 올라갔다. 조금 후 그들의 모습이 암벽 사이로 사라졌다. 이레는 걱정스러운 표정으로 엘시를 돌아보았다.

"가주님, 예사롭지 않은 곳에 온 것 같습니다."

"그런 것 같군."

"그냥 돌아가시면 어떻겠습니까? 여단 꼴이 이 지경이라면 합류시킨다 한들 통제가 불가능할 것 같습니다. 다른 자들이 민들레 여단을 손에 넣는다 한들 역시 통제하지 못할 테고요."

엘시는 생각에 잠긴 표정으로 침묵했다. 이레는 주인의 일에 이러쿵저러쿵 간섭하는 것처럼 보일까 봐 더 이상 말하지 않았다. 그는 걱정에 빠진 표정으로 요새 위쪽을 바라보았다.

얼마 후 위쪽에서 "올라와!" 하는 소리가 들렸다. 엘시는 묵묵히 딱정벌레에 타 날아올랐다. 이레 또한 그 뒤를 따랐다. 안전을 위해 암벽을 등지며 날아오른 두 사람은 공중에서 선회하여 요새를 살폈다. 곧 아래쪽에서는 보이지 않는 노대가 보였다. 그곳에 히도큰 하장군과 쵸지가 서 있었다. 두 사람이 날아가자 그들은 뒤로 물러났다. 곧 엘시와 이레는 노대에 내려섰다.

이레는 걱정이 한층 깊어지는 것을 느꼈다. 쵸지는 별다른 표정 없이 서 있었지만 그의 삼각 철봉에는 피를 닦아 낸 듯한 자국이 있었다. 요새 아래에서 헤어지기 전에는 없던 자국이었다. 엘시 또한 그 철봉을 보다가 쵸지를 올려다보았다. 쵸지는 부드럽게 웃었다.

"죽지는 않았어. 내일 아침에는 심한 두통을 느끼겠지만. 사유가 재미있었어."

"사유가 뭡니까?"

"내가 금을 밟았다더군."

"금?"

"포석 사이의 금 말이야."

이레는 낭상 딱정벌레에 올라 여기서 떠나자는 밀이 목구멍까지 올라오는 것을 느꼈다. 엘시는 그 말이 정말이냐는 표정으로 히도큰을 보았지만 히도큰은 그것에 대해 설명하지 않았다.

"딱정벌레는 여기 두고 따라와."

히도큰은 노대 반대편으로 다가갔다. 그곳에는 빗물이 흘러들지 않도록 계단이 있었다. 계단을 오른 히도큰은 묵직한 나무 문을 열고 말했다.

"대장군 엘시 에더리가 왔습니다. 다이렌 장군님...... 장군님?"

갑자기 히도큰이 몸을 부풀렸다. 그는 안쪽에서 뛰쳐나오려는 누군가를 붙잡는 듯했다. 잠깐 동안 짧지만 드센 드잡이를 하던 히도큰은 누군가의 허리를 껴안은 채 질질 끌려왔다. 히도큰을 질질 끌면서 노대를 가로질러 오는 것은 약간 땅딸막하다는 인상을 주는 늙은 레콘이었다. 히도큰처럼 잔뜩 부풀어 있는 그 레콘의 허리에는 쇠사슬이 친친 감겨 있었다. 이레는 그 한쪽에 묵직한 표창 같은 것이 매달려 있는 것을 발견했다. 승표의 일종인 것 같았다. 아니, 쇠사슬이니 쇄표(鎖鏢)라고 해야 할 것이다.

쇄표를 감고 있는 레콘은 이리저리 버둥거리다가 엘시를 보았다. 그는 노호하듯 외쳤다.

"엘시 에더리!"

엘시는 대답하기에 앞서 자신의 앞을 가로막고 있는 쵸지와 이레에게 옆으로 비키라고 말해야 했다. 이레와 쵸지는 쇄표가 장거리 무기라는 것이 마음에 들지 않았기에 조금만 움직였다.
"오래간만이군요, 다이렌 장군."
"안 가!"
"예?"
"절망도에는 안 가! 아무리 대장군이 직접 와서 요청한다 해도 안 가! 그게 임무라고 말하지 마! 나는 납병했어! 아니, 할 거야!"
엘시는 한숨을 내쉬듯 고개를 조금 떨어뜨렸다. 고개를 든 엘시는 이레와 쵸지가 깜짝 놀랄 행동을 했다. 그는 두 사람을 밀치듯 하며 그들 앞으로 나섰다. 이레가 무례를 무릅쓰고 주인의 어깨를 붙잡으려 할 때 엘시가 외쳤다.
"추태를 멈추시오, 다이렌 장군!"
히도큰의 품에서 버둥거리던 다이렌이 움직임을 멈췄다. 그는 벼슬을 빳빳하게 세운 채 엘시를 노려보았다. 그 틈을 타 히도큰은 다이렌을 더 확실하게 붙잡았다. 엘시는 다이렌이 자신에게 집중하고 있다는 것을 확인하고 말했다.
"나는 센시엣 특수 수용소와는 아무 관련이 없는 일로 왔습니다, 다이렌 장군."
"엘시, 나는 납병할 거야. 곧 할 거라고!"
이레는 다이렌 장군이 왜 납병에 관심을 가지게 되었는지 알 것 같았다. 다이렌 장군은 센시엣 특수 수용소에 일어나는 만약의 사태에 대응하기로 하고 이 요새를 얻었으므로, 이미 요새를 얻은 이상 차마 자신의 의무를 못하겠다고 말할 수 없어서 대신 납병에 관심을 가지게 된 것이다. 납병을 하면 모든 은원이 사라질 뿐만 아니라 노인으로 인정된다. 다이렌은 자신이 노인임을 내세워 절망도에 가지 않겠다고 주장할 작정인 것이다. 하지만 차마 무기를 손에서 놓을 수 없어서 납병례를 치르지도 못하는 모양이다. 이레와 비슷한 추리를 한 엘시는 참을성 있게 말했다.

"다이렌 장군, 센시엣과는 관계없다고 말했습니다."

"관계없어? 확신해?"

"확실합니다. 그러니 제국군 장군의 품위를 지키십시오. 히도큰 하장군, 장군을 놓아주시오."

히도큰은 고개를 가로젓고 싶은 것처럼 보였다. 하지만 다이렌 장군이 움직임을 멈췄기에 히도큰은 조심스럽게 팔을 풀었다. 다이렌은 수염볏을 세게 주무르다가 의심스러운 어투로 말했다.

"그럼 뭐 하러 왔는데?"

"잃어버린 제국을 되찾을 동료를 구하기 위해."

다이렌에게 주의를 기울이고 있던 히도큰은 그 말에 조금 놀란 표정으로 엘시를 돌아보았다. 엘시는 고개를 약간 기울여 다이렌을 올려다보았다.

다이렌은 절망도에 가지 않아도 된다는 사실 때문에 갑자기 찾아온 안도감으로 맥이 풀려 있었고 그 때문에 엘시의 말을 이해하지 못했다. 그는 엘시가 뭘 잃어서 자기를 찾아온 것 같다고 생각했지만 그 인상은 엘시가 요새에 왔다가 뭘 흘리고 간 것인가 하는 의문으로 이어졌을 뿐이다. '그 분실물의 이름이 제국이라고 발음되는 모양이군. 그런데 어디서 많이 듣던 발음인데.' 다이렌 장군은 자신의 혼란을 여실히 드러내는 표정으로 엘시를 바라보았다. 엘시가 말했다.

"다이렌 장군, 하늘누리가 실종되었다는 것은 압니까?"

"하늘누리? 어, 들었어. 아직 안 돌아왔어?"

"안 돌아왔습니다. 그리고 언제 돌아올지 알 수 없습니다. 따라서 현재 제국은 존재하지 않습니다."

다이렌은 고개를 숙여 노대를 내려다보았다. 이레는 그것이 발 딛고 있는 곳을 확인하려는 동작처럼 보인다고 생각했다. 다이렌이 원하는 것이 바로 그것이었다.

"사라졌다고? 제국이? 그게 무슨 말이야?"

"황제 폐하와 제국 정부가 존재하지 않습니다. 따라서 제국도 없습니다."

"그러면 그렇게 말해야지. 황제와 정부가 없어졌다고. 이 땅도, 이 사람들도 다 그대로 있는데 제국이 없어지다니."

쵸지는 다이렌이 형이상학과 관계가 매우 나쁜 것 같다고 생각했다. 엘시는 조직의 수뇌부가 사라졌다면 조직의 다른 구성원이 남아 있어도 조직 자체는 와해된 것이라는 설명을 하려다가 그냥 간단히 말하기로 했다.

"그렇습니다. 황제와 정부가 없어졌습니다. 제국에는 황제와 정부가 있어야 합니다. 당신과 나는 제국을 지킬 의무가 있습니다. 그래서 황제와 정부를 되찾아야 합니다."

"그러면 하늘누리를 찾으러 가자는 거야?"

"아닙니다. 하늘누리가 돌아올 수 있는 상태라면 이미 오래전에 돌아왔을 겁니다. 그것이 길을 잃거나 어디에 고립되는 것은 상상하기 어려우니까요. 나는 새 황제를 선출하고 그분을 도와 새 정부를 수립하길 원합니다."

"새 황제를 선출해? 누구를?"

"그 질문에 대한 대답이 자신이라고 믿는 사람들이 적지 않게 있는 모양입니다."

다이렌은 부리를 꽉 닫은 채 엘시의 말을 생각했다. 벼슬을 조금 잡아당기고 수염볏을 약간 비튼 다음 다이렌은 고개를 끄덕이며 말했다.

"황제가 없어졌으니까 자기가 황제 되겠다고 나서는 놈들이 있다는 거야?"

"그렇습니다. 그대로 두면 그자들은 실력 대결도 펼치게 되겠지요. 우리가 아는 모든 세계가 분란으로 빠져들 겁니다. 무수히 많은 피가 흐른 다음 최후의 승자가 새 황제가 될 수도 있겠지요."

"말 되네. 제일 센 놈이 황제가 된다는 거지?"

"사람들이 많이 다칠 겁니다."

"싸워 봐야 누가 센지 알잖아. 안 싸우고 어떻게 알아?"

"다이렌, 황제는 사람들을 보호하고 다스리는 존재이지 사람들을 죽이는 존재가 아닙니다. 사람들을 보호하기 위해 사람들을 죽인다는 것은 말이 안 됩니다."

이레는 근래 보기 드물었던 질박한 대화라고 생각했다. 질박하다면 명쾌해야겠지만 지나친 질박함 때문에 명쾌함도 줄어드는 것 같았다. 엘시는 차분함을 잃지 않은 채 말했다.

"서로 싸우지 않고도 새 황제를 선출할 방법은 있습니다. 귀족원 회의를 개최하여 새 황제를 뽑으면 됩니다. 그러면 아무도 다치지 않고 새 황제와 새 정부를 얻을 수 있습니다."

"그래? 그러면 그렇게 하면 되겠네."

"이미 그것을 요청했습니다. 나는 칼리도 백의 자격으로 귀족원 회의 개최를 요청했습니다. 하지만 싸워서 제위를 얻고 싶은 야심가들은 귀족원 회의에 관심이 없는 모양입니다. 그리고 다른 사람들도 그 야심가들의 눈치를 보느라 귀족원 회의에 별다른 열의를 보여 주지 않았습니다. 그래서 나는 제국군을 규합하여 강제로 귀족원 회의를 열기로 했습니다."

다이렌은 다시 벼슬과 수염볏을 이용하는 사고 과정에 들어갔다. 그러고는 알았다는 표정으로 말했다.

"음. 그러면 가서 사람들한테 귀족원 회의를 열자고 하는 거야? 그거 반대하는 놈들은 혼내 주고? 하지만 엘시, 싸우지 않고 황제를 뽑기 위해 귀족원 회의를 열자고 했잖아. 그런데 귀족원 회의를 열기 위해 싸운다고? 앞뒤가 안 맞잖아."

"다이렌, 제국군이 모두 모이면 아무도 맞서 싸우려 하지 않을 겁니다. 인간이 레콘에게 덤빌 수 있겠습니까? 나는 싸움이 아예 일어나지 않을 상황으로 만들려는 겁니다."

"그렇군. 알겠어. 하지만 그래도 끝까지 싸우겠다는 놈이 있으면 어쩔 거야? 나는 죽어도 귀족원 회의 못하겠다는 놈이 있으면?"

엘시는 가슴을 크게 부풀렸다. 한숨을 내쉬려는 것 같았다. 하지만 대장군은 한숨을 내쉬는 대신 조용한 선고를 내뱉었다.

"그렇다면 어쩔 수 없이 싸워야겠지요."

시오크는 뻣뻣한 목을 비틀어 긴장한 어깨를 좀 편하게 하고 싶었다. 하지만 그의 목에 칼을 겨누고 있는 칼잡이가 그 요청에 귀 기울일 것 같지 않았다. 시오크는 아버지도 불편한지 궁금했다. 그는 게라임의 표정을 살폈다. 게라임은 무표정했다.

공기가 노르스름하게 변하고 있었다. 달걀 껍데기 색깔과 비슷한 황혼이 시구리아트 산맥의 서쪽 면들에 부딪혀 흘러내렸다. 거대한 산봉우리들과 깊은 협곡 사이로 밤의 도래를 알리는 바람들이 질주했다.

시오크가 말했다.

"아버지, 아무리 이야기가 돌고돌아도…… 항상 똑같은 지점으로 돌아오는 것 같습니다. 왜 평가하지 않으십니까?"

게라임은 다리를 꼬아 올렸다. 깍지 낀 두 손을 무릎에 얹고서 아들의 입을 응시했다. 시오크는 칼날을 피해 목을 긁었다.

"아버지가 하시고 싶은 말씀이 무엇인지 압니다. 비나간 후도 결국 자신의 이득을 위해 싸우는 것이고 시모그라쥬 공도 자신의 이득을 위해 싸운다는 것이지요. 그래서 똑같다는 것이겠지요. 맞습니다. 하지만 그것이 사람이잖습니까? 그건 인정해야 합니다. 그걸 가지고 모두 똑같다고 말해선 안 됩니다. 상인의 장사와 강도의 살해가 똑같다는 말씀입니까? 통행료 내면 다 통과입니까? 그건 말이 안 됩니다. 장사는 나쁘지 않고 살해는 나쁘다고 평가해야 합니다. 장사꾼이든 살인 강도든 자기가 선택한 길을 걸어가는 거니까 똑같다고 말해선 안 됩니다."

목을 긁던 시오크의 손가락이 칼날에 베일 뻔했다. 칼잡이는 재빨리 칼날을 눕혀서 시오크의 손가락이 칼몸을 건드리도록 했다. 시오크는 고개를 돌려 칼잡이에게 감사의 눈빛을 보내고 말했다.

"물론 잘못 평가할 수도 있습니다. 하지만 잘못 평가할 수 있으니 모두 평가를 하는 건 그만두자고 말해선 안 됩니다. 모두 한꺼번에 평가하자고 말해야 합니다. 그래야만 수치를 알 수 있습니다. 다른 사람도 나를 평가할 테니까요. 잘못 평가하는 것이 무서워서 수치심 모르는 동물이 되자고 할 수는 없습니다."

게라임은 입을 다문 채 아들을 바라보았다.

많은 관련 증인들이 게라임과 시오크의, 흡사 대칭성으로 보일 정도의 유사성을 말할 것이다. 하지만 두 사람에게는 다른 이들이 쉽게 간과하는 절대적인 차이가 하나 있다. 두 사람이 가장 첨예한 대립을 펼칠 때에도 맞바람에 파랑이 이는 수면 아래에는 그 절대적인 차이가 은은하지만 분명한 저류를 형성한다. 두 사람은 부자다. 따라서 시오크는 게라임의 출생을 보지 못했지만 게라임은 시오크의 출생을 보았다. 그것이 절대적인 차이다. 아들은 아버지의 존재에 책임이 없지만 아버지는 아들의 존재에 책임이 있는 것이다. 대칭은 처음부터 불가능했고, 게라임이 입을 연 그 순간에도 여전히 불가능했다.

"시오크, 나는 네가 틀렸다고 말하지는 않겠다. 하지만 너는 약간 어긋나 있다."

"어디가 어긋나 있는지 말씀해 주십시오."

"그걸 말해 주면 너는 네 생각을 바꾸는 대신 반대 논리를 수집하기 시작할 거다. 내가 그런 것처럼. 하지만 말해 주지. 너는 어려서 아무것도 모른다고 주장하는 노인처럼 보이고 싶지는 않으니까."

시오크는 빙그레 웃었다. 게라임은 옷소매를 만지작거리며 말했다.

"네가 틀리지 않았다는 것은, 평가가 이루어져야 한다는 네 말에 나도 동의한다는 말이다. 네가 어긋나 있다고 하는 것은, 네가 영원불멸의 평가 기준이 존재한다고 믿는다는 말이다."

"제가 언제 그렇게 말했습니까?"

"그렇게 말하지 않았느냐? 그럼 말해 봐라. 평가에는 기준이 있어야 한다. 너는 불멸의 기준이 있다고 생각하지 않느냐?"

"그런 건 없습니다. 세상에, 아버지. 저는 모든 사람이 평가를 해야 한다고 했습니다. 그리고 사람들은 모두 다릅니다. 당연히 사람들은 각자 자기의 기준으로 평가해야 합니다."

"그러면 너는 네 기준으로 다른 사람에게 농부가 되라거나 광부가 되라고 말할 거란 말이냐?"

"예? 천만에요. 그건 그 사람들이 결정할 문제입니다."

"너는 왜 그 사람들의 목적을 평가하지 않는 거냐?"

"다른 사람의 직업 선택에 참견하는 것은 불필요하다고 평가했기 때문이지요."

"참견과 불참견의 기준은 뭐냐?"

"저에게 얼마나 큰 영향을 주느냐입니다."

"그렇다면 너는 장님에게 찾아가 둘밖에 없는 방 안에서 장님에 대한 욕설을 써 놓은 종이를 펼쳐 보이는 사람에 대해 어떻게 생각하냐?"

시오크의 얼굴이 굳었다.

"예가 좀 그렇군요, 아버지. 그건 용납할 수 없습니다."

"너에게는 아무 영향도 없잖느냐. 게다가 그 장님에게도 아무 영향이 없지. 둘밖에 없었으니 다른 사람에게도 영향은 없다."

"그래도 그것은 나쁜 짓입니다."

게라임은 칼날에 주의하며 천천히 고개를 끄덕였다.

"너는 불멸의 기준을 믿고 있다, 시오크. 그리고 그것은 도덕이지. 가장 모호한 기준 말이다. 아니, 대답하지 마라. 너는 네 견해를 바꿀 생각이 없고 나 또한 마찬가지다. 난 너에게 이해받고 싶어서 말한 것이 아니라 너를 무시하지 않는다는 것을 보여주려고 말한 거다. 이만 일어나겠다."

시오크는 불만 섞인 표정으로 아버지를 바라보았다. 게라임은 고개를 돌려 칼잡이를 바라보았다.

"나 이만 일어나겠다."

칼잡이는 시오크를 바라보았다. 시오크는 동의의 눈짓을 보냈고 그러자 칼잡이는 게라임이 일어날 수 있도록 칼날을 옆으로 치웠다. 그리고 시오크를 제압하고 있던 칼잡이 또한 그렇게 했다. 게라임과 시오크가 일어난 다음 두 칼잡이는 재빨리 부자의 등 뒤에 칼을 겨누었다. 게라임은 목을 쓸어 만졌다.

"내가 너에게서 당을 되찾을 때까지 이곳을 잘 보살피도록 해라. 비나간 후를 돕는 일에 정신이 빠져서 당을 피폐하게 만들지는 마라."

"아버지, 저도 당을 사랑합니다. 그러니까 당을 올바른 길로 이끌고 싶어하는 거죠."

"그 말을 들으니 고맙구나. 내가 안전한 곳에 도달한 다음 이 자를 돌려보내겠다. 아, 미안하지만 당사 바깥까지 바래다 주어야겠다."

게라임이 안전하게 나가려면 인질이 필요했다. 시오크는 웃으며 고개를 끄덕였다.

"그렇게 하겠습니다."

게라임은 문 쪽을 향해 걸었다. 그 문은 회의실에서 당 바깥으로 곧장 연결되는 계단으로 이어져 있었다. 두 사람은 각자 상대의 수하가 등 뒤에서 칼을 겨누게 한 채 좁은 계단을 걸어 내려갔다.

얼마 후 그들은 시구리아트 산맥의 준령들이 굽어보는 대로로 나섰다. 그들은 산그늘에 서 있었기에 당원들의 눈에 띄지 않았다. 그리고 부자는 조금 복잡한 행동에 들어갔다.

먼저 부자는 서로를 마주 보았다. 두 칼잡이는 각자 인질의 목에 칼을 겨눈 채 천천히 두 사람 사이로 걸어 들어갔다. 곧 두 칼잡이는 서로 등을 보인 채 부자 사이에 서게 되었다. 두 칼잡이는 칼을 쥐지 않은 손을 뒤로 뻗어 서로를 붙잡았다.

칼잡이들이 서로의 손을 꽉 붙잡은 것을 확인한 부자는 동시에 뒤로 걸었다. 그들의 목이 칼끝에서 물러났다. 물론 칼잡이들은 서로를 붙잡고 있기에 인질이 멀어지는 것을 수수방관해야 했다. 그렇게 칼끝에서 벗어난 부자는 빙그레 웃었다. 그들은 사이 좋은 부자였고, 조금의 빈틈이라도 보이면 서로를 공격하리라는 것도 잘 알고 있었다.

그리고 칼잡이들이 손을 붙잡은 채 빙글 돌았다. 각자 자신의 주인에게로 향한 칼잡이는 동시에 손을 놓았다. 그리고 게라임과 그의 수하는 정신없이 도망치기 시작했다. 이곳은 시오크가 장악하고 있는 장소이므로 게라임은 재빨리 도망쳐야 했다.

말을 숨겨 둔 곳으로 달리던 게라임의 등 뒤에서 시오크의 목소리가 들렸다. 게라임은 그것이 추격대를 부르는 소리일 거라 생각했지만 시오크의 외침은 그런 것이 아니었다.

"아버지! 당은 걱정 마시고 몸조심하세요!"

게라임은 빙긋 웃었다. 그는 달리면서 손을 들어 뒤쪽을 향해 흔들었다. 조금 후 시오크의 외침이 다시 들려왔다.

"추적해라!"

게라임과 그의 수하는 추격자들의 발소리를 들으며 어둠이 깔리는 산길을 정신없이 내달렸다.

 엘시는 자신이 눈을 뜨고 있다는 것을 알지 못했다. 엘시는 자신이 천장을 바라보고 있다는 것을 알지 못했다. 엘시는 자신이 잠을 자고 있다는 것을 알지 못했다. 누워 있는 그의 곁에서 목소리가 들려왔다는 것도 알지 못했다.
 "대장군님?"
 엘시는 대답하지 않았다. 그 목소리가 들려왔다는 것을 알지 못하기 때문이다. 또다시 목소리가 공기를 춤추게 했다.
 "또 자는 것이기도 하고 깨어 있는 것이기도 한 상태인가요?"
 "그렇군요."
 "벌써 두 번째네요."
 "굉장히 피곤하거든요. 육체적으로도 그렇지만 정신은 불쌍하리만큼 위축되어 있어요. 자기도 어느 정도 그걸 느끼고 있어서 요즘은 원칙적인 말밖에 하지 않아요. 실수하는 것이 싫어서. 그러면 주위 사람들을 걱정시킬 테고 그랬다간 제국군 규합이나 귀족원 회의 개최는 레콘 뱃노래 같은 것이 되겠지요. 게다가 근심과 두려움으로 자기한테 잠도 허락할 수 없을 정도로 긴장해 있어요. 그래서 제대로 못 자는 거죠."
 "이 사람과 사이가 좋은 모양이군요?"
 웃음이 풍겨 왔다. 그 웃음은 향기였다.
 "이 사람과 저는 사이가 좋기도 하고 그렇지 않기도 해요."
 "이 사람에 대해 좀 더 알려 줄래요?"
 엘시는 고개를 돌렸다. 뒤척이다 보니 그렇게 된 것이지만, 어쨌든 목소리가 들려오는 곳으로 시선을 두게 되었다. 대화를 나누던 것은 두 사람이었지만 서 있는 것은 한 사람뿐이었다. 그런데 얼굴이 굉장히 많았다. 형태가 뚜렷한 얼굴만 수십 개가 넘었고 약간 흐린 것이나 불분명한 것까지 포함하면 숫자를 셀 수도 없었다. 서 있는 것은 한 사람이지만 보이는 얼굴은 무수하다는 상황을 엘시는 이상하다고 느끼지 못했다. 그는 눈을 뜨고 있었지만 실제로는 아무것도 보지 못하는 것이나 다름없었다.

"저를 보네요?"

"그렇기도 하고 그렇지 않기도 해요."

"엘시 에더리에 대해 말해 주세요."

"엘시 에더리는 천박하고 비겁한 사람이지요. 의지 박약하고 줏대 없고 분수를 몰라요. 우둔하고 겁 많은 데다 동정심이라고는 없어요. 냉혈한이라서 그런 것이 아니라 누구를 동정하기엔 너무 게을러서 그렇지요."

엘시의 눈에 눈물이 조금 고였지만 엘시는 그것을 알지 못했다. 수없이 많은 얼굴이 말했다.

"왜 그런 심한 말을 하죠?"

"제가 한 말이 아니에요."

"예? 그럼 혹시 제가?"

"아뇨. 여기엔 당신과 저 말고도 한 사람이 더 있어요."

"그러면 이 사람이? 어? 그러면 이 사람이 제 질문에 대답한 거예요? 혹시 대장군님과 대화할 수 있는 거예요?"

"그럴 것 같기도 하군요. 그럴 수 없을 것 같기도 하지만. 이야기하고 싶어요?"

"이야기하고 싶어요. 대장군님?"

엘시는 대답하지 않았다. 대답해야 한다는 것을 몰랐으니까.

"대장군님!"

엘시는 그 소리를 "땡땡땡땡!"으로 들었다.

벌떡 일어나면서 엘시의 손은 칼자루로 향했다. 뽑아 든 칼로문 쪽을 겨냥하며 엘시는 잠에서 깼다. 어떤 가공할 공격이 다가오는 대신 다시 고막을 진동시키는 소음이 들려왔다.

"땡땡땡땡!"

머리 주위를 차갑고 끈적한 것이 휘감고 있는 것 같았다. 엘시는 이마와 눈 주위를 만졌다. 머리카락이 손가락에 감겼고 영문 모를 눈물이 조금 묻어났다. 창문으로 떨어지는 달빛을 보며 이곳이 어디인지 생각해 보았다. 근래의 기억 몇 가지를 더듬은 후에야 이곳이 민들레 요새의 객실임을 떠올릴 수 있었다.

다이렌 장군은 엘시의 요청에 즉답을 거부했다. 그는 그것이 시간을 두고 생각해 봐야 할 문제라고 말했다. 엘시는 다이렌이 엘시의 요청 자체보다 요새를 나가야 할지도 모른다는 사실에 더 신경 쓰고 있다는 것을 눈치 챘지만 다그치지는 않기로 했다. 다이렌 장군은 엘시와 그의 일행에게 요새에서 하룻밤 쉬라고 말했다. 이레는 마을로 돌아가거나 그 중간에 있는 강변에서 야영하고 싶다는 표정을 강력하게 지어 보였지만 엘시는 몸종의 요구를 묵살했다. 합류를 요청하러 와서 불신을 보여 주는 것은 바르지 못하다는 것이 엘시의 생각이었다. 주인의 고집을 꺾을 수 없었던 이레는 저수조와 가장 가까운 곳에 있는 객실에 대장군을 모시는 것에 만족하기로 했다.

자신의 현황을 알아차린 엘시는 온 요새를 쩌렁쩌렁 울리게 만들고 자신에게는 급성 두통을 가져오고 있는 종소리에 대해 생각했다. 요새에 긴급 사태가 벌어졌는지도 모른다. 엘시는 재빨리 갑옷을 챙겨 입었다. 그러나 투구를 들 때 문득 종소리에 관하여 들었던 제보가 떠올랐다. 엘시는 그들을 마중하러 나왔던 내치 부위가 어떻게 말했는지 생각했다.

'밤중에 갑자기 종을 쾅쾅 쳐서 자던 사람 다 깨워 놓고는 납 병히겠다고 횡설수설하는 일이 한두 번이 아니야.'

이게 그 소리인가? 엘시는 소리를 듣는 데에 방해가 되는 투구를 쓰는 것을 잠시 보류했다. 그리고 종소리 외에 다른 소리가 들리는지 청력에 주의를 기울였다. 투구를 썼더라도 상관없었을 것이다. 요새의 돌벽으로도 도저히 막을 수 없는 뚜렷한 계명성 들이 들려왔다.

"다이렌! 이 개구리에게 박치기할 놈아! 그만두지 못해!"
"노망쟁이 또 지랄이야! 죽여 버려!"
"그 빌어먹을 종 떼서 그 자식 부리에 쑤셔 넣어!"

엘시는 이것이 자신들의 사령관에게 할 수 있는 말이라고는 도저히 생각할 수 없었다. 엘시가 곤혹스러워 하고 있을 때 문이 열렸다. 그리고 자던 자리에서 그대로 뛰쳐나왔다는 것을 증명하듯 반라 차림인 이레 달비가 안으로 뛰어들었다.

"가주님! 괜찮으십니까?"
"나는 괜찮아. 네가 걱정되는군. 감기 걸리겠어."

어둠에 익숙해지기 위해 눈을 깜빡거리던 이레는 주인이 완전 무장을 하고 있다는 것을 알았다. 자신의 무방비한 모습을 내려다본 이레는 주인의 갑옷이 되는 대신 자물쇠 노릇이라도 해야겠다고 생각했다. 이레는 문을 닫고 거기에 몸을 기댔다. 하지만 그가 몸을 완전히 밀착시키기 직전 문이 다시 열려서 이레는 엉덩이를 걷어차인 사람과 비슷한 꼴로 바닥에 쓰러졌다. 그러나 이레는 볼품없이 쓰러지는 대신 땅 위를 부드럽게 굴러 자세를 회복했다. 엘시는 문을 열고 들어선 것이 쵸지라는 것을 확인하고 이레에게 손을 내밀었다. 이레는 그 손을 사양하며 벌떡 일어났다.
"왕벼슬! 코 깨질 뻔했잖습니까!"
"그러게 문은 왜 닫냐. 열어 둬야지."
쵸지는 자신의 말을 실천에 옮겼다. 그는 문을 활짝 열어 놓고는 닫히지 않도록 상자를 끌어와 문 아래에 받쳤다. 어이없다는 표정으로 쵸지를 바라보는 이레에게 엘시가 설명했다.
"놀라지 마라, 이레. 여기엔 레콘들밖에 없다. 저런 나무 문이 레콘을 막을 수 있는 것도 아니니 차라리 열어 두는 것이 나아. 갑자기 날아온 파편에 맞을 일도 없고 누가 오는지 볼 수도 있으니까. 그리고 저 문이 없어야 더 좋은 문을 가져다 놓을 수도 있고."
"더 좋은 문이오?"
이레는 그것이 무슨 뜻인지 알게 되었다. 쵸지가 삼각 철봉을 늘어뜨린 채 문 앞에 섰다. 좋은 내구성이 있는 데다 피아 식별도 가능하며 불청객을 공격할 수도 있는 훌륭한 문이었다. 이레는 안도하며 물러났다. 엘시는 근심스러운 얼굴로 천장을 살폈다.
종소리는 멎어 있었다. 하지만 험악한 욕설과 노성은 계속되었다. 이레는 그 소리들 사이에 쿵쾅거리는 발소리가 섞여 있다는 것이 마음에 들지 않았다. 잠자리에 누운 채 상관의 악덕에 대해 불평하는 것 이상의 행동이 일어난다는 증거이기 때문이다. 엘시는 의자를 끌어와 그 위에 앉았다.

"다이렌 장군이 밤중에 납병례하겠다고 병사들을 깨우곤 하는 일이 있다고 했지. 그렇다면 가 봐야 하나."

"가 보다니요? 화가 난 레콘들이 있는 곳으로요?"

"다이렌 장군이 정말 납병례를 한다면 여러 가지 신경 쓸 일이 생길 거야. 물론 제국군 군규 어디에도 납병과 퇴역의 관계를 명시한 부분은 없지만, 그리고 레콘은 맨손이라도 무기를 쥐고 있는 것과 마찬가지라고 하지만, 그래도 손에서 무기를 놓고 영원히 싸우지 않을 것을 다짐한 레콘이 군인이라는 것은 어색한 일이야. 그가 납병을 한다면 우리는 민들레 여단장을 잃는다고 생각해야겠지. 신임 여단장이 선출되고 인수인계가 끝날 때까지 민들레 여단은 움직이지 못할 테지."

"내일 아침에 알아보셔도 늦지 않습니다. 어차피 아침에 장군에게 의향을 듣기로 하셨잖습니까? 지금은 그냥 이곳에서 몸조심하면서 기다리셔야 합니다. 그게 아니면 당장 딱정벌레 타고 떠나든가요, 가주님. 도대체 저게 상관에게 할 소리입니까? 저런 자들을 합류시키면 아군도 끔찍한 곤욕을 치를 겁니다."

"죽고 싶어하는 것 같아."

말을 한 것은 문을 막아서고 있는 쵸지였다. 엘시와 이레는 그 넓은 등을 바라보았다. 쵸지는 요새 곳곳에서 터져 나오는 욕설을 잘 들으려는 듯 머리를 이리저리 움직이며 말했다.

"이레, 시모그라쥬에서 늪에 갇혀 있을 때 생각나?"

이레는 신음을 흘렸다.

"어떻게 잊겠습니까?"

문득 이레는 그때 엘시가 마른 우물에 갇혀 고초를 겪고 있었다는 것을 떠올렸다. 그러자 신음을 흘린 것이 부끄러웠다. 이레는 엘시의 눈치를 살폈다. 그러나 엘시는 별 반응 없이 쵸지의 등만 바라보았다. 이레가 침묵하자 쵸지가 말했다.

"론솔피와 주테카, 준람이 어떻게 굴었는지 기억하지? 그중에서 론솔피가 뭘 했지?"

"밧줄을 꼬고 있었지요. 레콘을 매달아도 될 만큼 튼튼한 것으로."

"그 친구는 죽고 싶었지. 나처럼 무서워서 제정신이 아니었던 거야."

"당신이오? 제가 기억하기로 당신이 가장 침착했습니다. 우리가 빠져나온 다리를 찾아낸 것도 당신이잖습니까."

"아니. 그렇지 않을 거야. 내가 아마 가장 무서워했을걸."

약간씩 싸늘해지는 어깨를 감싸고 있던 이레는 동의할 수 없다는 듯이 고개를 가로저었다. 그리고 조용히 듣던 엘시는 눈을 가늘게 떴다. 쵸지가 계속 말했다.

"있잖아, 이레. 사람은 어느 정도 무서운 것은 피해. 하지만 무서움이 극도로 심해지면 오히려 무서운 것에 정면으로 부딪혀. 물론 어떤 사람은 정말 용감해서 그렇겠지. 하지만 무서운 것에 부딪혀 자기를 죽여 버리면 최소한 공포는 그만 느껴도 되지 않을까 하는 자포자기 식의 심정 때문에 그러는 수도 있어. 내가 그랬지. 나는 그때 물에 몸을 담가 보려고 했어."

약간 흔들리긴 했지만 쵸지는 비교적 명확하게 '물'이라고 발음했다. 최후의 대장간에 있는 극히 특수한 몇몇 레콘이 아니면 부리 밖으로 내지 않는 단어에 엘시와 이레는 크게 놀랐다.

"내가 다리를 찾아낸 것도 그 생각을 하고 있었기 때문이야. 물에 대해 아무 생각도 하지 않는 대신 그 아래에도 뭐가 있을 수 있다는 식으로 생각한 거지."

"그랬습니까?"

"그래. 난 미쳐도 괜찮다는 생각을 하고 있었거든. 준람의 다리가 아니었다면 나는 물에 몸을 담가 봤을 거야. 그러고는 미쳤겠지. 론솔피는 목을 매달았을 테고."

쵸지는 비어 있는 손으로 벼슬을 쓸어 만지며 담담하게 말했다.

"금 밟았다고 나한테 싸움 걸었던 녀석 때문에 여러 가지로 생각해 봤어. 아무래도 이 친구들 물과 레콘을 싫어하는 것 같아. 물이야 원래 싫은 것이고 레콘은, 절망도에 있는 건 레콘이잖아? 이 친구들이 비참한 것은 절망도에 있는 어떤 레콘들 때문이라는 거지."

"그렇군요."

"그래. 차라리 자기를 부수고 싶어서 싸움을 걸고 또 레콘이 증오스럽기 때문에 싸움을 거는 것 같아. 그래서 이렇게들 서로에게 난폭한 거야. 내 제멋대로의 추리가 맞다면 너나 엘시는 오히려 안전할지도 모르겠군."

욕설이 줄어들었다. 발소리도 사라졌다. 하지만 이레는 요새가 평온을 되찾는다고 생각하기 어려웠다. 묘한 긴장감 같은 것이 요새 안에 흘러다니는 것 같았다. 난폭한 욕설과 다급한 발소리가 사라진 자리에 속삭임, 숨죽인 탄식, 화를 억누르는 듯한 신음 등이 새로 나타났다. 그 소리들은 이 밤의 불행은 이제 시작이라고 경고하는 것 같았다. 이레는 몸에 땀이 배는 것을 느꼈다.

의자에 앉은 채 조용히 쵸지의 등을 보던 엘시가 말했다.

"왕벼슬, 이제는 물을 두려워하지 않습니까?"

"무서워."

"하지만 자연스럽게 말하는군요."

"그렇게 쉽지는 않아. 그 말을 할 때마다 부리가 어긋나는 기분이야."

"당신은 죽고 싶었던 것이 아닙니다."

쵸지가 고개를 조금 돌려 어깨 너머로 엘시를 바라보았다. 엘시가 말했다.

"당신은 물이 무서워서 물에 빠져 죽을 생각을 했다고 말하지만 그건 론솔피를 변호하기 위해 한 말입니다. 론솔피가 겁쟁이로 보일까 봐 당신도 무서웠다고 말한 거지요. 똑같이 무서웠다면 론솔피도 당신처럼 물을 말할 수 있게 되었어야 하지요. 하지만 론솔피는 그렇지 않습니다. 당신만 그렇게 할 수 있습니다. 그 차이가 왜 생기는지는 간단히 짐작할 수 있습니다. 론솔피는 당신이 말한 대로 물이 무서워서 죽고 싶다는 생각까지 했지만 당신은 반대입니다. 당신은 죽기 위해서가 아니라 살기 위해서 물과 싸울 생각을 했고, 그래서 이제 물에 대한 두려움을 조금 잊은 겁니다."

쵸지는 어깨를 조금 들썩거렸다. 소리 없이 웃는 것이었다.

"엘시, 나를 왜 그렇게 용감한 인물로 만들지?"

"당신은 용감하니까요. 하지만 이해가 가지 않는 부분이 있습니다. 당신은 나늬 없는 세상을 비웃었지요. 그런데 왜 물과 싸워서라도 살고 싶다는 생각을 하게 된 겁니까?"

쵸지는 부리를 닫았다. 엘시는 그의 등에서 아무런 대답도 읽을 수 없었다. 쵸지가 영영 대답하지 않을 작정이라고 엘시가 판단했을 때 쵸지가 갑작스럽게 말했다.

"나늬는 있어."

"있다고요?"

"내가 원하니까."

이레는 쇼지의 등을 향해 부드러운 웃음을 지어 보였다. 그때 발소리가 다가왔다. 그 소리를 들은 이레는 갑작스러운 불안감을 느꼈다.

소리를 내는 사람은 확고한 걸음으로 걷는 것 같았다. 발소리는 규칙적이고 뚜렷했다. 발을 질질 끌어서 발소리의 앞뒷부분이 뭉개지는 걸음이 아니었다. 그리고 서두르지도 않았다. 하지만 이레는 그 확고함과 침착함이 마음에 들지 않았다. 이레는 마른 입술을 적시며 쇼지의 등을 바라보았다. 발소리가 점점 가까워졌다. 이제 그 발소리가 그들이 있는 방을 향하고 있음이 분명해졌다. 발소리가 문 근처까지 다가왔을 때 엘시가 의자에서 일어났다. 그리고 쇼지가 말했다.

"누구냐?"

"히도큰 하장군이다."

이레는 안도했다. 그가 이 요새에서 목격한 레콘들 중 유일하게 정상적인 레콘이 온 것이다. 문에 히도큰의 모습이 나타나자 쇼지는 옆으로 비켜섰다. 히도큰 하장군이 방 안으로 들어왔다. 그는 쇼지에게 목례하고 이레와 엘시를 바라보았다.

"소란 때문에 깨어 있었나 보군. 많이 놀랐지?"

"놀랐습니다. 혹시 다이렌 장군이 납병하겠다고 장병들을 깨운 겁니까?"

"그 이야기 들었어? 그래. 다이렌 장군이 종을 쳤지."

"어떻게 되었습니까? 납병이 이루어졌습니까?"

"그렇지 않아. 앞으로도 이루어지지 않을 테고."

보는 것과 베는 것 371

대화를 듣던 이레가 혀를 찼다.

"역시 그냥 그래 보는 것에 불과한 겁니까?"

히도큰은 이레를 무거운 눈으로 돌아보았다. 이레는 그 눈길에 의아해했다. 히도큰이 말했다.

"앞으로 이루어지지 않는다는 것은 이루어질 수 없다는 뜻이야."

"예?"

쵸지가 벼슬을 세웠다. 그리고 엘시는 날카로운 눈으로 히도큰을 바라보았다. 히도큰이 한숨을 내쉬고 말했다.

"조금 전 다이렌 장군이 죽었다. 분노한 병사 한 명이 뒤에서 장군을 공격했고 일격에 끝장냈지. 아마 그분은 자기가 무슨 일을 당하는지도 모르고 돌아가셨을 거다."

이레가 옷을 챙겨 입은 다음 히도큰은 세 사람을 안내했다. 요새 안의 분위기는 험악했지만 떠들썩하지는 않았다. 우연히 마주친 레콘 병사들은 살기등등한 눈으로 그들을 노려볼 뿐 움직이지는 않았다. 이레는 죽을 때까지도 그날 밤을 잊을 수 없으리라는 것을 알게 되었다. 레콘들이 거주하는 곳이라 요새의 모든 부분이 큼직큼직했기에 암흑이 대단히 많이 고여 있었다. 그 암흑 속에서 레콘 병사들은 거대한 암흑이 되어 서서 번뜩이는 눈으로 지나가는 그를 내려다보고 있었다. 히도큰의 안내가 끝났을 때 이레는 정신적 압박감으로 지쳐 버렸다.

그곳에는 두 구의 시체가 놓여 있었다.

요새 최상층의 넓은 방이었다. 의식을 치르기 위한 곳인 듯 대단히 넓어서 그 가운데 레콘의 시체도 특별히 크게 보이지는 않았다. 하지만 가까이 다가간 이레는 그 크기에 압도되었다. 레콘이나 그들이 누워 있는 모습에는 이레도 익숙했다. 하지만 그것이 생기를 잃은 사체가 되어 있다는 것은 전혀 다른 느낌이었다. 그리고 그 느낌은 당연했다. 이제 그것은 다시는 자기 의지로 움직일 수 없다. 이동성이 없기 때문에 더욱 크고 무겁게 보였다.

주위에 몇몇 병사들이 횃불을 들고 있었기에 이레는 다이렌 장군의 얼굴을 쉽게 알아보았다. 장군은 거대한 피 웅덩이 가운데 똑바로 누워 있었다. 그 깃털이 많은 피를 흡수했지만 거체에서 흘러나오는 피는 워낙 막대했다. 자기가 무슨 일을 당하는지도 모르고 죽었다는 히도큰의 말을 증명하듯 다이렌의 얼굴에는 별다른 표정이 없었다. 이레는 다른 시체를 보았다.

그 시체는 땅에 엎드려 있었다. 그의 주위에도 많은 피가 흐르고 있었다. 그런데 이레는 그 레콘의 모습이 어쩐지 눈에 익은 것 같았다. 가까이 다가가서 이레는 엎드린 레콘의 어깨와 목 등에 있는 오래된 흉터를 발견했다. 그 곁에는 철창이 놓여 있었다. 이레는 쵸지에게 손짓했다.

"뒤집어 주시겠어요?"

쵸지는 그를 뒤집어 놓았다. 그러자 그들을 마중나왔던 내치 부위의 얼굴이 나타났다. 이레와 함께 내치 부위의 얼굴을 확인한 쵸지는 고개를 가로저었다.

"밖으로 던져 버리고 싶다더니, 대신 찔렀나 보군. 누가 이 친구를 죽였죠?"

히도큰이 대답했다.

"내가. 종소리를 듣고 오다가 그가 장군님을 공격하는 것을 보았지."

"종은 어디에 있습니까?"

히도큰은 손을 들어 방 한쪽을 가리켰다. 한쪽 벽에 쇠사슬이 늘어져 있고 그것은 천장의 구멍을 통해 위로 이어져 있었다. 이레는 그 위에 종이 매달려 있을 거라고 생각했다. 엘시는 다이렌의 곁에 한쪽 무릎을 꿇은 채 그의 얼굴을 물끄러미 들여다보았다. 대장군의 시선은 다시 다이렌의 허리로 옮겨졌다. 그곳에 감겨 있는 쇄표를 본 엘시가 한숨을 내쉬었다.

"납병을 못하셨군요. 모든 이보다 낮은 여신의 곁에 있는 당신에게 센시엣 특수 수용소의 구조 요청이 갈 일은 없을 겁니다. 편히 쉬십시오."

엘시는 일어났다.

"히도큰, 1대대장이라고 했는데, 그러면 당신이 최선임입니까?"

"그래."

"여단장이 사망했으니 당신이 여단을 맡아야겠군요. 장군의 관인과 장부, 기밀 서류 등이 어디에 있는지는 알겠지요?"

히도큰은 씁쓸하게 웃었다.

"내가 다 가지고 있어. 군무는 내가 다 처리하고 있었거든. 장군이 해야 할 일까지."

"그렇습니까. 그렇다면 업무를 인수하는 것은 어렵지 않겠군요. 우리는 물러갈 테니 장군의 장례를 거행하고 여단을 지휘하십시오. 혹 내 도움이 필요한 일이 있습니까?"

"도움은 필요 없지만 할 말은 있다."

"뭡니까?"

"민들레 여단은 제국을 되찾기 위해 대장군 엘시 에더리와 함께 갈 것이다."

내치 부위의 시체를 보던 이레는 고개를 홱 돌려 히도큰을 보았다. 히도큰은 칼자루에 손을 얹은 채 차분하게 말했다.

"다이렌 장군도 그것을 원할 거라 생각한다. 어쩌면 장군이 종을 친 것도 납병례를 하기 위해서가 아니라 그런 결심을 말하기 위해서였는지도 모르지."

엘시는 바닥에 누워 있는 다이렌을 쳐다보며 말했다.

"히도큰 하장군, 당신은 모시던 상관의 죽음 때문에 충격을 받았는지도 모릅니다. 평정심을 유지하고 있다고 할 수 없는 상태에서 내린 결정이라면 나는 받아들이지 않겠습니다."

"나는 흥분해서 아무 말이나 하는 것이 아냐. 내 마음은 평온하다. 제국군은 제국을 위해 존재한다. 너에게 협조해서 제국을 부활시키는 것은 나의 의무다."

"진심입니까?"

"진심이다."

"합류를 환영합니다."

히도큰은 고개를 끄덕였다. 그는 약간 피로한 표정으로 다이렌과 내치 부위를 바라보았다. 그의 눈길은 조금 전 이레가 얼핏 느꼈던 감정을 좀 더 분명하게 담고 있었다. 더 이상 자의로 움직일 수 없으니 다른 사람이 치워야 하는 큰 짐 두 개.

"빨리 가야 하지? 장군의 장례는 오늘 밤 안에 끝내도록 하겠다. 그리고 늦어도 내일 오후가 되기 전에는 출발할 수 있도록 해 두지. 그러면 되겠나?"

"좋습니다."

"그러면 가서 자도록. 미안하지만 바래다 줄 수 없겠군. 지금부터 상당히 바쁠 것 같으니까. 돌아갈 수 있겠어?"

이레는 그럴 수 없다고 생각했다. 이 무시무시한 요새를 히도큰의 호위도 없이 걷는 것은 지나치게 위험하다. 하지만 이레는 그의 주인이 뭐라고 대답할지 알고 있었다.

"갈 수 있습니다. 그러면 수고하십시오."

엘시는 몸을 돌려 방 밖으로 나갔다. 이레는 절망적인 표정으로 재빨리 주인의 뒤를 따라갔다. 등 뒤에서는 히도큰이 병사들에게 빠르게 명령을 내리는 소리가 들려왔다. 방 바깥으로 나온 이레는 사방을 경계하려 애썼다. 그때 쵸지가 그의 어깨를 붙잡았다.

이레는 놀라서 쵸지를 올려다보았다. 쵸지는 이레의 어깨를 붙잡아 속도를 늦추었다. 그러자 앞쪽에서 걸어가는 엘시와 그들 사이에 거리가 생겼다. 엘시가 홀로 걸어가는 것을 본 이레는 초조한 표정으로 쵸지를 보았다. 쵸지는 옆으로 허리를 숙였다. 그는 낮은 목소리로 속삭였다.

"이레, 히도큰이 다이렌을 죽였어."

이레는 움찔했다. 엉겁결에 큰 소리를 낼 뻔한 이레는 발돋움을 하며 속삭였다.

"어째서죠?"

쵸지는 수염볏을 주물럭거리며 말했다.

"감이야. 의심스러운 것도 있고. 히도큰이 내치 부위에 대해 뭐라고 했는지 생각해 봐. 생긴 건 흉하지만 성격은 상냥하다고 했지. 그런데 왜 상냥한 사람이 상관을 죽였을까? 잠을 깬 것이 그렇게 화가 나서? 하지만 그건 이전에도 몇 번 겪었던 일이야. 게다가 다이렌이 쓰러져 있는 모습도 수상해. 히도큰은 다이렌이 무슨 일을 당하는지도 모르는 채 죽었다고 했지. 그렇다면 다이렌은 종을 치다가 죽었다는 말인데, 그럴 경우 종줄 옆에 쓰러져 있어야 해. 방 가운데가 아니라."

"종을 치는 것을 멈추고 방 가운데로 돌아와 서 있다가 당했을 수도 있잖습니까?"

"그렇게 생각할 수도 있지. 하지만 그렇다면 다이렌은 종소리를 들은 병사들이 도착할 것을 기다리고 있었다는 말이 돼. 그런데 누가 올 것을 기다리고 있었다면 결코 무슨 일을 당하는지도 모르는 채 죽을 수 없어. 다이렌도 자기 부하들이 밤중의 종소리를 싫어한다는 것을 알고 있었을 테니 그가 실제로 종을 쳤다면 만반의 대비를 하지 않겠어?"

"그렇다면······."

"히도큰이 다이렌을 저곳에서 죽였고, 자기가 직접 종을 친 다음, 그 소리를 듣고 달려온 첫 번째 녀석을 죽여서 누명을 씌운 거지. 그 불운한 첫 번째 녀석은 내치 부위였고."

"히도큰이 왜 다이렌을 죽입니까? 여단장이 되고 싶어서요?"

"그건 모르겠어. 하지만 바로 그 이야기가 나오는 것으로 보아 히도큰은 엘시를 따라나서고 싶었던 것 같아. 그렇다면 다이렌이 죽은 것은 그가 엘시에게 합류할 생각이 없었기 때문이겠지. 공수증 때문에 요새 밖으로 나가는 것이 싫었나 보지. 좀 더 상상해 본다면 저 방에서 다이렌과 히도큰이 그 문제로 언쟁을 벌였다는 상황도 구성해 볼 수 있겠지."

이레는 쵸지가 말한 상황을 구성해 보았다. 히도큰은 엘시에게 합류하여 제국을 구하자고 주장했고 다이렌은 요새 밖으로 나가는 것이 싫어서 우물쭈물한다. 그러자 히도큰이 나가는 것이 무섭냐고 말하고 화가 난 다이렌은 자신은 절대로 엘시를 따라나서

지 않겠다고 외친다. 그리고 몸을 돌린 다이렌의 등에 히도큰의 칼이 떨어진다. 쓰러진 상관을 보던 히도큰은 곧 굳은 결심을 하고 종줄로 다가가 잡아당긴다. 이레는 일어날 수 있는 일이라고 생각했다.

이레는 걱정스러운 표정으로 뒤를 흘끔 돌아보았다. 뒤를 따라오는 자가 없다는 것을 확인한 이레는 쵸지에게 속삭였다.

"그러면 어떻게 하죠?"

"일단 여기서 완전히 빠져나갈 때까지는 함구하도록 하자. 네 주인에게도 말하지 마. 엘시가 그걸 알면 바르지 못하다면서 히도큰을 처벌하려고 하겠지. 그러면 일이 엉망진창이 될 뿐만 아니라 우리까지 위험해질 거야. 민들레 여단을 다루려면 히도큰이 필요해. 이 요새의 정신 나간 자들을 실제로 지휘해 온 자는 히도큰인 것 같으니까."

이레는 상관 살해의 전과를 가진 자를 주인 곁에 두어도 되는지 의문스러웠다. 하지만 당장 쵸지의 말을 반박할 논리는 떠오르지 않았고, 게다가 그와 엘시 사이의 거리가 너무 멀었다. 이레는 빨리 엘시의 곁으로 다가가야 했다.

"알겠습니다."

이레는 고개를 끄덕이고 걸음을 재촉했다. 이레가 주인 쪽으로 다가가는 것을 보던 쵸지는 근심스러운 얼굴로 뒤를 돌아보았다. 방은 멀어져 있었고 문을 통해 움직이는 횃불만 조금씩 보였다. 쵸지는 부리를 살짝 부딪치고는 이레의 뒤를 따라갔다.

제 25 장

그는 고개를 가로저으며 말했다. '아니. 자유무역당이 세계를 사 버리지 않는 이유는 살 돈이 없어서가 아니야. 더 비싼 값에 팔아넘길 대상이 없기 때문이지. 이윤을 남길 수 없다는 거야. 만약 세상을 살 구매자가 있었다면 오래전에 사 버렸을걸. 빨리 사 둬야 가격이 오르잖아.' 물론 농담으로 받아들여야 하는 말이지만 그 말에는 주의 깊은 유료도로당원이라면 건질 수 있는 많은 의미가 담겨 있다.

— 하르체 도빈의 「우리는 길을 준비한다」 중

불씨의 은닉

헤어릿 에렉스는 도깨비감투를 쓰고 있을 때의 가장 좋은 점은 남자들이 보내는 목마른 시선을 보지 않아도 되는 것이 아닐까 생각하며 규리하 성 경비병을 슬쩍 지나쳤다. 그녀가 감투를 벗고 모습을 드러낼 경우 경비병이 낯선 자에 대한 경계심을 먼저 드러낼지, 보기 드문 미녀에 대한 호의를 먼저 드러낼지 궁금해할 사람들이 혹 있을지 몰라도 헤어릿은 그 사람들에 포함되지 않는다. 헤어릿은 답을 안다. 분명히 후자다. 그리고 헤어릿은 그 사실을 불쾌한 상식으로 여겼다.

어쨌든 그녀가 규리하 성을 방문한 첫 번째 미녀는 아닐 것이다. 헤어릿은 이 성에서 몇 명의 미녀들이 안주인 노릇을 했을지 생각해 보았다. 규리하는 미인으로 유명한 땅은 아니며 규리하 가문 역시 빼어난 용모로 유명한 가문은 아니다. 하지만 세계 곳곳에서 규리하 가문에 시집온 미녀들이 이곳에서 살았을 것이고 이곳에서 죽었을 것이다. 그녀들은 이 성에서 무엇을 찾아내고 무엇을 잃었을까.

긴 통로를 걷던 헤어릿은 문득 발바닥을 바닥에 살짝 비벼 보았다. 소리를 내지 않기 위해 그녀는 신발을 벗고 있었다. 하지만 바닥은 그녀의 발에 아무 상처도 남기지 않았다. 인간에게 주름살을 남기는 시간은 돌에게는 반대의 작용을 했다. 기나긴 세월 동안 수많은 사람들이 지나쳤기에 돌바닥은 반들반들했고 심지어 가운데 부분은 약간 패어 있다. 발자취에 돌이 닳아 버린 바닥만 보아도 규리하의 장구한 역사를 짐작할 수 있다. 헤어릿은 고개를 들어 궁륭 천장을 바라보았다.

혹 있을지도 모르는 침입자를 대비하기 위해 성 내부의 곳곳에 불이 밝혀져 있었지만 궁륭 꼭대기까지는 빛이 닿지 않았다. 그래서 그곳에는 중력의 반대 방향으로 어둠이 고여 있었다. 헤어릿은 그 어둠이 그녀에게 경고를 보내는 것을 느낄 수 있었다.

'떠나라. 이곳은 규리하의 성역이다.'

헤어릿은 거꾸로 고여 있는 어둠을 향해 말했다.

'글쎄. 이 성엔 규리하가 아닌 여자들도 있었을 텐데.'

'태어날 때 규리하가 아니었던 그녀들도 죽을 땐 규리하였다.'

헤어릿은 날카로운 지적임을 인정했다. 이 성의 마지막 안주인이었던 오세느는 오세느 규리하로서 죽었다.

'규리하에는 규리하만 있어야 한다는 것이군.'

'그렇다.'

'소리 로베자는 소리 규리하가 될 수 있나?'

'그것은 내가 정하지 않는다.'

헤어릿은 미소를 머금었다. 그것은 사람들이 정하는 것이다. 이이타 규리하는 거기까지 생각해 두었겠지만 소리는 자신이 세계 어디에서든 그 이름이 곧 신용장으로 통하는 집단의 일원이 된다는 것을 생각해 보았을까? 헤어릿은 그렇지 않을 거라 생각했다. 헤어릿이 관찰해 온 바에 따르면 소리의 공자님은 소리에게 그것을 상기하라고 요구한 적이 없다.

"누구냐!"

살벌한 외침에 헤어릿은 움찔했다. 그 외침은 '네가 누군지 알고 싶다.'는 평범한 의미에서 몇 걸음 더 나아간 외침이었다. 그것은 '너를 죽이는 것이 실수라면 되도록 빨리 알려다오.'라는 의미였다. 헤어릿은 침착을 상당히 잃은 채 다가오는 남자를 바라보았다.

헤어릿이 본 것은 예리한 장창을 들고 있는 단구의 남자였다. 남자는 남달리 작았고 창은 유달리 길었기에 헤어릿은 남자가 신장의 두 배나 되는 무구를 들고 오는 것 같은 인상을 받았다. 물론 창은 그 정도로 길지 않았지만 남자의 시선은 통로의 벽과 천장을 빠짐없이 두드리고 있었다. 남자의 시선이 고정되었을 때 헤어릿은 긴장감에 주먹을 살짝 움켜쥐었다. 하지만 그 시선은 약간 빗나가 있었고 그 오차 때문에 헤어릿은 자신이 감투를 쓰고 있음을 떠올릴 수 있었다. 헤어릿은 마음속으로 안도의 한숨을 내쉬었다.

'발리츠 굴도하.'

굴도하 남작은 피로해 보였다. 이 밤이 그가 야경꾼 노릇을 하는 첫 번째 밤이 아님이 분명하다. 그는 최고의 상태가 아니었고 감투를 쓴 침입자를 찾아내는 묘기를 부릴 것 같아 보이지는 않았다. 하지만 헤어릿은 위험을 무릅쓰지 않기로 했다. 그녀는 소음을 최대한 피하기 위해 그가 옆을 지나칠 때까지 가만히 서 있기로 결정했다. 그러나 발리츠의 다음 동작에 헤어릿은 다시 긴장감과 두려움을 느꼈다.

발리츠는 킁킁거리며 냄새를 맡고 있었다. 헤어릿은 물론 감투를 쓰고 향수를 뿌리는 괴벽을 부리지는 않았으며 그에 덧붙여, 굴도하 남작이 아닌 다른 감시를 피하기 위해서지만, 체취를 지우기 위해 꽤 정성껏 몸을 씻었다. 하지만 그 대비가 완전했는지는 알 수 없었다. 헤어릿은 호흡을 멈춘 채 발리츠를 바라보았다.

발리츠는 자신에게 확신을 가지고 싶은 것처럼 보였다. 코를 약간 든 채 이곳저곳의 공기를 빨아들이던 발리츠는 잠시 후 고개를 살짝 내둘렀다. 그리고 약간 충혈된 눈으로 허공을 이리저리 매섭게 노려보다가 갑작스럽게 창을 휘둘렀다.

창끝은 피융 하는 소리를 내며 공기를 잘랐다. 그녀를 위협하기엔 지나치게 먼 곳이었지만 헤어릿은 비명을 지르지 않기 위해 입술을 깨물었다. 심장이 쾅쾅거리는 소리가 귀에 들리는 듯하다. 헤어릿은 발리츠가 그 소리를 들을까 두려웠다. 창을 다시 회수하여 땅에 짚은 발리츠는 통로 가운데 꼿꼿하게 서서 허공을 응시했다. 여전히 헤어릿이 있는 곳과 약간 어긋난 시선이었다.

발리츠가 다시 움직였다.

그는 창을 옆구리에 끼고 통로를 터벅터벅 걸어갔다. 남작은 헤어릿의 곁을 스쳐 지나갔지만 헤어릿은 고개를 돌리지 않았다. 고개를 돌리면 발리츠가 뒤에서 그녀를 노려보고 있는 모습을 볼 것 같았다. 그녀는 발리츠의 발소리가 멀어지는 것을 가만히 들었다. 그 소리는 정직하게 멀어졌다. 헤어릿은 한숨을 내쉬는 호사를 누리는 대신 조심스럽게 발을 옮겼다. 발가락이 땅에서 떨어졌을 때 헤어릿은 무의식적으로 뒤를 돌아보았다. 발리츠는 먼 곳에 있었고 더 멀어지고 있었다.

헤어릿은 다시 걸음을 옮겼다. 다리가 무거웠다. 성안에 고여 있던 해묵은 어둠이 다시 말을 걸어 왔다.

'떠나라, 침입자.'

'미안하지만 지금 이 성엔 규리하라곤 하나도 없거든? 아이저, 비셀스, 이이타, 시카트 모두 바깥에 있어. 아, 그래. 아이넬이 있긴 하지만 네 논리를 따른다면 그녀는 이젠 규리하가 아니야. 따라서 이 성에 규리하는 하나도 없지. 너는 주인을 잃은 거대한 분실물이야. 조용히해.'

'내가 주인을 잃었다고?'

'왜? 내가 잘못 말했어?'

'잘못 말했다. 아이저, 비셀스, 이이타, 시카트 때문에 내가 있는 것이 아니다. 내게서 태어났기에 그들이 규리하가 되었던 거다. 그리고 내게서 태어났기에 그들은 세상 어디에 가도 규리하다.'

'그거 재미있는 말인데.'

'네가 발케네를 떠나도 빌파인 것처럼.'

헤어릿은 계단 옆의 벽을 짚었다. 어둠이 그녀의 피부를 눌러대는 것 같았다.

'비셀스를 보아라. 그녀가 살인 기사에게 공격당한 것은 그녀의 많은 개성 중 단 하나, 그녀가 규리하라는 사실 때문이다. 살인 기사가 그녀와 무슨 관계가 있는가? 그들은 그 이전에 서로 만난 적도 없다. 하지만 그녀가 규리하이기에 살인 기사는 그녀를 위한 노궁을 준비했다. 그녀에게 아무리 많은 개성이 있다 한들 그녀의 목숨을 좌우할 수 있는 개성은 그 하나로 충분했다. 그리고 너를 보아라. 감투로 모습을 감춘 채 살금살금 걷고 있다. 비록 보이지 않는 초상이긴 하지만 빌파를 나타낼 수 있는 것으로 이보다 나은 초상은 없다. 에렉스라고 주장하는 너는 지금 빌파다.'

'나는 헤어릿이야.'

'헤어릿 빌파다.'

'네가 뭔지 알아. 너는 주인 없는 성에 숨어들면서 느끼는 내 죄책감과 자신도 모르게 락토를 흉내 내고 있을지도 모른다는 두려움이로군.'

'너는 나를 호도하고 있다.'

'그래? 그러면 너는 과텔의 수백 년 묵은 유령인가 보지.'

'과텔도 내게 와서 규리하가 되었다.'

헤어릿은 벽을 밀어냈다. 돌계단은 성의 다른 부분처럼 매끄럽지 않았다. 계단을 담당한 석공은 장구한 세월에 대비하여 쉬 미끄러워지지 않는 석재를 사용한 모양이다. 헤어릿은 계단의 거친 표면에 발을 내리눌렀다. 따끔따끔했다.

계단을 올라 회랑을 따라 걸어간 헤어릿은 객실로 이용되는 공간으로 접어들었다. 그 구조가 의미하는 바는 분명하다. 객실 이용자는 그곳에서 곧장 외부로 출입할 수 없다. 객실에 찾아가거나 그곳에서 나오려면 성의 주요 공간을 거쳐야 한다. 손님의 움직임을 세심히 살펴 예의를 갖추고, 손님을 보호하며, 동시에 손님이 손님에게 맞는 처신을 하는지 살피겠다는 의도다. 무향의 지배자가 선택할 만한 구조였지만 그 때문에 헤어릿은 꽤 긴 길을 걸어야 했다. 하지만 긴장을 풀 수는 없었다. 이이타가 알려준 지점 중 한 군데가 다가왔다.

'나라면 여기에 실을 걸겠어. 반드시 지나쳐야 하는 곳이니까. 혹은 잘 훈련된 개를 매어 둘 수도 있지.'

헤어릿이 정성껏 몸을 씻은 것은 냄새로 그녀를 찾아낼 개가 있을 것을 대비한 것이었다. 하지만 복도 어디에도 개는 보이지 않았다. 그래서 헤어릿이 예상한 위험은 하나만 남았다. 검고 질긴 실과 거기에 연결되어 있는 종. 하지만 헤어릿은 어둠 속에서 가느다란 실을 찾아내려 애쓰지는 않았다. 대신 쉽게 알아차릴 수 있는 표식이 있는지 살폈다. 누군가가 지나칠 때마다 성 전체에 경계가 걸리는 불상사는 피해야 하므로 성내의 사람들이라면 그곳에 신이 있다는 것을 알고 피할 수 있는 표시가 있을 것이다. 물론 전혀 표시처럼 보이지는 않겠지만…….

그러나 어디에도 눈여겨볼 만한 것이 없었다. 객사로 이어지는 복도는 퉁명스럽다 할 정도로 무미건조했다. '이 조각상 앞에서는 허리를 숙이고 걸어라.' 같은 지시를 내릴 만한 조각 같은 것이 없었던 것이다. 헤어릿은 고심하다가 그냥 통과하기로 했다. 혹 종소리가 난다 해도, 그래서 누군가가 달려온다 해도 그들은 헤어릿을 찾아낼 수 없다. 약간 더 귀찮아지기는 하겠지만.

복도 끝까지 걸어가도 몸 어딘가가 무엇에 걸리거나 종소리 같은 것이 나지는 않았다. 헤어릿은 아무런 방비가 없다는 사실에 조금 놀랐다. 그리고 조금 후 그녀가 붙잡은 문이 잠겨 있지 않다는 것을 확인했을 때 놀라움은 더욱 커졌다.

헤어릿은 뒤로 손톱만큼 물러나 있는 문을 내려다보았다. 안쪽에 불을 밝혀 두었는데 그 빛이 복도의 횃불보다 더 밝았기에 열린 문틈에서 가느다랗게 새어 나왔다. 빛이 흘러나오고 있다는 것은 안에 있는 사람이 깨어 있다는 의미일 것이다. 헤어릿은 어찌할까 하다가 일단 문을 열기로 했다. 문이 가로막고 있다면 감투를 쓰고 있다는 그녀의 우위는 무의미하다.

문은 약간의 소음만 내고 열렸다. 안쪽에서 목소리가 들렸다.
"파라말이냐?"

헤어릿은 안쪽의 상황을 살폈다. 창가의 책상에서 한 남자가 등을 보인 채 무엇인가를 쓰고 있었다. 서류더미 사이에 서 있는 초가 꽤 위태로워 보였다. 초가 넘어지면 책상 위는 당장 불바다가 될 것 같다. 헤어릿이 문을 완전히 열었을 때 남자는 쓰고 있던 것을 끝내고 붓을 들어 올렸다. 그리고 왼손으로 그 종이를 보지도 않고 옆에 내려놓았다. 종이 모서리가 초 근처를 지나치는 것을 보며 헤어릿은 조마조마한 기분을 느꼈다. 종이는 간신히 초를 피해 그곳에 쌓여 있던 서류더미 위에 안착했다. 그리고 남자는 붓을 벼루에 기대어 놓고는 기지개를 켰다. 아무래도 뒤를 돌아볼 생각이 없어 보였기에 헤어릿은 주의를 환기하기 위해, 그리고 방 안의 일을 감추기 위해 문을 살짝 닫았다.

문 닫히는 소리가 나자 남자는 그제야 뒤를 돌아보았다. 물론 남자는 아무것도 보지 못했다. 남자는 의자를 비틀며 옆으로 돌아앉았고, 여전히 아무것도 보이지 않는다는 사실에 의아한 표정을 지었다. 그리고 남자가 말했다.

"누군가가 문을 열었다가 내가 바빠 보이는 것을 보고는 다시 닫고 떠났다고 생각할까, 아니면 도깨비감투를 쓴 누군가가 들어온 거라고 생각할까?"

"뒤쪽이에요, 사라말 아이솔."

사라말은 허공에서 들려온 목소리에 감탄했다. 그리고 그는 헤어릿을 감탄하게 했다.

"실수하고 싶지 않아서 묻는 건데, 혹시 목소리가 여자 같아서 고민하는 남자는 아니겠지요?"

"여자 맞아요."

"좋습니다. 의자를 권하고 싶지만 앉을 리가 없겠고, 내가 일어나는 것도 반기지 않겠지요."

헤어릿은 자신이 그날 밤 도깨비감투를 쓰고 사라말을 방문한 다섯 번째나 여섯 번째 사람이 아닌가 의심했다. 지금껏 당황과 공포에 빠진 상대에게서 주도권을 자연스럽게 넘겨받는 일에 익숙해 있던 헤어릿은 사라말의 태도에 약간의 불안을 느꼈다. 그래서 그녀는 익숙하지 않은 시도를 하기로 했다. 주도권을 빼앗으려 한 것이다. 하지만 사라말이 건넨 뜻밖의 질문은 그녀의 시도를 무마시켰다.

"그래, 발케네 공의 전갈은 뭡니까?"

헤어릿은 당황하여 질문했다.

"예? 발케네 공의 전갈?"

"그래요. 그냥 편지로 보내도 되었을 전갈 말입니다."

놀람 때문에 헤어릿은 침묵했다. 고요가 길어지자 사라말은 짜증을 살짝 드러내며 말했다.

"나한테는 뭘 원하는 겁니까? 규리하에 내분을 일으키는 것에 내가 어떤 보탬이 될 수 있죠?"

헤어릿은 갑작스럽게 깨달았다. '모든 음모의 배후에는 발케네 공이 있다.' 사라말은 스카리 빌파가 무력으로 정복하는 데 실패한 규리하에 규리하 부자와 도깨비감투를 쓴 대리인을 보내어 내분을 조장하고 있다고 판단한 것이다. 헤어릿은 그것이 규리하 삼부자의 재결합과 비셀스 규리하의 저격 사건, 그녀가 최근에 했던 일들을 해석하는 가장 명쾌한 이론임을 인정했다. 하지만 그것은 사실이 아니다.

"뭘 오해하고 있군요. 나는 이이타 규리하를 위해 일하고 있습니다."

"진정성을 보이지 않으면 포섭이 힘들 텐데요."

"예?"

사라말은 손가락에 말라붙은 먹물을 긁적거리며 게으르게 말했다.

"이이타 공자가 그렇게 생각한다 해서 나까지 그렇게 믿을 이유는 되지 않으니까 그런 거짓말은 그것을 믿어 주는 사람에게나 하십시오."

의도를 속이고 규리하 부자에게 붙어 있는 것이 아니냐는 지적이었다. 헤어릿은 그 이론 또한 그럴듯하다고 생각했다. 사라말은 건조하게 말했다.

"감투를 쓴 암살자라. 그러고 보니 그날 소발굽 바위에서의 회합도 부녀 상봉이 아니라 암살을 위한 것이었던 모양이군요. 규리하 공이 갑자기 자리를 떠나는 바람에 첫 번째 시도는 실패했지만 결국 두 번째 시도에서 공을 저격하는 것에 성공했군요. 그런데도 사라티본 부대를 몰고 쳐들어오지 않는 것을 보니 발케네 공은 규리하를 날로 먹을 작정을 했나 보군요. 내가 할 일은 뭡니까?"

헤어릿은 충동적으로 감투를 벗었다.

사라말은 시야 가운데서 갑자기 나타나는 사람의 모습에 움찔했다. 곧 그의 눈이 날카롭게 변했다. 누군가에게 옷차림을 보여줄 일이 없었던 헤어릿은 그저 움직이기 편한 복장을 하고 있었다. 여인들을 즐겁게 하기 위해 그녀들의 옷차림을 칭찬하길 좋아하는 남자라도 입을 열기에 앞서 꽤 고민해야 할 만한 그녀의 옷차림은, 그 놀랄 만한 용모에 비하면 눈에 들어오지도 않는 것이었다. 헤어릿의 얼굴을 뚫어져라 바라보던 사라말은 고개를 끄덕였다.

"반갑습니다. 헤어릿 에렉스."

"왜 그렇게 생각하지요?"

"발케네에도 물론 미인은 많겠지요. 하지만 그중에서 발케네 공이 안심하고 감투를 넘겨줄 만한 미인은 공의 배다른 여동생뿐일 것 같군요."

헤어릿은 손에 들려 있는 감투를 내려다보았다.

"스카리는 내게 이걸 '넘겨준' 적이 없어요."

"그래요? 그러면 어떻게 손에 넣었습니까?"

헤어릿은 자신이 왜 감투를 벗고 모습을 드러내었는지, 왜 감투를 소지하게 된 경위를 말했는지 명확하게 알 수 없었다. 자신의 당혹을 다스리지 못한 채 그녀는 사라말의 질문에 대답했다.

"락토 빌파가 내게 이것을 줬어요. 아니요. 그런 표정 짓지 마요. 아들이 줬든 아버지가 줬든 큰 차이는 없고 발케네의 지배자를 위해 일하는 것은 마찬가지 아니냐고 생각하는군요. 거듭 말하지만 나는 스카리를 위해 일하는 것이 아니에요."

사라말은 턱을 만지작거리다가 갑자기 손을 움직였다. 헤어릿은 움찔했다. 하지만 사라말의 손은 그녀의 근처에 있는 의자를 가리키고 있었다.

"앉으시지요. 일어나지도, 누구를 부르지도 않겠습니다."

헤어릿은 사라말이 이 상황을 통제하고 있다는 느낌을 받았다. 하지만 그녀의 손에는 그 통제권의 향방을 단숨에 바꿔 놓을 물건이 들려 있었기에 내버려두기로 했다. 그녀는 사라말이 가리킨 의자에 앉았다. 사라말은 두 팔꿈치로 무릎을 짚은 채 상체를 내밀어 헤어릿을 물끄러미 바라보았다.

"그래서 당신은 발케네와 아무 관련이 없다는 겁니까?"

"나는 락토 빌파의 사망 후 발케네를 떠났고 지금은 자의로 공자를 돕고 있어요. 그런 행동이 발케네를 유리하게 한다고 해석하겠다면 반대는 하지 않겠어요. 하지만 그건 내 의도와 상관없는 부산물일 뿐이에요."

"세레지가 이이타 공자 곁에 있다고 말했던 사람이……."

"그렇습니다."

"왜 이이타 공자를 돕고 있습니까?"

"그건 당신이 관여할 바가 아니군요."

"좋습니다. 그렇다면 나를 찾아온 용건은 뭡니까?"

"이이타 공자는 되도록 유혈을 피하고 싶어하세요. 가장 적은 피해로 규리하를 되찾길 바라죠. 물론 당신에겐 거기에 대한 결정권이 없겠지요. 공자님이 원하는 것은 당신이 중계인 역할을 맡아 주는 거예요. 비셀스 규리하의 신하들을 설득해 주세요."

헤어릿은 잠시 기다렸다가 말했다.

"지금은 어렵지 않겠지요."

사라말은 다시 턱을 만지작거리다가 말했다.

"지그파 대장은 살아 있습니까?"

"우리가 보호하고 있습니다."

"도대체 어떻게 납치한 겁니까? 성격이 불같은 사람인데."

"그의 명예를 위해 말해 두겠는데, 보이지 않는 칼끝이 사타구니를 누르고 있는 상황은 그가 아닌 누구라도 감당할 수 없었을 거예요."

"그랬군요. 리시오가 사직서를 내던진 까닭은?"

"손녀딸의 잠자리에서 남자 옷가지 일체를 발견하고는 은퇴 결심을 한 거죠."

최근 그녀가 '실종'시키거나 '낙향' 시킨 사람의 숫자는 적지 않았지만 총리대부 리시오와 그의 손녀딸에 대해서는 헤어릿도 좀 미안한 감정을 가지고 있었다. 모습을 감춘 채 현장에서 보고 있었던 헤어릿은 그 어린 소녀가 얼마나 놀랐는지 똑똑히 보았다. 하지만 쥐도 새도 모르게 손녀를 겁탈해 버릴 수도 있다는 식의 협박이 아니고서는 강단 있는 총리대부의 고집을 꺾기 어려웠다. 미안한 마음을 금할 수 없었던 헤어릿은 고향으로 돌아가는 손녀의 마차에 그날 그녀의 잠자리에 들어갔던 것은 여자였으며 오직 할아버지의 고집을 꺾기 위해 그렇게 했을 뿐이라는 해명서를 살짝 집어넣었다…… 그런데 사라말이 갑자기 몸을 돌려 그 해명서를 책상 위에서 집어 들었다.

"사실이었군요."

사라말은 그것을 펼쳐 헤어릿에게 보여 주었다. 헤어릿은 자신의 글씨를 물끄러미 바라보았다. 사라말이 말했다.

"리시오의 손녀 르신은 할아버지처럼 용감한 소녀였습니다. 자신이 최근 규리하 성을 쑥대밭으로 만들고 있는 괴인에 대한 단서를 손에 넣었다는 것을 알자 이 해명서를 당장 우리에게 보냈지요. 이게 당신이 쓴 겁니까?"

"그렇습니다."

"르신은 혹 당신을 붙잡으면 자기가 자고 있을 때 남자가 들어왔다가 간 것이 아니라는 것을 알려 줘서 고맙다고 전해 달라더군요."

"비꼬는 투였나요?"

"내가 보기엔 진심이었습니다. 협박한 노고가 사라질 위험을 무릅쓰고 해명서를 넣어 준 당신의 친절을 배신하게 되어서 미안해하는 것 같더군요."

"그 애가 너무 놀라서 어떻게 되는 것이 아닌가 걱정됐어요. 그렇다면 리시오 대부의 낙향은 위장이었습니까?"

"아니요. 그건 사실입니다. 설령 침입자가 여자였다 해도 다음에 남자가 오지 말라는 법은 없다고 주장하더군요. 그래서 리시오는 당신이 붙잡히고 감투가 파괴되기 전에는 절대로 돌아오지 않겠다고 말하고 케나린으로 떠났습니다. 손녀를 끔찍이 위하는 사람이거든요. 물론 당신도 그걸 알았기에 그런 장난을 쳤겠지요."

헤어릿은 대답 없이 조용히 사라말을 바라보았다. 사라말은 그 해명서를 다시 책상에 얹어 놓고 말했다.

"예. 당신 말대로 지금 이곳의 분위기는 규리하의 지배권을 이전하자는 주장이 먹혀 들어갈 만합니다. 보이지 않는 습격에 잔뜩 겁을 집어먹은 사람들은 전 규리하 공의 복귀를 반대하면 시체조차 찾을 수 없는 방식으로 살해당할 거라고 믿고 있습니다. 당신이 그런 분위기를 만들었지요. 한 사람이 그런 일을 할 수 있다는 것이 정말 놀랍습니다."

사라말은 상황을 정리하려고 하고 있었다. 사라말이 꺼내기 어려운 말을 찾고 있다는 것을 느낀 헤어릿은 그가 그러도록 내버려두었다.

"공자의 처신도 놀랍군요. 그래요. 국외자인 나라면 비셸스 규리하에 대한 죄책감 없이 규리하의 전 지배자를 받아들이라고 조언할 수 있겠지요. 비셸스의 신하인 누군가라면 그러기 어렵겠지만."

헤어릿은 대답을 요구할 때가 되었다고 생각했다.

"해 주겠어요?"

헤어릿의 생각처럼 사라말은 질문을 꺼낼 시기를 기다리고 있었다. 그가 말했다.

"대장군에 대한 공자의 견해는 무엇입니까."

"예?"

사라말은 자신의 가슴을 살짝 두드렸다.

"아시겠지만 나는 현재 실직자이고, 그래서 어쩔 수 없이 직장의 회복이라는 측면에서 모든 것을 관찰하게 되는군요."

헤어릿은 살짝 미소 지었다.

"제국 부활 말씀이군요."

"하늘치를 이용해 대장군의 장도가 시작될 수 있도록 도와주신 것을 제외하더라도 규리하 공 비셀스 각하께서는 대장군에게 호의적이셨습니다. 그리고 제국을 되찾으러 떠난 대장군의 입장에서도 그가 변경백의 자리를 주었다고 할 수 있는 비셀스 각하께서 지러쿼터 산맥 서쪽에서 발케네를 견제해 주는 편이 좋습니다. 하지만 이곳에 대장군을 원수로 여길 자들이 돌아온다면 대장군에겐 여러 가지로 불편할 겁니다. 그리고 그것은 농담 따먹기로 봉급을 벌던 나날을 그리워하는 어떤 실직자에게도 불편합니다."

"솔직하게 말해서 이이타 공자는 제국 부활에 대해 어떤 언급을 하신 적이 없어요. 그분의 머릿속을 꽉 채우고 있는 것은 규리하의 수복뿐이니까. 하지만 내가 생각하기에 그분이 되찾고 싶어하는 것이 규리하라는 사실이 중요할 것 같군요. 규리하는 언제나 왕국의 방패였잖아요?"

"왕국의 방패…… 예. 하지만 불과 2년 전 규리하는 제국을 상대로 반기를 들었습니다."

"아니요. 충성 서약을 거부하는 황제를 상대로 반기를 든 거지요. 그들은 제국을 부정한 적이 없어요. 내 생각에 대장군이 적절한 황제를 찾아온다면 규리하는 그것을 받아들일 것 같군요. 충의공께서 나가를 왕으로 받아들인다는 사실에서 오는 거부감을 물리치고 대호왕을 받아들인 것처럼."

사라말은 우울한 표정을 지었다.

"가서 답을 받아 오실 수 있겠습니까?"

"답이오?"

"예. 변경백위를 되찾은 다음에 아이저 규리하가 대장군에 대해, 그리고 발케네에 대해 어떤 태도를 취할지 알아야겠습니다."

헤어릿은 사라말을 흉내 내듯 우울한 표정을 지었다.

"사라말 아이솔, 내가 그런 태도를 취했다는 것은 인정하겠지만 사실 나는 협상을 하러 온 것이 아니에요. 부드러운 분위기를 만들기 위해서 그렇게 했을 뿐이지요. 하지만 더 그럴 수가 없군요. 나는 명령하러 왔어요. 그리고 조건을 받아들일 계획은 없어요."

사라말은 별다른 표정의 변화를 보이지 않았다. 헤어릿은 무릎에 얹어 두었던 감투를 집어 들고 의자에서 일어났다.

"사라말 아이솔, 비셀스 규리하의 신하들을 설득하세요. 그렇지 않으면……."

"내 잠자리에 여자 옷 일체를 넣을 거라면 당신 것을 넣어 주십시오."

"예?"

"당신 것을 넣어 달라고 했습니다."
"그렇게 안 봤는데 저질스러운 말씀을 하시는군요."
사라말은 한쪽 눈을 약간 찡그렸다. 문득 헤어릿은 자기 얼굴에 침을 뱉고 있음을 깨달았다. 사라말의 퉁명스러운 표정은 그게 당신 특기 아니냐고 묻는 것이었다. 헤어릿은 당황했다.
"그렇게는 하지 않아요. 당신이 굴복할 협박을 할 거예요."
"창의력이 많이 필요할 겁니다. 나를 거세하겠다는 것 정도로는 안 될 테니까."
"그래요? 해 볼까요?"
헤어릿은 감투를 썼다. 그러나 곧 기겁하여 감투를 벗었다.
"뭐하는 거예요!"
"도와주려고."
"바, 바지 다시 올려요! 누가 도와달랬어요!"
사라말은 순순히 바지를 다시 끌어올렸다. 헤어릿은 노하여 말했다.
"사람들이 당신에 대해 하는 말이 사실이었군요. 제정신이 아니라고 하던데, 정말이었어요!"
"헤어릿, 이쪽을 보고 말해요. 다시 점잖은 차림새가 되었으니까."
엉뚱한 곳을 보고 있던 헤어릿은 조심스럽게 고개를 돌렸다. 사라말은 그의 말처럼 점잖은 차림새가 되어 의자에 앉아 있었다. 헤어릿은 사라말이 능글맞은 웃음을 짓고 있는지 살폈지만 전 율형부사는 조금 전 제국의 부활과 규리하의 차기 지배자의 조건에 대해 말하던 때와 똑같이 진지하고 엄격한 표정을 짓고 있었다. 그 얼굴을 본 헤어릿은 차라리 능글능글한 미소가 낫다고 생각했다. 사라말의 건조한 얼굴은 조금 전의 행동에 지극히 어울리지 않을 뿐만 아니라 그의 정신 이상설을 뒷받침하는 것 같았다. 당혹한 헤어릿에게 사라말은 웃음기 하나 찾아볼 수 없는 얼굴로 말했다.

"가서 물어보십시오. 규리하를 되찾으면 대장군을 지지할 것인지. 그리고 발케네의 준동을 계속 막으며 귀족원 회의의 개최에 협조할 것인지. 그렇게 하겠다면 나는 협조하는 것을 고려해 보겠습니다. 고려라고 말한 것을 지나치지 마십시오."

사라말의 진지한 발언은 헤어릿에게 전달되지 않았다. 자신이 당황했다는 사실에 화가 나 있던 헤어릿은 사라말의 약점이 무엇일지 생각하고 있었다. 곧 그녀의 뇌리에 어떤 사람이 떠올랐다.

"사라말 아이솔, 당신에겐 동생이 있지요."

사라말이 다시 한쪽 눈을 찡그렸다. 그 표정이 어떤 의미인지 알 수 없었던 헤어릿은 입술을 축이고 사납게 말했다.

"당신이 자신의 동생에게 가해진 위협에 어떻게 대처할지 궁금해졌어요."

"거세?"

"그 말 좀 그만해요. 누가 들으면 내게 그거 잘라 내는 취미가 있는 줄 알겠어요. 그런 방법 외에도 어떤 사람을 고통스럽게 할 방법은 많아요."

사라말은 고개를 끄덕였다.

"그 녀석이 마침내 대가를 치를 때가 왔군요. 내가 두 살 먹던 해에 제멋대로 태어나서 엄마 젖을 훔쳐간 대가를 치를 날이 언젠가는 올 거라 기대하고 있었습니다."

헤어릿은 사라말에게 그런 진지한 얼굴로 황당한 소리 좀 하지 말라고 말하고 싶었다. 그러나 그러는 대신 허리에 차고 있던 칼을 재빨리 뽑아 사라말을 겨냥했다.

"사라말, 나는 필요하다면 규리하 성 내의 모든 사람을 납치할 수도 있어요. 시간이 많이 걸리겠지만 불가능한 일은 아니지요. 당신들이 모든 문과 창을 막고 살 수 있는 것은 아니니까. 그렇게 해서 성을 텅 비게 한 다음 이이타 공자님을 이곳으로 안내하는 것도 불가능하지는 않아요. 하지만 공연한 시간 낭비는 하지 말도록 해요. 비셀스의 신하들에게 비셀스의 폐위와 아이저 규리하의 복귀를 준비하라고 전하세요."

"건투를 바랍니다."

"당신부터 시작해야겠군요. 일어나요. 당신이 사라지면 파라말 아이솔이 어떻게 행동할지 궁금해졌어요."

사라말은 의자에서 일어났다. 헤어릿은 칼을 쥐지 않은 손으로 감투를 머리에 써서 모습을 감추었다. 사라말은 헤어릿이 사라진 공간을 조용히 바라보았다. 조금 후 뾰족한 것이 그의 등을 살짝 찔렀다.

"앞으로 걸어가요. 이대로 성 바깥으로 나가지요."

"등 뒤에 있습니까?"

"그래요. 계속 여기 있을 거예요."

사라말은 앞으로 한 발 걸었다. 그러나 그 발을 축으로 삼아 사라말은 뒤로 빙글 돌았다. 그곳에서 그가 볼 수 있는 것은 아무것도 없었다. 사라말은 보이지 않는 헤어릿이 어떤 표정을 짓고 있을지 궁금해하며 말했다.

"난 안 갑니다."

"사라말!"

사라말은 손을 들어 자신의 심장이 있는 곳을 툭툭 건드렸다.
"찌르십시오."
대답이 없었다. 아무것도 보이지 않는 공간을 향해 사라말은 두 팔을 옆으로 벌렸다.
"부탁이 있습니다, 헤어릿. 나를 찌른 다음 내가 의식이 남아 있을 때 감투를 벗고 얼굴을 보여 주십시오. 나를 찌른 자의 얼굴을 기억해 두겠다거나 하는 것은 아닙니다. 아름다운 것을 보며 죽고 싶을 뿐입니다."
말도, 그리고 사라말이 귀를 기울였는데도 숨소리조차 들리지 않았다. 사라말은 한숨처럼 말했다.
"그리고 나갈 땐 신발을 신고 가십시오, 헤어릿. 발이 차가워 보였습니다."
딸꾹질인지 침을 삼키는 소리인지 구분하기 어려운 소리가 작게 들려왔다. 그런데 그 방향은 사라말의 등 뒤였다. 잠시 후 문이 열리는 소리가 들렸다. 사라말은 뒤로 돌았다. 문이 닫히고 있었다. 그래서 사라말은 재빨리 손을 들어 흔들었다. 그곳에 헤어릿이 있을지, 뒤를 돌아보고 있을지 알 수 없었지만 사라말은 정성껏 흔들었다. 조금 후 문이 닫혔다.
사라말은 닫힌 문을 바라보다가 몸을 돌렸다. 책상 앞에 다시 앉아 두 손으로 눈을 가렸다. 한참 그렇게 앉아 있던 사라말은 손을 치웠다. 그리고 헤어릿을 질리게 했던 건조한 표정으로 그녀가 들어오기 전에 쓰기를 완료했던 종이를 집어 들었다. 먹물이 말라 있다는 것을 확인한 사라말은 그것을 접으려 했다. 그러나 손을 멈추고 그것을 다시 들여다보았다.
그것은 서간이었고, 이렇게 시작했다.

'근계. 친애하는 지테를 시야니 자유무역당주⋯⋯.'

사라말은 혹 잘못 쓴 곳이 없는지 확인하기 위해 서간을 다시 읽기 시작했다. 그의 뇌리 속에는 헤어렷이나 임박했던 자신의 죽음에 대한 생각은 더 이상 남아 있지 않았다.

병사들이 들고 있는 횃불들은 빙퉁그러진 조명을 제공함과 동시에 매캐한 연기로 시야를 가리고 있다. 보이는 것은 모두 검붉게 일그러져 있다. 발케네 공 스카리 빌파는 자꾸 눈물이 나는 것을 견디기 어려웠다. 연기는 지독히 무례하다.

연기 때문에 시야가 흐려서 횃불을 들지 않느니만 못했지만, 그래도 빛이 있는 것과 없는 것의 심리적 차이는 크다. 그들의 주위에 있는 강물과 진지 곳곳에 놓여 있는 소화차가 단지 그곳에 있다는 것만으로는 안심하기 어렵다. 그것은 그곳에 있어야 할 뿐만 아니라 병사들의 눈에 불분명하게라도 보여야 했다. 잔뜩 화가 난 레콘들이 저편 어딘가에 있는 밤이라면 그런 확인은 불가결하다. 스카리는 눈 주위를 닦으면서 그렇게 생각했다. 그래, 필요하지.

붉은 어둠 속에서 무엇인가가 성큼 다가왔다. 레콘처럼 보이는 그림자였기에 스카리와 그의 주변에 있던 호위병들은 긴장했다. 스카리가 먼저 말했다.

"힌치오?"

"맞아."

호위병들이 안도했다. 그들도 힌치오의 목소리에 익숙했다. 조금 후 일그러진 그림자가 거대한 양손검을 어깨에 걸친 레콘의 모습으로 바뀌었다. 힌치오는 아래를 내려다보다가 호위병들 사이에서 스카리의 모습을 발견하고 그쪽으로 다가서며 말했다.
"여전히 거기에 있어."
"무슨 대비를 하고 있지?"
"대비? 없지, 뭐. 돌이라도 있으면 모아 뒀을 테지만 거긴 모래밭이라서 집어던질 돌도 없고. 어떻게 할 거야? 여전히 같은 생각이야?"
스카리는 고개를 끄덕였다. 스카리의 생각에 찬성하지 않았던 힌치오는 불만스러운 표정을 지었다. 하지만 그는 오래전에 끝난 논쟁을 재개할 생각은 없었다.
"좋아. 그러면 나는 사라티본 부대로 돌아가겠어. 잘해 봐."
"가거든 팔리탐에게 이곳으로 오라고 전해 줘."
"안 올 텐데."
스카리는 화가 치밀었다. 자신의 명령을 무시하는 팔리탐이 아니라 자신이 무시당한다는 사실을 공개적으로 거론한 힌치오에 대해서. 스카리는 주위의 호위병들이 무슨 표정을 짓고 있을지 궁금했다. 힌치오에게 그런 세련된 배려를 기대하기는 어렵다는 생각으로 자신을 억누른 스카리는 나직하게 말했다.
"힌치오, 팔리탐의 행동을 추측하라고 요구한 적은 없어. 그에게 내 명령을 전해 달라고 요구했을 뿐이야."
"전해 봐야 안 올 거라고. 팔리탐, 화가 났잖아. 그의 말도 맞아. 고작 서른 명 정도라도 저 녀석들은 제국군이야. 꼭 이렇게 포위하는 대신 그냥 협상을 해도 되잖아. 그 녀석들도 돌아갈 곳이 없어서 머리가 복잡할 텐데."
스카리는 침착을 계속 유지하는 것이 어렵다고 느꼈다. 곤란하게도 그 말은 그룸 성을 떠나기 전 부냐에게 들었던 것과 같은 말이었다. 부냐는 왜 당신이 직접 가야 하냐고, 사절을 보내서 항복을 권하면 되잖느냐고 질문했다. 거기서 그쳤더라면 좋았을 것을, 부냐는 왜 자꾸 자신의 곁을 떠나느냐고 그를 원망했다. 그 원망은 스카리에게서 설명해 주려는 마음을 앗아갔고 스카리는 닥치라는 한마디만 남겨 놓고 병사들과 함께 그룸 성을 떠나왔다.

스카리는 부냐에게 들려주지 않았던 설명을 힌치오에게 외쳤다.

"협상을 요구한다면 저쪽이 먼저 그래야 해. 이 땅이 누구의 땅이지? 여기는 발케네야! 나의 영토라고! 이 땅에서 저놈들은 침입자이며 패잔병이야. 그런데 내가 협상을 요청한다고?"

힌치오는 수염볏을 긁적였다.

"그게 그렇게 되나? 그런 것 같군. 하지만 왜 네가 직접 가야 하지? 물론 소화차를 밀고 들어가면 항복할 수밖에 없을 테니 안전하긴 하겠지만 그래도 우리가 가서 항복을 권하는 것이 더 안전하잖아."

"내 설명을 제대로 못 들었군. 내 영토에 들어온 자는 내가 심판해야 해."

힌치오는 스카리를 물끄러미 내려다보다가 고개를 끄덕였다.

"알았어. 그럼 갈게. 조심해."

"걱정 말고 가서 팔리탐에게 내 말을 확실히 전해 줘."

"그러지."

힌치오는 성큼 몸을 돌렸다. 그리고 흐릿한 연기 속에서 소화차를 걷어차지 않도록 조심해서 걸었다. 인간 병사들이 들고 있는 횃불은 그의 가슴 정도의 높이에서 흔들렸고 힌치오는 불빛의 호수를 헤치고 나가는 듯한 느낌을 받았다. 하지만 그렇게 아름답지는 않았는데, 그의 머리는 횃불에서 올라오는 연기들이 떠도는 높이였기 때문이다. 힌치오는 가끔 손을 들어 얼굴 주위에서 흔들어야 했다.

병사들 사이를 빠져나온 힌치오는 가슴을 펼치고 숨을 크게 들이쉬었다. 그러곤 깃털 사이에 묻어 있을 검댕을 털어내기 위해 몸을 확 부풀렸다. 몸을 부풀린 채 몇 번 세게 흔든 다음 마지막으로 부리에 묻어 있을 검댕을 털어내려고 손으로 부리를 문질렀다. 이쑤시개를 바닥에 꽂아 놓고 두 손을 턴 힌치오는 사라티본 부대의 불빛이 있는 곳을 찾아 고개를 좌우로 돌렸다. 조금 떨어진 곳에 커다란 모닥불이 피어 있는 것이 보였다. 사라티본 부대의 레콘들은 보온을 위한 불은 필요 없었고 야습 또한 걱정하지 않았기에 모닥불을 피우지 않는다. 그 불은 팔리탐이 피워 둔 것이다. 힌치오는 그쪽을 향해 성큼성큼 걸어갔다.

얼마 후 힌치오는 제멋대로 쓰러져 있는 레콘들 사이를 지나쳐 모닥불 근처에 도달했다. 모닥불 옆에는 팔리탐이 앉아 있었다. 팔리탐의 가면은 불빛에 붉게 물들어 있었다. 힌치오는 그의 맞은편에 털썩 주저앉았다.

"스카리가 오라던데."

팔리탐은 아무 대답이 없었다. 힌치오는 혹 그가 졸고 있는 것이 아닌가 생각했다. 가면 때문에 팔리탐이 졸고 있다 해도 알아볼 수는 없었다. 그래서 힌치오는 한 번 더 말해 보았다. 그러자 팔리탐이 고개를 들었다.

"들었소."

힌치오는 손바닥에 혹 검댕이 남아 있는지 알아보기 위해 모닥불에 손을 비추었다. 약간의 검댕을 발견한 힌치오는 그것을 문질렀다.

고원을 가로지르는 바람은 차갑지는 않지만 세차다. 지상에서는 풀잎들이 밤바람을 타고 오를 듯 나부꼈고 하늘에서는 편월이 구름을 자신의 도깨비감투로 삼아 모습을 감추었다 드러냈다 했다. 고원을 감싸고 있는 것은 어둠뿐이지만, 지난 며칠 동안 엉겅퀴 여단의 팡탄 하장군과 이곳에서 술래잡기를 했기 때문에 힌치오는 이 고원의 생김새를 잘 알고 있었다. 팡탄 하장군은 기를 쓰고 포위되는 것을 피하려 했지만 그에게는 고작 서른 명 정도의 부하밖에 없었고 그들을 포위한 사라티본 부대의 숫자는 막대했다. 흩어져서 각자 도망치는 것도 불가능할 정도로 촘촘한 포위망이 그들을 압박했고 결국 팡탄 하장군은 고원 한쪽을 가로지르는 강을 등지고 포위당하고 말았다. 그것이 그날 오후의 일이었다. 그리고 제국군 패잔병들을 포위하고 있던 사라티본 부대는 뒤늦게 찾아온 스카리 빌파의 병력에게 자리를 내주고 이곳으로 물러났다.

힌치오가 말했다.

"너 스카리가 협상 사절을 보내는 대신 직접 군대를 데리고 와서 화난 거지? 하지만 스카리가 그러던데. 저 팡탄 패거리들은 침입자니까 협상을 제안한다면 저쪽에서 먼저 그래야 한다고."

팔리탐은 지친 어조로 대답했다.

"허튼소리요."

"왜 허튼소리야?"

"스카리는 자기가 관여하지 않았던 전쟁과 자신이 얻지 못했던 승리를 느껴 보려는 것뿐이오. 불쌍한 패잔병들을 상대로."

"이기는 기분을 느끼려는 거라고?"

팔리탐은 허리를 돌려 삭정이를 집어 들어 부러뜨렸다. 삭정이를 모닥불에 집어넣은 팔리탐은 팍 피어오르는 불티를 보며 말했다.

"그렇소. 사라티본 부대를 이용해서 팡탄 하장군과 그의 병사들을 강변에 몰아넣고 최종 경고는 자신이 하겠다고 나서는 꼴을 보시오. 소화차를 잔뜩 몰고 가서 항복하라고 말하면 기가 꺾인 패잔병들은 그렇게 하겠지. 그러면 스카리는 자신이 패잔병들이 아닌 강대한 레콘들에게 이겼다고 생각할 거요."

"왜 그러는데?"

"제국군이 쳐들어올 때 아무것도 한 일이 없고, 세퀴라도에서는 돈에 굴복당했고, 규리하에서는 하늘치에 기겁하여 도망쳤고. 발케네령 전체와 사라티본 부대와 막대한 점령지를 얻었지만 그것 중에 그가 한 일은 아무것도 없소. 내가 기억하기로 그가 직접 한 마지막 일은…… 부냐 헨로를 데리고 이곳으로 도망쳤던 것뿐이오."

팔리탐이 말하려 했던 것은 '감투를 쓰고 아버지를 찌른 일'이었다. 하지만 그것을 말할 수는 없었다.

"그 이후로 그에겐 온갖 것이 다 주어졌소. 그것은 사실 그의 아버지가 다 준비해 둔 거였소. 제국군과 싸운 것도 그의 아버지, 그에게 온갖 것을 준 사라티본 부대를 창설한 것도 그의 아버지. 흐음. 아마 자신이 직접 나서는 것은 승리의 쾌감을 느끼려는 이유 외에 사라티본 부대의 개입을 피하기 위해서이기도 할 거요. 그렇다면 그것은 그의 아버지가 거둔 승리가 되거든."

힌치오는 이쑤시개의 칼날을 만지작거리다가 말했다.

"스카리를 싫어하는군."

"아버지의 반쪽도 되지 못할 자요."

"그럼 죽일까?"

팔리탐은 고개를 번쩍 들었다. 모닥불빛은 힌치오의 가슴 근방을 비추고 있었고 그 위쪽 그리고 약간 뒤쪽에 있는 힌치오의 얼굴은 조금 어두웠다. 팔리탐은 고개를 내려 힌치오의 손에 있는 이쑤시개를 바라보았다.

"뭐라고 했소?"

"네 말 들으니 저 녀석 변변찮은 녀석 같군. 죽이자고. 죽이기 싫으면 그냥 물러나게 해도 되겠지. 스카리를 쫓아내고 네가 발케네 공이 되면 되잖아. 스카리보다는 잘하겠지."

"당신…… 그와 계약을……."

힌치오는 빙긋 웃었다.

"위약금 돌려주지. 네가 좀 빌려 줄래?"

팔리탐은 침을 꿀꺽 삼켰다.

"나는 빌파 가문을 지켜야 하오. 그를 똑바로 인도할 수 있을 거요."

"그렇게 생각해?"

"그렇소."

"가문이 끊어지지 않도록 하는 것이 목적이지? 그놈의 가문 이야기 참 이해하기 어렵지만, 그것이 목적이라면 부냐가 스카리의 아이를 밴 후에 쫓아내면 되겠군. 그리고 스카리의 아이를 네가 잘 키워서 발케네 공의 자리를 줘. 어때?"

팔리탐은 이 어마어마한 계획에 놀랐다. 어떻게 보면 그렇게 놀랄 이야기는 아닐 수도 있지만 레콘의 부리에서 그런 이야기가 나온다는 것은 역시 놀라웠다. 팔리탐은 다시 침을 삼키고 머리를 차갑게 하기 위해 애썼다.

"힌치오, 그런 식으로 일을 처리할 수는 없소. 그리고 스카리에게 있을 변화 가능성을 무시하는 것은 그에게 불공평한 일이고."

"그런가?"

"그렇소."

힌치오는 선선히 고개를 끄덕였다.

"알았어. 네 생각이 그렇다면."

힌치오는 모든 것이 명쾌해졌다는 표정을 지으며 벌렁 드러누웠다. 얼마 지나지 않아 힌치오는 잠에 빠졌다. 그가 잠들지 않았다 해도 팔리탐이 가면 뒤에서 모든 것이 혼란스러워졌다는 표정을 짓고 있다는 것은 알지 못했을 것이다. 잠든 힌치오를 보던 팔리탐은 삭정이를 집어 들었다.

밤바람을 타고 소화차가 굴러가는 소리가 아련하게 들려왔다. 팔리탐은 그 소리를 지우듯 삭정이를 딱 부러뜨려서 모닥불 속에 집어던졌다. 불티가 파르르 피어났다.

피어오르는 불꽃을 보며 팔리탐은 암살의 주인을 생각했다.

후사린 강의 깨끗한 수면 위에 마차와 병사들의 모습이 한폭의 그림으로 떨어지고 있었다.

강변의 도로에는 수면에 그림을 던지는 마차와 병사들이 규리하 방향으로 움직이고 있었다. 촌로가 이끄는 소달구지에 견줄 만한 속도로 움직이는 마차 때문에 병사들은 마차를 앞지르지 않기 위해 애써야 했다. 마차를 몰고 있는 수전사 타이디 벤토는 마차에 조금의 진동도 허락하지 않을 태세였다.

타이디의 처신은 반은 상식적이고 전체적으로는 비상식적이다. 인간인 그는 자기 행동의 의미를 그런 이상한 비율로 분배할 수 있다. 마차 내에 있는 중상자를 배려하여 마차를 느리게 몰고 있는 그의 행동은 상식적이다. 마차 안에 있는 사람은 규리하의 현 지배자인 비셀스 규리하이므로 그녀의 안전은 타이디의 최대 관심사였다. 하지만 지배자가 지배의 모든 근거와 도구가 결집된 곳에서 격리된 상태에서 공격을 당했다면 반격에 앞서 최대한 빨리 그 격리부터 해소해야 한다는 점에서 볼 때, 규리하 성에 빨리 돌아가는 것이 규리하 공에 대한 최대한의 안전을 보장한다는 점을 볼 때, 느린 이동 속도는 공격자에게 두 번째 공격 시도를 허락할 수 있다는 점 등을 볼 때 그의 행동은 전체적으로 완전히 비상식적이었다.

타이디도 위험을 무릅쓰고 빨리 달리는 편이 합리적이라는 것을 알고 있었다. 그 때문에 그의 얼굴은 괴로워 보였다.

위험스럽게 늘어진 나뭇가지를 피해 머리를 숙였다가 다시 들어 올린 수전사는 결국 자기 기만을 인정하기로 했다. 타이디가 이동 속도를 늦추고 있는 것은 비셀스 규리하가 규리하 성으로 돌아가 다시 규리하의 오롯한 지배자가 되어도 되는지 확신할 수 없었기 때문이다. 자기 지배자에 대한 의심은 성실한 군인인 그에게 정신적 복통을 일으켰다. 타이디는 자신이 조만간 정신적 구토나 정신적 설사를 일으킬지도 모른다는 우울한 전망을 느꼈다.

마차 안에서는 같은 원인에 의한 다른 결과가 나타나고 있었다. 세레지 파림 또한 마차를 몰고 있는 타이디처럼 비셀스의 자격에 대해 의심하고 있었다. 하지만 규리하의 지배자 자격에 대해 의심하고 있는 타이디 벤토와 달리 세레지는 비셀스가 동정과 가호를 받을 환자 자격이 있는지 의심하고 있었다. 그리고 세레지는 그런 자신에 혐오감을 느꼈다. 세레지는 정우의 옆얼굴을 바라보았다.

정우는 옆머리를 마차 벽에 기댄 채 눈을 감고 있었다. 그 자세로 그녀는 꼼짝도 하지 않았다. 그녀가 숨을 쉬고 있다는 증거는 어디에도 보이지 않았다. 문득 세레지는 자신이 정우가 더 이상 숨쉬고 있지 않다는 증거를 찾기 위해 애쓰고 있음을 깨달았다. 세레지는 공포를 느꼈다. 정우가 죽는다면 고민도 없어진다는 생각을 해 버린 자신이 너무나도 무서웠다. 세레지는 입술을 깨문 채 정우의 옆얼굴을 바라보았다.

정우가 눈을 감은 채 말했다.

"세레지, 부탁이에요. 제발 훔쳐보지 마요."

말을 마친 정우는 눈을 떠서 고개를 돌렸다. 세레지는 창백한 얼굴로 고개를 떨어뜨리고 있었다. 그녀의 힘들어하는 모습을 본 정우는 미안함을 느꼈다.

"미안해요. 세레지. 어쩔 수 없는 일이겠지요."

"무슨 그런 말씀을. 아니에요, 각하."

세레지의 눈에는 눈물이 없었지만 그녀는 곧 눈물을 훔치려는 사람처럼 보였다. 하지만 그 대신 세레지는 허리를 숙여 마차 바닥의 바구니를 들어 올렸다.

"사실 약을 바르고 붕대를 갈 때가 되었거든요? 진작 말씀드려야 하는 건데 곤히 주무시고 계셔서, 아니, 주무시는 것처럼 보여서 말씀을 못 드리고 계속 곁눈질을 하는 무례를 범했어요. 주무시지 않았다니 잘됐군요. 지금 붕대를 갈아 드릴게요."

세레지는 바구니를 두 손으로 든 채 정우의 앞쪽으로 몸을 옮겼다. 그녀는 마차 바닥에 무릎을 꿇고 정우를 올려다보았다. 옷을 벗으라는 눈짓이었지만 정우는 주춤한 듯한 모습으로 세레지를 마주 보았다. 세레지가 걱정한 것이 정우의 안면을 방해하는 것이 아니라 정우의 몸에 손을 대는 것 자체임을 정우는 잘 알 수 있었다. 하지만 세레지를 돕기 위해 자기 손으로 직접 붕대를 감겠다고 말하는 것은 세레지가 감추고 싶어하는 그녀의 속마음을 지적하는 일이 될 것이다. 정우는 조용히 상의를 벗었다.

정우의 하얀 목과 도담한 가슴, 오래된 붕대에 감겨 있는 가는 허리 등이 드러났다. 세레지는 바구니에서 단검을 꺼내어 조심스럽게 붕대를 잘랐다. 약과 피 등에 절어 있는 붕대는 둥그스름한 모습을 유지한 채 허물처럼 떨어져 나왔다. 그 아래에는 미세한 땀 때문에 촉촉한 피부와 꿰맨 상처, 말라붙은 약자국…….

그리고 '다른 것'이 나타났다.

세레지는 상당한 노력을 경주했다. 하지만 그녀의 숨소리가 듣기 거북할 만큼 거칠어지는 것까지는 통제하지 못했다. 눈을 질끈 감거나 고개를 돌리지 않기 위해 온 신경을 쓰고 있었기에 세레지는 자신의 거칠어진 숨소리를 깨닫지도 못했다. 그리고 정우는 그 소리를 듣지 못한 척했다. 회피하면 안 된다는 강박관념은 세레지의 시선을 오히려 부자연스럽게 바꿔 놓았다. 세레지는 놀라거나 화난 사람처럼 정우의 몸을 바라보았다. 정우는 그 시선도 못 본 척했다. 정우의 의도적인 무관심 속에서 세레지는 의식을 집전하는 듯한 동작으로 그녀의 상처를 보살폈다.

느리게 구르던 마차가 더욱 느려졌다. 그리고 마차가 살짝 올라갔다가 다시 내려왔다. 노면의 불규칙한 요철을 본 타이디가 충격을 최소화하기 위해 애쓰는 듯했다. 정우는 억지로 속도를 통제당하는 말들이 짜증을 내지 않을까 걱정했다. 말과 타이디에 대해 생각하던 정우가 다시 세레지를 내려다보았을 때 세레지는 새 붕대를 감고 매듭짓고 있었다. 그녀의 이마에 맺혀 있는 진땀은 정우를 안타깝게 했다. 세레지를 도와줄 수 있는 길은 그것뿐이라고 생각한 정우는 세레지의 손이 떠나자마자 서둘러 옷을 입었다. 하지만 그것은 세레지를 편안하게 하는 대신 오히려 죄책감 속에 몰아넣었다. 세레지는 입술을 깨문 채 바구니를 정리하다가 갑작스럽게 말했다.

"각하, 죄송해요."

"세레지, 제발 그렇게 말하지 마요."

세레지는 말하고 싶었다. 자신은 정우를 괴물이라고 생각하지 않는다고. 하지만 그 말이 곧 정우를 괴물로 생각한다는 의미가 될 것을 모를 정도로 그녀가 멍청하지는 않았다. 더 이상의 사과는 사과라기보다 정우와 그녀 자신에 대한 고문이다. 세레지는 입을 다물었다. 정우는 눈 주위를 살짝 닦고 다시 마차 벽에 머리를 기댔다. 그녀의 안색은 파리했다.

'훔쳐보면 안 돼.' 하지만 세레지는 다시 정우를 보았다. 그녀의 시선은 정우의 창백한 얼굴이 아니라 그녀의 배 쪽을 향하고 있었다. 세레지는 조금 전 붕대를 풀고 새 붕대를 감기 전 그녀가 보았던 것을 떠올렸다. 그것은 무서운 것일까? 세레지는 알 수 없었다. 그것은 아름다운 것일까? 세레지는 알 수 없었다. 그리고 그 규정할 수 없다는 사실이 세레지를 정말 견딜 수 없게 했다. 세레지는 자신도 모르게 두 손으로 머리를 감쌌다.

비명을 들었을 때 세레지는 자신이 내지른 비명인 줄 알았다. 세레지는 깜짝 놀라 정우를 바라보았다. 정우는 놀란 얼굴로 마차 앞쪽을 바라보고 있었다. 세레지는 사과하려 했다. 그때 정우가 말했다.

"밖에서 비명이 들렸죠?"

비명을 들은 순간 마차를 몰던 타이디 벤토 수전사는 자신이 기다려 온 것이 바로 이것이 아니었을까 하는 생각을 했다. 습격을 당해 비셀스를 지키다가 죽는 것. 그러면 비셀스를 지킨다는 자신의 책임은 위반하지 않으며 또 비셀스가 규리하 성으로 돌아가는 것도 저지된다. 하지만 타이디는 곧 그런 생각을 떨쳤다. 지나치게 낭만적이다. 그래서 타이디는 방패를 들라고 외쳤다.

가장 처음 공격은 길 옆에 있는 덤불에서 날아온 무수한 돌멩이였다. 투구를 쓴 병사라 해도 투석을 직격으로 맞으면 쓰러질 수밖에 없다. 쓰러지지 않은 병사들은 방패를 들어 올리며 기를 쓰고 마차 주위로 모여들었다. 그러자 투석의 공격이 멎었다. 타이디는 습격자들이 활 대신 돌을 쓴 것, 마차 주위로 직접 던지지 않는 것을 보고 습격자들의 목표가 비셀스 규리하의 살해에 있지 않다고 판단했다.

곧 수풀 속에서 수십 명의 사람들이 우르르 달려 나왔다. 타이디는 뒤쪽에서 무슨 소리가 나는지 귀를 기울였지만 그쪽에서는 아무 소리도 들리지 않았다. 왜 습격자들이 앞뒤로 포위하지 않는지 생각해 본 타이디는 마차를 돌릴 공간이 없기 때문에 뒤로 도망칠 수 없어서 그랬다고 판단했다. 그렇다면 습격자들의 입장에서는 한쪽에 집결해서 공세를 높이는 편이 나았을 것이다. 결론을 내린 타이디는 앞쪽에만 주의를 기울이기로 했다. 그리고 타이디는 실소할 뻔했다. 그들이 그다지 윤리적이지 못한 용무를 가지고 왔다는 것을 짐작하기는 어렵지 않지만, 그래도 그 복장은 좀 너무했다. 정확하게 말하자면 복장이 아니라 그들의 얼굴을 가리고 있는 복면들이 그를 웃겼다.

수풀 속에서 뛰쳐나온 자들은 모두 복면을 하고 있었다. 얼굴이 잘 알려져 있거나 목격자를 남기면 곤란한 경우라면 숨쉬기 거추장스러운 복면도 필요할 것이다. 하지만 규리하 공 납치를 위해 온 자들이라면 복면은 무의미하다. 계획에 성공하면 규리하의 새 지배자가 그들을 보호해 줄 테고 실패하면 복면이 아니라 무엇을 하고 있든 끝까지 추적당해서 보복당할 테니까. 타이디는 어쩐지 좀 엉성한 습격자들이라고 생각했다. 선입견 때문에 그렇게 보이는 것인지도 모르지만 무기를 쥐고 있는 그들의 손도 어쩐지 어색해 보였다. 하지만 그 무기는 모두 새파란 장검이나 창처럼 치명적인 것들이었고 게다가 그 숫자가 꽤 많았다. 타이디가 지휘하는 무기의 두 배는 되어 보였다. 엉성할지는 몰라도 위협적이기는 했다.

거기까지 관찰하고 타이디가 어떤 결론을 내렸을 때 복면을 쓴 습격자들 중 우두머리로 보이는 남자가 외쳤다.

"마차를 놔두고 떠나라!"

타이디는 일단 격식을 갖추기로 했다. 그는 배에 힘을 주어 외쳤다.

"닥쳐라! 이 마차에 타고 계신 분이 누군지 아느냐!"

"물론 알아. 제 아비 자리 뺏은 버르장머리 없는 딸년이지."

복면의 습격자들이 와 하는 소리를 냈다. 그것이 어울릴 것 같아서 화난 척하던 타이디는 진짜 화가 나는 것을 느꼈다. 규리하 공에 대한 그의 의심이 무엇이든 그녀는 그의 주군이었다. 갑자기 타이디는 아스캄의 공회당에서 그가 보았던 것을 잊었다. 대신 그는 마차에 있는 사람이 그의 주군이며 상처 입은 처녀임을 떠올렸다.

타이디는 고삐를 놓고 마부석에서 훌쩍 뛰어내렸다.

타이디는 칼을 뽑아 들며 앞으로 척척 걸어갔다. 마차를 둘러싸고 있던 병사들은 놀란 표정으로 앞으로 나가는 수전사를 바라보았다. 병사들 앞에 선 타이디는 우두머리를 향해 칼을 겨누었다.

"어떤 녀석들인지 안다. 전쟁 유민이지? 배가 고파서 눈이 뒤집힐 지경이었지? 그래서 죽기 아니면 까무러치기라고 생각하고는 푼돈 받고 이 짓을 하기로 한 거지?"

습격자들은 복면으로 가려지지 않은 부분으로 놀란 표정을 지어 보였다. 병사들의 얼굴에 희망이 떠올랐지만 타이디는 노여움을 풀지 않은 채 말했다.

"그래서 불쌍하다는 생각도 조금 있었다. 하지만 이젠 생각이 바뀌었어. 그 버르장머리 없는 입을 찢어 놓을 테다! 돌격 준비!"

병사들은 비장한 표정으로 무기를 꼬나들었다. 습격자들은 자신의 정체를 낱낱이 밝히는 타이디에게 조금 질려 있었다. 하지만 우두머리로 보이는 남자가 고함을 질렀다.

"누구 입을 어떻게 해? 네 맘대로 될 것 같으냐! 우리도 죽을 작정으로 왔다. 해보자!"

그들은 전쟁 유민이되 규리하의 전쟁 유민이었다. 무향의 주민이고 굶주림 때문에 분노한 그들은 살기등등한 눈빛을 뿜어내었다. 타이디는 싸움이 쉽지 않을 것임을 깨달았다. 하지만 상관없었다. 그의 주군이 그 옷 아래 무엇을 가지고 있건 그녀는 타이디의 주군이고 규리하 공이었다. 타이디는 돌격 명령을 내리기 위해 가슴을 부풀렸다.

그러나 그 외침은 터져 나오지 않았다. 어디선가 어울리지 않는 소리가 들려왔기 때문이다.

타이디는 자신이 뭘 잘못 들었나 생각했다. 이곳에서 퉁소 소리가 날 까닭이 없었다. 병사들과 습격자들도 당황하여 그 소리에 귀를 기울였다. 이윽고 그들은 그 소리가 습격자들의 뒤편에서 들려온다는 것을 깨달았다. 습격자들은 앞쪽의 병사들을 경계하며 뒤를 흘끔흘끔 돌아보았다.

이윽고 퉁소 소리의 주인이 나타났다. 굽은 길 저편에서 나타난 것은 두 명의 인간과 한 마리의 말이었다. 말 위에는 소박하지만 맵시 있는 옷차림을 한 삼십 대의 여자가 타고 있었고 말 아래에는 체구 좋은 사십 대가량의 남자가 고삐를 잡은 채 걷고 있었다. 퉁소를 불고 있는 것은 말 위에 앉아 있는 여인이었다. 그리고 타이디는 그 이상의 관찰은 하지 않았다. 보통 정도의 상식만 가지고 있다면 이 수상쩍기 짝이 없는 광경을 뒤로 한 채 열심히 도망칠 테니까.

그들은 상식적이지 못한 사람임이 곧 밝혀졌다. 복면을 한 많은 이들과 칼을 빼 든 많은 병사들이 대치하고 있는 장소를 향해 그들은 똑바로 다가왔다. 복면의 습격자들도 타이디와 비슷한 예상의 빗나감을 경험한 듯 약간의 당혹과 분노를 드러내며 남녀를 쏘아보았다. 그들 중 누군가가 외쳤다.

"이 길은 막혔다. 다른 길로 돌아가!"

그 외침에 말구종처럼 보이는 남자가 말을 멈춰 세웠다. 그리고 말을 옆으로 돌렸다. 상황을 약간 늦게 파악하는 모양이라고 생각했을 때 남자가 다시 말을 멈춰 세웠다. 결과적으로 말은 궁둥이를 보인 채 서게 되었다. 당혹해하던 타이디와 병사들, 습격자들은 그 말이 궁둥이 양편에 상자를 매달고 있다는 것을 깨달았다. 그때 퉁소를 불고 있던 여자가 말에서 내려왔다.

여자는 습격자들을 물끄러미 바리보더니 상자로 손을 뻗었다. 그곳에서 무기가 나올 거라 생각한 습격자들은 약간의 긴장감을 느꼈고 타이디와 병사들은 약간의 기대감을 느꼈다. 하지만 남녀는 이번에도 그들의 예상을 만족시켜 주지 않았다.

상자 뚜껑 아래에서 드러난 것은 수백 닢은 족히 넘어 보이는 금편이었다.

교수대에 서 있는 사람도 누군가가 금편을 흘리면 다른 사람들과 마찬가지로 눈을 그쪽으로 돌린다는 이야기처럼 금의 누런 빛에는 어떤 마력이 있는지도 모른다. 습격자들은 잠시 자신의 역할을 잊은 듯 충격을 받은 표정으로 상자 가득한 금편을 보았다. 사람들이 금편 무더기를 확실히 인지했다는 것을 확인한 여자는 상자 뚜껑을 닫았다. 그러고는 우아한 동작으로 말의 볼기를 찰싹 후려갈겼다.

말은 이 모욕에 대한 적절한 반응으로 앞으로 달려갔다. 다가닥다가닥.

대치하고 있던 자들 모두 한결같은 당혹감 속에서 멀어지는 말의 궁둥이를 바라보았다. 하지만 여자는 그쪽을 보지 않았다. 그녀는 말구종처럼 보이는 남자를 향해 두 팔을 펼치고 극적으로 말했다.

"오, 충성스러운 나의 몸종아! 네 주인이 운이 나빠 말을 잃어

버렸구나."

"오, 존귀하신 주인님! 주의하셨어야지요. 어느 놈인지 모르지만 그 말을 주운 놈은 나가라도 노래를 부르겠군요. 일생 동안 놀고 먹을 금편을 주웠으니까요. 게다가 그것을 날라 줄 말까지 딸린 채로 말입니다."

"오, 지혜로운 나의 몸종아! 네 말이 맞구나. 세상의 누군가가 즐거워하게 되었으니 나 또한 기쁘다."

"오, 고결하신 주인님! 주인님의 말씀이 옳습니다만, 다음엔 그 즐거워하는 누군가가 소인이 되었으면 좋겠습니다."

타이디 벤토와 병사들은 한 편의 연극을 보는 것 같았다. 근사한 무대에서 능숙한 배우들이 펼치는 연극이 아니라 식후 여흥으로 연극을 보겠다는 변덕을 부린 영주 때문에 어쩔 수 없이 가설 무대로 끌려 올라간 경비병들이 펼치는 종류의. 어쩐지 그 통소부터가 지나치게 극적이었다. 타이디는 얼굴의 통제력을 전반적으로 상실할 것 같은 감동을 느꼈다. 습격자들도 타이디처럼 훈훈한 감동을 받은 것이 분명하다. 임시 연출가를 맡은 경비대장의 절망적인 손짓은 보이지 않았지만, 습격자들은 새로운 배역을 쉽게 받아들였다.

그들은 달아나는 말을 향해 맹렬히 달리기 시작했다. 현명한 행동이었다. 어색한 배우들이 원하는 것은 분명했고, 비록 그들의 연기는 어색할지언정 금편은 조금의 어색함도 없는 진짜이니, 그 어색한 남녀들이 원하는 배역을 받아들이는 것이 합리적이었다. 그 행동이 내포한 의미를 잠시 젖혀 둔다면 복면을 하고 무기를 든 수십 명의 사람이 일제히 한쪽 방향을 향해 씩씩하게 달려가는 모습은 어떤 연극에서든 귀하게 쓰일 만한 명장면이었다.

타이디는 하늘에서 막이 내려오지 않을까 의심스러웠다.

막이 내려오는 대신 명연기를 펼쳐 보인 주인과 몸종이 그를 향해 다가왔다. 주인 역의 여자는 어깨 너머로 습격자들이 뛰어가는 모습을 보다가 타이디에게 말했다.

"안전하십니까?"

"누가요?"

"젠장. 규리하 공 말입니다."

타이디 벤토는 생각했다. 흐음. 돈으로 사태를 깔끔하게 해결하는 걸 좋아하고 말을 길게 하게 만들면 짜증을 낸단 말이지.

"자유무역당원이십니까?"

"예인데 예입니까?"

타이디는 그 괴상한 말이 '당신의 질문에 대한 내 대답은 예인데 내 질문에 대한 당신의 대답도 예냐?'고 묻는 것이리라 짐작했다.

"예입니다."

여자는 고개를 끄덕이고 당원패를 꺼내어 내밀었다. 그러곤 턱으로 마차를 가리키며 말했다.

"저기?"

"거기."

타이디는 자신도 모르게 자유무역당원처럼 말했다. 여자는 고개를 끄덕이고 당원패를 다시 집어넣었다. 타이디는 사실 그것을 제대로 확인하지도 않았지만 다시 꺼내 보이라고 말할 여유는 없었다. 여자가 고함을 빽 질렀기 때문이다.

"규리하 공 비셀스 각하! 제때 도착해서 도움을 드릴 수 있어서 다행입니다. 남은 여행 평안하시길 바라며 몇 가지 알려 드릴 사항이 있으니…… 왜 그래요?"

"이봐요. 왜 갑자기 고함을 지르는 겁니까?"

수전사의 불평에 여자는 뭐 이런 바보를 다 봤나 하는 표정을 지었다.

"마차 가까이 못 가게 할 거 아닙니까?"

타이디는 그 말에 대해 생각했다. 비록 눈앞에서 습격자들을 퇴치해 주긴 했지만 그것 자체가 복잡한 습격 작전의 일부일 수도 있으니, 그녀나 그녀의 몸종이 마차 곁으로 접근하려 하면 그는 막아섰을 것이다. 여자의 말이 옳았다. 그리고 여자는 시간 낭비를 피하기 위해 그냥 제자리에서 고함을 지른다는 선택을 한 모양이다. 당원패는 확인하지 못했지만 타이디는 여자가 자유무역당원이 분명하다고 생각했다.

"알았어요. 알았습니다. 가까이 가서 말하지요. 당신들은 적절한 예의를 탐구하는 것을 시간 낭비라고 생각하는지 몰라도 내가 보기에 규리하 공께서는 그런 악쓰는 소리를 들을 분이 아닙니다. 좀 점잖게 행동하도록 하지요. 마차 곁으로 갑시다."

그러나 타이디는 어울리지 않게도 이렇게 고함지르고 말았다.

"세레지! 각하를 문에서 떨어져 계시게 해!"

몸을 돌린 타이디는 당신을 내가 만난 최고의 바보로 인정한다는 표정을 짓고 있는 자유무역당의 여자를 보게 되었고 꽤 부끄러워졌다. 타이디는 얼굴이 벌게진 채 여자를 마차 곁으로 안내했다.

마차의 창문은 안전을 위해 가려져 있었다. 여자는 가려진 창문을 향해 말을 시작했다.

"규리하 공 비셸스 각하, 제때 도착하여 도움을 드릴 수 있어서 다행입니다. 남은 여행 평안하시길 바라며 몇 가지 알려 드릴 사항이 있으니 들어 주시기 바랍니다. 현재 저희들은 변경백 각하를 공격한 자들을 추적하고 있습니다. 아직 그 신원은 밝히지 못했습니다. 규리하 성에서는 많은 납치 사건과 실종 사건, 정부 요인들의 느닷없는 사직 등이 일어나고 있습니다. 얼마 전까지 각하의 정부는 파탄 일보 직전이었습니다. 몇몇 용감한 이들이 가까스로 정부를 지키고 있었습니다. 아이솔 형제의 영웅적인 노력은 그들에게 큰 힘이 되었습니다. 저희는 각하께서 제안하신 사업 계획에 긍정적인 평가를 내렸으며 우선 수매권의 대가로 금편 육천 닢을 지불하기로 했습니다. 황제가 되시겠습니까?"

타이디는 해도 너무했다고 생각했다. 문장 사이에 아무런 접속사가 없을 뿐만 아니라 설령 접속사가 있다 해도 도무지 이어지지 않는 문장들이었다. 특히 마지막의 질문은 검술에 비유한다면 칼로 막고 방패로 찌르는 식의 파격이었다.

약간의 지체 후 가려진 창문 뒤쪽에서 목소리가 들려왔다.

"정우 규리하입니다. 좋은 꿈 꾸셨어요?"

여자는 어깨를 으쓱일 뿐 통성명은 하지 않았다. 마차 안의 정우가 다시 말했다.

"외조부께서는 제가 황제가 되길 바라시나요? 하지만 저는 귀족원 회의를 통해 새 황제를 선출해야 한다는 칼리도 백 엘시 에더리의 생각에 찬성하는데요."

"누군가는 선출되어야 하잖습니까. 선출되고 싶은 생각이 있으십니까?"

"없어요."

자유무역당원의 얼굴이 일그러졌다. 타이디는 그녀가 그저 확인 삼아 물어본 질문에 뜻밖의 대답을 들은 사람처럼 보인다고 생각했다. 그리고 당원이 다시 꺼낸 말을 듣고는 자신의 판단이 맞았음을 알았다.

"없습니까?"

"없습니다."

자유무역당에서 온 여자는 몇 호흡 정도 침묵한 채 마차를 바라보았다. 그러고는 갑작스럽게 말했다.

"각하, 이동하는 수도와 세계의 모든 곳을 이어 주는 뱀단지가 사라진 지금 사람들을 통제할 수 있는 수단은 돈밖에 없습니다. 그 밖에는 그 무엇으로도 이 광활한 땅과 각기 다른 생각을 가진 무수한 사람들을 통제할 수 없습니다. 돈이라는 것 자체가 서로 다른 것을 교환할 수 있게 하는 약속된 교환 가치이기 때문입니다. 돈은 언어와 같습니다. 언어도 서로 다른 생각을 교환할 수 있게 하는 약속된 교환 가치입니다."

타이디는 놀라움을 담은 얼굴로 여자를 바라보았다. '말 잘하잖아?' 여자는 마차를 향해 한 발 다가서며 말했다.

"국가에 대한 가장 짧은 정의가 조세권을 가진 통치 집단임을 생각해 보십시오. 국가가 탐욕스럽기 때문에 세금을 걷는다는 말은 물론 농담이 될 것입니다. 통치 조직 유지 비용과 공공사업의 재원을 마련하기 위해서라는 것은 겉으로 드러난 목적일 뿐입니다. 국가가 조세권을 가지는 이유는 다른 데 있지 않습니다. 국가는 사람들의 생각을 일정 부분 통제할 수 있어야 합니다. 하다 못해 그 구성원들에게 그들이 특정 국가의 국민이라는 생각 정도는 강제해야 합니다. 그러한 통제를 위해서는 서로 다른 생각을 교환할 수 있게 해 주는 언어가 필요하겠지만, 언어는 강제 징수할 수 있는 품목이 아닙니다. 그렇기 때문에 국가는 언어 대신 세금을 걷는 것입니다. 그런 점에서 볼 때 우리가 알았던 아라짓 제국은 좀 특이한 경우였습니다. 아라짓 제국은, 물론 언어 자체는 통제할 수 없었지만 대신 언어의 유통을 통제할 수 있었습니다. 뱀단지가 있었으니까요. 그래서 아라짓 제국은 정부도 작았고 세금도 낮았습니다. 저희들이 계산해 본 바로는 그 정도 크기의 통치 대상을 다스려야 하는 통치 집단이 거둬들이는 세금치곤 확실히 낮은 편이었습니다. 아마 저희들이 크게 융성할 수 있었던 것도 그 때문일 겁니다."

타이디는 재미있는 해석이라고 생각했다. 조세가 적었기 때문에 무역이 크게 활성화되었다는 말인가? 그에겐 그 해석을 검증해 볼 만한 경제학 지식이 없었기에 타이디는 일단 그 가설을 받아들이기로 했다. 여자는 목소리에 힘을 담아 말했다.

"하지만 그것은 사라졌습니다, 각하. 다시 돈의 시대가 돌아왔습니다. 그리고 저희들은 돈을 가지고 있습니다. 이미 말씀드렸듯이, 저희들의 돈 중 일부는 아라짓 제국이 거둬들일 필요가 없었기 때문에 저희들에게 온 세금일지도 모릅니다. 그 가설이 맞다면 저희들은 제국의 유산을 가지고 있습니다. 대장군이 찾으러 떠난 제국군은 가시적이고 게다가 보기에 그럴듯한 유산입니다만 그것만이 제국의 유산은 아닙니다. 저희들이 보관하고 있는 제국의 유산을 찾으십시오. 제국을 부활시키십시오."

"그 사람이 왜 저죠?"

"지테를 시야니 당주의 외손녀, 즈믄누리의 친구, 전통 있는 규리하의 계승자, 하늘치의 조종자, 인간이 벗어날 수 없는 땅의 속박을 벗어나 인간이 견딜 수 없는 시간을 견뎌 낸 오직 한 사람."

여자의 거침없는 대답은 짧지만 깊은 침묵을 가져왔다. 그 침묵이 사라졌을 때, 마차 안에서 들려온 것은 지금까지 들려온 목소리와 달랐다.

"그런데 당신들은 무엇을 얻죠?"

여자는 의아한 표정으로 타이디를 돌아보았다. 그것은 세레지 파림의 목소리였다. 타이디는 그것을 어떻게 설명해야 할지 알 수 없었고 정우 대신 세레지가 말한 이유를 알 수 없는 것은 그도 마찬가지였기에 그냥 불분명하게 고개를 끄덕였다. 여자는 뺨을 조금 긁고는 지금까지처럼 규리하 공을 상대하듯이 말했다.

"제국이죠. 제국이 있었기에 우리는 어떤 영지에서도 통과세를 내지 않았습니다. 아직 저희들을 상대로 통과세를 요청하는 영주는 없습니다만 이미 저희들은 다른 형태로 통과세를 지불하고 있습니다. 상단의 호위를 강화해야 했거든요. 제국 부재가 더 길어진다면 직접적인 통과세 요구도 나타날지 모릅니다. 저희는 그것이 싫습니다."

다시 세레지가 말했다.

"간단히 정리하지요. 자유무역당이 지원할 테니 귀족원 회의를 통해 황제가 되라는 거죠?"

"예."

"생각해 볼 시간은 있나요?"

"규리하 성에 도달할 때까지면 어떻겠습니까?"

"규리하 성…… 아, 그러고 보니 규리하 성에서 이상한 사건들이 많이 일어난다고요? 그러면 빨리 돌아가야겠군요."

"그렇게 서두르지는 않아도 됩니다. 저는 얼마 전까지 그랬다고 했습니다."

"지금은 아니라는 건가요?"

"아닙니다. 저희들이 그 상황에 대처하고 있습니다. 그곳의 일을 대강 정리하고 찾아오느라 이렇게 늦게 도착했습니다. 그런데 당신은 누굽니까?"

"저는 변경백 각하를 수행하고 있는 사람이에요. 지금 그분은 생각할 일이 좀 있으셔서 제가 대신 말하고 있어요."

"알겠습니다. 그러면 저희들이 성까지 돌아가는 길에 동행하겠습니다."

여자는 대답도 기다리지 않고 마부석에 성큼 올라가 앉았다. 타이디는 어처구니없다는 표정으로 여자를 보다가 말구종이 어디 있는지 살폈다. 그는 병사들 사이에 태연하게 서 있었다. 타이디는 마차 쪽을 쳐다보았지만 그곳에서는 별다른 말이 없었다. 타이디는 고개를 내두르고 여자의 곁에 올라가 앉았다. 고삐를 쥔 타이디가 일행을 다시 출발시켰다. 마차가 움직이고 나서 타이디는 여자에게 말했다.

"서두르지 않아도 된다고 했습니까?"

"이왕이면 빨리 도착하는 것이 좋겠지요."

"규리하 성이 이상한 공격을 받고 있다고 했던 것 같은데요."

"처리했습니다. 조금 전의 그 패거리들은 좀 일찍 출발해서 이곳까지 따라와 처리해야 했지요."

타이디는 그 다음에 그녀의 영웅담이 이어질 것을 기대했다. 그녀는 끝까지 그의 기대를 배신했다. 마부석에 올라온 이유가 그것 때문이라는 듯이 여자는 곧 눈을 감고 잠에 빠져들었다. 그래서 수전사는 그녀가 도대체 어떻게 규리하 성의 위험을 처리했다는 것인지 알 수 없었다.

이이타 규리하는 서신을 바라보다가 그것을 조용히 초로 가져갔다. 서신은 순식간에 타들어 갔고 자욱한 연기를 남겼다. 통풍이 좋지 않은 광산 내부였기 때문에 연기는 쉬 걷히지 않았다. 그래서 이이타는 손을 휘저어야 했다. 그와 함께 있던 다른 사람들도 비슷한 일을 했다.

연기가 그럭저럭 걷힌 다음 이이타는 의자에서 일어났다. 벽 쪽으로 다가가 그곳에 놓여 있던 물통의 뚜껑을 열고는 물 한 바가지를 떠 벌컥벌컥 마셨다. 입을 닦은 이이타는 물통 속에 바가지를 던져 넣고 다시 탁자로 돌아왔다. 탁자 주변에 있던 이들은 실망한 표정을 짓고 있었다. 이이타가 곧장 말하지 않았다는 사실은 나쁜 전조였다. 그리고 그들의 예상은 들어맞았다. 이이타는 씁쓸하게 말했다.

"우리는 좀 더 내핍의 정신을 함양해야겠군."

갱내 사무실은 무거운 침묵으로 빠져들었다.

이이타가 받은 편지는 케나린의 모 인사가 보낸 것이었다. 케나린 근교에서 커다란 염색소를 경영하는 대부호였던 모 인사는 서약 지지파이기도 했고 규리하의 통치자는 아이저 규리하여야 한다는 믿음을 가지고 있기도 했다. 그는 지금까지 자신의 믿음을 많은 자금으로 표시해 주었다. 하지만 편지는 그 신념의 표시가 끝났음을 통고했다. 그의 사업이 갑작스러운 경영난에 빠져 더 이상 후원금을 보내 줄 수 없다는 것이다. 그리고 이이타와 그의 가신들에게 그런 편지는 더 이상 낯선 것이 아니었다. 그 편지 이전에 비슷한 내용의 편지나 통고가 일곱 번이나 있었기 때문이다.

탁자 말석에 비스듬하게 앉아 있던 제이어가 자신은 별다른 압박감을 느끼지 않는다는 듯이 단조롭게 말했다.

"누군가가 대규모의 자본을 살포해서 공자님의 목줄을 죄고 있군요. 그리고 그 누군가는 아무래도 지테를 시야니일 것 같습니다."

몇몇 사람들은 놀란 표정을 지었지만 비슷한 예측을 하고 있던 사람들은 다만 무거운 한숨을 내쉬었다. 이이타는 웃음을 잃지 않으려 애쓰며 조용히 말했다.

"그래. 퍽 재미있는 싸움이군. 외조부께서는 당신의 사위나 우리가 아닌 당신의 외손녀를 선택하셨단 말이지. 헤어릿이 규리하 정부를 박살 내는 것이 빠를지 우리가 감자 한 포대도 살 수 없는 지경에 빠지는 것이 빠를지 궁금하군."

냉소주의자나 현실주의자들은 잘 알고 있지만 의행도 선행도 돈이 없으면 불가능하다. 황제에게 짓밟힌 규리하의 전통을 수복하자는 그들의 이상도 그들의 정신적 시장기는 해결할 수 있을지 언정 육체적 시장기의 해결에는 조금도 도움이 되지 않았다. 그들의 위장도 다른 이들의 위장과 마찬가지로 성미 급한 폭군이고 그 폭군을 달래기 위해서는 그들의 이상을 공유하는 자들이 희사하는 자금이 필요했다. 그런데 자유무역당이 그 자금줄을 막아버렸다. 이이타의 말은 도깨비감투라는 상대할 수 없이 막강한 무기를 가지고 있어도 금전적 빈곤 앞에서는 무력한 그들의 처지를 잘 나타내는 말이었다.

이이타의 가까운 곳에 앉아 있던 두르사 돌 하장군이 화가 나서 견딜 수 없다는 듯이 탁자 위에 얹어 둔 주먹을 쥐락펴락했다. 그러다가 갑자기 고개를 돌려 제이어 솔한을 노려보았다.

"도대체 왜 한 번 더 쏘지 않았습니까! 이왕 일을 저질렀으면 매듭은 확실히 지어야 했을 것 아닙니까? 그랬다면 이런 한심한 꼴은 당하지 않았을 텐데!"

제이어는 대답하지 않았다. 대신 이이타가 엄한 목소리로 말했다.

"두르사 돌 하장군, 그분은 내 누님이시다."

두르사는 그게 무슨 상관이냐는 표정으로 이이타를 돌아보았다. 이이타는 딱딱한 표정으로 하장군의 얼굴을 마주 보다가 타이르듯이 말했다.

"그리고 또한 그분은 규리하를 지키는 것에 도움이 될 수 있는 놀라운 능력을 가지고 계시지. 그분이 발케네군을 몰아낸 것을 벌써 잊지는 않았겠지. 나는 누님이 살아 계셔서 정말 기쁘다. 귀관도 흥분을 가라앉히면 나처럼 기뻐할 수 있을 거라고 생각해."

이를 부드득 갈던 두르사는 나직하게 말했다.

"규리하 성을 공격해야 합니다."

이이타는 작게 한숨을 내쉬었다.

"이름이…… 아, 그래. 아트밀과 야리키, 그리고 탈해 머리돌이 있잖나."

"상관없습니다. 우리에겐 보이지 않는 전사가 있습니다. 그리고 이미 납치해 온 인질들도 있습니다. 그들을 앞세워서 성을 공격하면 됩니다, 공자님. 공자님이 걱정하시는 것이 두 레콘과 도깨비 무사장이 아니라는 것을 알고 있습니다. 공자님께서는 아버님을 배신한 자들이 스스로 그 배신을 철회할 기회를 박탈하는 것을 두려워하고 계시지요."

이이타는 입을 꽉 다문 채 두르사를 바라보았다. 두르사는 주먹으로 탁자를 쾅 내리쳤다.

"하지만 이제 그들을 배려할 이유는 없어졌습니다! 그들은 자신들에게 주어진 기회를 엉뚱한 곳에 썼습니다. 자유무역당을 끌어들였습니다. 이제 그들이 받아야 할 것은 배려가 아니라 응징입니다. 누님께서 성으로 돌아오기 전에 성을 공격해야 합니다! 그리고 성을 점거한 다음 누님께 우리를 도울 것을 요구해야 합니다!"

"누님을 모시기 위해 사람들을 보냈잖나. 그분이 우리에게 오면 더 적은 폭력으로도 원하는 것을 얻을 수 있을 텐데."

"그들이 성공한다는 보장이 없습니다. 그리고 자유무역당이 그녀의 귀환을 돕기 위해 손을 썼을지도 모르잖습니까. 당연히 그럴 겁니다. 가장 중요한 것은 비셀스 규리하의 안전이니까요. 어디 있는지도 모르는 우리에게도 공격을 가하는 자들이 그녀에게 손을 쓰지 않았을 리 없습니다."

이이타는 한 손으로 허리를 짚고 다른 손은 탁자 위에 얹었다. 그는 탁자 주위에 앉아 있는 이들을 죽 둘러보았다. 황제에 맞서 함께 싸웠고, 함께 발케네로 도망쳤다가 함께 규리하로 돌아온 자들이었다. 그리고 아버지와 동생을 따라가는 대신 또 그의 곁에 남은 자들이었다. 2년 넘게 계속된 도피와 망명, 지하 활동으로 그들의 모습은 초췌했다. 이이타는 그들에게 지고 있는 빚을 생각했다. 그리고 그들이 아닌 배신자들을 위하는 것이 그들의 가슴을 얼마나 아프게 할지 생각해 보았다.

인도주의적인 이유만은 아니다. 그 배신자들은 현재 비셀스를 도와 규리하를 통치하고 있는 자들이고 따라서 그들의 자발적인 도움은 규리하를 되찾는 데에 상당한 도움이 될 것이다. 아니, 절대적인 도움이라고 할 수 있다. 규리하를 되찾는다 해도 지금 이곳에 있는 소수의 인원만으로 그것을 지탱하기는 어렵다. 그것을 이해하기에 그들도 배신자들이 노선을 변경할 기회는 주어야 한다는 이이타의 생각에 동의하고 지금까지 따라왔다. 하지만 그들의 마음속에는 두르사가 드러내는 복수심도 있을 것이다.

공격의 조건은 충분하다. 헤어릿은 성의 경비대장까지 납치해 왔다. 성의 방비는 약화되었고 그 주인은 아직 돌아오지 않았다. 두 명의 레콘과 도깨비 무사장이 있지만 그들에겐 보이지 않는 전사가 있다. 헤어릿이 그 세 사람을 쫓아내고 경비대장을 인질로 삼아 순식간에 경비대를 장악한다면 성을 탈환하는 것은 어렵지 않을 것이다. 이이타는 헤어릿을 바라보았다.

헤어릿은 그 시선이 자신에게 올 것을 알고 있었다는 듯한 표정으로 이이타를 마주 보았다. 이이타가 말했다.

"헤어릿. 세 사람을 쫓아낼 수 있겠나?"

"성공은 장담할 수 없지만 시도는 할 수 있습니다. 하지만 그 시도를 하기 위해선 한 가지 약속해 주셔야 할 것이 있습니다."

"그게 뭐지?"

"제가 공자님께 약속한 것은 규리하로의 귀환과 규리하의 탈환을 돕는다는 것이었습니다. 앞쪽의 약속은 이미 이행했고, 지금껏 제가 한 일은 두 번째 약속의 이행에 가깝다고 생각합니다."

"그대는 우리가 갚을 엄두도 내기 어려운 일들을 해 주었지."

"그렇다면 세 사람을 쫓아낸 다음 공자님의 곁을 떠나는 것을 양해해 주십시오."

두르사 돌 하장군이 낭심을 걷어차인 사람 같은 표정을 지었다. 다른 사람들도 대부분 당혹한 표정으로 헤어릿을 바라보았다. 그들은 그녀가 그들을 계속 돕고 규리하의 수복이 완료된 후에는 후한 보답을 받을 거라 기대하고 있었다. 헤어릿이 그런 종류의 보답을 바란 것이 아니라면 그녀가 그들을 돕는 이유를 설명할 수가 없었다. 하지만 이이타는 놀라지 않았다. 그는 담담하게 말했다.

"헤어릿, 잠시 따로 이야기 좀 할 수 있을까."

헤어릿은 의자에서 일어났다. 이이타는 탁자 위에 놓여 있는 촛대를 집어 들고 문으로 나갔고 헤어릿은 그 뒤를 따랐다. 탁자 주변에 있던 규리하 가문의 가신들은 당황한 표정으로 두 사람의 뒷모습을 좇다가 그 모습이 사라지자 황급히 속삭이기 시작했다.

사무실을 빠져나온 이이타는 지상으로 통하는 사갱을 걸어 올라갔다. 지상의 빛이 새어 들어오는 곳까지 올라간 이이타는 그곳에 서서 촛대를 땅에 내려놓고 헤어릿을 돌아보았다. 헤어릿은 갱도 벽 쪽으로 걸어가 거기에 등을 기대었다. 이이타는 그녀의 맞은편 벽에 등을 기대어 섰다.

"일단 당신의 요구 말인데, 나는 양해하겠어."

"감사합니다."

"감사해야 하는 것은 이쪽이지. 아무런 반대급부도 제공하지 못하면서 당신의 도움을 일방적으로 받았으니까. 하지만 떠나기 전에 확실히해 두고 싶은 것이 있어."

"뭐지요?"

"당신은 소리를 대신한 건가?"

헤어릿은 대답하는 대신 이이타에게 계속 말하라는 눈짓을 보냈다. 이이타는 옷소매를 만지작거리다가 말했다.

"소리는 규리하를 되찾는 일에 아무런 도움도 되지 못하지. 규리하의 공자에 비하면 신분도 낮고. 그래서 당신이 소리를 대신

해서 그렇게 많은 일을 한 거야? 당신에 대한 보답으로 소리를 받아들이라고? 하지만 그것은 내게 약간 불쾌한 일이군."

헤어릿은 빙그레 웃었다.

"그건 공자님이 하셔야 하는 일이었다는 건가요? 세상의 편견과 협박에 대항하여 소리를 지키는 일은?"

"말하자면 그렇다는 거지."

"공자님, 그런 이유도 있었다는 것을 부정하지는 않겠어요. 하지만 내가 공자님을 도운 것에는 다른 이유도 있었어요."

"그게 뭐지?"

헤어릿은 잠시 침묵했다. 폐광 어딘가에서 물이 떨어지는 소리가 들려왔다. 가냘픈 소리인 데다가 이리저리 울려서 위치는 알기 어려웠다. 그 밖에는 아무 소리도 들리지 않았다. 차가운 바위는 어둠을 흠뻑 머금은 채 고요히 그들을 내려다보고 있었다.

헤어릿이 가슴을 조금 부풀렸다가 말했다.

"제국이 사라졌다는 충격적인 사실에 놀라 그 부활밖에 생각할 수 없게 된 많은 사람들 중에서, 당신은 유일하게 다른 것을 걱정하고 있었어요. 규리하를 잃어버린 사실에 분노해서 그 탈환밖에 생각할 수 없게 된 사람들 사이에서, 당신은 유일하게 다른 것을 걱정하고 있었어요. 그래서 당신을 도운 거죠."

이이타는 고개를 갸웃했다.

"무슨 이야기인지 잘 모르겠군."

"모르셔도 괜찮아요. 이건 상당히 제멋대로의 행동이니까. 당신이 옳고 다른 사람은 틀리다는 말은 아니에요. 저는 옳고 그른 것에 대해서는 몰라요. 예, 제국의 부활도 중요한 일이겠지요. 그 일에 목숨을 거는 사람을 얼마 전에 보았어요. 하지만 저는 다른 작은 일에도 신경 쓰는 사람이 있으면 좋겠다고 생각했고, 당신은 그런 사람이었어요. 그래서 당신을 도왔죠. 하지만 그 일도 이제 끝낼 때가 되었어요. 이제 오랫동안 소망했던 일을 하고 싶어요."

이이타는 머뭇거리다가 말했다.

"그건…… 도깨비감투를 쓰고 사람들 사이로 사라지는 건가?"

"말하자면 그래요."

이이타는 두 손을 마주 잡아 턱을 눌렀다.

"나는 보답하고 싶어."

"제멋대로 한 일에 보답을 바랄 정도로 뻔뻔하진 않아요. 신경 쓰지 마세요, 공자님. 하지만 굳이 저를 위해 뭔가 해 주고 싶다면 소리를 잘 부탁해요. 그런데 이건 불쾌한 부탁이겠지요?"

이이타는 어쩔까 하다가 열정적인 청년의 모습을 연기하기로 했다. 그는 머리를 어깨 쪽으로 비스듬히 기울인 채 턱을 내밀고 말했다.

"확실히 불쾌하군. 당신이 그렇게 말하지 않아도 소리는 내가 지켜. 내 여자니까."

헤어릿은 방긋 웃었다. 이이타 또한 자신의 모습에 실소했다. 헤어릿이 말했다.

"그렇다면 저는 더 바랄 것이 없어요."

갱내 사무실에서는 의미를 구분하기 어려운 소음이 들려 나왔다. 그중에는 두르사 돌 하장군의 열정적인 목소리도 있었다. 사무실 앞에 서서 그 소리를 잠시 듣던 이이타는 문을 밀었다. 사무실 안쪽의 소음이 싹 사라졌다. 이이타는 주목하는 시선들 사이로 걸어 들어갔다. 그래서 그 뒤를 따랐던 헤어릿은 아무 주목도 받지 않고 들어설 수 있었다.

헤어릿과 이이타가 원래 자리로 돌아갈 때까지 사람들은 침묵했다. 자신의 자리에 앉은 헤어릿은 문득 말석 쪽에 있는 소리가 묻는 시선을 보내는 것을 보았다. 헤어릿은 웃으며 고개를 끄덕였다. 그리고 시선을 조금 옮겨 제이어 솔한을 보았다. 제이어는 들어오는 공자를 보지 않았다. 그는 얼굴을 천장으로 향한 채 눈을 감고 있었다. 그 옆얼굴을 보던 헤어릿은 뭔지 모를 불쾌감을 느꼈다. 그때 상석에 선 이이타가 말했다.

"모두 공격에 찬성하나?"

두르사 돌 하장군의 눈이 번쩍하는 것 같았다. 그는 힘차게 고개를 끄덕였고 다른 사람들도 연신 고개를 끄덕였다. 탁자 주위를 죽 둘러본 이이타는 고개를 떨어뜨렸다.

"우리가 어떻게 될지는 알 수 없다. 승리 속에서 영광을 누릴 수도 있지만 전장에 쓰러진 시체가 될 수도 있다. 하지만 한 가지 확실한 사실이 있다. 우리는 무향의 심장을 너무도 오랫동안 방치했다. 죽은 우리가 흘리는 피는 그 심장에 새로운 맥박을 줄 수 있겠지. 무향은 전사를 원한다."

이이타는 고개를 들었다.

"빼앗긴 것을 되찾을 시간이다."

대륙의 다른 지방에서는 꽃들이 자신의 방종함을 다스리고 다가올 여름에 대비하여 푸른 옷으로 갈아입는 시기, 북녘의 땅 규리하에도 마침내 봄 비슷한 것이 찾아왔다. 새벽녘, 성탑에 오르려고 주랑을 걷던 파라말 아이솔은 흉벽과 주랑이 만나는 틈에서 피어난 이끼들을 발견했다. 남향의 흙벽이 햇빛을 가려 어둑어둑한 그곳에는 여러 종류의 이끼들이 회색과 암초록빛으로 돌을 물들이고 있었다. 허리를 굽혀 이끼들을 내려다보던 파라말은 몸을 펴 흙벽 바깥을 내려다보았다.

규리하 정부가 아직도 규리하를 통치하고 있다는 환상을 만들어 내기 위해 그가 서류와 안건과 명령 사이에서 복잡한 장애물 경주를 하는 동안 자연은 환상이 아닌 진짜 봄을 빚고 있었다. 파라말은 배우고 싶은 일처리 방식이라고 생각했다. 대지의 곳곳에서 툭툭 터지듯 배어 나오는 초록은 진짜였다. 붉고 노란 꽃잎들도 진짜였다. 아직 해가 뜨지 않았지만 하늘은 푸르렀고 파라말은 지평선까지 뚜렷하게 볼 수 있었다. 그 광활한 땅은 사실적인 봄빛으로 물들어 있었다. 파라말은 가슴을 펴고 차가운 공기를 흠뻑 들이마셨다.

머릿속의 졸음기가 싹 날아가는 것 같았다. 지난밤 그는 밤새도록 일하느라 자지 못했고 창밖을 보고 하늘이 푸르다는 것을 확인하고는 그냥 잠을 포기하기로 했다. 그러고는 정신을 차릴 겸 오래간만에 일출을 보려고 밖에 나온 참이었다. 파라말은 나오길 잘했다고 생각하며 성탑 쪽으로 걸음을 옮겼다. 해가 곧 뜰지 모른다. 그는 성탑 위에서 그것을 보고 싶었다.

계단을 오르며 파라말은 어젯밤 그에게 온 서류를 생각했다. 그것은 자유무역당이 보낸 것이고 그 내용은 아이저 규리하의 복권을 기도하는 지하운동가들의 자금줄을 봉쇄했음을 알리는 통고였다. 파라말은 그것이 마음에 들었다. 수색을 벌여 전면전을 벌이는 것은 통쾌하겠지만 위험하다. 규리하가 내분에 시달리고 있다는 인상을 풍기게 되는 것은 둘째치더라도 도깨비감투를 가진

적과 전면전을 벌이는 것은 위험했다. 하지만 어떤 강대한 적도 굶주린 채 덤빌 수는 없다. 파라말은 그 지하운동가들이 곧 흐지부지 흩어질 거라 확신했다. 그러면 그도 진짜 일을 할 수 있을 것이다. 규리하 정부를 근근이 꾸리는 대신 그것이 새 제국의 임시 정부 역할도 감당할 수 있을 만한 행정력을 함양하도록 하는 것.

황제가 선출되었다고 해서 제국이 다시 부활하진 않는다. 새 황제가 통치에 이용할 정부 구조가 있어야 했다. 규리하 정부의 현재 모습으로는 도저히 그런 일을 맡을 수 없다. 엘시 에더리가 제국군을 모두 결집시키고 귀족원 회의를 개최하기 전에 규리하 정부를 강화해야 했다. 그리고 그녀가 새 황제가 되면…….

파라말은 생각의 흐름을 잠시 놓쳤다. 그는 어느새 성탑 위에 올라와 있었다. 그런데 그곳에는 다른 사람이 있었다.

"무사장님?"

탈해 머리돌 무사장이 흉벽을 짚고 서서 바깥을 내려다보고 있었다. 파라말의 말에 무사장은 고개를 돌렸다. 파라말이 말했다.

"일출을 보시려는 겁니까? 아니면 규리하 공이 오시는 것을 보려고?"

"어, 둘 다입니다."

"그렇군요."

파라말은 무사장에게 다가가려 했다. 그때 탈해가 손을 들어 제지하는 듯한 동작을 취했다. 파라말이 멈춰 서자 탈해는 슬픈 표정으로 말했다.

"미안합니다, 부사님. 혼자 있고 싶습니다."

"예? 혼자요?"

"예. 전 킴들에게 화가 나 있습니다. 킴들이…… 정우에게 한 일 때문에."

파라말은 '아' 하듯 입을 벌렸다가 황급히 고개를 끄덕였다.

"알겠습니다. 이해합니다."

"죄송합니다."

탈해는 사과의 말을 중얼거리고 다시 텅 빈 하늘 쪽을 바라보았다. 파라말은 무사장의 뒷모습을 보다가 몸을 돌렸다. 그는 성탑 아래로 내려가는 계단으로 사라졌다.

그러나 파라말은 계단을 걸어 내려가는 대신 재빨리 몸을 낮추었다. 그는 계단에 몸을 누이듯 한 채 성탑 쪽에서 자신의 모습을 볼 수 없도록 했다. 그리고 성탑 쪽을 향해 귀를 기울였다. 조금 후 어떤 여인의 목소리가 들려왔다.

"잘하셨어요, 무사장님."

"제발 그냥 떠나십시오, 보이지 않는 분."

"무사장님, 바닥에 앉으세요."

파라말은 긴장한 채 침을 삼켰다. 조금 후 무엇인가가 바닥에 앉는 듯한 소리가 들려왔다. 다시 여인의 목소리가 들려왔다.

"그걸로 눈을 가리세요. 말씀드렸듯이 이곳에서는 곧 큰 싸움이 있을 거예요."

"제발……."

"무사장님, 제 동료들은 당신을 어르신으로 만들어 즈믄누리로 보내면 좋겠다고 생각해요. 하지만 저는 아무리 두 번 죽는 도깨비라도 죽이고 싶지 않아요. 당신에겐 죽음이 아닐지 몰라도 제게는 살해니까요. 그냥 눈을 가리고 이곳에 계셔 주세요."

"보이지 않는 분, 당신은 착한 분 같군요. 그러니……."

"무사장님, 빨리 눈을 가리지 않으시면 제 팔을 베겠어요."

파라말은 그 말이 자해 공갈이라고 오해하지 않았다. 팔을 베면 틀림없이 피가 흐를 테고 피는 죽음도 두려워하지 않는 도깨비가 가장 무서워하는 것이다. 파라말은 아이저 규리하가 규리하성에 침입했을 당시 이곳에서 무슨 일이 일어날 뻔했는지 전해 들었고 그래서 속으로 아무 저항하지 말고 그냥 그 명령을 받아들이라고 기원했다. 그의 기원이 통한 듯했다. 무엇인가를 묶는 소리 같은 것이 들리다가 여인이 말했다.

"고마워요, 무사장님. 제 팔을 다치지 않게 해 주셔서."

탈해가 시무룩한 목소리로 말했다.

"보이지 않는 분, 이곳에는 두 명의 레콘이 있습니다. 공격하면 당신들만 다칠 겁니다."

"그분들은 움직이지 못해요. 제가 손을 썼으니까. 당신에게 마지막으로 온 거예요."

"서, 설마……?"

"아뇨. 죽이지 않았어요."

탈해는 안도의 한숨을 내쉬었다. 다시 여인의 목소리가 들렸다.

"모든 사태가 끝난 다음에 풀어 드리지요. 저는 당신 바로 곁에 있을 거예요. 당신이 불을 일으키려 한다면 어쩔 수 없이 당신을 즈믄누리로 보낼 수밖에 없어요. 그러니 아무 짓도 하지 않고 얌전히 앉아 있겠다고 약속해 주세요."

탈해는 약속의 말을 웅얼거렸다. 숨어서 엿듣고 있던 파라말은 그 말을 정확히 듣지 못했지만 좀 더 잘 들리는 위치로 움직이지는 않았다. 대신 몸을 일으켜 계단 아래쪽을 향해 맹렬하게 달려 내려갔다.

성탑 위로 올라가서 탈해를 구출하는 것은 불가능했다. 상대는 보이지 않는다. 게다가 그 과정에서 유혈이라도 발생하면 탈해가 무슨 짓을 저지를지 알 수 없었다. 그보다는 곧 있을 공격에 대비하는 것이 좋을 것이다. 그때 파르르 하고 깃발 나부끼는 소리가 들렸다. 파라말은 엉겁결에 걸음을 멈추고 뒤를 돌아보았다. 성탑 위에서 깃발이 나부끼고 있었다.

그 의미는 분명했다. 파라말은 성 바깥을 바라보았다.

일군의 무장한 병력이 성문을 향해 달려오고 있었다. 얼핏 보기에 이백 명은 넘는 듯했다. 파라말은 문득 질린 표정으로 흉벽 바깥으로 몸을 내밀었다. 그는 잇소리를 심하게 내었다.

도개교가 내려져 있었다. 그의 위치에서는 성문을 볼 수 없지만 파라말은 그것이 열려 있으리라 확신했다. 파라말은 고함을 내질렀다.

"습격이다!"

눈을 떴을 때 야리키는 기묘한 것을 느꼈다.

그는 규리하 성의 객사 쪽에 있는 자신의 방에 똑바로 누워 있었다. 자신의 거대한 몸에 이런저런 가구들이 부딪히는 것이 싫었던 야리키는 방 안의 가구를 모두 치웠고 그래서 그의 방은 휑한 편이었다. 그런데 눈을 뜬 순간 야리키는 협소한 공간에 갇혀 있다는 인상을 받았다. 의아해하던 야리키는 얼굴 위에 떠 있는 통을 발견했다.

통이 자신의 머리로 떨어지는 줄 알고 놀랐던 야리키는 곧 그렇지 않다는 것을 깨달았다. 아마도 창이 아닌가 싶은 네 개

막대기들이 천막의 지지대처럼 얽혀 통을 떠받치고 있었다. 야리키의 상황은 실제로 천막에 들어가 있는 것과 비슷했다. 다만 지지대뿐 천이 없다는 점과 전체적인 규모가 야리키의 상체 정도가 들어갈 정도로 작다는 점, 천막 상단부에 통이 놓여 있다는 점 등이 이색적이었다. 의아해하던 야리키는 그의 눈 바로 앞쪽, 즉 통의 바닥에 붙어 있는 도깨비지를 발견했다. 거기엔 뚜렷한 글씨가 씌어져 있었다. 야리키는 그 앞부분을 읽었다.

'움직이면 통이 떨어집니다. 그리고 통 안에 있는 것이 쏟아집니다.'

쏟아진다는 부분에서 야리키는 몸을 부풀릴 뻔했다. 그랬다간 그의 몸 주위에 있는 막대기 중 하나를 칠 것이며 통이 아래로 떨어지고 말리라는 것을 깨달은 야리키는 아슬아슬한 순간에 몸을 다시 수축시킬 수 있었다. 야리키는 딱딱하게 굳은 눈으로 경고문의 나머지 부분을 읽었다.

'당신의 사지에는 네 개의 밧줄이 묶여 있고 그 밧줄의 반대쪽 끝은 네 개의 막대기에 연결되어 있습니다. 팔다리를 함부로 움직이지 않는 것이 좋을 겁니다. 사태가 끝난 다음 돌아와서 치워드릴 테니 누워서 쉬십시오.'

야리키는 통에서 눈을 떼지 않으려 조심하며 자신의 사지를 살폈다. 누워서 발을 보는 것은 불가능했지만 팔은 어느 정도 보였다. 야리키는 자신의 손목에 묶여 있는 밧줄을 발견했다. 하지만 누운 채 머리만 조금씩 움직여 하는 관찰에는 한계가 있었다. 야리키는 그 밧줄이 어느 막대기와 어떻게 연결되어 있는지 알 수 없었다. 그 상황에선 손을 들어 통을 집을 수도 발로 찰 수도 없었다. 그리고 야리키는 밧줄이 없었다 해도 자신이 그런 짓을 하기는 어려웠을 거라 생각했다.

야리키는 누군가가 와서 물통을 치워 줄 가능성에 대해 알아보려고 문 쪽을 바라보았다. 각도가 좋지 않아서 문을 보기 어려웠다. 야리키는 머리를 크게 비틀었다. 가까스로 문 쪽을 본 순간 그의 벼슬이 막대기 중 하나에 닿았고 막대기들이 삐걱 하는 소리를 냈다. 야리키의 심상이 멎을 뻔했다. 자신이 죽었는지 살았는지 의심하며 그는 물통을 바라보았다.

물통은 여전히 막대기들에 의해 받쳐져 있었다. 물통의 안전을 확인한 야리키는 눈을 질끈 감았다. 하지만 그는 곧 눈을 떴다. 물통이 보이지 않자 더 두려웠다. 무심한 경고장을 바라보며 야리키는 자신이 보았던 것을 떠올렸다.

문을 본 것은 아주 짧은 순간이었지만 볼 것은 대강 보았다고 할 수 있다. 야리키는 문에 빗장이 질러져 있는 것을 보았다. 빗장 가운데는 실이 묶여 있고 그것은 아래로 늘어져 있었다. 무슨 일이 일어난 것인지는 쉽게 알 수 있었다. 이 벼슬 빠질 덫을 만든 침입자는 빗장에 실을 묶은 다음 문밖으로 나가서 실을 잡아당겼다. 그렇게 빗장을 질러 놓은 다음 실을 문 안으로 쑤셔 넣었을 것이다. 문은 안으로 잠겨 있었다. 따라서 누군가가 야리키의 안부가 궁금해서 이 방으로 온다면 도끼도 가져와야 할 것이다.

상황을 인정하는 편이 타개책을 찾는 것에 더 도움이 되기 때문에 야리키는 자신이 꼼짝달싹할 수 없게 되었다는 것을 순순히 인정했다. 그리고 타개책이 떠오르길 기다렸다. 하지만 떠오르는 것이 없었다. 불행은 나누면 반이 된다는 것을 떠올린 야리키는 이 성에 있는 또 한 명의 레콘 아트밀도 비슷한 덫에 갇혀 있을까 생각해 보았다. 아마도 그럴 것이다. 이것은 레콘을 상황 바깥으로 치워 두려는 수작이고 따라서 또 한 명의 레콘이 간과될 까닭은 없다. 아트밀 또한 비슷한 처지에 빠져 있을 거라 생각한 야리키는 기대와 달리 더 불행한 기분이 들었다. 곧 공격이 시작될 테니까.

분명히 그럴 것이다. 규리하 성을 공격하려는 자들이 상황에 큰 변수가 될 수 있는 레콘들을 먼저 처리하기로 한 것이다. 엉망진창인 성의 방어 상태를 떠올린 야리키는 벼슬을 세우고 싶은 기분을 느꼈다.

그러나 새로운 의심이 야리키의 머릿속에서 모든 것을 날려 버렸다. 야리키는 대강 만들어진 물통의 바닥에서 무슨 일이 일어나는지 알고 있다. 야리키는 눈을 동그랗게 뜬 채 물통의 바닥을 바라보았다. 하지만 경고장 때문에 그 바닥이 잘 짜맞춰져 있는지, 어딘가에서 배어 나온 물이 물방울로 변하고 있는지 확인하기 어려웠다. 야리키는 필사적으로 경고장에 젖은 흔적이 없는지 살폈다.

열린 성문을 향해 뛰어들었을 때, 이이타는 위에서 들려온 소리를 들었다.

"습격이다!"

이이타의 곁에서 칼을 뽑아 든 채 달리던 두르사 돌 하장군이 말했다.

"느리군요. 역시 똑똑한 병사들은 모두 비셀스의 곁에 있나 봅니다. 그러면 저는 발리츠에게 가겠습니다!"

"몸조심해. 그는 고명한 무사다."

두르사는 씩 웃었다.

"판사이에서는 그렇겠지요. 하지만 이곳은 규리하입니다."

이이타는 마주 웃었다. 두르사는 곧 자신이 지휘하는 병사들을 이끌고 성의 마당 저편으로 달려갔다. 그리고 다른 가신들이 차례로 예정했던 공격 지점으로 달려갔다. 그들은 모두 이곳 지리에 훤하다. 성의 경비대를 장악하기 위해 달려가는 자들을 보던 이이타는 본관으로 통하는 계단에 뛰어올랐다.

그를 따르는 병사들의 숫자는 적지 않았지만 이이타는 그들에게 별다른 기대를 하지 않았다. 성을 공격하기 위해 규리하에 있던 가신들 각자의 혈족들과 지인들을 끌어모았지만 그 숫자는 많지 않았다. 하늘치를 조종하는 규리하 공과 도깨비 무사장에 대한 두려움 때문이었다. 그래서 얼마 남지 않은 자금으로 사람들을 급히 사야 했다. 그들은 부랑자나 다름없었고 도저히 정예 병력이라 할 수 없었다. 이이타는 그들이 통제할 수 없을 정도로 약탈에 심취하지나 말기를 바랐다.

곧 이곳저곳에서 고함과 비명 등이 들려왔다. 이이타는 조금씩 흥분되는 것을 느꼈다. 아직 그의 앞에 나타난 적은 없었지만 많은 이와 싸워 온 것 같은 느낌을 받았다. 이이타는 굶주린 표정으로 다가오는 적이 없는지 살폈다. 하지만 이 새벽 성은 아직 잠에서 깨지 않은 듯했다. 헤어릿이 성문을 열어 놓았기 때문에 그들의 습격은 놀랍도록 기습적이었고 규리하 성은 저항 태세를 갖추지 못했다. 이이타는 흥분을 억누르기 위해 자신이 해야 할 일을 생각해 보았다. 본관을 장악하고 저항 세력을 일소한 다음 문을 봉쇄하여 본관과 외부의 연결을 차단하는 것이 그의 일이었다. 하지만 저항 세력이 달려와 주지 않는다는 것은 약간 곤란한 문제였다. 그들을 찾아다녀야 할 판국이기 때문이다. 그렇다면 필연적으로 본관의 봉쇄가 늦어질 것이다. 이이타는 자신을 뒤따르고 있는 자들을 흘끔 돌아보았다.

'안 돼. 흩어져서 싸우라고 말했다간 무슨 짓을 할지 모른다. 데리고 있어야 해.'

이이타는 일단 그들에게 주 통로를 모두 막아서라고 외쳤다. 그리고 자신은 병사들을 이끌고 대전이 있는 곳으로 달려갔다. 그때 처음으로 이이타는 성안의 사람을 보았다. 하지만 그것은 이른 새벽부터 아침 준비를 하기 위해 일어났던 어린 하녀였다. 하녀는 갑자기 터져 나온 비명에 놀란 듯 바닥에 주저앉아 몸을 쪼그리고 있었다. 이이타와 병사들이 다가가자 하녀는 머리를 감싸 쥔 채 비명을 빽 질렀다. 그러자 병사들 중 거칠어 보이는 이가 무기를 들어 올렸다. 이이타가 외쳤다.

"멈춰! 뭐하는 거냐!"

"시끄럽잖습니까."

"그만둬. 무기를 든 사람만 상대한다. 너희는 규리하 인이 아니더냐!"

무기를 들었던 병사는 그 말에 주춤하다가 말했다.

"그러면 저 녀석을 공격합니까?"

이이타는 그가 가리키는 곳을 보았다. 그곳에는 한 남자가 창을 든 채 계단을 내려오고 있었다. 손에 든 창 외에 남자에게서는 어떤 전투 태세도 보이지 않았다. 갑옷이나 투구 같은 것도 없이 평상복 차림이었다. 이이타는 결정했다.

"무기를 버리고 엎드려라!"

남자는 그 말에 자신의 창을 내려다보았다. 그는 무기를 버릴까 말까 고민하는 것처럼 보였다. 그때 복도 저편에서 사람들이 달려오는 소리가 들렸다. 그쪽을 보니 무기를 든 하인들이 달려오고 있었다. 그러자 계단의 남자는 다시 창을 들었다. 이이타는 쯧 하는 소리를 내고 병사들에게 말했다.

"가서 싸워라. 이 친구는 내가 맡지."

병사들은 함성을 지르고 하인들에게 달려갔다. 이이타는 계단으로 성큼 올라갔다. 남자는 그 모습에 놀란 듯 움찔하다가 말했다.

"저는 파라말 아이솔입니다. 미안하지만 바둑으로 하면 안 될까요?"

이이타는 고개를 끄덕였다.

"나 이이타 규리하는 부사가 갇힌 감옥으로 바둑판과 돌을 들고 찾아가겠다고 약속하지."

역시 안 되나. 파라말은 쓰게 웃으며 창을 내찔렀다.

이이타는 그 창을 크게 쳐내고 단번에 쇄도했다. 파라말의 몸 어딘가가 찢어지지 않은 것은 그가 자신의 무술을 과신하지 않기 때문이다. 파라말은 명쾌하게 물러났다. 뒤로 물러나던 파라말은 벽에 걸려 있는 횃대를 보고 긴 창으로 후려쳤다. 낮이라 거기에는 횃불이 없었지만 횃대는 재와 먼지를 듬뿍 날렸다. 이이타는 눈을 가리며 주춤했고 그동안 파라말은 열심히 도망쳐 계단 위에 올라섰다. 다시 눈을 뜬 이이타는 높은 위치에서 긴 무기를 들고 있는 파라말을 보고 혀를 찼다. 하지만 파라말은 자신의 유리함을 잘 모르는 사람처럼 긴장한 채 외쳤다.

"이이타 공자! 도대체 뭘 원하는 겁니까?"

"규리하를 돌려받는 거지."

"제국이 사라졌다는 것을 모릅니까?"

"알아차리기 어려운 비밀은 아닌데, 그게 어쨌다는 거지?"

"공자님의 누님만이 제국을 되찾을 수 있단 말입니다!"

이이타는 고개를 옆으로 기울인 채 파라말을 올려다보았다. 파라말은 창을 치우고 싶은 것처럼 보였다. 말을 해야 한다는 사실과 창을 겨누어야 한다는 사실이 그를 혼란스럽게 하는 듯했다.

"새 황제 후보자들 중 공자의 누님보다 더 나은 조건을 가진 자는 없습니다. 그분께 없는 것은 오직 압도적인 무력뿐입니다. 무향 규리하의 지배자에게 다른 것도 아닌 무력이 없다는 것은 어떻게 보면 참 희극적인 일이지요."

"나는 누가 그렇게 만들었는지 알아."

"저도 압니다. 어제의 일은 잠시 제쳐 두고 내일을 보지요. 무력이 부족하다는 것이 그분의 유일한 약점입니다만, 그것은 해소될 수 있습니다. 대장군이 제국군을 통합하는 데 성공하면 지금 제국에서 수위를 다투는 무력의 소유자들은 모두 두 번째나 세 번째 위치로 물러나야 할 겁니다. 무력은 중요한 것이 아니게 될 거란 말입니다. 그러면 바로 누님께서 귀족원 회의를 통해 황제가 되시는 거죠. 제국을 부활시키는 겁니다! 그렇다면 규리하 정부는 새 제국의 정부로 이어져야 합니다."

이이타는 입을 조금 벌린 채 고개를 끄덕였다.

"그대 형제들이 누님을 돕고 있던 것은 그런 이유 때문이었군. 새 제국 정부의 초석을 다져 두기 위해?"

"그렇습니다. 그런데 당신이 그걸 파괴했습니다! 그리고 이제 절명시키려 하고 있습니다. 그토록 이기적인 행동이 어디 있습니까?"

"잃어버린 것을 되찾는 것이 이기적이란 말이냐? 그것은 너도 원하는 일인 것 같은데."

"규리하와 제국이 같습니까? 몇몇 사람의 편협한 이기심 때문에 6억 명의 사람들이 혼돈과 분란 속에 방치되어도 좋단 말입니까? 제국 실종의 기간이 길어질수록 더 많은 피가 흐른다는 것은 생각할 필요도 없이 당연한 일입니다. 규리하를 되찾는 대가로 그 고통의 기간을 늘이는 것이 규리하의 정신입니까? 그것이 변경백의 명예를 초개처럼 던지고 남쪽으로 갔던 후사린과 지러쿼터 산맥을 넘어와 왕의 변경백령을 부활시켰던 과텔의 전통을 잇는 일입니까?"

이이타는 무거운 표정으로 고개를 가로저었다.

"부사가 가진 뜻의 깨끗함을 무시하지는 않겠어. 하지만 두 가지는 말해야겠군. 첫째, 그대가 규리하를 미시적인 것으로, 제국을 거시적인 것으로 볼 수 있는 것은 그대가 남달리 통찰력 있는 사람이기 때문인가? 나는 그대가 규리하 인이 아니라는 사실 또한 그런 시각에 큰 영향을 주었으리라 생각하는데. 둘째, 우리에겐 기회가 주어지지 않았다. 제국을 위해 희생하기로 한다면 그것은 우리의 결정이어야 해. 부사의 말은 훔쳐간 물건을 더 귀하고 더 소중한 일에 쓸 테니 포기하라고 말하는 도둑과 같아. 그 도둑의 말이 사실이라 해도, 그 귀하고 소중한 쓰임을 알았다면 나 스스로 그 물건을 내놓았을 거라 해도 절도가 정당화되지는 않는다."

"명예를 위해 무고한 피를 받아내겠단 말이군요."

"세상에 무고한 피는 없다."

이이타는 대답 끝에 허리의 단도를 뽑아 파라말에게 던졌다.

원래 던지기 위한 것이 아닌 데다 급하게 던졌기 때문에 그것은 회전하며 날아갔고 파라말은 단도의 칼자루에 정강이를 부딪혔다. 파라말이 비틀거리는 순간 이이타는 계단을 뛰어 올라갔다.

야리키는 몸 이곳저곳에서 자꾸만 깃털이 일어나려 하는 것을 억눌렀다. 바닥에 누워 있다 해도 꼼짝도 하지 않는 것은 중노동이다. 거기에 불안감과 분노, 초조함 등이 가미되면 간단히 고문으로 바뀐다. 야리키는 핏발 선 눈으로 머리 위에 떠 있는 물통을 바라보았다. 졸도할 것 같았지만 성 이곳저곳에서 들려오는 소리 때문에 그러기 어려웠다. 그것은 레콘의 전사혼을 자극하는 소리였다. 다급한 발소리, 성난 창검이 부딪치는 소리, 비명과 기합과 호통 치는 소리.

이 상황이 악몽이거나 소름 끼치는 종류의 장난이길 바라던 그의 희망은 오래전에 무산되었다. 일어날 거라 예상했던 습격이 진짜로 일어났다. 규리하 성은 공격당하고 있었다. 일어나서 달려 나가야 하지만 야리키는 움직일 수 없었다. 야리키는 증오에 찬 눈으로 물통을 쏘아보았다. 긴장감 때문에 정확한 시간 경과는 알 수 없었지만 야리키는 눈뜬 이후로 고통스러울 정도로 긴 시간 동안 물통을 쏘아보고 있었다. 하지만 그 상황에서 빠져나올 방도는 떠오르지 않았다. 그가 떠올린 단 한 가지 방법은 물통이 떨어지기 전 잽싸게 움직인다는 것뿐이지만 그것은 실행할 수 없었다. 그의 사지와 막대기가 밧줄로 연결되어 있었고 그 연결이 어떤 구조인지 야리키는 알지 못했다. 잽싸게 몸을 빼내는 순간 밧줄로 연결된 막대기가 일어나 앉은 그를 향해 물통을 날려 보낼지도 모른다. 물론 물통은 완전히 엉뚱한 방향으로 날아갈 수도 있다. 그리고 야리키는 도박을 좋아하지 않았다. 수난(水難) 사고의 위험이 있는 도박이라면 언급할 가치도 없다.

"아트밀!"

야리키는 움찔했다. 성의 어느 쪽인지 알 수 없는 곳에서 들려온 외침은 사라말의 것이었다. 하지만 야리키의 추리가 맞다면 아트밀도 비슷한 처지에 빠져 있을 것이다.

"아트밀! 아트밀!"

사라말은 다급하게 아트밀을 불렀다. 야리키는 부리를 신경질적으로 부딪쳤다. 그나 아트밀은 사라말을 도울 수 없다. 도깨비 무사장은 어떨까? 글쎄. 이곳에서 유혈 사태가 벌어졌다면 도깨비 무사장은 도망쳤을지도 모른다. 차라리 그 편이 낫다. 유혈 현장에 도깨비가 머리를 내미는 것은 조금도 반길 수 없었다. 사라말이 다시 외쳤다.

"아트밀! 나 잡아 봐라! 나 여기 있거든? 젠장, 빨리와!"

짧은 순간이지만 야리키는 분노나 절망감 대신 황당함을 느꼈다. 다급함 때문에 머리가 좀 이상해진 전 율형부사를 동정하던 야리키는 갑자기 들려온 계명성에 놀랐다.

"여기 간다ㅡ!"

그것은 명백한 계명성이었다. 야리키는 놀라서 일어나 앉을 뻔했다. 아트밀은 분명히 '간다'고 외쳤다. 어떻게? 아트밀은 이런 덫에 갇히지 않은 것일까? 그렇지 않다면, 혹 빠져나갈 방법을 찾아내었나?

"사라말ㅡ!"

야리키는 두 번째 계명성이 들려온 위치가 첫 번째 위치와 다르다는 것을 깨달았다. 아트밀은 이동하고 있었다. 그는 갇혀 있지 않았다. 와지끈 하는 소리와 공포에 질린 비명을 들으며 야리키는 필사적으로 생각했다. 논리적으로 볼 때 아트밀 또한 갇혀 있었다고 생각해야 했다. 그리고 아트밀은 어떤 방법으로 그런 구속을 벗어났다. 야리키는 아트밀이 어떤 방법으로 자유로워졌는지 열심히 추리해 보았다.

"사라말, 어디 있어—!"

아트밀이 다시 계명성을 질렀을 때 야리키는 머릿속에 벽력이 떨어지는 것 같은 충격을 받았다. 그는 황급히 머리 위에 있는 물통을 바라보았다. 아트밀이 어떤 탈출 수단을 썼는지 알 것 같았다. 그것은 레콘만이 가지고 있는 것이다. 아니, 엄밀하게 말한다면 모든 선민 종족이 가지고 있는 것이고 레콘의 것이 그중에서 가장 강력하다. 레콘은 아주 큰 소리로 말할 수 있다. 계명성. 분노한 레콘이 내뿜는 외침은 단지 거대한 소리 이상이다. 어떤 생물도 낼 수 없는 강력한 소리이며…….

어쩌면 그것은 물통을 날려 버릴 정도로 강할지 모른다.

야리키는 자신이 왜 이전에 계명성으로 물체를 움직이려 시도한 적이 없는지 안타깝게 여겼다. 손발이 멀쩡한데 그런 힘들고 무익한 일을 할 필요는 없었고, 물론 입김으로 촛불을 끄거나 뜨거운 음식을 불어 본 적은 있지만 자신의 계명성으로 물체를 움직이는 짓은 하지 않았다. 그래서 야리키는 자신의 계명성이 어느 정도의 물체를 움직일 수 있는지 알지 못했다. 야리키는 그 물통이 얼마나 무거울지 생각해 보았다. 물이 가득 들어 있다면 제법 무거울 것이다. 초를 불어 끄는 것이나 음식을 식히는 것과 완전히 다를 것이다.

하지만 아트밀은 성공했다.

상식적으로 생각한다면 아트밀은 그와 다른 형태의 구속에 갇혀 있을 가능성, 그리고 같은 형태의 구속이라 해도 아트밀의 물통은 그의 물통보다 가벼울 가능성 등은 분명히 존재했다. 하지만 야리키는 그런 가능성을 고려하기 힘들었다. 그는 너무 오랫동안 움직이지 않았고 너무 오랫동안 분노를 억누르고 있었다. 야리키는 한 가지 생각밖에 할 수 없었다. 아트밀이 성공했다면 나도 성공할 수 있다. 야리키는 자신이 계명성을 지르고 말리라고 느꼈다. 하지만 야리키가 고함을 질렀을 때 그것은 무의식적인 행동이었다.

폭발적인 계명성은 물통을 날려 올렸다. 자신이 무슨 짓을 했는지도 모르는 채 야리키는 반사적으로 벌떡 일어났다. 밧줄로 그의 사지에 연결되어 있던 막대기들이 우르르 무너지며 그의 몸을 따라 날뛰었다. 야리키는 재빨리 문 쪽으로 몸을 날렸다. 그가 두꺼운 문을 박살 내며 통로로 뛰쳐나온 순간 방 안에서는 떠올랐던 물통이 아래로 떨어졌다. 철퍼덕 하는 끔찍한 소리에 야리키는 몸을 일으켰다.

방 안쪽에는 떨어져 파괴된 물통이 데구르르 구르고 있었다. 바닥을 흥건하게 적시고 있는 물을 본 야리키는 몸을 부풀렸다. 야리키는 벼슬을 빳빳하게 세우고 천천히 일어났다. 막대기들이 다시 우쭐거리며 꼭두각시처럼 그의 몸 주위에서 춤을 추었다. 야리키는 밧줄을 푸는 대신 그냥 잡아당겨 뜯어냈다. 밧줄은 갈가리 찢어지며 풀려났다. 야리키는 허리를 숙여 지나치게 길어서 복도에 놔둔 조간을 들어 올렸다. 그리고 허리춤에 손을 뻗었다. 야리키는 허리에 매달린 주머니에서 가죽 책자 같은 것을 꺼냈다.

다. 그것을 펼치자 그 안에는 날카롭게 휜 갈고리가 나타났다. 그것은 낚시였다. 사고 위험 때문에 평소에는 낚싯줄에서 분리해 두는 그 물건은 소를 매달아도 끄떡없을 크기와 강도를 지녔지만 그 끝 부분과 미늘 부분은 무섭도록 예리했다. 조간에서 쇠사슬을 푼 야리키는 쇠사슬 끝의 잠금 장치를 풀어 그 살벌한 낚시를 연결했다. 야리키는 낚시 부분을 세심하게 낚싯대에 포개 쥐고는 복도를 달리기 시작했다.

그는 이제 움직일 수 있었다. 야리키는 습격자들에게 레콘이 움직이는 것이 무슨 의미인지 확인시켜 줄 작정이었다.

두르사 돌 하장군은 자신의 나이를 원망했다.

허파 속에 불덩이라도 들어 있는 것 같았다. 하장군은 고통스럽게 숨을 몰아쉬며 뒤로 물러났다. 그리고 지금껏 상대하던 적수를 바라보았다. 두르사는 10년 전이었다면 이렇지 않았을 거라고 외치고 싶었다. 하지만 그를 겨냥하고 있는 장창은 오래전에 그것이 거짓말임을 증명해 보였다.

두르사 돌 하장군을 겨냥하고 있는 장창은 선혈로 물들어 있었다. 두르사는 그 창날을 붉게 물들이고 있는 피가 자신의 것이 아니라는 사실에 마냥 기뻐할 수는 없었다. 그 피는 두르사를 돕기 위해 달려왔다가 그 창에 찔린 자들의 피였다. 두르사 돌 하장군은 주위에 비참한 모습으로 쓰러져 고통스러워 하고 있는 동지들을 바라보았다. 이제 더 다가오는 자들은 없었다. 두르사가 다가오지 말라고 외쳤기 때문이다. 두르사 돌 하장군이 이끌던 자들은 이제 하장군의 뒤편에 서서 복도를 메운 채 묵묵히 기다렸다.

'이기지 못해도 다른 곳으로 보내지는 않는다.'

격투가 시작될 때의 목표는 그를 제압하는 것이었지만 이제는 그렇지 않았다. 이제 두르사 돌 하장군의 목표는 저 판사이산(産) 살인 기계가 다른 곳에서 자신의 탁월한 성능을 뽐내지 못하도록 하는 것에 집중되어 있었다. 만약 두르사가 쓰러진다면 그의 뒤에 있는 자가 다시 막아설 것이다. 그리고 그자가 쓰러지면 그 뒤에 있는 자가. 판사이 남작 발리츠 굴도하가 이 복도에서 빠져나가려면 적지 않은 시간을 소비해야 할 것이다.

남작은 작았다. 그 작은 키 때문에 그가 창을 쓸 때는 창을 휘두르는 것이 아니라 창에 휘둘리는 것처럼 보였다. 창 자신이 전의로 충만한 생명체이고 남작이 하는 일은 그저 그것이 땅에 떨어지지 않도록 지지하는 것인 듯했다. 하지만 두르사는 그런 인상을 받은 이유에는 작은 키 외에 다른 것도 있다고 생각했다. 그는 발리츠의 동작을 도무지 예상할 수 없었다. 그 때문에 창이 그 소유주와 따로 움직이는 것 같은 인상이 조장되고 있었다. 눈썹이 더 이상 막지 못하는 땀방울이 눈으로 흘러 들어오는 것을 느끼며 두르사는 신음하듯 말했다.

"왜 우리를 막는 겁니까, 각하."

발리츠는 약간 초조한 표정으로 두르사를 살폈다. 그는 두르사가 자신을 묶어 두기 위해 칼 대신 혀를 사용한다는 느낌을 받았다. 하지만 지조를 꺾지 않은 노무사를 마냥 무시하는 것은 그의 성격상 불가능했다. 발리츠는 혹 빠져나갈 길이 없는지 주위를 살폈지만 그가 있는 복도 끝에는 창문 하나가 있을 뿐이었다. 그리고 그 창문 밖으로 뛰어내리면 몸이 성하긴 어려울 것이다. 그가 이동할 수 있는 방향은 오직 앞쪽뿐이었고 그곳에는 차례로 죽겠다는 듯이 서 있는 적뿐이었다. 발리츠가 주위를 곁눈질하는 동안 두르사가 계속 말했다.

"당신은 이곳과 아무 관계가 없습니다. 혹 비셀스 규리하가 제위에 오르기를 기대하는 겁니까?"

발리츠는 자신도 혀를 이용해야겠다고 판단했다.

"누군가는 제위에 올라야 하지 않나. 비록 변경백 각하께서는 그것을 바라지 않으시지만."

"바라지 않으신다고요?"

"아아, 그래. 그분은 바라지 않으신다. 그렇지 않았다면 아무런 약속도 없이 대장군의 출발을 도와주셨겠나. 자네도 알겠지만 대장군은 스스로 황제가 되기 위해 간 것도 아니고 황제를 찾으러 간 것도 아니야. 황제를 선출할 귀족원 회의를 열기 위해 간 것이지. 변경백 각하께서는 그런 출발을 선뜻 도우셨지. 그렇다면 그분도 스스로 황제가 될 생각은 없다고 봐야겠지?"

"그렇군요. 그런데 그녀가 제위에 오를 거라고 생각하십니까?"

"그분의 생각과 상관없이 그분은 황위로 향하는 길에 들어서신 것 같아. 2년 전 그분이 즈믄누리를 떠나 이곳으로 오셨을 때 대호왕 폐하께서 한계선을 넘었을 때와 같은 일이 일어난 거지. 그분도 어떤 한계선을 넘으셨어. 그분에겐 미지의 세계인 이곳에서 그분을 기다리고 있던 것은 황위인 거지."

두르사는 미심쩍은 표정으로 발리츠의 얼굴을 살폈다.

"그녀를 동정하는군요?"

"변경백 각하는 스무 살이야. 하지만 우리가 아는 이 악다구니 가득한 세상에 계신 건 2년 정도이지. 그녀는 스무 살이고 두 살이야. 그래. 가끔 그녀가 가여워."

"글쎄요. 자기가 한 일이라곤 손가락 하나 까딱한 것이 없으면서 규리하의 지배자가 된 것이 가여운 일인지 잘 모르겠군요."

두르사의 투덜거리는 말투에 발리츠는 쓰게 웃었다. 그리고 발리츠는 창날을 옆으로 조금 치우며 말했다.

"이봐, 허장군. 그냥 돌아가서 기다리면 안 될까? 그분이 황위에 오르신다면 규리하령은 다시 아버지에게 돌려줄지도 모르잖아. 그러면 이런 골육상쟁도 피하고 모든 사람이 만족할 수 있을 텐데."

두르사는 눈을 부릅떴다.

"그녀가 그런 약속을 했습니까?"

"무슨 소리를 하는 거야. 그분은 제위에 관심이 없다고 했잖나. 황위에 오를 경우를 가정한 약속을 하실 리가 없지. 이건 내 가정이야."

두르사는 잠시 생각하다가 곧 고개를 가로저었다. 발리츠는 씁쓸한 표정으로 두르사가 칼자루를 틀어쥐는 것을 보았다. 두르사가 말했다.

"설령 그녀가 그런 약속을 했다 해도 받아들일 수 없습니다. 우리의 규리하는 누군가의 도구가 아니며 그렇게 될 수도 없습니다. 황제가 될 때까지 잠시 빌려 쓰겠다고요? 아니요, 아니요! 절대로 그럴 수 없습니다. 지러쿼터 산맥 서쪽의 이 들판과 이 강과 이 산은 우리의 것입니다. 각하는 규리하가 아닙니다. 지금 변경백위를 차지하고 있는 여자도 규리하가 아닙니다. 사랑하는 규리하는 우리의 것입니다. 당신들의 도구가 아닙니다."

두르사는 칼을 옆으로 한번 뿌렸다가 다시 앞으로 겨누었다.

"오십시오."

하지만 발리츠는 움직이지 않았다. 그는 피부로, 귀로 이상한 것을 느꼈다. 키가 작다는 것은 역시 불편할 때가 있다. 발리츠는 무엇인가가 이쪽으로 다가온다고 느꼈다. 하지만 앞쪽을 가로막고 있는 사람들 때문에 그것이 무엇인지 볼 수 없었다. 그때 두르사와 그의 병력도 발리츠가 느낀 것을 느꼈다. 두르사는 고개를 돌리지 않았지만 뒤쪽에 있는 자들은 경계하며 복도 반대쪽을 돌아보았다. 그리고 그들은 비명을 지르며 머리를 숙였다.

두르사는 보지 못했지만 발리츠는 짧은 번득임을 보았다. 사람들의 머리 너머로 무엇인가가 공기를 찢는 날카로운 소리를 내며 날아왔다. 그것은 두르사의 어깨를 때렸다. 두르사는 갑작스러운 타격에 놀라 어깨 쪽을 바라보았다.

어깨는 그곳에 있었지만, 팔은 없었다.

두르사는 허옇게 질린 얼굴로 발리츠를 돌아보았다. 발리츠의 상체에는 조금 전까지 없었던 피가 흠뻑 튀어 있었다. 발리츠는 무슨 일이 일어나는지 보았다. 뒤에서 날아온 것이 두르사의 왼쪽 어깨에 파고들기 직전의 짧은 순간 발리츠는 그것이 갈고리처럼 생긴 도구임을, 그 뒤편으로 쇠사슬이 길게 이어져 있음을 보았다. 갈고리가 두르사의 어깨를 파고들었을 때 쇠사슬이 뒤로 확 잡아당겨졌다. 그러자 그것은 두르사의 팔과 거기에 매달려 있던 방패와 함께 뒤로 사라졌다.

두르사는 입을 벌렸다. 하지만 비명은 나오지 않았다. 두르사는 칼을 놓고 왼쪽 어깨를 감싸며 주저앉았다. 발리츠는 다시 갈고리가 날아오는 것을 보았다. 그것은 두르사의 뒤편에 있던 병사의 목에 걸렸다. 쇠사슬이 다시 잡아당겨졌고 병사의 목이 찢어졌다. 발리츠는 격류 같은 피의 분출과 하얀 목뼈를 보았다. 그리고 마침내 사람들의 머리 위로 나타난 레콘의 모습을 보았다.

야리키였다. 야리키는 오른손으로 낚싯대를 뒤로 잡아당기며 왼손으로는 가까이 있던 병사의 머리를 붙잡았다. 그리고 그것을 옆으로 확 밀어붙였다. 야리키의 손바닥과 석벽 사이에서 병사의 머리뼈가 박살 났다. 와드득! 야리키는 손으로 벽을 짚은 채 앞으로 걸어왔다. 병사의 부서진 투구와 머리 등이 석벽에 갈리며 끼드득끼드득 하는 소리가 났다. 병사들은 주저앉거나 비명을 질렀다. 야리키는 벽에 문지르던 병사의 머리를 놓았다. 죽은 병사는 머리를 이루던 여러 부분을 벽에 묻히며 미끄러져 내렸다. 야리키가 말했다.

"가."

병사들은 움직이지 못했다. 야리키는 다시 걸음을 뗐다. 주저앉아 있던 병사들은 화들짝 놀라 비켰지만 그중 한 명의 다리가 야리키의 왼발에 밟혔다. 병사는 자지러지는 소리를 내며 몸을 비틀었다. 야리키는 아랑곳하지 않고 걸었다. 그의 뒤편에서 병사는 바깥쪽으로 꺾인 자신의 무릎 관절을 보며 다시 비명을 질렀다. 복도 좌우로 비켜섰던 병사들은 머리를 감싸거나 무릎에 얼굴을 파묻었다. 용케 복도 반대편으로 달아날 용기를 발휘한 자들은 많지 않았다.

야리키는 무릎을 꿇고 있는 두르사의 뒤편에 멈춰 섰다. 두르사는 피가 뿜어져 나오는 왼쪽 어깨를 움켜쥔 채 도끼를 기다리는 사형수처럼 머리를 늘어뜨리고 있었다. 발리츠는 부들부들 떨고 있는 그의 입에서 피 섞인 침이 흐르는 것을 보았다. 야리키는 두르사를 내려다보다가 낚싯대를 세웠다. 차르륵 소리를 내며 낚싯줄이 풀리자 두르사는 움찔했다. 야리키는 낚싯줄 끝을 붙잡았다. 그리고 갈고리를 붙잡듯 낚시를 붙잡고 아래로 내렸다. 발리츠는 그가 무슨 일을 하려는지 깨닫고 부정의 외침을 말하려 했다. 하지만 그의 입은 굳어 있었다.

야리키는 서두르지 않는 동작으로 낚시를 두르사의 목에 가져갔다. 그리고 그것을 턱 아래에 끼워 넣었다. 투석기에 포탄을 거는 것 같은 동작이었다. 두르사는 피하려는 몸짓을 했지만 그 꿈틀거림은 아무런 저항이 되지 못했다. 야리키는 낚시를 쑤욱 밀어 넣었다. 그러고는 제대로 걸렸는지 확인하듯 낚싯줄을 위로 툭툭 잡아당겼다. 그러자 두르사의 머리가 위로 홱홱 쳐들렸다. 발리츠는 그가 절명했기를 바랐다. 위아래로 움직이는 두르사의 머리는 그의 소망에 대해 죽은 자가 보내는 긍정 같았다.

낚시가 제대로 걸렸음을 확인한 야리키는 발리츠를 향해 비어 있는 손을 뻗었다. 그는 손바닥을 아래로 향한 채 손을 아래로 두 번 흔들었다. 엎드려. 발리츠는 무릎에 힘이 빠져나가는 것을 느끼며 주저앉았다. 야리키는 두르사의 등을 붙잡았다. 그의 손아귀에 옷자락을 붙잡힌 채 두르사가 둥실 떠올랐다. 야리키는 두르사를 창문 쪽으로 집어던졌다.

발리츠는 두르사의 시체가 자신의 위쪽으로 획 날아가는 것을 보며 질겁했다. 그의 시체가 창밖으로 사라지고 낚싯줄로 쓰이는 쇠사슬이 팽팽해졌다 싶을 때 야리키는 낚싯대를 앞으로 뻗어 쇠사슬이 계속 뻗어 가도록 내버려두었다. 그러다가 갑자기 두 손으로 낚싯대를 퉁기듯 잡아당겼다.

창문 밖에서 무엇인가가 거칠게 찢어지는 소리가 울렸다. 발리츠는 온몸의 힘이 죽 빠져나가는 것을 느꼈다. 쇠사슬은 다시 야리키를 향해 돌아갔다. 야리키는 날아오는 낚싯줄을 허공에서 붙잡았다. 낚시 끝에는 두르사의 찢어진 머리가 걸려 있었다.

규리하 성의 경비대 본부는 성의 뒤쪽에 있었다. 그곳에서는 본격적인 싸움이 벌어지고 있었다. 습격자들 중 최정예라 할 수 있는 자들이 몰려간 곳도 그곳이었다. 한편 경비병들은 통일된 지휘 체계가 없어서 난전을 벌이고 있었다. 그래서 본부 건물의 마당에서 벌어진 거창한 싸움은 전술도 없이 개개인의 기량을 겨루는 싸움터가 되어 있었다.

사라말 아이솔은 그곳에 있었다. 그리고 그의 기량은 자신의 목숨을 보호하기에도 급급했다. 여러 번 죽을 고비를 넘겼던 사람으로서는 어울리지 않게 사라말은 자주 위를 보았다. 그는 아트밀이 위에서 떨어져 내리지 않을까 생각하고 있었다.

그래서 사라말은 그것을 보았다.

성의 높은 창문에서 갑자기 사람이 튀어나왔다. 사라말은 반짝거리는 줄 같은 것이 그에게서 뻗어나와 창문 안쪽으로 이어지는 것을 보았다. 누군가가 줄을 붙잡고 창문 밖으로 뛰쳐나온 거라 생각했던 사라말은 다음 순간 벌어진 끔찍한 장면에 숨을 멈췄다.

느슨한 원호를 그리던 줄이 갑자기 팽팽해졌다. 그 순간 으지직 하는 소리와 함께 튀어나온 사람의 머리가 그 몸과 분리되었다. 반짝거리는 줄은 머리를 매단 채 창문 안쪽으로 사라졌다. 그리고 머리가 사라진 시체는 갑자기 잡아당겨졌던 충격 때문에 허공에서 팔다리를 흔들며 우쭐거렸다. 머리 없는 사람이 공중에서 춤을 추는 것 같았다. 사라말은 눈을 감아야 한다는 생각도 못한 채 그 시체가 팔다리를 흔들며 떨어지는 것을 보았다.

아래로 떨어진 시체는 거대한 충돌음을 냈다. 주위에서 격투를 벌이던 규리하 성의 경비병들과 습격자들은 갑자기 난 굉음에 놀라 고개를 돌렸다. 그리고 무시무시한 사체의 모습에 비명을 질렀다. 사라말은 눈앞이 빙글빙글 도는 것을 느꼈다.

"뭐야, 야리키인가?"

사라말은 그것이 아트밀의 목소리라고 생각했다. 그리고 갑자기 아트밀의 모습이 그의 시야에 나타났다. 사실은 사라말이 그를 향해 몸을 돌린 것이지만 사라말은 자신의 행동을 깨닫지 못했다. 아트밀은 시체가 튀어나온 창문을 올려다보고 있었다. 사라말의 시선을 눈치 챈 아트밀은 그를 돌아보았다.

"너도 봤지? 그 쇠사슬, 야리키의 낚싯줄이었지?"

사라말은 그 말에 대답하지 못했다. 갑자기 떨어진 끔찍한 시체와 아트밀의 모습 때문에 싸움은 소강 상태였고 특히 사라말 주변에는 아무도 없었다. 사라말은 입을 틀어막은 채 생각에 잠겼다가 갑자기 말했다.

"아트밀."

"왜?"

"야리키에게 가십시오."

아트밀은 어리둥절한 표정을 지었다.

"야리키는 안 도와줘도 될 텐데? 네 옆에 있을게."

"도와주라는 것이 아니라 말리라는 겁니다. 필요하면 때려눕혀서라도."

내습자들이 아닌 동료를 공격하라는 사라말의 말은 아트밀을 더욱 당황시켰다. 사라말은 더듬거리며 말했다.

"저건 그냥 화가 난 것이 아닙니다. 차분하게…… 자기 분노를 어떻게 표현할지 곰곰이 생각해서 결론을 내린 다음 행동에 옮기고 있습니다. 다시는 자신을 귀찮게 할 엄두도 낼 수 없을 정도로…… 무시무시한 짓을 할 겁니다. 막아야 합니다."

"이놈들은 이찌고?"

"제정신이 박혔다면 도망치겠지요! 제기랄, 도망치는 것을 도와줘야 할 판국입니다. 빨리 가십시오!"

하지만 아트밀은 움직이지 않았다. 그는 고개를 가로젓고 앞으로 성큼 걸어갔다.

"이놈들이 여기 있는 한은 안 돼. 이놈들부터 쫓아내고."

습격자들의 얼굴이 파랗게 질렸다. 철극을 붕붕 휘두르며 걸어가는 아트밀의 뒷모습을 보다가 사라말은 격렬하게 외쳤다.

"가! 죽기 싫으면 가라고! 빨리 도망쳐!"

아트밀과 그의 철극, 사라말의 외침은 습격자들을 질리게 만들었다. 하지만 경비대 본부를 공격하기 위해 온 그들의 기백은 출중했다. 지휘자로 보이는 남자 한 명이 앞으로 나서며 허리춤의 물통을 꺼내어 들었을 때 사라말은 욕설을 중얼거렸다.

아트밀은 철극을 휘두르다가 그대로 멈춰 섰다. 레콘의 조각을 만들길 좋아했던 마루젤이 만들어 놓은 작품 같았다. 그 모습을 본 사라말은 위압적인 레콘의 모습 때문에 그의 레콘 조각이 유달리 깊은 인상을 남길 뿐 사실 마루젤은 온갖 소재를 다 즐겼다는 쓸데없는 생각을 떠올렸다. 아마도 혼란과 당혹 때문이었을 것이다. 물통을 꺼낸 지휘자는 그것을 위협적으로 흔들며 말했다.

"가까이 오면 던지겠다! 나는……."

규리하에 대한 꽃 같은 충정을 간직했던 그 남자의 이름을, 사라말은 들을 수 없게 되었다. 허공에서 세차게 날아온 갈고리가 남자의 허리 근처를 강타했기 때문이다. 격한 충격에 남자는 빙그르르 돌며 쓰러졌다. 쿠쾅! 인간 남자 한 명이 쓰러지는 것치곤 지나치게 큰 소리가 났다. 고개를 돌린 사라말은 성 위쪽에서 뛰어내린 야리키가 착지의 충격을 떨치며 일어나는 모습을 보았다. 사라말이 다시 외쳤다.

"도망……."

그리고 사라말은 거대한 무엇인가가 얼굴 앞쪽을 스쳐 지나가는 압박감에 입을 다물었다.

야리키가 돌풍 같은 속도로 그의 앞을 지나쳤다. 그곳에는 물통을 들고 아트밀을 협박하던 남자가 있었다. 야리키는 비틀거리며 일어나는 남자의 가슴을 콱 짓밟았다. 남자의 사지가 경련했다. 야리키는 허리를 굽혀 낚싯줄 끝의 낚시를 남자의 목에 가져갔다. 그리고 그것을 세심하게 남자의 목에 꽂아 넣었다. 남자는 꿈틀거리다가 절명했다.

줄을 몇 번 당겨 낚시가 확실히 박혔는지 확인한 야리키는 상체를 세웠다. 그는 남자를 누르고 있던 발을 떼어 남자의 몸 아래에 집어넣었다. 그리고 남자의 시체를 차올렸다. 솟아오르는 남자를 따라 쇠사슬도 떠올랐고 야리키는 낚싯대를 들어 쇠사슬이 마음껏 뻗어 올라가도록 했다. 그리고 남자가 하늘 위, 정점에 이르렀을 때 야리키는 갑자기 허리를 돌리며 낚싯대를 뒤로 잡아챘다.

찢어진 살점과 뼛조각을 뿌리며 남자의 목이 떨어져 나왔다. 그리고 목이 뜯겨지며 허공에 거꾸로 선 남자는 아래쪽에 있는 사람들에게 피를 폭포처럼 뿌렸다. 시운(屍雲)이 떨어뜨리는 혈우(血雨)에 습격자들과 경비병들 모두 머리를 감싸며 몸을 웅크렸다.

조금 전까지 살아 있던 사람의 몸에서 쏟아져 나온 피는 따스했다. 사람들은 얼굴을 때리는 핏방울의 뜨거움에 진저리쳤다. 그들은 허물어지듯 쓰러지거나 눈을 가리며 몸을 돌렸다. 어떤 이는 입에 들어온 살점을 게우느라 땅에 엎드려 꺽꺽거렸다. 그래서 목이 없는 시체는 별다른 환영을 받지 못한 채 땅으로 돌아왔다.

바닥에 충돌한 시체는 비인간적인 팔다리의 꿈틀거림을 보여주다가 길게 늘어졌다. 그의 떨어진 목에서 흘러나온 피가 어깨와 가슴을 적시는 웅덩이를 만들었다. 그 웅덩이가 점점 넓어지는 것을 보던 사라말이 갑작스럽게 돌진했다.

야리키는 사라말의 움직임을 느꼈지만 제지하지는 않았다. 그래서 사라말은 방해받지 않고 야리키의 등을 향해 도약할 수 있었다. 아트밀은 인간치곤 좋은 도약이라고 생각했다. 하지만 야리키의 머리는 거북할 정도로 높은 곳에 있었다. 사라말은 가까스로 그의 어깨를 붙잡았고, 발로 야리키의 다리와 등 쪽을 걷어차며 기어올랐다. 야리키는 어쩌나 보겠다는 듯이 이 황당한 시도가 계속되도록 내버려두었다.

가까스로 야리키의 목을 조르게 된 사라말은 두 팔로 그것을 꽉 붙잡았다. 만약 사라말이 시도하는 것이 교살이라면 그는 자신이 백곰이나 고릴라라고 착각하고 있는 것이 분명하다. 아트밀은 그의 정체성을 회복시켜 줘야 하는지 고민했다. 그러나 사라말은 자신이 누군지 알고 있었다. 야리키의 목을 조르려는 헛된 시도를 계속하며 사라말은 으르렁거리듯 말했다.

"그만해라, 이 미친 레콘아. 이 성엔 도깨비 무사장이 있다!"

야리키는 그 말에 수염볏을 쓰다듬었다. 등 뒤에 버둥거리는 인간을 매단 채 상념에 잠겨 있던 레콘 조사는 곧 고개를 끄덕였다.

그는 손을 어깨 너머로 돌려 사라말의 뒷덜미를 잡았다. 사라말은 별다른 저항도 못한 채 야리키의 손에 붙잡혀 들어 올려졌다. 아트밀은 순간 움찔하며 허리를 낮추었다. 그러나 돌진하려던 아트밀은 야리키가 사라말을 땅에 내려 주는 것을 보고 멈췄다.

사라말이 똑바로 선 것을 확인한 야리키는 낚싯대를 흔들었다. 낚싯줄이 호선을 그리며 그에게 날아왔다. 날아온 머리를 붙잡은 야리키는 그것을 낚시에서 떼어 앞으로 던졌다. 데굴데굴 굴러가는 머리 주위에서 사람들이 기함하며 도망쳤다. 야리키는 손가락 사이로 낚싯대를 미끄러트려 그것으로 땅을 짚었다. 그의 부리가 '딱!' 하는 소리를 냈다. 공포에 빠져 있던 사람들이 돌아보자 야리키는 낮지만 확실한 어조로 말했다.

"나는 야리키다. 나는 너희들이 치는 장난질에 관심 없다."

야리키는 낚싯줄 끝을 잡았다. 그는 피와 살점이 엉겨 있는 낚시를 팔뚝의 깃털에 쓱쓱 문질러 닦으며 말했다.

"그게 그렇게 재미있으면 가서 마음껏 놀아라. 나는 상관하지 않는다. 내가 그것을 뭐라 한 적 있느냐? 그런 적 없다. 하지만 너희들의 놀이에 나를 끌어들이지는 마라."

야리키는 자신이 연설을 한다는 사실에 약간 낭패감을 느끼는 것처럼 보였다. 그의 일정표는 권고 대신 행동으로 가득했던 것이 분명하다. 야리키는 곤혹스럽다는 듯이 벼슬을 만지작거렸다. 그곳의 목격자들 모두의 영에 지워지지 않는 흉터가 될 기억을 만들어 주었지만 야리키의 난처해하는 모습은 묘하게 소박했다. 결국 야리키는 적절한 말을 찾아내기를 그만두었다. 그는 낚싯대를 쥐지 않은 손을 뻗어 천천히 흔들었다.

"가라. 내게 오지 마라. 머리가 떨어진다."

습격자들이 슬금슬금 움직였다. 그 느린 움직임이 마음에 들지 않는 듯 야리키는 발로 땅을 쾅 밟았다. 습격자들은 비명을 지르며 도망쳤다. 그리고 도망치는 사람들 중엔 규리하 성의 경비병들 또한 섞여 있었다. 두 손으로 쥔 철극을 앞쪽에 늘어뜨린 채 그 모습을 바라보던 아트밀은 그들 중 몇 명은 지금 사직하는 것이라 생각했다.

도망치는 사람들을 보던 야리키는 낚싯줄에서 낚시를 분리했다. 피는 대강 닦여 있었지만 아직 붉은빛으로 번들거리는 무서운 갈고리를 보던 야리키는 잠자코 허리에서 기름걸레를 꺼냈다. 그것을 펼치자 안쪽에서 기름병이 나타났다. 낚시를 닦을 채비를 하던 야리키는 자신을 노려보고 있는 시선을 발견했다.

"사라말?"

사라말은 주먹을 꼭 쥔 채 야리키를 올려다보고 있었다. 그의 얼굴 근육은 흉중의 고통을 그대로 드러내듯 마구 뒤틀려 있었다. 율형부사를 비스듬히 내려다보던 야리키가 말했다.

"할 말 있나?"

사라말은 무슨 말을 해야 하는지 알 수 없었다. 그때 아트밀이 미끄러지듯 다가왔다. 아트밀은 사라말의 뒤쪽에 벽처럼 서서 야리키를 바라보았다. 사라말은 머리 위에서 들려오는 아트밀의 말을 들었다.

"야리키, 좀 심했잖아. 왜 그렇게 죽이는 거야?"

"죽을 작정을 하고 왔잖아."

"저렇게 죽을 생각은 안 했을 텐데."

"죽는 건 똑같아."

아트밀은 고개를 가로저었다. 그때 사라말이 팔을 들어 올렸다. 그는 머리 위로 들어 올린 팔로 아트밀의 배를 툭 쳤다.

"저 대신 말할 필요는 없습니다, 아트밀."

아트밀은 고개를 숙여 사라말의 정수리를 내려다보았다. 사라말은 앞으로 한 발 걸어가 야리키를 바라보다가 담담한 어투로 말했다.

"다른 곳에도 침입자들이 있을 겁니다. 쫓아내 주겠습니까?"

야리키는 물끄러미 사라말을 보다가 기름병을 다시 기름걸레로 감쌌다. 그것을 허리춤의 주머니에 집어넣은 다음 낚싯대를 들어 동글게 돌렸다. 쇠사슬 낚싯줄이 날카로운 파열음을 내며 회전했다. 카라라락! 그 줄을 낚싯대에 감은 야리키는 낚싯대를 어깨에 메고 성큼성큼 걸어갔다. 사라말은 그 뒷모습을 노려보다가 손으로 이마를 짚었다. 그가 꿈쩍도 하지 않는 모습을 보던 아트밀이 말했다.

"사라말, 괜찮아?"

"아트밀."

"응."

"갑시다."

사라말은 손을 얼굴에서 떼며 걸어갔다. 그는 질린 표정으로 서 있거나 앉아 있는 경비병들에게 빨리 피를 지우라고 말했다.

피를 지우기 위해서는 물이 필요하다는 것을 떠올린 아트밀은 황급히 걸음을 옮겼다. 경비병들은 넋이 나간 얼굴로 두 레콘과 사라말의 뒷모습을 바라보았다.

파라말 아이솔은 자신에게 숨겨진 무예의 재능이 있을지도 모르겠다고 생각했다. 무술은 공격과 방어로 나뉘고 다양한 방어의 기술 중에는 도주 또한 포함된다. 파라말 아이솔은 자신이 정말 잘 도망친다고 생각했다. 그 재능으로 자신의 목숨을 훌륭히 지키고 있으니 이 정도면 빼어난 무술가 아닌가? 커다란 헛손질로 파라말을 놓친 이이타 규리하는 그 칼을 천천히 끌어당기며 투덜거렸다.
"부사, 아까 그 대국 제안 말인데 받아들이고 싶어졌어. 최소한 바둑판 앞에서는 도망치지 않을 테니까."
파라말은 이이타를 조금 존경하게 되었다. 이런 상황에서도 익살을 잃지 않는 여유로운 열아홉 살짜리 청년을 파라말은 이전에 본 적이 없었다. 동시에 약간의 불안도 느꼈다. 저 청년 혹시 사라말과(科)에 포함되는 것은 아니겠지? 다행히 이이타는 그의 형보다 진지한 맛이 있었다. 파라말은 이이타를 공격하기보다는 그가 다가오지 못하도록 하기 위해 창을 내밀며 말했다.
"바둑판을 가져올까요, 공자님?"
"무거운 걸로 가져와. 그것을 그대의 발등에 떨어뜨려 줄 테니까."
"말씀하시니 생각났는데 그것과 비슷한 정석에 대해 연구하던 기사를 알고 있지요."

"살인 기사?"

"아니요. 발케네 공 스카리 빌파입니다."

"어쩐지 어울리는군."

이이타는 그렇게 말하며 의자를 집어던졌다. 파라말은 냉큼 피하며 창을 세로로 크게 휘둘렀다. 쇄도하려던 이이타는 걸음을 멈춰야 했다. 무턱대고 휘두른 것이지만 그래서 파라말의 창에는 꽤 힘이 실려 있었다. 헐떡거리며 물러난 파라말은 다시 말했다.

"공자님, 누님께 제국을 부활시킬 기회를 주실 생각이 없으십니까?"

이이타 또한 파라말을 뒤쫓으며 계속 칼을 휘둘렀기에 숨을 고를 필요가 있었다. 그는 칼을 앞으로 내민 채 잠시 멈춰 섰다.

"발케네 공에 대해 말하니 나도 생각나는 것이 있군, 부사. 발케네 공 락토 빌파가 언젠가 내게 질문했지. 삶은 무엇에 써야 하느냐고. 나는 신념을 위해 써야 한다고 대답했어. 고인은 그 대답이 틀렸다고 말했지만 내 생각에는 변함이 없어, 부사. 말해 봐. 제국 부활이 누님의 신념인가? 그건 그대들의 신념 아닌가?"

"공자님의 말씀을 인정해야겠군요."

"그렇다면 누님 핑계는 대지 마."

파라말은 머리를 뒤로 휙 젖혀 땀에 젖어 늘어진 머리카락을 넘겼다.

"그러면 제게 기회를 주실 생각은 없으십니까?"

"지금 주고 있잖아."

파라말은 피식 웃었다.

"확실히 신념을 위해 싸울 기회를 주고 계시는군요."

"그래. 그러니 내가 내 신념을 위해 싸우는 것도 너무 탓하지 말라고."

이이타는 다시 앞으로 돌진했다. 파라말의 창날이 앞으로 뻗어 나왔지만 그 끝은 파라말의 피로 때문에 흔들렸다. 이이타가 칼을 비스듬히 내려 베자 그 끝은 허무하게 잘려 나갔다. 파라말은 잘린 창을 이이타에게 집어던지고 뒤로 돌아 도망쳤다. 하지만 채 몇 걸음도 걷기 전에 우당탕 하는 소리를 내며 그는 앞으로 쓰러졌다.

코가 깨지는 듯한 충격을 받은 파라말은 그 순간 도주를 포기했다. 그 때문에 여유를 되찾은 파라말은 도대체 어떤 벼락 맞을 물건이 자신의 다리를 걸었는지 보려고 몸을 비틀었다. 하지만 복도에는 아무것도 보이지 않았다. 문득 두려운 상상을 떠올린 파라말은 이이타의 표정을 살폈다. 그리고 이이타의 웃는 얼굴을 본 파라말은 혀를 차고 말았다. 이런, 역시 그런 건가?

"자네가 자네 다리에 걸려 넘어졌다는 것은 비밀로 해 주지, 부사."

파라말은 머쓱한 얼굴로 감사하기 위해 입을 열었다. 그때 거대한 계명성이 우르릉 들려왔다.

"여기 간다—!"

이이타는 질겁하며 뒤로 물러났다. 곧 그의 얼굴이 공포로 물들었다. 이이타는 뭘 잘못 들었나 하는 표정으로 계명성이 들려온 쪽을 바라보았다. 그런데 다른 방향에서 계명성이 들려왔다.

"사라말—! 사라말—! 어디 있어—!"

이이타와 파라말은 동시에 같은 결론에 도달했다. 레콘이 움직이고 있었다. 이이타는 온몸이 오그라드는 공포를 느끼며 황급히 돌아보았다. 당장이라도 등 뒤에서 노한 레콘이 나타나 그의 어깨를 움켜쥘 것 같은 두려움에 이이타는 정신을 수습하기 어려웠다. 까무러칠 듯한 자신을 다잡기 위해 이이타는 상황을 정리하듯 말했다.

"기쁜 소식이 있다, 부사. 레콘이 풀려났군."

이이타는 한결 침착을 되찾을 수 있었다. 그리고 그것은 어느새 일어나 뒤로 물러나던 파라말도 마찬가지였다. 파라말은 기회를 놓치지 않겠다는 듯이 말했다.

"공자님, 투항하십시오. 보호해 드리겠습니다."

이이타는 파라말의 빈손을 조용히 바라보다가 자신의 손을 보았다. 그는 비무장의 적이 자신을 보호하겠다고 말하는 것이 우스꽝스럽다는 듯 싱긋 웃었다. 파라말 또한 상황과 말의 불일치에 씩 웃었다. 이이타는 칼을 거두며 말했다.

"고마운 제안이지만 사양하겠어."

이이타는 돌아섰다. 파라말에게 등을 보인 채 그는 복도 반대편으로 힘없이 걸어갔다. 파라말이 다시 외쳤다.

"공자님! 돌아가셔도 아무 소용이 없습니다! 자유무역당이 당신들을 고사시켰잖습니까? 이제 당신들을 도울 사람은 아무도 없을 겁니다. 패배자가 되려 하지 마십시오."

파라말은 멈추지 않는 이이타를 보다가 두 팔을 내던지며 외쳤다.

"당신은…… 열아홉 살입니다!"

이이타는 걸음을 멈췄다.

그는 바닥을 바라보는 것처럼 머리를 떨어뜨린 채 잠시 그렇게 서 있었다. 파라말은 조바심 속에서 공자를 바라보다가 발을 내디뎠다. 그때 이이타가 다시 걷기 시작했다. 마치 이이타가 그의 걸음을 훔쳐간 것처럼 파라말은 멈춰 섰다. 복도 저편으로 걸어 가는 무향의 공자를 안타깝게 바라보던 파라말은 창밖을 쳐다보 았다.

규리하의 하늘은 봄빛이었다. 파라말은 저 하늘이 왜 저렇게 투명한지 원망스럽다고 생각했다.

파리조의 하늘에 몰려든 먹구름이 비를 뿌리기 시작했다.

암살성의 메마른 돌들 위에 핏자국처럼 검은 물자국이 나타났 다. 비는 내리기 시작하자마자 거세어졌다. 무수한 얼룩무늬로 채색되었던 암살성은 곧 어두운 빛으로 바뀌었다.

부냐 헨로는 자신의 방에서 바느질을 하고 있었다. 바느질에 완전히 몰입해 있던 그녀는 빗소리를 듣지 못했다. 부냐는 자신 이 누구의 옷을 만들고 있는지도 기억하지 못했다. 그것은 의도 적인 몰입이었고 꽤 성공적이었다. 하지만 바늘이 손가락을 찌르 는 고통까지 잊어버릴 정도로 몰입할 수는 없었다.

손가락 끝이 따끔한 것을 느낀 부냐는 옷감에 피가 떨어지지 않도록 황급히 손가락을 치웠다. 다행히 옷감에 핏자국이 없는 것을 확인한 그녀는 손가락 끝을 바라보았다. 상처가 보이지 않 았다. 의아한 표정으로 손가락을 보다가 주위가 어두워졌음을 깨 달았다. 그녀는 창밖을 보았고 그제야 내리는 비도 확인했다. 하 늘이 캄캄했다.

부냐는 손가락을 눈 가까이 가져왔다. 그러자 바늘에 찔린 작 은 구멍이 보였다. 그리고 그곳에서 배어 나오는 피도 보였다. 부냐는 손가락을 입속에 넣었다. 찝찔한 피맛을 느끼며 그녀는 바느질하던 옷을 옆으로 치웠다.

자리에서 일어나 벽 쪽으로 다가가 줄을 당겼다. 곧 하녀가 왔다.

"어둡잖아. 왜 아직 불을 켜지 않았지?"

불평하던 부냐는 하녀가 땀으로 범벅이 되어 있음을 깨달았다. 그녀는 머리에 수건을 썼고 손에도 대장간에서 쓰이는 것 같은 두꺼운 장갑을 끼고 있었다. 가쁜 호흡 때문에 하녀는 잠시 대답을 못했다. 부냐가 말했다.

"뭘 하고 있었지?"

"예, 예. 가구를 옮기고 있었습니다."

"가구? 가구를 왜?"

"자작 부인께서 가구 배치가 지나치게 우중충하다시면서…… 소리를 못 들으셨습니까?"

"이 소리가 그거야?"

부냐는 지금껏 바느질에 집중하고 있느라 듣지 못했던 소음을 깨달았다. 조금 먼 곳이라서 소리가 작긴 했지만 무거운 물건을 이리저리 옮기는 소리가 들렸다. 부냐가 두리번거리는 동안 하녀는 그녀의 손을 살폈다.

"손을 다치셨나요?"

"응. 바늘에 찔렸어. 어두워서 그랬나 봐."

"정말 죄송합니다. 곧 불을 가져오도록 하겠습니다."

부냐는 고개를 끄덕였다. 하녀는 밖으로 가서 곧 불을 밝힌 초를 가져왔다. 그녀는 방 안의 촛대를 돌아다니며 불을 밝혔다. 부냐는 다시 바느질감이 쌓여 있는 탁자로 돌아가 앉았다. 그런데 불을 붙이는 일을 끝낸 하녀가 미적거리고 있었다.

"할 말 있어?"

마흔 살이 조금 넘어 보이는 하녀는 치맛자락을 만지작거리다가 갑작스럽게 말했다.

"아가씨, 정말 죄송합니다만 어머님께 그 일을 좀 미루면 안 될지 여쭤봐 주시면 안 될까요? 저희는 이 성의 사람들을 먹이고 입히는 일도 해야 하고, 밤에는 전선으로 보낼 붕대와 주머니, 자루, 옷, 천막 등을 만드는 일도 해야 해요. 그런데 가구 옮기는 일 때문에 오후 내내 다른 일을 못하고 있습니다. 한 번에 끝나면 좋으련만 자작 부인께서 계속 가구 배치를 이렇게, 저렇게 바꿔 보시거든요. 그 때문에 전선 지원품을 만들기 위해 품삯을 받고 왔던 부인네들도 그 일에 매달려 있습니다. 그 여자들을 달래기 위해서 시종장님께서는 전선 지원품을 만들지 않아도 오늘 치 품삯은 내주겠다고 하셨습니다. 그러면 결국 아무 일도 못한 채 돈만 낭비, 아, 가구를 옮기는 일도 중요하긴 하지만, 그러니까……."

하녀는 허둥거리며 말을 정리하려고 애썼다. 그녀가 말하고 싶어하는 내용을 이해한 부냐는 어색한 얼굴로 고개를 끄덕였다.

"알았어. 내가 가지. 아냐, 어머님께 이쪽으로 와 달라고 전해. 그러면 너희들 눈치껏 빠져나갈 수 있겠지."

"감사합니다, 아가씨."

하녀는 고개를 꾸벅이고 잰걸음으로 빠져나갔다. 그녀가 빠져나가자마자 부냐는 자신이 왜 그런 제안을 했는지 모르겠다 싶었다. 부냐는 어머니를 상대하기 귀찮았다. 태어난 이래 그녀는 한번도 어머니를 어떻게 상대해야 하는지 명확하게 알았던 적이 없었다. 부냐는 괜한 일을 벌이는 어머니도, 자기 일을 남에게 맡기는 하녀도 원망스러웠다. 전반적으로 의기소침하고 머릿속이 복잡한 상태에서 부냐는 어머니와의 대화를 머릿속으로 예행 연습해 보았다. 하지만 손가락이 따끔거리는 느낌이 그녀의 주의력을 빼앗아 갔다. 부냐는 그 간질간질하는 느낌을 떨치려고 손을 흔들었다. 그 손이 탁자를 쳤다. 부냐는 왈칵 화가 치밀었다.

잠시 후 문이 열렸다. 부냐는 모디사 헨로가 들어오는 것을 보았다. 모디사는 딸에게 걸어오는 시간도 낭비하지 않았다.

"바쁜데 왜 불렀니?"

"뭐 하고 계셨어요?"

모디사는 손에 무엇인가가 묻었다는 듯이 툭툭 털었다. 하지만 부냐가 보기에 그 손은 깨끗했다. 모디사는 땀도 없는 이마를 훔치며 말했다.

"가구를 옮기고 있었어. 발케네 인들은 정말이지 야만스러워. 이 성이 고작 몇 십 년밖에 안 되었다는 것 알고 있지? 그런데 규리하 성을 보는 것 같아. 규리하 성은 고풍스럽기나 하지, 여긴 그냥 엉망진창이야. 방을 무슨 창고처럼 쓰고 있잖아. 아냐, 어쩌면 일부러 너저분하게 유지해서 오래되었다는 인상을 주고 싶은 건지도 몰라. 자기들 역사가 짧다는 것을 숨기려고. 가소로운 짓이지! 사람이 자기 생긴 대로 살아야지 누굴 흉내내 봐야 그 사람이 되진 않아. 그냥 우스꽝스러울 뿐이야."

"어머니는 규리하 성에 가 보신 적이 없잖아요."

"뭐? 누가 가 봤다고 그랬어? 안 가 봐도 아는 거 아냐. 제국에서 가장 오래된 성이니까. 나는 비유를 한 거야. 넌 왜 그것도 못 알아듣니."

"그런데 왜 갑자기 가구를 옮기시죠?"

"진작부터 마음먹고 있었어. 내 딸의 성이 이런 창고 같은 꼴이라니, 어머니가 되어서 기가 막힐 지경이었어. 요즘 일하는 여자들이 많이 오잖아? 그래서 시작한 거지. 이런 일은 마음을 먹었을 때 해치워야지. 그렇지 않으면 귀찮아서 계속 미루게 된단 말이야. 그리고는 익숙해서 좋다느니 하는 말을 하게 되지. 이 성은 젊은 부부의 성이야. 어울리지도 않게 늙은이처럼 굴면 안 돼. 다 너를 위해서 그러는 거야. 어머니가 딸 챙겨 줘야지. 힘든 일은 내게 맡기고 넌 그냥 쉬고 있어. 우리 사위님이 돌아오면 이 칙칙한 성이 완전히 새것이 된 것에 깜짝 놀라서 너를 칭찬할걸."

부냐는 숨이 조금 가빠 오는 것을 느꼈다. 그녀는 숨을 크게 들이쉬었다. 모디사가 눈살을 찌푸렸다.

"왜 한숨을 쉬는데?"

"예? 아뇨. 그냥 좀 답답해서."

"내가 답답하다는 거야?"

"아뇨. 가슴이오. 가슴이 답답하다고요."

"체했니? 속이 메슥거려?"

부냐는 고개를 가로저었다.

"괜찮아요. 저, 어머니, 그 여자들은 전선에 보낼 물건들을 만들려고 온 거예요."

"그 여자들이 뭘 하러 왔는지는 나도 알아. 자루나 보자기, 붕대 쪼가리 같은 것을 만들려고 온 거지. 그것만 봐도 여기가 얼마나 촌스러운 곳인지 알 수 있지. 하늘누리는 전쟁터로 직접 날아갔어. 하지만 나는 하늘누리에서 부인네들이 모여 바느질하는 것을 본 적이 없어. 밑에서 수십만 명이 싸워도 그 위에서는 평소하고 똑같았단 말이야. 야만에서 벗어난 지 몇 십 년밖에 안 된 이곳 사람들에게 문화적으로 사는 것이 뭔지 가르쳐 줘야지."

부냐는 다시 가슴이 답답해지는 것을 느꼈다.

"백화각은 그렇지 않았어요."

"뭐?"

"백화각은 그렇지 않았다고요. 아래에서 전투가 벌어지면 시체들이 와요. 창칼에 맞고 화살에 맞아서 죽은 시체들이 실려 온다고요. 그러면 옷을 잘라 내고 피를 닦아요. 화살이 부러져서 그 끝이 잘 보이지 않을 때는 참 난처해요. 이미 굳어 있는 시체에서 그것을 뽑아내려면 정말 힘들어요. 시체가 꽉 붙잡고 있는 것 같거든요."

모디사는 이마를 찡그렸다.

"끔찍한 소리를 하는구나. 왜 그렇게 기분 나쁜 소리를 하니. 그런 건 빨리 잊어야지. 너는 거기를 빠져나왔어. 엘시, 그 매정하고 못된 놈! 제 약혼녀가 그런 곳에 있는데……."

"저는 엘시 이야기를 하는 것이 아니에요. 저는……."

모디사는 다 안다는 표정으로 고개를 끄덕였다.

"그래도 한때 약혼자였다고 편을 드는구나. 다른 남자랑 도망친 것이 마음에 걸리는 거지? 넌 순진한 것이 탈이야. 그건 도망이 아니었어. 너를 그런 곳에 팽개쳐 둔 그놈이 나쁜 거야. 너는 아무 잘못 없었어."

"그런 이야기가 아니에요! 제발 제 말 좀 자르지 마세요. 전쟁이 나면 싸우는 건 군인만이 아니라고 말하는 거예요! 제국군이 싸울 때 어머니가 아무 일도 하지 않아도 됐던 것은 다른 사람들이 그 일을 했기 때문이에요! 저 같은 사람이오!"

"그래그래. 잊기 힘들지? 어떻게 그런 일을 잊겠니. 하지만 이제 다시는 그런 일이 없을 거야, 불쌍한 것."

모디사는 부냐에게 다가와 그녀를 안으려 했다. 부냐는 어머니의 팔을 피하고 계속 말하려고 했다. 하지만 모디사의 팔은 집요하게 그녀를 추적했고 의자에 앉아 있기 때문에 부냐는 그 팔을 피할 수 없었다. 부냐는 손으로 어머니의 팔을 쳐냈다. 그 동작에 놀란 모디사가 뺨을 맞은 듯한 표정을 지었다. 갑자기 모디사의 눈이 분노로 불타올랐다.

"이 못된 것! 제 언니를 닮아 가는구나!"

"어머니, 저는……."

모디사는 더러운 것이라도 묻었다는 듯 부냐의 손이 닿았던 팔을 뒤로 잡아당겼다. 자작 부인은 턱을 앞으로 쑥 내밀며 말했다.

"넌 아무것도 몰라. 너만 고생했다고 생각해? 자식을 감옥에 둔 부모 마음이 어떤지 너는 몰라! 매일 아침 창자가 끊어지는 듯한 기분으로 일어나는 것이 어떤 건지 알아?"

"어머니, 죄송해요. 하지만 제가 말하고 싶은 것은……."

"조용히해! 내가 말하고 있잖아. 어디서 말을 끊는 거야. 응? 너도 니어엘을 닮아 가는구나. 같은 배에서 나왔으니 똑같다는 거지? 공작님의 아내가 되니까 자작의 부인밖에 되지 못한 어머니 같은 것은 눈에 보이지도 않는 거지? 네가 잘나서 그렇게 되었다고 생각해? 응? 네가 누구 배에서 나왔는데!"

부냐는 입을 다물었다. 이제 숨도 제대로 쉬기 어려울 만큼 가슴이 답답했다. 부냐는 질식할 것 같은 느낌에 더럭 겁을 집어먹었다. 그녀의 얼굴에 떠오른 공포는 모디사를 더욱 흥분시켰다. 두려워하는 딸의 얼굴을 보며 모디사는 노기탱천하여 말했다.

"못된 것, 못된 것. 그래도 딸이라고 전쟁 벌어진 땅을, 죽을 고생을 다해 전쟁통에서 빠져나와 찾아왔더니, 목숨을 걸고 찾아왔더니 이렇게 대접해? 잘났구나, 정말 잘났어! 네 마음대로 해! 난 이제 아무것도 안 할 테니까!"

모디사는 몸을 휙 돌렸다. 자작 부인은 달리듯 걸어가 문을 열고 밖으로 나가며 그것을 쾅 닫았다. 부냐는 헐떡거리며 그 모습을 바라보다가 눈앞이 캄캄해지는 것을 느꼈다. 그녀는 입을 틀어막으며 탁자 위에 엎드렸다. 목에서 무엇인가가 부글부글 끓는 것 같았다.

천둥소리가 울렸을 때 부냐는 눈앞이 허예지는 것을 느꼈다.

팡탄 하장군은 저 멀리서 천둥 치는 소리를 들었다.

팡탄의 뒤쪽에 서 있던 낙오병들은 걱정하는 소리를 냈다. 팡탄은 천둥소리가 들려온 쪽을 바라보았다. 그곳은 고원 저편, 꽤 멀리 떨어진 장소인 듯했다. 그리고 그의 머리 위쪽의 하늘은 당장 비를 뿌릴 것처럼 보이지는 않았다. 팡탄은 불안해하는 낙오병들에게 말했다.

"이쪽으로 오진 않을 거야."

하지만 이쪽으로 온다면? 비구름이 다가오고 있다면 빨리 실내로 들어가거나 반대쪽으로 도망쳐야 한다. 두 가지 모두 팡탄에겐 불가능했다. 팡탄은 초조감을 느끼며 다시 고개를 돌렸다. 눈과 얼음, 차가운 돌풍을 견딘 고원의 식물들이 뒤틀린 모습으로

서 있었다. 그를 굽어보는 산들의 사면은 자갈과 모래로 가득했다. 그 푸석푸석한 사면 아래쪽, 팡탄의 정면에는 임시로 제작된 단이 놓여 있었다. 3미터쯤 되는 단 좌우에는 기치창검을 받쳐 든 인간 병사들이 줄을 맞추어 서 있었다. 그들보다 키가 큰 팡탄은 그 뒤편에 있는 소화차를 쉽게 확인할 수 있었다. 만약의 사태에 대비하고 있는 것은 그 소화차만이 아니었다. 팡탄의 뒤쪽 제법 떨어진 곳에는 사라티본 부대가 서 있었다.

단 위에는 하나의 의자와 한 명의 인간이 있었다. 팡탄은 의자에 앉아 있는 인간이 짓고 있는 미소를 확인했다. 그는 천둥소리에 놀란 팡탄을 비웃고 있었다. 팡탄은 시선을 약간 낮추어 단 주위에 난간처럼 놓여 있는 물통들을 보았다. 팡탄의 시선은 단 위에 있던 사람을 화나고 불안하게 했다. 그는 자신의 초조함을 감추듯 손으로 얼굴을 쓸어내렸다.

팡탄은 앞으로 성큼 걸어갔다. 비구름이 다가오고 있을지도 모른다. 빨리 해치우는 게 나을 것이다. 단 앞쪽 20미터쯤 되는 곳에 어떤 성실한 자가 창끝으로 땅에 금을 그어 표시를 해 두었다. 팡탄이 멈춰 서야 하는 지점이다. 팡탄은 정확히 그 지점에 멈춰 섰다. 그러자 병사들 뒤편에 있는 소화차들의 출수관을 모두 볼 수 있었다.

팡탄은 무릎을 꿇었다. 그의 뒤편에 있던 엉겅퀴 여단의 낙오병들도 팡탄을 따라 차례차례 무릎을 꿇었다. 팡탄은 뒤쪽에서 들려오는 분노에 찬 신음들을 들었다. 팡탄은 고개를 떨어뜨려 바닥에 그어져 있는 선을 보았다. 그는 분노보다 의문을 느꼈다. 꼭 이래야 할까? 팡탄은 이미 약속했다. 하지만 저들은 약속만으로는 부족하다고 했다. 자신이 할 일에 대해 자신의 약속보다 더 큰 보증이 어디에 있는지 팡탄은 이해할 수 없었다. 이것은 완전히 쓸데없는 짓이었다. 하지만 그들은 이것을 원했다.

그래서 팡탄은 고개를 들어 말했다.

"위대한 발케네 공작 스카리 빌파 만세."

단 위에서 엉덩이를 의자 끝쯤에 걸친 모습으로 비스듬히 앉아 있던 스카리가 차가운 미소를 지었다. 팡탄은 우스꽝스러운 기분까지 조금 느끼며 말했다.

"나 팡탄은 이곳에 있는 레콘들을 대표하여 말한다. 우리는 발케네 공 스카리 빌파를 섬길 것을 맹세한다. 우리가 죽을 때까지, 또는 우리가 납병할 때까지 모든 이보다 낮은 여신의 이름으로 이 맹세는 지켜질 것이다."

팡탄이 한 말은 원래 그가 해야 했던 말과 조금 달랐다. '또는 우리가 납병할 때까지'라는 부분은 팡탄이 즉흥적으로 집어넣은 부분이었다. 팡탄에게 해야 할 말을 알려 준 것은 레콘이 아닌 인간이었고 팡탄은 그 사람이 뭘 몰라서 불가결한 말을 빠트렸다고 생각했다. 그런 말은 스카리에게 꼭 필요했다. 납병을 한 후에는 스카리가 요구한다 해도 그를 위해 무기를 쓸 수 없다. 그런데 '죽을 때까지'라고 맹세하면 납병한 후에도 아무 일 하지 않고 스카리를 섬겨야 한다. 섬기기는 하되 그를 위해 아무 일도 하지 않는다는 말은 바꿔 말하면 스카리의 짐이 되는 셈이다. 따라서 팡탄이 그 말을 집어넣은 것은 자신의 충성을 제한하는 것이 아니라 스카리에게 성의를 표시하는 것으로 해석되어야 한다. 팡탄은 스카리가 자신의 성의를 어떻게 생각하는지 바라보았다.

스카리가 만족스러워 보이지 않았기에 팡탄은 의아했다. 스카리는 의자의 팔걸이를 밀며 일어나서 단 끝에 섰다.

"맹세의 말은 그것이 아니었을 텐데?"

물론 아니지. 너 위해서 내가 한마디 더 집어넣었지. 왜? 고마워서? 팡탄은 부리를 닫은 채 대략 그런 표정으로 스카리를 바라보았다. 스카리는 볼을 꿈틀거렸다.

"다시 맹세해라."

팡탄은 벼슬을 조금 세웠다. 뒤에서 험악한 숨소리가 났다. 팡탄은 나직하게 말했다.

"왜?"

"납병할 때까지라고? 왜 그런 말을 집어넣었는지 안다. 내일 당장 납병해 버리고 내 곁을 떠날 생각이겠지?"

팡탄은 어처구니가 없었다. 그는 스카리에게 제정신이냐고 묻고 싶었다. 납병은 레콘의 관습이지만 레콘들에겐 희귀한 일이기도 하다. 납병을 한 후엔 더 이상 무기를 쥘 수 없기 때문에 미련과 아쉬움으로 납병례를 미루다가 미처 납병을 못한 채 죽는 것이 레콘에겐 좀 더 일반적이다. 기껏 성의를 표시했는데 어처구니없는 오해로 비난당하자 팡탄은 기분을 잡쳤다.

그때 다시 먼 곳에서 천둥소리가 들려왔다. 그 소리가 더 가까워진 것 같지는 않았지만 팡탄은 스카리를 이해시키느라 시간 낭비를 할 필요는 없다는 결론에 도달했다. 그는 빠르게 말했다.

"우리는 죽을 때까지 발케네 공 스카리 빌파를 섬길 것을 맹세한다. 됐냐?"

"똑바로 해!"

스카리는 난간 대신 놓여 있는 물통을 걷어찰 듯이 앞으로 걸어 나오며 외쳤다. 팡탄은 일어설 뻔했다. 그의 벼슬은 꼿꼿하게 섰고 그 몸은 세 배로 부풀었다. 스카리는 핏발 선 눈으로 팡탄의 살기 어린 눈빛을 마주 보았다. 팡탄은 주먹을 꽉 움켜쥐었다. 그는 병사들 뒤쪽에 있는 소화차와 그들의 뒤쪽에 서 있는 사라티본 부대를 생각했다.

팡탄은 벼슬을 숙였다. 그는 한마디 한마디 똑똑하게 발음했다.

"나 팡탄은 이곳에 있는 레콘들을 대표하여 말한다. 우리는 발케네 공 스카리 빌파를 섬길 것을 맹세한다. 우리가 죽을 때까지 모든 이보다 낮은 여신의 이름으로 이 맹세는 지켜질 것이다."

스카리는 투덜거렸다.

"멍청한 놈. 그걸 한 번에 제대로 못하고."

혼잣말인 양했지만 다른 사람에게 들려주는 혼잣말이었다. 팡탄은 손을 들어 뒤의 낙오병들이 동요하는 것을 막았다. 그들이 조용해지자 스카리가 말했다.

"나 발케네 공작 스카리 빌파는 그대들의 충성을 받아들인다. 그대들의 헌신과 용기는 언제나 정당한 보답을 받을 것임을 맹세한다. 내가 죽을 때까지 어디에도 없는 신의 이름으로 이 맹세는 지켜질 것이다. 일어나라."

팡탄과 그의 낙오병들은 이제 스카리의 병사가 되어 일어났다. 팡탄은 약간 피곤한 표정으로 스카리를 바라보았다. 그의 얼굴에는 이제 다가올지도 모르는 비를 피할 수 있게 되었다는 안도감도 떠올랐다. 스카리는 고개를 끄덕였다.

"비를 피해야겠군?"

스카리의 이죽거리는 태도에 팡탄은 묵묵히 침묵을 돌려주었다. 스카리는 흡족하여 말했다.

"좋아. 연설은 그만두지. 사라티본 부대장 힌치오에게 가라."

팡탄은 목례하고 몸을 돌렸다. 그의 뇌리 속에는 사라티본 부대가 없었다면 스카리가 연설을 하며 자신들이 불안해하는 모습을 즐겼을지도 모른다는 의심이 떠올랐다. 하지만 팡탄은 그 의심을 떨쳤다. 그는 이제 죽을 때까지 스카리를 섬겨야 한다. 충성의 대상을 의심하는 것은 정신 건강에 해로울 것이다.

사라티본 부대의 모습이 가까워졌다. 그들이 같은 레콘이라는 사실이 팡탄에게 약간 즐거운 기분을 들게 했다. 엉겅퀴 여단의 대대장으로 복무할 때도 그런 느낌은 별로 받지 못했지만 팡탄은 레콘들에게 합류한다는 것이 즐거웠다. 팡탄은 그것이 왜 즐거운지 생각해 보다가 그 즐거움은 다른 것에 기인한 것이라고 판단했다. 스카리 빌파에게 충성을 맹세하면서 그는 마음속으로 한 가지 맹세를 더 했다. 물론 팡탄에겐 상호 모순되는 맹세를 하는 저급함은 없었다. 그가 부리 바깥으로 낸 맹세와 마음속으로 한 맹세는 아무 모순도 일으키지 않았다. 하지만 팡탄은 그의 두 번째 맹세를 스카리가 알았다면 즐거워하지는 않을 것임을 알고 있었다.

팡탄은 모든 이보다 낮은 여신의 이름으로 맹세한 것처럼 죽을 때까지 스카리 빌파를 충심으로 섬길 것이다. 그리고 죽은 다음 그는 군령자의 일원이 되어 스카리를 찾아갈 것이다. 스카리에게 충성할 아무런 의무 없이.

팡탄은 속으로 웃었다. 그 웃음은 공허하고 어둡고 차가웠다.

헤어릿은 구토가 일어나려는 것을 애써 억눌렀다.

아트밀의 계명성이 들려왔을 때부터 그녀는 불안감 속에 아래쪽을 살폈다. 그래서 두 구의 시체가 목이 분리되는 과정을 모두 내려다보았다. 속이 뒤집히는 느낌에 헤어릿은 쭈그려 앉았다. 그녀의 눈앞에서 단단한 돌바닥이 꿈틀거렸다. 헤어릿은 눈을 감았다. 양쪽 관자놀이가 부풀어 오르는 것 같았다. 부들부들 떨리는 목소리가 들려왔다.

"무슨 일이죠? 예?"

그것은 탈해의 목소리였다. 헤어릿은 그쪽을 쳐다보았다. 탈해는 눈을 가린 채 양쪽 어깨를 감싸 안고 있었다. 그의 커다란 몸이 떨리는 것을 보던 헤어릿은 갑작스럽게 몸이 싸늘해지는 것을 느꼈다.

습격은 실패다. 도대체 어떻게 그럴 수 있는지 그녀는 상상도 할 수 없지만 두 명의 레콘은 모두 자유로워졌다. 특히 그중 한 명은 소름 끼치는 살의를 드러내고 있었다. 당장 성에서 도망쳐야 한다. 하지만 탈해를 놔두고 가도 될지 알 수 없었다.

손가락이 아프다는 것을 느낀 헤어릿은 자신의 오른손을 내려다보았다. 그녀의 오른손은 단검을 꽉 움켜쥐고 있었다. 헤어릿은 묻는 눈으로 오른손을 바라보았다. 어쩌라고? 그녀는 대답을 알고 있었다. 탈해를 죽여야 한다. 도망칠 때 도망치더라도 규리하 성 사람들이 다 죽을지도 모르는 위험을 남겨 둘 수 없다.

헤어릿은 오른손의 손가락을 하나씩 폈다가 다시 구부렸다. 단검을 확실하게 붙잡은 다음 그녀는 도깨비에게 다가갔다.

"보이지 않는 분, 공격이 시작된 겁니까? 사람들이 다치고 있습니까?"

헤어릿은 그 입을 막고 싶다고 생각하며 탈해의 목을 바라보았다. 심장을 찌르는 것이 좋을까? 헤어릿의 시선이 갈팡질팡했다.

규리하 성의 사람들을 구해야 한다는 생각마저도 머리 한구석으로 아득하게 사라졌다. 헤어릿은 멍한 기분으로 탈해의 급소를 살폈다. 그녀의 단검이 뒤로 당겨졌다. 탈해가 입술을 깨물었다가 말했다.

"왜 이렇게……."

'이건 그의 잘못이 아니야.'

헤어릿은 왼손으로 자신의 오른쪽 손목을 붙잡았다.

헤어릿은 손을 부들부들 떨며 도깨비를 바라보았다. 탈해는 고개를 떨어트린 채 뭐라 중얼거리고 있었다. 두 번 죽는 자, 죽음을 두려워하지 않는 자, 홀로 세상에 알려진 최대의 파멸을 일으킬 수 있는 자가 두려움과 슬픔으로 떨고 있었다. 헤어릿은 단검을 칼집에 꽂아 넣었다. 두 손으로 입을 틀어막은 채 한동안 그렇게 서서 탈해를 내려다보았다. 이윽고 헤어릿이 말했다.

"무사장님."

"예, 보이지 않는 분."

"무사장님, 저는 떠날 거예요. 무사장님이 여기 있다고 사람들에게 알려 주겠어요. 하지만 눈을 가린 것을 풀지는 마세요. 지금 성안에서 분노한 레콘이 끔찍한 폭행을 휘둘렀어요."

탈해의 떨림이 더욱 커졌다. 그는 당장 부서질 것처럼 보였다.

"저 사람들에게 사태를 다 정리한 다음 당신을 풀어 주라고 말하겠어요. 그때까지 답답하더라도 참으세요. 당신도 규리하 성을 불살라 버리고 싶지는 않겠지요?"

탈해는 무슨 말을 할 듯 입을 열었다. 하지만 위아래턱이 딱딱 부딪쳐서 말을 할 수 없었다. 헤어릿은 그의 어깨를 붙잡았다. 그 손길에 무사장은 흠칫했다. 그녀는 도깨비의 어깨를 힘있게 붙잡았다.

"부탁하겠어요, 무사장님. 일이 다 마무리되면 즈믄누리로 돌아가세요. 여긴 당신이 계실 곳이 아니에요. 당신 잘못은 아니에요. 우리 잘못이겠지요. 하지만 우리는 이 우행을 멈출 수 없군요. 즈믄누리로 돌아가세요."

탈해는 고갯짓도 하지 못했다. 헤어릿은 그를 내려다보다가 몸을 일으켰다. 그녀는 뒤돌아보지 않고 성탑에서 떠났다.

탈해는 어둠 속에서 헤어릿의 발소리가 멀어지는 것을 들었다. 다른 소리들도 들렸다. 다급한 발소리들과 이상한 비명. 성이 나서 외치는 고함. 그런 소리들은 형체를 가진 물체처럼 그에게 날아왔다. 마치 앉아 있는 그에게 많은 이들이 돌을 던지는 것 같았다. 탈해는 귀를 틀어막았다. 그리고 얼굴을 무릎 사이에 파묻었다. 무릎에 안대가 비벼졌다.

눈을 가려도 소리는 남는다. 탈해는 나가들이 부러웠다.

'내가 니를 수 있다면. 정우, 내가 지금 너에게 니를 수 있다면.'

탈해는 정우를 생각했다.

탈해는 정우를 처음 보았을 때를 생각했다. 당시 그의 나이도 많지 않았지만 정우는 사람이라기보다는 그저 꿈틀거리는 생명체라고 하는 것이 어울리는 시기였다. 탈해는 정우의 특이한 생김새에 놀랐고 그녀가 도깨비가 아니라 킴이라는 사실에 다시 놀랐다. 정우는 그가 처음 본 킴이었기에 탈해는 킴들이 모두 정우처럼 생긴 줄 알았다. 킴도 도깨비처럼 자라난다는 설명을 들었을 때에야 탈해는 비로소 그 모습을 이해할 수 있었다. 탈해는 크게 인심 쓰듯 자라면 좀 봐줄 만하게 바뀔 거라고 생각했다.

그렇지 않았다. 탈해는 킴이 자란다는 어르신의 설명에 의심을 품었다. 물론 어르신의 말이 잘못되었다고 생각할 수 없었던 탈해는 정우가 좀 특이한 킴일지도 모르겠다고 생각했다. 즈믄누리에 온 지 일 년이 지났을 때 정우는 두 손을 걷는 데 사용하는 대신 쌓여 있는 물건을 쓰러뜨리는 데 이용하는 놀라운 진전을 보였지만, 같은 연배의 도깨비에 비해선 체구가 지나치게 작았다. 탈해는 자신이 중대한 사실을 발견했다는 투로 어르신들에게 정우의 특이성을 보고했다. 그 결과 탈해는 킴들이 원래 작다는 설명을 들었다.

'얼마나 작은데요?'

어르신들은 직접 모습을 바꿔 보여 주었다.

'다 커도 이쯤이지.'

그건 열두 살짜리 도깨비의 크기였다. 탈해는 킴들이 불쌍하다고 생각했다. 그렇게 작은 몸으론 제대로 된 씨름을 못할 텐데. 탈해가 정우에게 낯섦 대신 동정심을 처음 느낀 것은 아마 그 무렵이었을 것이다. 물론 얼마 후 탈해는 킴 여자들이 씨름을 그다지 하지 않는다는 충격적인 지식도 얻었다. 그렇게 불쌍할 수가! 정말 안됐다.

탈해는 헤어릿의 말을 생각했다.

도깨비감투를 쓴 보이지 않는 습격자는 그에게 규리하 성을 떠나라고 했다. 그는 그 말을 따르고 싶었다. 이곳은 싫다. 탈해는 피와 비명으로 가득한 이곳이 끔찍하게 싫었다. 그는 무사장이다. 즈믄누리의 성주가 명령하면 그는 피와 비명을 찾아 출정해야 한다. 페시론 섬에 상륙한 유리 기픈골 무사장이 그러했듯이. 오직 한 명의 도깨비.

탈해는 자신에 대해 생각했다.

탈해는 도깨비 무사장이다. 사람을 불태우는 도깨비. 살아 있는 사람에게 불을 붙여 쓰러지기도 전에 잿더미로 바꿔 놓을 수 있는 도깨비. 세상에서 가장 무서운 사람. 탈해는 웃긴다고 생각했다. 안대로 눈을 가린 채 웅크리고 앉아서 벌벌 떨고 있는 자신이 세상에서 가장 무서운 사람이라니, 말도 안 되고 니름도 안 된다.

침묵이 낡고, 부서지고, 파편을 떨어뜨리다가, 먼지가 되어 흩어졌다.

탈해는 정우의 이름을 쉼 없이 부르고 있었다.

정우, 정우, 정우, 정우, 정우, 정우…….

도대체 몇 시간이 흘렀는지 알 수 없다. 아니, 시간일까? 탈해는 며칠일지도 모르겠다고 생각했다. 도깨비감투를 쓴 습격자가 탈해에 대해 보고하는 것을 잊었을지도 모른다. 그리고 며칠 동안 아무도 성탑 위에 무사장이 있을지도 모른다는 생각을 하지 못했다면…… 하지만 탈해는 안대를 벗을 수 없었다.

탈해는 수십 년 동안 앉아 있는 도깨비 무사장에 대해 생각했다. 그것은 그 자신일지도 모른다.

침묵의 먼지들이 쌓인 절망의 황야 위에서 갑자기 목소리의 번갯불이 번뜩였다.

"어떻게 된 거야?"

"가까이 가지 마십시오! 위험합니다!"

"규리하 공? 안 됩니다!"

"괜찮아, 파라말. 공을 놔둬."

규리하 공? 탈해는 그 명칭이 익숙하다고 생각했다. 탈해는 누군가의 손이 안대 근처에 닿았을 때 비로소 그것이 정우를 가리킨다는 것을 깨달았다. 그러나 탈해는 어찌해야 할 바를 몰랐다. 그때 안대가 치워졌다.

탈해는 정우의 얼굴을 보았다.

정우는 걱정스러운 얼굴로 미소 짓고 있었다. 탈해는 그 얼굴이 사실인지, 그렇지 않으면 그가 만들어 낸 환상인지 알기 위해 손을 들어 올렸다. 그런데 그의 손이 불타고 있었다. 탈해는 다른 손을 보았다. 그 손 또한 일렁거리는 불로 감싸여 있었다. 탈해의 두 팔과 가슴과 무릎…… 그의 몸이 불길로 감싸여 있었다. 탈해는 놀라서 그 불길을 지웠다. 정우가 웃었다.

"늦게 와서 미안해."

탈해는 뭐라 해야 할지 알 수 없었다. 정우의 뒤편에는 경악한 얼굴의 사람들이 보였다. 사라말과 파라말 형제, 세레지와 아트밀도 보였다. 사라말을 제외한 사람들은 모두 놀란 것 같았다. 아트밀은 크게 부풀어 있었고 세레지는 눈을 가늘게 뜨고 있었다. 그리고 파라말은 입을 막은 채 눈을 커다랗게 뜨고 있었다. 그가 입에서 손을 떼고 말했다.

"어떻게? 각하, 어떻게 열이 없이 빛뿐이라는 것을 아셨습니까? 저희들이 보기엔 활활 타는 불로 감싸여 있었던 것 같은데."

정우는 돌아보지 않은 채 손에 들고 있던 안대를 들어 올려 살짝 흔들었다. 담담하게 바라보던 사라말이 부연했다.

"안대도 옷도 타지 않았잖아."

파라말과 세레지, 아트밀이 '아아!' 하듯 입과 부리를 벌렸다. 정우는 두 팔을 들어 탈해의 목을 감쌌다. 그녀는 탈해의 가슴 위에 엎드리며 말했다.

"늦어서 미안해."

탈해는 주춤거리며 손을 들었다. 조금 후 그 손이 정우의 등에 살짝 포개어졌다. 탈해는 정우를 깨지기 쉬운 물건처럼 보듬어 안았다. 도깨비 무사장은 한숨을 내쉬듯 말했다.

"정우."

피를 마시는 새 5

1판 1쇄 펴냄 2005년 7월 8일
1판 22쇄 펴냄 2022년 10월 3일

지은이 | 이영도
발행인 | 박근섭
편집인 | 김준혁
펴낸곳 | 황금가지

출판등록 | 2009. 10. 8 (제2009-000273호)
주소 | 06027 서울 강남구 도산대로 1길 62 강남출판문화센터 5층
전화 | 영업부 515-2000 편집부 3446-8774 팩시밀리 515-2007
홈페이지 | www.goldenbough.co.kr

도서 파본 등의 이유로 반송이 필요할 경우에는 구매처에서 교환하시고
출판사 교환이 필요할 경우에는 아래 주소로 반송 사유를 적어 도서와 함께 보내주세요.
06027 서울 강남구 도산대로 1길 62 강남출판문화센터 6층 민음인 마케팅부

© 이영도, 2005. Printed in Seoul, Korea

ISBN 978-89-8273-936-1   04810 (5권)
ISBN 978-89-8273-931-6   04810 (세트)

㈜민음인은 민음사 출판 그룹의 자회사입니다.
황금가지는 ㈜민음인의 픽션 전문 출간 브랜드입니다.